Thorsten Oliver Rehm

SUBLIMINAL. DAS EXPERIMENT

RUHLAND

Thorsten Oliver Rehm

Subliminal. Das Experiment

Roman

Ruhland Verlag

Bibliografische Information der Deutschen Nationalbibliothek

Die Deutsche Bibliothek verzeichnet diese Publikation
in der Deutschen Nationalbibliografie;
detaillierte bibliografische Daten
sind im Internet über http://dnb.d-nb.de abrufbar.

Alle in diesem Buch geschilderten Personen, Institutionen und Handlungen sind frei erfunden. Ähnlichkeiten mit lebenden oder verstorbenen Personen oder real existierenden Institutionen wären zufällig und nicht beabsichtigt.
Thorsten Oliver Rehm

ISBN 978-3-920793-46-7

Thorsten Oliver Rehm, SUBLIMINAL. Das Experiment
Lektorat: weisenwerck
Umschlagbild: © Michalz86 / istockphoto LP

Druck: CPI – Ebner & Spiegel, Ulm.

www.ruhland-verlag.de

Für unsere Kinder und ihre Zukunft

Das einzig Wichtige im Leben sind die Spuren der Liebe, die wir hinterlassen, wenn wir gehen.

Albert Schweizer

Vier Jahre zuvor
Ostsee

Geheimnisse. Dunkel sind sie, das liegt ihrem Wesen zugrunde. Manchen wohnt ein schwaches Licht inne, ein Funken Zweck, der die Mittel heiligen soll. Doch welcher Zweck hat dieses Recht – Mittel zu heiligen? Dem Zweck dienen... Er müsse es im Lichte des großen Ziels sehen, das sie verfolgten, und stets die großartige Aufgabe vor Augen haben, die ihre und auch seine Bestimmung sei; er müsse bereit sein, denn ein Neuanfang solchen Ausmaßes erfordere Opfer. Das hatten sie ihm gesagt. Und er hatte es ihnen geglaubt. Sich diesem Feldzug verschrieben, sich ihnen angeschlossen.

Verführung! Das alte Übel! Verführt hatten sie ihn, sonst nichts. Nein, was sie taten, war nicht rechtens, konnte es nicht sein. Ihr Geheimnis war nicht nur dunkel, es war schwarz. Schwarz! Da war kein Funken Licht! Es war eine Mission der Finsternis, und er einer ihrer schwarzen Ritter, ein unheilbringender Todesengel, das war er. Sie alle ritten ins Verderben. Und sie rissen so viele mit! Die Menschen, die nichts davon wussten, bestenfalls Veränderungen wahrnahmen, Veränderungen, die sie aber nicht greifen, nicht benennen, nicht zuordnen konnten.

Entschlossen drehte Leon Muth das Ventil der Tauchflasche auf und überprüfte den Flaschendruck. 200 bar. Die beiden zehn-Liter-Flaschen, zur Doppel-Flasche miteinander verbunden, waren mit je 2000 Liter Pressluft gefüllt. Die insgesamt 4000 Liter würden ihn lange genug versorgen, mindestens so lange, bis er die Sache heute Nacht zu Ende gebracht hatte. Als routinierter Taucher atmete er ruhig und somit verbrauchsarm; bei der moderaten Tiefe würde sein Atemgasvorrat also locker ausreichen. Möglich aber, dass sein Verbrauch heute höher lag, denn er fand einfach nicht zur nötigen inneren Ruhe und konnte sich auch nicht auf den bevorstehenden Tauchgang konzentrieren – seine Gedanken wirbelten doch immerzu wie in einem Strudel durch sein Hirn, um von dort aus dann durch die mit Adrenalin gefüllten Blutbahnen bis zum Herz vorzupreschen. Die Anspannung und sein Puls waren schlicht zu hoch.

Wieder und wieder fragte er sich, ob er allein es verhindern konnte? Er bezweifelte es. Aber er wollte es versuchen, musste es. Sie waren zu weit gegangen, alles war dabei, außer Kontrolle zu geraten; vielleicht war es jetzt schon nicht mehr aufzuhalten... Doch die Chance dazu bestand! Wenn nicht jetzt, dann vielleicht niemals mehr.

Seinen jetzigen Erkenntnissen zufolge würden sie es eines Tages bereuen. Dann aber würde sich keiner mehr für den Zweck interessieren, der am Anfang die Mittel hätte heiligen sollen; keiner würde ihnen verzeihen, nur weil sie einmal geglaubt hatten, Großes, Visionäres, Weltbewegendes zu vollbringen. Dann wäre es zu spät, viel zu spät, ja, aller Wahrscheinlichkeit nach würden sie die Welt bewegen, allerdings aus ihren Angeln, sie würden die Welt völlig aus dem Gleichgewicht bringen! Aufgrund der neuesten Daten war er selbst zu dieser Schlussfolgerung gekommen, und daraufhin hatte er entschieden, fortan nicht mehr mitzumachen.

Er unterwarf seine Tauchausrüstung einem kritischen Check. Dann begann er, sich in seinen Trockentauchanzug zu zwängen – er war pechschwarz, wie ein Spiegelbild seines Gemütszustands und als wäre er, Leon Muth, Teil eines unterseeischen Todeskommandos, jemand, für den der Tod inzwischen zur Normalität geworden war. Doch er hatte Hoffnung, dass in ihm noch ein Funke war, ein Funke Licht, den er in der Mission, die er bisher pflichtbewusst erfüllt hatte, beim besten Willen nicht mehr entdecken konnte: ein Funke Licht, der *ihren* Methoden nicht innewohnte, der ihm nun aber die Kraft gab, statt Tod das Leben zu bringen. Wie hatte er mit seinem Wissenschaftler-Ethos nur derart brechen können? Warum nur hatte er das zugelassen? Warum!

Es war einfach nicht richtig, es war gefährlich. Vor allem aber hatten sie nicht das Recht dazu! Sie verhielten sich, als wären *sie* die Schöpfer dieser Welt, als hätten *sie* das Universum und alle Lebewesen erschaffen. Als stünde es ihnen zu, die Menschen und ihr Schicksal zu lenken. Größenwahnsinnig waren sie, sonst nichts – und gierig! Die Kontrolle wollten sie haben, tatsächlich aber geriet alles außer Kontrolle! Nein, sie hatten wahrlich nicht das Recht, selbst wenn sie die Mittel dazu hatten. Die Büchse der Pandora hatten sie geöffnet, ja, das hatten sie, die Frage war nun, ob es möglich war, sie wieder zu schließen, und wenn ja, wie.

Wütend spannte er die Flossenbänder um seine Fersen. Dann spuckte er wie bei einem Akt der Verachtung gegen sie alle und gegen sich selbst in die Tauchermaske und verrieb den Speichel. Das kleine Fläschchen mit dem Anti-Beschlag-Mittel war leer, doch die altbewährte Methode, in die Maske zu spucken, tat es auch. Sein Gesicht glühte. War es Aufregung? Wegen des Risikos, das er auf sich nahm? Oder war es vielmehr Erregung, ausgelöst durch seinen Tatendrang, dem ganzen Treiben Einhalt zu gebieten? Das Maskenglas würde sicher beschlagen, trotz des alten biologischen Hausmittels, der Temperaturunterschied zwischen Gesichtshaut und Wassertemperatur war einfach zu groß. Er würde besser zu Beginn des Tauchgangs etwas eisiges Ostseewasser in die Maske strömen lassen und den ganzen Tauchgang über darin belassen – das würde den Unterschied ausgleichen und das Beschlagen der Maske verringern.

Maske, ja, das traf es! Sie alle trugen Masken – Masken gänzlich anderer Art… Maskierte, die die Menschen täuschten. Verborgen operierten sie im Hintergrund, trieben unentdeckt ihr perverses Spiel…

Der Zweck heiligt die Mittel. Diese Lügner!

Geheim agieren, manipulieren, verführen – und dabei entzweien, was zusammengehört; Zwietracht säen, Chaos verursachen – und dabei Ordnung vortäuschen, während sie tatsächlich Gesetzlosigkeit verwirklichten, Gier und ein Streben nach Macht… Das alles traf auf sie und diese Sache zu, das alles *waren* sie und diese Sache! Es war weder der richtige Weg, noch waren es die richtigen Mittel.

Oder doch? Bekam er einfach nur kalte Füße und seine Emotionen nicht in den Griff? War er überhaupt noch er selbst? Oder hatten sie auch ihn bereits derart beeinflusst, dass er sich selbst nicht mehr trauen konnte? Wer wusste das schon… Die Möglichkeiten waren immens, wer wusste schon, wozu sie sie verwenden würden, ihnen war alles zuzutrauen. Sie hatten sich verrannt in ihrem Wahnsinn, das hatte er inzwischen erkannt.

Dachte er anfangs noch, sie würden Fortschritt bringen, eine bessere Zukunft und das Wohl der Menschheit, so war er sich inzwischen sicher, dass sie unzählige Menschen in den Abgrund rissen, in einen dunklen Abgrund, so dunkel wie das Loch, das sich vor ihm auftat, als in diesem Moment die Schleusentür des geheimen Unterwasser-Forschungslabors zur Seite glitt. Zischend und bedrohlich, als öffne sich ein Tor zur Unterwelt, in die er nun hinabtauchen musste, um das Geheimnis zu schützen, es zu verbergen…

Langsam glitt er hinaus in die nächtliche See.

Das eiskalte Meerwasser schmerzte ihn auf der Stirn, der ungeschützten Gesichtspartie und den Lippen. In wenigen Sekunden schon würde er das Stechen nicht mehr spüren und diese Körperstellen unempfindlich für die Kälte werden. Schwer umhüllte ihn das schwarze Wasser, das ihn empfing, er spürte das Gewicht, den Druck der Wassermassen auf sich lasten. Wahrscheinlich war es nur sein Gewissen, das auf ihm lastete. Doch heute Nacht – jetzt – würde er umkehren und den richtigen Weg einschlagen.

Ob er es wagen konnte, seine Taucherlampe einzuschalten, damit deren Lichtstrahl das schwarze Nichts durchschneiden und ihm den Weg weisen konnte? Nein, besser, er minimierte jetzt jedes zusätzliche Risiko, bemerkt zu werden. Bildete er es sich nur ein, oder zitterten seine Hände? War es die Kälte oder die Angst im

Nacken? Mit seinen in unförmigen, kälteisolierenden Handschuhen steckenden Händen knickte er einen kleinen chemischen Leuchtstab in der Mitte ein. Sofort setzte die chemische Reaktion ein, wie ein Glühwürmchen, umgeben von schwarzer Nacht, begann das Stäbchen zu schimmern, verloren im unendlich erscheinenden Nichts. Mehr psychologische Stütze als wirklich den Weg erhellendes Leuchten. Die See war in dieser Nacht so dunkel wie das Geheimnis, das er verbergen wollte. In der Tiefe versenken würde er das Teil, es dem Vergessen anheimgeben, bis die Zeit reif und die Menschheit dafür bereit war; in der Tiefe der See versenken, die sich in solcher Schwärze offenbarte, wie das Geheimnis sich denjenigen offenbaren würde, die es eines Tages bergen würden. Noch hoffte er, dass seine heutige Aktion letztlich eine reine Vorsichtsmaßnahme war und er in wenigen Tagen die Chance bekam, die Dinge geradezurücken. Wenn er wieder auftauchte, würde er diesen Wahnsinn ans Tageslicht bringen, und wenn es das Letzte war, das er tat. Aber für alle Fälle musste er das Teil verbergen. Vorübergehend, es sollte nicht dauerhaft unauffindbar bleiben.

Jetzt ergriff er die Chance und hoffte, dass sein nächtlicher Tauchgang unbemerkt blieb oder zumindest keinen Verdacht weckte – immerhin tauchten sie oft nachts, des Experiments wegen. Im Dunkeln war die Aufmerksamkeit nunmehr geschärft, die Auswirkung der Signale intensiver.

Das Experiment! Die Veränderungen waren offensichtlich, nicht nur bei ihm selbst. Er konnte niemandem trauen. Den anderen Aquanauten im Unterwasser-Habitat schon gar nicht. Würde irgendetwas dazwischenkommen, man ihn durchschauen und aus dem Weg schaffen oder er plötzlich seine Meinung ändern – er wusste ja selbst nicht mehr, was er glauben sollte und was tun – dann wäre das Ding hier gut aufgehoben. So lange, bis er Klarheit darüber haben würde, welche Auswirkungen das Projekt hatte. Und Klarheit über sich, darüber, wofür er wirklich stand.

Oder eben so lange, bis die Zeit reif war, um rückblickend zu verstehen. Dann, eines Tages, wenn die Dinge bereits ihren Lauf genommen hatten, schon eine lange Zeit, und wenn die Menschen Antworten suchen und sich Hilfe wünschen würden, dann würde dieses Teil so etwas wie ein Erbe sein, *sein* Erbe. Ein Vermächtnis, das er ihnen hinterlassen würde.

Um zu erkennen. Um zu verstehen.

Gegenwart
Mallorca

»Was ist nur los mit den Leuten!« Natascha zerrte an den Schultergurten und windete sich wütend aus ihrem Jacket. Energisch fixierte sie ihre Ausrüstung an der Reling und drehte das Flaschenventil zu.

»Beruhige dich!« Sanft legte Jennifer eine Hand auf ihren Oberarm.

»Ach, ist doch wahr!« Nataschas flammender Blick traf die drei Männer, die ihr vor ein paar Minuten den Abschlusstauchgang versaut hatten. Jennifers Gelassenheit machte Natascha nur noch wütender.

»Das ist es doch gar nicht wert. Jetzt komm runter, und nachher an der Basis reden wir mal mit denen. So geht's nicht, und hier bei uns schon gar nicht, Stammgäste hin oder her... Keine Ahnung, was mit denen los war. So kenne ich die gar nicht, und die kommen schon seit Jahren zu uns.« Jennifer legte die Stirn in Falten.

»Hast ja recht. Aber alles war so perfekt! Und dann das...«

In einem Moment absoluter Entspannung hatte Natascha zehn Minuten zuvor das Sonnenlichtspektakel am Riff genossen. Es war atemberaubend. Wie in einer Lasershow brach das Licht durch türkisblaues Wasser, unzählige Strahlen tanzten dabei über das Riff und verloren sich weiter unten im Blau, als würden sie in einer anderen Welt verschwinden, nachdem sie die Szenerie in ein surreales Reich verzaubert hatten, das Natascha alles um sich herum vergessen ließ. Wie sie diese Momente liebte, wenn sie ganz im Hier und Jetzt eintauchte, eins mit sich, keine Gedanken an das, was gewesen war, keine Sorgen und Ängste um die Zukunft, die Alltagssorgen vergessen und die Probleme für eine kurze Zeit in der Tiefe der See versenkt. Unter Wasser schaltete Natascha ab. Völlig. Tauchen entspannte sie. Immer. Und in Augenblicken wie diesen war Natascha nicht einfach nur entspannt – sie war tiefenentspannt im doppelten Sinne des Wortes »Tiefe«.

Zum Ende des Tauchgangs schwebte Natascha etwa fünf Meter unter der Wasseroberfläche, um vor dem Auftauchen den Sicherheitsstopp zu absolvieren. Die für jene Stopps empfohlenen drei bis fünf Minuten waren längst abgelaufen, aber Jennifer drängte sie nicht, den Tauchgang zu beenden. Wie schön, wenn man den anderen so gut kannte und sich ohne Worte verstand wie sie und Jennifer seit nunmehr zwanzig Jahren. Immer kostete Natascha die letzten Minuten aus, so gut und so lang es eben ging, und die letzten Minuten jenes Tauchgangs, der gleichzeitig der letzte ihres Urlaubs war, erst recht. Wenn möglich, wollte sie als letzte der Gruppe auftauchen, zumal das Licht heute die faszinierende Stimmung hier unten, die Gelöstheit im puren Sein und die Farben von Flora und Fauna so perfekt unterstrich. Wie immer packte sie nochmals jede Emotion und Faszination der Zeit unter Wasser in diesen kurzen Moment, zog nochmals mit jedem Atemzug die Atmosphäre, die Schönheit und das Glück des Augenblickes in sich auf, um dann wie gewohnt, so hatte sie es zumindest vorgehabt, die letzten fünf Meter im Zeitlupentempo nach oben zu tauchen und dabei in die Tiefe zu blicken und sich vom Meer und seinen Bewohnern zu verabschieden. An der Oberfläche angelangt, wollte sie dann ohnehin nach unten schauen, um dieses Gefühl der Glückseligkeit beim Durchbrechen der Wasseroberfläche mit an die Luft zu bringen und es in den grauen Alltag mitzunehmen und zu Hause, so lange es eben ging, von diesen Momenten zu zehren.

Doch daraus war diesmal nichts geworden! Verdorben – nein, gestohlen hatte man ihr diesen Augenblick!

»Wegen dieser drei Ignoranten da drüben… echt ärgerlich!«

»Ich weiß.« Jennifers Stimme strahlte die gewohnte Ruhe aus.

Wo nahm ihre Freundin nur diese Gelassenheit her?! Nicht, dass Jennifer nie wütend war, aber sie hatte sich immer unter Kontrolle und rastete nie aus. Bewundernswert, aber manchmal auch beängstigend, und zwar immer dann, wenn Nataschas Temperament sich mal wieder zügellos den Weg bahnte und alles beherrschte – leider meist auch ihre Zunge. Wie schnell sie aus der Haut fahren konnte, in letzter Zeit jedenfalls... Natascha nahm dieses Aufbrausen überhaupt erst seit Kurzem bei sich wahr. War sie früher auch so schnell auf hundertachtzig gewesen? In letzter Zeit war sie das oft, privat und im Job. Sie hatte ja auch allen Grund dazu, und das schon eine ganze Weile. Nicht zuletzt wegen ihrer zunehmenden Unausgeglichenheit hatte sie sich auf diesen Urlaub so gefreut, darauf, vielleicht hier ihrer inneren Balance wieder ein kleines Stück näherzukommen. Umso ärgerlicher, dass ihr diese Chaoten den schönen Augenblick vorhin verbockt und ihr das ultimative Abschlusserlebnis ihres Urlaubs zunichtegemacht hatten! Eine knappe Woche auf Mallorca war offensichtlich zu wenig...

»Solche Deppen, echt! Was ist bloß in die gefahren! Das gibt's doch nicht! Unfassbar!« Sie senkte die Stimme, hatte sie doch bereits die Aufmerksamkeit anderer Taucher an Bord auf sich gezogen. Aber ihre Wortwahl hatte sie nicht annähernd im Griff, wieder einmal. *Pfeif drauf!*

Wie drei Kampftaucher auf Kamikazemission waren die Kerle plötzlich auf sie und Jennifer zugeschwommen und hatten sie fast »über den Haufen getaucht«, mit einer Geschwindigkeit, als wären sie entweder hinter einem Feind her oder auf der Flucht vor ihm. So etwas hatte Natascha in hunderten von Tauchgängen nicht erlebt. Ohne Worte! Als wären sie und Jennifer Luft und gar nicht zu sehen gewesen. Die Situation hatte etwas völlig Unwirkliches und stand dazu noch im krassen Gegensatz zur friedlich-surrealen Stimmung, in der sich die Freundinnen kurz zuvor noch befunden hatten.

Wie im falschen Film. Würde sie diese Typen, deren komplett schwarze Neoprenanzüge das Bild des Kampftauchers unterstrichen, nicht hier und jetzt mit eigenen Augen sehen, wie sie sich friedlich, als wäre nichts gewesen, aus ihrer Ausrüstung pellten, sie würde glauben, sie hätte geträumt und sich die Sache unter Wasser nur eingebildet.

Sie spürte, wie ihre Wut verflog, vielmehr breitete sich plötzlich Erstaunen aus. Was sie nun irritierte, war die Tatsache, dass die drei Männer anscheinend keinen blassen Schimmer hatten, warum und über wen sie sich gerade so aufregte. Denn die drei schauten genauso verdutzt wie die anderen, deren Aufmerksamkeit sie mit ihrer Schimpfattacke auf sich gezogen hatte. Hätten die Kamikazetaucher hämisch gegrinst, sich über ihr übertriebenes Aufbrausen mokiert oder sich hinter Machogehabe versteckt, es hätte ins Bild gepasst. Aber so?

Die drei sahen eigentlich ganz sympathisch aus, als könnten sie keiner Fliege etwas zuleide tun, sie wirkten auf Natascha, als wären sie sich nicht der geringsten Schuld bewusst, ja, als wüssten sie gar nicht, was passiert war. Seltsam. Als wären Jennifer und sie unter Wasser tatsächlich unsichtbar gewesen und als hätten die drei wie Tornados durchs Wasser jagenden Typen sie tatsächlich nicht gesehen… Rücksichtslos bis zum geht nicht mehr, aber ohne sich dessen überhaupt bewusst zu sein? War das möglich?

Was unter Wasser geschehen war, war nicht nur ärgerlich, es war auch gefährlich. Was, wenn sie und Jennifer keine routinierten Taucher gewesen wären und sich durch die Situation plötzlich erschreckt und bedrängt gefühlt hätten? Was, wenn sie Anfänger wären, die in solch einem Moment die Ruhe und deswegen die Kontrolle verloren hätten? Was, wenn sie dann hastig und tief eingeatmet und dadurch unkontrolliert Auftrieb bekommen hätten und viel zu schnell nach oben geschossen wären? Und was, wenn dabei etwas passiert wäre? Unverantwortlich und egoistisch. Ich – Ich – Ich. Dreimal Ich! Überall war Platz, aber sie und Jennifer waren denen im Weg?

Doch Jennifer hatte recht. Sich darüber aufzuregen,

lohnte nicht. Sie würde sich den Tag nicht dadurch vermiesen lassen. Mit einem mürrischen Kopfschütteln erklärte sie den Wutanfall für beendet.

Eine Stunde später saß Natascha am großen Tisch auf der Veranda der Tauchbasis. Alle anderen Taucher, die gerade noch dort gesessen hatten, waren zum Mittagessen aufgebrochen. Natascha wollte noch einen Moment die Ruhe genießen, den Vormittag in sich zurückgezogen ausklingen lassen. Sie war gerade dabei, die Daten des Tauchgangs in ihr Logbuch einzutragen, als Jennifer neben sie trat.

»Und? Was haben die Jungs zu ihrer Verteidigung vorgebracht?«, fragte Natascha. *Da ist sie wieder, diese Wut! Was ist nur los mit mir?*

Nur selten wurde Natascha zornig, und wenn, dann über genau diese Art von Verhalten und dann gleich richtig, sodass die Glut noch lange glomm und, sobald dicke Luft drankam, sofort neu entfachte. Sie musste unbedingt daran arbeiten. So konnte sie sich einen ganzen Tag kaputtmachen, und das passierte ihr in letzter Zeit ständig.

»Nichts. Sie wussten gar nicht, wovon ich spreche.« Jennifer nahm neben Natascha Platz. »Keine Ahnung, was in die gefahren ist. Seltsam, das Ganze. Aber ich habe ihnen deutlich gesagt, dass Frank und ich rücksichtsloses Verhalten unter unseren Gästen nicht dulden.«

Einmal mehr beneidete Natascha Jennifer um deren Ruhe und Ausgeglichenheit. Wo sie die hernahm, war ihr ein Rätsel, erst recht nach dem, was Jennifer und Frank vor fünf Jahren widerfahren war! Manche Menschen wären daran zerbrochen, andere würden nur noch Groll vor sich herschieben, aber Jennifer – sie steckte das alles weg. Ebenso Frank. Aber vielleicht sah es auch nur so aus. Wer wusste schon, wie es in den beiden tatsächlich aussah. Wer kannte sein Gegenüber wirklich? Dennoch wünschte sich Natascha, sie könnte mit der Enttäuschung, die sie erlebt hatte, nur halb so gut umgehen wie ihre treue Freundin mit den damaligen traumatischen Erlebnissen.

»Wir sehen uns heute Abend?« Jennifer wechselte das Thema. »Mike kommt übrigens auch.« Sie zwinkerte Natascha zu. »Natürlich auch der Rest unseres Teams.« Sie schmunzelte. »Passt doch prima, dass unser monatlicher Taucherabend mit deinem letzten Urlaubsabend zusammenfällt. Lass uns richtig Spaß haben! Komm, das tut dir gut. Es wird Zeit, dass du loslässt und so langsam wieder die heitere, starke und selbstbewusste Natascha wirst, die du eigentlich bist. Nicht warst, sondern bist! Vergiss den Kerl doch endlich und fang neu an! Nicht von Null auf Hundert, das verlangt doch keiner, und das solltest *du* auch nicht von dir verlangen. Aber setz dich in Bewegung und bieg zumindest wieder auf die Straße Richtung etwas Glück ein. Mike könnte dir dabei helfen, er ist echt ein toller Mann. Und dass es zwischen euch gefunkt hat, ist ja wohl nicht zu übersehen.« Wieder zwinkerte Jennifer ihr zu, diesmal noch vergnügter als zuvor.

»Da war nichts!« Natascha spürte die Röte in sich aufsteigen.

»Ich weiß. Das ist ja das Problem.« Jennifer lachte. »Ich muss rein. Um acht, okay?« Sie ließ das unbequeme Thema einfach in der Luft hängen und Natascha mit ihrer Verlegenheit allein am Tisch zurück.

Natascha blickte ihrer Freundin nach. Jennifers Haar reichte ihr inzwischen bis zur Hüfte und war, seit sie auf Mallorca lebte, noch blonder als zuvor. Sie beide waren wirklich so was von unterschiedlich – sowohl optisch als auch vom Wesen her. Eigentlich genaue Gegensätze, und das schon immer, und doch von Beginn an so verbunden, einander so nah. Auch was die Wahl ihrer Männer anging, hätte es sie unterschiedlicher nicht treffen können. Während Jennifer mit Frank einen Fang gemacht hatte, von dem die meisten Frauen träumten – zuverlässig, klug, gebildet, idealistisch, empathisch, charakterstark und dazu noch gutaussehend –, hatte sie nur die herbe Enttäuschung eines sie nach Strich und Faden hintergehenden Taugenichts erfahren müssen. Wie hatte sie damals nur auf ihn hereinfallen können? Der größte Fehler, den sie in ihren dreiundvierzig Lebensjahren zustande gebracht hatte. Und geendet hatte es in einem Fiasko, das sie völlig aus der Bahn geworfen hatte. Einzig ihre gemeinsame Tochter ließ sie rückblickend Sinn in diesen verlorenen Jahren erkennen, ohne den Mistkerl würde es Lea nicht geben, sie war das Beste, das ihr in ihrem ganzen Leben passiert war.

Dieser Mehrklang in der Bewertung ihrer gescheiterten Beziehung war manchmal schwer auszuhalten. Ja, ihre Tochter war ein Geschenk des Himmels! Leider aber war ihr Ex-Mann in diesen himmlischen Plan eingebunden. Warum gerade er, das war die Frage, auf die sie wohl in diesem Leben keine Antwort bekommen würde. Und dass sie es sich vorgenommen hatte, ihre Tochter da nicht mit hineinzuziehen und ihm den Kontakt zu ihr daher regelmäßig ermöglichte, machte es nicht einfacher. Sobald sie ihn aber sah oder hörte, kam alles wieder in ihr hoch, es war dann immer, als fange sie mit der Bewältigung des Ganzen wieder ganz von vorne an. Ein Dilemma, aus dem sie noch keinen Ausweg gefunden hatte.

Lea, ihr Sonnenschein! Wie unbeschreiblich sie ihre Kleine liebte! Sie würde alles für sie tun! Ein Lächeln umspielte Nataschas Lippen als sie nun daran dachte, wie stolz Lea heute Morgen gewesen war, als sie zum ersten Mal in der Kinderbetreuung des Hotels bleiben durfte, damit Mama tauchen gehen konnte! Und wie sehr hatte Natascha mit sich gerungen, ob sie ihre Tochter wirklich für ein paar Stunden dort anmelden sollte. Aber als Lea so glücklich über die ihr zugetraute Selbständigkeit war, da war jede Sorge wie weggeblasen. Und dass Jennifer extra freigenommen und sie auf ihrem letzten Tauchgang begleitet hatte, war die Krönung gewesen. Als sie nun genauer darüber nachdachte, musste sie Jennifer recht geben: den Tag konnten ihr die drei Kamikaze nicht madigmachen. Sie sollte öfter auf Jennifer hören…

Das Smartphone riss Natascha aus ihren Gedanken. Lea? Nein, es konnte nicht der Kids-Club sein, es war noch Zeit. Sie schaute aufs Display. Eine E-Mail war hereingeflattert, von Nadine, einer Freundin. Zumindest dachte Natascha bis vor wenigen Wochen, dass sie das waren, Freundinnen. Aber dann…

Ohne Vorwarnung hatte Nadine plötzlich die Freundschaft gekündigt. Mit einer WhatsApp! Was für ein Glück, dass sie es auf WhatsApp nicht gleich in der Mutter-Kind-Gruppe hinausposaunt und sich herabgelassen hatte, ihr die Neuigkeit persönlich zu übermitteln! Naja, persönlich ging anders… Wie konnte man eine jahrzehntelange Freundschaft einfach so aufgeben, ohne dass konkret etwas vorgefallen war?! Noch dazu übers Smartphone?!

Die Chemie passt nicht mehr, hatte Nadine geschrieben, *und wir sehen uns ohnehin zu wenig und haben auch kaum noch gemeinsame Interessen, geschweige denn gemeinsame Zeit. Ich will nicht im Streit auseinandergehen und mag dich immer noch, sehe aber einfach keine Basis mehr und somit keinen Sinn darin, bloß phasenweise Kontakt zu halten, sich hin und wieder zu treffen, fast wie eine Pflichtveranstaltung, aus Anstand, um sich mal wieder gesehen zu haben. Und viele deiner Meinungen finde ich inzwischen absolut inakzeptabel. Das ist alles nicht das, was ich mir unter Freundschaft vorstelle. Es ist sicher das Beste, es nun zu beenden.*

Das Beste für wen?

Natascha war an dem Tag völlig vor den Kopf gestoßen gewesen und hatte sich gefühlt, als läge ein Sandsack auf ihrer Brust. Und was sollte das mit ihren Meinungen? Sie hatten sich doch immer über alles offen ausgetauscht! Selten hatte Natascha sich so gedemütigt und wertlos, das krasse Gegenteil von wertgeschätzt gefühlt. Und das, wo sie derzeit ohnehin voller Selbstzweifel und Sorgen war – und zu alledem der kraftraubende Alltag als alleinerziehende Mutter mit Fulltime-Job und ohne ihre eigene Mutter oder irgendwem sonst als Auffangnetz.

Wie der sprichwörtliche Hamster raste sie im Rad, bestrebt, all ihren Pflichten gerecht zu werden. Gut, dass Sie nicht auch noch die Rolle der Mega-Liebhaberin und perfekten Ehefrau und Köchin gerecht werden musste! Dann würde sie das Klischee der modernen Powerfrau perfekt erfüllen. Am besten noch nebenher in der Politik Karriere machen. Na klar! Schwachsinn das Ganze! Wer glaubte den Mist denn heute wirklich? Dass man als Frau allem und jedem gerecht werden könnte – gerecht werden müsste – und daran, dass man es tatsächlich schaffen würde! Mit einer Nanny und jeder Menge Kohle auf dem Konto und Personal-Coach, Masseur und Gourmet-Koch an der Seite, dann vielleicht, mag sein! Ins gemachte Nest gebettet, wie manche Promis, die aus ihrer perfekten Märchenwelt heraus den Normalbürgern den Spiegel vorhielten, damit diese dann mit Schrecken ihre eigene Unzulänglichkeit erkannten, vorgespiegelt aus einem Schlaraffenland voller Illusionen.

Natascha aber verzweifelte daran, dieses Klischee der Megafrau auch nur im Ansatz erfüllen zu müssen und wollte es auch gar nicht. Wenigstens diesbezüglich war sie noch »Herr« ihrer Sinne. Wenn ansonsten das meiste nicht rund lief, klar denken konnte sie noch. Oder etwa nicht?

Hatte Markus sie deswegen sitzenlassen? War sie nicht perfekt genug für ihn gewesen? Hatte *sie* ihn in die Arme dieser jungen Göre getrieben? War *sie* es, die alles falsch machte, auch noch die falschen Meinungen hatte, sich falsch verhielt, nicht nur in der Partnerschaft, sondern auch sonst?

Wendete man sich also zu Recht von ihr ab? Hatte *sie* sich negativ verändert, nicht etwa die anderen? War ihre eigene Neigung, sich ständig über andere zu ärgern und dabei zunehmend hart zu werden, womöglich genau das, was sie an den anderen missbilligend wahrnahm? Wenn sie wütend auf andere blickte, sah sie womöglich schlicht in einen Spiegel? War *sie* es, die immer zickiger, intoleranter und herzloser wurde, und nicht die Menschen um sie her? Hatte der Stress sie schon so fest im Griff? Oder waren sie *allesamt* gefangen in diesem Kreislauf von überhandnehmender Lieblosigkeit, Eigensucht und Stress? Klar, die einstige Natascha war sie seit geraumer Zeit nicht mehr. Aber wie könnte so ein Alltag auch spurlos an einem vorübergehen und man immer voll bei sich, in seiner Mitte sein? Sie war permanent unter Stress und fand keinen Ausweg.

Ihre Ex-Freundin Nadine hatte da gut reden – zwei Großelternpaare an der Seite, fast jedes Wochenende ausgehen und unter der Woche arbeiten *dürfen* und, wenn es hart auf hart kam, nicht einmal wirklich *müssen* – ihrem Mann und seinem Traumgehalt sei Dank… Nicht dass sie es Nadine nicht gönnte. Das tat sie von Herzen. Aber es ärgerte sie, dass Nadine den Unterschied nicht sah. Da war ein riesiger Unterschied zwischen ihrem und Nataschas Leben, aber Natascha hatte trotzdem versucht, den Kontakt so gut es ging aufrechtzuerhalten.

Ja, sicher, Nadine gegenüber hatte sie sich die letzten Jahre rargemacht – aber sie hatte es ihr auch immer wieder erklärt. Es war ihr einfach nicht möglich, auf dieselbe Weise wie früher soziale Kontakte zu pflegen. Aber sie war sich sicher, dass sie nicht weniger zugewandt war als früher. Das einzige war, dass freundschaftliche Begegnungen mit anderen Menschen – ihrem fordernden Alltag geschuldet – immer seltener stattfanden. Mit Kind, mit Job, ohne Partner, ohne Eltern, die sie hätten entlasten können, und mit begrenzten Kindergartenöffnungszeiten.

Sicher, sie hätte damals den anderen Kindergarten ein bisschen weiter entfernt wählen können – dort waren die Betreuungszeiten ausgedehnter. Aber sie wollte so viel Zeit wie möglich mit ihrer Tochter verbringen. Sicher, sie hätte öfter die Initiative ergreifen und zu Freunden fahren können, aber aus ganz verschiedenen Gründen war das immer schwieriger geworden. Die Überlastung, die unterschiedlichsten Wendungen in ihrem und im Leben ihrer Freunde, das immer magerer werdende Interesse aneinander bei gleichzeitig immer größer werdender Distanz…

Natascha hatte Lea spät bekommen – na und?! Plötzlich war sie aus dem Raster gefallen – einem Raster, dass die anderen um sie herum definiert hatten – und war mehr und mehr außen vor. Wer aber hatte ihr denn mal angeboten, Lea zu nehmen, sodass sie mal wieder mit anderen etwas hätte unternehmen können? Sie war sich nicht einmal sicher, dass sie zugesagt hätte, vielleicht war sie dazu viel zu sehr Helikopter-Mama und konnte schlecht loslassen… War *das* ihr Problem? Konnte sein. Aber wer hatte es ihr denn zumindest mal angeboten? Niemand! Wo war da denn Hilfsbereitschaft? Fürsorge? Das Miteinander? Unterstützung? Gemeinschaft? Freundschaft?! Zu wenig gemeinsame Zeit? Wenn *das* die Chemie war, die nicht mehr passte, dann war das traurig.

Okay, sie hatten sich teils in andere Richtungen entwickelt. Das ja. Sie hatte wirklich andere Meinungen als Nadine, sah sie doch auch durch ihren Job als Journalistin die Brennpunkte der Gesellschaft, die Krisenherde, notleidende und vom Schicksal gebeutelte Menschen und Missstände in Politik und Gesellschaft. Und sie machte sich viele Gedanken über das, was sie sah, versuchte dem auf den Grund zu gehen. Das war ja sogar ihr Job! Hatte sie es aber verdient, deswegen so abgekanzelt und abserviert zu werden? Gab es deswegen wirklich keine Basis mehr?

Was war nur los mit Nadine? Als hätte sie zu viele Entrümpel-dein-Leben-Ratgeber gelesen und die darin enthaltenen, manchmal sogar ganz hilfreichen Botschaften gehörig missverstanden. Als wäre sie irgendeiner Gehirnwäsche unterzogen worden oder in irgendeine Sekte hineingeraten. Natürlich war sie das nicht, aber was veranlasste Nadine dazu, so auf den Gefühlen eines anderen herumzutrampeln – auf Nataschas Gefühlen?

Am selben Tag hatte sie versucht, Nadine anzurufen, und auch an den Tagen danach. Wieder und immer wieder. Ihr gesimst, gemailt, gewhatsappt. Aber Nadine hatte sie seither wie Luft behandelt. Natascha wollte sich mit ihr treffen, sich aussprechen. Keine Chance. Immer noch glaubte sie daran, dass Nadine doch eigentlich eine ihrer engsten Freundinnen war. Nach zwei Wochen hatte sie es dann auf sich beruhen lassen, erst einmal. Dann, vor ein paar Tagen und mit ein bisschen Abstand, hatte sie sich zaghaft noch einmal gemeldet. Auch darauf keine Antwort. Keine Reaktion.

Bis heute. Hier am Tisch auf der Veranda der Tauchbasis war nun endlich ein Lebenszeichen von Nadine gekommen. Natascha öffnete die Mail und las.

Hallo Natascha, sorry, aber ich bin nicht bereit, mich mit dir zu treffen. Nicht, weil ich etwas gegen dich hätte. Einfach weil ich in den vergangenen Jahren gemerkt habe, dass dein Interesse an unserer Freundschaft nachgelassen hat und du dich mehr und mehr von mir zurückgezogen hast und meinen Meinungen widersprichst. Irgendwann wollte ich mich damit so nicht mehr zufriedengeben. Anfangs dachte ich noch, ich hätte etwas falsch gemacht, wusste aber nicht, was. Aber nach und nach wurde mir klar, dass du einfach dein Leben leben willst. Die Zeiten, dass ich mir selbst die Schuld gebe, sind vorbei. Mir ist klargeworden, dass es einfach nicht mehr passt. Ich wünsche Dir für die Zukunft alles Gute! Nadine

Liebevoller Rückzug!

»Ich fass es nicht! Was hat die nur geritten?!« Energisch schob Natascha das Smartphone auf die andere Seite des Tisches außer Reichweite, als könnte sie damit diese unverständliche Situation von sich schieben und die Ereignisse unwichtig machen. Zum zweiten Mal am heutigen Tag fragte sich Natascha, was zum Geier eigentlich mit den Leuten um sie herum los war…

Um zehn vor acht am Abend traf Natascha im Restaurant ein. Mit Lea an der Hand betrat sie den Außenbereich und steuerte geradewegs auf den großen für den Taucherabend reservierten Tisch zu. Das Basis-Team war fast vollzählig, und auch erste Basis-Gäste hatten sich zum Taucherstammtisch eingefunden. Die Anwesenden unterhielten sich angeregt und nahmen zuerst gar keine Notiz von Natascha und Lea. Jennifer aber, die in Blickrichtung zum Eingang saß und sie sofort sah, strahlte vor Freude, dann erhob sie sich rasch und eilte auf sie zu. Nach kurzer Umarmung – so herzlich, als hätten sie sich seit Wochen nicht gesehen – trat Jennifer einen Schritt zurück und grinste Natascha an.

»Wow! Natascha da Silva, du siehst einfach umwerfend aus, um nicht zu sagen *scharf*.« Jennifer setzte den übertrieben feurig-scharfen Blick eines Vamps auf und formte mit ihren Lippen eine leicht laszive Geste.

Natascha musste lachen, sie konnte nicht anders. Jennifer stimmte mit ein. Unbefangenes Rumblödeln, lange war es her…

»Du, lass mal…« Natascha lächelte unsicher und stupste Jennifer am Oberarm. Ihr war die Situation irgendwie auch unangenehm. Erst vorhin ihre Tochter, die sie, als sie sich im Hotelzimmerspiegel einem abschließenden Kontrollblick unterworfen hatte, mit ihren kaffeebraunen Kulleraugen angestarrt und dann, nach Sekunden der Stille, mit ihren gerade mal fünf Jahren gesagt hatte: »Mami, du siehst aber toll aus!« Das war so goldig gewesen und Natascha gerührt, aber es war ihr auch etwas peinlich, und wenn nicht peinlich, dann zumindest fremd. Dazu verstärkte sich das schlechte Gewissen, das schon bei der Entscheidung, am Abend auszugehen, von ihr Besitz ergriffen hatte. Normalerweise brachte sie Lea abends um acht ins Bett. Jetzt ging sie mit ihr gerade erst aus. Aber blieben die Kinder im Süden nicht alle länger auf?! Und im Urlaub, da war das doch normal! Und es gefiel den Kindern und gefiel den Eltern! Außerdem hatten Jennifer und Frank auch kein Problem, ihren dreijährigen Sohn Eric abends hin und wieder mal länger aufbleiben zu lassen. Wahrscheinlich dachte sie einfach nicht südländisch genug, trotz ihrer portugiesischen Wurzeln. Also verwies sie den imaginär erhobenen Zeigefinger in seine Schranken. Aber dass Lea ihr Outfit kommentiert hatte, hatte schon ein komisches Gefühl hinterlassen. Es war schön, aber zugleich irritierend. Und nun Jennifer.

Warum musste ich mich auch unbedingt so in Schale werfen?!

»Da kriecht wohl langsam jemand aus seinem Schneckenhaus, was?« Nur Jennifers Blick neckte noch ein wenig weiter, aber es war ein liebevolles Necken.

»Darf ich nicht mal was anderes als meinen Neoprenanzug tragen?« Jetzt war es Natascha, die verschmitzt grinste. »Hat nicht das Geringste mit Mike zu tun.« Sie schüttelte gespielt entrüstet den Kopf. Stilvoll und nicht billig, sexy aber nicht verrucht, das war schon früher ihr Garderobenmotto beim Ausgehen gewesen, Mike hin oder her. Sicher war er nicht ganz unschuldig daran, dass sie sich nach langer Zeit der Abstinenz vom Sich-in-Schale-werfen endlich mal wieder so richtig schick gemacht hatte. Und sie nahm sich nun heraus, einen Moment lang selbst zufrieden mit dem Ergebnis zu sein. Warum auch nicht? Es tat ihr gut. Ihr halblanges Sommerkleid wartete mit schlichter Eleganz und einem Schnitt auf, der ihre schlanken, aber dennoch femininen Kurven zur Geltung brachte und nicht zu viel und nicht zu wenig preisgab. Die hochhackigen Sandaletten verschafften ihren langen, braungebrannten Beinen zusätzlich Kontur und passten farblich perfekt zu dem azurblauen Kleid. So zumindest hatte sie im Hotel ihr Spiegelbild wahrgenommen, in einem vor Selbstvertrauen strotzenden Moment, und war überrascht gewesen, wie gut es sich anfühlte. Sie war dezent, nicht aufgedonnert, aber doch einen Hauch stärker als gewöhnlich geschminkt. Und um die Sache abzurunden, hatte sie sich heute entschieden, ihre vollen braunen Locken nicht wie sonst mit einem Haargummi zum Pferdeschwanz zu binden. Die dunkle Haarpracht fiel locker über ihre Schultern, nur ein paar widerspenstige lockige Strähnen hatte sie mit Festiger gezügelt – was, wie sie schon auf dem Weg zum Restaurant festgestellt hatte, nicht gut klappte. Sich nicht für ihren Pferdeschwanz-Look entschieden zu haben, den sie fast immer trug, war vielleicht doch falsch gewesen. Sie mochte es nicht, sich ständig Haarsträhnen aus dem Gesicht schieben zu müssen, außerdem konnte es von einem männlichen Gegenüber falsch gedeutet werden – zumindest, wenn man dem Artikel zum Thema Flirten glaubte, den ihre Kollegin Vivian kürzlich veröffentlicht hatte. Gut, dass sie selbst bei der ehrgeizigen und niemals schlafenden online Nachrichten-Plattform *Blueball News* über wichtigere Themen als so etwas schrieb! Ob es tatsächlich einladend wirken würde? Bestimmt totaler Schwachsinn! Wobei… Wenn da etwas dran war, käme ihr das heute vielleicht ganz gelegen… Sie musste unwillkürlich schmunzeln. Fünf Jahre allein – eine extrem lange Zeit, sie war aus der Übung in diesen Dingen. Sie hatte nicht die Zeit gehabt, oder vielleicht einfach nicht den Mut für eine neue Partnerschaft. Viel einfacher war es gewesen, sich einzuigeln…

Wusste sie eigentlich selbst, was sie wollte? Ob sie überhaupt wieder irgendeinen Mann in ihr Leben lassen wollte? Sie hatte schon genug Probleme… Und wenn ja, dann einen wie Mike? Ein Mann, der ein ganz anderes Leben führte als sie selbst? Wahrscheinlich machte gerade *das* ihn so unwiderstehlich. Aussteigerleben hin oder her, er schien ein warmherziger, ehrlicher und gutmütiger Mensch zu sein. Der Ansicht war auch Jennifer, und die kannte sich aus mit Menschen.

»Schalt einfach mal deinen Kopf für eine Weile aus und komm!« Jennifer schien just in diesem Moment genau dort hineingespickt zu haben: in ihren Kopf. Und sie hatte recht – wie so oft. Total verkopft! Sie musste lockerer werden und die Dinge laufen lassen. Und sie brauchte unbedingt ihr einstiges Selbstvertrauen zurück, und zwar dringend!

Nichtsdestotrotz – hätte Natascha gewusst, dass nur gut die Hälfte der Taucherstammtischler schick erscheinen und die anderen lässig-leger in ihren Taucher-Shirts und Shorts dasitzen würden, sie hätte sich nicht so aufgedonnert. Aber die Mischung der Gäste war immer bunt, und jeder war willkommen, wie er eben kam, schick oder leger gekleidet – ganz egal. Das jedenfalls hatte Jennifer ihr gesagt, und Natascha hatte sich darauf verlassen. Und heute hatte sie Lust auf schick, und vielleicht auch Lust auf mehr, sie würde sehen. Nur nichts überstürzen. Oder doch?

Jennifer bot ihr einen freien Platz an. Und der schien nicht zufällig gewählt – lag er doch in verdächtiger Nähe zu Mike …

Der Abend verlief erwartungsgemäß gesellig, fröhlich, unbeschwert. Während und nach dem opulenten Essen wurde geplaudert, was das Zeug hielt, und je später es wurde, desto wohler fühlte sich Natascha. Die Zahl der Gäste nahm stetig ab, doch je weniger Leute am Tisch saßen, desto persönlicher und tiefgründiger wurden die Gespräche. Ganz nach Nataschas Gusto, oberflächliches Geplänkel war nicht ihr Ding. Smalltalk ja, aber früher oder später sollte man sich auch angeregt austauschen können. So war es jetzt und hier, perfekt! Die kleine illustre Runde war am großen Tisch enger zusammengerückt und bestand mittlerweile nur noch aus ihr, Jennifer, Frank und Ralf – Franks rechter Hand in der Tauchbasis –, Mike sowie Marina, einer jungen Tauchbasismitarbeiterin. Nun rutschte man von einem Thema zum nächsten, während die Kinder unbeschwert um sie her spielten. Doch die Zeit drängte – allzu spät wollte Natascha Lea nicht ins Bett bringen, und Jennifer und Frank sahen das für ihren Eric genauso. Jennifer schlug vor, die gesellige Runde bei ihnen zu Hause noch fortzuführen, die beiden Kinder in Erics Zimmer schlafenzulegen und Nataschas letzten Abend vor dem Heimflug noch auszukosten, so lange es ging.

Gesagt, getan. Eine Stunde später saßen die sechs Erwachsenen bei Kerzenlicht und leiser Chill-out-Musik im Hintergrund auf Stebes Terrasse. Pinienduft schwebte in der sommerlichen Luft, eine leichte Brise wehte. Offensichtlich rieben unzählige Grillen ihre Beinchen aneinander, um mit dem Balzgeräusch die Weibchen zu beeindrucken, und sorgten gleichzeitig dafür, dass sich Menschen, die um diese Zeit draußen verweilten, der Natur noch verbundener fühlten und noch besser zur Ruhe kamen, als es in dieser Idylle ohnehin geschah. Zumindest ging es Natascha so. Ab und zu huschte ein Gecko im Lichtkegel der Lampen die terrakottafarbenen Wände des Hauses entlang. Die Welt war in diesem Moment in Ordnung – sogar für Natascha. So friedlich wie der tiefe Schlaf, in den die beiden Kinder inzwischen gefallen waren.

»Warum bist du eigentlich weg aus Deutschland?« Das wollte Natascha Mike schon die ganze Zeit fragen, und nun traute sie sich endlich. »So mitten im Leben, meine ich. Seit fünf Jahren bist du als Tauchlehrer unterwegs, hast du mal gesagt. Aber es muss ja ein Leben davor gegeben haben, oder nicht? Jemand in Marinas Alter, so direkt vor oder kurz nach dem Studium, der mal ein paar Monate aussteigt – okay. Aber du? Gab es eine Initialzündung, irgendetwas Einschneidendes? Man gibt nicht einfach so alles auf, was man sich aufgebaut hat, oder nicht? Du warst da – wie alt? Knapp vierzig?«

Alle Blicke richteten sich auf Mike. Der schmunzelte auf eine Art, die zu sagen schien: *Die Frage musste ja kommen.* Aber sie schien ihm keinesfalls zu persönlich oder lästig, im Gegenteil, offensichtlich bezog er gerne Stellung dazu.

Obwohl er schmunzelte, blickte er sie ernst an. »Da kam eins zum anderen. Es ist ja meist so, dass es nicht den einen Auslöser gibt. Aber wenn ich mich auf etwas festlegen müsste, das ich den Hauptauslöser nennen kann, dann wäre es der Job. Wenn ich weitergemacht hätte, dann hätte der mich krankgemacht.« Mike nippte nachdenklich an seinem Wein. Fast im Zeitlupentempo setzte er das Glas wieder ab.

»Warum hast du nicht einfach die Stelle gewechselt?«, fragte Marina.

»Weil das, was mich zunehmend gestört hat, ein grundsätzliches Problem ist – zumindest in meiner Branche. Klar, ich hätte komplett umsatteln können. Aber dann kam da noch die Sache mit meiner Frau dazu – sie hatte Knall auf Fall ihre Koffer gepackt und war abgehauen – und der Tod meiner Eltern, die innerhalb eines Jahres beide gestorben waren. Kinder hatten meine Frau und ich nicht. Was also hätte mich noch halten können, wo ich mich doch immer fremder fühlte?« Nachdenklich rieb er sich seine markante Kinnpartie. Dann lehnte er sich zurück.

Dieser Blick! Ob an Natascha vorbei oder ob durch sie hindurch oder geradewegs in sie hinein – sie wusste es nicht. Nur, dass er sie berührte und etwas in ihr auslöste, das spürte sie. Ein wohliger Schauer durchfuhr sie.

»Es war damals einfach Zeit für einen Neuanfang, wie ein Weckruf, all den negativen Veränderungen den Rücken zu kehren.«

Die Offenheit, mit der Mike über die Sache mit seiner Frau sprach, überraschte Natascha, doch sie überging das Thema. »Was meinst du mit ›grundsätzliches Problem‹? Was *genau* war es, das dich so unzufrieden machte?« *Natascha da Silva! Schalt deinen Journalisten-Modus aus!*

»Unzufrieden passt eigentlich nicht, das wäre zu harmlos. An Unzufriedenheit kann man arbeiten, etwas ändern. Eher habe ich mir Sorgen gemacht. Ja, Sorgen. Die zunehmende Kaltherzigkeit, ja Verrohung unserer Gesellschaft – und dass es die gibt, ist ja offensichtlich, ich denke, das sehen wir alle in den vergangenen Jahren – die habe ich nirgends so sehr gespürt wie damals in meinem Job.

Damit meine ich nicht die zunehmende Belastung durch das ständig wachsende Arbeitspensum oder die Herausforderungen ganz allgemein, den Zeitdruck, die Hektik, die schwindelerregenden Anforderungen, denen ich in meiner Position gerecht werden musste. Ich meine auch nicht die Personaleinsparungen, die die verbleibenden Kollegen auffangen müssen, oder die Herausforderung der Digitalisierung oder das Streben nach immer mehr Wachstum, Wachstum, Wachstum oder die Gewinnmaximierung als oberstes Ziel, ganz egal, ob die Menschen dabei zugrunde gehen oder nicht…« Mike schüttelte fast unmerklich den Kopf. Es war offensichtlich, dass all das ihm zu jener Zeit auch gehörig missfallen hatte. »Es hat mich damals auch belastet, dass ich den Druck, den ich von oben bekam, als Führungskraft an meine Mitarbeiter weitergeben *musste*. Ich stand ständig mit dem Rücken zur Wand, und mir blieb nichts anderes übrig, als wiederum meine Mitarbeiter mit dem Rücken zur Wand zu stellen. Was für ein wahnsinniger Kreislauf! Aber all das war es nicht einmal. Na ja, schon, aber es waren vielmehr die Dinge, die ich grundsätzlich um mich herum beobachtete.« Mikes Blick wurde eine Spur ernster. »Ich meine die Ellenbogenmentalität, das Ausboten, jeder war sich selbst der Nächste. Schlimm! Es gab kaum mehr ein Miteinander, fast nur noch Gegeneinander. Am allerschlimmsten aber traf mich die Erkenntnis, dass ich mich damals selbst verändert hatte, schleichend zwar, aber dennoch deutlich wahrnehmbar und nicht gerade zu meinem Vorteil. Ich war immer verbissener, härter, kälter geworden, ja richtiggehend abgebrüht. Das traf mich, denn ich wollte so nicht sein, ich wollte nicht zu so einem Typen werden, als Preis dafür, im System zu funktionieren. Ich konnte mich selbst nicht mehr leiden. Daher musste ich etwas ändern und tat es dann eben radikal – die einzige Chance, aus dem Kreislauf auszubrechen. So zumindest habe ich es gesehen. Vielleicht habe ich auch nur nicht genug nach anderen Lösungen gesucht und es mir zu einfach gemacht.

Vielleicht. Kann sein. Wobei – dann wäre ich jetzt nicht hier.« Mike huschte ein Lächeln übers Gesicht. Er hatte ganz ruhig gesprochen, ohne Groll in der Stimme, aber Natascha konnte die tiefsitzenden Gefühle wahrnehmen, sie hörte sie zwischen den Zeilen heraus. Und hatte er nicht recht?!

»Das Problem geht ja heutzutage schon bei den Schulanfängern los«, schaltete sich Marina ein. Natascha mochte sie auf Anhieb. Marina hatte frech-fransig geschnittenes, naturblondes, kurzes Haar und sprühte vor Lebensfreude. Das genaue Gegenteil von Natascha – sowohl im Hinblick darauf, was *auf* dem Kopf war, als auch bezüglich der Einstellung *im* Kopf. Dazu noch so jung, noch voller Träume und Tatendrang – beneidenswert… »Der Jüngste meiner Schwester ist auch gerade in die Schule gekommen«, sprach Marina weiter. »Da wird schon in der ersten Klasse Druck erzeugt. Sicher nicht bewusst, hoffe ich zumindest, aber er ist halt ganz automatisch da. Bereits die Sechsjährigen kreischen verzweifelt, wenn sie nicht das ersehnte Belohnungssymbol ins Heftchen bekommen, und messen sich daran, wie viele die anderen schon in ihren Heften haben! Und wenn jemand anderes kein Belohnungssymbol bekommt, sind sie voller Schadenfreude! Klar, es ist ja für Kinder wichtig zu verinnerlichen, dass Fleiß belohnt wird. Aber irgendwie hat es seltsame Züge angenommen, finde ich. Ich bin ja viel jünger als ihr…« Ihr stieg plötzlich die Röte ins Gesicht. »Keine Ahnung, vielleicht war das bei euch in der Grundschule ja auch schon so.« Nun blickte sie einen nach dem anderen an, als würde sie sich dafür entschuldigen wollen, den anderen gerade klargemacht zu haben, dass sie ihren Zenit schon überschritten hatten. Dann fuhr sie, ohne eine Antwort abzuwarten, mit ihren Ausführungen fort: »Und ihr werdet es kaum glauben – der ältere Sohn meiner Schwester geht schon ins Gymnasium, achte Klasse, und dort ist es heutzutage schon so weit, dass manche Kinder nicht mal bereit sind, einem erkrankten Kind die Hausaufgaben zu bringen.

Die lassen kranke Kinder eiskalt hängen. Heftig! Natürlich passiert das nicht jedes Mal, klar, aber es passiert! Die Kinder entscheiden ganz gezielt, wen sie hängen lassen und wen nicht… Ich meine, war das früher auch schon so?« Sie wartete die Antwort nicht ab. »Passt auf, es wird noch besser!« Nun warf sie theatralisch die Hände in die Höhe. »Meine Schwester hat mir auch erzählt, dass es mitunter sogar vorkommt, dass Kinder manchmal bewusst falsche Aufgaben übermitteln, und das alles nur, um die anderen abzuhängen. Das ist doch krass!« Marina hatte sich regelrecht in Rage geredet. »Und das lässt man denen durchgehen… oder man verschließt die Augen davor, keine Ahnung! Aber wie sind die denn in dem Alter schon drauf?! Die Kinder werden doch quasi auf Ellenbogenmentalität getrimmt, lernen das von der Pike auf, weil es eben gang und gäbe ist, sich so zu verhalten. Schöne Zukunft!« In versöhnlicherem Ton fügte sie hinzu: »Vielleicht sind das auch nur Ausnahmen. Oder es ist nur dort an der Schule so. Hm… Meine Schwester dramatisiert schon mal ganz gerne. Aber erfunden hat sie das nicht.« Sie hielt kurz inne, war aber offensichtlich doch noch nicht alles losgeworden, was sie bewegte. »Aber wisst ihr, man muss sich nicht wundern, manche Eltern leben es ihren Kindern ja auch vor. Neulich zum Beispiel, da steh ich im Foyer des Kinos am Tresen, um Knabberzeug und Getränke zu kaufen. Der Tresen geht ums Eck, besteht also aus zwei Theken. Ich war früh dran und wartete. Hinter mir standen irgendwann weitere Leute. Jetzt kommt ein Mann hinter den Tresen, nur leider an die andere Ecke. Wie von der Tarantel gestochen rennt eine Mami mit ihren zwei Kindern – die drei hatten hinter mir gestanden – ans andere Eck und bestellt ihr Popcorn. Die wussten doch, dass ich vor ihnen gestanden hatte, und das nicht erst seit einer Minute. Also komm! Nicht, dass ihr mich falsch versteht, ich hatte es ja nicht eilig, und es lohnt sich ja eigentlich auch nicht, sich über sowas aufzuregen. Aber dennoch, das ist doch ein Spiegelbild des Zustands unserer Gesellschaft. Wisst ihr, was ich meine?« Sie redete in einem Tempo, das keine Einwände zuließ. »Jetzt sagt ihr vielleicht: ›Ja, blöd, so Leute gab und gibt es aber immer.‹ Stimmt auch! Aber irgendwie ist es doch immer häufiger so. Und was ich sagen möchte: Wen wundert's, dass dann die Kinder so werden!« Erneut hielt sie kurz inne, als hole sie sich das Okay, noch etwas hinzufügen zu dürfen. Vielleicht holte sie auch nur mal kurz Luft. Dann redete sie schnell weiter: »Oder versuch mal, auf eine stark frequentierte Straße draufzukommen. Bis dich da mal einer reinlässt. Und und und ... Es ist einfach so eine Zeit heute, denke ich. Man ist eben fixiert auf sich selbst. Sicher die Hektik, der Zeitdruck, der Stress, keine Frage! Viele sind vielleicht immer unter Strom und werden dann so, phasenweise zumindest. Ich habe das ja alles erst noch vor mir, den Stress im Berufsleben, meine ich. Erst mal studiere ich – ganz gemütlich.« Sie lachte. »Und nun bin ich erst mal hier.« Sie schnappte sich ihr Bier.

Natascha staunte. Marina war unter Wasser das komplette Gegenteil, nämlich die Ruhe selbst. Aber das kannte Natascha ja von sich auch: Eintauchen – abschalten!

Nun meldete sich Ralf zu Wort: »Wegen der Schule: Zu unserer Zeit haben wir uns Mitschülern gegenüber auch nicht immer einwandfrei verhalten. Ich denke, das war schon immer so. Vielleicht erinnern wir uns nur nicht daran.« Er zögerte eine Sekunde. »Oder es hatte zu unserer Zeit einfach doch noch nicht dieses Ausmaß«, fügte er dann eher fragend hinzu. »Könnte schon sein, dass da was dran ist. Was meint ihr?«

»Die Kinder mit sechs bilden schon Teams, in die man dazugehört oder eben nicht. Da fängt das Mobbing quasi schon in der ersten Klasse an. Das ist schon erschreckend, finde ich«, warf nochmals Marina ein.

»Gab es bei uns früher aber auch, Banden und so«, sagte Ralf, den sich Natascha mit seinem spitzbübischen Gesicht, den rötlichen Haaren und den frechen Sommersprossen lebhaft als männliche *Rote Zora* vorstellen konnte, eine TV-Figur aus ihrer Kindheit. »Aber vielleicht in der vierten, nicht schon in der ersten…«

»Man darf und sollte das alles sicher nicht überbewerten, nicht gleich dramatisieren, zumal wir alle mit Abstand draufschauen, weil unsere Kindheit schon ein paar Tage her ist. Aber trotzdem, es ist schon was dran, als würde heute einfach alles früher seinen Gang nehmen, und auch viel intensiver – schlimmer«, schaltete sich Frank ein.

Der ausgeglichene Frank – besonnen wie immer, dachte Natascha. Die Ruhe, die Frank für gewöhnlich ausstrahlte, stand für sie immer irgendwie im Gegensatz zu seinem eher verwegenen Aussehen. Das hätte eher zum Klischee des coolen Surfers gepasst: von der Sonne gebleichtes, naturgewelltes, halblanges Haar, türkisblaue Augen, markante und doch zugleich weiche Gesichtszüge, der gestählte Körper eines Fitnesstrainers und die draufgängerische Aura eines Lebemannes, hinter der aber ein ganz anderer Frank zum Vorschein kam. Diese Mischung versprühte eine starke Anziehungskraft – sicher auf viele Frauen. Jennifer war ein Glückspilz! Wäre da nicht Mike Sauerländer – der gute Frank hätte sich vorsehen müssen, theoretisch zumindest, denn praktisch bestand keinerlei Gefahr, Frank war Jennifers Schatz. Natascha würde sich nie für den Mann einer anderen interessieren – nicht auf diese Art zumindest. Und seit sie selbst Opfer von Untreue geworden war, erst recht nicht. Aber das war ein anderes Thema…

Das Gesprochene hallte noch in Natascha nach. Sie musste an Lea denken. In welcher Welt würde sie groß werden? Stand es wirklich so schlimm um das menschliche Miteinander? Würde Lea sich in dieser rauen Wirklichkeit zurechtfinden? Würde sie zu denen gehören, die andere unterbutterten, oder zu denen, die untergebuttert wurden? Sie würde alles daransetzen, dass Lea sich zu einer liebevollen und trotzdem taffen Frau entwickeln würde. Diese Kombination musste doch möglich sein, oder nicht?! Seinen Weg gehen und das erfolgreich, aber nicht auf Kosten anderer. Lea das zu vermitteln, nahm sie sich in diesem Moment einmal mehr vor.

Nun ergriff Mike nochmals das Wort: »Die Menschen schlagen sich seit Jahrtausenden gegenseitig die Köpfe ein. Das ist ja nicht nur ein Problem der heutigen Zeit. Es ist nur so: wo nach außen hin Friede herrscht, scheinen zunehmend innere Kämpfe stattzufinden – und zwar um Werte, quasi um das Innere des Menschen. Die *Zeichen der Zeit*, so nenne ich das mal.«

»Zeichen der Zeit…«, warfen nun auch einige der anderen ein. »Das passt doch irgendwie…«

»Die Frage ist nur, Zeichen für was? Was braut sich da zusammen?«, fragte Mike nachdenklich.

Nataschas Blick blieb an ihm haften. *Der Mann sieht nicht nur gut aus, er hat offensichtlich auch etwas in der Birne und das Herz am rechten Fleck – und einen Hang zum poetischen Philosophieren. Schnapp ihn Dir, Natascha, und besser bald – bevor es eine andere tut!*

Die nächste Stunde unterhielten sie sich weiter angeregt über dies und das. Gegen zwei Uhr ließ Jennifer durchblicken, dass es nun an der Zeit war, den schönen Abend zu beenden. Mike und Marina hatten beide ihren tauchfreien Tag vor sich – sonst hätten sie schon längst die Runde verlassen, immerhin hatten sie als Guides Verantwortung für tauchende Gäste. Jennifer, Frank und Ralf würden morgen nur in Papierstapeln abtauchen, aber Eric wäre bald wieder fidel und die Nacht somit kurz. Mit Lea würde es Natascha nicht anders gehen, und den letzten Urlaubstag nur kaputt herumzuhängen, wäre auch blöd. Irgendwann musste auch der netteste Abend zu Ende gehen – und der Zeitpunkt dafür war ohne Zweifel gekommen.

»Ich mach dir das Gästezimmer zurecht.«

»Danke, Jenny, lieb von dir, aber das Hotel ist gleich ums Eck. Ich schnappe noch ein bisschen frische Luft. Du hast keinen Aufwand und mir ist noch nicht nach schlafen zumute. Darf ich Lea nachher einfach bei dir abholen? Gegen Acht? Ist das okay?«

»Du kannst Neun daraus machen, kein Stress! Aber du kannst gerne bleiben, das weißt du. Ist doch kein Aufwand!« Jennifer hielt abrupt inne und schmunzelte. »Ah, verstehe.« Ein kurzer Luftkuss und Augenzwinkern, das Natascha allzu gut kannte. Grinsend machte Jennifer auf dem Absatz kehrt und schritt Richtung Küche. Im Laufen winkte sie Natascha noch über die Schulter zu und rief: »Viel Spaß!«

Nach gerade mal vier Stunden Schlaf und einem ausgiebigen Abschlussfrühstück, saß Natascha nun an einem kleinen Tisch des Strand-Cafés, einen Kaffee vor sich und immer wieder mal ein Auge auf Lea werfend, die fröhlich und ausgelassen mit zwei anderen Kindern eine Sandburg baute.

Nataschas Stimmung war das genaue Gegenteil. Wie hatte sie nur so blöd sein können?! Mike hatte sie in der Nacht noch zum Hotel begleitet, aber sie war nicht fähig gewesen, die Gunst der Stunde zu nutzen, und Mike wiederum so umsichtig, sie nicht zu drängen. Ihr Verlangen, ihn zu küssen, war kaum zu bremsen gewesen, doch sie hatte sich derart gegen den Impuls gewehrt, dass es ihr letztlich auch gelungen war. *Selbst schuld! Mist!*

Sein Blick... Es war offensichtlich... Und sie? Bescheuert!

Und warum? Er wolle in die Karibik – zumindest diesen Herbst und Winter über, dann würde er weitersehen, wo es ihn als nächstes hintreiben würde. Wahrscheinlich nach Indonesien. Oder auf die Malediven. Irgendwohin, wo es unter Wasser richtig bunt war. Nach Deutschland würde es allerdings auf gar keinen Fall gehen. Wenn er wenigstens ihre vorsichtige Frage, ob er vielleicht wieder nach Mallorca käme, bejaht hätte! Etwas über eine Flugstunde für sie – ein Klacks! Dann wäre sie vielleicht über ihren Schatten gesprungen. Mancher Mann wäre in so einer Situation mit Kalkül vorgegangen, hätte ihr durch ein, zwei Sätze Hoffnung ins Herz gesetzt, die Situation zukunftsfähig dargestellt, nur um sein Ziel zu erreichen. Fast wünschte sie sich, er hätte sich so verhalten! Nun aber hatte er mit seiner Ehrlichkeit Pluspunkte gesammelt. Es war doch kein Kalkül, oder? Oder war es genau das? Quatsch! Keinesfalls konnte er angenommen haben, dass sie genau das suchen würde – einen One-Night-Stand, eine unverbindliche, lockere Nacht – und sich gedacht haben, sie genau so für sich gewinnen zu können.

Du bist so verkopft, nein: bescheuert! Warum denkst du von jedem Mann schlecht, bloß weil der eine dich enttäuscht hat?! Okay, eine Chance auf eine gemeinsame Zukunft gäbe es wohl nicht. Aber welche Frau in ihrer Situation hätte überhaupt darüber nachgedacht? *Totale Blockade! Verklemmte Kuh!* Und überhaupt, welche Garantien verlangte sie denn? Chance vertan! Ein Mann, der sie durch seine herzliche und offene Art derart beeindruckte und der offensichtlich etwas übrighatte für Tugenden, ein Mann, der noch dazu blendend aussah – und Single! In ihrem Alter! Der Typ war so was von heiß – aber sie so was von blöd! Und wenn schon, musste sie ihn denn gleich anspringen, als würde sie das mit jedem machen? Würde zwischen ihnen nicht ganz natürlich etwas entstehen, wenn er wirklich das Herz am rechten Fleck und Interesse hätte? War das richtig gedacht? War das falsch gedacht? *Keine Ahnung…*

Natascha nippte an ihrem Kaffee und versuchte, den Frust zu verscheuchen. Ihr Blick fiel auf eine deutsche Zeitung, die jemand auf dem Tisch nebenan hatte liegen lassen. Hier auf Mallorca, dem siebzehnten Bundesland Deutschlands, schien sie für viele Pflichtlektüre zu sein – ständig lagen die Dinger irgendwo herum.

Warum nicht einen kurzen Blick reinwerfen und schauen, was die Kollegen bei der Konkurrenz so schrieben?! Konkurrenz… Wenn ihr Chefredakteur das hören würde, könnte sie zukünftig über Kochrezepte statt über Brennpunkthemen schreiben, denn er hielt seine online-Redaktion für überaus anspruchsvoll und rümpfte über Medien, die journalistisch anders arbeiteten, gerne die Nase – auch über jene, die sie sich vom Nachbarstisch schnappen wollte.

Natascha maßte sich kein Urteil an über die journalistischen Ansprüche anderer. Hatte sie nie getan. Das war ihr Grundsatz. *Rede nicht schlecht über die Konkurrenz, sieh einfach nur zu, dass du deinen Job so machst, dass man gut über deine Arbeit spricht – was im Erfolgsfall vielleicht sogar bedeutet, dass die Konkurrenz schlecht über deine Arbeit redet, weil Erfolg nun einmal geneidet wird.* Außerdem waren Geschmäcker verschieden. Das Ressort, das sie leitete, war sicher auch nicht jedermanns Sache. Außerdem konnte man von den Kollegen anderer Medien manchmal auch etwas lernen, es gab so viele gute Reporter.

Beim Gedanken an die redaktionelle Arroganz ihres Chefs griff sie mit besonderer Genugtuung nach dem Blatt. Doch das gute Gefühl währte nur kurz – ihr stockte der Atem.

Die Schlagzeile: Ein Tritt gegen das Herz… vielmehr ein Stich mitten hinein!

In einer Berliner Schule hatte ein vierzehnjähriger Schüler so lange auf einen Mitschüler eingeprügelt, bis dieser noch an Ort und Stelle verstarb. Natascha musste schlucken, als sie den Bericht las, seiner Grausamkeit wegen und auch weil es wie ein Déjà-vu war. In den Medien war immer wieder über ähnliche Fälle berichtet worden, und Natascha hatte sich gefragt, ob sich solche Fälle in letzter Zeit nicht häuften und an Brutalität zunahmen. Auch gestern war in der abendlichen Runde ein solches Beispiel aufgekommen, die Schlägerei in einer U-Bahn, brutal und der heutigen Meldung sehr ähnlich. Sie waren auf dieses schlimme Ereignis gekommen, als sie über die zunehmende Verrohung der Gesellschaft gesprochen hatten und beim Thema der zunehmenden Gewaltbereitschaft gelandet waren. Frank und Mike sagten beide etwas Ähnliches. Etwas wie: »Zu unserer Zeit, als wir noch Kinder oder Jugendliche waren, hat man sich auch geprügelt, das gehörte dazu, vor allem unter Jungs. Das ist halt so. Aber wenn einer am Boden lag, dann hat der andere aufgehört. Nie wäre es jemandem in den Sinn gekommen, hemmungslos und brutal auf einen am Boden Liegenden einzutreten, bis ihm der Schädel bricht. Wo sind wir hingekommen? Die Gewalt kennt heute oft keine Hemmschwelle mehr. Das hat nunmehr eine ganz andere Dimension. Natürlich nicht immer, aber immer öfter. Es ist besorgniserregend!«

Während sie darüber nachdachte und sich erneut in den Artikel der Zeitung vertiefte, bekam Natascha Gänsehaut. Komisch, dass sie ständig über solche Themen stolperte. Passierte so etwas inzwischen wirklich immer öfter, oder stieß sie nur öfter darauf?

Du ziehst diese Themen an wie ein Magnet, weil du selbst schlecht drauf bist, in allem nur noch das Negative siehst und von allem und jedem enttäuscht bist! Die Welt ist schon seit tausenden von Jahren so, es ist nichts Neues! Das gab es schon immer, du nimmst es jetzt nur verstärkt wahr! So und nicht anders ist es!

Hoffentlich schlitterte sie nicht in eine Depression! Natascha da Silva – reiß dich zusammen!

♦

ZEICHEN DER ZEIT

Gerd Postlers Arbeitstag startete in der gewohnten und geliebten Routine. Seit dreißig Jahren im selben Job, in derselben Wohnung, mit derselben Frau – was heutzutage zunehmend aus der Mode war, so zumindest Postlers Einschätzung. Für ihn aber war es genau das Richtige. Für ihn zählten Werte wie Treue und Verlässlichkeit, daher hatte es mitunter fast schon neurotische Züge, mit welch beharrlicher Regelmäßigkeit er seinen Aufgaben nachging. Vielleicht aber – und diese Frage hatte er sich früher nie gestellt – scheute er auch nur, Neues auszuprobieren? Nicht, dass er vorhatte, es zu tun. Er war soweit glücklich und zufrieden mit seinem Leben. Und trotzdem – er konnte selbst nicht erklären, warum – hatte er sich in den letzten Tagen immer wieder gefragt, ob ein wenig Würze sein Leben nicht aufpeppen würde? Eine Würze, die bisher eigentlich gar nicht gefehlt hatte…

Diese neuen Gedankengänge irritierten ihn selbst, sie waren so ungewohnt für ihn, einen Mann, der doch genau wusste, was er wollte und wie er tickte und dessen Leben in bewährten Ritualen ablief. War er ein Langeweiler? Nannte ihn sein Bürokollege Norman Beck vielleicht zu Recht »Pantoffelheld«? Er sollte nichts darauf geben, lieber sollte Beck auf sich selbst schauen, so komisch, wie der in den letzten Wochen drauf war. Wie ausgewechselt erschien ihm der Kollege – und das nicht nur einmal. Er verhielt sich seltsam.

Postler hatte keine Ahnung, was mit dem Mann los war, die letzten Jahre hatten sie eigentlich gut zusammengearbeitet. Bis vor Kurzem, aber nun war Beck wie ausgewechselt, als stecke plötzlich eine andere Person in seiner leiblichen Hülle. Und aggressiver war er auch, rastete manchmal regelrecht aus. Den anderen in der Firma schien es gar nicht aufzufallen – aber die arbeiteten ja auch nicht so eng mit Beck zusammen wie er. Inzwischen gab es ständig Reibungspunkte. Anstatt zu arbeiten, ergötzte Beck sich immer häufiger zwischendurch an irgendwelchen Sachen im Internet; ständig streamte er irgendwelche Videos und sogar ganze Filme, postete und chattete, anstatt sich auf ihr Projekt zu konzentrieren. Postler war es egal, ob Beck immer mehr zum Medien-Junkie verkümmerte oder nicht, aber wenn es um ihren beruflichen Erfolg ging, dann hatte er sehr wohl etwas dagegen. Sollte er die ganze Arbeit allein machen? Beim Chef anschwärzen wollte er Beck aber nicht, er hoffte stattdessen, dass es nur eine Phase war und Beck bald wieder konzentriert und zuverlässig seiner Arbeit nachgehen würde. Persönlich zur Rede hatte er Beck allerdings auch noch nicht gestellt. Warum eigentlich nicht? Wahrscheinlich war er eben doch ein Weichei... Besser Weichei als Choleriker wie Beck ...

Wie jeden Morgen stoppte Postler nun auf seinem Weg zur U-Bahn an *Helgas Kiosk*. Ein Start in den Tag ohne Tageszeitung war für ihn undenkbar, und auch der übliche Smalltalk mit Helga gehörte dazu. Verdutzt starrte er nun die fremde junge Dame hinter dem Verkaufstresen an. Helga war nicht da.

»Was darf's sein?«, fragte sie mürrisch. Die schlechte Laune stand ihr ins Gesicht geschrieben.

»Helga hat gestern gar nicht erwähnt, dass sie in Urlaub fährt«, stammelte Postler. Helga Lauditz, die Kioskbesitzerin, stand eigentlich immer im Laden, selbst mit hohem Fieber, was er stets kritisiert hatte; doch sie hatte immer nur abgewunken und das Thema gewechselt. »Sie ist doch nicht etwa krank?«, fragte Postler.

»Da wäre ich mir nicht so sicher«, entfuhr es der jungen Dame barsch. »Ganz richtig in der Birne scheint sie nicht mehr zu sein, drückt mir den Schlüssel in die Hand und haut ab auf Weltreise. Einfach so, von einem Tag auf den anderen, unfassbar!«

»Weltreise?« Postler wusste, dass Helga Auslandsreisen mied wie der Hausstauballergiker einen alten Dachboden.

»Keine Ahnung, was in meine Mutter gefahren ist! Was soll ich mit der Bude hier jetzt machen?!« Die junge Dame hob hilflos die Arme. »Hätte ich heute nicht frei, wäre das Ding zu. Aber die Kosten laufen weiter, und das ist ein Problem! Drückt mir den Schlüssel in die Hand, steigt ins Taxi und haut ab – zack!«

»Ach, Sie sind –«

Postler wurde unwirsch unterbrochen. Ein Mann hinter ihm raunzte: »Also ich geh leider nicht auf Weltreise, sondern muss zur Arbeit, und das möglichst pünktlich.

Könnten Sie beide wann anders weiterquatschen?! Hier warten noch andere Leute!«

»Sind in diesem Viertel alle so nett?« Die junge Dame hatte sich zu Postler vorgebeugt. Dabei entspannten sich ihre Züge für einen Augenblick, und sie lächelte Postler verschmitzt an. »Wenn ja, dann versteh ich meine Mutter.« Sie lehnte sich wieder zurück und fragte, nun für alle hörbar und in übertriebener Manier: »Sie wünschen?«

Nachdem Postler seine Zeitung im Aktenkoffer verstaut hatte, schritt er – noch immer leicht verdutzt über die überraschende Seite der Kioskbesitzerin, die sich ihm soeben offenbart hatte – weiter Richtung U-Bahn-Station.

Kurz darauf lief er beinahe an seiner Nachbarin vorbei, ohne sie zu beachten. Was hätte die von ihm gedacht? Dass auch er inzwischen zu einem unhöflichen Stoffel avanciert war? In dem Wohnblock, in dem sie beide wohnten, hatte sich das nachbarschaftliche Klima seit einiger Zeit verändert, kälter war es geworden, um nicht zu sagen: rau. Frau Störz, die Nachbarin, die ihm gerade entgegeneilte, bildete eine wohltuende Ausnahme, sie war noch immer die Alte, fürsorglich und interessiert.

»Guten Morgen Frau Störz. Sie haben's ja ganz schön eilig.« Postler schenkte ihr ein Lächeln, bekam aber irritierenderweise heute keines von ihr zurück. »Alles in Ordnung?«, fragte er.

»Eigentlich schon! Es kam alles nur etwas plötzlich. Jetzt kann ich schauen, wie ich heute und Morgen noch alles schaffe. Sie glauben nicht, was ich zu erledigen habe!«, antwortete sie abgehetzt, während sie, inzwischen auf gleicher Höhe, an ihm vorbeieilte, zu Postlers Verwunderung ohne anzuhalten. Dann wurde ihr offensichtlich klar, dass er überhaupt nicht verstand, wovon sie sprach, und stoppte abrupt. Sie ging drei Schritte zurück. »Guten Morgen«, schob sie jetzt hinterher, »entschuldigen Sie, ich wollte nicht unhöflich sein, aber ich muss schnell noch zurück in die Wohnung. Ich habe etwas vergessen – und das, wo heute Morgen so viel ansteht!« Sie atmete kurz.

»Meine Tochter hat mir gestern verkündet, dass meine Enkelin morgen für ein Jahr nach Afrika fliegt. Für eine humanitäre Hilfsorganisation, einfach so, wie aus dem Nichts. Ich finde das ja richtig toll, aber es kam nur so plötzlich, so überraschend eben, auch für meine Tochter! Sie wissen schon …« Nun lächelte sie kurz. Dann seufzte sie. »Ach, ich habe nicht mehr daran geglaubt, dass sie mit den Monaten bis zu ihrem Studienbeginn noch etwas Sinnvolles anfangen würde. Zuletzt hat sie nur noch zu Hause rumgehangen, ging kaum mehr raus, war nur noch am PC. Ständig Chatten, Serien schauen, stundenlang, jeden Tag. Na ja, Sie wissen ja, wie das ist«, sagte sie wieder. »Heutzutage ist es ja wichtig, in diesen Dingen fit zu sein. Und wenn wir Senioren schon jeden Tag online sind – wer kann es dann der Jugend verdenken?!« Sie hielt Postler ihr Smartphone unter die Nase, das sie noch immer in der linken Hand hielt. Offensichtlich hatte sie es kurz vor ihrem Aufeinandertreffen noch benutzt. »Es war nur so, dass sie plötzlich immer mehr vor dem Bildschirm saß. Ich fand das nicht gut. Das wahre Leben findet doch hier draußen statt«, ruckartig schwang sie ihren rechten Arm vom Oberkörper nach vorne weg und hätte fast Postler erwischt. Sie war jetzt offensichtlich in der gewohnten Plauderlaune, von Eile nichts mehr zu spüren. »Da darf man ja auch mal was sagen, oder nicht?! War halt irgendwie eigenartig, sie hatte sich zunehmend abgekapselt. Da sorgt man sich schon, ob das Kind womöglich bald auf gar nichts mehr Lust hat, vielleicht nicht mal mehr auf das Studium. Und jetzt…« Frau Störz zog die Brauen hoch und machte große Augen, dann stieß sie hörbar die Luft aus und sagte kopfschüttelnd: »Und jetzt ist es das genaue Gegenteil, das andere Extrem kann man fast sagen. Sie stellt den Studienstart zurück, um ein ganzes Jahr in Afrika zu bleiben. Was sagt man dazu?«

Postler wusste nicht, ob er es gut oder schlecht finden sollte, und sagte lieber nichts.

War es nicht zu begrüßen, wenn gerade junge Menschen sich derart engagierten? Und was machte es schon aus in einem so jungen Leben, wenn man ein Jahr früher oder später studierte? Andere stiegen für ein Jahr aus und arbeiteten als Animateurin in einer Clubanlage oder machten Work & Travel. Frau Störz' Enkeltochter aber machte eben das – Hilfe leisten, wo die mehr als gebraucht wurde... Andererseits – dafür einen Studienplatz abgeben? Hm. Sicher könnte die junge Dame Menschen helfen, ohne das Land zu verlassen. Wenn es seine Tochter wäre, was würde er ihr raten?

Er selbst hatte keine Kinder, mit solchen Fragen musste er sich also nicht auseinandersetzen.

»Das sind allerdings Neuigkeiten«, sagte Postler. »Ich wünsche Ihrer Enkelin alles Gute! Ich muss jetzt leider los, tut mir leid.«

»Haben Sie das von der Kassiererin im Diskounter um die Ecke gehört?« Frau Störz berührte Postler am Arm, wie um ihn aufzuhalten.

»Was denn?« Postler warf einen Blick auf seine Uhr. Eine Minute hätte er noch. Er wollte nicht unhöflich erscheinen.

»Frau Werner, die Mollige mit den kurzen Haaren, die quasi zum Inventar gehört und seit der Öffnung vor zwanzig Jahren schon dort an der Kasse sitzt...« Sie senkte ihre Stimme.

Postler hatte keine Ahnung, wie lange Frau Werner schon dort gearbeitet hatte – so gut im Bilde über alles und jeden wie seine Nachbarin war er nicht.

»Sie haben es noch nicht gehört?!« Frau Störz sah Postler mit weit aufgerissenen Augen an. »Die hat man gestern festgenommen!«

»Festgenommen? Wie... meinen Sie von der Polizei?« Postler dachte, er hätte sich verhört oder es falsch verstanden.

»Da gab es doch diese Betrugsfälle kürzlich. Die Behörden tappten erst im Dunkeln – aber dann... na ja, es war die Werner mit zwei Komplizen.« Sie schüttelte den Kopf.

»Wollen Sie mich veräppeln?« Was erzählte die Frau denn bloß?!

»Herr Postler! Meinen Sie, ich mache Scherze über so etwas?!«

»Nein… ich meine, wenn Sie das sagen… es ist nur, das ist ja einfach nicht zu glauben… Was hat die denn geritten? Ich kann das gar nicht glauben – die Story ist echt abstrus. Diese brave Frau…« Was war das nur für ein Morgen? Der erste April? Waren alle verrückt geworden. Wie kam es eigentlich, dass er von der Sache noch nichts wusste?

»Wann war das, sagten Sie? Ich habe das gar nicht gelesen – wo ich doch jeden Tag Zeitung lese.« Postler konnte sich an so eine Meldung nicht erinnern.

»Sie lesen ja auch keine lokale Zeitung!« Missbilligend zeigte sie auf seinen Aktenkoffer. Offensichtlich kannte sie seine Gewohnheiten. »Solche banalen Meldungen von kleineren Delikten in den Randbezirken stehen da natürlich nicht drin.« Es klang wie eine Rüge.

Als müsste er sich für die Auswahl seiner Morgenlektüre rechtfertigen, sagte er: »Ich muss aus beruflichen Gründen über den Tellerrand schauen.«

Sie winkte ab, mit einer Geste, die zu sagen schien: Wer interessiert sich noch für das, was mit dem Durchschnittsbürger passiert. Dann sagte sie: »Auf jeden Fall beängstigend. Man denkt, einen Menschen zu kennen, und dann das! Egal, wo man hinschaut, überall Irre. Nehmen Sie doch nur mal den Maier kürzlich – der hat doch tatsächlich –«

»Tut mir leid, Frau Störz, ich muss jetzt wirklich los, sonst verpasse ich meine U-Bahn.« Die Unterhaltung begann, unsachlich zu werden, aber das war nicht Postlers Art. Vom Einzelfall gleich in Verallgemeinerung abzudriften, mochte er nicht. Frau Störz war eine nette Dame, aber sie tratschte manchmal einfach zu gerne. »Ich habe Sie auch schon lange genug aufgehalten. Sie haben doch noch so viel zu tun, Ihre Enkelin und so…«

»Ja! Das stimmt! Wir reden ein anderes Mal weiter.« Es war ihr anzusehen, dass sie sich bei der Verbreitung des Buschfunks ertappt fühlte. Die Sache mit der Kassiererin aber war den Tratsch wert. Unerklärlich!

Postler verabschiedete sich rasch von seiner Nachbarin und schritt nun etwas zügiger als zuvor Richtung U-Bahn-Station.

Heute war Donnerstag, und wie jeden Donnerstag fing er statt um acht erst um zehn Uhr an, genau wie auch jeden zweiten Dienstag. Die gewohnte Routine, ein beständiger Pfeiler im Wirrwarr des immer turbulenteren Alltags. Und eine Möglichkeit, die Wochen im Voraus exakt zu planen. So hatte er es am liebsten.

Er ergatterte einen der wenigen freien Sitzplätze, holte die Zeitung aus seinem Koffer und schlug sie auf. Die U-Bahn-Fahrt dauerte exakt dreiunddreißig Minuten – genug Zeit, um die üblichen Rubriken in der Zeitung zu überfliegen. Meist kam er beim Lesen exakt bis zum Sportteil, das unterstrich seine morgendliche Routine. Den Rest würde er in der Mittagspause querlesen, wie immer. Dafür gönnte er sich dreißig Minuten, dann blieben ihm fünfzehn Minuten fürs Essen, Fleischkäse mit Bratkartoffeln würde heute seine Wahl in der Kantine sein, wie jeden Donnerstag.

Nach wenigen Sekunden schon blieb er an einer Zeitungsmeldung hängen. An ein und demselben Tag waren gleich in mehreren Städten Menschen von völlig Fremden vor den einfahrenden Zug gestoßen worden. »Geschubst« hieß es. Aber war das nicht ein viel zu niedliches Wort für so eine unfassbare Tat? Diese Grausamkeit schien sich auszubreiten wie ein Virus, und er wollte sich gar nicht vorstellen, wie oft eine solche Tat dann nachgeahmt wurde. Hatte er nicht neulich etwas über diesen »Schneeballeffekt« gelesen? Die Vorfälle hatten offensichtlich nichts miteinander zu tun, aber sie ähnelten sich und folgten zeitlich nah aufeinander. Jetzt noch von Einzelfällen zu sprechen, wäre irreführend.

In dem Artikel kam auch ein Sicherheitsexperte der Regierung zu Wort. Man müsse intensiv über strengere Gesetze zur Überwachung diskutieren, um Ereignissen wie diesen zuvorzukommen, sagte er. Um Ereignissen zuvorzukommen? In U- und S-Bahn-Stationen waren doch ohnehin bereits ausreichend Kameras angebracht. Offensichtlich schreckten die niemanden ab. Wie sollten denn noch mehr Kameras diese Dinge *verhindern*? Sie erleichterten doch lediglich das Ergreifen der Täter. Viel mehr Arbeit müsste in die Prävention solcher Gewalt gesteckt werden, das wäre sinnvoll! Die Frage war doch: Was lief schief, dass es dazu kam? Was trieb die Täter dazu? Diesen Fragen müsste man stärker nachgehen! Kameras gehörten trotzdem dorthin.

Was war das nur für eine Zeit? Was war los mit den Menschen?

Postler blätterte weiter und blieb an einem erfreulicheren Artikel hängen. Zwischendurch schaute er aus dem Fenster. Gerade fuhren sie aus dem Tunnel. Ein Blick auf die Uhr. Auf die Minute! Es ging doch nichts über Pünktlichkeit... Die U-Bahn war zuverlässiger als der morgendliche Straßenverkehr. Gleich fuhren sie über einen Bahnübergang. Danach noch einundzwanzig Minuten bis an sein Ziel. Zeit für den morgendlichen Müsli-Riegel. Die Sorte, die er seit Jahren jeden Morgen verspeiste. Akkurat faltete Postler die Zeitung zusammen und öffnete den Aktenkoffer. Da steckte der Riegel, an Ort und Stelle. In appetitlicher Vorfreude griff er danach.

Plötzlich gab es einen heftigen Ruck, ein ohrenbetäubendes Schleifen war zu hören. Postler katapultierte es nach vorne, direkt auf sein Gegenüber, der Koffer flog herunter und der Inhalt auf den Boden, Passagiere schrien, verloren ihr Gleichgewicht, gerieten ins Schwanken, einige fielen zu Boden, andere wurden auf ihren Sitzen durchgerüttelt.

Der Bahnfahrer musste eine Notbremsung eingelegt haben – die einzige Erklärung, die Postler einfiel. Gänsehaut überkam ihn – er ahnte, warum der Zug stoppte.

♦

ZEICHEN DER ZEIT

Fritz Schuster harkte das bunte Herbstlaub zusammen. Ihm und seiner Frau Erna fiel es zunehmend schwer, sich um ihren Schrebergarten zu kümmern. Für Senioren ihres Jahrgangs waren sie beide zwar ausgesprochen fit – fünfundachtzig und noch immer imstande, den Alltag allein zu bewältigen, das war nicht allen vergönnt. Und doch – die Jahrzehnte waren auch an ihnen nicht spurlos vorbeigezogen, und Arbeiten wie diese waren inzwischen erheblich mühsamer. Ihre erwachsenen Kinder lebten weit entfernt, und es war klar, dass sie ihren eigenen Weg gingen, wo auch immer dieser sie hinführte, ob der Liebe wegen oder aus beruflichen Gründen. Dort hinziehen, wo eines ihrer Kinder lebte, wollten sie aber nicht, zu sehr hingen sie an ihrer Heimat und an ihrem geliebten Garten. Schusters Freunde und Bekannte waren entweder auch nicht mehr die Jüngsten oder bereits verstorben. Niemand bot Hilfe an, und um Helfer zu bezahlen, reichte ihre Rente nicht.

Den Schrebergarten aufgeben, das kam aber nicht in Frage. Letztlich tat ihnen die Bewegung an der frischen Luft auch gut. Der Hauptgrund aber war, dass ihr Herzblut an diesem Kleinod am Stadtrand hing. Jahrzehntelang hatten sie nahezu jede freie Minute hier verbracht und den Garten mit viel Sorgfalt und Liebe gestaltet. Daher hielten sie weiter daran fest.

Fritz Schuster hielt kurz mit dem Harken inne und schenkte seiner Erna ein liebevolles Lächeln. Die balancierte vorsichtig das Tablett, auf dem duftender Kaffee und ihr legendärer Käsekuchen standen, aus dem gemütlichen Gartenbungalow in Richtung Verandatisch.

In diesem Augenblick unterbrach lautes Gegröle die idyllische Ruhe in der Schrebergartenanlage. Schuster entging die sorgenvolle Miene nicht, die sich schlagartig im Gesicht seiner Frau breitmachte.

In den letzten Wochen hatten die Pöbeleien überhandgenommen. Nicht dass die Schusters kein Herz für jugendliche Energieabladungen gehabt hätten – sie waren schließlich selbst mal jung gewesen. Das war ihre Devise im Umgang mit jungen Menschen, die hin und wieder über die Stränge schlugen. Aber aus Gegröle der Jungs – allesamt Kinder von Schrebergartenbesitzern – war mittlerweile öfters ein schwerer Konflikt entstanden, der nicht mehr mit pubertärem Hormonchaos zu erklären, geschweige denn zu entschuldigen war.

In einigen Schrebergärten hatte es bereits Vorfälle gegeben, die man nicht mehr »unerheblich« nennen konnte. Um des lieben Friedens willen hatte man es unter den Tisch gekehrt. Oder das Finanzielle diskret mit den Eltern der Kinder geregelt. Inzwischen war das Ausmaß der Beschädigungen und Ruhestörung allerdings signifikant angestiegen – so weitergehen konnte es auf Dauer nicht. Zur Anzeige hatte die Vorfälle bisher dennoch niemand gebracht, keiner wollte den Jugendlichen ihre Zukunft verbauen, nicht zuletzt weil man einige von ihnen bereits von klein auf kannte. Doch den Tätern fehlte bisher jede Einsicht, und Besserung war nicht in Sicht.

Schuster machte sich Sorgen um diese jungen Menschen. Irgendetwas lag im Argen. Sie verhielten sich seltsam, immer aggressiver und unberechenbarer. Schlimm genug, dass sie regelmäßig so viel tranken. Das allein reichte ihm als Erklärung aber nicht aus, da musste mehr dahinterstecken. Hoffentlich waren keine harten Drogen im Spiel! Was war nur los mit diesen Jungs? Ein falscher Blick, ein falsches Wort oder schlicht die Tatsache, dass jemand zur falschen Zeit in ihrem Blickfeld erschien, konnte genügen, und sie drehten durch.

Manche Kleingärtner spielten es herunter und sagten, diese Teenager wären schlicht unerzogen. Doch Schuster teilte diese Ansicht nicht. Das griff einfach zu kurz. Den

Eltern war die Erziehung und das Wohl ihrer Kinder auch nicht egal gewesen – im Gegenteil! Offensichtlich aber hatten sie nicht den gewünschten Erfolg erzielt.

Die Frage war also, was mit diesen jungen Leuten *wirklich* los war! Für Schuster unmöglich zu beantworten. Diese Kinder trugen eine Aggression in sich, die nichts mehr mit den Pöbelattacken der Halbstarken früherer Zeiten zu tun hatte. Derart hemmungsloses Verhalten kannte Schuster so nicht. Und wenn er die Zeitungsberichte verfolgte, so schienen immer häufiger bereits Kinder im Alter von zehn bis vierzehn Jahren aufzufallen, sie wurden immer früher und immer öfter aggressiv und handgreiflich, sogar Älteren gegenüber, wenn die in der Unterzahl und somit trotz ihres Alters unterlegen waren. Immer häufiger las Schuster von solchen Gewaltattacken, gehäuft auch gegen junge Frauen. Triebtäter im Kindesalter – wo hatte es früher so etwas gegeben? Schuster konnte sich nicht erinnern. Bei all diesen Meldungen gewann er dann hin und wieder doch den Eindruck, dass sich die Dimension jugendlicher Aggressivität verändert hatte, es war extremer als früher und ging in jüngerem Alter los. Hemmungsloser, brutaler.

Aber vielleicht bewertete er das heute einfach strenger. Es konnte doch sein, dass es früher nicht anders gewesen war. Vielleicht war damals nur sein Blickwinkel ein anderer gewesen. Und schließlich gab es ja in der heutigen Zeit auch das genaue Gegenteil, so jedenfalls argumentierte er für gewöhnlich, wenn man die »Jugend von heute« pauschal in die Sorgenschublade steckte. Dann wies er gerne darauf hin, dass sich immer mehr Jugendliche sozial engagierten, humanitär, ehrenamtlich und sogar auch politisch, dass sie im Umweltschutz aktiv waren oder ein freiwilliges soziales Jahr leisteten, dass sie höflich waren, freundlich, fleißig, zielstrebig und ihr Leben schon früh in die richtigen Bahnen lenkten.

Eine wahre Generation von Weltverbesserern war da herangewachsen, das fiel Schuster in letzter Zeit mehr denn je auf. Viele junge Leute setzten sich auf dieser Welt für das Gute ein und kämpften gegen negative Strömungen. Manche schwammen auch mal kraftvoll gegen den Strom, wenn es sein musste und ethisch richtig war. Andere aber riss der Fluss dieser seltsamen Gewalt mit sich und trieb sie Richtung Abgrund – es blieb dann zu hoffen, dass sie einen Rettungsring zu fassen bekamen, bevor es zu spät war.

Es gab einfach solche und solche, wie bei den Erwachsenen eben auch. Wie es eben immer schon gewesen war. Allerdings gewann Schuster zunehmend den Eindruck, dass sich etwas in diesem Heute veränderte. Vielleicht täuschte er sich auch, reagierte mit hypersensibler Wahrnehmung auf die gesellschaftlichen Veränderungen. Und doch: es kristallisierten sich, so schien es ihm, Extreme heraus, alles schien ausgeprägter als noch vor ein paar Jahren, egal in welcher Hinsicht. Extrem gutes Verhalten war ja zu begrüßen – wer konnte sich schon zu gut verhalten? Liebevolles, menschliches, gerechtes und soziales Verhalten konnte man doch nie genug an den Tag legen, je mehr davon, desto besser. Oder nicht? Extrem negatives Verhalten allerdings war zweifelsohne ein Problem.

Schuster hatte genug Lebenserfahrung, um zu wissen, dass oft gerade die rebellischen Jugendlichen besonders sensibel waren und man ihr Verhalten mehr hinterfragen musste, anstatt es vorschnell zu verurteilen. Diese angebliche Null-Bock-Generation versuchte letztlich nur, sich von den Erwachsenen abzugrenzen. Vieles war Fassade, hinter die zu blicken sich lohnte und den Zugang zu diesen jungen Menschen ermöglichte. Die Kunst war es, eine Brücke zu bauen zwischen Jung und Alt, zwischen den Generationen und unterschiedlichen Lebensmodellen.

Vor Kurzem hatte Schusters Sohn gesagt, dass die »Jugend von heute« mitunter sogar vernünftiger sei als es ihre Eltern im selben Alter gewesen waren. Sein Jüngster hatte kürzlich zu seinem achtzehnten Geburtstag eine große Party veranstaltet, um die fünfzig Jugendliche waren gekommen, und Schusters Sohn, der die Feier mit Argusaugen beobachtet hatte, war positiv überrascht gewesen, wie konsequent das Kein-Alkohol-bei-denen-die-fahren gehandhabt wurde. Er hatte festgestellt, dass es zu seiner Zeit oft weit weniger vernünftig hergegangen sei. Nein, es war nicht so, dass die heutige Jugend chaotischer war als je zuvor. In mancher Hinsicht hatten sie die Dinge sogar besser unter Kontrolle als früher ihre Eltern – oder wenigstens nicht schlechter.

Keinesfalls stand es um die Jugend so schlecht, wie oftmals behauptet wurde, so Schusters feste Meinung. Aber nicht alle in seinem Alter sahen das so, schon gar nicht in dieser Kleingärtneranlage, und erst recht nicht, nachdem sich in den letzten Monaten das in vielen Köpfen vorhandene Klischee bezüglich der »Jugend von heute« zu bestätigen schien.

Schuster hatte für sein Alter eigentlich einen guten Draht zu jungen Menschen. Ohnehin war er ein sehr moderner Rentner, nutzte den PC, besaß ein Smartphone und surfte bei Bedarf durchs Internet. Auch bezüglich der Rentner gab es Klischees, eben nicht nur, wenn es um die Jugend ging. Und dennoch, trotz allem: Diese Jungs hier verbreiteten Angst und Schrecken, und beides stand seiner Erna nun ins Gesicht geschrieben, sie war aschfahl. So konnte es nicht weitergehen!

Die Jungs kamen immer näher, alle drei hielten ihre Smartphones in der Hand. Der Junge in der Mitte – Schuster schätzte ihn auf sechzehn oder siebzehn – hielt seines so, dass alle drei auf das Display schauen konnten. Was auch immer sie sich da gemeinsam anschauten, es schien, als heizte es ihre Stimmung so richtig an. Das Gegröle wurde immer lauter. Gehässiges Lachen, das aus ihren höhnisch verzerrten Mündern drang, wechselte sich ab mit begeistertem Geschrei in dem für viele junge Leute üblichen Sprachjargon, an dem sich Schuster allerdings noch nie gestört hatte. Die Jugend hatte nun mal ihre eigene Sprache, auch wenn diese nicht die seine war.

Irgendetwas, das sich auf dem Display abspielte, zog sie mächtig in den Bann. Anfeuernde Rufe, dann wieder Jubelschreie, hin und wieder unterbrochen von enthusiastischen Kommentaren zu dem, was sie auf ihrem Smartphone verfolgten. Dann wieder Sekunden, in denen die drei fasziniert, regelrecht verzückt, ja fast wie in Trance auf das Smartphone starrten. Gebannt, wie im Sog, um kurz danach wieder auszuflippen. Schuster beobachtete das jugendliche Treiben aus dem Augenwinkel. Mit einer beruhigenden Geste signalisierte er seiner Frau, einfach weiterzumachen und die Situation zu ignorieren. Die Ruhe, die er seiner Frau zu vermitteln versuchte, spürte er selbst allerdings nur bedingt: Er wusste, dass auf den an seinen Garten grenzenden Parzellen gerade niemand war.

Schuster nahm wieder seine Harke auf, um sich weiter dem Laub zu widmen. Er warf einen letzten kurzen Blick auf die Jugendlichen. Als hätte er es gespürt, hob einer von ihnen seinen Blick und schaute zum Schrebergarten der Schusters, exakt in Richtung des rüstigen Rentners.

»He, was glotzt du so blöd!« Der Junge ließ das Smartphone sinken und löste sich aus der Gruppe. Nun blickten auch die anderen beiden zu Schuster herüber. Der tat das, was er für das einzig Richtige hielt: er ignorierte den Pöbler und harkte das Laub.

»He, ich rede mit Dir, alter Mann!« Der Junge schritt auf den Zaun zu.

Schuster ahnte, dass der Junge gleich mit dem Fuß gegen den Zaun treten und diesen sicherlich beschädigen würde. Genau das hatte er kürzlich beim Gartennachbarn getan, der die Sache allerdings – nur um es sich nicht mit den Eltern des Jungen zu verscherzen – auf sich hatte beruhen lassen. Ein Fehler, wie Schuster fand, man konnte sich nicht alles bieten lassen. Nun aber hoffte Schuster, dass die Gruppe einfach weiterziehen würde, wenn er selbst ruhig und besonnen blieb.

Plötzlich sprang der junge Mann über das Gartentor, rannte auf Schuster zu, riss ihm die Gartenharke aus der Hand – mit einer Wucht, dass Schuster zu Boden stürzte. Dann stürmte er auf die Veranda zu. Erna erstarrte, das Tablett, das sie gerade in den Händen hielt, fiel scheppernd auf die Steinfliesen. Wie von Sinnen schlug der Teenager mit der Harke erst auf die Hollywood-Schaukel und dann auf die Gartensitzelemente ein. In seinem Zerstörungswahn ritzte er die Polster auf und warf dann die Langstiel-Harke mitten in die Fensterscheibe, die klirrend in tausend Scherben zerbarst. Dann machte er einen Satz auf Erna Schuster zu und schrie sie so plötzlich an, dass sie vor Schreck nach hinten auswich, dabei rückwärts über einen großen Terrakotta-Topf stolperte und zu Boden stürzte. Die anderen Jungen standen draußen auf dem Weg und grölten, als genössen sie seine Aktion noch mehr als das, was sie zuvor auf dem Smartphone gesehen hatten.

»Erna!«, schrie Fritz Schuster. Wut stieg in ihm auf. Er wünschte sich, noch einmal jung zu sein und sich den Kerl vornehmen zu können – entschloss sich aber, der Realität ins Auge zu blicken und lieber sofort zu seiner Frau zu eilen. Währenddessen schnappte sich der Junge eine gegen das Holzhaus gelehnte Schaufel und schlug damit auf alles ein, was ihm unterkam. Dann rammte er sie vor einer kleinen Buchsbaumreihe in die Erde und hob mit Wucht einen Teil der Büsche halb aus der Erde aus. Das alles geschah in einer Art Automatismus und in so rascher Abfolge, als wäre der Junge fremdgesteuert und nicht Herr seiner selbst. Außer Kontrolle im wahrsten Sinn des Wortes. Dann rannte er zurück zum Garteneingang, trat dort links und rechts neben dem hölzernen Gartentor mit dem Fuß in den Maschendrahtzaun, so fest, dass dieser ausbeulte. Zum Abschluss seiner Verwüstungstat trat er mit aller Kraft gegen das Holztürchen, das krachend aus den Angeln brach.

»Krass, Alter, so was von cool, ey! Fast so cool wie Bash

– ey geil!«, rief einer der Jungs begeistert und deutete wie wild auf das Smartphone. »Du bist echt fast schon wie der!« Er grinste und hielt seine Hand hoch. »High Five, Mann!« Der Junge, der soeben einen Teil des Gartens zerstört hatte, schlug ein.

»Kommt, lasst uns verschwinden, es geht gleich weiter«, er zeigte auf das Smartphone, »nicht, dass wir den Rest verpassen.« Er drehte sich nicht einmal mehr zum Garten um und lief einfach davon, einer der beiden anderen direkt hinterher.

Der dritte Junge lief nicht sofort mit, sondern zögerte einen Augenblick. Sein Blick traf auf Schusters Blick. Der hatte gerade seiner Erna hochgeholfen, die glücklicherweise unverletzt war, und blickte nun, seine Frau stützend, zum Garteneingang. Trotz der Entfernung konnte Fritz Schuster etwas wie Erleichterung wahrnehmen, vielleicht auch Reue oder Unverständnis. Oder alles davon. Schuster konnte den Gesichtsausdruck nicht deuten, und es war auch nur ein flüchtiger Augenblick. Denn gleich darauf hob der Junge die Hand, zeigte den beiden Senioren seinen ausgestreckten Mittelfinger und schickte sich an, es den anderen beiden Jungen gleichzutun und zu verschwinden.

♦

München

Wer nicht bereits depressiv war, lief Gefahr, es bei diesem Wetter zu werden, dachte Natascha, als sie und Lea aus dem Terminal des Flughafens ins Freie traten und die nasskalte Novemberluft sie umhüllte. Das Grau des nebligen Herbstwetters passte perfekt zu ihrer trüben Stimmung und der Beklemmung, die sie ergriff, wenn sie daran dachte, dass sie schon morgen dem deprimierenden Redaktionsalltag wiederbegegnen würde. Es war, als trete sie soeben von einer Welt in eine andere, und sie wünschte sich zurück. Eine Windböe pfiff mit solcher Wucht von hinten, als wollte sie Natascha vollends in die Realität hineinschubsen.

Eine Stunde später schloss sie die Tür zu ihrer Wohnung auf, und der heimelige Geruch empfing sie. Ihr Zuhause zumindest verströmte Geborgenheit. Den Rest des Tages machten Lea und sie es sich gemütlich, gingen zwischendurch einkaufen und begannen, die ersten Wäscheladungen zu waschen. Der Postlagerauftrag würde erst morgen enden und die Post erst dann wieder zugestellt werden. So beschränkten sich die Neuigkeiten, die während ihrer Abwesenheit aufgelaufen waren, auf den AB. Viel war nicht drauf, denn sie hatte von Mallorca aus zweimal per Fernabfrage die Nachrichten abgehört, und ihre privaten Mails hatte sie im Urlaub ohnehin gelesen.

Am nächsten Morgen brachte sie Lea gleich um sieben Uhr dreißig in den Kindergarten und fuhr dann direkt in die Redaktion – und wünschte sich, sie hätte noch einen Urlaubstag als Puffer eingebaut.

Als sie die Redaktion betrat, hatte sie ein komisches Gefühl. Es war, als schwebe irgendetwas in der Luft. Waren es die Blicke und Begrüßungen der Kolleginnen und Kollegen, die anders waren als sonst? Redete sie es sich ein, oder suchten manche von ihnen unmerklich das Weite, bevor sie an ihnen vorbeilaufen konnte? War das gerade ein mitleidiger Blick gewesen? Galt der ihr? Warum grinste die Verena so höhnisch? Warum war der Bernd so kurz angebunden, er hatte doch sonst immer Lust auf ein Schwätzchen. Komisch. Es herrschte die übliche morgendliche Hektik in der Redaktion, das gewöhnliche Gewusel und Gemurmel, und dennoch… Ach, was soll's, wahrscheinlich hatte der Chef wieder mal schlechte Laune, wie meistens. Wobei – hatte der nicht jetzt Urlaub? Sie meinte, sich zu erinnern, dass er vor ihrer Abreise etwas in der Art angedeutet hatte. Umso besser, das hellte das dunkle Grau des Tages mächtig auf!

Natascha goss sich einen Kaffee ein, wechselte ein paar flüchtige Worte im Vorbeigehen, wurde aber das Gefühl nicht los, dass irgendetwas im Argen lag. Der Chef war wirklich seit heute im Urlaub, das hatte sie in Erfahrung gebracht. Prima! Der Tag konnte somit eigentlich nur noch besser werden!

Sie startete ihren PC, und während der hochfuhr, durchstöberte sie ihr Fach. Es hatte sich eine Menge angesammelt. War ja klar. Nachdem der Computer hochgefahren war, checkte sie ihr elektronisches Postfach, überflog die Mails, löschte direkt jene, die sie für unwichtig hielt, und teilte die zu bearbeitenden in A-, B- und C-Aufgaben ein – außer, sie waren in einer Minute zu beantworten, dann nahm sie sich ihrer sofort an. So arbeitete sie sich wie immer von den älteren zu den neuen Mails durch, auch wenn gute Gründe dafür sprachen, es genau andersherum zu tun.

Minuten später ließ sie eine der Mails stocken. Sie war gerade mal zwei Tage alt. Dem Betreff nach zu urteilen, handelte es sich um ein Meeting, das man für den nächsten Tag, also gestern, anberaumt hatte, und es war offensichtlich um das Ressort gegangen, das ihrer Verantwortung unterlag. Was sollte das? Was konnte so dringend gewesen sein, dass man es nicht noch einen Tag hätte verschieben können, bis sie wieder da war?! Urplötzlich schob sich da etwas in ihr Hirn, sie konnte nur nicht deuten, was.

Schnell scrollte sie die Mails nach oben. Sie würde ja wohl zumindest im Nachgang eine Info erhalten, um was es bei der Sitzung gegangen war, in ihrem Postkorb war nämlich kein Protokoll gewesen. Aber da war auch nichts! Dann wird es so wichtig nicht gewesen sein… Hm… Egal.

Trotzdem, sie fühlte sich außen vor – wieder einmal. So erging es ihr in letzter Zeit ständig. Sie war ja nicht blöd! Es war offensichtlich, dass ihr Chef sie permanent wie Luft behandelte oder gleich nach besten Kräften mobbte. Er wollte sie loswerden, das war ihr schon länger klar. Einzig die Wertschätzung, die der Herausgeber ihr entgegenbrachte, gab ihr Rückhalt, der kannte ihre journalistischen Qualitäten, während ihr Chefredakteur sich von den erotischen Qualitäten dieser Schlampe Vivian buchstäblich um den Verstand bringen ließ. Dass Vivian scharf auf ihren Job war, wusste im Prinzip jeder. Und auch, dass der Chef scharf auf Vivian war. Und dass Vivian mit dem Chef seit einer Weile ins Bett hüpfte sowieso. Ein offenes Geheimnis. Interne Liebeleien, denen sie schlicht im Wege stand. Nicht, dass sie etwas dagegen hätte – obwohl… wenn es nur darum ging, sich in der Firmenhierarchie von unten nach oben zu bumsen, um auf diese Weise Karriere zu machen, dann konnte sie es nicht leiden! *An meinem losen Mundwerk will ich zwar arbeiten – aber das heißt ja nicht, dass ich nicht Klartext denken darf!*

Vor einer wie Vivian konnte sie einfach keinen Respekt haben. Sie habe sich hochgearbeitet, hieß es gemeinhin. *Hochgearbeitet* – na klar! Die Frage war nur, wie! Nach oben gebumst, das war auch noch untertrieben. Sie hatte im Erdgeschoss angefangen, damals noch als kleine Praktikantin, und kein Stockwerk und keine Chance ausgelassen. Nun saß sie in der obersten Etage von *Blueball News.* Hier saß der Chefredakteur, hier hatten die wichtigsten Ressorts ihren Platz und die besten Ressortleiter und wichtigsten Redakteure auch. Diese Anordnung war vor ein paar Jahren auf Balders Mist gewachsen und Spiegelbild seiner Arroganz. Natascha hatte sich hart nach oben gearbeitet, Vivian hingegen sich hart nach oben… *Natascha! Komm runter! Du redest sonst nicht so, und die Tussi ist es nicht wert!* Vivian entsprach so sehr dem Klischee der Betriebsschlampe, dass Natascha es nicht glauben würde, wüsste sie es nicht besser. War sie in einem klischeehaften Hollywood-Streifen gefangen?! Selbst der miese Chef kam darin vor: Balder.

Sie lehnte sich in ihrem Bürostuhl zurück und nippte nachdenklich an ihrem Kaffee. Das eigentliche Problem war ein anderes. Balder hatte Natascha fortwährend angebaggert und war richtig penetrant gewesen. Doch er hatte immer darauf geachtet, dass es nicht offensichtlich war und sein Image sauber blieb. So richtig bei Balder verkackt hatte sie es nämlich erst, seit sie auch auf der Weihnachtsfeier letztes Jahr nicht auf seine Anmache angesprungen und – anders als Vivian kurze Zeit später – auch nach ein paar Gläschen zu viel nicht mit ihm in die Kiste gesprungen war. An dem Abend war das Ganze zum Höhepunkt gekommen – nur nicht zu dem, den er im Sinn hatte... Wie könnte sie auch! Der Kerl sah zwar gut aus, war finanziell gutgestellt, bestens vernetzt und einflussreich. Doch er war ein Widerling – zumindest nach Nataschas Geschmack. Geschmäcker waren ja bekanntlich verschieden. Seit diesem Event stand Natascha nun auf seiner Abschussliste.

Dieser geile Bock! Wenn es so weitergeht, kostet mich sein verletztes Ego noch meinen Job! Wie in Trance starrte sie auf den Monitor. Sie würde zu gern wissen, um was es bei dem Meeting gegangen war. Was war so wichtig gewesen, dass es nicht hatte warten können, und gleichzeitig so banal, dass man es nicht für nötig erachtet hatte, sie im Nachgang einzuweihen? Es ging schließlich um ihr Ressort!

Nataschas Smartphone riss sie aus ihren Gedanken. Gleichzeitig poppte ein kleiner Briefumschlag auf ihrem Monitor auf. Eine Mail. Absender war der Mann, der auf der Liste der Mistkerle in ihrem Leben auf Platz zwei rangierte, wenn auch mit meilenweitem Abstand zu ihrem Ex: Klaus Balder, ihr Chefredakteur.

Sie ahnte nichts Gutes. Derzeit stand sie in der Redaktion extrem unter Druck. Nachdem sie die Mail gelesen hatte, wünschte sie sich, sie hätte die drei Kamikaze-Taucher von ihrem letzten Tauchgang dazu gebracht, bei ihrer nächsten Mission Balder ins Visier zu nehmen... Nataschas offensichtlich bereits chronische Wut hatte ein neues Ziel: Balder. Sie las die Zeilen noch einmal und konnte nicht glauben, was er ihr geschrieben hatte:

Hallo Natascha,
in unserer gestrigen Sitzung sind wir zu dem Entschluss gekommen, »Die Augenöffner« einzustampfen. Wir wollen der zuletzt von Flops gebeutelten Rubrik allerdings noch eine letzte Chance geben. Liefern Sie uns einen Burner, etwas, das die Leser mitreißt! Ein Thema, das wir über mindestens vier Folgen ausschlachten und mit dem wir die Reichweite von Blueball News wieder dorthin katapultieren können, wo sie war, als Ihr Vorgänger noch verantwortlicher Redakteur war. Schaffen Sie das? Ich hoffe es! Ansonsten müssten wir uns zum Quartalsende ernsthaft über Ihre Zukunft unterhalten. Ich muss es leider so deutlich zum Ausdruck bringen. Lassen Sie es nicht so weit kommen! Ich zähle auf Sie, Sie packen das! Überlegen Sie sich was, packen Sie ein heißes Eisen an, etwas, das die Menschen bewegt und am Puls der Zeit ist. Und machen Sie etwas daraus, und das schnell! Nehmen Sie die Sache selbst in die Hand, überlassen Sie es nicht Ihrem Team. Back to the roots, Natascha! Zeigen Sie, dass Sie es noch immer können, besser als alle anderen. Zeigen Sie, dass Sie zu Recht das Ressort in den Händen haben. Lassen Sie sich von Ihren Redakteuren unterstützen, aber nehmen Sie das Projekt selbst in die Hand – somit gibt es hinterher auch keine Entschuldigung, kein Versagen der anderen, nur das Ihrige. Aber Sie werden nicht versagen. Wenn doch, haben wir ein Problem, Natascha. Ein großes Problem. Das ist mein Ernst. Und Ihre Chance. Die hoffentlich nötige Motivation für Sie… Ich gebe Ihnen eine Woche, um sich auf ein Reportage-Thema festzulegen. Und weitere vier Wochen, um zu recherchieren und die Reportage zu schreiben. Vermasseln Sie es nicht! Und Natascha: konzentrieren Sie sich endlich wieder auf Ihren Job, dann wird auch etwas daraus…! Wir sehen uns nach meinem Urlaub.
Bis dann…
Gruß Klaus Balder

Fassungslos starrte Natascha auf den Bildschirm. Das konnte doch alles nicht wahr sein! Hatte sich denn alles gegen sie verschworen? Nach einem Augenblick voller Resignation fasste sie einen Entschluss. *Die Augenöffner*, das war *ihre* Rubrik, und sie würde sie sich nicht wegnehmen lassen! Sie würde Balder die Augen öffnen – und den Lesern gleich mit. Sie würde ihm die Stirn bieten! Und sie wusste, mit welchem Thema sie das tun würde: die Verrohung der Gesellschaft, das Thema, das sie regelrecht zu verfolgen schien. Vielleicht sollte es so sein?! Sie schnappte sich einen Notizblock und einen Stift und schrieb auf:

Mangelndes Einvernehmen unter den Menschen – Empathie- und Rücksichtslosigkeit – Übervorteilen, Ausboten, Ausstechen der Anderen – für das Erreichen eigener Ziele über Leichen gehen, und das oft auch real – Hartherzigkeit und Selbstsucht, wohin man blickt – Egoismus und Geiz sind up to date – Ich-Bezogenheit und fehlende Hilfsbereitschaft zeichnen die heutige Zeit aus – Ellenbogengesellschaft, das System der Wirtschaft – Gier – Macht – Geld – Wachstum.

Als wäre die offensichtliche Tendenz zur zunehmenden Rücksichtslosigkeit und Kaltherzigkeit des Einzelnen innerhalb der Gesellschaft nicht schlimm genug, schien es, wohin man auch blickte, in der Bevölkerung eine wachsende Gewaltbereitschaft zu geben. Die Gesellschaft verrohte nicht nur immer mehr – sie erkrankte!

Und Natascha fiel auch direkt ein Name für die neue Brennpunkt-Reportage ein: *Zeichen der Zeit*. Diese Worte richteten sich auch an sie, wenngleich auf andere Weise. Ja, es war an der Zeit, ihr Leben neu anzupacken, privat, beruflich, vielleicht auch in der Liebe. Sich herauszuziehen aus diesem Sumpf von Frust und Selbstmitleid. Die alte Natascha, die selbstsichere, fröhliche und nicht ständig missmutige Natascha aus dem Schlamm, dem Morast zu ziehen, in dem sie vor langer Zeit versunken war. Die wahre Natascha! Vielleicht war all das heute ein Zeichen der Zeit, ein Signal für den Aufbruch, eine Reise, ein Neubeginn. Schade nur, dass jene *Zeichen der Zeit*, die ihre Gedankenkette angestoßen hatten, so gar nicht zu ihrer Aufbruchstimmung passten – ganz im Gegenteil.

♦

ZEICHEN DER ZEIT

Erst Stunden später kam Gerd Postler ins Büro. Noch immer zitterte er am ganzen Leib. Der Schock saß tief. Die Bahnstrecke war noch immer gesperrt – und das würde die nächsten Stunden auch so bleiben. Die Vorstellung, dass die U-Bahn, in der er gesessen hatte, einen Menschen getötet hatte, ließ Postler einfach nicht los. Natürlich wusste er, dass niemand in der U-Bahn es hätte verhindern können. Und doch fühlte er sich in die dramatischen Ereignisse verwickelt, ganz anders, als wenn er nur aus der Zeitung davon erfahren hätte. War es ein Selbstmord gewesen? Oder war wieder jemand vor den Zug gestoßen worden? Er würde es morgen in der Zeitung lesen oder vielleicht sogar schon heute aus dem Radio oder Internet erfahren.

Das Schicksal des verstorbenen Menschen berührte und erschreckte ihn zugleich, er war verwirrt. Verwirrt durch das, was um ihn herum geschah. Da draußen spielte in letzter Zeit so vieles verrückt, war verrückt, ver–rückt im wahrsten Sinne, irgendetwas war dabei zu entgleisen. Ein unpassendes Bild nach dem, was heute auf den Gleisen passiert war, und doch beschrieb es genau sein Empfinden. Bildete er sich nur ein, dass irritierende, bedrohliche, schockierende Ereignisse zunahmen? Und warum fielen ihm plötzlich und so zahlreich eigenartige Dinge und Veränderungen an seinen Mitmenschen auf?

Er wollte und konnte sich damit aber jetzt nicht beschäftigen – in wenigen Minuten stand das Meeting an. Darauf musste er sich jetzt konzentrieren, der Tag war schon genug aus dem Ruder gelaufen.

In diesem Moment betrat Postlers Kollege Beck das Büro. Kein Wort zu dem Vorfall mit der Bahn, dabei hatte er inzwischen bestimmt schon davon gehört. Wie konnte er nur so empathielos sein? Oder sah Beck es einfach nur so nüchtern, wie er es besser auch sehen sollte: *Du warst nur ein Fahrgast. Hast die Bahn nicht gefahren. Kanntest den Verunglückten nicht. Konntest ihn auch nicht retten. Und gestoßen hast du ihn erst recht nicht. Und falls es ein Selbstmord war, warst du nicht die Ursache seiner psychischen Probleme. Menschen sterben. Jeden Tag. Tausendfach. Überall. Was nimmst du dir diese Bahnfahrt so zu Herzen?*

Nein! Es war normal, dass einen so etwas schockte. Was nicht normal war, war die Teilnahmslosigkeit dieses…

»Arschloch!«, entwich es Postler. Leise zwar, aber dennoch hörbar, für ihn zumindest. Es war einfach so rausgerutscht, ausgerechnet ihm!

»Was hast du gesagt?« Beck klang desinteressiert, keinesfalls wütend. Offensichtlich hatte er ihn nicht verstanden. Ein Glück. Postler überlegte einen Moment, ob er es wiederholen sollte, diesmal laut und deutlich, verwarf den Gedanken aber schnell wieder. Er konnte Beck nicht einschätzen, und es war auch möglich, dass der gar nicht wütend reagierte, sondern mit einem selbstgefälligen Spruch, etwas wie: *Na, da macht sich ja mal einer endlich locker!* Dann hätte seine ungezügelte Charakterskizze des Kollegen Beck ohnehin jede Wirkung verfehlt.

»Nichts. Ich komme mit den Zahlen hier nicht klar«, wich Postler aus, »und das Meeting ist gleich. Bist du vorbereitet? Steht dein Part?« Er schnappte sich sein Notebook und stand auf, um den Raum zu verlassen.

»Nö.« Beck setzte sich und begann, auf der Tastatur zu tippen.

»Wie, nö?!« Postler blieb abrupt stehen.

»Ich reiß mir hier keinen mehr ab, werde ohnehin kündigen…«

Postler sagte nichts. Er starrte Beck nur ungläubig an.

»Und meine Frau verlasse ich auch. Fang komplett neu an. Am besten irgendwo, wo ich schnell und einfach ein paar neue finde.«

»Ein paar neue was?« Postler blickte ihn verwirrt an. »Stellen?«

»Frauen!« Beck begann dreckig zu lachen. Dabei machte er ein paar obszöne Gesten – unmissverständlich, was er damit sagen wollte.

Der Kerl war echt durchgeknallt. Dieser Tag war es auch. Besserung war nicht in Sicht – jetzt durfte er im Meeting wieder allein den Kopf hinhalten. Typisch! Was war der Kerl eigentlich für ein Idiot geworden?!

»Arschloch!«, schrie Postler aus voller Inbrunst. »Du bist so ein Riesenarschloch!«, legte er nach. Es war befreiend. Reinigend. Und überfällig. »Dieses Mal werde ich dich nicht aus dem Schlamassel ziehen! Macht ja auch nichts – du willst ja eh kündigen. Vielleicht kommt dir der Chef ja entgegen und beschleunigt die Sache. Mal sehen, was ich tun kann!«

Wütend stapfte Postler aus dem Büro Richtung Konferenzraum.

♦

Mallorca

Frank Stebe bearbeitete gerade einige Formulare, als es an seiner Bürotür klopfte – kräftig, gut hörbar, aber nicht aufdringlich. Frank blickte auf. Die Tür stand offen, wie immer. Nur wenn Frank ungestört arbeiten wollte, machte er eine Ausnahme und schloss sie.

In der Türschwelle stand ein auffallend gut gekleideter, untersetzter Mann mittleren Alters. Frank hatte keinen

Besuch erwartet, und offensichtlich hatte auch niemand vom Basis-Team den Mann bis zum Büro begleitet. Vorne in der Tauchbasis hielten sich momentan Jennifer und drei Mitarbeiter auf, doch der Weg zu Franks Büro, das im hinteren Teil des Gebäudes lag, war auch über den Hintereingang frei zugänglich, letztlich für jeden, der wusste, wo Frank zu finden war. Es war also nicht ungewöhnlich, dass ab und zu jemand unerwartet vor seinem Arbeitszimmer stand.

»Ja, bitte?« Frank schenkte dem Besucher ein offenes Lächeln und bat ihn mit einer Handbewegung hereinzukommen. Im selben Atemzug erhob er sich, um den Mann zu begrüßen.

»Herr Stebe? *Doktor* Frank Stebe?«

Die Frage klang nicht wirklich, als müsste der Mann sich erst noch vergewissern, ob er überhaupt im richtigen Büro gelandet war.

Hatte Frank soeben eine leichte Betonung auf *Doktor* herausgehört? Vermutlich hatte es sich einfach nur ungewohnt angehört. Aber warum sprach der Mann ihn überhaupt mit seinem Titel an? Sein akademischer Grad spielte hier auf Mallorca, auf seiner Tauchbasis und unter Tauchern, nie eine Rolle. Nur eine Handvoll Gäste, Kunden oder Geschäftspartner wusste überhaupt, dass er einen solchen besaß, und die, die um Franks früheres Berufsleben wussten, erwähnten den Titel nicht. Dazu kam, dass der dunkelhaarige Mann, der nun gemächlich in den Raum trat, nicht wie ein Taucher wirkte. Nicht wegen seiner Statur – auch unter Tauchern war Übergewicht nicht selten. Auch nicht aufgrund seines eleganten Erscheinungsbildes, wie er dastand, in seinem feinen Zwirn, einem offensichtlich hochwertigen Business-Anzug, mit Hemd im konservativen Stil und teuren Schuhen.

Nicht selten hatte Frank auch mit Geschäftsleuten zu tun und kannte ihr Outfit – schicke Anzüge, die nicht aus Neopren waren, wenngleich die meisten seiner Kontakte eher den sportlich-lässigen Look bevorzugten, so wie er selbst ja auch. Nein, dieser Mann wirkte einfach nicht wie ein

Taucher und auch nicht, als wolle er nun im Rahmen eines Tauchkurses einer werden und wäre gekommen, um sich darüber zu informieren. Dieser Mann wollte etwas gänzlich anderes, das wusste Frank intuitiv. Die Frage war nur, was? Franks Neugier war geweckt.

»Ja, da sind Sie richtig.« Frank trat vor seinen Schreibtisch.

»Guten Tag, Dr. Stebe, bitte entschuldigen Sie, dass ich einfach so reinplatze, so ganz ohne Voranmeldung!« Der unangemeldete Besucher sprach freundlich und höflich und machte auch sonst einen sympathischen Eindruck. »Mein Name ist Seth Grothe, CEO von *Sub Search*. Dürfte ich Sie kurz in einer geschäftlichen Angelegenheit sprechen? Es dauert auch nicht lange.« Er reichte Frank eine Visitenkarte und lächelte ihn an.

Frank reichte Grothe die Hand. Dessen Händedruck war kräftig, aber nicht unangenehm, die Intensität war wohldosiert. Frank beäugte kurz Grothes Karte. Wieso kam jemand aus der Führungsebene selber? Wahrscheinlich war es ein sehr kleines Unternehmen... *Sub Search*? ... »Setzen Sie sich doch. Was kann ich für Sie tun?«

Grothe schien zu ahnen, dass Frank den Laden nicht kannte: »*Sub Search* ist ein europaweit tätiges wissenschaftliches Forschungsinstitut, Teil eines Verbunds diverser Institute, öffentlicher Einrichtungen und privatwirtschaftlicher Unternehmen, die sich aufgrund ihrer Forschungen und Aktivitäten auf denselben Gebieten und Geschäftsfeldern als eine Art Interessengemeinschaft zusammengeschlossen haben und dabei jeweils einzelne Teilgebiete abdecken. *Sub Search* fällt dabei eine führende Rolle zu, als einstiger Mitinitiator und Mitbegründer der Gruppe. Wie Sie meiner Visitenkarte entnehmen können, bin ich CEO bei *Sub Search Underwater*, einem sagen wir mal sehr kleinen, verhältnismäßig unbedeutenden Ableger von *Sub Search*. Nun, das ist natürlich relativ. Denn ich halte die Forschung, die ich leite, für alles andere als unwichtig im Gesamtgefüge der Thematik, um die es geht. Sie verstehen?« Er lächelte wieder. »Das Anliegen, mit dem ich Sie aufsuche, rechtfertigt es, dass ich persönlich vorbeikomme. Außerdem wollte ich schon immer mal nach Mallorca. Kaum zu glauben: So nah, und ich war noch nie hier!« Grothe schien Franks Gedanken zuvor gelesen zu haben. Er lächelte noch einen Tick mehr, zog sich den Stuhl zurecht und setzte sich – wie es aussah, gab es seinem ausschweifenden Vorstellungsplädoyer nichts mehr hinzuzufügen.

»Ihr Unternehmen sagt mir nichts, tut mir leid. Normalerweise kenne ich die Unternehmen und Institute, die sich mit Tauchen beschäftigen, mit dem Meer, der Welt unter Wasser, deren Flora und Fauna oder den darin versunkenen Objekten.« Frank warf erneut einen prüfenden Blick auf die Visitenkarte, als würde er auf den zweiten Blick den Aha-Effekt erhaschen können, der ihm beim ersten offensichtlich entgangen war. Das Design der Karte war exquisit.

»Nun ja, der Begriff *Sub* steht nicht zwingend dafür, wofür er in Ihrer Welt meist so steht, obwohl es bei uns auch einen Forschungszweig unter Wasser gibt – dazu komme ich gleich noch, es gibt ja einen Grund, warum ich hier bin.« Grothe setzte eine bedeutungsvolle Pause. »Vielmehr geht es bei uns um Themen, deren Erforschung noch nahezu jungfräuliches Gebiet oder zumindest wissenschaftliches Randgebiet darstellt. Es geht um die teilweise noch recht verborgenen, unbekannten, sozusagen unterhalb der bekannten Wirklichkeiten liegenden wissenschaftlichen Bereiche. Vor allem biologische, medizinische und physikalische Themen. Aber nicht nur. Es ist sehr komplex.« Wieder eine kurze Pause und ein vielsagender Blick. Dann: »Daher steht *Sub* in unserem Fall für etwas Mehrdeutigeres als nur schlicht für Sub wie in ›Submarine‹ oder dergleichen.« Er lachte. »Aber das würde jetzt wirklich zu weit führen. Wir kommen ohnehin darauf zurück, sollten Sie Interesse haben, Interesse an dem, was ich Ihnen zu unterbreiten, vorzuschlagen, ja: anzubieten habe.« Grothe öffnete die Knöpfe seines

Einreihers, nahm eine bequeme Position ein und schaute Frank einen Augenblick lang abwartend an. Seine Erläuterungen wirkten etwas einstudiert, doch er sprach mit einer einnehmenden Stimme und wirkte überzeugend, wie ein Typ, bei dem man gerne seinen Rollrasen bestellte oder mit dem man lange Angeltouren unternahm.

Frank schwieg offensichtlich eine Sekunde zu lang, denn sein Gesprächspartner kam seiner unausgesprochenen Frage zuvor.

»Nun, Dr. Stebe, Sie fragen sich sicher, was das alles mit Ihnen zu tun hat, was ich von Ihnen möchte und um was es überhaupt geht.«

»Allerdings. Möchten Sie eine Tasse Kaffee? Wasser? Was kann ich Ihnen anbieten?« Frank stand direkt auf und setzte sich in Bewegung.

»Kaffee wäre prima, danke. Schwarz, bitte. Ohne Zucker.«

Frank griff nach zwei Tassen, stellt eine davon in Position und drückte den entsprechenden Knopf am Kaffeevollautomaten. Während die Maschine ratterte, drehte er sich zu Grothe. »Schießen Sie los. Was führt Sie zu mir?« Der Kaffee floss derweil zischend in die Tasse.

»Wir betreiben mehrere Unterwasser-Forschungsstationen, Unterwasser-Habitate, über ganz Europa verteilt. Seit Kurzem befindet sich auch hier, nahe des Unterwasser-Naturschutzparks vor der Insel Dragonera, ein Unterwasser-Habitat. Sie wissen davon, nehme ich an?«

»Natürlich. Seither können wir in einer großen Zone rund um Dragonera nicht mehr tauchen. Forschungsarbeiten, heißt es. Um was es da genau geht, erfährt man nicht. Vom ersten Tag an eine ziemliche Geheimniskrämerei.« Frank stellte Grothe die gefüllte Tasse hin. »Bitte.«

»Danke.« Grothe zog die Tasse ein paar Zentimeter zu sich. »Ja, notwendigerweise. Sie können das sicher gut verstehen. Ihre Projekte wurden einst ja auch nicht unnötig vor der Öffentlichkeit breitgetreten, oder nicht? Ist es nicht überall so, ganz egal, welche wissenschaftlichen

Arbeiten laufen, bei allen Projekten, die enorm wichtig und sehr kostenintensiv sind, und ganz egal, in welchen Bereichen der Forschung?«

Frank sagte nichts. Was sollte er auch sagen? Zum einen hatte der Mann recht. Zum anderen schien er gut über Franks früheres Leben im Bilde zu sein. Obwohl der Medienhype um Franks einstige Forschungserfolge inzwischen abgeflaut war und er nicht mehr im Rampenlicht der medialen Berichterstattung stand.

»Die wissenschaftlichen Bereiche, die Sie angesprochen haben… Ich bin Unterwasserarchäologe, Wissenschaftler und Forscher auf völlig anderem Gebiet…« Frank drückte wieder den Knopf am Kaffeeautomaten.

»Wir suchen einen fachlichen Berater – für Taucheinsätze, die im Rahmen unserer Forschungen und Experimente hier vor Ort stattfinden. Einen Vollblut-Profi. Jemanden, der über höchstmögliche Erfahrung im Tauchen auch unter schwierigsten Bedingungen verfügt. Aber nicht nur das. Diese Person muss vor allem ein guter Beobachter sein, jemand, der komplexe Zusammenhänge erkennt, wo auf den ersten Blick keine sind. Jemand, der – wie soll ich sagen – von außen, neutral, aber doch mit Verstand beobachtet. Jemand mit dem Entdecker-Gen höchster Güte. Jemand wie Sie. Jemand, der ein untrügliches Gespür hat für das Unbekannte, das Mysteriöse und das Grenzwertige. Ich möchte – ich kann jetzt nicht ins Detail gehen.«

»Sie sprechen in Rätseln.« Frank runzelte die Stirn.

»Sie sind doch Fachmann für große, ja weltbewegende Rätsel, Dr. Stebe, oder nicht?« Grothe grinste breit. »Spaß beiseite.« Seine Miene wurde plötzlich ernst. »Heute möchte ich bei Ihnen nur vorfühlen. Vorfühlen, ob Sie sich überhaupt vorstellen könnten, während der Saisonpause, im Herbst und Winter, eine solche Berateraufgabe zu übernehmen. Ob Sie generell Lust auf eine neue, ganz besondere Aufgabe verspüren und noch immer der Forscher, der Wissenschaftler, der Entdecker, ja: der Pionier in Ihnen steckt, der Sie einst waren. Und ob Sie noch immer große Schätze entdecken wollen – auch wenn es, wie Sie sich denken können, bei unseren Forschungen nicht um materielle Schätze geht, die es zu heben gilt, sondern um Schätze im Sinn von Erkenntnissen, Entwicklungen, Veränderungen, Neuerungen, die Großes bewirken und die Menschheit vorwärtsbringen. Und ob Sie sich die Zeit dafür nehmen würden, Zeit dafür, Teil von etwas ganz Großem zu werden. Letztlich muss erst mal geklärt werden, ob Sie eine Abwechslung, eine Herausforderung dieser Art, etwas ganz und gar nicht Alltägliches überhaupt suchen.« Grothe schaute Frank herausfordernd an. »Es heißt, sie seien ein Suchender – immer schon gewesen. Sind Sie es noch? Ein Suchender? Bestrebt, Erkenntnisse zu erlangen, die sich vorher noch niemandem erschlossen haben, getrieben vom Forschergeist und dabei großen Rätseln und Entdeckungen auf der Spur. Nur ginge es nicht mehr um Altertumsforschung.«

Frank stellte seine inzwischen gefüllte Tasse auf den Tisch und nahm seinem Besucher gegenüber Platz. Er schaute Grothe einige Sekunden schweigend an. Dann nippte er an seinem Kaffee und lehnte sich im Bürosessel zurück. Er konnte sich des Eindrucks nicht verwehren, dass sein Besucher mehr wusste, als man über ihn in den Medien herausfinden konnte. Die Frage war nur, warum hatte sich Grothe so gut über ihn informiert? Und vor allem, *wie gut* kannte er ihn? Die Situation war eigenartig. Da war etwas, das ihn aufhorchen ließ. Er war sich sicher, dass dieser Mann nicht einfach alle kompetenten Profi-Taucher der Region abklapperte und nun auf seiner Headhunting-Tour eben bei ihm gelandet war und ihn mit ein paar persönlich klingenden Phrasen auf seine Seite ziehen wollte, nein, dieser Mann war eigens nach Mallorca gekommen, um *ihn* aufzusuchen, das spürte Frank. Und er hatte sein Interesse geweckt, das musste sich Frank eingestehen.

»Das war früher. In einem anderen Leben sozusagen.«
»Einmal Forscher, immer Forscher. Oder nicht?«
»Warum ich?«
»Wie gesagt: Meinen Informationen nach entsprechen Sie dem Typus, den wir suchen, so perfekt wie sonst niemand. Keiner käme für den Job so gut in Frage wie Sie. Zumindest keiner, den wir ausfindig machen konnten – noch dazu auf Mallorca.«
Dem Typus, *den wir suchen…*
»Einen Job, den Sie mir noch immer nicht erläutert haben.«
»Das werde ich heute auch noch nicht. Ich möchte nur wissen, ob Sie Interesse an einer wissenschaftlichen Arbeit haben, es sich zumindest vorstellen und sich in den nächsten Monaten dafür die Zeit einplanen können und auch werden. Wenn ja, gehen wir ins Detail, später. Bevor ich Ihnen dann allerdings erkläre, um was es genau geht, müssten Sie eine Verschwiegenheitserklärung unterschreiben.« Grothe trank einen kräftigen Schluck seines Kaffees.
»Vor meiner Entscheidung, ob ich überhaupt für Sie arbeite? Sie scherzen.« Aber es war nicht so, das konnte Frank aus Grothes Miene herauslesen. »Um was geht es? Ein militärisches Projekt mit höchster Sicherheitsstufe? Sind Sie vom Pentagon? Der NSA? « Frank lachte.
Grothe schmunzelte. »Sie müssen das verstehen. Ich muss erst wissen, ob Sie sich ganz grundsätzlich einen Job als fachlicher Berater vorstellen können. Wenn ja, gehen wir ins Detail, dann weihe ich Sie ein. Natürlich können Sie auch danach noch ablehnen. Aber wenn Sie erst mal wissen, um *was* es geht, werden Sie nicht ablehnen.« Grothe lächelte ihn verschwörerisch an. »Falls aber doch – rein hypothetisch – müssen Sie Stillschweigen bewahren. Auf Dauer. Das ist der Deal. Ich denke nicht, dass das ein Problem für Sie darstellt, Dr. Stebe. Sie sind doch ein Mann der Geheimnisse.« Er setzte bedeutungsvoll eine kurze Pause. »Ich meine

natürlich, ein Mann, der es liebt, Geheimnissen auf die Spur zu kommen.«

♦

ZEICHEN DER ZEIT

Fritz Schuster saß in seinem Sessel, seine Frau Erna auf dem Sofa. Schusters Rücken schmerzte. Als der junge Randalierer ihm brutal die Harke aus der Hand gerissen hatte, war er unglücklich auf den Steiß gefallen. Das linke Handgelenk war auch verstaucht. Er würde heute den Garten nicht in Ordnung bringen können, so viel stand fest. Nun saßen er und seine Frau bei einer Tasse Kaffee und lasen die Tageszeitung. Sie hatten sie sich aufgeteilt – beide hielten nur einen Teil in den Händen, später würden sie die Seiten untereinander austauschen.

Fritz Schuster war gerade in eine Pressemeldung auf der Titelseite vertieft, die ihn verwirrte. Am Tag zuvor war ein Büromitarbeiter, der seinen Job kündigen wollte, mit einer Waffe in den Konferenzraum des Unternehmens gestürmt. Nachdem er zunächst die dort anwesenden Kollegen und seinen Chef bedroht und beschimpft hatte, hatte er auf sie geschossen und dabei immer wieder »Jetzt zeig ich's euch!« gerufen. Es gab nur drei Überlebende, sie hatten es irgendwie geschafft zu entkommen und berichteten, der Amokläufer sei eiskalt vorgegangen und habe keinerlei Gefühlsregung gezeigt.

Fritz Schuster schüttelte fassungslos den Kopf. War nicht kürzlich etwas Ähnliches vorgefallen? Wo und wann war das gewesen? Es fiel ihm nicht ein.

Er blätterte weiter und begann gerade mit einer anderen Nachricht, als es an der Wohnungstür klingelte. Fritz Schuster ging zur Tür. Seit nunmehr dreißig Jahren wohnten sie dort, im dritten Stock des Mehrfamilienhauses. Von Frühjahr bis Herbst kamen sie eigentlich nur zum Schlafen her, und manchmal nicht einmal das, da sie mitunter auch in ihrem Schrebergarten schliefen. Nun konnten sich die Schusters das allerdings nicht mehr vorstellen – nicht nach dem, was sie erlebt hatten! Erna Schuster war noch immer verstört und kapselte sich ab. Wenn es klingelte, fuhr sie zusammen, als befürchte sie jedes Mal, dass die Jugendlichen vor der Tür stehen und sich dafür rächen würden, dass die Schusters den Vorfall im Schrebergarten der Polizei gemeldet und die drei Täter angezeigt hatten. Heute würden die Jugendlichen dem Richter vorgeführt werden, wie Fritz Schuster vor einer halben Stunde von der Polizei erfahren hatte.

Er schaute durch den Spion und staunte nicht schlecht. Gerade wollte er die Tür öffnen, als ihm der Gedanke durch den Kopf schoss, dass der Nachbarsjunge vor der Tür möglicherweise mit den Randalierern befreundet sein könnte… Schuster verwarf den Gedanken aber sogleich – es war einfach zu unwahrscheinlich. Die Familien der straffällig gewordenen drei Jungen, die seine Frau und ihn attackiert hatten, wohnten am anderen Ende der Stadt.

Vor der Tür stand der sechzehnjährige Ole Schilling, ein unhöflicher und nicht selten frecher Junge, dem alles egal zu sein schien. Entsprechend verhalten begrüßte Schuster den Jungen. Dieser hatte aber ausgesprochen freundlich »Guten Tag!« gesagt, was Schuster zusätzlich irritierte. Er konnte sich nicht erinnern, dass der Junge jemals gegrüßt hätte – es sei denn, eine Grimasse ziehen ging jetzt als Gruß durch.

»Ich habe gehört, was mit Ihnen – Ihrem Garten – passiert ist.« Der Junge druckste ein bisschen herum, als wüsste er selbst nicht recht, wie er anfangen sollte. »Ich möchte Ihnen meine Hilfe anbieten. Also dass ich Ihnen die nächsten Tage nach der Schule – und natürlich nach den Hausaufgaben – zur Hand gehe und Ihnen helfe, die Schäden zu reparieren. Und neue Gartenpolster mit Ihnen einkaufe, jetzt, wo Sie doch Ihr Auto verkauft haben. Ich könnte Ihnen tragen helfen. Oder die Sachen mit meinem Fahrradanhänger transportieren. Sicher fällt Ihnen alles, was ansteht, ein bisschen schwer, oder? Zumal Sie sich doch etwas verletzt haben.« Der Junge zeigte auf die Bandage, die sich Schuster selbst angelegt hatte.

Schuster wusste gar nicht, über was er zuerst staunen sollte, darüber, dass sich der Junge für sein verstauchtes Handgelenk interessierte, oder über die Tatsache, dass der Junge Hausaufgaben erledigte, oder darüber, dass er ihnen seine Hilfe anbot, den Garten wieder in Ordnung zu bringen... Schuster konnte sehen, dass der Junge sehr wohl seine Skepsis bemerkte, und als habe er gewusst, was Schuster gleich sagen wollte, fügte er hinzu: »Es ist mit meinen Eltern abgesprochen, ich darf das machen.«

Schuster zog die Augenbrauen hoch. *Darf*? Nicht *soll*?

»Es war übrigens meine Idee, nicht deren«, schob Ole hinterher, als könnte er Schusters Gedanken lesen. »Also, darf ich Ihnen helfen?«

Da stimmt doch was nicht. Schuster wusste nicht, wie er reagieren sollte. Der Junge blickte ihn an, ohne die Durchtriebenheit, die er sonst für gewöhnlich an den Tag legte. Und er lächelte. Er lächelte! Sogar ausgesprochen freundlich! Und es wirkte ehrlich. Schuster verstand die Welt nicht mehr und stotterte perplex: »Ja – warum nicht – gerne – vielen Dank.«

♦

Unterwasser-Habitat, Mittelmeer, vor Mallorca

Joachim Seidel starrte auf die kleine weiße Pille in seiner Hand. Es war Zeit. Alle vier Stunden musste er die Dinger schlucken. Diese ständige Wiederholung unterstrich die Monotonie seines Probanden-Daseins in dieser Unterwasser-Forschungsstation. Auf was hatte er sich nur eingelassen? Vierzig Meter über ihm an Land genossen tausende Menschen den Sonnenschein auf Mallorca, und das Leben pulsierte. Hier unten fragte er sich, ob sein Puls überhaupt noch schlug. Vom Leben da draußen bekam er jedenfalls nichts mit. Dass es ihm so schwerfallen würde, zwei Wochen ohne Unterbrechung unter Wasser zu bleiben, hätte er nicht gedacht. Und was für einen bescheuerten Tagesablauf er über sich ergehen lassen musste, erst recht nicht.

»Bist du nicht neugierig, was das für ein Zeug ist?« Seidel warf Manfred Tatzer einen fragenden Blick zu. Der zuckte nur gelangweilt mit den Schultern. Tatzers Desinteresse ging Seidel auf den Keks. Der Typ war die personifizierte Lethargie. Egal bei was. »Ich wüsste zu gern, was zum Geier wir uns da überhaupt reinpfeifen«, setzte er nach.

Die Verantwortlichen dieser Feldversuche hatte er schon gefragt. Das traf es ja wohl: Feldversuche. Sonst wären er und die anderen ja keine Probanden. Und so wurden sie genannt: Probanden! Wiederholt hatte er gefragt, was genau sie einnehmen würden. Dass er keine Auskunft darüber erhalten würde, war ihm eigentlich klar gewesen, und dass er nicht wusste, was die Ärzte seinem Körper zuführten, war Bestandteil der wissenschaftlichen Versuche, an denen er hier teilnahm. Und sie taten es ja freiwillig. Im Dienst der Forschung? Eher im Dienst des Geldes! Die Bezahlung stimmte. Und in den Verträgen wurde ihnen versichert, dass sie physisch und psychisch keine Schäden davontragen würden und die Risiken überschaubar waren – wenngleich nicht gänzlich ausgeschlossen. So, wie es eben ist, wenn man als Proband bereit ist, sich Wissenschaft und Forschung zur Verfügung zu stellen. Vielleicht hätte er es bleiben lassen sollen…

Was genau die Wissenschaftler hier veranstalteten, wusste er auch nicht. Wenn er es wüsste, würde es die Ergebnisse beeinflussen, weil er nicht mehr neutral an den Versuchen teilnehmen könne, hieß es. Das leuchtete ihm sogar ein. Dennoch gefiel es ihm nicht. Er war es nicht gewohnt, die Kontrolle über sein Leben aus der

Hand zu geben. Und das tat er seit ein paar Wochen. Er hätte wenigstens gerne gewusst, wofür. Doch keiner der Probanden war eingeweiht. Auch er nicht.

Einzig hatte er mitbekommen, dass er und die anderen in vier Versuchsgruppen unterteilt waren. Wobei das Wort *Gruppen* übertrieben war. *Team* traf es besser. Jedes Team bestand aus gerade mal zwei Personen; einer Frau und einem Mann, die allerdings zeitlich versetzt in der Unterwasser-Station tätig waren, sodass immer entweder vier Frauen oder vier Männer gleichzeitig unter Wasser beziehungsweise an Land waren.

Die Pillen, die sie nehmen mussten, sahen für alle gleich aus. Aber sein Instinkt sagte ihm, dass es verschiedene Sorten gab. »Knöpfe«, so nannte er die Pillen wegen ihres Aussehens, denn sie waren groß wie ein Hemdknopf, hatten zwei kleine Vertiefungen auf der einen Seite, die aussahen wie Knopflöcher. Vielleicht lag er mit seiner Einschätzung auch falsch und es war immer dasselbe Mittel. Auch möglich, dass alle vier Gruppen Placebos bekamen. Oder die Pillen waren nur Ablenkungsmanöver für die Psyche. Immerhin standen sie hier unten, so eng zusammengepfercht, unter ungeheurem Druck – im übertragenen Sinne. Physisch standen sie tatsächlich unter hohem Druck – nämlich dem Umgebungsdruck. Hier unten, in der Tiefe des Meeres, in diesem unterseeischen Forschungslabor, diesem kleinen, utopisch aussehenden Objekt unter Wasser, war ihre Körpergewebe maximal mit Stickstoff gesättigt, den Tauchgängen und dem Aufenthalt unter Wasser geschuldet. Die Auftauchphasen, die nicht im Wasser, sondern in einer Druckkammer stattfanden, dauerten entsprechend lange. Die Vorfreude darauf war trotzdem groß, denn es bedeutete jedes Mal das Ende der zweiwöchigen Schicht unter Wasser und die willkommene Unterbrechung davon an Land.

Vielleicht ging es in Wirklichkeit aber nur darum, was sie hier unter Wasser taten. Um die Aufgaben, die sie von morgens bis abends zu erfüllen hatten, die Tests, die regelmäßig zu bearbeiten waren, die Fragen, die sie dabei zu beantworten hatten. Vielleicht ging es darum, welche Auswirkungen es auf Körper und Befinden hatte, dass sie wochenlang unter Druck verweilten und ihr Körper daher bis zum Anschlag mit Stickstoff gesättigt war. Oder waren es gar Tests in soziologischer Richtung? Untersuchungen, wie sich das gemeinsame Leben auf engstem Raum und unter ungewöhnlichen Bedingungen nach und nach veränderte und welche Auswirkungen es auf das Zusammenleben im Habitat, aber auch auf die Freizeit hatte?

Es hätte um alles gehen können. Immerhin standen nicht nur psychologische und neurologische Wissenschaftler und Forscher hinter dem Ganzen, sondern auch Ärzte aus dem Bereich der Humanmedizin und sogar Physiker. So viel hatten sie erfahren. Viel war das nicht.

»Eigentlich mutig, als Proband einfach alles so zu unterschreiben. Oder einfach auch nur total bescheuert! Wer weiß das schon?!«, Seidel gab einen seltsamen, grunzenden Laut von sich. »Was soll's!« Mit einer ruckartigen Bewegung katapultierte er die Pille in seinen weit geöffneten Mund und schluckte den Knopf runter. »Bin ich froh, bald wieder oben zu sein. Du nicht?« Seidel blickte zu Tatzer rüber. Doch der war schon wieder geistesabwesend in sein Computerspiel vertieft und reagierte nicht. Seidel zog die Augenbrauen hoch und schüttelte missmutig den Kopf. Die beste Gesellschaft hatte er hier unten nicht. Aber bald hatte er wieder eine Phase Freizeit... freie Zeit... in ihrem Fall quasi die befreite Zeit, denn es fühlte sich langsam wie in einem Gefängnis an! Stinklangweilig hier unten! Nur das Tauchen war aufregend! Aber ansonsten – ätzend! Wahrscheinlich würde er hier bald einen Koller bekommen...

Vielleicht waren die Pillen auch gegen so etwas? Psychopharmaka? Hm. In Verbindung mit Tauchen? Schwer vorstellbar, dass Ärzte das durchgehen ließen. Mögliche

Nebenwirkungen wären viel zu riskant, und die Tauchgänge waren anspruchsvoll.

An den Tagen an Land mussten sie die Medikamente weiternehmen, das war die strikte Anweisung. Nicht nur bezüglich der Pillen gab es Vorschriften, sondern auch bezüglich der Aktivitäten während des Aufenthalts an Land. Das Kuriose daran war, dass sie außerhalb des Unterwasserhabitats nicht nur machen durften, was sie wollten – sie sollten es sogar! Sie sollten darauf achten, ihre Bedürfnisse auszuleben, gut und gerne alle, welcher Art auch immer. Das sei wichtig, hatte es gleich zu Beginn des Projekts geheißen. Es sei von großer Relevanz, dass sie über die vier Monate ihrem inneren Drängen und ihren Gelüsten folgten und intensiv dem nachgingen, wozu sie Lust hatten. Sie sollten sich »treiben lassen«, »loslassen«.

Wie im Urlaub sollten sie sich fühlen, sich frei sehen von Verpflichtungen, frei von Konventionen, frei von Normen, möglichst auch von jenen, die sie sich sonst selbst auferlegten oder die ihnen in der Regel aus ihrem Umfeld auferlegt wurden. Klang genial. Ein Traum!

Wie das genau gemeint sei, hatte Seidel einen der Ärzte gefragt, offenbar ein Psychologe. Auch wenn es ungewöhnlich klinge, es gehe darum, dass er und alle anderen Probanden im Zeitraum der Versuche *sie selbst* seien, so sehr, wie nur irgendwie möglich, hatte er als Antwort bekommen. Das sei wichtig für die Betrachtung gewisser Daten und Werte, deren Verlauf man beobachte. Einzige Bedingung an Land: Ein detailliertes Protokoll des Tages erstellen, jeden Tag, eine Art Tagebuch führen, auch wenn sie es für blödsinnig hielten, es sei Teil der Forschung und wichtig. Und noch etwas hatte der Arzt hinzugefügt: Sie sollten sich während des Aufenthalts an Land möglichst nicht mit anderen Probanden treffen. Das würde die wissenschaftlichen Ergebnisse verfälschen.

Da brauchten sie keine Sorge haben, Seidel hatte nicht vor, auch noch seine Zeit an der Oberfläche mit diesen Döseln zu verbringen. Wobei damit offensichtlich nicht nur die Probanden-Kollegen aus seinem Habitat gemeint waren, sondern Probanden aus allen Laboren des Experiments. Man solle deswegen vor Ort bleiben und dürfe nicht herumreisen.

Als wenn Seidel jemandem über den Weg laufen könnte, der Versuchskaninchen war wie er, nur an einem anderen Ort. Während des Aufenthalts im Unterwasser-Habitat wiederum sollten die Probanden sich mit genau den Dingen beschäftigen und die Aufgaben erledigen, die man ihnen auftrug, ohne Ausnahme. Hier müsse der Alltag, so hieß es, anders als an Land in sehr eng gesetzten Grenzen ablaufen. Ebenso beim Tauchen, was sich ja aber sowieso von selbst verstehe. Und außerdem dürften keine Aufgaben innerhalb der vier Gruppen ausgetauscht werden, weder im Habitat, noch während des Tauchens. Das sei enorm wichtig, und die Einhaltung würde auch streng überwacht und kontrolliert. Bei einem Verstoß würde man mit sofortiger Wirkung vom Projekt entbunden werden – der Schlussbonus, ein Batzen Geld, den Seidel unbedingt benötigte, wäre dahin. Wenn seine Tauchschule nicht schon die dritte Saison in Folge miserabel gelaufen wäre, hätte er über den Winter nicht so einen Drecksjob annehmen müssen. Aber die Bezahlung war gut, sehr gut. Und die Sache war einfach, vielleicht zu einfach, wenn er genauer darüber nachdachte. Schon seltsam… Egal!

Seidel ließ erneut den Blick durchs Habitat schweifen, von einem Probanden zum anderen. Er wurde einfach nicht warm mit diesen Jungs. Komische Typen. Einer seltsamer als der andere. Aber was soll's!

»Heute und morgen noch, dann ist es hier unten erst mal wieder vorbei«, rief Seidel durch den Raum, der gerade mal etwa dreißig Quadratmeter groß war. Die anderen Räume im Habitat waren viel kleiner, von den Schlafkammern ganz zu schweigen, die waren praktisch übergroße Särge. »Eine Woche an Land, yeah!« Gute Laune zog auf, aber nur bei ihm, die anderen drei gaben sich emotionslos wie immer. Mit diesen Typen hier zu sein, war wie in einer Gruft zu verweilen. Was war nur los mit denen?! *Legt Euch einfach in die Kojen – dann seid ihr schon gleich im Sarg, ihr Scheintoten!* Genervt nahm Seidel seine Spielekonsole zur Hand und tat es seinen Kollegen gleich, die allesamt seit Stunden in ihre Game-World eingetaucht waren. Als wäre die Welt hier unten nicht schon monoton genug, hatte man ihnen auch noch jede Abwechslung verboten. Es war leider nicht erlaubt, sich als Pärchen für die Forschungstests anzumelden. Das hätte zumindest ein bisschen für Abwechslung gesorgt. Er lachte in sich hinein. Was blieb, waren diese bescheuerten Computerspiele, mit denen sie die Zeit totschlugen wie die Figuren am Bildschirm ihre virtuellen Gegner, um dadurch mit Siegesfanfaren ins nächste Level aufzurücken. Und die ganzen Trash-Filme, die er inzwischen bald auswendig kannte! Immer derselbe Mist. Die Auswahl an Filmen war klein. Abwechslung? Dafür musste er sich diese bescheuerte Streaming-TV-Serie reinziehen, von der hier alle Staffeln auf Festplatten vorhanden waren. Als hätte er jemals Serien geschaut! Er hatte ein unerklärliches Verlangen nach Büchern. Warum es hier keine gab, blieb ihm ein Rätsel.

Aber inzwischen hatte er sich daran gewöhnt, nur noch auf Bildschirme, Monitore und Displays zu starren, große und kleine. Ja, die einzig sinnvolle Abwechslung hier unten wären Bücher! Lange her, dass er danach Verlangen empfunden hatte. Selbst konnte er sich nicht damit versorgen, denn sie durften von Land nichts mitbringen. Aus dem Wasser oder Habitat etwas mit hoch an Land nehmen durften sie auch nicht. Was ihn aber am meisten nervte, war die Tatsache, dass sie selbst dieses digitale Zeug zum Zeitvertreib in vier Gruppen aufteilten. Jeder der vier Probanden besaß sein eigenes Spiele- und TV-Equipment. Seidel war seines schon lange überdrüssig. Sobald sich ihm die Gelegenheit bot, würde er sich mal die Teile des Typs neben ihm ausleihen.

Die mussten klasse sein, so wie der beim Spielen immer regelrecht in Trance verfiel. Warum eigentlich nicht gleich jetzt? Seidel zwängte sich aus dem Eck, in dem er gekauert hatte, und schlenderte auf seinen Mitbewohner zu. Er setzte sich neben ihn. »Lass mal sehen!« Er beugte sich zu ihm rüber.

Der andere Proband – sein Name war Kevin Maier – war so vertieft darin, irgendwelche imaginären Gegner zu eliminieren, gefangen in der Welt visueller und akustischer Effekte, dass er gar nicht bemerkte, dass Seidel nun neben ihm hockte. Er spickte auf Maiers Bildschirm und staunte nicht schlecht. Der Typ spielte dasselbe Game wie er! Nur war der Kerl bereits in ein höheres Level vorgedrungen.

Beim besten Willen kapierte Joachim Seidel nicht, warum es nicht wenigstens unter den Vieren ein unterschiedliches Angebot an Spielen gab, wenigstens diese Abwechslung! Ihn beschlich das dumpfe Gefühl, dass der Kerl in seinem engen Kabuff auch dieselben Filme zur Auswahl hatte wie er. Sie taten und schluckten alle dasselbe. Zumindest sah es danach aus. Ihm graute beim Gedanken, dass das für die nächsten zwei Monate sein Alltag bleiben sollte. Umso mehr musste er die Zeit auskosten, wenn er wieder an Land war. Missmutig schüttelte er den Kopf, erhob sich mühsam und schlenderte wieder ins Eck, aus dem er gekommen war.

Er goss sich eine Cola ein, riss sich eine Tüte Chips auf und wählte einen Film aus.

Seltsam, dachte er, *eigentlich hasse ich doch Cola und Chips, oder nicht?*

♦

Sie sind doch ein Mann der Geheimnisse.

War das wirklich nur ein simpler Versprecher, oder wollte

der Mann damit etwas andeuten? Geheimniskrämerei widerte Frank an! Ja, einst hatte er Geheimnisse vor sich hergeschoben, damals, als die dramatischen Ereignisse um Bornholm ihren Lauf nahmen. Ja, einst hatte er selbst ein Geheimnis gehegt. Und hatte es gerechtfertigt vor sich. Mittel zum Zweck war es damals. Um Schlimmeres zu verhindern, um das Richtige zu erreichen.

Aber wo hatte es damals hingeführt? In ein unbegreifliches Drama, viel größer als je hätte werden können, was Frank zu verhindern versucht hatte.

Seither wollte er nie wieder Geheimnisse haben. Die Wahrheit war das einzig richtige! Und er hatte das Gefühl, als wären die Forschungsarbeiten, an denen diese *Sub-Search*-Gruppe beteiligt war, alles andere als offenes Terrain.

Wer weiß schon, worum es dabei geht? Sollte es nur ums Geld gehen – dafür wurde das Meer inzwischen genug ausgebeutet, von den Riffen war der Raubbau durch den modernen Menschen schließlich bis zum Meeresgrund der Tiefsee vorgedrungen; nur um des Geldes wegen – da wäre er raus aus der Nummer, um Geld war es ihm noch nie gegangen, bei nichts, nicht einmal damals als Forscher, noch später als Inhaber einer Tauchbasis. Das Materielle war nie sein Antrieb gewesen. War es auch heutzutage nicht. War nur die Frage, um was es hier bei dieser Sache eigentlich ging. *Ziemliche Geheimniskrämerei... Hm... Andererseits... Reizvoll wäre das schon – eine Beratertätigkeit.*

Und er könne selbst viel tauchen, hieß es. Obendrauf würde sich ihm ein kleiner Traum erfüllen. In all den Jahren als Taucher, Forscher und Tauchlehrer mit seinen knapp zehntausend geloggten Tauchgängen war es ihm nie vergönnt gewesen, in einer Unterwasser-Station mitzuarbeiten. Einzig hatte er zwei stillgelegte Unterwasser-Habitate von außen gesehen, kürzlich erst, während eines Urlaubs. Verlassene, mystisch anmutende Gebilde, die sich präsentierten wie ein Ding aus einer anderen

Zeit oder einer anderen Dimension und die inzwischen nur noch als Tauchtouristen-Attraktionen herhielten.

Inzwischen war es später Nachmittag, Frank war in seinen Gedanken versunken auf dem Weg zu seinem Auto, um kurz zum Hafen zu fahren. Wie fast jeden Tag wollte er nach der letzten Tauchausfahrt des Tages beide Boote checken und kurz nach dem Rechten sehen. Nötig war es eigentlich nicht, sondern mehr eine Gewohnheit, ja fast ein Ritual, den Tag damit – und mehr noch mit dem obligatorischen Kaffee im *Pepe* – abzuschließen.

Die Taucher-Runde im *Pepe* bestand immer aus denselben Bootseignern, allesamt Inhaber hiesiger Tauchbasen, die sich untereinander Neuigkeiten mitteilten, die fürs Tauchgeschäft von Belang waren. Vor allem aber dienten die Treffen dem Miteinander unter Konkurrenten, die sich gegenseitig dennoch nicht wie Konkurrenten behandelten, sondern sich vielmehr als Gleichgesinnte betrachteten und so einander auch begegneten. Menschen mit ähnlichen geschäftlichen Bedürfnissen, Freuden, Sorgen und Nöten. Meist kam er nach circa eineinhalb Stunden wieder vom Hafen zurück und erledigte dann noch im Büro den Papierkram, der über den Tag angefallen war.

Ohnehin hatte er in letzter Zeit das Gefühl, mehr und mehr zum Geschäftsmann zu mutieren, zum Tauchen kam er nur noch selten. Ein Jammer, das war doch der Grund, warum er vor Jahren seinem alten Leben den Rücken gekehrt hatte. In seiner Funktion als Unterwasserarchäologe war er auch viel getaucht, aber das war nicht vergleichbar gewesen. Vielmehr war das, was damals geschehen war, der Grund für den Schlussstrich... Aber das Kapitel war abgeschlossen, er hatte seinen Frieden gefunden.

Sein Neubeginn als Tauchlehrer war gewiss nicht nur der Leidenschaft zuzuschreiben, sondern auch eine Art Rebellion gegen sein früheres berufliches Wirkungsfeld gewesen. Er hatte einen Schlussstrich gezogen. Endgültig, so dachte er zumindest. Bis heute. Bis dieser Grothe aufgetaucht und ihm eine Tätigkeit angeboten hatte, bei der er nach langer Zeit wieder als Forscher, als Wissenschaftler und vor allem als Taucher gebraucht wurde, nicht nur als Papiertiger und Bürokrat, der er zunehmend geworden war und der sein innerstes Ich eigentlich nicht sein wollte.

Nicht, dass ihn der heutige Besuch dieses Mannes in einen unwiderstehlichen Sog gezogen hätte wie damals. Es war anders als der Lockruf vor fünf Jahren, dem des archäologischen Instituts, mit dem er fünfzehn Jahre zuvor gebrochen hatte, jenem Lockruf, der ihn nach langer Funkstille damals zurück in sein altes Leben geführt und der ihm letztlich ermöglicht hatte, alte Rechnungen zu begleichen und endlich Frieden zu finden. Jener Ruf aus der Vergangenheit war ein völlig anderer gewesen. Intensiver. Aufwühlender. Er hatte alte Wunden aufgerissen und das nicht verarbeitete Trauma ans Tageslicht befördert. Und hatte ihn in einen Strudel gezogen.

Nein, diese heutige Verlockung, nach langer Zeit ein kleines bisschen wieder Forscher zu sein, war damit nicht zu vergleichen. Und doch: als tauchender Berater tätig zu werden, kitzelte sein offensichtlich noch immer latent vorhandenes Forscher-Ich aus ihm heraus, und mit jeder Stunde, die seither verstrichen war, breitete es sich mehr und mehr in ihm aus, anders als damals, aber doch deutlich wahrnehmbar. Die Sache klang nach Abenteuer, nach der Jagd nach Erkenntnissen, nach Neuem. Und etwas in ihm lechzte nach Veränderung.

War es das, was man gemeinhin als Midlife-Crisis bezeichnete? Unwillkürlich musste er schmunzeln. Ganz so abwegig war es ja vielleicht nicht. Schlitterte er in letzter Zeit womöglich klammheimlich in eine Krise hinein, und dieser Mann hatte ihn nur zur rechten Zeit am rechten Ort mit der richtigen Lösung für seine Ruhelosigkeit abgeholt? Gerade zu einer Zeit, als er fast täglich hinterfragte, ob es wirklich die richtige Entscheidung war, erneut zu expandieren? Er war endgültig vom abenteuerlustigen Taucher zum Unternehmer avanciert! Ums Geld ging es nicht. Um was dann? Es hatte sich einfach so entwickelt, ein unaufhaltbarer Prozess, der dazu führte, dass er sich nun zunehmend gefangen fühlte. Zwar entlastete ihn sein Freund Ralf, der sich immer in Franks Sinne und nahezu eigenständig um den ersten Basis-Ableger auf Mallorca kümmerte.

Aber trotzdem: Franks Aufgaben waren immer umfangreicher geworden. Und jetzt sollte noch eine dritte Basis dazukommen?! Übernahm er sich da nicht? Wenigstens führte er die Allgäuer Tauchbasis nicht mehr, die in Deutschland bis vor einer Weile noch parallel zu der auf Mallorca bestanden hatte. Es hatte eine Weile gedauert, bis Frank die geschäftlichen Brücken nach Deutschland endgültig abgerissen hatte. Leicht war ihm das nicht gefallen, doch es war besser so. Lange Zeit war er zwischen beiden Ländern hin und her gependelt. Die dafür investierte Zeit und Energie hatte er nun gewonnen, dafür aber gleich das neue Projekt auf der Insel in Angriff genommen. So weit, so gut.

Was ihm aber in letzter Zeit am meisten zu schaffen machte, war der Umstand, dass er selbst nicht einen einzigen Kurs mehr gab. Er wollte Tauchlehrer sein, liebte die Begeisterung in den Augen seiner Schüler, den Glanz in ihren Augen nach ihrem ersten Tauchgang und den Glanz nach jedem weiteren und den Glanz aufgrund der Vorfreude auf den nächsten Dive. Er war nicht nur dabei – er war mittendrin gewesen.

Und jetzt? Nicht einmal mehr dabei war er! Er stand im Hintergrund, lenkte den Alltag seiner Mitarbeiter, die das Leben lebten, das er und Jennifer eigentlich hatten leben wollen. Oder sah er das Ganze zu negativ? War es nicht der normale Lauf der Dinge? Er war nicht mehr dreißig, sondern fünfundvierzig. Er und Jennifer hatten sich weiterentwickelt, das Unternehmen hatte sich weiterentwickelt. Unternehmen! Allein das Wort… Er war plötzlich mehr Geschäftsmann als Taucher. Zwar war er noch immer Taucher aus Leidenschaft, nur konnte er selbst dieser Leidenschaft kaum mehr frönen. Und zunehmend hatte er auch immer weniger Momente als Ehemann und Vater, denn auch diesen Rollen schien er immer weniger gerecht zu werden. Er war im sprichwörtlichen Hamsterrad gefangen, raste wie ein Wilder darin voran und kam trotzdem nicht von der Stelle – das wahre Leben zog mehr und mehr an ihm vorüber, so zumindest empfand er es, jeden Tag ein Stückchen mehr.

Und heute war unvermittelt dieser Anwerber in sein Leben getreten. Ein Wink? Woher? Gut oder schlecht? Er hatte keine Ahnung. Wobei Jennifer alles andere als begeistert gewesen war, als er vorhin ganz nebenbei erwähnt hatte, dass man ihm ein Angebot unterbreitet habe, und er sie gefragt hatte, was sie denn davon halte. Um was genau es denn gehe, hatte Jennifer gefragt. Das könne er ihr auch noch nicht sagen, wisse es selbst nicht genau, habe nur Andeutungen gehört, war seine Antwort gewesen. Es gehe jetzt erst mal darum, ob er grundsätzlich in der Art etwas tun wolle und solle. Als Forscher Geheimnissen auf den Grund gehen – ja! Wenn aber Menschen Geheimnisse hatten – nein! Und noch weniger mochte er es, wenn er aufgrund einer Verschwiegenheitserklärung vor anderen Geheimnisse haben sollte, ohne im Vorfeld aber zu wissen, ob es überhaupt redlich war, sein neues Wissen dann für sich zu behalten. Wer wusste schon, um was es bei dieser Forschung ging und ob es mit seinem Idealismus vereinbar war? Jennifer betrachtete die Sache mit Skepsis, und sie hatte recht. Wenn es ihn aber glücklich mache, solle er es tun. Sofern er nicht nur noch fort sein würde, hatte sie mit ernster Miene hinzugefügt.

Und trotzdem, da war sie wieder, diese Abneigung gegen Geheimnisse. Wieder schoss es ihm durch den Kopf. Sein damaliges Geheimnis. Und das war nicht klein gewesen. Ja, es hatte damals Mittel zum Zweck sein sollen, um

Schlimmeres zu verhindern und das Richtige zu bewirken. Am Ende war er in einen Abgrund geschlittert, und andere Personen gleich mit, inklusive Jennifer. Das wollte er nie wieder erleben. Alles hatte zum Schluss ein gutes Ende genommen, das ja, und hatte sogar zum inneren Frieden geführt und dazu, dass er endlich einen Schlussstrich zog. Aber es war ein schockierender, trauriger und harter Weg gewesen. Zudem hatten einige Personen einen hohen Preis dafür bezahlt, auch wenn er selbst dafür damals nichts konnte. Mit Geheimnissen war es eben so eine Sache, mit den kleinen, und mit den großen erst recht… Nicht immer im Leben heiligte der Zweck die Mittel…

Aber er solle sich nicht so viele Sorgen machen, das zumindest würde Jennifer sagen. Die Frage war nur, was sie sagen würde, wenn er ihr mitteilen würde, dass er inzwischen so gut wie entschlossen war, sich die Details der Forschung anzuhören und – je nachdem, was dabei herauskäme – höchstwahrscheinlich zuzusagen und über den Winter tatsächlich etwas Neues auszuprobieren? Das war nun seine größte Sorge… Und ganz nebenbei stand noch Grothes Frage im Raum nach hochqualifizierten Tauchern, die sich für die Forschungsarbeiten als Probanden zur Verfügung stellen würden. Er solle überlegen, wer aus seinem Umfeld in Frage komme, und den Kontakt herstellen. Diese Jobs seien gut bezahlt und würden kein gesundheitliches Risiko bergen.

Frank hatte schon jemanden im Sinn, dem er von der Sache erzählen würde. Vielleicht würde derjenige dann den Winter über doch auf Mallorca bleiben, statt in die Karibik zu flüchten, was die Chancen erhöhen würde, dass er zum Frühjahr wieder Franks Team verstärkte. Jemand, der inzwischen zu einem guten Freund geworden war und den er, würde er die Insel verlassen, wahrlich vermissen würde.

♦

ZEICHEN DER ZEIT

Larissa Ebel saß auf einem Stuhl in der hinteren Reihe. Hätte ihr Blick töten können, ihre Mitschülerin Marie Gessner wäre just in diesem Moment auf der Bühne umgefallen. *Bühne. Podium. Wie auf einen Thron erhoben muss sich die blöde Kuh vorkommen! Lässt sich feiern, die Bitch!* Larissa kochte. Hass brachte ihr Blut in Wallung. Neid war es nicht. Warum sollte sie auf Marie neidisch sein?! Dafür, dass diese Schnepfe und ihr Anhang heute vom Bürgermeister persönlich ausgezeichnet wurden? Dafür, dass sie sich mit ihrem vor einem Jahr ins Leben gerufenen Jugendprojekt auf sozialer Ebene in einer Weise verdient gemacht hatte, wie es nur wenige junge Menschen je zuvor fertiggebracht hatten? So jedenfalls nannten es die schleimigen Redakteure der lokalen Presse. Oder dafür, dass nun auch hohe Tiere in Berlin auf das Projekt aufmerksam geworden waren und diese ekligen Good-Girls Lobeshymnen und Blumen von dort erhielten? Dafür, dass sie nun vollends zu Vorbildern stilisiert und schlimmer denn je gelobhudelt wurden? Sicher nicht!

Diese Tussis! Wie Stars auf der Bühne! Die hatten ja schon immer einen Hang zum Strebertum – aber wie die seit letztem Jahr abgingen – Kotz! Allen voran diese Marie, so was von perfekt! Aber das Blatt würde sich wenden. Die Rollen, die Marie und ihre bescheuerten Freundinnen eingenommen hatten, waren etwas für Loser. Mit ihrem ganzen Gutmenschen-Gehabe und ihrer »Vorbildfunktion für *alle* Schüler«, wie es immer genannt wurde, würde es bald ein Ende haben. Die Zeit war gekommen. Diese von allen geliebten Püppchen hatten sich für die falsche Seite entschieden, im echten Leben wie auch innerhalb der Community. Und jetzt hatten sich ihre ekelerregend perfekten Einstellungen und Eigenschaften auch noch übel potenziert. Kotz!

Aber egal – deren Problem. Naja, am Anfang... Inzwischen war es ein Problem der gesamten Community, also ein Problem von allen. Zum Glück gab es ja auch noch

Bad-Girls – so wie sie. Früher schon, und inzwischen mehr denn je. Gut so. Noch mehr von diesen Vorzeigepüppchen, die Community würde stinkelangweilig werden.

Das war ein Problem! Aber ein Problem, das bald gelöst wäre. In den letzten Tagen war Larissa mehr und mehr klargeworden, worin ihre Aufgabe bestand und was zu tun war.

Die Aula der Mittelschule war zum Bersten gefüllt, Lehrer, Eltern, Freunde, Bekannte und die Presse. Die meisten lauschten dem ganzen Gelaber. Warum war sie eigentlich hergekommen? Sie wusste es selbst nicht so recht. Marie auszuschalten, stand erst später an. Wahrscheinlich wollte sie sich nochmals überzeugen, wie nervig Marie und ihr Anhang tatsächlich waren. Das war gelungen. Wenn sie die Mädels auf dem Podium so sah, war klar, dass sie diesen Weg beschreiten *musste.* Wie um ihr Vorhaben zu bestätigen, fasste sie in ihren Rucksack und fühlte den Schlagring, den ihr eine Freundin besorgt hatte. Er fühlte sich kalt an. Das passte. Sie grinste in sich hinein.

Dann schaute sie auf die Uhr. Fast hätte sie die nächste Folge verpasst. Besser würde sie die Dauer der Veranstaltung nicht nutzen können, wo sich doch zum Ende der aktuellen Staffel gerade alles so zuspitzte… Schnell kramte sie ihr Smartphone heraus, stöpselte sich den Lautsprecherknopf ins Ohr, loggte sich im Portal ein und startete die neueste Folge ihrer Lieblingsserie. Schon kurz darauf war sie so darin vertieft, dass sie alles um sich herum ausblendete.

♦

ZEICHEN DER ZEIT

Mit voller Wucht schmiss Tom Meissner die Tür zu seinem Zimmer zu. Sofort war der Wutschrei seiner

Mutter zu hören. »Spinnst Du?! Musst Du die Tür immer so zuknallen?!«

Tom reagierte nicht. Er schmiss seine Jacke in die Ecke und ließ sich am Schreibtisch in den Stuhl plumpsen. Mit einer Hand schnappte er sich die Cola-Dose, mit der anderen startete er den PC. Er war spät dran. Mit seiner Mutter würde er später reden – was auch immer sie schon wieder wollte, als sie ihn eine Minute zuvor unten abzufangen versucht hatte. *Ich bin fünfzehn, nerv nicht, Alte!* Kurz darauf war er eingeloggt.

Die nächsten vier Stunden hatte er Zeit, das neue Level zu erreichen. *Das* Level! Marc, dieser Vollpfosten, war seit Tagen drin. Warum war er selbst noch nicht so weit? Die letzten Tage waren nicht gelaufen wie geplant, weder hier im Game, noch in seiner »Rolle«, die er in der aktuellen Staffel der Serie *übernommen* hatte, entwickelten sich die Dinge so, wie er es erwartet hatte. Wenigstens den heutigen »Außenauftrag« hatte er erledigt, das brachte ihm Zusatzpunkte. Heute war *der* Tag!

Hunderte brutal niedergemetzelte virtuelle Spielgegner und euphorisch klingende Triumphmelodien später ertönte nach drei Stunden lautstark die langersehnte Siegesfanfare, er hatte das nächste Level erreicht. *Jep! Jetzt bin ich gespannt, was auf mich wartet,* dachte Tom und lehnte sich zurück, ungeduldig mit den Füßen wippend.

Da blinkte das Kurierbriefsymbol! Er öffnete die Nachricht. *Ups! Alter… krass…* Er musste Marc anrufen und ihn fragen, welche Wahl der getroffen hatte und ob er sich auch so entscheiden sollte. *Voll krass…*

Tom sah auf die Uhr. Er hatte Zeit aufgeholt. Nach dem Telefonat mit Marc würde ihm noch ausreichend Zeit bleiben, um an seiner Rolle mitzuarbeiten. Heute war es noch möglich, Vorschläge für die nächste Folge einzureichen. Seine Ideen wurden von Tag zu Tag besser, und er konnte es kaum erwarten. Diese Staffel versprach actionreicher und aufsehenerregender zu werden als alle Staffeln zuvor. *Hast Du deine Hausaufgaben heute schon gemacht?,* hörte er die Stimme seiner Mutter im Kopf. Er grinste. »Und ob«, raunte er.

♦

Trotz Stau kam Natascha pünktlich zu ihrem Termin. Kurzfristig hatte sich der renommierte Neurowissenschaftler, Hirnforscher, Psychologe und Verhaltensforscher Prof. Dr. Dr. Hubert Stenzel bereiterklärt, Natascha zu empfangen. Wenn er – eine Koryphäe auf seinem Gebiet – keine Antworten auf ihre Fragen hätte, wer dann?!

»Frau da Silva, kommen Sie herein, setzen Sie sich, bitte!« Stenzel zog Natascha einen Stuhl heran, wartete, bis sie Platz genommen hatte. »Darf ich Ihnen etwas anbieten?« Er setzte sich.

Natascha wählte einen Espresso, den kurz darauf ein junger Mann hereinbrachte. »Vielen Dank, Herr Professor Stenzel, dass Sie sich so kurzfristig Zeit für mich nehmen. Ich weiß das zu schätzen.«

»Gern. Sie hatten wirklich Glück. Die nächsten Wochen bin ich fast nur unterwegs. Wie kann ich Ihnen konkret behilflich sein?«

Der Professor, ein etwa sechzigjähriger Herr mit schütterem grauem Haar, einer schwarz umrandeten Brille und weißgrauem Vollbart, verschwendete keine Zeit mit Small-Talk, was Natascha recht war, sie hatte noch einen weiteren Termin, eine Stunde Fahrtzeit entfernt, bei einer Fachkollegin von Stenzel. Natascha hatte sich vorgenommen, sich in den nächsten Tagen ein Meinungsbild darüber zu machen, ob an ihrer Wahrnehmung, dass das Miteinander in der Gesellschaft sich gegenwärtig stark veränderte, etwas dran war, wie das die Fachleute sahen und welche Gründe sie vermuteten. In kurzen Zügen schilderte sie, worum es ihr ging, an was sie arbeitete, und was sie sich von dem Gespräch erwartete.

»Empathie. Ein gutes Stichwort, Frau da Silva. Empathie. Eine sinnvolle Fähigkeit, die uns Menschen in die Wiege gelegt wurde.« Stenzel lehnte sich zurück. Sein üppiger Bauch präsentierte sich jetzt in voller Pracht. Er hielt einen Moment inne. »Rücksichtsvolles Miteinander, sich um andere kümmern, für jene da sein, die uns brauchen, für Kinder, für ältere, pflegebedürftige oder einfach für schwächere Mitmenschen und Schmerz, Leid, Trauer mit anderen zu teilen, ja darauf überhaupt zu reagieren, all das wäre ohne die Fähigkeit zur Empathie schlicht unmöglich.« Wieder eine kurze Pause, als suche er nach den richtigen Worten, einem Laien etwas klarzumachen. »Wie kommt es nun dazu, dass sich dieses natürlich vorhandene Empfinden eines Menschen ändert? Die Ursachen sind komplex. Teils ist es auch genetisch bedingt, dazu später. Vereinfacht gesagt: im Frontalhirn schrumpfen jene Areale, die für die Kontrolle unseres Verhaltens und unserer Emotionen zuständig sind. Ist der Anteil dieser Hirnbereiche gering oder wird er zunehmend geringer, dann nimmt bei der betreffenden Person die Fähigkeit, Mitgefühl zu empfinden, ab. Übrigens nimmt auch die Fähigkeit ab, Aggression zu kontrollieren, und Aggression tragen wir ja mehr oder weniger alle in uns, zumindest zeitweise und in unterschiedlicher Intensität. Beide Verluste spielen in Folge negativ ineinander. Emotionen haben für unser Verhalten ohnehin eine immense, ganz grundlegende Bedeutung, dies einmal vorweg. Wie gesagt, die Prozesse sind komplex. Eine Schlüsselrolle beim Verlust oder der gravierenden Abnahme der Fähigkeit zur Empathie spielen dabei allerdings die Spiegelneuronen. Den Begriff haben Sie schon mal gehört, nehme ich an.«

»Sicher. Eine Doktorarbeit darüber zu schreiben, würde allerdings schwer.« Natascha lächelte. Mit einer Handbewegung signalisierte sie dem Professor weiterzureden.

Der schmunzelte. »Keine Angst, ich werde nicht zu sehr in Fachchinesisch verfallen. Aber Sie sind schließlich zu mir gekommen, um Veränderungen, die man wahrnehmen kann, besser zu verstehen.« Er neigte seinen rundlichen Kopf und zog die buschigen Augenbrauen hoch, es wirkte wie eine Entschuldigung. »Nun, die Spiegelneuronen arbeiten im Gehirn wie ein biochemisches Resonanzsystem, es versetzt uns in die Lage, die Gefühle anderer nachempfinden zu können. Durch die Spiegelneuronen werden Gefühle unseres Gegenübers für uns selbst spürbar – natürlich nicht so intensiv, wie es der Betroffene selbst empfindet. Wobei es auch Menschen gibt, denen ihre Anteilnahme mehr zusetzt als dem Leidenden selbst, aber das ist ein anderes Thema. Zurück zur Spiegelung: Beobachten Sie jemanden, der schwer verletzt ist, dann leiden Sie irgendwie auch ein bisschen – habe ich Recht?«

»Sicher. Und man möchte auch sofort helfen. Ist doch normal.«

»Dann ist es um Sie gut bestellt, Frau da Silva.« Er lächelte. Dann aber wurde seine Miene ernster. »Leider gibt es das ja auch anders.«

Unwillkürlich schossen Natascha schockierende Schlagzeilen in den Kopf. Natürlich gab es das auch anders!

»Das eigentliche Programm – um den Begriff mal so zu verwenden, denn unser Gehirn ist eine Art Super-Computer – ist dies: Jemand lächelt Sie an, und Sie lächeln zurück. Wir gähnen selbst, wenn andere gähnen. Spricht aus dem Gesicht des Gegenübers purer Schmerz, grinsen wir nicht, nein, wir werden unwillkürlich selbst ernst, blicken sogar schmerzverzerrt drein. Wir spiegeln die Reaktionen unseres Gegenübers. Sind Sie selbst Mutter?«

»Ja, ich habe eine fünfjährige Tochter.« Natascha ahnte, worauf der Professor hinauswollte. Ja, das wäre wahrlich ein treffendes Beispiel.

»Schon wenige Tage nach der Geburt«, fuhr der Professor fort, »spiegelt Ihre Tochter bereits Ihre Gefühle, sie reagiert, verändert ihre eigene Mimik, lacht oder weint, zeigt Erstaunen oder Neugier, und das alles ohne Denkprozess. Es ist die biologisch vorhandene Fähigkeit des Menschen, mit seiner Umwelt in emotionale Resonanz zu treten. Aber: Die Aktivität der Spiegelneuronen entwickelt sich keinesfalls von allein und nur aufgrund genetischer Disposition. Wir Menschen brauchen vom ersten Tag an ein Gegenüber, um diese speziellen Gehirnzellen zum Blühen zu bringen. Neugeborene benötigen den Austausch mit anderen Menschen, sie benötigen Zuwendung, bestenfalls die Mutter, deren Emotionen sie wahrnehmen können. Erst dann werden die Zellverbände aktiviert und die Entwicklung der Spiegelneuronen und deren vollständige Vernetzung im Gehirn ausgelöst. Dieser Entwicklungsschritt ist im Alter von ungefähr drei oder vier Jahren abgeschlossen, was Sie daran erkennen, dass das Kind nun seine Eltern zu trösten versucht, wenn diese traurig sind – und das, obwohl es rein intellektuell natürlich noch gar nicht begreift, was da gerade abläuft. Sie haben das sicher selbst erlebt.«

»Das ist äußerst interessant, Herr Professor Stenzel. Ansatzweise ist mir das bekannt, nicht aber im Detail. Was genau führt dann aber zur Abstumpfung des Mitgefühls, was bei uns Menschen anscheinend zunehmend passiert, so empfinde ich persönlich es zumindest. Wie sehen Sie das? Ist meine Beobachtung, dass uns Menschen diese Fähigkeiten mehr und mehr verloren geht, zutreffend? Das ist nun sehr pauschal formuliert. Klar gibt es zahlreiche Abstufungen, auch ist sicher nicht jeder betroffen, nehme ich an. Aber sehen Sie – wissenschaftlich betrachtet – eine Zunahme dieses Phänomens?«

»*Phänomen* ist gut gesagt. Das ist es – und ist es nicht. Man kann klar die Tendenz erkennen, dass Gefühle- und Verhalten des Einzelnen und in Folge der gesamten Gesellschaft einer großen Umwälzung unterworfen sind

– zumindest gewinnt man den Eindruck, wenn man gut beobachtet. Dazu braucht man kein Psychologe zu sein. Wenn man Gründe dafür sucht, kann man auch Antworten finden, dann ist es immerhin ein erklärbares Phänomen.«

Stenzel stand plötzlich auf. Er ging zum Fenster und blieb einen Moment nachdenklich davor stehen. Dann drehte er sich zu Natascha um. »Entscheidend für die Ausbildung der Spiegelneuronen-Aktivität sind die emotional prägenden Erfahrungen der frühen Kindheit. Nicht nur, aber sie fallen besonders ins Gewicht. Die durch die Spiegelneuronen ausgelöste emotionale Resonanz greift immer auf eigene Erfahrungen zurück, je prägender diese sind, desto stärker spielen sie eine Rolle. Wird die Entwicklung der Spiegelneuronen unterdrückt oder durch sehr häufige, sich ständig wiederholende negative Emotionen abgestumpft, dann kann die Fähigkeit zur Empathie gegen Null tendieren, irgendwann, das ist ein schleichender Prozess. Nicht, dass Sie mich falsch verstehen. Das Gehirn Erwachsener ist diesen Einflüssen ebenso unterworfen. Nur, je jünger das Gehirn, desto stärker die Wirkung negativer Einflüsse. So einfach ist es natürlich nicht. Es gibt sehr wohl Einflüsse, die dem Gehirn eines Erwachsenen fast ebenso zusetzen. Grundsätzlich gilt aber: Kinder sind die Gesellschaft von morgen.«

»Verstehe. Klingt plausibel. Nicht wirklich neu. Ich nehme an, Sie wollen auf etwas ganz Bestimmtes heraus?« Natascha nippte an ihrem Espresso.

Stenzel nickte fast unmerklich. »Wenn wir vom Schmerz eines anderen erzählt bekommen, aber nicht direkt mitfühlen, dann handelt es sich um eine kognitive Perspektivenübernahme. Es kommt einem mitfühlenden Denken gleich. Im Fall der sogenannten affektiven Empathie handelt es sich dagegen um eine spürbare emotionale Resonanz. Wir fühlen dann aktiv mit. In unserem Gehirn werden dabei genau jene neuronalen Netzwerke aktiv, die auch den eigenen Gefühlen zugrunde liegen. Mit Hirnscans kann man körperliche Reaktionen der mitempfindenden Person nachweisen und ihre Empathie de facto messen.« Stenzels Ausflug zum Fenster war kurz. Er nahm wieder Platz. »Die Veranlagungen zu mehr oder weniger Empathie sind individuell ausgeprägt. Vor allem aber verändern sie sich im Laufe des Lebens sehr individuell. Die Aktivität der Spiegelneuronen nimmt entweder zu oder ab. Ganz nach dem Leitsatz *Use it – or lose it*. Die Frage, die mich als Forscher umtreibt, ist folgende: Was verursacht eine derart negative Entwicklung solcher Prozesse, dass wir von einem ›Phänomen‹ sprechen können?«

In seiner Frage lag eine Schärfe, die sie verwirrte. Als wäre sie in einer Diplom-Prüfung. Sie blickte den Professor erwartungsvoll an. Bisher hatte er ihr nicht wirklich Neues erzählt. Ein paar Details, ja, aber sie brauchte neue Ansätze, auf denen sie ihre Reportage weiter aufbauen konnte. Es mussten ja keine revolutionären Neuigkeiten sein. Aber zumindest Erkenntnisse, die Leser aufhorchen und weiterlesen lassen würden.

»Nun, Frau da Silva, da gehen unter uns Fachleuten die Meinungen natürlich auch auseinander. Und es gibt ja nicht nur den *einen* Grund, warum unsere Gesellschaft kühler würde. Der zunehmende Stress des Einzelnen, vor allem auch beruflich, der ständig steigende Erfolgsdruck, das immer schwieriger werdende Zeitmanagement. Streben nach mehr – nicht nur materiell, sondern auch im Sinne der Selbstverwirklichung, die uns Menschen immer wichtiger wird – was ja nicht per se schlecht ist, und viele Faktoren mehr. Belastung, Überarbeitung, ausgelaugt sein, ausgebrannt sein. Der Wegfall der Großfamilien, der sozialen Gemeinschaft, des Auffangnetzes nämlich, um die Fülle an Alltagsaufgaben besser zu bewältigen, was ja dem am Limit laufenden Einzelnen auch Entlastung bringen würde. Und dann die ständige Reiz- und Informationsüberflutung unserer heutigen Zeit – sowohl privat, als auch beruflich. Und vieles mehr! Die Frage ist doch, was wirkt heutzutage *besonders* stark auf die Gefühlswelt der Menschen? Was hat die Kraft, ja geradezu die Macht, derart auf unser Hirn einzuwirken, dass wir oberflächlicher, empathieloser, rücksichtsloser, ichsüchtiger oder kaltherziger werden? Abgesehen von unserer genetischen Veranlagung und den ohnehin allgemein angenommenen äußeren Einflüssen ist es relevant, ob wir geborgen oder verwahrlost, behütet oder alleingelassen, gut situiert oder in prekären Verhältnissen aufwachsen und uns später darin weiterbewegen oder nicht. Das alles spielt eine Rolle, war aber schon immer so. Was aber hat erst in den letzten Jahren derart an Bedeutung gewonnen? Was war zwar schon vorher da, aber nicht *so*?« Wieder dieser Blick, als erwarte er von ihr eine Antwort.

»Ich bin gespannt.« Natascha beugte sich auf ihrem Stuhl vor.

»Nun, das, was ich persönlich als einen der Hauptgründe sehe, ist auch nicht wirklich neu und wird schon lange diskutiert. Aber meiner Meinung nach schenkt man diesem Hauptgrund nicht die Aufmerksamkeit, die wir ihm als moderne Gesellschaft mit offensichtlichen Problemen zugestehen müssten.

»Und der wäre?« Natascha sah Stenzel neugierig an.

♦

Hamburg

»Wir haben Anweisung, in dieser Staffel doch noch einige Parameter zu verändern. Nicht alle, keine Sorge. Kommt auf die Gruppe an. Wirf mal 'nen Blick drauf!« Thomas Muhr streckte seinem Kollegen Sawaan die schwarze Mappe entgegen.

Keine fünfzehn Minuten war es her, dass er sie mit einem etwas mulmigen Gefühl vom CEO der Filmproduktionsfirma, für die er tätig war, erhalten hatte. So ganz wohl fühlte er sich nicht bei der Sache. Irgendwie entwickelten einige Serien-Figuren in den letzten Wochen eine ungewöhnlich starke Eigendynamik. Inzwischen diskutierten sogar manche Darsteller in den Pausen am Set über den ungewöhnlichen Verlauf des Drehbuchs, darüber, wie extrem sich einige Serienfiguren verändert hatten – und wie rasant. Das war den Schauspielern ein Rätsel.

Dass das Drehbuch aus vielen *Sub*-Drehbüchern bestand und diese wiederum aus den Plot-Vorschlägen unterschiedlicher Fan-Gruppen, deren Mitglieder sich bestimmten Filmhelden der Serie fest zuordneten und virtuell in ihre Rollen schlüpften, wussten natürlich alle. Das neuartige Erfolgskonzept ihres Quotenrenners kannte jeder, der sich mit Filmen und Serien auch nur ein bisschen auskannte. Was genau allerdings die unterschiedlichen Streaming-Zuschauer der Serie voneinander unterschied, das wussten weder die Millionen von Mitgliedern, die mit Leidenschaft am Drehbuch mitschrieben, noch die Darsteller, die in ihrer Freizeit auch Zuschauer der Serie waren und sich – das war das Kuriose daran – selbst in einer Zuschauergruppe am Drehbuch beteiligten. Über neunzig Prozent der Zuschauer waren Mitglied der Drehbuch-Community – rein statistisch gesehen also auch neun von zehn Darstellern, zumindest, wenn sie von der Serie begeistert waren – und das war bei fast jedem der Fall. Wer war nicht fasziniert vom Format *Ashes Real* mit seinen genreübergreifenden Storys, der Action, dem Drama, dem Moralingesättigten, dem Mysteriösen und den preisgekrönten Kostümen, die über die Laufstege und Boutiquen nun auch das Straßenbild erobert hatten?! Seit fast zwei Jahren brach die Serie alle Rekorde. Wer vorher noch nicht gestreamt hatte, tat es spätestens, seit *Ashes Real* an den Start gegangen war. Kaum jemand konnte sich der Faszination der Serie entziehen, nur jene, die sich dem Medienkonsum grundsätzlich verweigerten oder nur ausgesprochen wenig fernsahen. Die Konsumenten des Streaming-Formats waren wie in einem Sog.

Der Erfolg der Serie, der Erfolg der zwei anderen Formate des Hauses sowie das ganze Merchandising hatten die Produktionsgesellschaft *Pink Rock* geradewegs in die Liste der hundert stärksten Unternehmen Deutschlands geführt. Nicht mehr lange, und das Unternehmen würde eines der einflussreichsten Unternehmen in Deutschland sein. Um das zu prognostizieren, musste man wahrlich kein Wirtschaftsexperte sein. Binnen kürzester Zeit hatte sich Muhrs Arbeitgeber zu einem Giganten entwickelt, der inzwischen mit dem Merchandising mehr verdiente als mit der Ausstrahlung der Serien über Streaming-Abos.

Doch seit Kurzem verliefen die Dinge eigenartig. Einzelne Gruppen und die ihnen zugeordneten Seriencharaktere schienen völlig von der Rolle, was der Redensart »von der Rolle« auf ironische Art gerecht wurde. Und statt erst einmal abzuwarten, wie sich die Dinge weiterentwickelten, gingen der Firmenvorstand und die verantwortlichen Produzenten schon den nächsten Schritt – nein, sprangen regelrecht einen Satz nach vorne. Die Auswirkungen der angedachten Änderungen würden aber nicht unbeträchtlich sein, da war er sich ziemlich sicher. Muhrs Meinung nach sollten sie die restlichen Folgen der Serie erst mal unverändert ausstrahlen, hatten sie sich doch im Vergleich zur letzten Staffel ohnehin ziemlich weit vorgewagt. Sie waren auf medialem Neuland unterwegs, da hieß es: Vorsicht!

Aber er musste tun, was man ihm sagte, das war der Preis, den er dafür bezahlte, dass er sich vor zwei Jahren auf das lukrative Angebot eingelassen hatte. Gekribbelt hatte es, als er erfahren hatte, was genau man vorhatte; und er hatte sich geehrt gefühlt, dass er auserwählt worden war, diesem Quantensprung des medialen Zeitalters beizuwohnen, nein, ihn mitzugestalten. Es gab nur wenige Mitarbeiter der Filmproduktionsfirma, die eingeweiht waren. Die Anweisungen kamen von ganz oben. Woher die wiederum ihre Instruktionen bekamen, wusste er nicht, aber er ahnte, dass das Projekt sicherlich größere Kreise zog, denn es hing viel zu viel dran, es war zu komplex. Eines war sicher: *Pink Rock* war nur ein Rädchen im Getriebe. Aber die Idee hinter dem Ganzen – wer hatte die? Sein CEO? Woher hätte der dieses Wissen nehmen, wie das Konzept für die Umsetzung entwerfen sollen?

»Na los, schau rein!« Muhr klopfte drängend mit der freien Hand auf die Mappe. »Wir müssen loslegen, heute noch!«

»Bist du sicher?« Muhrs Kollege nahm die Mappe so zögerlich entgegen, als könnte er sich noch überlegen, die Anweisung anzunehmen oder nicht. Als hätte er eine Wahl. Welche Wahl? Sie hatten es begonnen, nun mussten sie es auch zu Ende führen. Zu Ende? Welches Ende? Vom Ende des Projekts waren sie weit entfernt, vielmehr war es ein Beginn. Der Beginn einer neuen Ära an Möglichkeiten. Keiner konnte absehen, wohin das alles führen würde, und es sah auch nicht danach aus, als ob es überhaupt jemals wieder gestoppt werden sollte.

»Außerdem sollen wir die Frequenz weit unter fünfzig Millisekunden drücken und die Abfolge der Icons nochmal umändern, wir nehmen die iGPX6 mit Einbettung«, fügte Muhr hinzu.

»Die Darbietungszeiten ändern? Das bringt doch nichts. Die meisten handelsüblichen Displays erreichen einfach noch nicht die volle Leuchtdichte. LC-Displays haben einfach physikalische Grenzen, gerade, was die Bildwiederholfrequenz angeht. Das ist alles für die Katz. Außerdem könnte die Frequenz möglicherweise zu kurz sein.«

Muhr starrte auf die Mappe. *Streng vertraulich* stand drauf. Als ob das nötig wäre! Waren sie im Filmgeschäft oder beim Geheimdienst?! Aber es stimmte schon: Die Hände, durch die Unterlagen wie diese gingen, gehörten allesamt zu Leuten, die genau wussten, dass nichts davon den Kreis der Eingeweihten verlassen durfte – sonst wären sie alle dran. Was sie taten, war nicht nur juristisch hoch problematisch – nein, es war schlicht verboten und vor allem ethisch fragwürdig. Sie hingen mit drin. Er hing mit drin.

Sawaan schlug die Mappe auf und überflog den Inhalt. »Die *Masken* verändern? Was soll das nun schon wieder. Wie oft sollen wir denn noch an den *Störreizen* was ändern?« Sawaan schüttelte genervt den Kopf und stieß hörbar den Atem aus.

♦

»Der in den letzten Jahren extreme Konsum medialer Gewalt?«

Natascha bemühte sich, ihre Enttäuschung zu verbergen. Bisher hatte sich der aufwendige Weg mitten in der Rush-Hour durch ganz München alles andere als gelohnt. Neu waren Stenzels Aussagen wirklich nicht.

»Verstehen Sie mich nicht falsch!«, fügte der Professor schnell an, so schnell, als könnte er hören, dass Natascha innerlich aufstöhnte, »auch ich schaue ab und zu gerne spannende Filme, und da geht es eben oft auch um Gewalt, beziehungsweise die spielt eben mit rein. Ist halt so. Es kommt jedoch darauf an, ob der Film eine berührende und sinnvolle Story hat oder ob es nur ein plumper B-Movie ist, in dem die Fetzen fliegen und der nahezu sinnfrei und einzig auf Brutalität ausgelegt ist, finden Sie nicht? Und es macht auch einen Unterschied, welches Ausmaß die Gewalt im Film einnimmt. Ich liebe gute Filme, vor allem spannende, und natürlich sind die nicht immer ohne Gewalt. Das Gehirn eines Erwachsenen kann damit recht gut umgehen – zumindest, wenn es nicht täglich und stundenlang und immer härter damit konfrontiert wird. Es entsteht nicht gleich ein Schaden.«

Er machte eine abschwächende Handbewegung. »Die Dosis macht's, wie so oft. Aber auch das Alter. Und darauf will ich hinaus. Es geht mir nicht nur um Filme, vielleicht sogar am wenigsten, sondern viel mehr um die extrem brutalen Computerspiele. Ich kann nachvollziehen, dass Kinder und Jugendliche und natürlich auch viele Erwachsene begeistert von Computerspielen sind, auch wenn ich selbst dem gar nichts abgewinnen kann. Mir geht es nicht darum, die Medien der heutigen Zeit zu verteufeln, sie haben auch ihre guten Seiten. Sie können sinnvolle Inhalte vermitteln, angenehme Gefühle stimulieren und bilden. Sie gehören einfach zu unserer heutigen Zeit! Nein, es geht mir um immer fragwürdigere, brutalere Inhalte, darum, dass diese Inhalte in immer stärkerem Maß von immer jüngeren Konsumenten konsumiert werden. Egal, ob im Fernsehen, im Internet oder bei einem Computerspiel. Und *das* ist ein Problem, wissenschaftlich betrachtet. Darum erzähle ich es Ihnen.« Stenzel hielt kurz inne. Er schien auf eine Reaktion von Natascha zu warten, als wolle er sich die Erlaubnis holen fortzufahren, in Sorge, das Gespräch mit seinem Monolog zu überfrachten. Er rückte seine Brille zurecht und strich sich mit einer Hand nachdenklich über den weißgrauen Vollbart. Nach ein paar Sekunden fuhr er fort: »Im Rahmen von Hirnscans lässt sich eindeutig nachweisen, dass bei täglichem Konsum von Gewaltdarstellungen die Spiegelneuronen-Aktivität im Hirn abstumpft. Das Empfängergehirn stumpft ab – der Mensch stumpft ab. Es ist so simpel wie alarmierend. Und das gilt für Kinder, Jugendliche und Erwachsene gleichermaßen; allerdings ist es so, dass sich diese Veränderungen in den Hirnstrukturen junger Menschen vielfach intensiver und langfristiger vollziehen, da das Gehirn bei ihnen besonders stark auf Wachstum und Lernen ausgelegt ist. Studien belegen, dass das Gehirn eines achtjährigen Kindes beispielsweise nur zu 22% genetisch geprägt ist – den größten Anteil haben also äußere Einflüsse welcher Art auch immer und ganz egal, ob Signale bewusst oder…«, er stockte kurz und rieb sich mit der Hand den Bart. Dann räusperte er sich. »…oder unbewusst aufgenommen werden und es auf dem Nährboden der Emotionen zu Reaktionen im Hirn kommt und sich somit neuronale Muster verfestigen.« Stenzels Blick wanderte unruhig – fast unsicher wirkend – durch den Raum. Er machte eine unverhältnismäßig lange Sprechpause und schien seine nächsten Worte genau abzuwägen. »Im schlimmsten Fall ist jemand überhaupt nicht mehr in der Lage, Mitgefühl zu empfinden. Er kennt infolgedessen auch Bedauern, Schuld oder Reue kaum, manchmal sogar gar nicht.«

»Es kann doch aber nicht sein, dass wir Menschen durch Beeinflussung der Spiegelneuronen-Aktivität uns im Extremfall zu Psychopathen entwickeln? Das wäre ja eine Horrorvorstellung!«

»Moment. Das müssen wir schon differenzieren. Was ist ein Psychopath? Heute weiß man, dass das Gehirn von Psychopathen und auch von Soziopathen meist extrem wenig oder oftmals auch gar keine Spiegelneuronen-Aktivität aufweist. Die Hirnbereiche, die fürs Verständnis von Emotionen zuständig sind, verfügen über weniger graue Hirnmasse als die der meisten anderen Menschen.«

»Graue Hirnmasse?« Wollte der Mann nicht verständlich reden?

»Bitte, verzeihen Sie, ich schweife ab. Ich wollte darauf hinaus, dass solchen Menschen zwar ansatzweise die bereits erwähnte kognitive Perspektivenübernahme ihres Gegenübers gelingt – aber es kommt zu keiner echten emotionalen Anteilnahme. Den Unterschied hatte ich erläutert. Das Leid des anderen lässt solche Menschen innerlich kalt, die kognitive Anteilnahme benutzt so jemand dann vor allem, um sein Gegenüber zu manipulieren. Neueste Studien legen nahe, dass die psychopathische Persönlichkeitsstruktur vorrangig genetisch bedingt ist.«

»Um Psychopathen soll es in meiner Reportage aber ja

nicht gehen. Vielleicht habe ich mich etwas missverständlich ausgedrückt, Herr Professor«, bremste Natascha ihn. »Eher geht es um das zunehmend kühler werdende zwischenmenschliche Miteinander in unserer Gesellschaft.«

»Ja, ich weiß. Auf der Leiter von normaler Spiegelneuronen-Aktivität über ihre Verminderung bis hin zum totalen Fehlen finden Sie unzählige Ausprägungen, die wiederum die Emotionen und das Verhalten mehr oder weniger stark steuern. Es ist ja zum Glück so, dass Extremfälle nur einen kleinen Teil ausmachen – die absolute Minderheit. Nicht auszudenken, wenn es anders wäre! Es ist im Gegenteil so, dass Menschen mit stark eingeschränkter Spiegelneuronen-Aktivität oft fest in die Gesellschaft integriert sind. Mit ihrer in der Regel hohen Intelligenz und oft auch starken Anziehungskraft nehmen sie andere für sich ein, um ihre eigene Macht zu vergrößern. Wie Raubtiere unterwerfen sie ihr Umfeld, lügen und betrügen und bereichern sich auf Kosten anderer, ohne schlechtes Gewissen. Oft täuschen sie gute Absichten vor – doch das Wohl anderer ist ihnen völlig egal. Sie wissen genau, was die Gesellschaft von ihnen erwartet, und passen sich daran an, doch letztlich verfolgen sie nur ihre eigenen Interessen. Durch die verringerte, oft kaum mehr vorhandene Aktivität der Spiegelneuronen sind ihre Hemmschwellen gesunken oder fehlen im schlimmsten Fall ganz. Fliegen sie auf, stellen sie sich gerne als Opfer dar, Opfer ihrer Geschichte, ihres Elternhauses oder der Umwelt. Sicher sind das alles Einflussfaktoren, aber eben weniger ausschlaggebend als oftmals angenommen. Aber bezogen auf den langfristigen, ausgiebigen und extremen Konsum medialer Gewalt ist festzuhalten: Irgendwann bleiben im Gehirn empathische Reaktionen vollends aus – es ähnelt dann zunehmend dem Hirn eines Psychopathen. Aufgrund der geschrumpften Aktivität der Spiegelneuronen fällt es solchen Menschen zunehmend leichter, über die Gefühle anderer hinwegzugehen, sie auszutricksen, auszubooten, ja sie zu verletzen – irgendwann womöglich auch Schlimmeres, denn die neuronal erlernten Strukturen verfestigen sich immer mehr, und das Gehirn stuft als normal und richtig ein, was am Ende womöglich nur eines ist: herzlos – hemmungslos – brutal.«

Natascha sagte kein Wort. Das war harter Tobak.

Als hätte der Professor ihre Gedanken gelesen, fügte er hinzu: »Alles hängt ab von der Dosis, der Intensität, der Dauer und der Häufigkeit der Reize. Hinzu kommen die genetische Disposition und das Umfeld, in dem man groß geworden ist, sowie das Umfeld, in dem man sich aktuell bewegt. Und dann können auch bisher völlig unbeachtete Faktoren eine gravierende Rolle spielen. Aber Forschungen in diese Richtung sind noch nicht so weit.« Er hielt einen Moment inne – zu lange für Nataschas Geschmack. »Und vergessen wir den Faktor *Sucht* nicht.«

»Was genau meinen Sie damit?«, hakte Natascha nach. Da war etwas in Stenzels Stimme, das sie aufhorchen ließ. Als lägen irgendwo zwischen seinen Sätzen endlich Informationen, die Neues, vielleicht sogar Spektakuläres aufs Tablett brachten… *Die Forschungen in dieser Richtung sind noch nicht so weit…* Aber er wollte offensichtlich nicht mehr rausrücken, warum auch immer, und um Verfestigung von Hirnstrukturen durch permanente Wiederholung, um *Suchtpotenzial* im Allgemeinen konnte es ihm nicht gehen. Bestenfalls hing es mit dem, auf das er nicht eingehen wollte, lose zusammen, das würde auch seinen schnellen Gedankengang zur Sucht erklären. Wobei: Zwang und Triebkraft gehörten immer irgendwie zu den Gedanken eines Hirn- und Verhaltensforschers. Das konnte es also allein nicht sein, und dazu hatte er bei ihrem Treffen bereits Stellung bezogen.

»Meine Thesen hierzu sind noch zu lückenhaft. Vergessen Sie die Bemerkung einfach.« Stenzel verstand sein Fach. Er hatte genau wahrgenommen, dass Natascha nicht den letzten Satz meinte. »Ich möchte nicht unhöflich sein, aber ich muss Sie auf ein anderes Mal vertrösten, ich bin heute sehr eng getaktet. Lassen Sie mir die Abschnitte, in denen Sie mich zitieren, bitte zur Prüfung zukommen! Mir ist wichtig, nicht falsch verstanden zu werden. Ich habe da so meine Erfahrungen mit Journalisten. Nichts gegen Sie persönlich – Sie verstehen?«

»Das hätte ich ohnehin getan, Herr Professor.«

»Gut. Danke. Sollten Sie noch Fragen haben, mailen Sie mir am besten. Ich bin eher schwer zu erreichen, Sie hatten bisher Glück.«

Redete sie es sich ein, oder hatte sie ein erleichtertes Seufzen vernommen?

»Das mache ich, Herr Professor Stenzel. Ganz bestimmt sogar.«

♦

ZEICHEN DER ZEIT

Barash Tamm war auf dem Sprung zur Spätschicht, doch fünf Meter vor seinem Auto blieb er verdutzt stehen. Jemand hatte kackfrech in zweiter Reihe neben seinem geparkt. Gerade jetzt, wo er es eilig hatte, er war spät dran.

Er blickte sich um, vielleicht war der Fahrer ja noch irgendwo. Da sah Barash drei Haustüren weiter eine Person, bei der es sich vielleicht um den Fahrer handelte. Er spurtete los und rief bereits im Laufen: »Hallo! Entschuldigung! Warten Sie bitte einen Moment!« Als Barash den Mann nahezu erreicht hatte, drehte der sich auch schon um. Ein schlaksiger Typ, vielleicht um die dreißig, Barash kannte ihn nicht. »Danke! Ist das Ihr Wagen dort?« Außer Atem zeigte Barash zu dem Fahrzeug, das ihn blockierte. Der kurze Spurt hatte seinen Puls hochgetrieben, in Form war er offensichtlich nicht mehr.

»Ja. Warum?«, fragte der Mann beiläufig oder vielmehr gleichgültig, als ahnte er gar nicht, was Barash von ihm wollte, oder als interessierte es ihn einfach nicht und dieses Auto stünde da, wo man ein Auto eben hinstellte.

»Sie haben mich leider zugeparkt. Könnten Sie bitte kurz wegfahren? Ich muss zur Arbeit und hab's sehr eilig«, bat Barash ihn, ruhig und freundlich. Auch er hatte schon mal in zweiter Reihe geparkt, um schnell etwas zu erledigen, wer machte das nicht mal… Wenigstens war der Fahrer in der Nähe geblieben. Alles gut.

»Warten Sie, bis ich wieder da bin«, antwortete der Mann und drehte sich wieder zur Tür. »Ich hab's auch eilig. Muss nur schnell an den PC von Sebastian«, er zeigte auf das Klingelschild des Hausbesitzers, »wird eh schon knapp. Dauert nicht lang. Wird auf ein paar Minuten ja sicher nicht ankommen.« Der Mann klingelte, dazu klopfte er mehrfach, heftig, dann blickte er auf seine Armbanduhr. »Basti! Ich bin's, beeil dich!«

Für ein paar Sekunden war Barash völlig perplex. Und als wäre er nicht schon verwirrt genug, hatte er obendrauf noch eine Art Déjà-vu. Es war verrückt: Als er vor ein paar Wochen im Urlaub auf Korsika gewesen war, hatte ein Mann eine Reinemachefrau des Hotels zur Schnecke gemacht, weil sie ihm nicht schnell genug sein Zimmer aufgesperrt hatte. Der Gast hatte sich versehentlich ausgesperrt und brauchte dringend seinen PC. Irgendwie ähnelte diese Situation hier jener, die er beim Vorbeilaufen im Gang der Hoteletage mitbekommen hatte. Sachen gibt's! Barash fing sich wieder, kam gedanklich zurück ins Hier und Jetzt. Wahrscheinlich hatte ihn das Hämmern an die Tür aus seiner Starre gerissen. Der Ignorant, der ihn zugeparkt hatte, klopfte immer härter an die Tür, er hatte es offensichtlich wirklich eilig. Das war trotzdem kein Grund sich so zu verhalten! Es war doch selbstverständlich, erst das falsch geparkte Auto wegzufahren – es sei denn, es ginge um Leben und Tod! Aber das war hier ja wohl nicht der Fall.

Barash riss nun allmählich der Geduldsfaden. In forderndem Ton sagte er: »Ich weiß nicht, ob Sie mich nicht verstanden haben?! Ich – muss – zur – Arbeit! Und zwar jetzt! Ich will losfahren! Sofort! Nicht in ein paar Minuten. Was soll denn das?«

Barash machte einen Schritt auf den Mann zu. In dem Moment öffnete sich die Tür. Der Ignorant verlor kein Wort, nicht mal für die Begrüßung, und wollte ins Haus.

Barash machte noch einen Satz nach vorne, um den Mann am Arm festzuhalten. »Sie bleiben schön hier!«, fuhr er ihn barsch an.

Alles ging verflixt schnell, Barash konnte nicht mehr ausweichen. Der Faustschlag traf ihn mitten ins Gesicht. Dann knallte die Tür zu.

♦

Mallorca

Joachim Seidel und sein Tauchpartner Manfred Tatzer tauchten nach links weg, um an dem für sie vorgesehenen Platz unter Wasser ihre heutigen Aufgaben zu erfüllen. Wie jeden Tag bestanden diese aus der Entnahme von Proben an unterschiedlichen Stellen des Riffs sowie aus der Beobachtung der Fischpopulation. Sinnvolle Arbeiten, keine Frage. Was es allerdings mit den Fragen auf sich hatte, die sie später, wenn sie wieder in der Station waren, beantworten mussten, blieb ihm ein Rätsel, wie so vieles hier. Fragen wie: »*Beschreiben Sie Ihren Gefühlszustand bezogen auf die Zeiten, in denen Sie im Wasser arbeiten. Welche Gedanken gehen Ihnen dabei durch den Kopf? Was empfinden Sie für die Tier- und Pflanzenwelt, die zu schützen Sie mit den Untersuchungen helfen?*«, und eine Menge anderer Schwachsinn.

Er selbst stellte sich eigentlich nur zwei Fragen: Was zum Geier das alles mit den Medikamenten und den Verhaltensregeln während der Landgänge zu tun hatte? Und warum Elektroden zur Messung diverser Vitaldaten und offensichtlich auch zur Aufzeichnung der Gehirnaktivität an seinem Körper angebracht waren? Wo es doch hier offensichtlich um Umweltforschung ging, nicht um Beobachtung eines Menschen unter für ihn unnatürlichen Bedingungen und Isolation? Letzteres würde für ihn Sinn machen, einer gewissen Logik folgen, wenngleich es nicht die Einnahme der Medikamente erklärte.

Vielleicht erfüllten die Probanden hier unten ja auch verschiedene Zwecke gleichzeitig? Vielleicht war es eine Kombination verschiedener Forschungen? Meeresbiologische, humanmedizinische und psychologische Tests? Der Punkt, dass sie jeweils viele Tage am Stück hier unten verweilten und sie dadurch psychisch und physisch in einer ungewöhnlichen und auch extremen Situation waren, musste auf jeden Fall eine Schlüsselrolle spielen. Warum sonst tauchte man nicht einfach drei oder vier Mal am Tag ab und lebte die restliche Zeit ganz normal an Land? Der reine Zeitgewinn durch die Tatsache, dass sie nonstop unter Wasser verweilten, konnte es nicht sein. Es mussten die widernatürlichen Bedingungen sein, um die es bei den Versuchen an den Probanden ging. Möglicherweise erforschte man die Auswirkungen des Stickstoffs auf Körper und Geist, die Folgen des Sättigungstauchens. Die meeresbiologischen Arbeiten hier unten stellten entweder reinen Zeitvertreib oder aber die Erfüllung diverser Aufträge aus gänzlich anderen wissenschaftlichen Bereichen dar. Vielleicht finanzierte man damit das Ganze auch nur.

Aber er würde den Zweck des Ganzen ohnehin nicht ergründen, mit seinen Fragen drehte er sich nur im Kreis. Er sollte es gut sein lassen und einfach seinen Job machen, das Geld absahnen, und gut war.

Joachim Seidel wollte die Zeit am Riff nun in vollen Zügen genießen. Früh genug musste er wieder zurück ins Habitat – sein Gefängnis – besser konzentrierte er sich nun auf die Zeit hier draußen. Nach ein paar Minuten jedoch schweiften seine Gedanken erneut ab. Er fragte sich, ob die anderen Probanden an ihrem Platz ähnliche Aufgaben erfüllten wie er oder ob sie etwas anderes taten. Eine der Regeln war, nur den eigenen Arbeitsplatz unter Wasser aufzusuchen, diesen auf direktem Weg vom Habitat aus anzutauchen und nach Erledigung der Aufgaben auf direktem Weg dorthin zurückzukehren. Nur in Notfällen durfte die Tauchstelle anderer Taucher aufgesucht werden.

Seidel wurde unruhig. Er wollte zu gerne wissen, ob sie alle auch während der Tauchgänge dasselbe tun mussten wie innerhalb der Station. Er nahm an, dass es so war. Im Habitat hatten alle Probanden dieselben Möglichkeiten zum Zeitvertreib, nahmen zumindest augenscheinlich dieselben Pillen und konnten auf dieselben Filme und Spiele zugreifen. Sie tranken und aßen sogar fast dasselbe, was die vielen Fragebögen zu Allergien und Unverträglichkeiten erklärte.

Seidels Neugier siegte. Zeit war genug, er würde so oder so bald zur Unterwasser-Füllstation tauchen, um den Atemgasvorrat zu erneuern. Genauso gut konnte er das gleich jetzt machen und dann beim Lostauchen versehentlich die falsche Richtung einschlagen. Was sollte diese Geheimniskrämerei?! Er zeigte seinem Tauchpartner an, dass er zu einer anderen Stelle tauchen würde. Tatzers Protest lief ins Leere. Kaum hatte sich Seidel in Bewegung gesetzt, musste Tatzer widerwillig folgen. Keinesfalls durfte man in ihrer Situation allein tauchen. Ein Ausfall des Atemreglers oder ein anderes gravierendes Problem, und für den Betroffenen würde es übel ausgehen. Das Habitat war fast zweihundert Meter entfernt, und ein Notaufstieg wäre keine Option, da der im Körpergewebe gelöste Stickstoff unkontrolliert ausperlen würde.

♦

Dennoch finden wir diese - mehr oder weniger - eingeschränkte Spiegelneuronen-Aktivität wahrscheinlich ständig um uns herum. Immer wieder hallte dieser Satz in Nataschas Kopf nach. Sollte sie die Reportage verstärkt von der wissenschaftlichen Seite aufziehen? Es wäre ein interessanter Ansatz. Zu fachlich durfte sie das Thema aber auch nicht aufbereiten – zumal sie selbst daran zweifelte, dass die gesellschaftlichen Veränderungen einzig durch biochemische Veränderungen im Gehirn zu erklären waren. Und selbst wenn – wo blieb eine Erklärung dafür, dass das Sozialverhalten der Menschen gerade so extrem abkühlte? Der verstärkte Medienkonsum konnte als Erklärung allein nicht herhalten. Sicher spielten viele Faktoren zusammen, diese zu betrachten und zu analysieren, würde eine gute Grundlage für die Artikel-Serie bilden. Sie war auf dem richtigen Weg, das spürte sie. Sie wusste aber, sie musste ihre Fühler auch in andere Richtungen ausstrecken. Vielleicht sollte sie das Thema sogar ausweiten? Von Verrohung hin zu Gewaltbereitschaft ließ sich möglicherweise eine Brücke schlagen. Irgendwie hing das alles zusammen. Biochemisch betrachtet war es vom Verlust der Empathie-Fähigkeit zur Gewaltbereitschaft offensichtlich nur ein schmaler Grat, ja: das eine war zwangsläufig eine Folge des anderen. Diesem Ansatz nachzugehen, würde sich lohnen.

Sie war gespannt, was der heutige Tag bringen würde. Zwei Stunden noch, dann würde sie mit einer renommierten Kollegin Stenzels zusammensitzen und hören, was sie zum Thema zu sagen hatte. Nataschas Erkundigungen nach zu urteilen, warf Dr. Paula Dannowitz Thesen in den Raum, die in Fachkreisen nicht selten kontrovers diskutiert wurden. Vielleicht brachte sie neue Impulse für die Reportage. Die nächsten beiden Fachleute, die Natascha interviewen wollte, lebten und praktizierten nicht in München, sondern in Hamburg und Köln. Natascha würde ihre Mitarbeiter auf sie ansetzen. Sie hatte keine Ahnung, wo sie Lea lassen sollte, wenn sie die beiden Interviews selbst durchführen würde.

♦

Etwas über eine halbe Stunde später näherten sich Seidel und Tatzer dem Abschnitt, in dem seine lethargischen Kollegen eingeteilt waren. Wenn die bei allem so emotionslos waren wie in der Station, dann pennten die beiden wahrscheinlich auch unter Wasser.

Ein paar Meter vor sich erblickte Seidel dieselben Behälter, Laborutensilien und Messgeräte, die auch er und Tatzer am Riff bei sich hatten. Einige Labor-Röhrchen und Behälter waren bereits mit Proben und Entnahmen gefüllt. Ganz klar, die Jungs hatten denselben Arbeitsauftrag. Schön, dass diese Vollpfosten zumindest damit ein gutes Werk taten – sie halfen dabei, mehr herauszufinden über die Flora und Fauna am Riff oder um was auch immer es hier gehen mochte…

Seidel schaute sich um. Keine Spur von den Typen. Tatzer hörte nicht auf zu nerven. Ständig drängte er Seidel, in ihren Quadranten-Abschnitt zurückzukehren. Wieder einmal schoss Seidel der Gedanke durch den Kopf, dass er lieber allein unterwegs wäre, Solo-Tauchgänge entsprachen seinem Naturell viel mehr. Er war eher ein Einzelgänger, nur zu gerne hätte er auch hier sein eigenes Ding durchgezogen. Eigentlich würde das auch mehr ins Bild passen, denn sie *sollten* doch ihren Vorlieben nachgeben. Warum dann beim Tauchen an konservativen Sicherheitskonzepten festhalten?! Es war nicht schlüssig. Aber was war hier schon *schlüssig*?!

Seidel entschloss sich, den großen Felsen zu umrunden, auf dem das Leben blühte wie selten im Mittelmeer. Er zeigte Tatzer sein Vorhaben an. Der zögerte wieder, folgte dann aber doch, blieb jedoch in einigen Metern Abstand zu Seidel, aus welchem Grund auch immer. Seidel aber war das recht. Besser, als sich ständig auf der Pelle zu hocken.

Nach einigen Metern entdeckte Seidel unter sich auf sandigem Grund eine große Tasche von der Sorte, in die man Tauchausrüstungen packte. Sie war offen. Seidel spähte hinein. Einige Bleistücke waren darin, wohl um die Tasche an ihrem Platz zu halten. Erst auf den zweiten Blick erkannte Seidel, was sich noch darin befand. Sofort war ihm klar, dass die Bleistücke nicht der Standortsicherung dienten, sondern ihren Zweck erfüllt hatten, der darin bestand, die Tasche an dieser Stelle des Meeres zu versenken, was wohl niemand hatte mitbekommen sollen, am wenigsten er.

Sein Atem stockte. *Was zum Henker?!* Dann löste er sich aus der Sekundenstarre. Ohne Tatzer auch nur ein Zeichen zu geben, trat er mit aller Kraft in die Flossen und schwamm so schnell er konnte vorwärts.

♦

Dr. Dannowitz war eine Frau, die das gewisse Etwas ausstrahlte, das andere Menschen und insbesondere Männer unweigerlich in ihren Bann zog – das zumindest hatte Nataschas Redakteur Kessler gesagt, der sie auf einer Konferenz persönlich kennengelernt hatte. Natascha konnte ihrem Kollegen nur zustimmen, die Frau, die nun auf sie zuschwebte wie ein vollkommenes Geschöpf auf dem Catwalk, schaffte es, dass selbst Nataschas Blicke eine Sekunde länger als gewöhnlich an ihr hafteten. Die Bilder auf Wikipedia und den wissenschaftlichen Internetseiten hatten nicht annähernd ihre Schönheit zur Geltung gebracht, das stellte Natascha neidlos fest. Rotbraun schimmerndes, leicht gewelltes Haar, das füllig bis über die Schultern fiel, ein makellos schönes Gesicht, feine und perfekt proportionierte Züge, ihr Make-up, ihr Style, ihre Figur, ihr eleganter Gang, ihre Kleidung – einfach alles war unwirklich schön und anmutig. Aristokratisch und doch natürlich schritt sie auf Natascha zu. Wie eine hochrangige Elfe aus einer anderen Welt, verletzlich und zugleich unglaublich stark. Und dann diese im Kontrast zu Haarfarbe und Teint tiefblauen Augen! So tief, dass man sich, sobald man hineinblickte, in ihnen verlor. Die Frau hatte eine enorme Sogwirkung. Als sie nun vor Natascha stehen blieb, sah sie aus, als hätte sie sich soeben direkt von einem Pariser Laufsteg hierher gebeamt, ohne dabei dem leisesten Lüftchen ausgesetzt gewesen zu sein oder stundenlang in einem Autositz zugebracht zu haben – was den knitterfreien Stoff ihres figurbetonten Hosenanzugs und den perfekten Sitz ihrer Frisur erklärte. Selten hatte Natascha eine derart schöne Frau getroffen, und es würde sie nicht wundern, wenn die Männer dieser Elfe bedingungslos in ihre Anderswelt folgen würden. Es war eine gute Entscheidung gewesen, nicht einen ihrer männlichen Kollegen vorbeizuschicken – die hätten sich wahrscheinlich nicht auf ihre Aufgabe konzentrieren können. Natascha grinste, richtete sich auf, stellte sich vor und streckte der Psychologin die Hand entgegen. Deren Händedruck war kräftig für eine Frau, aber nicht unangenehm; Natascha schüttelte selbst auch gerne mit reichlich Schmackes Hände.

»Paula Dannowitz. Freut mich. Kommen Sie rein.« Sie lächelte Natascha an. Auf Anhieb war sie Natascha sympathisch. Dass sie den »Doktor« weggelassen hatte, rundete es ab.

Nach ein paar Minuten Warm-up-Geplauder kam Natascha zum Thema. Was sie bisher von Professor Stenzel erfahren hatte, brachte sie nicht auf den Tisch, auch wenn sie Dannowitz nicht so einschätzte, als würde die sich von Kollegen-Meinungen irgendwie beeindrucken lassen. Zweifelsohne war Dannowitz eine selbstbewusste und intelligente Frau, die konsequent ihren Weg ging, ohne dabei kalt zu sein. Da war nicht der leiseste Anflug von Arroganz, keinerlei Wichtigtuerei. Das Bild, das Natascha aus der Presse von ihr hatte, passte. Sie schien völlig geerdet.

»Wissen Sie«, sagte Dannowitz, »auch heutzutage vertreten einige Kollegen die Meinung, dass man die negativen Auswirkungen medialer Gewalt nicht überbewerten sollte. Und manche sind sogar der Meinung, vielmehr sei das Gegenteil der Fall.« Sie zog abwehrend die Augenbrauen hoch. »Schönreden, nenne ich das.«

»Was genau meinen Sie damit?«, fragte Natascha.

»Es gibt den Standpunkt, nach dem der Konsum medialer Gewalt eine reinigende Wirkung, eine Katharsis habe, als befreie er von Gelüsten. Die Konsumenten würden dann ihre bizarren, perversen und schrecklichen Phantasien nicht mehr im echten Leben ausleben müssen.«

»Ist das auszuschließen? Auf mich als Laie klingt das gar nicht so abwegig.« Natascha bewegte den Kopf abwägend hin und her.

»Es ist *eine* Sache, wenn Wissenschaftler und Therapeuten den Eltern erklären, der Umgang mit Spielzeug-Waffen wie an Fasching, wenn Kinder Cowboy, Indianer oder Ritter spielen, sei nicht schlimm und Teil des Entwicklungsprozesses, weil Kinder sich auf diese Weise mit Facetten des Lebens auseinandersetzen – wobei ja selbst hier die Meinungen schon auseinanderdriften. Aber es ist eine völlig *andere* Sache, ständig mit wiederkehrender, extremer Gewalt konfrontiert zu werden.« Dannowitz blickte Natascha fragend an, als erwarte sie eine Reaktion von ihr.

»Ich denke auch«, sagte Natascha, »dass man das nicht vergleichen kann. Außerdem haben Kinder schon immer diese Art von Spielen gespielt, trotzdem wurden die meisten von ihnen ja anständige Menschen.«

»Eben.« Dannowitz nickte nachdenklich.

»Filme mit Gewalt-Elementen schauen Kinder aber inzwischen auch schon seit ein paar Jahrzehnten, seit der Fernseher immer mehr zum Alltag gehört, und auch in diesen TV-Generationen hat das offensichtlich nicht dazu geführt, dass die Menschen massenhaft zu Gewalttätern geworden wären.«

»Auch das ist richtig.« Dannowitz nickte zustimmend. »Aber«, sie sah Natascha ernst an, »die letzten gut zwanzig Jahre füttern viele Menschen und leider besonders viele Kinder und Jugendliche ihre Hirnstrukturen nicht nur mit immer brutaleren Filmen, sondern zusätzlich auch noch mit harten Computerspielen. Können wir wirklich von der Hand weisen, dass der Einfluss ein anderer ist als früher? Und müssen wir uns nicht fragen, ob es nicht vielleicht doch einen Zusammenhang mit den steigenden Zahlen in der Statistik von Gewalt gibt, teilweise zumindest?«

»Sind die Zahlen denn wirklich so angestiegen?«

»Angestiegen? Sie sind beängstigend in die Höhe geschnellt. Seit den Achtzigern geht die Kurve nach oben. Aber was ist der Grund?«

»Sie glauben also auch, dass der extreme Konsum von Gewalt über einen langen Zeitraum hinweg das Denken, Fühlen und Handeln der Konsumenten verändert?«

»Er verändert das Gehirn, ja. Der Rest ist unausweichliche Folge. Haben Sie schon mal von der *neuronalen Plastizität* gehört?«

Dannowitz gefiel ihr immer besser. »Nein. Aber sicher in wenigen Sekunden.« Sie lächelte.

Dannowitz schmunzelte und sagte dann: »Das menschliche Gehirn kann sich lebenslang neu organisieren und strukturieren. Wenngleich die Lerneffekte und Verfestigungsmechanismen des Gehirns in jungen Jahren am größten sind, weil da das Gehirn mehr denn je darauf abzielt, was ja logisch ist, da notwendig.«

»Das habe ich kürzlich schon mal gehört, klingt auch schlüssig. Könnten Sie mir das etwas näher erklären?« Natascha unterstrich ihr Interesse an fachlichen Details, indem sie ihren Notizblock umblätterte und den Kugelschreiber in Position brachte.

»Jugendgewalt beispielsweise nehmen wir als eigenständiges Phänomen erst seit den Neunzigerjahren in Deutschland so richtig wahr. Angefangen hat alles mit dem Herüberschwappen der Jugendbewegung aus den Hollywood-Filmen der Achtziger- und Neunzigerjahre, dem ganzen Ghetto-Gangster-Gehabe der Kids, aber das entwickelte dann eine ganz andere Dynamik. Heute hat Jugendgewalt eine ganz andere Dimension erreicht. Amokläufe, Vergewaltigungen und Morde, die bereits von Minderjährigen begangen werden, sind Teil unserer gesellschaftlichen Wirklichkeit geworden. Die Mehrheit der Bevölkerung geht davon aus, dass Fernsehen, Film und Computerspiele weitgehend wirkungslos bleiben, weil sie ja nicht real sind. Doch die Wahrheit ist, dass das Narrativ der Bildmedien an den Nervenzellen des Gehirns zu Reaktionen führt, die für das Gehirn biochemisch gesehen genauso real sind wie die persönlich erlebte Wirklichkeit, denn Realität und Fiktion verschmelzen in der Biochemie unseres Gehirns und damit auch in unserem Geist.«

Biochemie! Das hatte doch Stenzel auch erwähnt... Notiert!

»Wissen Sie, Frau da Silva, es ist nämlich so«, fuhr Dannowitz fort, »dass eindringliche mediale Szenen auf der neuronalen Festplatte des Gehirns die gleichen biochemischen Spuren hinterlassen wie reale Erlebnisse. Und das umso stärker, je jünger der Konsument ist.« Dannowitz' Blick schweifte einen Moment ab, sie zögerte und überdachte offensichtlich ihren nächsten Satz. Dann sagte sie: »Die Erkenntnisse der modernen Hirnforschung und der Neuropsychologie legen es meines Erachtens nah, die These zu verfechten, dass häufig konsumierte extrem brutale Mediengewalt sich in Form von neuronalen Programmen im Gehirn etabliert. Der Begriff Mindprogramming-Effekt ist nicht unumstritten. Aber wie bei einem solchen Mindprogramming-Effekt können diese neuronalen Programme dann das Verhalten eines ohnehin in eine bestimmte Richtung tendierenden Menschen steuern. Aus Beeinflussung wird Programmierung.«

»Sie meinen, Tendenzen, die bereits vorhanden sind, verstärken sich?«

»Unter einem Mindprogramming-Effekt versteht man Vorgänge im Gehirn, die bewirken, dass Handlungs-

oder Denkmuster, die bereits neuronal verankert sind, unkontrollierbar und wie im Automatikbetrieb ablaufen. Amokläufer berichten, alles sei wie in einem Film abgelaufen; die Abläufe stimmen oft erschreckend mit denen ihrer Lieblings-Computerspiele überein. Was erwarten Sie von einem Hirn, das über Jahre hinweg viele Stunden am Tag genau *das* trainiert und als einen für die Realität gültigen Ablauf verinnerlicht hat? Es folgt schlicht einem Programm, das nie hätte programmiert werden dürfen.« Dannowitz atmete tief ein, als bedrücke sie der Gedanke. »Ein Programm der Gewalt. Nicht ein Programm des Lebens. Sondern des Todes.«

♦

Mallorca

Seidel traute seinen Augen nicht, er konnte nicht fassen, was er sah. Mit Harpunen bewaffnet torpedierten die zwei anderen Probanden zwei riesige Zackenbarsche, genau in dem Moment, als Seidel um die Ecke tauchte. *Das kann doch nicht wahr sein, sind die nicht ganz dicht?!* Seidel kochte innerlich. Wie hatten diese Idioten es geschafft, unbemerkt dieses Harpunenarsenal zu versenken, um damit perversen Fischjagden nachzugehen, just for fun? Schließlich mussten sie sich im Habitat ihr Essen ja nicht selbst besorgen! Diese Wahnsinnigen würde er an den Pranger stellen, darauf konnten sie sich verlassen! Seit Jahren versuchten er und die anderen Tauchschulen-Inhaber und alle, die auf der Insel lebten und irgendwie Bezug zum Meer und seinen Bewohnern hatten, die Unterwasserwelt zu schützen, sei es aus Überzeugung oder aus beruflichem Interesse. Und dann jagten solche Hirnis mitten im Naturschutzpark unter Wasser aus purer Freude große Fische? Seidel musste schlucken, als er nicht weit entfernt reglos einen toten Zackenbarsch im Wasser treiben sah. Es versetzte ihm regelrecht einen Stich ins Herz. Dann erblickte er auf dem üppig bewachsenen Felsen rechts vor ihm einen purpurfarbenen Seestern, groß wie ein Speiseteller. Das wunderschöne Tier war von einem Pfeil durchbohrt, als wäre es eine lebendige Zielscheibe.

Seidel schäumte vor Wut. Blitzschnell schwamm er zu einem der beiden Volltrottel. Keiner der beiden bemerkte ihn, als er sich ihnen näherte. Der Kerl – der Ausrüstung nach Kevin Maier – wollte gerade zum Schuss auf einen etwas über einen Meter großen Zackenbarsch ansetzen, da umklammerte Seidel ihn von hinten und versuchte, ihm die Harpune aus den Händen zu reißen – was ihm dann auch gelang. Seidel hielt nun das Gerät in seinen Händen und stieß sich ein Stück von seinem Gegner ab, um außer Reichweite zu gelangen, denn das Überraschungsmoment war nun verflogen. Maier wandte sich zu Seidel um. Der zweite der beiden Hirnis hielt sich ein paar Meter weiter vorne auf, er hatte nichts mitbekommen.

Plötzlich durchbohrte Seidel ein brutaler Schmerz im Rücken. Er zuckte zusammen, stieß das Mundstück des Atemreglers aus, und ein heftiger Schwall Luftblasen schoss aus seinem Mund. Die Harpune glitt ihm aus den Händen.

Reflexartig drehte er sich um und blickte in zwei Augen, die hinter einer Maske aufblitzten. Nicht Wahnsinn, nicht Hass – stattdessen Verzückung, fast Triumph. Seidel spürte noch den Schwall kalten Wassers, der sich in den durchbohrten Trockentauchanzug ergoss. Dann verschwammen die Konturen des Schützen vor seinem Gesicht.

♦

München

»Lasst uns mal schauen, was wir bisher haben.« Natascha hatte ihr Team im Konferenzzimmer der Redaktion um sich versammelt und blickte in müde Gesichter. Sie hatte den Kollegen in den vergangenen Tagen einiges abverlangt, das stimmte, doch nichts, was sie sich selbst nicht auch auferlegt hatte. Die Zeit lief ihnen davon – lief ihr davon. Und sie hatten einfach noch zu wenig, was der Story Substanz geben würde. An der Oberfläche zu bleiben, wäre einfach, würde aber weder die Leser begeistern noch ihren Job retten.

»Jörn, du warst bei diesem Professor Marquardt in Hamburg.« Mit einer ungeduldigen Handbewegung forderte sie den jungen Redakteur auf, seinen Bericht abzuliefern.

»Du wolltest ja, dass ich mich vor allem auf die zunehmende Gewalt speziell unter Jugendlichen konzentriere«, legte Jörn Heinzmann los. »Es ist schon so, dass die Zahl und die Brutalität der Gewalt in Deutschland stark zugenommen haben. Ich habe zahlreiche Fälle durchforstet und einige davon bei Marquardt als Beispiele angesprochen. Ich wollte hören, was er dazu sagt. Ehrlich, ich war geschockt, als ich mich mit einigen Vorfällen beschäftigt habe. Heutzutage kann es passieren, dass sich ein Jugendlicher schon durch einen Blickkontakt dermaßen gestört fühlt, dass er plötzlich und völlig enthemmt losprügelt.« Er schüttelte fassungslos den Kopf und atmete hörbar aus.

»War vor vierzig Jahren auch schon so«, warf Michael Kessler ein, der mit seinen knapp fünfzig Jahren fast doppelt so alt wie Jörn war. Das ließ er Jörn auch spüren.

»Trotzdem: nicht *so* enthemmt, nicht *so* brutal, nicht *so* abartig und auch nicht *so* gehäuft wie heute«, ging Natascha dazwischen. »Weiter, Jörn!«

Jörn tippte auf der Tastatur seines Laptops und öffnete sein Dokument. Dann fuhr er fort: »Die herkömmlichen Präventionsmaßnahmen, also das übliche Anti-Aggressionstraining oder ein Konfliktschlichtungskurs scheinen nicht zu greifen. Dass unser Land mit Überwachungskameras überschwemmt wird und die öffentlichen Plätze zunehmend kontrolliert werden, hilft bei der Ergreifung der Täter, nicht aber, ihre Taten zu verhindern.« Jörn blickte Natascha fragend an.

Sie nickte zustimmend. »Wie wir an der brutalen U-Bahn-Schlägerei vor ein paar Tagen sehen. Die wievielte in diesem Jahr? Ich meine – hallo! Wann wacht die Politik endlich auf?! Ursachenforschung wäre angesagt! Nichts gegen verstärkte Kameraüberwachung, aber –«

»Aber nur, solange wir nicht zum totalen Überwachungsstaat werden! Man darf es nicht übertreiben, der Grat ist schmal!«, unterbrach Melanie Schuster ihre Teamleiterin. »Sorry, Natascha, mach weiter!« Schuster setzte eine übertrieben schuldhafte Miene auf und hob entschuldigend die Schultern.

Natascha wusste, wie sensibel Melanie auf die Themen »Überwachung« und »Kontrolle« reagierte. Sie sah die Gefahr eines totalitären Kontrollstaats anrollen und hatte es sich auf die Fahne geschrieben, unermüdlich die Stimme dagegen zu erheben, wenn es nötig war. Ganz nach dem Motto: Wehret den Anfängen.

»Melanie, recherchier du die kommenden Tage mal in diese Richtung! Stell mal zusammen, wie sehr sich Überwachung inzwischen etabliert hat!«, sagte Natascha. »Und treib Zahlen auf! Das wäre gut.«

»Schon passiert.« Schuster zwinkerte Natascha zu. »Jörn? Darf ich ganz kurz dazwischen?« Es klang wie eine Ankündigung, nicht wie eine Frage. »Das Marktvolumen für Sicherheitstechnologie beträgt in Deutschland inzwischen um die sechzig Millionen Euro – jährlich, wohlgemerkt.« Kessler pfiff erstaunt durch die Zähne. Melanie kommentierte den Pfiff mit einem Kopfnicken. »Auf den ersten Blick erscheinen die Maßnahmen sinnvoll. Sind sie ja in gewisser Weise auch, keine Frage. Aber sie reichen eben nicht aus. Oder vielmehr sind sie kein sinnvoller Ansatz zur Lösung des Problems. Denn seien wir mal ehrlich – hilft das gegen die Jugendgewalt? Gegen die Gewalt welcher Altersklasse auch immer? Dass das alles auch zusätzlich sinnvoll der Terrorabwehr dient, steht auf einem ganz anderen Blatt. Also, hilft Überwachung, die Zahl oder Intensität extremer Gewaltakte einzudämmen? Die Polizeistatistiken sagen etwas anderes. Natürlich sucht man nach den Ursachen, aber dabei folgt man immer demselben Ansatz: Schuld sind das soziale Umfeld, mangelnde Bildung, zerrüttete Familienverhältnisse, Arbeitslosigkeit, fehlende Perspektiven sozialer Randgruppen und so weiter. Das Übliche. Spielt ja auch alles irgendwie mit rein, keine Frage, erklärt aber nicht wirklich die Dimension, die das Ganze in den letzten Jahrzehnten eingenommen hat.« Melanie war jetzt im für sie so typischen Flow.

Natascha hakte ein: »Okay, danke, Melanie. Lass uns auf jeden Fall darauf zurückkommen! Super Ansatz. Jörn, leg los! Was sind laut Professor Marquardt die Ursachen für die extreme emotionale Verrohung und den zunehmenden Verlust aller früher noch vorhandenen Hemmschwellen? Lautete nicht so der Titel eines Essays, den er dazu verfasst hatte? Und, Impulse?« Natascha wollte erst Jörns Ausführungen zu Ende hören, wenngleich Melanie ihr aus der Seele sprach, sie stellte häufig Fragen in dieselbe Richtung wie Natascha.

Melanie nahm den abrupten Stopp gelassen. Gut. Es war ja auch nicht böse gemeint, aber wenn Melanie erst mal anfing…

Jörn ergriff wieder das Wort: »Laut Marquardt ist das Phänomen in allen sozialen Schichten zu beobachten, es ist quasi schon Normalität. Vielleicht verschließen wir deswegen die Augen davor und sehen nicht, was offensichtlich ist, weil es uns kaum noch schockt – wobei wir wieder bei der allgemeinen Abnahme von Mitgefühl und der Abstumpfung wären und der Kreis sich schließt. Wir sind schreckliche Bilder gewohnt und in Angst zu leben inzwischen auch. Kein Wunder, dass so viel Geld für Sicherheitsmaßnahmen ausgegeben wird. Melanie hat da gerade gleich mehrere Stichwörter geliefert. Interessant auch, was sie zum Thema Schutzmaßnahmen ansprach, finde ich. Das betrifft uns ja alle, wir sitzen alle im selben Boot.« Jörn blickte zu Melanie Schuster, die mit einer Fingerbewegung wortlos bestätigte: Das war der Punkt, Angst ein wirkungsvoller Motor, Panikmache das Steuerrad und Überwachung der Kapitän des kenternden Schiffs.

Natascha fragte sich, ob Melanie mit ihrer Skepsis vielleicht gar nicht so Unrecht hatte. Wer wusste schon, ob eine zunehmende Überwachung, wenngleich zum Schutz des Bürgers, nicht mehr und mehr zur totalen Kontrolle wurde?

Natascha sah die Entwicklung längst nicht so kritisch wie Melanie. Die positiven Effekte der Überwachungsmaßnahmen überwogen, die möglichen Nachteile musste man in Kauf nehmen. Nichts auf der Welt hatte nur Vorteile, und auch wenn manche Bürger im Internet-Überwachungsprogramm *Indect* Risiken für die Freiheit des Bürgers sahen, so vertrat Natascha den Standpunkt: *Wer nichts zu verbergen hat, braucht auch nichts zu fürchten!* Es war doch in Wahrheit so: Wer sich nur noch Gedanken über die Risiken technischer Möglichkeiten machte, sollte besser auch das Einkaufen per Kredit- und Kundenkarte vermeiden und sich von den sozialen Netzwerken verabschieden. Aber wer wollte schon leben wie in der Steinzeit?

Trotzdem: Man sollte die Entwicklung immer scharf im Auge behalten – der Grat könnte eines fernen Tages schmal werden. Vielleicht hatte Melanie recht, und vieles lag bereits im Argen? Und dennoch: Vorsicht – ja. Verschwörungstheorien und Paranoia – nein. Die Gefahr, dass sich das Land schleichend zu einem Überwachungsstaat entwickelte, konnte Natascha nicht sehen. Aber in einer Sache hatte Melanie vielleicht recht: Man war so fokussiert auf die Bekämpfung und strafrechtliche Verfolgung der Verbrechen, dass man sich zu wenig um die Erforschung der Ursachen kümmerte – was zur Folge hatte, dass alles Bemühen um Schutz zwar gut und sinnvoll war, aber doch zu kurz griff und das Problem der Jugendgewalt nicht lösen würde.

Natascha drehte sich zum Flip-Chart um, nahm einen dicken Filzschreiber und schrieb auf das noch jungfräuliche Papier:

Emotionale Verrohung ➢ zunehmende Gewalt ➢ emotionaler Kontrollverlust ➢ Kontrolle durch Überwachung.

Den Stift in der Hand, verharrte sie einen Moment vor dem Flip-Chart. Sie legte den Kopf schräg, was sie immer tat, wenn sie intensiv über etwas nachdachte. Dann schrieb Sie verschiedene Begriffe, die ihr in den Sinn kamen, um die ersten Stichpunkte herum:

Umfeld und Lebensumstände ➢ Empathie ➢ Rücksicht ➢ Hemmungen ➢ neuronale Netzwerke ➢ Spiegelneuronen ➢ graue Hirnmasse ➢ Veränderungen im Gehirn ➢ Medien ➢ brutale Filme ➢ gwaltverherrlichende Computerspiele ➢ Mindprogramming ➢

Oben auf dem Papier hatte sie Platz gelassen. Dort notierte sie mit roter Farbe:

Zusammenhänge? ➢ Gemeinsamkeiten? ➢ Muster? ➢

Am unteren Ende des Blattes, wo sie ebenfalls Raum für Notizen gelassen hatte, schrieb sie:

Folgen? ➢ Zukunft? ➢ Lösungen? ➢

Noch während Natascha schrieb, resümierte hinter ihr Jörn sein Gespräch in Hamburg weiter: »Marquardt meint, Prävention müsse dort ansetzen, wo das Problem beginnt: im Kopf des Einzelnen. Die natürlich vorhandenen Hemmschwellen würden immer mehr verloren gehen. Er hat mir eine Menge fachlichen Input geliefert. Ich fasse es mal für den Normalsterblichen zusammen: Unser Gehirn wird einfach mit zu viel Müll verseucht,

Punkt. Wir haben es schlicht versäumt, die Erkenntnisse der Hirnforschung auf die Inhalte unseres heutigen Unterhaltungsprogramms anzuwenden, da braucht man sich doch über nichts mehr zu wundern. Passt doch zu dem, was du bisher gehört hast, oder?«

Natascha drehte sich um. »Ja, zumindest zu dem, was zwei der von mir befragten Fachleute sagen. Drei andere wiegelten eher ab. Beinahe als bräuchte der Geist brutale Phantasien, Bilder der Gewalt und des Todes, und als wäre der Umgang damit ein notwendiger Prozess auf dem Weg zum emotional stabilen Menschen. Na ja, so haben die Leute das nicht gesagt. Alles halb so schlimm, darauf läuft es hinaus. Ist vielleicht auch so. Vielleicht aber auch nicht. Ich denke, es ist wie Stenzel sagte, die Dosis ist entscheidend – wobei ich das Gefühl hatte, dass er nicht so recht rausrücken wollte, was er wirklich denkt oder vielleicht auch wirklich weiß. Vielleicht interpretiere ich mehr in das Gespräch hinein, als dahintersteckt. Allerdings hat er auch noch Bereiche wie genetische Disposition, pathologische Merkmale und krankhafte Veränderungen miteinbezogen.«

»Was wir auch nicht übersehen sollten, ist: Angriffe auf Rettungskräfte haben seit dem letzten Jahr extrem zugenommen«, warf nun Kessler ein. »Attacken auf Sanitäter, Notärzte, Feuerwehrleute im Einsatz, das alles ist seit dem letzten Jahr um 36 Prozent angestiegen. Es hat im letzten Jahr 185 000 Attacken auf Polizeibeamte gegeben. 2 500 Beamte wurden dabei teils schwer verletzt!«

Natascha nickte ihm zu. Dann drehte sie sich wieder zum Flip-Chart und fügte hinzu:

Einflüsse ➢ Intensität ➢ Sucht ➢
Wahrnehmung ➢ bewusst und unbewusst ➢
Psychologie ➢ genetische Veranlagung ➢
pathologisch ➢ wissenschaftliche Forschung ➢

Sie stöpselte den Stift zu und klopfte damit auf die noch unbeschriebenen Stellen. »Hier fehlen uns Puzzle-Teile.

In welche Richtung haben wir unsere Fühler noch nicht ausgestreckt? Wie puzzeln wir die Reportage zusammen, wie strukturieren wir das Ganze?« Sie wandte sich wieder den anderen zu. »Jörn, was hat der Hamburger Professor noch gesagt?«

»Marquardt meint, Jugendliche haben ihre ›pubertären Konflikte‹ immer auch körperlich ausgetragen. Große Kinder, kleine Kinder, alle prügeln sich mal. Normal. Gerade Jugendliche sind durch die hormonellen Veränderungen reizbar und neigen zu Überreaktionen, Jungs messen ihre Kräfte und festigen ihren Rang, Mädchen wiederum werden nicht selten melancholisch, wenn sie sich nicht schön und beliebt fühlen. Beide Geschlechter haben ihre typischen Gemütsschwankungen, wenngleich man nicht pauschalisieren kann. Vereinfacht gesagt: Das alles gehört zum natürlichen Reifeprozess junger Menschen. Ich denke, das sehen wir hier im Raum ja auch so. Marquardt meint, es gehe ihm bei seinen Aussagen vielmehr darum, wie unverhältnismäßig und nahezu entmenschlicht Jugendliche heutzutage Gewalt einsetzen. Ein falscher Blick, die falsche Hautfarbe, eine verwehrte Zigarette, ein verwehrtes Almosen, was auch immer – zack! Derartige Taten werden gern als Einzelfall abgetan, aber tatsächlich häufen sich in den letzten Jahren diese Einzelfälle und sind eigentlich längst keine mehr.«

»Leute, wir konzentrieren uns bei unserem Thema immer mehr auf die Jugendlichen. Soll das der Schwerpunkt sein?«, fragte Kessler.

»Da hätte ich für dich direkt eine Zahl«, warf Melanie ein, »vielleicht verdeutlicht das die Dramatik ein bisschen.« Ein paar schnelle Mausklicks später sagte sie: »Hier, laut Statistik werden aktuell in Deutschland pro Tag um die tausend Menschen Opfer einer Prügelattacke, ob in U-Bahnhöfen, auf der Straße oder sonst wo. Mehr als die Hälfte der Tatverdächtigen sind dabei Jugendliche. Ich finde das besorgniserregend, du nicht?«

Kessler rückte verlegen seine Brille zurecht. »Glaub ich dir. Wir schränken unseren Radius bei der Reportage aber stark ein, wenn wir uns speziell auf Jugendgewalt fokussieren. Dann fallen viele für den Leser schockierende Inhalte weg.«

»Wollen wir pure Effekthascherei oder eine Reportage mit Tiefgang?!«, schaltete sich Natascha ein. »Berichte über Massenmörder und klassische Psychopathen gibt es mehr als genug, auch über den ganzen Terror, über Anschläge allgemein. Ich möchte, dass wir uns außer auf Amokläufe besonders auf die Tat vor unserer Haustür konzentrieren. Auf das, was tagtäglich direkt vor unseren Augen geschieht, nicht auf die klassischen Ereignisse in den Massenmedien.«

»Findest du das nicht inkonsequent?«, stellte Kessler Nataschas Vorschlag in Frage.

»Ich denke, dass etwas dran sein könnte«, erwiderte sie, »dass das eine – also hemmungslose Prügelattacken – mit dem anderen – also den Amokläufen – zusammenhängt. Jedenfalls wenn es sich um junge Täter handelt. Dein Einwand ist aber berechtigt, Michael. Du hast recht, wir sollten den Bereich Amokläufe besser differenzieren. Nicht die mit einem klar erkennbaren fanatisch-terroristischen Hintergrund analysieren wir, sondern jene, deren Motive unklar sind. Danke, Michael.«

Kessler stand der Widerwille ins Gesicht geschrieben. Er hätte das Thema Gewalt lieber viel breiter thematisiert und sich vor allem stärker auf die großen Terrorereignisse gestürzt. Doch Natascha wollte mit der Reportage nicht an die gängigen Ängste der Leser appellieren – die waren doch eh schon groß genug! Nein, es sollte ein Thema werden, das Stoff für Debatten liefern und zum Nachdenken anregen würde. »Über die Ursachen wird kaum berichtet«, fügte Natascha an alle Anwesenden gewandt hinzu, »und wenn, dann nur sehr oberflächlich, oder es werden die üblichen Klischees bedient, und dann sind wir wieder bei den Randgruppen. Wir wollen aber tiefer schürfen, im Sumpf graben, bis wir auf Dinge stoßen, die bisher wenig Beachtung gefunden haben, aber dennoch relevant sind – diese thematisieren wir dann vorrangig. Stimmt ihr mir zu?« Natascha ließ ihren Blick durch die Runde schweifen, wartete aber keine Antwort ab. »Bei der Jugend anzusetzen, die ja unsere Zukunft ist, finde ich nur folgerichtig, wenn es um tiefgreifende Veränderungen in der Gesellschaft geht. Ist es nicht Merkmal von sich destruktiv entwickelnden Gesellschaften, dass es bereits bei Kindern und Jugendlichen mit der Moral bergab geht? Davon zeugen ja sogar antike Berichte.« Natascha vermied bewusst den Begriff ›untergehend‹, er war ihr zu apokalyptisch und abgedroschen, auch wenn man oft von ›untergegangenen Kulturen‹ sprach. »Natürlich gehen wir auch auf die andere Hälfte der Täter ein, die Erwachsenen. Lasst uns doch die Gemeinsamkeiten suchen. Was verbindet sie alle? Das wäre ein Ansatz. Und wir sollten auch hinsichtlich der folgenden Frage tiefer buddeln: Wie kommt es, dass sich in den letzten zwei Jahrzehnten die Sache von einer Randgruppenproblematik zu einem in *allen* sozialen Schichten vorhandenen Phänomen gewandelt hat? Da übersehen wir doch irgendetwas! Oder aber man will irgendetwas nicht wahrhaben! Vielleicht bestehen auch Interessenskonflikte. Aber welche?« Natascha stoppte ihren Redeschwall, um auf den Flip-Chart zu notieren:

Interessenskonflikte? ➢

Seltsamer Gedanke, aber möglich war es. Sie nahm ihren Monolog wieder auf: »Und warum zielen trotzdem die meisten Präventionsmaßnahmen noch immer auf bestimmte soziale Milieus ab? Und warum schnellt die Zahl solcher Taten in den vergangenen Jahren so exorbitant in die Höhe? Michael, bereite dazu bitte aktuelle Zahlen, Daten, Fakten auf!«

♦

Frank Stebe hatte sich die ersten Tage als Berater für *Sub Search* anders vorgestellt. Er bereute schon, Mike Sauerländer den Tipp mit der gutbezahlten Probandenstelle gesteckt zu haben. Der Freude darüber, dass Mike sich nach kurzem Zögern entschlossen hatte, den Karibik-Trip um eine Saison zu verschieben und sich auf diese besondere Erfahrung in einer Unterwasser-Station einzulassen, war sogleich Reue gefolgt. Hatte er Mike mit diesem Job nicht einen Bärendienst erwiesen? Immerhin musste er Tag und Nacht mit den anderen Probanden aushalten. Noch immer konnte Frank nicht fassen, was geschehen war. Worauf hatte er sich mit diesem Beratervertrag nur eingelassen?! Kein guter Start in die neue Aufgabe – wirklich nicht.

Sub Search würde alles daransetzen, den Vorfall so schnell es ging aufzuklären und das Desaster zu bereinigen. Den *Vorfall*? Das *Desaster*? *Zu bereinigen*? Diese Wortwahl passte nicht, dachte Frank, als er die E-Mail des Instituts las. Die schreckliche Tragödie, die unter Wasser geschehen war, schien die Polizei ebenfalls nicht allzu sehr zu interessieren. Natürlich ging man der Sache nach, die beteiligten Personen waren allesamt verhört und auch schnell einem Richter vorgeführt worden. Doch der Sache wirklich auf den Grund zu gehen und den »Unfall« – so nannte man es bei *Sub Search* – zu hinterfragen, daran bestand offenbar kein Interesse. Die Sachlage schien klar: Vier Probanden der Unterwasser-Station spielten verbotenerweise mit Unterwasser-Waffen, die zwei von ihnen während ihrer letzten freien Tage bei einer Bootsfahrt an der richtigen Stelle versenkt hatten. Und bei diesem Jagdvergnügen, das angeblich der Langeweile geschuldet und »nur Spaß« gewesen sei, hatte sich versehentlich eine Harpune gelöst und leider einen der vier Männer schwer verletzt – glücklicherweise nicht lebensgefährlich, sodass dieser sich von seiner Verletzung erholen würde. Unabhängig voneinander hatten alle außer Seidel dasselbe ausgesagt.

Frank hatte nicht schlecht gestaunt, als er erfahren hatte, um wen es sich handelte. Er kannte Seidel, flüchtig zwar, aber Tauchschulen-Inhaber kannten sich, auch wenn der Betrieb des anderen auf der anderen Seite der Insel lag. Was nicht ins Bild passte, war die Tatsache, dass Seidel aktiver Umweltschützer war und Frank sich beim besten Willen so ein Verhalten bei Seidel nicht vorstellen konnte. Warum Seidel überhaupt den Tauchschulbetrieb bereits vor Saisonende eingestellt, seine Mitarbeiter frühzeitig freigestellt und sich daraufhin als Proband für die Forschungsstation beworben hatte, konnte Frank allerdings ohne Wenn und Aber glauben. Seidels Finanzprobleme waren kein Geheimnis, sein Laden lief schlecht, richtig schlecht, und das nicht erst seit gestern.

Frank hatte Seidel im Krankenhaus besucht und keinen Zweifel am Wahrheitsgehalt seiner Version der Story gehabt. Genau das aber bereitete Frank Unbehagen. Wenn es so war, wie Seidel behauptete, dann war es eine Fehlentscheidung, den Männern nur unerlaubtes Harpunieren und im schlimmsten Fall einem von ihnen fahrlässige Körperverletzung anzulasten – dann gehörte der Schütze, Seidels Tauchpartner, schnurstracks in die Psychiatrie. Hoffentlich aber redete sich Seidel nur ein, dass der andere Taucher mit Absicht auf ihn gezielt und geschossen und dabei sogar ein Lächeln im Gesicht gehabt hatte. Ein mit Stickstoff gesättigter Taucher, der plötzlich von Angstzuständen heimgesucht wurde, halluzinierte und psychotisch reagierte, könnte eine Erklärung für Seidels Sicht sein. Selbst Frank musste sich eingestehen, dass das alles so, wie Seidel es berichtete, keinen Sinn ergab. Warum sollte jemand ohne Grund so etwas tun?

♦

Tom Meissner zog die Stricke so fest, dass der an den Baum gebundene Junge aufschrie. Malte wand sich und versuchte, die Fesseln zu lockern. »Bindet mich los, ihr Deppen! Seid ihr irregeworden?!«

Keine halbe Stunde war vergangen, seit sie noch zusammengesessen, Kippen gequalmt und einige Bierdosen gekippt hatten wie sonst auch, als plötzlich von einer Sekunde auf die andere zwischen ihnen Streit entfacht und die Sache sofort eskaliert war. Zu dritt hatten sie ihn überrumpelt, auf ihn eingedroschen, dann hatte Tom ein Seil aus seinem Rucksack gekramt. Wieso er überhaupt eines mit sich herumschleppte, blieb Malte ein Rätsel. Er war auch gar nicht in der Lage, sich darüber groß Gedanken zu machen, dafür bereitete die Situation ihm viel zu viel Angst. Im ersten Augenblick war er froh gewesen, dass die Prügel aufgehört hatte. Als er jedoch in ihre Augen sah, insbesondere in Toms, wurde ihm schlagartig klar, dass das alles kein nerviger Spaß mehr war, sondern bitterer Ernst. Mit vereinten Kräften hatten sie ihn, während sie ihn verhöhnten, an den Baum gefesselt.

Er war nie der Beliebteste in der Gruppe gewesen, doch die Grausamkeit, die sie nun gegen ihn richteten, übertraf alles bisher Dagewesene. Hatten sie ihn nur bei sich geduldet, um ihn zur rechten Zeit fertigzumachen? War er ihr auserkorenes Ziel gewesen, lange bevor der heutige Wahnsinn begann? Wenn das ihre Art war, sich zu amüsieren oder ihm einen Denkzettel zu verpassen, dann wollte er sich gar nicht erst vorstellen, was passieren würde, wenn sie eines Tages richtig wütend werden würden.

»Malte am Marterpfahl!«, höhnte Tom. Die anderen lachten – es war ein dreckiges Lachen und klang anders als sonst, wenn sie ihn weichklopften, um ihn danach geläutert wieder in ihre Runde aufzunehmen. Warum auch hatte er wieder seine Klappe aufreißen und Tom zur Weißglut bringen müssen? Der Typ war verrückt, jeden

Tag ein bisschen mehr, vor allem in den letzten Wochen setzte es bei ihm so richtig aus...

»Lasst uns ein paar Meter weiter zurück. So nah ist es zu leicht«, sagte Tom. Es klang plötzlich ganz ruhig – beängstigend ruhig.

»Was soll das? Was habt ihr vor?« Malte schluckte. Irgendetwas war anders als sonst, das spürte er. Er spannte seine Muskeln an und versuchte, sich mit aller Kraft gegen das mehrfach um ihn und den Baum gewickelte Seil zu stemmen. Ohne Erfolg. Kein Millimeter Spielraum. Alles, was er erreichte, war Schmerz.

Sein Blick traf Tom, er schluckte, als er sah, dass Tom sich bückte. Sofort begriff Malte, was Tom vorhatte, schlagartig schoss es ihm in den Sinn. Diese Szene kannte er! Aus einem ihrer Spiele. Kürzlich, als sie in einem schwierigen Level alle ihre virtuellen Waffen verloren und sich auf andere Art und Weise Respekt verschaffen mussten. Plötzlich war ihm, als würde sich die fiktive Welt, in der sie sich täglich bewegten, mit der Realität des Hier und Jetzt verweben, als gleite er wie benommen hinüber in ein anderes Level. Ein Level, das sie nicht mehr beherrschten, sondern das nun sie beherrschte. Und noch ein Gedanke schoss ihm durch den Kopf: Er war nicht in Toms Team! Nicht bei *diesem* Spiel. Shit... Die werden doch nicht... Die Erkenntnis traf ihn wie ein Blitz, noch bevor Tom einen herumliegenden Stein vom Boden aufhob – einen Stein, fast so groß wie eine Walnuss. Die anderen beiden taten es ihm gleich und griffen sich Steine, ähnlich groß.

»Einer nach dem anderen!«, befahl Tom. »Fangen wir mit den kleinen Steinen an, danach die größeren.« Er wog den Stein in der Hand. »Passt.« Er grinste zufrieden. Dann holte er aus.

Maltes hilflose Blicke krallten sich an dem dämmrigen Wald fest, seine verzweifelt gellenden Schreie prallten an den Bäumen ab.

♦

Seit nunmehr drei Wochen arbeitete Natascha an ihrer Reportage, das fünfköpfige Team an ihrer Seite. Natascha und ihre Mitarbeiter wühlten sich durch Berge von Informationen, Sach- und Fachbüchern, Presseberichten und Interviews, sie googelten, was das Zeug hielt, interviewten zahlreiche Personen, die zum Thema, für das Natascha derzeit so brannte, bereits allgemein Bekanntes bestätigten, ihre Vermutungen widerlegten oder aber – und das war ihr am liebsten – völlig neue Aspekte aufwarfen, denen sie nachgehen konnte.

Jeden Tag, den Natascha damit verbracht hatte, tiefer in die Frage einzutauchen, ob die Gesellschaft emotional verrohte, war sie sich sicherer: es war die Mühe wert! Wichtig war ihr, dabei keinesfalls nur die Oberfläche zu betrachten und nicht nur darzulegen, dass es diese negative Entwicklung da draußen wirklich gab oder eben nachweislich nicht gab – je nachdem, zu welchem Schluss sie kommen würde. Vielleicht täuschte ihre Wahrnehmung sie über die negative zwischenmenschliche Entwicklung der Gesellschaft, von der sie ein Teil war, vielleicht war ihre Beobachtungsgabe eingefärbt durch Frust, Dauerstress und permanente Zeitnot. Doch so früh konnte sie das noch nicht bewerten.

Es ging ihr um viel mehr. Sie wollte ganz tief graben – so tief, dass es möglich war, tiefere Zusammenhänge zu erkennen, die Ursachen und wenn möglich auch gleich die passenden Lösungen auf den Tisch zu legen. Lösungsansätze zumindest.

Wenn es wirklich so war, dass da draußen bereits extreme Veränderungen vor sich gingen. Sie würde auf jeden Fall viele Fachleute zu Wort kommen lassen, und keinesfalls maß sie sich an, selbst beurteilen zu können, ob sie mit ihren jeweiligen Thesen richtiglagen. Das Thema ihrer Reportage berührte sie, ja, es hatte sie regelrecht gepackt.

Nicht nur, weil sie spürte, dass es nach langer Zeit endlich ein Brennpunktthema war, das ihr, wenn sie es richtig aufzog, in ihrem Job endlich wieder Aufwind geben würde, sondern auch, weil ihr das Thema, je mehr sie sich damit beschäftigte, Unbehagen und manchmal sogar Gänsehaut verursachte. Nicht, dass sie solche Emotionen suchte – ganz im Gegenteil. Wobei, in letzter Zeit war sie sich nicht mehr sicher, so negativ, wie sie manchmal drauf war... Aber schon immer war so eine Gänsehaut für sie ein Indiz gewesen, dass sie an etwas ganz Großem dran war. Je heißer die Story, je brisanter, desto mehr Gänseschauer, der ihr während der Arbeit den Rücken herunterlief. Und die letzten paar Tage war sie oft erschaudert – was nicht am Novemberwetter lag, das München und Umgebung feuchtnebelig umhüllte. Es waren die bisherigen Erkenntnisse, denen sie sich nicht mehr verschließen konnte – und auch gar nicht wollte. Zum gefühlt hundertsten Mal betrachtete Natascha die Statistiken, die ihr Team erstellt und optisch aufbereitet hatte.

»Bist du sicher, dass dir kein Berechnungsfehler unterlaufen ist?« Sie kannte die Antwort, doch sie musste ihren Assistenten Kessler dennoch fragen, sie konnte noch immer kaum glauben, was sie auf dem Bildschirm sah.

»Natascha...« Kessler rückte seine Brille zurecht und blickte sie tadelnd an. »Wie lange arbeiten wir jetzt zusammen?«

»Schon gut, schon gut. Es ist nur... Schau dir das an. Es kann doch nicht sein, dass das so stimmt. Ich meine... Und wenn, es muss doch irgendwem aufgefallen sein! Das ist doch viel zu signifikant, als dass das nirgends aufleuchten würde.« Natascha fuhr aufgeregt mit dem Finger die Linie auf dem Bildschirm entlang, eine Linie, die einen Zeitstrahl von fünfzehn Jahren abbildete und die sich ohne Unterlass nach oben entwickelte. »Vor allem ab hier, schau dir das doch mal an. Das kann doch nicht sein.« Wild tippte Natascha auf die letzten Zentimeter der Kurve, jenen Abschnitt, der den Zeitraum der letzten zwölf Monate repräsentierte. »Die Kurve schlägt hier nach oben aus, wie ein wütendes Raubtier, das sich plötzlich auf die Hinterbeine stellt!«

»Oder der Aktienindex am Tag eines Börsencrashs – nur eben in die andere Richtung, ich weiß.«

»Aber wenn das stimmt... dann... wie kann es sein, dass das noch niemandem aufgefallen ist. Die Behörden müssen das doch längst auf dem Schirm haben!« Natascha blickte Kessler fassungslos an.

»Na ja, oft fällt nur auf, wonach auch gesucht wird.«

»Wie meinst du das?«

»Na so, wie ich es sage.«

»Hm. Kann natürlich sein. Vielleicht haben wir auch nur ganz andere Parameter zugrundegelegt.« Natascha runzelte die Stirn.

»Oder die Werte sind nicht neu, aber man sieht sie nicht mit der gleichen Besorgnis wie du.« Kessler fing an, ein paar Unterlagen zusammen zu räumen, als wäre er kurz davor, Feierabend zu machen.

»Findest du diese Statistik etwa nicht auffällig?«

Kessler zuckte gleichgültig mit den Schultern. »Spiegelt es nicht einfach die heutige Zeit? Ist doch nicht neu, dass das alles zunimmt.«

»Ja, klar, aber doch nicht so – und nicht in so kurzer Zeit!« Natascha bemühte sich, ihren Ärger über den ihrer Meinung nach zu phlegmatischen Kessler nicht zu beachten. Vielleicht verrannte sie sich da ja in etwas. Vielleicht *wollte* sie diese Ergebnisse auch nur so überbewerten, weil es zu *ihrer* Erwartung passte. In ihr derzeitiges Weltbild. Und doch – sie redete sich das doch nicht ein! Was sie die letzten drei Wochen zusammengetragen hatten, sprach Bände. Ihre Auswertung, die sie nun vor sich auf dem Bildschirm hatten, machte sie fassungslos.

Die um sich greifende Ich-Sucht und Kälte – das war die eine Seite. Doch als wäre das alles nicht schon verstörend genug, mündete es in eine zunehmende Gewaltbereitschaft, die man bereits unter Kindern und Jugendlichen ausmachen konnte. Die Entwicklung war augenfällig und nicht von der Hand zu weisen: Prügelattacken, Messerstechereien, Amokläufe, immer öfters auch an Schulen, Massenvergewaltigungen in Altersklassen, in denen solche Straftaten früher unvorstellbar waren... Die Grausamkeit und Perversität nahmen in einem Ausmaß zu, das erschreckend und zugleich unerklärbar war. Und dabei wurden die Gewalttäter immer jünger! Möglicherweise hing das alles sogar irgendwie zusammen. Zumindest teilweise. Auch diese Erkenntnis musste sie während ihrer Recherchen als bittere Wahrheit anerkennen. Sie machte ihr zu schaffen, verstörte sie, bedrückte sie. Ja, sie machte ihr Angst, Angst um die Zukunft der Kinder, um die Zukunft ihres Kindes – Lea.

Aber was sie hier und jetzt schockierte, was sie hier und jetzt in nackten Zahlen vor sich sah – Zahlen, die laut Kessler nicht trügten –, machte ihr nicht nur Angst. Intuitiv wusste sie, dass dieser rasante Anstieg innerhalb so kurzer Zeit einen triftigen Grund haben musste und dass mehr dahintersteckte, als Kessler vermutete.

Ja, er hatte Recht. Die Zunahme von Gewalt im Allgemeinen und von Jugendgewalt im Besonderen war rasant! Warum es aber auf den letzten Zentimetern der Grafik innerhalb von nur zwölf Monaten einen Anstieg von sage und schreibe zweihundertsieben Prozent gab, das musste ihr erst einmal jemand erklären! Denn das erschloss sich ihr beim besten Willen nicht. Normal konnte es nicht sein, aber was hieß »normal« hier überhaupt? Gab es einen gewaltsamen Übergriff, der »normal« war? Ließ man es aber der Vereinfachung halber als »normal« stehen, was war dann die Ursache für diesen unfassbaren Anstieg der Gewalttaten im Land? Und warum fiel das ihr, einer kleinen Journalistin, nach drei Wochen Recherche zur Entwicklung des Verhaltens der Menschen im Lande auf, entging aber offensichtlich allen anderen?

Wenn es Wissenschaftlern und Beamten aber nicht entgangen war, warum wurde es nicht untersucht, thematisiert und – sobald man die Gründe kannte – eingedämmt? Oder tat man das bereits, ohne die Bevölkerung zu informieren? Wenn ja, warum blieb dann der Erfolg aus? Und auch die Frage blieb offen: Warum wurde etwas derart Gravierendes schlicht totgeschwiegen? Die Medien würden es in Kürze nicht mehr totschweigen – dafür würde sie höchstpersönlich sorgen. Wenn da aber etwas totgeschwiegen wurde, war das nicht auch ein Indiz für eine ungute Kontrolle der Bevölkerung? Hatte Melanie mit ihrer Paranoia dann nicht doch irgendwie recht?

Dennoch: Natascha gab auch die Hoffnung nicht auf, dass Kessler irgendein Fehler unterlaufen war oder ihr Team im Vorfeld an irgendeiner Stelle falsche Zahlen, Daten und Fakten einbezogen hatte. Aber wie viele Fehler mussten sie gemacht haben, dass als Ergebnis so eine Grafik herauskam? Sie würde alles nochmals durchgehen.

Aber das würde sie erst in ein paar Tagen tun können. Zunächst würde sie die Interview-Termine wahrnehmen. Die Personen, die sie aufsuchen würde, waren für die Reportage wichtig, ganz egal, ob die Berechnungen Kesslers stimmten oder nicht. Aber selbst wenn der gravierende Ausschlag der Gewalt in jüngster Zeit ein Fehler war, die Langzeitbetrachtung war es keinesfalls! Beklemmend genug. Was war nur los mit den Menschen?

Natascha versuchte, das Grübeln zu beenden. Warum sich verrückt machen, wenn noch nicht alles gegengeprüft war? Aber andererseits… sie musste an die Unterhaltung an ihrem Taucherabend auf Mallorca denken. Sie hatten sich noch rege über die *Zeichen der Zeit,* wie sie es spontan genannt hatten, ausgetauscht. Mag sein, dass es dem Wein geschuldet war, da geriet man schnell ins Philosophieren… Aber da blieb dieses Bauchgefühl… Irgendwie hatte sich die Gesellschaft gewandelt. Die Welt verändert. Das Miteinander. Die Gemeinschaft untereinander. Die Menschen. Oder war es schon immer so gewesen? War es bisher nur nicht aufgefallen? Warum nicht? Aber waren da nicht wirklich Veränderungen im Menschen? Nicht plötzlich, sondern schleichend, in jüngster Zeit aber schnell und radikal.

♦

Seit vier Tagen wühlte sich Frank Stebe durch Berge von Akten. Um seiner Berateraufgabe gerecht zu werden, war es seiner Ansicht nach notwendig, sich durch einen Rückblick darauf, wie die Einsätze der Taucher in den Unterwasser-Forschungsstationen von *Sub Search* ihre Anfänge genommen und wie sie sich danach weiterentwickelt hatten, einen Überblick zu verschaffen. Was aber war eigentlich seine Aufgabe? So ganz konnte er sich diese Frage selbst noch immer nicht beantworten. Er sollte einschätzen, ob nach seinem Ermessen alle notwendigen Sicherheitsmaßnahmen für Taucher eingehalten, ob deren Gebietseinteilung unter Wasser sinnvoll und ob die Taucher im Bewerbungsverfahren richtig ausgewählt worden waren.

Mit Abläufen von Unterwasserarbeiten kannte sich Frank aus seiner Zeit als Unterwasser-Archäologe bestens aus. Das ergab noch Sinn. Und ja, er kannte sich auch mit Flora und Fauna, der Strömung, der Auswahl optimaler Tauchplätze und den dort vorhandenen Bedingungen, Risiken und Erfolgsaussichten hervorragend aus. Aber er war weder ein Sicherheitsexperte noch Meeresbiologe. Immer wieder wurde seitens *Sub Search* betont, dass es um seine Wahrnehmungsfähigkeit gehe, sein Gespür für Besonderes, sein Talent, Dingen auf den Grund zu gehen. Richtig Sinn machte es dennoch nicht. Und wie sollte er beurteilen, ob die Taucher geeignet waren? Auf die Taucher sollte er aber ein besonderes Augenmerk legen und sie genau beobachten, nicht nur unter Wasser, sondern auch in regelmäßigen Abständen an Land Gespräche mit ihnen führen und dabei notieren, was ihm auffiel, nicht nur bezogen aufs Tauchen, was immer es auch sein möge, hieß es. Seltsam.

War es diese Aura von Geheimnis, die ihn reizte? Es ging um pharmazeutische, meeresbiologische und physikalische Forschung. So weit, so gut. Es hieß, in Feldversuchen würde ein neu entwickelter Wirkstoff erprobt – sowohl unter normalen Bedingungen an Land, mit Probanden, die in ihrem ganz normalen Alltag blieben, als auch unter besonderen physiologischen und psychologischen Bedingungen, wie sie unter Wasser, vor allem bei einem langfristigen Aufenthalt in Unterwasser-Stationen gegeben seien. Was die Habitate erklärte. Und es gehe um Dekompressionsforschung, Forschung im Bereich der Tauchmedizin, insbesondere des Sättigungstauchens und dessen Auswirkung auf Körper und Psyche. Ganz nebenbei nehme man Proben für meeresbiologische Experimente. Wie es bei einer Interessengemeinschaft aus Wissenschaft, Forschung und Wirtschaft eben sei – man verfolge mehrere Absichten gleichzeitig, nur so sei es wirtschaftlich.

Und doch, Frank wurde das Gefühl nicht los, dass das nicht alles war. Seit ein paar Tagen keimte in ihm sogar ein ganz anderer, verrückter Gedanke. Waren seine Aufgaben womöglich nur Nebenschauplätze seines eigentlichen Auftrags? Hatte sein Auftraggeber ihn in Wirklichkeit vielmehr als Experte für Such- und Bergungsexpeditionen angeheuert? Wiederholt war ihm die Frage gestellt worden, ob er auch für einen außerordentlichen Auftrag – eine Sonder-Expedition – zur Verfügung stehen würde, es gehe dabei um die Suche nach einem kürzlich unter unglücklichen Umständen in der Ostsee abhandengekommenen und seither verschollenen Objekt, das für die Forschungsarbeiten von immenser Bedeutung und dementsprechend äußerst wertvoll sei, das man aber leider noch nicht wiedergefunden habe. Wertvolle Informationen und auch kostbare Zeit seien verloren, wenn man es nicht bald finden würde, die Forschungsarbeit würde immens zurückgeworfen. Daher habe sich das Bündnis auch entschlossen, Zeit und Geld in die Hand zu nehmen.

Man freute sich, dass Frank die Sache mit seinem Fachwissen und seiner Erfahrung kurzfristig unterstützte, und stellte ihm ein entsprechendes Such- und Bergungsteam an die Seite, jenes, das bereits vergeblich nach dem verschollenen Objekt gesucht hatte, oder aber ein Team, das er sich selbst zusammenstellen würde. Man gab ihm da freie Hand. Die Suche im Meer wollte man offensichtlich nicht an die große Glocke hängen – im Gegenteil: man war daran interessiert, nicht zu viel preiszugeben.

Eine diskret durchgeführte Suchaktion sei im Interesse aller, so erklärte man ihm, und einer hochoffiziellen Expedition unter Einschluss vieler Beteiligter definitiv vorzuziehen; in Kürze würde er erfahren, um was genau es gehe.

War das alles ein Zufall? Oder schlicht von langer Hand geplant? Warum hatte man ihn nicht gleich gefragt? Trotz des aufkeimenden Misstrauens konnte Frank nichts wirklich Fragwürdiges und schon gar nichts Illegales finden. Alles renommierte Unternehmen, teils gemeinnützig und mit guten Verbindungen – nichts, worüber er sich Sorgen machen musste. Und doch – da war dieses diffuse Gefühl. Eine abstrakte Ahnung, nichts Greifbares, aber etwas, das ihn zum wiederholten Mal aufhorchen ließ. Vielleicht war es nur die Unzufriedenheit, dass er – trotz inzwischen unterschriebener Verschwiegenheitsklausel und formell aufgenommener Tätigkeit – noch immer so wenig über die Details der Forschung erfuhr. Aber war das nicht normal? Er war nur externer Berater für ein paar Bereiche, die zwar für die Forschung notwendig waren, aber letztlich nicht von zentraler Bedeutung. Insofern war es konsequent, dass man externe Berater nur so weit wie notwendig an die Sache ließ. Die Verschwiegenheitsklausel war eine Absicherung, für den Fall, dass er aus irgendeinem Grund doch mehr erfahren würde – ob gewollt oder nicht. Keinesfalls hatte man vor, ihn in alles einzuweihen, nur weil er vertraglich Stillschweigen bewahren musste, das war offensichtlich. Außerdem sagte man wiederholt, was man ihm schon bei Auftragserteilung gesagt hatte: Je weniger er wisse, desto unvoreingenommener seine Beobachtungen und desto nützlicher die daraus entstehenden Erkenntnisse.

In den nächsten Wochen würde er verschiedene Orte bereisen, mehrere Unterwasser-Stationen besuchen, jede Menge Tauchgänge absolvieren und war an der Forschung beteiligt. Ihm wehte endlich wieder dieser Hauch von Abenteuer um die Nase, es kribbelte, die Luft knisterte. Raus aus dem Alltagstrott – ein gutes Gefühl! Einziger Wermutstropfen: Mehrmals würde er einige Tage getrennt von Frau und Kind sein. Und er durfte die Vorbereitungen auf die kommende Saison nicht vernachlässigen – immerhin verdiente er damit seinen Lebensunterhalt, nicht mit diesem Beraterjob. Wobei der ungewöhnlich gut bezahlt, aber schließlich eine einmalige Sache war, darauf bauen konnte er nicht. Wollte er auch nicht, die Tauchbasis war sein Ding. Seine eigentlichen Pflichten – privat und beruflich – musste er im Auge behalten.

Frank blickte auf seine Taucheruhr. Es war spät. Er nahm sich eine neue Akte vor. Diese noch, dann würde er es gut sein lassen, für heute zumindest. Inzwischen sah er vor lauter Wald die Bäume nicht mehr, der Inhalt des Gelesenen sackte nicht mehr richtig in sein Hirn. Zu viele Informationen auf einmal, zu viele Querverbindungen, zu viele Behörden, Unternehmen, Institute, Vereine – vor allem aber zu viele Namen. Und doch – er wollte so viel wie möglich über die Aktivitäten herausfinden. Und über die Leute dahinter, auf die er sich eingelassen hatte.

Dass sie ihm so bereitwillig alles zur Verfügung stellten, sprach doch für sie – oder nicht? Wenn irgendetwas nicht sauber wäre, würde er dann die Möglichkeit haben, so viele Akten einzusehen? Wohl eher nicht… Es blieb dabei: Alles schien seriös, in jeder Hinsicht. Es war nicht nur genehmigt, sondern oft auch staatlich gefördert oder sogar beauftragt, womit sich Frank etwas zu beruhigen versuchte.

Plötzlich aber stutzte er.

Da war es wieder. Die einzige Auffälligkeit, die er in den letzten Tagen entdeckt hatte und auf die er nun wieder stieß. Eigentlich waren es zwei Auffälligkeiten, nicht eine. Aber sie hingen zusammen, wie es schien. Es musste nichts bedeuten, aber er würde genauer nachhaken. Das war ja sein Job, oder nicht? Wobei er sich nicht vorstellen konnte, dass das bisher niemandem aufgefallen war, sicherlich gab es eine logische Erklärung dafür. Bestimmt *sollte* es sogar so sein, *musste* so sein, war *gewollt* und folgte einem Ziel, dann wäre es alles andere als ein zufälliger Ablauf. Das wäre eine Erklärung. Offensichtlich folgte das Vorgehen bezüglich der Teilnahmedauer der Probanden einer gewissen Systematik. Das Muster personeller Einstellungen wich zwischen den verschiedenen Unterwasser-Stationen erheblich voneinander ab und folgte dabei ebenfalls einem deutlichen Muster.

Sub Search betrieb insgesamt fünf aktive Habitate – eigentlich waren es sechs, aber eines, *Habitat Zero,* war aus welchem Grund auch immer stillgelegt worden. Betrachtete Frank die Aufzeichnungen der Teilnahmedauer der Probanden, so fiel ihm immer wieder auf, dass die Beschäftigungsdauer im Laufe der Zeit kontinuierlich abgenommen hatte. Je weiter die Einsätze der Probanden in der Vergangenheit lagen, desto länger hatte seinerzeit die Teilnahme gedauert. Die Tätigkeitsdauer der Probanden hatte sich also nach und nach verkürzt – eine klare Tendenz. Einzig der Zyklus der Aufenthalte in Habitat und an Land blieb gleich, sogar penibel konstant. Die Dauer des gesamten Engagements eines Probanden dagegen wurde immer kürzer, je näher Frank dem Hier und Heute kam. Die personelle Fluktuation stieg also kontinuierlich an, die Verweildauer eines Probanden dagegen nahm ab. Aus irgendeinem Grund beschäftigte man die Probanden immer kürzer. So weit, so gut. Das war das eine. Wäre da nicht die auffällige Entwicklung der letzten zwölf Monate. Die Arbeitsverhältnisse endeten nun immer rascher, der personelle Einsatz umfasste immer kürze Zeitfenster. Aber auch das schien einer gewissen Konstante zu folgen, denn diese Veränderungen fanden in allen Habitaten von *Sub Search* statt.

Das noch Auffälligere aber war, dass sich diese personellen Muster von Habitat zu Habitat insofern unterschieden, als dass die Veränderungen in der personellen Fluktuation umso früher starteten, je länger die Unterwasser-Station existierte, in der der Proband tätig war. Offensichtlich beschäftigte man die Probanden immer kürzer, je länger die Forschungsarbeiten und Feldversuche in den Stationen liefen. Frank ging davon aus, dass nach Eröffnung einer Station diese auch schnurstracks in Betrieb genommen wurde. Wenn dem so war, dann liefen in der ältesten aktiven Unterwasserstation, dem *Habitat I*, das wie das bereits stillgelegte in der Ostsee lag, die Forschungen am längsten. Und am kürzesten in dem vor Mallorca, im *Habitat V*, das noch recht neu war.

Offensichtlich folgte man diesem Muster in der Weise, dass man im *Habitat I* zuerst damit begonnen hatte, die Zeiten der Beschäftigung zu verringern, und dann stets das nächstälteste Habitat folgte. Zuerst hatte man die Einsatzzyklen der Probanden im in der Ostsee gelegenen *Habitat I* verändert, dann in *Habitat II*, das in der Nordsee lag, danach im vor der kanarischen Insel El Hierro gelegenen *Habitat III*, dann in dem vor La Palma, *Habitat IV*. Dem Muster folgend war es nur eine Frage der Zeit, bis die zu Beginn noch auf vier Monate ausgelegten Probandenverträge auch im jüngsten Unterwasser-Habitat, *Habitat V* vor Mallorca, immer kürzer werden würden.

Zwei weitere Fragen beschäftigten Frank, eher aus purer Neugier: Warum hatte man das *Habitat Zero* stillgelegt? Und warum hatte man das nächste wieder in der Ostsee gebaut? Was war der Grund, warum man das alte nicht aktiv hielt und stattdessen in ein neues in derselben Region investiert hatte? Die ausrangierte Unterwasser-Station war ja auch in der Ostsee – wo allerdings, dazu hatte er in den Unterlagen nichts gefunden. Und warum nannte man es überhaupt *Zero*? Es erschien ihm irgendwie bedeutsam und zugleich geheimnisvoll, als versperrte sich ihm dort eine Wirklichkeit, die nur Eingeweihten zugänglich war, den Hohepriestern eines Geheimnisses. Mit *Null* zu beginnen. *Zero*. Seltsam, dass es so wenige Informationen darüber gab... Aber es passte ins Bild der allgegenwärtigen Geheimniskrämerei.

Was Frank jedoch wirklich interessierte und wozu er bei seinem Auftraggeber noch näher nachhaken wollte, waren die Auffälligkeiten rund um die Fluktuation der Probanden. Er ging zwar davon aus, dass es wissenschaftliche Gründe gab, die Tätigkeitsdauer nach und nach zu verkürzen, doch er wollte sichergehen. Es konnte ja auch sein, dass die Entscheidung zu gehen von den jeweiligen Probanden ausgegangen war. Wenn dem so wäre, dann wollte er wissen, warum. Was veranlasste die Probanden dazu? Und was wäre, wenn es möglicherweise daran lag, dass die Forschung verstärkt gesundheitliche Probleme verursachte? Dann wollte er das unbedingt wissen, denn das wäre keine Nebensache! Rein theoretisch war es möglich, dass Tauchen unter den vorherrschenden Bedingungen und bei Medikamenteneinnahme negative gesundheitliche Folgen hatte, man das aber schlicht unter den Tisch kehrte...

Unwillkürlich musste er an Seidel denken, an das, was unter Wasser geschehen war. Seidel war, wenn die Aussagen der anderen Taucher stimmten, in seinem Verhalten wie ausgewechselt gewesen. Ein mulmiges Gefühl überkam Frank. Passierte mit den Leuten hier unten etwas? Veränderten sie sich? Wenn ja, was führte dazu? Wussten die Verantwortlichen davon? Er musste dem nachgehen, auch wenn er seinen Gedankengang Sekunden darauf bereits ziemlich paranoid fand... Nein, die schlüssigste

Erklärung war, dass man die Tätigkeitsdauer bewusst verändert hatte.

Frank warf nochmals einen Blick in die Akten von Seidel, Tatzer und den anderen beiden Probanden der Gruppe, die aufgrund des Ereignisses sofort freigestellt und durch andere Probanden ersetzt worden waren. Ihre abrupt abgebrochene Teilnahme entsprach keinem der Raster. Wie könnte sie auch – es war ja ein außerplanmäßiges Ausscheiden aufgrund regelwidrigen Verhaltens.

Frank rieb sich die Augen. Verrannte er sich da in etwas? Besser, er schlief drüber und ging die Sache am nächsten Tag neu an. Er klappte die Akten zu, lehnte sich zurück und dachte nach. Schade, dass er die Station in der Ostsee als letzte aufsuchen würde. Und noch lieber würde er Station *Zero* einen Besuch abstatten. Aus irgendeinem Grund war sie es, die ihn am meisten reizte – sicher lag es nicht nur daran, dass die Ostsee sein Leben so stark geprägt hatte.

♦

Paris

Draußen war ein hinreißender Sonnenuntergang zu sehen, doch Ludwig Potz saß lieber in dem edlen Restaurant *Accès* auf einem mit Samt bezogenen Sofa, trank Champagner und aß frischen Hummer. Er war allein. Beim Essen mochte er keine Gesellschaft. Nachher würde er sie sich gönnen, heute sollte sie etwas fülliger sein, mit dunklem, langem Haar und Konversationskünsten. Es war besser, mit einer Frau auch reden zu können, wenn man mit ihr im teuren Bett einer Hotel-Suite lag. Zudem war diese Kategorie von Frau diskret.

Potz war in Feierlaune und bestellte sich ein weiteres Glas Champagner, als Nachtisch feine Himbeertörtchen, das Mädchen am Nebentisch hatte ihn dazu inspiriert.

Den ganzen Tag hatte er in einem abgelegenen Waldschlösschen mit einflussreichen Köpfen verhandelt und die Tür für den europaweiten invasiven Eingriff endlich ein Stück weit aufstoßen können. Reden konnte er, Überzeugen war sein Metier.

Das Mädchen am Nebentisch starrte wie gebannt auf sein Smartphone. Die Eltern ebenso. Schade um das Himbeertörtchen, das sie völlig geistesabwesend in kleinen Häppchen zum Mund führte. Als sie den letzten Bissen zu sich nahm, drehte sie sich etwas zu ihm, sodass er einen Blick auf ihren Bildschirm werfen konnte. Sofort erkannte er die atemberaubende Optik – das Mädchen streamte *Ashes Real,* die angesagte Serie. Ihr Mund stand etwas offen, ihr Blick haftete am Bildschirm, als wäre er voll grenzenloser Magie.

Voller grenzenloser Magie war auch dieser Tag, die Möglichkeiten unerschöpflich. Seine politische Laufbahn verlief stabil, doch im Hintergrund hatten sich Wendungen ergeben, die er vor fünf Jahren niemals geahnt hätte. Eigentlich ärgerte ihn seine neue Aufgabe, er mochte es nicht, nur Erfüllungsgehilfe zu sein. Ein Laufbursche für Lobbyarbeit und Genehmigungsverfahren. Doch er verdiente nicht schlecht. Und ganz nebenbei konnte er auf sein Netzwerk zugreifen, die alten Fäden wieder aufnehmen, Beziehungen auffrischen und vertiefen. Diese Kontakte waren Gold wert.

Vor fünf Jahren waren ihm seine Möglichkeiten genommen worden. Er hatte sich gerade so fangen können, hatte er sich doch damals nicht erwischen lassen. Nun wartete er. Wenn die Zeit reif war, dann würde er wiederaufstehen aus der Asche. Wie sie alle.

♦

Seit zwei Tagen vertiefte sich Natascha in einen Berg digitaler Berichte. Sie hatten alles durch das Computerprogramm laufen lassen, das ihr Timo Philur, ein guter Freund und ausgewiesener IT-Experte, zur Verfügung gestellt hatte. Das Programm war so clever, dass es nicht nur identische Worte und Begriffe miteinander abglich, sondern auch erkannte, wo mit unterschiedlichen Begriffen dasselbe gemeint war. Nicht nur, dass dadurch Gemeinsamkeiten innerhalb einer Masse von Texten markiert wurden! Dem Programm gelang es sogar herzuleiten, was vom Verfasser geschickt umschrieben, aber wirklich gemeint war.

Natascha hatte zunächst nur Artikel gefiltert, die mit Gewaltstraftaten zu tun hatten, die Jugendliche begangen hatten. Was auffiel: In neunzig Prozent der Presseberichte wurde wenn auch nur am Rande erwähnt, dass die Straftäter Gamer extrem brutaler PC-Spiele waren und auch sonst medialer Gewalt überdurchschnittlich ausgesetzt. Das Hauptaugenmerk der Berichterstattung lag gewöhnlich auf dem Elternhaus, der schweren Kindheit, dem sozialen Umfeld, den sozialen Brennpunkten und Verhaltensproblemen. Das Übliche also. Warum sollte man auf Banales wie die Vorliebe für Spiele mit brutalem Inhalt auch näher eingehen? Auf den ersten Blick hatte es keine Bedeutung für die Probleme der Person. Wenn überhaupt, dann wurde das jahrelange virtuelle Training von Gewalt mit all seinen Folgen nur beiläufig erwähnt – und etwas ausführlicher nur dann, wenn sich herausgestellt hatte, dass sich die Gewalt an virtuellen Vorbildern orientiert hatte, an Spielen und Filmen, denen die Person verfallen war.

Was Natascha jedoch besonders ins Auge stach, war die Tatsache, dass der Name eines bestimmten PC-Games alle anderen dominierte: *Flawless Blast*. Auf den ersten Blick verwunderte es nicht – war es doch der Renner, das mit Abstand beliebteste Kriegsspiel und seit Jahren ein Verkaufsschlager. Die nächste Auffälligkeit aber war, dass die Mehrheit der Straftäter der letzten zwölf Monate, also des Zeitraumes, in dem die Zahl von Gewaltakten exorbitant in die Höhe geschossen war, zu den VIP-Mitgliedern der *Ashes Real*-Community zählte, einer Fan-Gemeinde des Streaming-Formats, das unter den Serien so erfolgreich war wie *Flawless Blast* unter den Games. Die Streaming-Abonnenten, die den VIP-Status hatten, waren regelrecht süchtig und saßen mindestens vierzig Stunden die Woche vor dem Bildschirm, um mit ihren Serienhelden mitzufiebern. Klar, Natascha kannte auch von sich selber, wie es war, eine Serienfolge nach der anderen zu verschlingen, gebannt von der Handlung und gierig zu erfahren, wie es weiterging. Aber das? So viele Stunden? Das sprengte den Rahmen dessen, was sie nachvollziehen konnte. Aber sollte nicht jeder nach seiner Façon glücklich werden, wie es so schön hieß? Ihr war die Zeit für solche Extreme zu kostbar. Aber es ging ihr nicht darum, den Kopf über dieses Phänomen zu schütteln. Nein, es schien Parallelen hinsichtlich der Vorlieben und Freizeitaktivitäten der Straftäter zu geben. Und hatte sie nicht den Gemeinsamkeiten nachgehen wollen, wo es ähnliche Verhaltensmuster gab? Bingo! Das war ein neuer Ansatz! Die Frage war nur, ob, und wenn ja, wie diese Aktivitäten das Verhalten der betroffenen Täter beeinflussten. Natascha wusste schon, wen sie fragen würde.

Sie schrieb eine E-Mail an Professor Dr. Dr. Stenzel und bat um einen Termin. Um sein Interesse zu wecken, deutete sie an, auf etwas gestoßen zu sein: *Ich würde gerne wissen, ob es sein kann, dass ganz spezielle brutale Medieninhalte besonders starke Auswirkungen haben, und wenn ja, warum? Und warum haben gerade solche Medieninhalte wie die offensichtlich von fast allen Tätern in jüngster Zeit konsumierten die stärksten Auswirkungen?«*

Sie drückte auf *Senden.*

Dann nahm sie sich vor, Kontakt zu jenen Tätern aufzunehmen, über die im Hinblick auf solche Vorlieben nichts erwähnt worden war. Sofern sie offen für ein

Gespräch waren, wäre es interessant zu klären, ob auch sie bevorzugt bestimmte Formate im Streaming-TV oder PC-Games konsumierten und ob auch so extrem. Die Angehörigen der Täter zu interviewen, wäre eine Alternative. Sie konnte nicht durch ganz Deutschland fahren, und ihre Mitarbeiter hatte sie anderweitig eingesetzt, also musste sie telefonisch oder per Mail Kontakt aufnehmen.

Die nächsten Tage recherchierte Natascha Mailadressen und Telefonnummern und sprach mit viel mehr Personen, als sie für möglich gehalten hatte. Natürlich stellte sie ihre Fragen nach medialen Gewohnheiten so beiläufig wie möglich. Das kostete jedes Mal Zeit, denn sie musste, um Vertrauen aufzubauen, viele unnötige Fragen stellen, deren Antworten sie gar nicht interessierten – zumindest für die Reportage nicht. Viele wollten nicht mit ihr sprechen, das hatte sie erwartet. Doch sie führte mehr gute Gespräche, als sie gehofft hatte, und die Menge der so gewonnenen Informationen war groß genug, um als repräsentativ beurteilt zu werden.

Das Ergebnis war ernüchternd, wenn nicht gar erschreckend. Ungewöhnlich häufig kam die Aussage, der junge Straftäter habe seit Jahren extrem viele Filme, Serien und Computerspiele konsumiert. Meist fielen die Namen *Flawless Blast* und *Ashes Real*, viele Betroffene seien regelrecht darin aufgegangen und hätten am echten Leben kaum mehr teilgenommen, sich quasi in ihrer virtuellen Welt des Schreckens verloren und sich zunehmend negativ verändert – mit der schlimmen Tat aber habe man nicht gerechnet und auch keine Anzeichen gesehen, dass eine solche Gefahr überhaupt bestanden habe.

Da Professor Dr. Dr. Stenzel bisher nicht geantwortet hatte, nutzte Natascha diese neuen Rechercheergebnisse, um ihn erneut anzuschreiben. Das wirkte nicht aufdringlich oder ungeduldig, sondern eher, als wolle sie ihm kurzerhand ihre neuesten Erkenntnisse mitteilen. Ganz nebenbei erwähnte sie nochmals den Wunsch nach einem kurzen Treffen.

Natascha wollte es wissen. In den folgenden Tagen fütterte sie das Programm mit weiteren Reportagen und Presseartikeln rund um Gewaltereignisse in Deutschland, eingegrenzt auf die letzten zwölf Monate. Nur dass sie die Analyse-Funktion des Programms nicht auf Jugendliche einschränkte.

Das Ergebnis: Gut die Hälfte der Erwachsenen-Straftäter der letzten zwölf Monate hatte dasselbe Merkmal – Konsum von *Flawless Blast* und anderen brutalen Games sowie das Faible für das Format *Ashes Real*. Was sagte das aus? Natascha konnte es sich nicht erklären. War es ein normaler Wert, den sie bei allen Nicht-Straftätern auch erzielen würde? Immerhin schauten Millionen diese Serie und spielten Millionen diese Gewaltspiele, insbesondere das immer wieder erwähnte *Flawless Blast*. War die Quote auffällig, oder kehrte sie Nataschas Thesen sogar ins Gegenteil um? Müsste der Wert nicht viel höher sein, wenn diese Medieninhalte im Hinblick auf Gewalt relevant wären? Oder überging man schlicht den Faktor Freizeitbeschäftigung? Eine gute Frage – genau richtig, um Professor Stenzel ein drittes Mal zu nerven. Sie tippte die dritte Mail im Abstand weniger Tage und hoffte, dass er sich rühren würde.

♦

Nataschas Laune war so gut wie schon lange nicht mehr. Zwei Tage zuvor hatte sie Jennifer angerufen und ihr eine Idee unterbreitet – genau genommen war es mehr eine Bitte als eine Idee: ob Jennifer sie zusammen mit ihrem Sohn Eric ein paar Tage in Deutschland besuchen würde? Jetzt, wo doch die Tauchbasis saisonal geschlossen und die eine oder andere Verpflichtung Jennifers sicher auch ein paar Tage warten konnte... Wenn Jennifer sie besuchen würde, hätte sie nicht nur ihre beste Freundin um sich, sondern Jennifer könnte sie dann auch auf ein paar Auswärtstermine begleiten, die sie ohne Babysitter gar nicht durchführen konnte. Und bei niemandem würde Natascha ihre Tochter lieber lassen als bei Jennifer. Bei Nadine, klar, aber das war inzwischen Vergangenheit. Natascha würde die Hotelübernachtungen übernehmen und sie würden viel Zeit miteinander verbringen – außer jenen Momenten, in denen Natascha ihre Interviewpartner traf. Die wollte sie so schnell wie möglich aufsuchen, sie hatte Fragen, so viele Fragen – und wollte Antworten, überzeugende Antworten! Möglicherweise hatte sie sich ja verrannt – doch die Story bereichern würde es allemal, wenn sie berichten würde, was die hohen Tiere bei *Centineo,* dem Hersteller diverser Computerspiele, unter anderem des besagten *Flawless Blast,* und bei *Pink Rock,* der Stream-TV-Produktionsfirma von *Ashes Real,* zu den offensichtlich unter ihren Stammkonsumenten gehäuft auftretenden Verhaltensauffälligkeiten sagen würden. Verhaltensauffälligkeiten… was für eine Untertreibung! Aber sie konnte den beiden Unternehmen ja nicht unterstellen, dass ihre Medieninhalte gefährlich für die Konsumenten und in Folge auch gefährlich für deren Umfeld waren. Sie betrat mit ihren Vermutungen recht dünnes Eis, es war daher besser, genau abzuwägen.

Sie würde sich noch zurechtlegen, wie sie die Interviews führen würde. Diese hatte sie zur Chefsache erklärt. Genaugenommen hatte sie ihrem Team gar nicht gesagt, dass sie ein spezielles Computerprogramm eingesetzt hatte und das Ergebnis eine eigenartige Übereinstimmung in unzähligen Berichten war. Sie würde dieser Fährte zunächst allein folgen und die anderen ihren Job machen lassen. Es galt, die PR-Leute der beiden Firmen zu umschmeicheln, in der Hoffnung, einen Termin zu bekommen. Die Interviews sollten persönlich mit hochrangigen Personen von *Pink Rock* und *Centineo* stattfinden, nicht nur mit irgendwelchen Pressesprechern, die man vorschickte und die dann einstudierte Stories herunterleierten.

Inzwischen war auch klar, dass Natascha die noch zu vereinbarenden Termine auch wahrnehmen konnte. Sie war vor Begeisterung in die Luft gesprungen, als Jennifer ihr einen Tag nach ihrem Anruf fröhlich zusagte. Es traf sich auch von ihrer Seite gut, da Frank ein paar Tage verreisen würde. »Ein Beraterjob, erzähl ich dir dann in Ruhe«, hatte sie gesagt, und dass sie noch eine ganz spezielle gute Nachricht für Natascha habe, sie damit aber überraschen wolle. Natascha hatte auch nicht weiter gebohrt.

Endlich lief mal etwas rund. Ein gutes Gefühl...

♦

Der frühe Vogel fängt den Wurm. Nach dieser Devise lebte Seth Grothe, der CEO von *Sub Search,* schon seit seiner Jugend. Getreu dem altbekannten Motto griff er heute bereits um 06.30 Uhr zum Telefon, um Dr. Charlotte Rinkenburger anzurufen. Nicht zu früh, um sie aus dem Bett zu schmeißen, aber gerade noch rechtzeitig, um sie noch zu Hause zu erwischen. Er kannte ihre Gewohnheiten. Man konnte die Uhr nach ihr stellen.

Diese eiserne Disziplin hatte sie schon zu Studienzeiten an den Tag gelegt, damals, als sie an der Uni die Weichen für ihre Karriere gestellt hatten und die richtigen Verbindungen eingegangen waren. Dass sich ihre Wege eines Tages kreuzen und sie sogar voneinander profitieren würden, das hatten sie damals noch nicht wissen können. Oder doch? War es nicht unweigerliche Folge jener Entscheidungen damals? Es war wohl alles andere als Zufall, ihr damaliger gemeinsamer Mentor hatte mit Bedacht und Weitsicht eine Gruppe von Studenten zusammengestellt. Erst viel später war Grothe klargeworden, dass sie die Grundsteinlegung bahnbrechender Forschung begleiten durften. Das hatte sie beide und einige handverlesene Studenten zusammengeschweißt; über all die Jahre hinweg hatte zwischen ihnen ein unsichtbares Band bestanden, das nie abgerissen war; ein Band, das so viel Elastizität bot, dass sie sich beruflich weit voneinander entfernen konnten, das aber gleichzeitig so viel Spannkraft hatte, dass es sie Jahre später, als die Zeit gekommen war und es darauf ankam, mit Wucht zueinander zog. Eine wahre Fügung, für ihn.

Inzwischen war eine neue Ära angebrochen. Und sie beide waren Teil davon. Die Forschungsversuche von damals verblassten im Licht der heutigen Möglichkeiten, die nahezu grenzenlos waren. Wer hätte gedacht, was eines Tages alles möglich sein würde! Ihre so kühnen, so visionären Träume wurden real…

»Neuigkeiten?« Rinkenburger verzichtete auf eine Begrüßung. Sie klang gehetzt. Kein Wunder – ihr Unternehmen *Kampa New Human* stand vor gewaltigen Aufgaben, und sie in der Verantwortung. Sie musste die Weichen für die Zukunft stellen. Darin war sie Profi – sie würde die Sache, für die sie so lange gearbeitet hatte und in die sie so große Hoffnungen setzte, zum Erfolg führen, daran hatte er keinen Zweifel. Er beneidete sie um ihre Networking-Fähigkeiten – und um ihre Ausdauer. Sie würde es früher oder später auch ohne die *Sub Search*-Gruppe ganz nach oben schaffen.

»Kann man so sagen.« In Grothes rundem Gesicht machte sich ein zufriedenes Grinsen breit. Er ahnte, dass sie nicht gerade erfreut sein würde, aber *er* hatte gute Laune. Ihr wäre es gewiss lieber, sein Unternehmen würde nicht auf externe Berater zugreifen, war sie doch der Meinung, dies berge nur zusätzliche Risiken.

Er sah das anders. So einfach, wie sie es sich vorstellte, war es nicht. Die Sache war komplex – um nicht zu sagen: verkappt. Die Forschungsarbeiten, die er leitete, waren auch nicht vergleichbar mit ihren. Sie sollte sich einfach um ihre Aufgaben, ihre Forschungsarbeiten und ihr Unternehmen kümmern und er sich um seine Bereiche. Schließlich war er ihr keine Rechenschaft schuldig – auch wenn er dazu tendierte, sich ständig vor ihr zu erklären. Manchmal brauchte es für unkonventionelle Probleme eben unkonventionelle Maßnahmen, und nicht immer lag die Lösung direkt vor einem in greifbarer Nähe. Und er war sich sicher: seine Idee, wie er das akute Problem lösen wollte, war goldrichtig.

»Ich bekomme Hilfe, was die Sache in der Ostsee angeht«, sagte er knapp.

»Und? Soll ich jetzt Freudentänze aufführen? Bei uns liegt alles auf Eis, solange ihr nicht vorwärtskommt. Wie lange geht das jetzt schon? Zwei Monate? Drei? Willst du jetzt einen Orden dafür, dass ihr endlich etwas unternehmt?«, erwiderte sie spitz.

Wenn sie gestresst war, reagierte sie gereizt, zumindest ihm gegenüber, das war nichts Neues. Vor seinem geistigen Auge sah er Charlotte: Wenn sie sich ärgerte, blitzten ihre tiefblauen Augen angriffslustig – Augen, die sowohl in ihrer Form als auch in ihrer Sogwirkung denen eines Raubtiers glichen. Als könnte sie tief in einen hineinschauen. Fast magisch, dieser Blick. Ohnehin war sie eine faszinierende Frau, schon damals, an der Uni. Und heute erst recht. Eine hochintelligente und betörende Frau. Betörend – ja, das war sie.

Er musste sich hüten. Vor ihrem einnehmenden Wesen. Dem Rausch, dem man verfiel, wenn man sich ihr nicht widersetzte. Von Kopf bis Fuß war sie eine derart ästhetische Erscheinung, als wäre sie dem meisterhaften Gemälde eines Künstlers entsprungen. Unwirklich schön. Bezaubernd. Verzaubernd. Er konnte ihr auch niemals böse sein…

»Was habt ihr seither gemacht? Däumchen gedreht?« Ihre Stimme klang nun versöhnlich, obwohl das, was sie sagte, ausgesprochen hart war. »Eure Unfähigkeit bringt das ganze Projekt in Gefahr. Vielleicht sollten wir hier einfach verzichten. Wir können gut und gerne unser weiteres Vorgehen an dem festmachen, was wir bereits haben. Das ist eine Menge. Und hundertprozentige Sicherheit gibt es sowieso nie. Manchmal muss man auch Risiken eingehen. Uns läuft die Zeit davon. Wir werden bereits in Kürze erste Andeutungen nach außen dringen lassen. Das Stimmungsbarometer muss immer oben sein, so ist das eben. Ungewissheit verunsichert, das kann ich mir nicht leisten.«

»Ich weiß, dass du unter Druck stehst. Darum verzeihe ich dir.«

»Erspar mir deine Selbstgefälligkeit!«

»Erspar du mir deine falschen Anschuldigungen«, entgegnete Grothe betont gelassen. »Schließlich wart *ihr* es, die uns Leon Muth geschickt haben, einen von euch! Ohne ihn wäre es nie so weit gekommen…« Grothe blieb kontrolliert.

Sie schwieg. Wusste, dass er recht hatte.

Grothe entwich ein leiser Seufzer. Sie war kein bösartiger Mensch, im Gegenteil. Sie wollte das Gute erreichen und strebte stets nach Perfektion. Er wusste, wie sehr sie unter Strom stand. In Phasen wie dieser waren ihre Angriffe verzeihlich.

Unwillkürlich musste er schmunzeln. Er konnte sie deutlich vor seinem geistigen Auge sehen, den für sie typischen trotzigen und zugleich kühlen Gesichtsausdruck. Eine Rebellin, das war sie, heute mehr denn je. Und wenn sie sie sich ärgerte, so wie jetzt, steigerte das ihre Attraktivität noch zusätzlich. Warum das so war, wusste er nicht. Charlotte war eben nicht wie andere, in keinerlei Hinsicht. Insofern passte das. Charlotte konnte auch fröhlich und ausgelassen sein – doch meist war sie ernst und nachdenklich, als Studentin schon, damals, als die meisten nur Spaß im Sinn hatten.

Sonst wirkten Frauen auf ihn besonders anziehend, wenn sie fröhlich waren und Gelassenheit ausstrahlten, so wie er es tat. Er verlor nie die Fassung, das war eine seiner vielen Stärken, ohne die er es nie so weit gebracht hätte. Eine seiner großen Schwächen aber war Charlotte. Allerdings würde er das ihr gegenüber nie eingestehen. Jahrelang hatte er es nicht einmal selbst wahrhaben wollen.

Gut, dass er ihr nicht gegenüberstand. Er würde schwach werden. Wie so oft in ihrer Gegenwart. Irgendwann würde sie ihn ertappen und wissen, dass er innerlich wachsweich wurde, doch das wollte er unbedingt vermeiden. Oder wusste sie es? Was würde das aber ändern? Er hatte bei ihr sowieso keine Chance. Einzig würde es seine Position schwächen und wäre seine Achillesferse, und wenn es darauf ankam, würde sie womöglich ihre Interessen leichter gegen ihn ausspielen. Mit den Waffen einer Frau war es so eine Sache… Gerade in Momenten wie diesen konnte es ihn Standhaftigkeit kosten. Wo er doch in der Bringschuld war und sie zu Recht sauer.

Grothe blieb gelassen, er kannte sie. Es war gleich vorüber. Ihr Ärger verflog immer so schnell, wie er kam.

»Hör zu, Charlotte«, versuchte er besänftigend einzulenken, »ich weiß, dass unser Projekt an einem kritischen Punkt angelangt ist. Jetzt heißt es: Ruhe bewahren. Wir benehmen uns schon, als wäre alles außer Kontrolle, und gehen miteinander um, als wären *wir selbst* außer Kontrolle und nicht ein paar Nebensächlichkeiten, die wir doch in den Griff bekommen werden.« Es galt, sich auf das zu besinnen, was sie verband: Das Ziel, mit ihrer Arbeit Erfolg einzufahren.

Sie zögerte. Wieder Stille. Wie er sie kannte, ärgerte sie sich gerade maßlos darüber, die Fassung verloren zu haben, trat sie doch in der Regel selbstbeherrscht auf und nur selten derart unkontrolliert. Sie lief am Limit – ohne Zweifel. Und in der letzten Zeit hatte sie mehrere Male die Beherrschung verloren, was für sie erstaunlich war. Fast tat sie ihm leid. Aber er wusste, wie stark sie war, sonst hätte sie es auch nicht so weit gebracht. Sie würde diese Phase überstehen, und dann wäre sie wieder die

Souveränität in Person. Die gewohnte Heldin im Kampf für den Fortschritt, für eine bessere Zukunft. Jene Frau, die schon in ihrer Zeit als Studentin die Welt hatte verbessern wollen.

»Wer oder was wird euch helfen?« Sie sprach nun versöhnlich.

»Ich dachte schon, du fragst nie.« Grothe zögerte eine Sekunde. »Der renommierteste Experte, den man dafür gewinnen kann.«

»Willst du für deine Personalauswahl einen Orden? Also, wer?!«

»Ein gewisser Dr. Frank Stebe. Er ist –«

»Sagtest du Frank Stebe?«, unterbrach ihn Rinkenburger.

»Der sagt dir was?«

»Das kann man wohl sagen.«

»Du weißt also, von wem ich rede. Dann weißt du ja, dass –«

»*Mir* brauchst du nicht zu erklären, wer Stebe ist«, wiederholte Charlotte Rinkenburger. In ihrer Stimme flackerte etwas auf, doch er konnte nicht deuten, was es war.

♦

Henrik Gabor passierte die siebte Hochsicherheitskontrolle des Trakts, in dem sein Büro lag. Die hohen Standards galten für alle, auch für ihn, den Vorstandsvorsitzenden von *Marano Global Watch,* einem der weltweit führenden Unternehmen im Bereich der Entwicklung hochmoderner Sicherheits- und Überwachungstechnik. Selbst er konnte nicht einfach so durch die einzelnen Zonen des zwei Quadratkilometer großen und aus zahlreichen Gebäuden und Hallen bestehenden Geländes spazieren. Schutz vor Industriespionage und allen anderen Risiken, die dem Unternehmen schaden könnten, hatte höchste Priorität.

Zehn Minuten später betrat er sein Büro, das im Hinblick auf die großzügigen Räumlichkeiten und das Ambiente eher einer Suite ähnelte. Sofort griff er zum Telefonhörer. Er nutzte eine abhörsichere Leitung. Wann nutzte er keine? Vorsicht war angebracht. Die Art seiner Geschäfte machte es unumgänglich, der Charakter seiner Geschäftspartner aber meist erst recht. Gäbe es eine Namensliste – sie würde sich lesen wie das Who's who aus Wirtschaft, Politik und den unvermeidlichen Lobbyisten, auf die Gabor angewiesen war.

Lobbyisten…

Wolfgang Schott war einer von ihnen. Ein Zugpferd der Waffenlobby, mit besten Kontakten in die gesamte EU, die USA und Nahost. Sicherheit, Überwachung, Waffen – nicht immer mussten sich Gegensätze ausschließen, dachte Gabor und grinste. »Sicherheit« – die musste man großzügig auslegen, dann schlossen sich manchmal durch ungewöhnliche *Kooperationen* die Kreise – so wie in diesem Fall.

Gabor zögerte einen Moment, dachte nach und legte den Hörer wieder auf. Er wollte erst klären, ob es in dieser Ostsee-Sache etwas Neues gab. Immerhin hingen die weiteren Entwicklungen und die Pläne, die er verwirklichen wollte, auch davon ab, ob es Fortschritte gab. Die weitere Strategie hing ebenfalls davon ab, wie geschickt er und das Bündnis *Einer für Sechs* alles Weitere ins Rollen bringen würden.

Er nahm ein anderes sicheres Telefon zur Hand und tippte darauf die Nummer eines Mannes ein, der sich ums »Schwärzen« kümmern sollte.

♦

Dr. Charlotte Rinkenburger war hin und hergerissen, ob sie Ludwig Potz anrufen sollte oder nicht. Die Neuigkeit, die ihr *Sub Search*-CEO Seth Grothe heute Morgen am

Telefon verkündet hatte, war ein Tiefschlag. Ob sie Potz darüber unterrichten sollte?

Wie würde er reagieren, wenn er das mit Stebe erfuhr? Sicher nicht erfreut. Warum Potz damit belasten? Würde es aber etwas ändern? Wahrscheinlich nicht. So tun, als wäre die Sache nicht im Argen? Ratsam…

Immerhin war Potz einzig und allein dafür verantwortlich, dass die unter *Sub Search* laufenden Institute und Firmen die notwendigen Genehmigungen und staatlichen Förderungen erhielten und so die Forschungsarbeit ungehindert weiterlief. Wie sie aber wissenschaftlich vorgingen und die Forschung organisierten und wer wissenschaftlich mitmischte, das war nicht sein Metier. Es interessierte ihn auch nicht. Hauptsache, alles war legal und mit irgendeinem angesehenen Gütesiegel und Fördermitteln ausgestattet. Legal? Das war ohnehin relativ und eine Spielwiese für ihre Juristen…

Seths unglückliche Auswahl seines Experten würde – wenn irgendetwas schieflief – auf *alle* Beteiligten zurückfallen, alle außer Potz. Warum also sollte sie sich Potz gegenüber einen Imageschaden zufügen oder als nicht umsichtig genug dastehen? Nicht sie hatte Stebe ausgesucht, sondern Seth Grothe. Potz brauchte das nicht zu wissen.

Ohnehin war das, das Potz, sie und Stebe miteinander verband, Schnee von gestern. Und Stebe selbst? Der wusste ja nicht einmal um das unsichtbare Band zwischen ihnen. Wenn Stebe davon erfuhr, dass Potz bei dem Projekt mitmischte – oder von ihr, was eher passieren konnte – dann würde er trotzdem nicht durchschauen, um was genau es wirklich ging. Wie sollte er auch darauf kommen, was sie drei verband? Die Namen *Rinkenburger* oder *Potz* würde er nie und nimmer mit den damaligen Ereignissen in Verbindung bringen… Wie auch, sie waren damals unentdeckt geblieben. Heute, Jahre später, würden sie nicht auffliegen, zumal die Sache offiziell vorbei war, alles ruhig, Schnee von gestern eben.

Und dennoch: Dr. Frank Stebe! Konnte das denn wahr

sein?! Wie groß konnte der Zufall sein, dass man es noch einen Zufall nennen konnte? Holte sie jetzt womöglich doch noch die Vergangenheit ein…? Ganz wegwischen konnte sie ihre Bedenken nicht. Wenn Grothe wüsste, was es für sie bedeutete, plötzlich Stebe mit im Boot zu haben… Wenn er wüsste, wer Stebe für sie war oder für Potz… Sie konnte es ihm aber am Telefon nicht sagen. Vielleicht sollte sie es ihm überhaupt nicht sagen. Besser, wenn er über sie, seine derzeit sicher wichtigste Geschäftspartnerin, nur wusste, was er unbedingt wissen musste. Die ganze Sache von einst war eine Schwachstelle, eine mögliche Angriffsfläche, die sie nicht offenlegen durfte. Dass sie sich damals mit diesen Leuten eingelassen hatte, war ein Fehler gewesen. Jede Schwachstelle aber konnte Grothe irgendwann zu seinem eigenen Vorteil benutzen. Wer auch immer davon erfuhr, er könnte es gegen sie verwenden.

Letztlich kämpfte doch jeder für sich allein. Jeder an seiner eigenen Front, in seiner eigenen Schlacht. Dass sie alle im selben Krieg kämpften, machte sie noch lange nicht zu Verbündeten. Dieselben Feinde hatten sie, das war alles. Der Feind hieß wissenschaftlicher Stillstand, und der Krieg, den sie führten, würde wissenschaftlichen Fortschritt bringen. Das Interesse daran teilten sie. Das war's dann aber auch schon mit ihrer Verbundenheit. Profitieren würde ein jeder von ihnen auf seine eigene Weise, und entsprechend traf jeder von ihnen im Zweifelsfall eigennützige Entscheidungen, gegebenenfalls sogar, ohne sich mit den anderen abzusprechen. Nicht nur einmal war das vorgekommen. Manchmal kam es heraus, manchmal auch nicht. Ja, jeder von ihnen kämpfte, wenn es drauf ankam, nur für sich. Das blieb nicht ohne Folgen, was man aktuell an der Entscheidung, die Seth bezüglich der Vorgänge unter Wasser getroffen hatte, sehen konnte.

Seth Grothe war zufrieden mit seiner Entscheidung, einen so renommierten Experten gewonnen zu haben. Das mochte für die anstehenden Aufgaben unter Wasser angebracht sein – für alles andere aber konnte es zum

Problem werden. Immerhin bewegten sie sich seit geraumer Zeit am Rand der Legalität. Nein, sie hatten den Bereich der Legalität verlassen. Schon lange. Und eindeutig. Doch einen anderen Weg gab es nicht, nicht in diesem Fall. Das Letzte, was sie brauchten, waren Leute, die sich früher oder später für Dinge interessierten, die sie nichts angingen. Und Stebe lag es regelrecht in den Genen, Zusammenhänge aufzudecken, die er nicht aufdecken sollte, das war ihr sonnenklar. Und für Potz würde es auch sonnenklar sein.

Wenn sie ehrlich waren, mussten sie sich eingestehen, dass es derzeit offensichtlich mehr als nur ein paar fragwürdige Zusammenhänge bei ihrer Forschungsarbeit gab. Zusammenhänge die es eigentlich nötig gemacht hätten, einen oder auch zwei Gänge herunterzuschalten und vielleicht sogar alles komplett zu stoppen. Vorerst zumindest, vielleicht nur vorübergehend. Aber sie hatten es nicht getan und waren stattdessen weiter vorangeprescht, ohne die Risiken abzuwägen. Das hatte sie eigentlich nicht gewollt. Verhindert hatte sie es aber auch nicht. Ein schmaler Grat, auf dem sie balancierte. Und wenn wirklich etwas schiefllief – und es sah ganz danach aus –, dann wäre zu allen Seiten dieses Grats der Abgrund. War es das alles wert?

Stebe war ein Spürhund. Wenn etwas auch nur annähernd nach Ungereimtheit roch, würde er herumschnüffeln und es aufspüren. Wusste Grothe denn nicht, wen er sich da ans Bein gebunden hatte!? So uninformiert konnte er doch nicht sein! Irgendetwas stimmte nicht, die Sache stank, und zwar gewaltig! Aber sie kam nicht drauf, was an der Beauftragung Stebes nicht passte. Stebe war wie eine Lunte, die man ans Pulverfass gelegt hatte, es war nur eine Frage der Zeit, bis alles hochgehen würde. Konnten sie sich so ein Risiko erlauben? Wohl eher nicht…

Warum gerade Stebe?! Die Welt war so groß, Experten gab es genug, Grothe aber heuerte ausgerechnet Stebe an – *den* Stebe?! Wenn sie nur nicht das Problem in der Ostsee am Hals hätten…

Stebe für die Lösung mit an Bord zu nehmen – das konnte das nächste Problem aufwerfen. Gut, Seth Grothe wusste nicht, was *sie* wusste. Er wusste nur, was es über Stebe aus den Medien zu wissen gab. Sie aber musste jetzt um die Ecke denken.

Aber vielleicht machte sie sich zu viele Gedanken. Stebe kannte die Querverbindungen nicht, wie sollte er auch darauf kommen? Er wusste nicht, wie die Dinge wirklich lagen, und solange Grothe und Stebe ahnungslos waren, würde es vermutlich keine Probleme geben. Was Grothe nicht wusste, konnte er Stebe auch nicht kundtun.

Aber sie hatten ganz andere Baustellen, irgendetwas schien extrem aus dem Ruder zu laufen, zumindest was die Forschungsarbeiten unter Wasser anging. Hatte ihr Seth diesbezüglich die volle Wahrheit gesagt, oder spielte er die Ereignisse herunter? Schwer einzuschätzen... Wenn es fragwürdige Muster in den Abläufen gab, hieß es, diese zu hinterfragen und notfalls umzudenken, oder nicht? Opfer waren unumgänglich, Fortschritt ohne Kollateralschäden nahezu unmöglich. Das war schon immer so gewesen und nicht zu umgehen, schon gar nicht, wenn es um ein neues Zeitalter, eine nie dagewesene Ära wissenschaftlichen Fortschritts ging.

Würde ihr Vater das so sagen, wenn er noch leben würde? Ihr Vater... er wäre sicher stolz auf sie! Oder nicht? Nein, ganz sicher! War ihr Weg nicht vorbestimmt? Oder war es nicht mehr der richtige, jener vorbestimmte Weg? War sie inzwischen davon abgekommen? Wankte sie, so kurz vor dem Ziel?

♦

Professor Dr. Dr. Stenzel saß an einem kleinen Tisch im Münchner Nobelhotel *Diamond Garden*, etwas abseits, damit er sich in Ruhe mit der Frau, die er erwartete, unterhalten konnte. Zwischen dem Meeting, das er soeben beendet hatte, und seinem heute kurzfristig vereinbarten Termin lag ausreichend Zeit, seine beiden Verabredungen würden sich also nicht über den Weg laufen.

Gedanklich hing er noch immer jener Frau nach, die bis vor einer halben Stunde mit ihm an dem edlen Eichenholztisch gesessen hatte, wie sie durch das Foyer schritt, königlich fast, mit solch einer Anmut, dass er den Blick nicht hatte von ihr wenden können. Wie damals, als sie sich kennengelernt hatten. Sie zog alle Blicke auf sich, und wer ihr nachsah, so wie er es vorhin getan hatte, kam nicht umhin festzustellen, dass auch alle anderen Männer sich nach ihr umdrehten – Männer, die ihr nie so nahekommen würden, wie er ihr einst nahegekommen war. Er, der gealterte, übergewichtige, unscheinbare Mann, der nur ein einziges Mal dieses Glück gehabt hatte.

Ihm war seinerzeit schnell klargeworden, dass sie ihn nur um den Finger gewickelt und für ihre Zwecke benutzt hatte – wie hatte er sich in jener Nacht auch einbilden können, dass sie sich ernsthaft für ihn interessieren könnte. Eine Frau von Welt, die nicht nur umwerfend aussah, sondern auch unerreichbares Mitglied der High Society war. Aber dieses eine Mal, als er ein Spielball ihrer Pläne und auch ihrer Lust geworden war, hatte ausgereicht.

Seit jener Nacht war er ihr verfallen, mit Haut und Haaren. Er war ihr hörig, ein willenloser Sklave, der seiner Herrin jeden Wunsch erfüllte – und sei es gegen seine eigenen Überzeugungen. Als er bemerkte, wie weit sie es mit ihm getrieben und wohin sie ihn gelockt hatte, war es schon zu spät, um einen Rückzieher zu machen. Zu spät, um umzukehren. Zu spät, um das Richtige zu tun – denn was sie taten, war nicht richtig – nicht mehr zumindest, dessen war er sich inzwischen bewusst, auch wenn die ursprünglichen Motive gut gewesen waren. Aber selbst dessen war er sich mittlerweile nicht mehr sicher. Aus einer moralischen Grauzone war ein schwarzer Abgrund geworden, das Licht dort unten redete er sich letztlich nur ein. Sie trieb ihr Spiel, mit allen anderen und mit ihm – und das, ohne es mit ihm zu treiben. Stenzel entwich ein sarkastisches Lachen, das aber niemand außer ihm hörte.

Warum nur kam er nicht los von ihr? War es diese Aura von Macht, die sie umgab? Die Tatsache, dass sie in so vielen Bereichen die Strippen zog und auch ihm nutzte? Natürlich nicht allein sie, sie war nur eine von ihnen, aber ihr Einfluss war immens. Nach außen war das nicht offenkundig, aber *er* wusste, welche Möglichkeiten sie besaß. Doch sie brauchte ihn, sie alle brauchten ihn, die ganze Bagage – zwar nicht, wie er sie brauchte, aber verzichten konnten sie auf ihn nicht, und dieses arrogante Miststück am allerwenigsten, dessen war er sicher.

Diese Genugtuung war der einzige Trost, wo er doch wusste, dass er seine eigenen Prinzipien über den Haufen geworfen, den falschen Pfad betreten und die Kontrolle über sich und sein Leben verloren hatte. Und dennoch: diese Genugtuung brachte sein Inneres nicht zum Schweigen. Weder den Schmerz der Vergangenheit, noch den der Gegenwart. Und welchen Schmerz würde die Zukunft erst bringen?! Er winkte den Kellner herbei und bestellte sich einen weiteren Whiskey. Er trank nicht oft, aber wenn nicht heute, wann dann?!

♦

Natascha betrat das Foyer des Nobelhotels *Diamond Garden,* ihr Blick schweifte durch die imposante Kulisse des edlen Etablissements. Sie konnte noch immer kaum glauben, dass sich Professor Stenzel wirklich nochmals Zeit für sie nahm. Hoffentlich ausreichend. Sie selbst hatte es nicht eilig, da sie ihre Tochter in den guten Händen ihrer Nachbarin wusste, die nun in Nataschas

Wohnung auf Lea aufpasste. Ein Glück, dass sie ab und zu wenigstens auf diese nette Frau zurückgreifen konnte.

Zuerst erblickte sie die erhobene und winkende Hand, dann die dazugehörige Person – Professor Dr. Dr. Stenzel hatte Wort gehalten, er war gekommen.

Zügig näherte sie sich dem Professor und lächelte ihn schon von Weitem an. Er erhob sich – allerdings nicht annähernd so galant wie bei ihrem ersten Treffen, er schwankte, und für einen Moment dachte Natascha, er würde schnurstracks zurück in den edlen Ledersessel fallen. Er streckte ihr die Hand entgegen, die sie herzlich ergriff.

»Guten Abend, Herr Professor Stenzel, vielen Dank, dass Sie sich erneut für mich Zeit nehmen, zu so später Stunde – und dann auch noch hier…« Natascha machte mit den Händen eine ausladende Bewegung und schaute den Gehirn- und Verhaltensforscher neugierig an.

»Guten Abend, Frau da Silva. Ich hatte ein Meeting hier. Es ist Ihnen doch recht, nehme ich an? Es gibt ja unangenehmere Orte für ein Gespräch, nicht wahr?« Er lächelte. Es wirkte angestrengt, nicht falsch, aber auch nicht echt. Aus glasigen Augen blickte er Natascha an. »Wollen wir uns nicht setzen?« Ihm war nicht nur anzusehen, dass er getrunken hatte, auch seine Aussprache verriet es.

Natascha tat so, als bemerkte sie es nicht. »Gerne.« Sie streifte ihre Handtasche ab, setzte sich und widerstand dem Impuls, sogleich den Notizblock herauszuholen. Vielleicht erfuhr sie ohne mehr als mit.

Der Professor gab einem gerade vorbeieilenden Kellner ein Zeichen. »Was möchten Sie trinken, Frau da Silva?«, fragte er.

Natascha bestellte sich ein Mineralwasser, das der Kellner sehr zügig brachte. Gut so, sie hatte viele Fragen, es konnte losgehen. »Was, wenn mediale Fiktion alles Leben durchdringt? Was, wenn ihre Schattenseiten unter dem Radar die Oberhand gewinnen?«, platzte es aus Natascha heraus. Auf Smalltalk hatte sie keine Lust.

»Wie darf ich das verstehen? *…alles Leben durchdringt… unter dem Radar?*« Der Professor stutzte, es schien, als hätten ihn die Fragen aus seiner Umnebelung gezerrt. Er fingerte an seinem Hemdskragen und öffnete den obersten Knopf, ohne jedoch den Krawattenknoten zu lockern. Er räusperte sich.

»So werde ich meinen Artikel beginnen, Professor. Was, wenn die mediale Gewalt die Gesellschaft verändert – und die Gesellschaft das überhaupt nicht wahrnimmt? Was, wenn all die negativen Auswirkungen unserer Aufmerksamkeit entgehen, ja regelrecht entgleisen? Ich habe mich entschlossen, gleich zu Beginn der Reportage ins Thema mediale Gewalt einzusteigen. Sie haben mir bei unserem ersten Treffen den Impuls dazu gegeben und mir erst richtig klargemacht, was durch bestimmte Medieninhalte im menschlichen Hirn alles passiert. Das hat mich nicht mehr losgelassen, und es wird ein zentrales Thema meiner Artikelserie sein.« Natascha beugte sich ein wenig nach vorne. »Kann es eigentlich sein, dass uns der Konsum *bestimmter* Medieninhalte stärker beeinflusst, als selbst Fachleute wie Sie es gemeinhin für möglich halten? Ich möchte in meiner Reportage nämlich einen Schritt weitergehen und eine – ich gebe zu – recht gewagte These aufstellen.« Natascha legte, um Neugier zu schüren, eine Kunstpause ein. Doch bevor Stenzel etwas sagen konnte, fuhr sie fort: »Deswegen wollte ich heute mit Ihnen sprechen. Ich bin auf einige Auffälligkeiten gestoßen, seltsame Statistiken, sie müssen nichts bedeuten und könnten reiner Zufall sein…«

»Was für Auffälligkeiten?«, unterbrach sie Stenzel. Sein Blick war plötzlich klar, nicht mehr so glasig. Offensichtlich konnte sie seine Neugier anstacheln. Das war gut, denn sie brauchte heute ein paar Antworten. Antworten auf Dinge, die keinen Sinn ergaben.

»Meine Frage an Sie als *den* Experten für Fragen dieser Art: Halten Sie es für möglich, dass bestimmte Medieninhalte überproportional stark auf das Hirn einwirken, sodass ihre Auswirkung ungleich stärker sind als die Auswirkungen anderer Medienformate?«

»Natürlich. Alles, was stark die Emotionen anspricht oder weckt. Vor allem destruktive Emotionen. Mediale *Gewalt* eben. Das sagte ich bereits.« Seine Augen wurden wieder glasiger. Er griff scheinbar gelangweilt zum Glas. »Sonst würde ich ja nicht seit Jahrzehnten vor gewaltverherrlichenden Medieninhalten warnen.«

»Entschuldigen Sie bitte, Herr Professor, ich habe mich undeutlich ausgedrückt. Ich meinte nicht, *ob* unterschiedliche Inhalte-Genres unterschiedlich wirken. Ist ja klar, *dass* sie das tun, wie Sie schon sagten. Ich meine, ob innerhalb desselben Genres bestimmte Filme oder Spiele wesentlich stärker wirken als andere, die auf den ersten Blick nahezu identisch, zumindest sehr ähnlich sind und zu demselben Genre gehören? Und wenn ja, wie –«

Jäh glitt dem Professor das Whiskeyglas aus der Hand und schlug krachend auf den edlen Beistelltisch – der Inhalt ergoss sich über die Tischlatte. Einige Spritzer erwischten Stenzels edle Anzughose, er war nicht schnell genug zur Seite gerutscht. Stenzel bewahrte mit Ach und Krach die Fassung, ganz der Gentleman, der er war.

Reflexartig zog Natascha die Serviette unter ihrem Wasserglas hervor und beugte sich zu Stenzel. Fast hätte sie versucht, den Fleck auf Stenzels Schenkel abzutupfen, wie ein Automat und ohne zu überlegen, aber zum Glück stoppte sie, bevor es peinlich werden konnte, sie hatte schließlich nicht Lea vor sich. Sie spürte eine leichte Röte aufsteigen und drückte dem Professor etwas verlegen die kleine Serviette in die Hand. Dann wischte sie schnell mit der anderen Serviette, auf der ihre Wasserflasche gestanden hatte, über den Beistelltisch. Stenzel fummelte indessen hektisch an seiner Hose herum.

»Wie ungeschickt von mir, bitte entschuldigen Sie! Wie mir scheint, hat das Meeting zuvor meiner Feinmotorik geschadet – ich hatte ein paar Gläschen, müssen Sie wissen…« Er rang sich ein Lächeln ab.

»Das war mir gar nicht aufgefallen. Keine Sorge. Ich hoffe, die Ergebnisse des Meetings sind die Reinigungskosten wert, Herr Professor.« Sie zeigte auf seinen Anzug und nahm wieder Platz.

Stenzel setzte sich erst, nachdem er sich kurz mit einem Rundblick vergewissert hatte, dass das Missgeschick unbemerkt geblieben war. Dann lockerte er seinen Krawattenknoten so energisch, als würde nun das in sein Gesicht geschossene Blut schneller abfließen können.

»Wem wäre das noch nie passiert?«, sagte Natascha. »Wo waren wir stehengeblieben? Nun, Herr Professor, was ich Sie fragen möchte: Könnte es sein, dass es Sendungen oder Games gibt, die sich – aus welchen Gründen auch immer – besonders stark auf das Verhalten der Konsumenten auswirken, obwohl sie sich auf den ersten Blick nicht von ähnlichen Produktionen unterscheiden und in ihnen auch derselbe Gehalt an Gewalt vorkommt wie anderswo auch?« Natascha sah Stenzel fragend an.

»Ich weiß nicht, auf was Sie hinauswollen, Frau da Silva. Da müssen Sie schon konkreter werden – von welchen Auffälligkeiten sprechen Sie?« Stenzel hatte sich wieder gefangen, von dem Missgeschick war nichts mehr zu spüren. Im Gegenteil, er wirkte plötzlich hochkonzentriert. Gut so, dachte Natascha, denn wenn er keine Idee hatte, von was die Abweichungen herrührten, wer denn dann?

Natascha berichtete von ihren Recherchen und außergewöhnlichen Beobachtungen, sie erzählte ihm von den zahlreichen Berichten in den Medien, von der Übereinstimmung bei den Freizeitaktivitäten der Täter und davon, dass sie versuchte, Termine mit den Verantwortlichen der Unternehmen *Pink Rock* und *Centineo* zu bekommen. Stenzel hörte aufmerksam zu und sagte nichts. *Was soll er auch sagen? Wahrscheinlich macht er sich gleich aus irgendeinem vorgeschobenen Grund aus dem Staub oder ordert von der Bar alkoholischen Nachschub, um meine abstrusen Gedanken besser ertragen zu können.*

»Ich weiß, es klingt verrückt, vielleicht ist ja auch nichts dran. Aber passen Sie auf, das Beste kommt noch. Ich schaue diese Serie eigentlich nicht. Kaum zu glauben, es gibt noch Leute, die das nicht tun. Trotzdem habe ich mich die Tage in der Community angemeldet und begonnen, die Serienfolgen zu streamen, also ein bisschen mitzumischen. Weniger geht es mir ums Schauen – ich bin ja spät eingestiegen, da braucht man lange, um mit der Handlung mitzukommen. Egal… Was viel interessanter ist: Ich chatte nun mit den anderen Mitgliedern und tausche mich mit einigen von ihnen schon sehr intensiv aus. Ich stehe also in Kontakt mit den unterschiedlichsten Mitgliedern. Die erzählen gerne, teilen mit, was sie früher getan haben, heute tun und künftig gerne tun möchten. Und jetzt halten Sie sich fest: Ich kann mein Programm natürlich schlecht mit Presseberichten über Nicht-Gewalttäter füttern – über die normalen Alltagsereignisse da draußen wird ja wenig berichtet. Aber ich bin mir sicher – *könnte* ich eine Statistik erstellen, dann käme heraus, dass die Rollen der guten Film-Charaktere die Mitwirkenden besser machen und dass extreme Gamer von *nicht* gewaltverherrlichenden Spielen – die gibt es ja schließlich auch – ziemlich unauffällige Zeitgenossen sind. Ja, sie sind sogar –«

»Besser machen?«, unterbrach Stenzel sie aufgeregt – was auch immer es war, er erschien ihr plötzlich nahezu lauernd. »Wie – besser?«

»Sie werden bessere *Menschen,* sie engagieren sich plötzlich sozial oder tun es, falls sie es vorher eh schon taten, nun noch mehr; sie werden zu Umweltaktivisten, übernehmen Ehrenämter, nicht wenige widmen sich intensiver der Suche nach dem Sinn des Lebens, und auch wenn es komisch klingt, bei einigen ist es anscheinend sogar so, dass sie plötzlich und innerhalb kürzester Zeit ihr Leben umkrempeln!«

»Interessant…«, sagte Stenzel. Er wirkte plötzlich in sich

gekehrt, als würde er intensiv über etwas nachdenken. »Aufschlussreich…«, ergänzte er leise.

Natascha sagte nichts, sah ihn nur an und wartete. Die Stille war nahezu mit Händen zu greifen. Irgendetwas an Nataschas Ausführungen beschäftigte ihn, obwohl er sie doch eigentlich für eine durchgeknallte Verschwörungstheoretikerin auf der verzweifelten Suche nach einer guten Story halten musste… Sie hakte nach: »Und? Kann so etwas sein? Und wenn ja, wie passiert das? Was ist bei bestimmten Sendungen und Spielen anders als bei anderen? Besser gesagt, was wirkt bei diesen anders als bei den anderen auf das Gehirn ein? Ich dachte, Sie hätten vielleicht eine Idee? Ich tappe da im Dunkeln und finde keinen roten Faden, keine Logik dahinter…«

Stenzels Blick glitt abgelenkt durch das Foyer – sicher suchte er den Kellner, um auf ihren Joke einen weiteren Whiskey zu trinken. Offensichtlich war das aufgeflammte Interesse wieder erloschen. Er lehnte sich zurück und sagte: »Ich denke nicht, dass so etwas möglich ist. Ähnliche mediale Inhalte unter ähnlichen Bedingungen und in ähnlichem Ausmaß ähnlich intensiv konsumiert müssten bei ähnlichen Menschen einen ähnlichen Einfluss haben, mehr oder weniger. Natürlich kommen andere Faktoren hinzu, kein Mensch ist gleich. Warum sollte irgendein medialer Inhalt derart verstärkte Auswirkungen haben? Wie sollte das gehen? Seltsame Fragen, die Sie da stellen!«

»Ich dachte, Sie könnten mir dazu etwas sagen. Sie sind doch Experte auf dem Gebiet. Ich habe keine Ahnung, was der Grund sein könnte und warum es geschieht – ich weiß nur, dass es so aussieht, als würden diese Konsumenten anders beeinflusst als die Konsumenten ähnlicher Filme und Spiele«, erwiderte Natascha bestimmt und blickte den Professor eindringlich an. »Außerdem habe ich eine Art *Beweis*«, fügte sie provozierend hinzu.

»Beweis?« Stenzels Augen flackerten, als beunruhige ihn etwas. Kein Wunder – er musste ja auch annehmen, dass er einer Frau mit Verfolgungswahn gegenübersaß, einer offensichtlich in ihrer Wahrnehmung gestörten Irren. *Egal! Was soll's?* War es nicht sein Job, auf gestörte Menschen einzugehen? Natascha entschloss sich, den nächsten Hammer rauszuhauen – die bittere Erkenntnis, die sie vor Tagen gewonnen und seither erfolglos zu verdrängen versucht hatte. Die Erkenntnis, die ihre waghalsigen Thesen unterfütterte. Für Stenzel allerdings würde es gleich das Fass zum Überlaufen bringen. So nahm sie zumindest an. Wahrscheinlich würde er ihr gleich die Diagnose stellen, die er bestimmt schon eine Weile ausbuchstabiert hatte. Eine schwere Psychose vielleicht? Aber egal! Sie sagte: »Ja, Beweis. Beobachtungen, die ich selbst gemacht habe. Einige Menschen nämlich, die ich persönlich kenne und die sich seltsam verhalten. Wie es scheint, gibt es außer den beiden Extremen von Gut oder Böse eine Zwischenstufe, ein inneres Erkalten. Einige Menschen werden einfach *seltsam*.«

»Seltsam?« Stenzel blickt sie irgendwie misstrauisch an.

»Mir fällt kein besserer Begriff ein. Sie werden rau, lieblos, kaltherzig – aber nicht brutal oder gewalttätig, ihre Veränderung ist irgendwie anderer Natur. Als würden sie von innen erkalten, während sie sich von außen überhaupt nicht verändern. Sie vollziehen radikale Brüche, lösen Verbindungen auf, privat, im Job, prompt und unerwartet!«

Natascha dachte an Nadines Profil, auf das sie gestoßen war. Es hatte ihr Gänsehaut verursacht zu sehen, wie sehr Nadine mittlerweile ihrer ganz persönlichen Filmheldin glich. Sie hatte danach noch weitere Mitglieder gefunden, die sie persönlich kannte, und seltsame Übereinstimmungen mit den Wesenszügen der Figuren festgestellt, denen sie sich verschrieben hatten. Die Krönung aber war, als Natascha die drei Kamikaze-Taucher wieder einfielen. Sie hatte Jennifer so lange genervt und nach deren Namen gefragt, bis diese – entgegen all ihren Grundsätzen, niemals Daten von Kunden weiterzugeben – nachgegeben und Natascha den Gefallen getan hatte. Nicht ohne Natascha im Gegenzug das Versprechen abzunehmen, ihr nach ihrer Ankunft zu sagen, worum es eigentlich ging, und bloß niemanden in irgendeinem Tauchermagazin bloßzustellen. Offensichtlich hatte Jennifer gedacht, Natascha würde wieder mal einen Artikel für ein Tauchmagazin schreiben – was sie hin und wieder tat, und dass es dabei um rücksichtsloses Verhalten unter Tauchern oder dergleichen gehen würde. »Fakt ist: Immer mehr Menschen drehen in letzter Zeit völlig ab, sie machen verrückte Sachen, die gar nicht ihrer Art entsprechen –«

»Das nennen Sie Beweise? Weil sich manche Leute in Ihrem Umfeld egoistisch verhalten, denken Sie, dass da was Außergewöhnliches dahintersteckt? Kommen Sie...!« Stenzel hob die Augenbrauen. »Weit hergeholt, finden Sie nicht?!«

Natascha wusste nicht, ob sie mit ihrer nächsten Frage aufwarten sollte – vielleicht würde er sie dann vollends für übergeschnappt halten. Ach, was soll's! Ihre journalistische Glaubwürdigkeit war bei ihm eh schon angeknackst, viel schlimmer konnte es nicht werden. Und einen dritten Termin bei ihm würde sie sicher nicht bekommen. Sie fasste sich ein Herz und sagte: »Bestünde die Möglichkeit – rein theoretisch natürlich –, dass jene Zuschauer und Spieler vielleicht durch irgendetwas *unterschwellig* beeinflusst werden? Dass sich irgendwelche Einflüsse unterhalb der Schwelle unserer bewussten Wahrnehmung abspielen, also subliminal, sodass sich irgendetwas auf eine Weise auswirken kann, wie es keiner auf dem Schirm hat, nicht einmal Fachleute wie Sie? Dass also neuartige, stärkere Einflüsse unter dem Radar durchschlagen?«

Natascha entging nicht, dass Stenzel leicht zusammenzuckte.

»*Subliminale Beeinflussung* nennt man das, wenn ich recht informiert bin. Haben Sie darüber nicht vor Jahren eine heftig diskutierte Abhandlung geschrieben?« Sie ahnte, dass Sie damit ein heißes Eisen berührte.

»Das ist richtig«, sagte Stenzel scheinbar ungerührt. »Es

ging dabei um die Wirksamkeit subliminaler Botschaften in der Werbung. Oder vielmehr um die Nichtwirksamkeit beziehungsweise die zu vernachlässigenden Effekte, wie Experimente ergaben. Was hat das mit dieser Sache zu tun!?« Aus Stenzels abblockendem Tonfall und seiner Mimik konnte Natascha herauslesen, dass er anscheinend nicht darüber sprechen wollte.

Sie hatte es geahnt. Eine Berliner Forschungseinrichtung hatte ihn damals für seine Thesen in der Luft zerrissen, und es hatte lange gedauert, bis der Wind sich wieder gelegt hatte. Und nun kam sie und raste wie ein Wirbelsturm um ihn herum. Trotzdem – er hatte unverhältnismäßig barsch reagiert.

Natascha zögerte einen Augenblick. »Ich kann mir den extremen Hype bezüglich dieser Serie oder des Games nicht erklären. Ich habe mir beides inzwischen angesehen und ebenso die Formate und Produkte der Konkurrenz. Wodurch entsteht dieser Sog, in den offensichtlich so ungeheuer viele Menschen hineingezogen werden? Ist es, dass die Zuschauer aktiv an der Handlung mitwirken? Kann sein. Aber so extrem? Mir ist das schleierhaft. Kann es sein, dass irgendetwas irgendwie und aus irgendwelchen Gründen auf die Konsumenten einwirkt – und zwar unterschwellig? Ich meine, möglich wäre das ja...«

Stenzels Blick war schwer zu deuten.

»*Subliminale* Botschaften, unterschwellige Beeinflussung. So etwas wäre ja nicht neu«, sprach sie weiter. »Alles schon vorgekommen, mit mehr oder eher weniger bis gar keinem Erfolg, ich weiß.« Sie blickte Stenzel herausfordernd an. Er würde wissen, ob so etwas der Grund sein konnte oder ob es schlicht unmöglich war. »Ist doch Ihr Spezialgebiet. Hier sind Sie ein Experte, Herr Professor. Was meinen Sie, wäre so etwas möglich? Über subliminale Botschaften – vor allem im Zusammenhang mit Werbung – wird seit Jahrzehnten ja immer wieder kontrovers diskutiert, und in der Psychologie ist es schon lange Thema, da werden bis heute immer wieder mal kleinere Experimente durchgeführt, oder nicht?« Natascha nahm ihr Glas und trank bewusst langsam.

Der Professor wollte ebenfalls zu seinem Glas greifen – zog die Hand aber zurück, als ihm klar wurde, dass es leer war. Sein Blick suchte den Kellner, der ab und an höchst aufmerksam vorbeilief.

Stenzel machte einen unruhigen Eindruck. Natascha fragte sich, ob er womöglich ein Alkoholproblem hatte? Oder langweilte sie ihn? Oder war das Gegenteil der Fall, und sie hatte etwas angesprochen, das ihn nervös machte? Sie war keine Psychologin und konnte Stenzels merkwürdiges Verhalten nicht deuten.

Sie sagte: »Es ist ja nicht Science-Fiction, Herr Professor. Wer weiß, vielleicht werden gerade bei *Pink Rock* und *Centineo* die Konsumenten unterschwellig beeinflusst, wie auch immer, sodass es möglich ist, die Verkaufserfolge mit Streaming-Abos und Games zu pushen? Bei den Konsumenten entsteht dann eine Art Sucht, früher oder später, und daraus dann ein immer ausgeprägterer Konsum. Durch die immer intensivere Wirkung der Inhalte auf das Hirn verändern sich diese Menschen dann nach und nach, so wie Sie es mir beschrieben haben. Die Spiegelneuronen-Aktivität nimmt ab, die neuronalen Strukturen verfestigen sich, es kommt zu Empathieverlust und Automatismen, und so weiter. Ein unglücklicher Kreislauf, der vieles erklären würde! Nur, warum geht es so extrem vonstatten, das bleibt meine Frage. Und warum schlägt es auch in die andere Richtung aus, also zum Besseren? Und warum verändert es so viele so seltsam? Diese Muster sind offensichtlich vorhanden. Nur, wie kann es sein, dass all das bisher niemand bemerkt oder sich zumindest niemand Gedanken darüber gemacht hat? Das verstehe ich nicht. Aber wenn es gar nicht unbekannt wäre, warum wird es dann unter den Tisch gekehrt? Und von wem?« Natascha erwartete irgendeine Reaktion, doch Stenzel blickte sie nur schweigend an. »Die Erfolgsstory von *Pink Rock* und

Centineo ist auf jeden Fall gigantisch und – seltsam.« Natascha lehnte sich zurück.

»Das sind die Storys anderer Unternehmen auch«, erwiderte Stenzel kühl.

»Stimmt«, pflichtete Natascha ihm bei. »Aber da gibt es keine derartigen Verhaltensmuster, die sich entwickelt hätten. Irgendetwas ist da faul! Was die Serie *Ashes Real* angeht, da werden die Zuschauer vielleicht durch die Mitwirkung am Drehbuch beeinflusst, sodass die Inhalte immer drastischer werden und dadurch die Sucht nach der Serie immer stärker wird, was einerseits zwar die Quoten erhöht, aber blöderweise auch das Verhalten der realen Menschen verändert. Die hinter der Figuren-Planung stehenden Community-Mitglieder verändern sich immer mehr und gehen im echten Leben immer stärker in ihrer Rolle auf, der sie sich in der Community verschrieben haben – insbesondere was ihre Tendenz zu Gut oder Böse angeht. Und ganz ähnlich könnte es bei diesem Verkaufsschlager-Game funktionieren. Wäre so etwas möglich, Herr Professor?«

Psychologisch betrachtet ist es mit Mustern so eine Sache«, antwortete Stenzel. »Schon mal was von selektiver Wahrnehmung gehört?« Er wartete Nataschas Antwort nicht ab. »Wir Menschen neigen dazu, die Dinge um uns herum eben sehr wählerisch wahrzunehmen. Was uns besonders auffällt, hängt unter anderem auch davon ab, welche Vergleiche wir zu unseren Erfahrungen ziehen – im schlimmsten Fall zu traumatischen, meist aber eher zu den alltäglichen des bisherigen Lebens oder zu unseren Erwartungen. Oder es hängt von den Vergleichen ab, die wir zu anderen Menschen ziehen. Manchmal hängt es aber auch nur davon ab, wie gestresst wir aktuell sind. Die Folge: Wir neigen dazu, Muster zu sehen, auch wenn es diese gar nicht gibt. Selektive Wahrnehmung sorgt dafür, dass wir Daten, Werte und Zahlen nur anerkennen, wenn sie zu unserem Denkmuster passen. Passen sie nicht, dann blenden wir sie eher aus oder verharmlosen sie. Ich will damit sagen: Vielleicht verrennen Sie sich da in etwas, und nur aufgrund Ihrer eigenen Wahrnehmung passt es in von Ihnen gewünschte Raster…« Das sagte Prof. Dr. Dr. Stenzel, dessen Job es war, Verhaltensmuster zu hinterfragen?

»Liege ich gerade auf Ihrer Couch, Herr Professor?« Es rutschte Natascha provokanter heraus, als sie beabsichtigt hatte. So abwehrend war er ihr bisher nicht begegnet. *Warum musste ich diese wahnwitzigen Gedanken auch einwerfen? Ich rede mich um Kopf und Kragen, statt wissenschaftlich seriöse Fragen zu stellen. Stenzel muss denken, nicht er hat zu viel gesoffen, sondern ich!*

»Wenn Sie meine Meinung hören wollen: Ich würde mich an Ihrer Stelle auf seriösen Journalismus konzentrieren und utopische Thesen nicht erwähnen – auch dann nicht, wenn sie theoretisch möglich wären. Ihr Ansatz, den Ursachen der zunehmenden Gewalt insbesondere unter Jugendlichen auf die Spur zu kommen, ist gut, und was Sie sagen, ist auch wissenschaftlich richtig. Sie kennen meine Meinung. Aber Sie holen zu weit aus und verrennen sich.«

Irgendetwas schwang mit. So selbstsicher er auch gesprochen hatte, überzeugend klangen seine Worte nicht. Natascha hatte vielmehr den Eindruck, dass er solche Dinge gar nicht ausschließen *konnte.* Vielleicht fand er es nur zu absurd anzunehmen, Unternehmen könnten so etwas tatsächlich abziehen und damit Erfolg haben und dann auch noch unbemerkt bleiben. Vielleicht *wollte* er solche Überlegungen schlichtweg ausschließen? Oder hatte er recht, und sie verrannte sich da in etwas?

»Und noch ein gutgemeinter Rat: Passen Sie auf, mit solchen waghalsigen Thesen niemandem auf den Schlips zu treten – Unternehmen solcher Größe sind mächtiger als Sie. Ich weiß aus Erfahrung, wie schnell es passieren kann, mit provokanten Thesen plötzlich am Pranger zu stehen. Wo viel Geld im Spiel ist, wird aus allen Rohren geschossen. Die werden es sich nicht gefallen lassen, dass sich eine sensationshungrige Reporterin irgendwelche Skandale aus der Nase zieht und damit ihren Ruf und den Aktienkurs in den Keller schleudert.« Stenzel sagte es sehr freundlich, fast sorgenvoll, als meinte er es gut mit ihr und ihrer Karriere. Doch auf Natascha wirkten die Worte wie eine Drohung. Als solle sie ihre Nase nicht in Angelegenheiten stecken, die sie nichts angingen.

♦

In einem Ledersofa nicht weit von Natascha und Stenzel entfernt blätterte ein Mann – Legion – in einer Zeitung. Seine Aufmerksamkeit galt aber nicht den schwarzen Lettern auf weißem Papier, sondern dem ungleichen Paar weiter drüben.

Das dünne Kabel des Ohrstöpsels in seinem linken Ohr führte zum Smartphone – doch sein Telefon war ausgeschaltet. In seinem eleganten Anzug unterschied er sich nicht von den Menschen, die geschäftig durch die Lobby eilten oder sich in den Sesseln und Sofas niedergelassen hatten, um sich zu unterhalten oder einen Moment der Ruhe zu genießen. Dieser Mann sah so durchschnittlich aus, dass sich Menschen, die ihm begegneten, nicht an ihn erinnerten. Wenn er sprach, klang seine Stimme wie die tausender anderer auch. Sein Gesicht, seine Figur, sein Gang, sein Auftreten – er war die Unauffälligkeit in Person, die fleischgewordene Normalität. Er wirkte langweilig. Das war perfekt. Alles an ihm war das Gegenteil von prägnant, aber während andere genau das beklagen würden, war das sein Vorteil, immer schon gewesen, es kam ihm zugute, auch heute. So durchschnittlich er auch aussah, war seine Aufgabe doch alles andere als normal. Für die meisten Menschen wäre seine Aufgabe ungewöhnlich, für ihn aber war sie Alltag, sein tägliches Brot, das, was er am besten konnte und seit vielen Jahren erfolgreich tat. In der Regel für ganz besondere Leute.

Bevor sich einige Minuten zuvor diese südländisch anmutende Schönheit zu seinem whiskeytrinkenden Zielobjekt gesetzt hatte, hatte er die Gunst des Augenblickes genutzt und sich, während der Korpulente die Toilette aufsuchte, für einen Moment an seinem Tisch niedergelassen, nur kurz, die Toiletten waren nicht weit entfernt und mit der schnellen Rückkehr seines Zielobjekts war jederzeit zu rechnen.

Ein paar Sekunden genügten, um eine Wanze unter den Beistelltisch zu heften und dann wieder aufzustehen und zu gehen, als habe er etwas vergessen oder als sage ihm der Platz doch nicht zu. Kurz danach saß das Zielobjekt bereits wieder dort, und er suchte sich einen anderen Platz. Alles wie geplant. Er hatte die Dauer des Toilettengangs richtig eingeschätzt, war nicht zu früh aufgestanden, aber auch nicht zu spät. Natürlich war auch etwas Glück dabei, dass sich niemand anderes dort hingesetzt hatte. Dann – oder wenn der Dicke zu früh zurückgekommen wäre – hätte er improvisieren müssen. Er hatte für alles eine Lösung, das war sein Job.

Nun saß er hier, der Platz war perfekt, die Sicht frei, die Übertragung gut. Kurz hatte er Sorge gehabt, die Whiskey-Wegwisch-Aktion der attraktiven Dunkelhaarigen würde zum Problem werden, doch nichts war passiert. Die Wanze klebte ja auch unter dem Tisch und nicht an der Seite.

Dass er zwischenzeitlich eine neue Order erhalten hatte und es sich nunmehr um zwei Zielobjekte handele, die sich beide in Kürze treffen würden, hatte ihn nur kurz irritiert. Die Zusammenhänge waren gewohnt komplex und stellten sich nicht selten von einem Moment auf den anderen ganz anders dar, so wie es auch hier passiert war. Nun sollte er sich also auch um die Frau kümmern. Kein Problem. Was er zu tun hatte, war klar. Abwarten, was das Gespräch ergeben würde, und entsprechend handeln. Je nach Ausgang des Treffens, dem er nun lauschte, würde er tun, was zu tun war, das war sein Job, und das erwarteten sie auch von ihm. Vor allem er, der – wie ihm schnell klargeworden war – besonders viel Dreck am Stecken hatte und unter ihnen gefürchtet war. Was ihn nicht überraschte – nicht nach dem, was er über ihn erfahren hatte. Aber das würde er sogleich auch wieder vergessen.

Auch das war sein Job: Fakten unsichtbar zu machen, manchmal eben auch bis ins Grab. Wenn ihn nun aber irgendetwas länger als ein paar Sekunden irritiert hatte, dann war es die Tatsache, dass er offensichtlich nicht die einzige Person war, die das Pärchen beobachtete.

So durchschnittlich er selbst auch aussah, so auffällig war dagegen der andere Mann, dessen Interesse an dem ungleichen Paar für ihn sofort deutlich zu erkennen war. Dieser Unbekannte hätte Mister Fitness Germany sein können – auf jeden Fall war er das Gegenteil von ihm selbst, nicht nur optisch, sondern auch im Hinblick auf Professionalität. Viel zu häufig, viel zu lang und viel zu offenkundig schweifte sein Blick zu dem Dicken und der Schönen. Schnell war klar, dass der Fremde ebenfalls auf der Lauer lag. Seine Rolle war ihm nicht klar, sein Auftreten unerwartet und seine Anwesenheit nicht geplant. Für ihn, den Profi, stellte dieser Neuling keine Bedrohung dar, und seine Rolle würde sich ihm noch erschließen, es waren viele in diese Sache verstrickt, die Interessenskonflikte mannigfaltig. Dieser Fremde bewegte sich auf seinem Hoheitsgebiet und sollte besser vorsichtig agieren, statt mit jeder vorbeilaufenden Schönheit zu flirten. In der Tat, es schien kaum eine Frau zu geben, die an ihm vorbeiging, ohne von ihm verzaubert zu sein. Er war ein Blickfang für das weibliche Geschlecht – und er wusste es.

Er war etwa Mitte dreißig und somit Zielobjekt flirtbereiter Frauen ganz unterschiedlicher Altersklassen. Vielleicht war er ein Gigolo, vielleicht ein Callboy, oder er hatte einfach nur ein Auge auf die südländische Schönheit geworfen, die dem Dicken fast den Whiskey vom Oberschenkel getupft hätte. Doch sein professioneller Instinkt sagte ihm, dass dieser Adonis aus irgendeinem anderen Grund hier saß.

Der unsichtbare Profi wendete seinen Blick von dem Fremden ab und wieder dem ungleichen Pärchen zu. Welche Ironie, dass das Treffen hier stattfand, im *Diamond Garden*. Der nämlich war des Öfteren sein Terrain. In Kürze würde er wieder hier sein – bei der EU-Sicherheitskonferenz. Doch niemand würde sich an ihn erinnern, und auch er selbst würde sich nicht mehr erinnern, auch nicht an den heutigen Tag, das war sein Job.

♦

Natascha betrat die Tiefgargage des Edelhotels. Es war spät geworden. Sie hatte gehofft, dass mit jedem Whiskey Stenzels Zunge lockerer werden würde, doch allzu viel Neues hatte sie nicht erfahren. Einzig seine Reaktion auf ihre Fragen war von Minute zu Minute immer seltsamer geworden. Aber warum, darauf konnte sich Natascha keinen Reim machen.

Das Klackern ihrer Absätze hallte in der ansonsten gespenstischen Stille, die mitten in der Nacht hier unten herrschte. Müdigkeit machte sich in ihr breit. Eine halbe Stunde Fahrt lag vor ihr, dann würde sie ins Bett fallen und wie ein Stein schlafen.

Sie erreichte ihr Auto. Das Piepsen des Funkschlüssels, das übliche Geräusch der Türentriegelung – als käme es durch einen Lautsprecher. Sie öffnete die Tür und warf ihre Handtasche auf den Beifahrersitz.

»Frau da Silva.«

Die Worte rissen Natascha einmal um die eigene Achse, so sehr hatte sie sich erschreckt.

»Wer sind Sie!? Was wollen Sie!?«, fuhr Natascha den Mann an, der plötzlich hinter ihr aufgetaucht war.

»Alles gut, ruhig! Ich wollte Sie nicht erschrecken! Ich tue Ihnen nichts, ich möchte Sie nur kurz sprechen.« Die Stimme klang ruhig, fast sanft. »Wenden Sie bloß nicht

Ihre Selbstverteidigungskünste an mir an, mir liegt nämlich etwas an meinem Gesicht.« Der Fremde lächelte.

Woher weiß er das?

»Wer – sind – Sie?«, hakte Natascha barsch nach. Gleichzeitig nahm sie wahr, dass von dem athletischen Mann offensichtlich keine Gefahr ausging, wenngleich er ihr auf eine nicht greifbare Art Unbehagen einflößte. Wahrscheinlich waren es nur der Schreck und die Hilflosigkeit, in der sie sich befand, sollte sich herausstellen, dass er doch keine lauteren Absichten hatte. Ihr Blick fiel auf eine der Überwachungskameras. Sie rang um Fassung, ihre Gedanken rasten. Am liebsten hätte sie dem Unbekannten für seine Dreistigkeit eine gescheuert, doch gleichzeitig übte dieser Mann eine unbeschreibliche Faszination auf sie aus. Sie konnte nicht sagen, ob sie jemals einem so schönen Mann begegnet war, es war wie ein Sog. Jede Sekunde, die sie ihn anblickte, war, als schmelze ihr Widerstand dahin.

In etwas gemäßigterem Tonfall sagte sie: »Ich hätte fast einen Herzinfarkt bekommen. Was schleichen Sie sich an mich heran – oder vielmehr hinter mir her?« Ihre Stimme hob sich unwillkürlich wieder, ihr Herz raste noch immer.

»Es ging nicht anders. Tut mir leid. Ich musste sichergehen, dass Sie nicht verfolgt werden.« Da war kein Lächeln mehr.

»Verfolgt?« Die Situation nahm plötzlich bizarre Züge an. »Hören Sie, ich habe keine Ahnung, wer Sie sind und was Sie wollen. Ich steige jetzt in mein Auto, fahre los und vergesse, dass das hier jemals stattgefunden hat. Okay? Sie gehen! Oder: ich rufe die Polizei!«

»Sie haben sich heute Abend mit Professor Dr. Dr. Stenzel getroffen. Sie wissen, an was er insgeheim seit Jahren arbeitet?«

Natascha schluckte. »Haben Sie mich beobachtet?« Jetzt stieg ihr südländisches Temperament in ihr auf. »Sie stalken mich?!« Sie brodelte – ein Vulkan, Sekunden vor dem Ausbruch. »Was fällt –«

»Was, wenn *Ashes Real* und *Flawless Blast* und die Unternehmen dahinter nur die Spitze des Eisbergs sind?«, würgte er sie unvermittelt ab. Und das in einer Ruhe, als nehme er Nataschas aufbrausenden Wirbelsturm gar nicht ernst. »Sind Sie sicher, wollen Sie wirklich nicht mit mir reden?«

Von einer Sekunde auf die andere überfiel Natascha Gänsehaut. »Wer – sind – Sie?« Die Situation war unheimlich. Doch nun ging der Sog nicht nur von der Aura des Unbekannten aus, sondern zunehmend von der Situation. »Woher wissen Sie, woran ich arbeite?«, fragte sie geradeheraus. Er wusste offenbar nicht nur, dass sie sich mit *Ashes Real* beschäftigte, sondern auch, an *was* für einer Story sie arbeitete und um was es ihr dabei ging.

Der Unbekannte schaute sich um. Natascha folgte seinem Blick. Doch da war nichts und niemand, die Tiefgarage vollkommen still und verlassen.

»Können wir einsteigen und hier weg?« Er setzte sich wie selbstverständlich in Bewegung.

Natascha war kurz vor der Schnappatmung. Der Kerl hatte Nerven! »Sie glauben doch nicht im Ernst, dass ich mich mit einem Wildfremden, der mir nachts in einem Parkhaus auflauert, in ein Auto setze? Was wollen Sie! Wir können hier reden oder nach oben an die Bar gehen. Das ist mein Angebot. Kommen Sie!« Sie verzichtete darauf, nach ihrer Handtasche zu schnappen, denn dafür müsste sie dem Mann den Rücken zukehren. Sie drückte auf die Fernbedienung, um die Autotüren wieder zu verriegeln, und setzte sich in Bewegung.

»Stopp!« Er hielt sie am Arm zurück.

»Fassen Sie mich nicht an!«, schrie Natascha, grell hallte es durch die Tiefgarage. Sie stieß seinen Arm weg.

Er sprang einen Schritt zurück, signalisierte, dass er ihr nichts tun wollte. »Nicht schreien!«, zischte er und schob ein besänftigendes »Entschuldigen Sie…!« nach. »Es ist nur – da ist es nicht sicher. Wenn ich Sie in einer unsicheren Umgebung hätte treffen wollen, hätte ich nicht diesen

Moment in der Tiefgarage abgepasst. Gehen Sie nicht, hören Sie zu! Ich kann Ihnen helfen, Ihrer Story helfen, Sie wissen ja nicht, worauf Sie sich da eingelassen haben und an was Sie da dran sind!«

Natascha sagte nichts, schaute ihn nur an. Schweigen. Auf beiden Seiten. »Wer – sind – Sie? Zum letzten Mal, dann bin ich weg. Also?«

»Mein Name ist Ragner von Rhein. Mehr später. Ich mache Ihnen einen Vorschlag: Wir fahren getrennt hier raus. Hintereinander. Ich wollte das vermeiden und schnell mit Ihnen hier weg. Aber gut, ich sehe schon, es geht nicht anders. Mein Auto steht dort hinten. In zwei Minuten fahre ich an Ihnen vorbei. Ein dunkelroter Porsche Cayenne. Zwei davon fahren hier bestimmt nicht gleichzeitig weg.« Sein selbstsicheres Lächeln von vorhin kehrte zurück. »Sie folgen mir. Sagen Sie mir jetzt und hier, wohin ich fahren soll, eine Location, wo Sie sich sicher fühlen und wir reden können. Wir fahren hintereinander. Ich hoffe, ich bereue es später nicht. Ich habe mehr zu verlieren als Sie, glauben Sie mir. Also? Wohin?«

Natascha zögerte. Aber es gab kein Zurück. Sie wollte wissen, was dieser Ragner von Rhein wusste, sie spürte, es hatte Relevanz.

»Um diese Uhrzeit? Was hat da noch auf, wo es ruhig ist?« Sie hatte keine Ahnung, wohin sie ihn auf die Schnelle vorausschicken konnte. Und was, wenn es wirklich nicht gut war, dass man sie zusammen sah? Was, wenn die Relevanz seines Wissens ungeahnte Dimensionen hatte und sie Inputs bekam, von denen sie nicht zu träumen wagte. Mist! Sie gab sich einen Ruck und ohrfeigte sich innerlich zugleich dafür, wie leichtgläubig, ja leichtsinnig sie war. Stenzel hatte Recht, sie war sensationsgierig, nicht mehr bei Sinnen auf der Jagd nach einer Story, benebelt, mehr als es Stenzel je mit Whiskey sein würde.

»Geben Sie mir Ihr Smartphone!« Natascha streckte ihm die Hand hin. Plötzlich hörte sie Schritte, Stimmen. Ein Pärchen nur, offensichtlich in Partylaune, auf dem Weg raus aus dem Hotel, wohin auch immer. Sie kicherten, küssten sich, alberten herum. Es passte so gar nicht zu dem, was Natascha gerade erlebte. Sie nahm den sorgenvollen Blick von Rheins wahr. Er war offensichtlich wirklich in Habacht-Stellung. »Und entsperren Sie das Telefon!«

Von Rhein schaute sie verdutzt an, dann kramte er in seiner Jacke, fischte sein Smartphone hervor, gab einen Code ein und reichte es Natascha – mit ausgestreckten Armen, auf Abstand, wohl damit sie nicht wieder losschrie. »Hier. Ich verstehe nicht… Rufen Sie nicht die Polizei! Warten Sie ab, was ich Ihnen zu sagen habe!«

Natascha öffnete die Kontakte-Liste und überflog die gespeicherten Namen. Zuerst ganz schnell und zwischendurch immer wieder einen Blick auf den Mann vor ihr werfend, dann immer langsamer. Sie stutzte, dann hielt sie inne. Damit hatte sie nicht gerechnet. Einige Personen kannte sie – wer kannte die nicht? Politiker waren dabei, die in der ersten Reihe tanzten. Natascha widerstand dem Impuls, sich die Nummern zu notieren – sollten die stimmen, dann wäre das heiße Ware für eine Journalistin. Wobei – Sekunden nach ihrem ersten Anruf wären die Nummern deaktiviert.

Sie schaute ihn fragend an, doch er zuckte nur mit den Schultern. Sie zog die Augenbrauen hoch.

Er sagte nur: »Später«.

»Worauf Sie wetten können!«

»Können wir jetzt?«

»Moment, nicht so schnell.« Natascha überprüfte, ob das Smartphone in der Tiefgarage Netz hatte. Es hatte! Sie googelte Ragner von Rhein. Kurz danach staunte sie nicht schlecht. So viele davon gab es schließlich nicht. Natascha zog die Luft ein. Wie in Zeitlupe gab sie ihm das Smartphone zurück.

»Interessant«, sagte sie. »Sie waren der persönliche Berater des Kanzlerkandidaten Metzler vom *Deutschen Phönix*.« Natascha wusste Bescheid über die Partei, die der Verfassungsschutz vor drei Jahren auseinandergenommen und verboten hatte, nachdem ihr spektakulärer Zusammenbruch durch alle Medien gegangen war. Und das Genick hatte der Partei ein Mann gebrochen, den Natascha nur zu gut kannte: Frank Stebe. Auf seltsame Weise schlossen sich hier die Kreise. Zufall war das sicher nicht. »Was wird hier gespielt?«, stieß sie eiskalt hervor – plötzlich angewidert. Den Mann vor sich hätte sie auf den ersten Blick nicht in dieser Ecke verortet, aber mit dem Denken in Schubladen war es bekanntlich so eine Sache… Eine Sekunde zuvor war sie von ihm nahezu elektrisiert gewesen – nun aber war es, als hätte er eine ansteckende Krankheit und sie das Bedürfnis, sich davor zu schützen.

»Ich erkläre es Ihnen, wenn wir hier weg sind.«

»Warum ich? Warum jetzt? Wenn Sie von Dingen wissen, die nicht legal sind, warum machen Sie es nicht einfach publik?«

»Will ich ja.« Er zeigte auf sie. Wieder das einnehmende Lächeln.

»Warum gehen Sie nicht zu den Behörden?«

»Jemand mit meiner Vergangenheit? Bei meiner damaligen Zugehörigkeit zum *Deutschen Phönix*? Sie meinen, man würde mich ernst nehmen und zuhören, was ich zu sagen habe? Selbst wenn ich die Wahrheit sage, glaubt man mir nicht, weil ich aus einer Partei komme, die jedes Vertrauen verspielt hat. Nicht alles ist durchweg schwarz und schlecht oder durchweg weiß und gut. Ich habe schon damals viele Entwicklungen kritisch gesehen. Sie müssen wissen: Bei uns gab es nicht nur Hardliner. Wenn ich aber den Mund aufmache, würde jeder denken, es ginge nur darum, irgendeine Revolution in den Herzen anzuzetteln oder gezielt Panik zu verbreiten. Besser, ich bleibe im Hintergrund und jemand wie Sie macht alles publik!« Er steckte das Smartphone in die Jacke. »Nur weil ich Teil einer Partei war, deren führende Köpfe falsche Wege gingen, heißt das noch lange nicht, dass nicht wahr wäre, was nun einmal wahr ist. Und selbst wenn ich mich gerade in ein zu positives Licht rücke: Wahrheit ist nicht weniger wahr, nur weil derjenige, der sie ausspricht, selbst keine weiße Weste anhat. Sie werden die Story Ihres Lebens haben und ich endlich meinen Frieden. Und meine Reputation.«

»Ihren Frieden?« Natascha spürte Sensationsgier. Stenzel hatte recht, sie war wie besessen.

»Sie haben keine Ahnung, was im Hintergrund abgeht. Ich kann damit nicht mehr leben. Ich hatte gehofft, dass das *Experiment* eingestellt und alles im Sand verlaufen würde, doch ich habe mich getäuscht. Es ist alles entgleist. Und wir müssen es stoppen – wenn es überhaupt noch zu stoppen ist...« Seine Augen – ein Flackern.

Die Gänsehaut, die Natascha zuvor überkommen hatte, verstärkte sich. Ihr wurde flau im Magen. Etwas in ihr schrie: *Renn weg, so lange du noch kannst – pfeif auf die Story!* Aber es war zu spät, er hatte sie. »Das Experiment?« Sie hielt inne.

»Nicht hier. Können wir?« Er blickte sich erneut um.

Wortlos öffnete Natascha ihm die Beifahrertür und stieg dann selbst ein. »Wir können auch beim Fahren reden«, sagte sie.

»Ich nehme nicht an, dass Sie mich zu sich nach Hause einladen.« Wieder dieses Lächeln.

Natascha überging die Bemerkung und startete den Motor. Ein paar Minuten fuhren sie schweigend durch die nächtlichen Straßen. Als müssten sie erst eine sichere Distanz zurücklegen, um ungestört zu sein. Immer wieder drehte sich von Rhein um. Es war mehr als beunruhigend, machte er doch generell keinen ängstlichen, geschweige denn paranoiden Eindruck. Was im Umkehrschluss nur bedeuten konnte, dass sie aus irgendeinem Grund tatsächlich vorsichtig sein mussten. Nur – warum? Natascha fühlte sich zunehmend unwohl, gleichzeitig aber auch wie elektrisiert. Die Situation war aufregend, aber auch dieser Mann. Immer wieder gönnte sie sich einen verstohlenen Blick. *Erst Mike, dann der,* dachte sie. *Wo kommen nur plötzlich all diese Granaten her?!* Wieder einer, in dessen Gegenwart sie sich wie in einem Bann fühlte. Das konnte sie nicht brauchen. Nicht jetzt. Nicht in ihrem schon mehr als komplizierten Leben. Sie riss sich zusammen. »Und? Ich höre.« Sie schaltete einen Gang höher und gab Gas, als wolle sie unterstreichen, dass er sich beeilen sollte, bevor sie es sich anders überlegen und anhalten würde.

♦

Legion, der Natascha und Stenzel beobachtet hatte, ärgerte sich noch immer. Er hatte sich gegen die Verfolgung Nataschas und stattdessen für die Observierung Stenzels entschieden. Der Fremde, der offenkundig auch auf der Lauer lag, hatte sich genau andersherum entschieden. Warum? Wer war dieser Typ? Der Profi, dessen Augenmerk nun weiter auf Stenzel lag, hätte gerne gewusst, welche Rolle dieser Unbekannte spielte und warum er die Journalistin ausspähte. Diese Frage musste vorerst unbeantwortet bleiben. Es wäre unklug gewesen, der Reporterin hinterherzugehen, zumal Stenzel Priorität hatte. Der Professor hatte sich inzwischen eine ganze Flasche Whiskey an den Tisch bringen lassen – mitten im Foyer, ohne einen Gedanken daran zu verschwenden, was der Kellner oder andere Gäste über ihn denken würden. Der heutige Tag hatte ihm offensichtlich zugesetzt. Nun saß er da, allein, mit der Flasche vor sich, und tat nichts.

Möglicherweise erwartete Stenzel einen weiteren Gast, denn er beschlagnahmte seinen Platz, als habe er ihn gepachtet – vielleicht war der Abend also noch nicht zu Ende. Mit der Flasche vor sich wartete er sicher nicht auf weiblichen Besuch, diese Blöße würde er sich nicht geben.

Nun galt es abzuwarten, wie es mit Stenzel weiterging. Dann entscheiden und handeln. Konsequent.

♦

Ziellos fuhr Natascha mit ihrem Überraschungsgast durch die Gegend. »Los, ich höre!«. Sie fuhr viel zu schnell, als seien sie auf der Flucht. Auf der Flucht vor wem? Vor von Rheins imaginären Gegnern?

»Sie glauben wirklich, dass *Pink Rock* diese immense Umsatzsteigerung mit illegalen Mitteln erreicht? Durch verbotene Werbung, subliminale Reize, die sie platzieren? Sie denken, *das* ist Ihre Story?«

»Woher wissen Sie über meine Arbeit Bescheid?« Natascha drehte sich prompt zu ihm und verriss dadurch das Lenkrad. Der Wagen schleuderte hin und her.

»He! Passen Sie auf, Sie bringen uns noch um!«, ranzte von Rhein sie an. »Sachte, sachte, nur die Ruhe!«

»Wenn Sie mir nicht auf der Stelle Antworten liefern, dann –«

»Was wäre, wenn Sie recht haben? Und was, wenn das Ganze noch viel weiter reicht?« Von Rhein redete ganz ruhig.

»Wie meinen Sie das?« Natascha widerstand dem Impuls, sich ihm zuzuwenden. »Natürlich kratzt das alles nicht nur an der Oberfläche, es verändert die Konsumenten, weil das Ausmaß des Konsums alles übersteigt, was für einen Menschen zuträglich ist, und weil die Konsumenten sich in unnatürlicher Weise mit den Figuren identifizieren. Die neuronalen Netzwerke verinnerlichen alles, es wird normal, zur Realität.«

»Das meine ich nicht.« Von Rhein schüttelte den Kopf und pustete hörbar die Luft aus, als erwarte er, dass sie genau wissen müsste, was er meinte. »Sie verstehen *gar* nichts«, sagte er. Es klang, als bedaure er, seine Zeit mit ihr zu verschwenden. »Sie haben ja keine Ahnung!« Er hielt kurz inne, als wäge er ab, ob er seine Zeit weiter in Natascha investieren oder besser gleich aussteigen sollte.

»Ich erkläre es Ihnen«, sagte er dann in einem Tonfall, als spräche er mit einem Kind.

Der Vulkan da Silva stand kurz vor dem Ausbruch, doch Natascha riss sich zusammen. »Nett von Ihnen«, presste sie zwischen den Zähnen hervor. Sie spürte es, von Rhein genoss seine Folter.

Jetzt wandte er sich mit dem ganzen Oberkörper ihr zu.

Sie blickte ihn kurz an, sah direkt in seine ernsten Augen. »Was wissen Sie?«, fragte Natascha.

»Was würden Sie sagen, wenn subliminale Bildsequenzen in *Ashes Real* oder *Flawless Blast* Teil eines großangelegten Experiments sind? Eines Experiments gänzlich anderer Art? Eines Experiments, bei dem diese Produzenten letztlich nur Handlanger und eine aktive Front in diesem Krieg um die Seelen sind, die Feldherren aber in Schaltzentralen an ganz anderen Orten sitzen? Wenn also die Sucht, die bei den Konsumenten entsteht, nur Mittel zum Zweck ist in den Feldversuchen einer hochgeheimen Versuchsanordnung? In einer Versuchsanordnung, deren Ziel über wirtschaftliche Zwecke wie die von *Pink Rock* und anderen Akteuren weit hinausreicht?«

Er hielt inne, als warte er auf Nataschas Reaktion, doch sie sagte nichts und fuhr nur wie paralysiert durch die Nacht, mit offenem Mund, wie erstarrt. Die Gedanken preschten durch ihren Kopf. Entweder war der Kerl total irre – was nicht gut wäre. Oder aber – und das wäre noch viel weniger gut – er sagte die Wahrheit. Stocksteif umklammerte sie das Lenkrad und schaute geradeaus.

Schweigen.

Dann fragte Natascha wie schockgefrostet: »Welches Experiment?«

Von Rhein ging gar nicht auf die Frage ein und redete weiter, als habe er Natascha nicht gehört: »In Wahrheit findet da draußen ein Komplott statt, an dem ganz unterschiedliche Interessen mitmischen, Schaltzentralen des Systems, in dem wir alle leben, Personen und Institutionen mit Macht und solche, die Macht wollen. Ein

Bündnis bestehend aus einigen herausragenden Köpfen: *Einer für Sechs.* Alle wollen sie vom Kuchen etwas abbekommen, alle wirken eifrig daran mit und sahnen ab, was man im Rahmen des Experiments einfährt. Die beiden Medienunternehmen beispielsweise profitieren von nie geahnten Quoten« Ragner von Rhein sprach mit einer Ruhe, die nicht zum Inhalt seiner Worte passte. Als Natascha nichts sagte, fügte er hinzu: »Das Experiment gerät jedoch momentan zunehmend außer Kontrolle, einige Beteiligte wollen es deswegen stoppen und haben Angst, dass alles eskalieren könnte.«

In Nataschas Kopf formten sich Worte, die sie ihm am liebsten an den Kopf geknallt hätte. *Sie sind doch völlig übergeschnappt! Glauben Sie diesen Mist wirklich? Raus hier!* Doch was sie sich selbst sagen hörte, war: »Ist das nicht gut?« Da war keine Ironie in ihrer Stimme. Sie konnte nicht glauben, dass sie ernsthaft in Betracht zog, dass er die Wahrheit sagte.

»Grundsätzlich schon. Nur hat diese Medaille auch eine Kehrseite. Einige Player haben jetzt erst richtig Lunte gerochen, sie sehen die ungeahnten Möglichkeiten und die immense Macht, die sie erlangen können. Das Feuer namens Gier ist entfacht und fackelt rigoros die Bedenken aller nieder, die es stoppen könnten. Sie sind bereit, *alles* dafür zu tun, weiterzumachen. Mehr noch, sie sind bereit, die nächste Phase bei den Versuchen zu erreichen.« Von Rhein blickte nachdenklich aus dem Fenster. Dann atmete er hörbar tief ein. »Sie haben angefangen, sich gegenseitig auszustechen. Sie sind jetzt völlig von Sinnen und werden uns alle in den Abgrund reißen!«

Die letzten Worte kamen mit einer Härte, dass Natascha zu frösteln begann. Dann, als rüttele sie jemand wach, streckte sie sich und schlug mit voller Wucht mit der Hand gegen das Armaturenbrett. Ungezügelt rief sie: »Was – für – ein – Scheißexperiment! Sie Arsch, steckt Ihre Scheißpartei dahinter?! Was – passiert – da – draußen?!« Natascha flippte völlig aus. Abrupt steuerte sie ihren Wagen auf den Seitenstreifen und legte dort eine Vollbremsung hin. »Wovon zum Geier reden Sie da?!«, schrie Sie. Doch sie spürte, er sagte die Wahrheit.

Angst nahm von ihr Besitz, floss durch ihren ganzen Körper. *Lass das nur einen Traum sein! Das kann doch nicht sein! Wie verlogen, wie gefährlich ist das! Die Menschen! Die Kinder! Lea!*

Ihr Wutanfall prallte an von Rhein ab. Fast emotionslos fing er an zu erzählen: »Angefangen hat es schon vor Jahren. Eine Reihe Neurowissenschaftler, Psychologen, Gehirnforscher und so weiter arbeitete an der Wirkungsweise subliminaler Beeinflussung. Dazu hatten sie auch diese ominöse Filmproduktionsfirma und diesen Hersteller von PC-Games gewonnen. Sie entwickelten eine ausgeklügelte Technik für die Darstellung der Reizsignale und führten sie auf das höchste bisher denkbare Niveau, mit nie dagewesener Wirkung. Der Erfolg lockte weitere Interessenten an, plötzlich standen große Investoren vor der Tür. Manche sind nur kleine Player, die aus praktischen Gründen notwendig sind, andere aber haben die Fäden in der Hand und wesentlich größere Ziele als den Marketingerfolg. Den Wissenschaftlern im Experiment ist bewusst, dass das, was sie tun, inzwischen längst nicht mehr legal ist. Doch sie reden sich ein, dass der Zweck die Mittel heilige, und erhoffen sich Erkenntnisse, die zum Fortschritt führen. Sie wissen nicht oder wollen es einfach nur nicht wahrhaben, dass sie und das Experiment von Leuten missbraucht werden, die das alles finanzieren und –«

»Welche Leute?«, unterbrach ihn Natascha. Sie fröstelte, woraufhin sich von Rhein im Sitzen aus seiner Jacke pellte und sie ihr umlegte. Aufgrund des nächtlichen Überfalls wollte Natascha sich aus Protest nicht bedanken, schaffte es aber nicht. »Danke.« Sie schloss die Jacke vor ihrer Brust. Die Wärme tat gut. Offensichtlich hatte sie vor lauter Aufregung vergessen, die Heizung aufzudrehen. Oder es waren die eiskalten Nachrichten, die ihr von

Rhein überbracht hatte. Oder beides. Ihre eigene Jacke war nur dünn – sie hatte für den Besuch im *Diamond Garden* mehr auf Optik als auf Zweckmäßigkeit geachtet.

»Das werde ich Ihnen heute noch nicht –«

»Das ist nicht ihr Ernst! Wer soll das alles denn glauben?«

Wieder überging von Rhein Nataschas Skepsis. »Es sind viele Personen verstrickt. Ein paar ziehen die Strippen, die anderen tanzen. Inzwischen mischen ganz andere Kaliber mit. Das Experiment ist außer Kontrolle. Die Versuche sind erschreckend anders abgelaufen als erwartet.« Von Rhein hielt einen Augenblick inne. Dann sagte er: »Oder besser gesagt, es ist jetzt unter der Kontrolle von Personen, die sehr gefährlich sind und ganz andere Ziele verfolgen. Keine Ahnung, wer es ist. Ich weiß nur, dass die bereit sind, *alles* zu tun, um ihre Ziele zu erreichen. Mir fehlt da noch ein entscheidendes Puzzleteil... Hinter all dem steckt viel mehr, als ich bis dato weiß.« Er biss sich auf die Lippen und kniff die Augen zusammen. Betont langsam sagte er dann: »Ich kenne nicht alle Zusammenhänge, aber genug Fakten und auch Namen, um diese Leute aufzuscheuchen, in der Hoffnung, dass sie unruhig werden und Fehler machen. Und genau an dieser Stelle kommen Sie ins Spiel. Sie werden durch Ihre Reportage für Unruhe sorgen. Sie werden mit Ihren waghalsigen Gedankenspielen zu seltsamen Mustern genau ins Wespennest stechen und die Biester aufscheuchen.«

»Komplott? Wespennest?! Ich dachte immer, *ich* wäre paranoid, aber Sie schlagen dem Fass den Boden heraus, ehrlich! Wo darf ich Sie rauslassen? Ihre Geschichte nimmt groteske Züge an.« Natascha machte Anstalten, den Motor zu starten.

»Warten Sie!« Von Rhein fasste Natascha am Arm. Diesmal schrie sie nicht auf. Doch ihr Blick sprach Bände, von Rhein zog seine Hand sofort zurück. »Das war noch nicht alles.«

♦

Dr. Paula Dannowitz stand vor dem Fenster ihres für eine Frau aus ihren Verhältnissen bescheiden eingerichteten Büros. Ihr gedankenverlorener Blick verlor sich im Nieselregen, der den Horizont benetzte. Trist und grau, ein Wetter, das vielen ihrer Patienten zu schaffen machte, denen, die ohnehin mit Depressionen oder schwerer Trauer zu kämpfen hatten. Die Ursachen waren manchmal ähnlich, nie aber gleich, und schon gar nicht identisch. Heute war sie so kraftlos, sie brachte kaum die Kraft auf, ihren Patienten eine Hilfe zu sein, das kam selten vor, eigentlich fast nie. War es überhaupt schon einmal vorgekommen? Sie konnte sich nicht erinnern, jemals so erschöpft gewesen zu sein…

Der Tag war mit einem Schlag ins Gesicht gestartet. Als sie am frühen Morgen die Zeitung aufgeschlagen hatte, war ihr der Artikel regelrecht ins Gesicht gesprungen und hatte ihr ein kurzzeitiges K.o. versetzt. Wie gelähmt war sie. Erstarrt. So erstarrt, dass sie zwar ihre Kaffeetasse nicht fallenließ, aber auf überwältigende Weise wahrnahm, wie ihre Hände zitterten. Einzig ein kleiner Fleck übergeschwappten Kaffees blieb auf der Zeitung zurück – groteskerweise direkt über der Zeitungsmeldung, die sie so aus der Bahn geworfen hatte.

Jetzt starrte Dannowitz hinaus in das triste Nass und versuchte die Meldung zu verdauen, die sie noch immer nicht richtig fassen konnte. Sie hatten doch gerade erst noch Kontakt gehabt! Und sie hatte keinerlei Anzeichen wahrgenommen, keinerlei Hinweise, die erklären würden, was passiert war! Sie spürte leichte Übelkeit und den sprichwörtlichen Kloß im Hals. Eine Beklemmung, die sie nicht greifen konnte. Ein mulmiges Gefühl, das nicht nur durch Trauer verursacht wurde, sondern die Trauer auch umhüllte. Selbstmord? Das passte einfach nicht! Aber wer kannte sein Gegenüber schon ganz genau!?

Eine Träne trat aus ihrem Augenwinkel, ganz langsam bahnte sie sich ihren Weg Richtung Wange, um dann an ihr herunterzulaufen, wie die Regentropfen an der Fensterscheibe, auf die sie nun starrte, nachdem sie den Blick aus der Ferne zurückgezogen hatte. Es war einfach unfassbar. Er war nicht nur ihr Mentor, er war ein Freund gewesen, vielleicht auch ein Stück weit der Vater, den sie nie gehabt hatte, den sie und ihre Schwester nie gehabt hatten.

Ihre Schwester! Sie würde sie anrufen müssen. So schwer es ihr fiel. Welten trennten sie voneinander, sie lebten in verschiedenen Universen, so verschieden waren sie. Dannowitz hielt eine Hand vor den Mund und schluchzte, als hätte sie Sorge, man könnte sie hören. Sie wollte schreien, allen Schmerz herauslassen. Und auch die Wut. Die Gefühle überwältigten sie, brausten durch ihr Herz. Plötzlich ergossen sich die Tränen und spülten die aufgestauten Gefühle hinaus. Und doch, sie wusste, dass die Empfindungen an ihr kleben bleiben würden wie die getrockneten Tränen auf ihrer Haut. Tränen, die in ihrer Flüssigkeit die Emotionen der Trauer mit sich rissen, um anderen Gefühlen Platz zu machen. Fassungslosigkeit. Verständnislosigkeit. Ratlosigkeit. Aber auch Vorwürfe und Wut.

Nachdem sie sich leergeweint hatte, ergriff wieder die verständnislose Leere Besitz von ihr. Sie wischte sich die Tränen aus dem Gesicht und dann vergeblich den Kaffeefleck von der Schlagzeile. Es war eine kleine Schlagzeile – doch für Dannowitz war sie groß. In der Fülle der Meldungen ging die Nachricht fast unter. Doch für sie war es, als drehe sich alles heute nur darum. Die verstorbene Person war nicht prominent genug, um auf der Titelseite erwähnt zu werden. Aber sie war bekannt genug, dass man ihren tragischen Tod zumindest im Lokalteil erwähnte.

Zum zigsten Male las Dannowitz die Schlagzeile: *Renommierter Gehirnforscher begeht Selbstmord im Nobel-*

hotel Diamond Garden – Tragischer Tod des Münchner Psychologen und Verhaltensforschers Professor Dr. Dr. Hubert Stenzel. Der in Wissenschaftskreisen nicht unumstrittene Stenzel erlag vorgestern Nacht einem unheilvollen Mix aus Alkohol und Psychopharmaka. Für seinen letzten Abend hatte er sich das Münchener Edelhotel ausgesucht. Dass Stenzel, der nur unweit des Hotels in München wohnte, sich eine Luxus-Suite nahm, bestärkt die Annahme, der Forscher habe seinem Leben bewusst ein Ende gesetzt. Bisher gibt es keinen Verdacht auf Fremdeinwirkung. Die Ermittlungen dauern jedoch noch an.

♦

Eigentlich hätte sich bei Natascha heute alles um Jennifers baldige Ankunft gedreht, doch Natascha war gedanklich bei Ragner von Rheins Verschwörungstheorie. Hin und wieder war sie auch bei ihm. Seine politische Einstellung stieß sie ab – er als Mann aber zog sie an. Die menschliche Psyche war so eine Sache. Und wer wusste, ob er wirklich geläutert war und sich inzwischen mit weniger fragwürdigen Leuten eingelassen hatte? Aber der Mann und seine Insider-Informationen ließen sie nicht los.

Gestern hatte sie den ganzen Tag auf eine Nachricht gewartet. Doch die war nicht gekommen. Ihr ging es vor allem um die Story. Nur um die Story. Zumindest redete sie sich das ein. Vielleicht half das Interesse an von Rhein ihr auch einfach nur über die Enttäuschung mit Mike hinweg. Insgeheim hatte sie gehofft, dass Mike sich melden würde, aber er hatte es nicht getan. Warum sollte er auch? Er war inzwischen irgendwo am anderen Ende der Welt und pflegte seine Prinzipien – weder sesshaft werden noch sich auf jemanden einlassen… Sie würde nie erfahren, ob er für sie von seinen Grundsätzen abgewichen wäre und seine selbstaufgestellten Regeln gebrochen hätte. Sie hatte es ja nicht geschafft, über ihren Schatten zu springen und sich zu öffnen, mit Haut und Haaren und mit allem, was sonst noch zu ihrem Leben gehörte... Würden ihre imaginären Ohrfeigen, die sie sich seither ständig selbst dafür verpasste, rote Striemen hinterlassen, kein Makeup würde mehr helfen. Aber auch ihre Selbstzerknirschung würde die verpatzte Chance nicht zurückbringen. Sie hatte es verbockt. Punkt.

Der Kerl nun, der vorgestern Nacht plötzlich in ihr Leben gepoltert war, toppte das Dilemma noch. Das war jetzt richtig kompliziert. Eine bescheuertere Konstellation hätte es für sie wohl kaum geben können. Sie hätte ihm gar kein Gehör schenken sollen. Er konnte nicht gut für sie sein, und was er von ihr wollte, konnte auch nicht gut für sie sein. Damit meinte sie nicht, dass er sie als Frau wollte – denn das hatte sie gespürt. Nein, dass er sie als Journalistin wollte. Was er von ihr verlangte, war verrückt. Wahrscheinlich war er verrückt. Seine ganze Story, die er ihr aufgetischt hatte. Aber hatte sie nicht auf so einen Burner gewartet? Auf Impulse, die ihre ohnehin schon heiße Reportage zum Explodieren brachten? Wollte sie nicht eine Bombe? Die hatte sie jetzt!

Natascha betrat mit Lea ihre Wohnung. Im Flur entledigten sie sich ihrer Jacken, dann gingen sie schnurstracks nach links in die Küche. Vermutlich wäre Nataschas Blick nicht gleich zur Essecke gewandert, wenn sie nicht schnell ein paar Sachen, die sie in den Händen hielt, hätte loswerden wollen.

Ihr stockte der Atem. Dort, wo zuvor noch ihr Laptop gestanden hatte – nichts!

Hitze schoss ihr durch den Körper, eine ihr völlig unbekannte Beklemmung befiel sie. Die Gedanken blitzten wild in ihrem Kopf. Die Eingangstür war doch abgeschlossen gewesen, oder etwa nicht? In der Wohnung sah alles aus wie immer. Jedes Stück stand an seinem Platz – bis auf besagten Laptop auf dem Esstisch. Nichts deutete auf einen Einbruch hin. Und doch – der Laptop hatte definitiv auf dem Küchentisch gestanden, da war sie sicher, genau hier, wo sie gerne bei einer Tasse Kaffee arbeitete.

»Schatz, setz dich mal bitte kurz an den Tisch, ich bin gleich wieder da.« Natascha bemühte sich, so normal wie möglich zu klingen.

Sollten sie einem Einbrecher zum Opfer gefallen sein, dann wollte sie es ausnutzen, dass er in den Räumen kein Chaos verursacht hatte. Wenn sie es geschickt anstellte, würde Lea nichts mitbekommen. Natascha hatte von Kindern gehört, die nach einem Einbruch noch lange von Angstzuständen geplagt wurden, und den Erwachsenen ging es oft nicht anders. »Ich bin nur kurz im Arbeitszimmer, komme gleich wieder, dann brutzeln wir uns was Schönes zu essen.« Natascha lächelte ihre Tochter an und kramte schnell das kleine Kinderbuch aus der Tasche, das sie kurz zuvor gekauft hatte.

»Hier.« Sie legte es Lea hin und strich ihr über den Kopf. »Ich hole auch noch Schnuffel, der möchte sicher mitkochen.« Es würde keine paar Sekunden dauern und Lea würde nach Schnuffel verlangen, um mit ihm das Buch durchzublättern. Schnuffel war ihr kleines Stoffhäschen, und Lea hatte während des ganzen Einkaufs bedauert, ihn zu Hause vergessen zu haben. Ein strahlendes Lächeln von Lea, die sich flugs das Buch schnappte.

Natascha klopfte das Herz bis zum Hals, obwohl sie sich einredete, sich zu täuschen und in einem Automatismus das Notebook vorhin schlicht ins Arbeitszimmer gebracht zu haben.

Aber die Beklemmung nahm zu. Irgendetwas stimmte nicht, das spürte sie. Ihr Puls raste. Ganz sicher musste der Laptop auf dem Esstisch stehen! Genau dort!

Erneut fragte sie sich, ob die Wohnungstür abgeschlossen oder nur zugezogen gewesen war. Sie hatte alle Hände voll gehabt, Lea in dem Moment eine Frage beantwortet und dabei eher geistesabwesend aufgeschlossen. Hatte sie überhaupt aufschließen müssen, oder war die Tür schon offen gewesen? Unsicherheit überkam sie. Hatte sie vielleicht gar nicht registriert, dass sie den Schlüssel gar nicht rumgedreht hatte? War jemand hier gewesen? Womöglich noch immer hier?

Geistesgegenwärtig und mit einer Geschicklichkeit, die sie selbst überraschte, öffnete sie blitzschnell – Lea dabei im Blick – hinter ihrem Rücken die Küchenschublade und angelte sich ein großes Messer. Der Schubladeninhalt klirrte, aber Lea sah nicht auf. Mit einem großen Schritt seitwärts und einer fließenden Drehbewegung gelang es Natascha, aus der Küche zu huschen, ohne dass ihre Tochter mitbekam, was sie in der Hand hielt. Wenigstens dieses eine Mal war ihre Miniküche ein klarer Vorteil…

Im selben Moment schoss ihr in den Kopf: *Warum schnappst du dir nicht einfach Lea, gehst ins Treppenhaus und klingelst bei den Nachbarn, wenn du dich doch fragst, ob jemand hier war oder sogar noch hier ist.* Zu spät, jetzt würde Lea sie mit dem riesigen Messer sehen, ohne Schnuffel. Und in Erklärungsnot, Kinder haben ein feines Gespür…

Was tun? Lea saß im geschützten Bereich hinter ihr, niemand käme an Natascha vorbei. Das würde sie verhindern, notfalls mit dem Messer. Schwachsinn! Warum nur war ihr Mut größer als ihr Fluchtreflex?! Mut? Leichtsinn! *Es wird schon keiner mehr da sein, der ist doch bereits weg…* Wenn überhaupt jemand da gewesen war…

Und doch! Natascha fühlte die beklemmende Präsenz des Fremden, auch wenn das rational betrachtet Unsinn war. Wer würde sich im ersten Zimmer den Laptop unter den Nagel reißen und damit beladen den Rest der Wohnung durchforsten, statt den zum Schluss beim Rausgehen mitzunehmen? Und wenn der Einbrecher die Küche erst vor dem Rausgehen betreten hatte, dann war er bereits fort.

Trotzdem schlich sie vorsichtig durch den kleinen Flur und spähte in ein Zimmer nach dem anderen. Nichts. In die Schränke konnte sie von den Türschwellen aus natürlich nicht schauen, genauso wenig wie unters Bett oder hinters Sofa, das theoretisch Platz bot, sich dahinter zu verstecken. Sie würde den Flur nicht verlassen, sonst würde Leas Schutzzone aufbrechen.

In diesem Moment bereute sie, dass sie vor Jahren mit Taekwondo aufgehört hatte – es war ihr mit Job und Kind einfach nicht mehr möglich gewesen, zum Training zu gehen. Der Sport hatte ihr sehr am Herzen gelegen, immerhin hatte sie es damals bis zum braunen Gürtel gebracht, sie hatte sogar schon auf ihre erste Schwarzgurtprüfung hingearbeitet und Wettkämpfe bestritten. Erst spät, als junge Erwachsene, hatte sie mit diesem Sport angefangen. Würde sie sich etwa heute zum ersten Mal in ihrem Leben real gegen jemanden zur Wehr setzen müssen? Ob ihre Verteidigungskünste noch abrufbar waren? Sportkämpfe waren eine Sache, reale Kämpfe sicher eine andere! War sie noch die Natascha von einst? Sie war aus dem Training, das stand fest. Sie hätte wahrlich ihr altes Selbstvertrauen gebrauchen können – jetzt und hier erst recht.

Die Gedankenfetzen hatten sie in ihrer Bewegung zum Stocken gebracht und sekundenlang verharren lassen. Wie eingefroren stand sie nun da. Dann setzte sie vorsichtig und leise einen Fuß vor den anderen.

In jedem Zimmer sah es aus wie sonst auch. Sie redete sich das alles nur ein! Womöglich würde ihr in wenigen Sekunden ein Stein vom Herzen fallen. Wenn sie das Arbeitszimmer betrat und ihr Notebook dort stand. Und hätte ein Einbrecher nicht auch den Fernseher mitgenommen? Wobei… den wegzutragen, am helllichten Tag… Aber Einbrecher hinterließen doch offene und nicht geschlossene Schubladen…

Wahrscheinlich fehlte nirgends etwas. Und doch.

Sie hatte in der Küche gearbeitet. Den Laptop wegräumen? Das wäre gar nicht nötig gewesen, warum auch? Er stand manchmal tagelang dort. Sie mochte diesen Platz. In der Essküche verbrachte sie mehr Zeit als anderswo. Das Arbeitszimmer! Es war nicht vom Flur aus, sondern nur durchs Wohnzimmer erreichbar. Und wenn jemand dann hinter ihr in die Küche zu Lea gelangte?

Rückwärts setzte sich Natascha in Bewegung. Die kleine Wohnung schien plötzlich riesig, es schien wie eine Ewigkeit, bis sie wieder bei Lea in der Küche war, ohne Schnuffel und mit einem riesigen Messer in der Hand. Was war nur in sie gefahren?

Ob sich hier wirklich jemand unbefugt Eintritt verschafft und das Ding geklaut hatte, das wusste sie noch immer nicht. Sie griff sich einen Schal von der Garderobe und umschlang damit das Messer. Ihre Jacken nahm sie ebenfalls vom Haken, denn sie würde mit Lea erst mal hier verschwinden und ihre Tochter kurz bei jemand Vertrautem lassen – wenngleich es so spontan schwierig sein würde, jemanden zu finden. Danach würde sie allein zurückzukehren. Bis dahin wäre sicher niemand mehr in der Wohnung – wenn sich überhaupt noch jemand hier versteckte. Sie konnte doch nicht einfach die Polizei anrufen. Nicht ohne sich vorher vergewissert zu haben, dass ihr Laptop tatsächlich verschwunden war. *Natascha da Silva – völlig durch den Wind… Wohl doch alles ein bisschen viel für die Gute… und dann so allein…*

Schnuffel! Ohne den würde Lea jetzt nirgendwo hingehen. Den kurzen Gang ins Kinderzimmer musste sie wagen! Schnuffel lag auf dem Bett. Eine Sekunde nur, in der könnte keiner im Flur an ihr vorbei.

»Mama!«

Nataschas Herz setzte einen Schlag aus. Dann wurde ihr bewusst, dass der Schrei nicht panisch geklungen hatte, eher ungeduldig.

»Wo bleibst du denn?«

Nataschas Herz benötigte einen Augenblick, um sich zu beruhigen. »Bin gleich da, mein Schatz!« Natascha machte einen Satz ins Kinderzimmer, riss Schnuffel vom Bett und sprang zurück in den Flur. Sekunden nur. Alles okay. Dann rückwärts bis zur Küche. Geschafft!

♦

Ludwig Potz schleckte genüsslich den Milchschaum des Cappuccinos vom Löffel und lehnte sich entspannt in seinem Ledersessel zurück, zufrieden mit sich und dem Lauf der Dinge. Geschickt hatte er dafür gesorgt, dass Seth Grothe von *Sub Search* bei seiner Suche nach dem passenden Experten auf Frank Stebe gestoßen war – und das eher früher als später. Wenn einer bei dem Missgeschick in der Ostsee helfen konnte, dann dieser Stebe. Allerdings durfte Grothe nicht wissen, dass Potz mehr tat als nur die Fäden rund um Genehmigung und Förderung des Projekts zu ziehen und dass er noch ganz andere Interessen vertrat als jene, die *Sub Search* bekannt waren. Seine Ziele waren völlig anderer Natur. Die wissenschaftliche Forschung, die mit seiner Unterstützung am Laufen gehalten wurde, war für ihn nur Mittel zum Zweck.

In absehbarer Zeit würde in der Bevölkerung die notwendige Veränderung eintreten, alles würde sich ändern, die gesamte Gesellschaft, es war nicht mehr aufzuhalten. Mehr denn je würde man sich nach einer starken Führung sehnen, die eine Lösung für das unbeherrschbare Chaos versprach. Dann wäre es so weit, dann würde ihre Zeit kommen – wie Schläfer warteten sie im Verborgenen nur darauf, dass das Land endlich lautstark nach ihnen rief.

Nach ihnen, die es doch gar nicht mehr geben durfte, die sich aber neu formiert und die Institutionen des Landes infiltriert hatten. Ihre Zeit würde kommen, die Weichen waren gestellt, die Uhren tickten. Er war sich sicher: man würde ihm die Macht zuteilen, die er aufgrund seiner Leistungen für die Sache verdiente. Der Phönix würde wieder einmal aus der Asche aufsteigen. Und er mit ihm.

♦

Schon während sie die Tür aufschloss – dieses mulmige Gefühl. Ein Schaudern, das vom Scheitel bis zur Sohle

Besitz von ihr ergriff. Diesmal achtete sie darauf: die Tür war mit zwei Umdrehungen abgeschlossen, so, wie sie es vorhin getan hatte.

Sie beruhigte sich. Hatte sie sich doch in etwas verrannt? Die ersten Schritte zur Küche. Der Schal lag noch da. Das Messer noch darin. Sie griff sich das Teil und schlich durch den Flur, deutlich weniger achtsam als vorhin. Kaum vorstellbar, dass jetzt noch jemand hier war.

Natascha bewegte sich leichtfüßig Richtung Wohnzimmer. Niemand da. Dann öffnete sie die angelehnte Tür zum Arbeitszimmer, ganz langsam, als wolle sie einen Schlafenden nicht stören. Sie atmete erleichtert aus – der Laptop befand sich aufgeklappt auf dem Schreibtisch.

Sie wollte gerade den Raum betreten, da hielt sie plötzlich inne. Die Erkenntnis stieg erst langsam in ihr hoch, um sie dann regelrecht zu überrollen – das Gerät war nicht so platziert, wie sie es immer hinstellte, und sie klappte nach der Nutzung auch immer den Bildschirm zu. Immer. So wie sie das Gerät auch in der Küche stehen ließ, wenn sie wusste, dass sie sich vor Ende des Tages nochmal dransetzen würde. So, wie es heute der Fall gewesen wäre. Das Adrenalin schoss ihr erneut in die Blutbahn, ihr Puls ging heftig. Es machte keinen Sinn, dass jemand eindrang und nichts mitgehen ließ. Wobei sie sich dessen noch nicht sicher war, sie würde gleich alles genau inspizieren. Und niemand würde sich unbefugt an einem Laptop zu schaffen machen – zumal Natascha kein Grund einfiel, warum das jemand tun und dann das Gerät nicht wieder zurück an seinen Platz stellen würde. Ihr Verstand stellte ihr nun auch wiederholt die Frage, warum derjenige das Gerät überhaupt erst von der Küche ins Arbeitszimmer gebracht hatte. Es kostete Zeit und barg das Risiko, entdeckt zu werden.

Nataschas Instinkt riet ihr zu verschwinden. Es war, als durchzog eine unheilvolle Schwingung die Luft um sie her, eine düstere Ahnung – oder war es eine Vorahnung? – breitete sich in ihr aus. Doch sie schüttelte die

Bedenken ab. Es war Unsinn anzunehmen, jemand hätte sich an ihrem Laptop zu schaffen gemacht. Natascha entschloss sich, vorsorglich eine Runde durch alle Zimmer zu machen und nachzuschauen, ob ihr sonst noch irgendetwas auffiel oder etwas fehlte.

Ein paar Minuten später schüttelte sie über sich selbst den Kopf – erleichtert, aber auch voller Selbsttadel. So ein Trara wegen nichts! Auch das Bargeld und alle Wertgegenstände, die sie im Haus hatte, waren da, der wenige Schmuck, die Kamera… Nach der grundlosen Aufregung würde eine Tasse Kaffee ihre Stimmung heben – aufpäppeln musste sie sich nicht, sie war aufgekratzt genug durch das Adrenalin im Körper. Sie ging in die Küche an den Kaffeevollautomaten und wollte sich gerade einen Kaffee machen.

Es erschloss sich ihr nicht auf den ersten Blick, sondern erst auf den zweiten. Dafür aber mit solcher Wucht, dass sie vor Schreck den Kaffee verschüttete. Für einen Moment war ihr, als nehme man ihr mit einem Würgegriff den Atem. Entsetzt starrte sie auf den Esstisch.

Dort, wo eine Stunde zuvor kein Laptop gestanden und der Tisch überraschend leer gewesen war, lag nun ein schwarzes Etwas, nur unwesentlich größer als ihr Smartphone. Natascha wusste sofort, was es war: Eine externe Festplatte! *Ihre* externe Festplatte!

Sie hatte ihren Platz eigentlich im Arbeitszimmer. Im Schrank. Laptop und Festplatte hatten die Räume getauscht! Jemand spielte ein perfides Spiel mit ihr. Jemand, der hier gewesen war, jemand, den sie sich also doch nicht eingebildet hatte, jemand, der offensichtlich einen Schlüssel zur Wohnung hatte, denn bei Nataschas zweitem Eintreten in ihre Wohnung war zweifach abgesperrt gewesen.

Die Festplatte lag da, wie auf einem Präsentierteller. Und offensichtlich war es auch eine Art Präsentation, eine Zurschaustellung der Kräfteverhältnisse: Ihre Kräfte verglichen mit denen des Einbrechers, der, das wurde ihr nun klar, nicht das Ziel verfolgte, sie zu bestehlen. Vielmehr hatte er eine wortlose Nachricht hinterlassen, eine Botschaft… zwei Botschaften genaugenommen.

Erstens: *Warnung! Ihr wart vorhin nicht allein. Ich hätte auch anders gekonnt…. Ich kann wiederkommen… Vergiss das nicht!*

Zweitens: *Ich hinterlasse keine Spuren. Außer denen, die ich hinterlassen möchte. Sieh dich vor!*

Natascha griff sich das Speichermedium und flitzte ins Arbeitszimmer. In Windeseile schaltete sie das Notebook an und fuhr es hoch. Sie konnte nicht glauben, was sie sah. Aber es war wahr. Die interne Festplatte des Laptops war leer. Komplett leer! Auf ihrem Rechner war nichts, nicht eine einzige Datei! Außer den üblichen unpersönlichen Icons, Apps und Verknüpfungen waren keinerlei persönliche Daten mehr da – weder privat, noch beruflich. Natascha spürte, wie ihr plötzlich der Schweiß aus den Poren drang. Sie wischte sich über die Stirn. Dann stöpselte sie die externe Festplatte an. Nichts! So leer, dass die dritte wortlose Botschaft des Unbekannten deutlich zu verstehen war und Natascha die unsichtbaren Buchstaben im Geiste fast schon sehen konnte, den Satz, den sie imaginär formten.

Die Warnung: *Halt dich raus aus Dingen, die dich nichts angehen!*

Der unsichtbare Eindringling hatte sich nicht auf bestimmte Daten beschränkt und dafür gesorgt, dass Natascha ihn vorerst nicht bemerkte. Sein Vorgehen kam einer umfassenden Drohung gleich – als wolle er sie warnen, dass es ihr so wie den Daten gehen könnte. Bis vorgestern Nacht hätte sie sich gesagt *Vielleicht bemesse ich diesem Vorfall und meiner ganzen Reportage viel zu viel Bedeutung bei!?* Doch seit von Rhein in ihr Leben getreten war, schien *alles* möglich. Irgendetwas sagte ihr seither, dass vielleicht doch mehr dahintersteckte als nur verrückte Verschwörungstheorien.

Bis vorgestern Nacht wäre die Frage gewesen, wer eigentlich das Ziel ihrer Reportage war und ob man nun sie zum Ziel erklärte? In ihrem Job trat sie öfters mal Leuten auf den Schlips, Personen, die versuchten, ihre Arbeit zu sabotieren, weil ihre Recherche eine Gefahr darstellte.

Doch das heute war ein ganz anderes Kaliber. Und es passte exakt zu der Vorsicht, zu der von Rhein sie gedrängt hatte. Es war nicht nur möglich, dass sie brisante Informationen über irgendjemanden hatte, nein, es war offensichtlich! Die einzige Erklärung! Bis vorgestern Nacht hätte sie sich gefragt: *Was war derart brisant, dass jemand bereit war, solche Wege zu beschreiten?*

Seit der Nacht mit von Rhein aber wusste sie es. Und befürchtete, dass die Sache für sie viel zu groß war. Ja, sie wusste es! Gleichzeitig war es ihre berufliche Chance, die sie sich nicht entgehen lassen würde. Irgendetwas aber flüsterte ihr zu, dass es ohnehin kein Zurück mehr gab. Und manchmal war Angriff schlicht die beste Verteidigung.

♦

Die letzten Stunden hatte Dr. Paula Dannowitz wie ein Automat gehandelt und dabei versucht, sich ihren Patienten gegenüber nichts anmerken zu lassen. Musste sie gerade heute so viele Gespräche haben? Glücklicherweise alles Fälle, die sie aufmerksam genug hatte hinter sich bringen können. Bisher. Der Fall des jungen Mannes allerdings, der soeben mit seiner Mutter das Gebäude verließ, hatte sie eine Stunde zuvor jäh aus ihrer Umnebelung herausgerissen. Wie ein Déjà-Vu war es ihr vorgekommen: Schon wieder ein Fall, der genau *so* gelagert war. Das konnte kein Zufall sein!

Die Akte Tom Meissners, eines Jugendlichen aus Berlin mit offensichtlich schwerstwiegenden Problemen, war noch frisch. Sie sollte ein Gutachten erstellen. Es war nicht selten so, dass man sehr speziell gelagerte Fälle auch von außerhalb an sie herantrug, sie arbeitete eng mit den Justizbehörden zusammen – deutschlandweit. Ihr exzellenter Ruf sorgte dafür, dass sie Fälle von Patienten angeboten bekam, die teils weit weg in anderen Bundesländern lebten.

Tom Meissner kam aus Berlin und war fünfzehn Jahre alt. Fünfzehn! Sie konnte es nicht fassen, und sie war einiges gewohnt! Der Junge hatte zusammen mit ein paar Kumpels einen anderen Jungen an einen Baum gefesselt und schwer misshandelt, nur knapp hatte das Opfer überlebt. Alles deutete darauf hin, dass er, als er diese Gräueltaten beging, dem Vorbild einer Figur in einem beliebten Computerspiel folgte. Glücklicherweise hatte eine Gruppe Mountainbiker die Schreie des an den Baum gefesselten Opfers gehört und war eingeschritten, doch da war der Misshandelte schon schwer verletzt. Dannowitz hatte durchgeatmet, als sie noch vor der ersten Sitzung mit Meissner die Nachricht erhalten hatte, dass das Opfer über den Berg sei.

Was Dannowitz heute wachgerüttelt hatte, war nicht allein die Ähnlichkeit von Meissners Suchtverhalten mit ihr bekannten Fällen, mit den perversen Taten durchgedrehter Teenies, die sie in den letzten Monaten begutachtet hatte, sondern auch die Tatsache, dass all diese Täter der *Ashes Real*-Streaming-Serie regelrecht verfallen waren, der Serie, die ihren Tagesablauf nicht nur bestimmte, sondern offensichtlich auch veränderte. Es war augenscheinlich: die Teenager begannen, die Figuren der Serie, denen sie anhingen, zu verkörpern, als griffe die fiktive Figur in die Realität hinein und übernahm die Macht, und das in einem Maße, das mit üblichem Fanverhalten nichts mehr zu tun hatte. Das brachte Dannowitz' Gedanken plötzlich ins Rollen. Hoffentlich lag sie falsch…

Dannowitz stand am Fenster und blickte auf die Straße – auf den Jungen und seine Mutter, die gerade, begleitet von einem Beamten, den Parkplatz überquerten. Was für ein

Horror. Und dann Stenzels Tod. Ihre Gedanken schossen wild durcheinander. Sie versuchte, Ordnung in das Chaos zu bringen. Sie fröstelte. Ein paar Minuten starrte sie hinaus und grübelte, hing ihren dunklen Gedanken nach. Das Wetter hatte sich geändert. Es zeigte sich inzwischen nicht mehr nur grau und trist, sondern erschien ihr zunehmend bedrückend, dunkler, fast schmutzig.

Sie kam nun nicht mehr umhin, ihre Schwester anzurufen. Und sie würde noch jemanden anrufen. Jemanden, der wie ein Puzzleteil in das alles hineinpasste. Dannowitz griff in ihre Schublade und kramte eine Visitenkarte heraus. Sie drehte die Karte zwischen den Fingern und dachte nach. Dann tippte sie entschlossen die Nummer ein und atmete tief durch.

♦

Mike Sauerländer hatte sich die Zeit im Unterwasser-Habitat vor Mallorca wahrlich anders vorgestellt. Jeden Tag bereute er mehr, sich gegen seinen ursprünglichen Plan entschieden zu haben und sich stattdessen Franks abenteuerlicher Empfehlung folgend als Proband gemeldet hatte. Von Abenteuer keine Spur, stinklangweilig das Ganze. Doch es war zu spät. Jetzt musste er es durchziehen, er war kein Mann, der Zusagen nicht einhielt. Außerdem gab es Licht am Ende des Tunnels, Frank hatte beantragt, dass Mike ihn beim nächsten Oberflächenaufenthalt nach Deutschland begleiten würde, um dort seine Unterwasser-Einsätze in der Ostsee fortzuführen. Das war eine willkommene Abwechslung. Nicht, dass das grünlich schimmernde Brackwasser der Ostsee eine Verlockung wäre. Vielmehr war es die Aussicht darauf, mit etwas Glück Natascha wiederzusehen.

Frank hatte gesagt, Jennifer würde für einige Tage Natascha besuchen, und Jennifers Aufenthalt in Deutschland überschneide sich mit Franks, der nach seiner Stippvisite des Ostsee-Unterwasser-Habitats in den Süden Deutschlands reisen wolle; und Mike könne ihn ja dorthin begleiten und so auch Natascha wiedersehen – was Frank nicht ohne aufmunterndes Grinsen gesagt hatte. Natascha wiedersehen, das war Licht, nein, mehr als das! Und dieser strahlend hellen Aussicht entgegenzugehen, würde ab jetzt die Zeit hier unten versüßen. Natascha war mehr als eine Versuchung. Seit sie abgereist war, hatte er versucht, sie sich aus dem Kopf zu schlagen – ohne Erfolg. Sich zu überwinden und Kontakt aufzunehmen, hatte er aber auch noch nicht gewagt. Jetzt würde er den Dingen ihren Lauf lassen, er würde sehen…

Mike blickte auf die Uhr. Es war Zeit für die nächste Pille. Später würde er nochmals tauchen gehen. Das Tauchen war das Beste hier unten, der Rest eine Qual. Sie schlugen ihre Zeit mit unnützen Dingen tot. Wobei er immer weniger wusste, was er mit sich und seiner Zeit anfangen sollte. Denn er hatte weder Lust auf diese bescheuerten Spiele, noch auf abgespeicherte Folgen der Streaming-Serie. Hätte es ein Game gegeben, das sich um Sport drehte, oder ein Wissensspiel, dem hätte er etwas abgewinnen können. Aber diese Ballerspiele turnten ihn kein bisschen an. Da tat er lieber gar nichts. Vielleicht würde er doch mal eine Folge dieser Serie anschauen – wenn er es vor Langeweile gar nicht mehr aushielt.

Warum hier unten keine Bücher und keine nicht-digitalen Spiele erlaubt waren, konnte er sich nicht erklären. Es blieb ihm ein Rätsel – wie so vieles in dieser Station. Einmal mehr fragte er sich, was er hier eigentlich machte. Dann schluckte er die Pille runter.

♦

Dr. Charlotte Rinkenburger starrte noch immer aufs Telefon. Die Telefonkonferenz war in ein Desaster gemündet. Jeder schob die Schuld von sich, keiner wollte Verantwortung übernehmen für die Fehler, die passiert waren. Typisch.

Die Ereignisse überschlugen sich, und so verwickelt wie sie selbst darin war, schüttelte es sie innerlich. Die Dinge liefen völlig aus dem Ruder. Auch in anderer Hinsicht. Erst Leon Muth. Und jetzt Stenzels Tod. Was noch?

Erneut schrillte das Telefon und riss Rinkenburger aus den Gedanken. Ohne aufs Display zu schauen, griff sie zum Hörer.

»Rinkenburger.«

»Hallo Charlotte. Ich bin's – Paula. Wir müssen reden.«

Eine kurze Pause. Dann: »Was willst du?«

Jahrelang hatte Paula sie wie die Pest gemieden. Als wäre sie bereits tot. Sie hatte sich damit abgefunden. Und jetzt, nach all den Jahren, rief sie an?! Rinkenburger verspürte den Drang sofort aufzulegen – doch es war, als wäre ihr Ohr ein Magnet, der sich am silberfarbenen Mobilteil der Telefonanlage festsaugte. »Woher hast du diese Nummer?« Rinkenburger hatte mehrere, doch diese kannten nur einige ausgewählte Personen.

»Von Ragner.«

Rinkenburger konnte es nicht fassen. So viel zu Ragners Loyalität. »Ich wüsste nicht, was wir zwei zu bereden hätten«, sagte sie kühl. »Du hast mich damals aus deinem Leben gestrichen – einfach so, mir nichts, dir nichts. Und jetzt kommst du an und willst reden?!«

»Du weißt, dass das nicht stimmt. *Ihr* wolltet mit *mir* nichts mehr zu tun haben. Weil ich nicht *euren* Weg gegangen bin. *So* war es!«

»Das ist dasselbe. Dein eigener Weg, das ist ein Verrat gewesen. An uns allen und an der Wissenschaft. Wir hätten dich gebraucht, Paula. Und du hast uns im Stich gelassen!«

»Charlotte, wir müssen reden. Es ist wichtig!« Paula

redete ruhig, fast sanft. Sicher kostete es sie Überwindung. Was auch immer sie von ihr wollte, es war wichtig. »Hat nichts mit uns beiden zu tun. Na ja, irgendwie doch. Hör mir einfach zu. Vergiss bitte für einen Moment, was –«

»Vergessen?! Dass du Papa das Herz gebrochen hast?! Dass du mir meines rausgerissen hast? Waren wir davor nicht ein Herz und eine Seele? Soll ich vergessen, dass du uns aus deinem Leben gestrichen hast? Oder dass du uns verraten hast? Du hast sogar Mutters Mädchennamen angenommen, um dich von uns abzugrenzen! Was kann eine Tochter ihrem Vater Schlimmeres antun?!« Rinkenburger konnte nicht über ihren Schatten springen.

»Vater? Ich hatte keinen! Ich hatte einen Erzeuger, der einmal im Monat Zeit für mich hatte, ein paar Minuten, wenn's hochkam, oft nicht einmal die! Ein Vater, der nie da war, wenn ich ihn brauchte, und sich stattdessen Tag und Nacht fanatisch in seinen Forschungsarbeiten verrannte und dann was von Berufung erzählte... Der Menschheit helfen statt seiner realen Aufgabe als Vater nachzugehen. Ich wäre ja ohnehin genügsam gewesen. Er aber hat nur von Perfektion gefaselt, vom Ausmerzen der Fehler, von Optimierung des menschlichen Hirns und der Wiederherstellung der verlorengegangenen Ordnung in der Gesellschaft! Und statt aus Kinderbüchern las er uns aus Schriften Nietzsches vor! Wir mussten sie auswendig lernen, erinnerst du dich nicht mehr? Wir, seine hochintelligenten und bildschönen Vorzeigekinder, auf die er ja so stolz war! Stolz, weil sie perfekt in sein Weltbild passten, das er mit aller Macht verwirklichen wollte... Irgendwann aber sah er keine Grenzen mehr, jahrelang hatte er fragwürdige Experimente durchgeführt und sich damit ständig am Rande der Legalität bewegt. Seine Scheißwissenschaft erhob er zur Religion und brachte, skrupellos wie er war, die nötigen Opfer dafür gleich mit. Zu allem Übel glaubte er auch noch später, in dieser Dreckspartei seine Erlösung zu finden! Meinst du diesen *Vater*?!«

Paula hatte nicht laut gesprochen, aber mit einer Härte, der Rinkenburger nichts entgegenzusetzen hatte. Die letzten Worte hatte sie mit tiefer Verachtung durchs Telefon gespuckt. Paulas Zorn auf ihren Vater sprühte wie Feuerfunken durchs Telefon. Dieser Groll, der Paula schon in ihrer Jugend beherrscht hatte und der eines Tages in pure Verachtung gegen ihren Vater umgeschlagen war, er hatte sich auch gegen sie gewendet, ihre eineiige Zwillingsschwester. Gegen sie, Charlotte Rinkenburger, Papas Lieblingstochter.

»So eine Härte aus dem Mund einer Heiligen? Was ist los mit dir? Ja, du! Der Moralapostel, der den Abtrünnigen den Rücken gekehrt und sich nach dem Studium entschlossen hat, lieber den problembehafteten Eltern und Kindern an deiner Sozialfront zu helfen, statt dafür zu sorgen, dass bestimmte Verhaltensprobleme irgendwann gar nicht erst entstehen! Es braucht im Krieg nicht nur Soldaten, Paula! Irgendjemand muss auch die Waffen schmieden, und es braucht Strategen, Anführer und Visionäre, die nach Lösungen forschen, sodass es irgendwann gar keinen Krieg mehr geben wird! Aber die Weltverbesserung fängt bei der Veränderung des Verhaltens eines jeden an. Das sinnvoll zu steuern, das war Papas Vision! Er wollte einen besseren Menschen erschaffen und die Welt zu einem besseren Ort machen, indem er das Übel bei der Wurzel packte. Wer hätte Papas Vermächtnis vollenden können, wenn nicht ich?! Warum kapierst du das nicht!«

»*Vermächtnis*! *Vollenden*! *Krieg*! Hör dich doch mal an, du redest wie er! *Deshalb* habe ich mit euch gebrochen! Ihr habt euch verrannt – und hättet mich mitgerissen in den Abgrund. Meinst du, mir ist das leichtgefallen? Ich habe dich geliebt, wir waren eins! Ja, früher, in einem anderen Leben. Dann bist du immer mehr wie Vater geworden, größenwahnsinnig, als wäret ihr Supermenschen! Als stünde es euch zu, andere Menschen wie Versuchskaninchen zu missbrauchen! Was zu Beginn harmlos, wissenschaftlich vertretbar, moralisch sauber war, gute und sinnvolle Versuche, habt ihr missbraucht und in einer verwerflichen Weise vorangetrieben, wie es nie vorgesehen war und wie es auch nie hätte sein dürfen! Was wir als junge Idealisten im geschützten Rahmen streng kontrolliert begonnen hatten, habt ihr ins Gegenteil verkehrt. Ihr habt die Grenze überschritten, ihr und die anderen, mit denen ihr seit Jahren an einem Strang zieht. Oder denkst du, dass ich euch glaube, dass das alles beendet wäre? Wem willst du das erzählen!«

»Was willst du damit sagen?« Rinkenburger war plötzlich hellwach. »Ich führe ein Pharmaunternehmen, du weißt, dass ich nicht mehr in der Forschung bin.«

»*Kampa New Human* forscht und entwickelt. Du vertreibst ja keine Produkte, die man dir fertig auf dem Silbertablett präsentiert.«

»Meine Forschung ist völlig anderer Art.«

»Und darüber hinaus? *Kampa New Human* ist bestimmt gut vernetzt, viele Pakte. An was arbeitet ihr denn sonst noch so, von dem die Öffentlichkeit nichts mitbekommt? Etwas Revolutionäres, mit dem man sich den Durchbruch erhofft? Welche Pakte hast du denn so? Auch *alte* Verbindungen?«

Schweigen. Wenn sie nun anfangen würde, sich zu verteidigen, käme das einem Schuldeingeständnis gleich. Paula war fest überzeugt, dass die damaligen Versuche im Verborgenen weiterliefen. Als hätten es die Verantwortlichen nötig, im Untergrund zu agieren! In welcher Welt lebte Paula eigentlich?! Sie hatte ja keine Ahnung…

»Hör zu, Charlotte!« Paula sprach nun wieder ruhig, fast sanftmütig. »Es tut mir leid. Ich habe nicht angerufen, um mich mit dir zu streiten. Du hast mich provoziert, und ich habe mich provozieren lassen. Mein Fehler. Es tut mir leid. Ich habe gedacht, ich hätte meinen Groll überwunden, nach all den Jahren. Dachte ich wirklich. Es fühlte sich so an. Aber die Konfrontation mit dir hat alles wieder an die Oberfläche katapultiert. Ich bin immer noch wütend. Und verletzt. Und ja, manchmal fühle ich mich auch schuldig. Ist es das, was du von mir hören willst? Aber ich konnte nicht anders, und ich würde es wieder tun.« Paula hielt kurz inne, als wäge sie ihre nächsten Worte gut ab. »Lass uns das jetzt bitte mal beiseitelegen. Da ist etwas, das ich mit dir besprechen muss, und zwar dringend. Denn ich denke, es wird dich interessieren, was ich zu sagen habe.«

»Ich höre.« Rinkenburger setzte sich. Etwas in ihr war alarmiert.

»Hat man mit den Versuchen weitergemacht?«

»Was soll die Frage?«

»Hat man, oder hat man nicht?«

Pause. Sicher zu lang. »Man –«

»Man hat!«, schlussfolgerte ihre Schwester Paula. »Ich habe in letzter Zeit einige seltsame Fälle in meiner Praxis.«

»Ist das nicht dein Job?«, stichelte Rinkenburger. Sie war wütend.

Paula Dannowitz überging den Seitenhieb. »Hör zu, Charlotte. Da draußen läuft mächtig was schief. Ich bin auf ein paar extrem beunruhigende Zusammenhänge gestoßen, denen nachzugehen wichtig ist. Wenn es nämlich ist, wie ich vermute, dann hat die Sache eine Dimension, von der ich denke, dass nicht einmal du das ganze Ausmaß kennst, falls du involviert bist. Bist du?«

»Soll das ein Verhör sein? Ich dachte, du wolltest dich nicht streiten!«

»Falls du involviert bist oder zumindest davon weißt oder es auch nur ahnst – dann müssen wir reden.« Paula hielt kurz inne, als warte sie auf eine Reaktion. Es kam keine. Was hatte sie erwartet? »Und wenn es so ist, wie ich vermute, kann das nur vonstattengehen, weil extrem mächtige Leute ihre Finger im Spiel haben. Und wie das mit mächtigen Leuten so ist, lassen die sich nicht kontrollieren. Sie kontrollieren selbst! Wenn meine Vermutung richtig ist, dann hat jemand unsere damaligen Versuche erfolgreich weitergeführt und einen Weg gefunden, um ein effektives Programm zu schreiben. Es breitet sich aus. Wie ein Virus, immer schneller, immer stärker. Hochpotenziert. Und ich glaube zu wissen, wie sie es verbreiten, auch wenn ich es selbst nicht glauben kann. Aber wenn das stimmt, was ich denke, dann…« Paula stockte mitten im Satz. »Dann ist es vielleicht schon zu spät.«

»Du verbringst zu viel Zeit mit deinen Patienten! Du klingst paranoid. Auf was willst du hinaus? *Was* soll da draußen *wie* vonstattengehen? Wenn du an eine akute Gefahr glaubst, welcher Art auch immer, warum gehst du nicht einfach zu den Behörden?« Jetzt wurde es interessant. Wusste Paula mehr, als sie wissen konnte? Wissen durfte? Schwer vorstellbar – aber möglich.

»Ich weiß, dass du im Herzen das richtige willst. Du bist nicht, wie du vorgibst zu sein. Du willst das Gute! Nur deine Wege sind die Falschen! Falls du involviert bist und falls an meiner Vermutung etwas dran ist, dann sorge dafür, dass es endet, sofort! Ich weiß nicht, wer mitmischt und mit wem du dich eingelassen hast – aber du musst das stoppen! Es geht inzwischen um Leben und Tod, das kannst du alles nicht wollen!«

♦

Hamburg

Carl Ruppenhauers gierige Blicke konnten sich nicht entscheiden, ob sie auf den deftigen Hüften seiner Assistentin Maja oder auf der graphischen Darstellung der Einschaltquoten der letzten Tage kleben bleiben sollten. Er entschied sich für die Zahlen auf dem Bildschirm. Mit Maja würde er noch den ganzen Abend verbringen – das Notebook aber würde er abends für eine Weile zuklappen müssen. Lieber geilte er sich noch ein paar Minuten an den Zahlen auf, das war in diesem Moment besser als der Sex mit Maja. Daher schenkte er ihr, während sie ihm den frischen Kaffee auf den Tisch stellte, nur einen flüchtigen Blick.

Mit einem aufgesetzten Schmollen machte Maja sich vom Acker. Ruppenhauer entging nicht, dass sie ihrem Hüftschwung dabei extra Zunder gab. Maja... Ihr Gesicht war nur unterdurchschnittlich attraktiv, alles andere als makellos, aber ihre weiblichen Rundungen ließen ihn darüber hinwegsehen. Er war ja nicht so. Sie hatte ihre Qualitäten, keine Frage. Die perfekte Assistentin, unterwürfig genug, und bei der Arbeit durchaus effektiv. Welch ein Glücksgriff! Zuvor hatte er ein paar Hohlbirnen verschlissen. Maja aber hielt ihm stand, bot mitunter sogar Paroli. Keckes Luder! Er schmunzelte kurz, dann war er wieder ganz bei den Zahlen.

Es war die richtige Entscheidung gewesen, die Dosierung der subliminalen Reize nunmehr selbst in die Hand zu nehmen, statt ständig irgendwelchen Kommandos von Grothe zu folgen. Schnell hatte er erkannt, welch immense Möglichkeiten sich ihm boten. Und er wäre nicht der erfolgreiche Geschäftsmann, der er war, wenn er die Gelegenheit nicht beim Schopf gepackt hätte – so kräftig und dominant, wie er Maja nach Feierabend an ihrer Prachtmähne packen und sie gekonnt nehmen würde.

Die Zahlen geilten ihn auf. Er kannte dieses Gefühl, er liebte es. In den letzten zwölf Monaten hatte es sich immer öfter bei ihm eingestellt, und er war ihm total verfallen. Die Gier umhüllte ihn wie ein Nebel und durchflutete ihn gleichzeitig mit einer angenehmen, schwindelerregenden Hitze, er war umnebelt und heiß auf mehr, er war im Rausch der Zahlen, des sprudelnden Geldes, des Erfolgs, den er im Vorfeld zwar erhofft und vermutet, keinesfalls aber so schnell erwartet hatte. Und warum sollte er den Verlauf der subliminalen Reize nicht selbst ein wenig intensivieren – er war doch lange genug in diesem Experiment Handlanger gewesen! Jetzt übernahm *er* die Führung und beschleunigte das Wachstum seines Imperiums ein wenig. Davon abgesehen würden auch alle anderen profitieren. Wer von ihnen würde *nicht* absahnen, wenn sie schneller und manifester eine Wirkung hervorriefen und somit Veränderungen produzierten, die nach Lösungen schrien. Und wenn sie schrien, dann stand er mit den Lösungen bereit. Die Sucht der Konsumenten wollte bedient, das Verlangen nach noch stärkerer Identifikation mit ihren Figuren befriedigt werden. Millionen Leute da draußen wollten immer härteren, immer wirkungsvolleren Stoff. Aus der medialen Unterhaltung von früher war eine Religion geworden, die Konsumenten mediale Junkies, die ihr reales Leben gegen ihre Rollenidentifikation mit *Ashes Real* eingetauscht hatten und nun mit ihm, dem CEO des innovativsten Medienunternehmens aller Zeiten, gemeinsam eine neue Realität erschufen – eine Realität, die die Mitglieder der Community inzwischen stärker prägte als ihr langweiliges wirkliches Leben in ihrem tristen grauen Alltag. Er und seine Produkte waren das Medikament, das sie brauchten – für eine Krankheit, die das Experiment überhaupt erst geschaffen hatte. Sie produzierten das Gift für die Konsumenten – und gleichzeitig boten sie ihnen das Heilmittel an.

Das machte ihn reich, unsagbar reich! Ihn, den kleinen Handlanger der großen wissenschaftlichen Visionäre – ihn, den man nur gefördert hatte, weil man ein Medienunternehmen benötigte, um die Versuche breit angelegt durchführen zu können – ihn, den man dabei nur benutzte und wieder fallenlassen würde, wenn die Experimente eines Tages vorbei sein würden und er dann seinen Zweck erfüllt hatte – ihn, der sich im Rahmen des wissenschaftlichen Projekts mittlerweile unverzichtbar gemacht hatte und der zu einer Schlüsselfigur für den weiteren Erfolg geworden war. Dabei war er kein Forscher und nicht einmal Akademiker.

Hätte er seinen Teil des Projekts nicht dermaßen erfolgreich gemeistert, die anderen wären nie dort hingekommen, wo sie nun standen. Man hatte ihn gebraucht, seine

Streaming-Serien, seine Filme und seine Spiele. Ohne ihn wären sie nie so schnell so weit vorgedrungen. Er hatte alle Mitbewerber abgehängt, unaufhaltsam war er an ihnen vorbeigeprescht. Nun hatte seine Macht in einem unvorstellbaren Maße zugenommen – ein berauschendes Gefühl. Ein Kribbeln durchfuhr ihn, ein wohliger Schauer, der nach mehr verlangte, in jeder Hinsicht.

Er drückte einen Knopf der Telefonanlage: »Maja, du flotte Biene! Komm rein, es gibt leckeren Blütennektar!« Sie hasste diesen bescheuerten Spruch – gerade deswegen mochte er ihn. »Und bring Schampus mit!«

♦

München

Die letzten beiden Tage hatte Natascha die Redaktion nicht aufgesucht. Ungewohnt. Sie hatte es ihren Mitarbeitern gegenüber ausreichend begründet. Zumindest glaubte sie das. Sie sei gerade an etwas Wichtigem dran, hatte sie gesagt, war aber im Hinblick auf weitere Informationen vage geblieben. Stimmte ja auch – sie war an etwas dran! Natascha wollte ihre weiteren Schritte aber erst mal überdenken und durfte nach dem Einbruch nicht vorschnell handeln. Sie musste versuchen, ihre Gedanken zu sortieren und ein Stück weit innerlich zur Ruhe zu kommen. Dafür hatte sie sich zurückgezogen und war auch nur sporadisch online und nicht einmal mit aktuellen Pressemeldungen up to date. Und das als Journalistin…

Aber es passierte ohnehin jeden Tag mehr, als sie privat oder beruflich aufnehmen oder gar in ihrer eigenen Recherche verwenden konnte. Einzig die ganz großen Schlagzeilen hatte sie überflogen und natürlich beobachtet, was bei ihrer Redaktion los war.

Was zwei Tage Medienabstinenz bewirkten! Sie fühlte sich fast außen vor. Und dennoch, sie wollte ihre Gedanken voll auf die eigene Recherche konzentrieren und so wenig Ablenkung wie möglich.

Von dem Ex-Berater des *Deutschen Phönix*, Ragner von Rhein, hatte sie seit ihrer nächtlichen Begegnung nichts mehr gehört. Einerseits war das enttäuschend, fast frustrierend, andererseits kam es ihr gelegen. Mit den Informationen, die er ihr zum Schluss noch zugsteckt hatte, musste sie nun das Richtige tun. Was immer ans Ziel führte.

Wo fing sie an? Und was genau nahm sie als Gesprächsaufhänger, ohne Verdacht zu erregen? Sie würde mit einer renommierten Forschungseinrichtung beginnen, die hervorragend ins Konzept ihrer Recherchearbeit passte. Der Anknüpfungspunkt für ein Gespräch dort war kein anderer als bei Stenzel oder Dannowitz – wissenschaftliche Meinungen im Rahmen eines Interviews einholen, im Rahmen ihres Reportage-Themas, mit dem sie ohnehin offen hausieren ging. Wie offen sie aber im Hinblick auf ihre gewagten Thesen sein sollte, war noch abzuwägen. Stenzel gegenüber war sie beim letzten Treffen im Hotel einen Hauch zu offen gewesen, er hatte abwehrend reagiert. Oder war es ausweichend gewesen? Irgendetwas versuchte ihr Bauchgefühl ihr mitzuteilen. Aber was?

Bei Stenzel war sie nicht weitergekommen – nun würde sie sich auf die nächsten Wissenschaftler stürzen und die Liste von Rheins abarbeiten. Ja, sie würde mit diesem Professor Frøseth vom *Mulhern Institut* anfangen, dessen Name ihr bis dato nichts sagte, sonst wäre sie doch schon vor Wochen auf ihn gestoßen und hätte ihn kontaktiert oder Kollegen hingeschickt wie bei den anderen Fachleuten auch.

Sie würde bei ihm anfangen und dann weitersehen, wie sie von Rheins Liste weiter abarbeiten würde. Er hatte ihr gleich mehrere Forschungseinrichtungen, Unternehmen und Personen genannt, die – sofern er richtiglag – entweder in die Sache verstrickt waren oder aber zumindest in ihrer Recherche weiterhelfen würden, Kontakte also, die Insiderinformationen hatten, so oder so.

An diesem Morgen hatte Natascha ihre Tochter nicht in die Kita gebracht und mit ihr Jennifer und Eric vom Flughafen abgeholt. Die Freude bei ihrer Ankunft war groß, und für einen Augenblick hatte Natascha die aktuellen Ereignisse nahezu vollkommen vergessen. Nun war sie gespannt, was der heutige Tag noch an Überraschungen bereithalten würde.

Die erste große Überraschung des Tages hatte Jennifer bereits kurz nach ihrer Ankunft verkündet: Mike war überhaupt nicht in die Karibik weitergezogen, sondern noch immer auf Mallorca – besser gesagt irgendwo vor Mallorca unter Wasser. Staunend hatte Natascha Jennifers Ausführungen über Franks Beraterauftrag gelauscht – und hatte noch mehr gestaunt, als sie erfuhr, dass Mike Franks Idee aufgegriffen hatte und als einer der Probanden dabei war. Als Jennifer dann auch noch berichtete, dass Frank in Kürze an der Ostsee sein würde und vorhabe, Mike mitzunehmen und im Anschluss zwei Tage in München vorbeizuschauen und von dort aus zurückzufliegen, entwich Natascha ein kurzer Freudenschrei.

Egal, Jennifer konnte sie sowieso nichts vormachen, sie war ohnehin im Bilde, vom ersten Tag an. Wahrscheinlich heckte sie bereits einen Plan aus, der es möglich machen würde, dass Mike, wenn es so weit war, in München bleiben würde, während sie und Frank nach Mallorca flogen.

Jennifer! Was hatte sie noch an Überraschungen und Ideen im Gepäck?

Den ganzen Tag über versuchte Natascha so unbeschwert wie möglich zu sein und ihre Freude über das Wiedersehen und die gemeinsame Zeit zu genießen, als wäre nichts Außergewöhnliches vorgefallen. Doch das gelang ihr nur bedingt. Mehrmals ertappte sie sich dabei, dass sie sich umschaute. Sie fühlte sich beobachtet, und dieses diffuse Gefühl wollte nicht weichen, obwohl sie sich selbst immer wieder gut zuredete, dass ihre Sinne ihr einen Streich spielten. Seit dem seltsamen Einbruch in ihre Wohnung verspürte sie diese Unruhe – wie sollte sie auch anders damit umgehen? Das alles war ja real passiert und entsprang nicht ihrer Phantasie. Der Laptop, der nicht mehr an seinem Platz stand – die Festplatte, die stattdessen dort lag – deren Inhalt gelöscht! Das alles war real gewesen, keine Trübung ihrer Sinne. Oder?

Nach dem Vorfall hatte sie Timo Philur, ein Experte für Sicherheitstechnik, dem sie vertraute, gebeten, in ihrer Wohnung zu prüfen, ob irgendwelche Abhörgeräte oder Kameras installiert waren. Ein paar Stunden lang war er mit irgendwelchen Messgeräten zugange gewesen. Zum Glück hatte er keine Fragen gestellt, zumindest am Anfang nicht. Als er fertig war, verkündete er ihr, die Wohnung sei sauber. Wie sich das schon anhörte… als wäre sie in sonst was verwickelt! Und war sie das nicht auch?

Timo fragte dann kurz vor dem Gehen doch noch: »In was bist du denn reingeraten? Hast du Probleme mit einem Stalker oder Voyeur?«

Vielleicht hätte sie diesen Ball geschickt auffangen und einfach schnell bejahen sollen. Aber sie ergriff die Chance nicht.

Also folgte die nächste Frage: »Bist du im Rahmen einer Story üblen Leuten auf die Füße getreten?«

Sie schwieg auch zu dieser Frage. Was sonst hätte sie tun sollen?

»Muss ja eine Hammer-Story sein!«, sagte er. Und fragte, ob das dieselbe Sache sei, für die sie kürzlich seine spezielle Software zum Abgleich von Ähnlichkeiten in Pressetexten gebraucht habe; ganz ohne Fragen wollte er an diesem Tag wohl nicht gehen.

Sie aber hatte eisern geschwiegen und Timo sich damit zufriedengegeben.

»Bin gespannt«, war sein abschließender lapidarer Kommentar. Dann hatte er grinsend die Wohnung verlassen, als wäre das alles ein Spaß und er Teil eines Journalisten-Abenteuers. Der hatte Nerven…

Nun saß Natascha in eben dieser Wohnung – doch nun nicht mehr allein. Das war ein gutes Gefühl. Aber sie fühlte sich auch schuldig. Jennifer und Eric waren hier, am Tatort eines Einbruchs. Was, wenn der Täter wiederkäme? Doch man hatte ihr ja nur eine Warnung dagelassen. Und seither hatte sie nichts unternommen – nicht in die eine und nicht in die andere Richtung. Warum also sollte man ihr erneut einen Denkzettel verpassen, hier bei ihr zu Hause? Unwahrscheinlich.

Nach dem gemeinsamen Abendessen brachten die beiden Frauen ihre Kinder ins Bett, dann berichtete Natascha Jennifer von ihrer Recherche. Normalerweise sprach sie nie mit Außenstehenden über ihre Arbeit, das war ein Grundsatz, dem sie immer folgte. Doch dieses Mal verhielt sich die Sache anders. Sie musste sich einfach ihrer besten Freundin öffnen und loswerden, was sie so beschäftigte – und vor allem, was ihr Angst machte! Um eine Rüge von Jennifer, warum sie den Einbruch nicht der Polizei gemeldet hatte, kam Natascha nicht umhin. Jennifer ließ nicht gelten, dass die ganze Story dann so kurz vor dem entscheidenden Wendepunkt den Bach runtergehen könnte. Und wahrscheinlich hatte sie recht.

Doch Natascha konnte nicht anders. Was hatte Stenzel gesagt? *Besessen von der Story!* Stenzel! Ein seltsamer Typ, ambivalent, bei ihrem letzten Treffen war er so ganz anders gewesen als bei ihrem ersten, teilweise zumindest. Sie sollte ihn nochmals aufsuchen. Irgendetwas verschwieg er ihr, doch auf eine Art, die sie fast provozierte, es aus ihm herauszulocken. Als wollte er, dass sie mehr erfuhr, nur traute er sich nicht, es ihr zu sagen.

Beim ersten Glas Wein rückte Natascha endlich auch mit der Idee heraus, die ihr schon die ganze Zeit unter den Nägeln brannte. Es war ihr plötzlich unangenehm, Jennifer um ein ganztägiges Babysitten zu bitten, denn es fühlte sich nun so an, als würde sie Jennifers Besuch nur ausnutzen, um Freiraum zu haben – auf Kosten der gemeinsamen Zeit, um die es bei Jennifers Besuch doch eigentlich ging. Natürlich war es Blödsinn, so zu denken. Als ob Jennifer nicht verstehen würde, dass Natascha diesem Hinweis von Rheins selbst nachgehen wollte, statt jemanden vom Redaktionsteam vorzuschicken!

»Würdest du dich an einem Tag verstärkt um Lea kümmern? Im schlimmsten Fall vielleicht sogar fast den ganzen Tag und vielleicht auch am nächsten nochmals? Keine Ahnung. Ich meine, falls ich überhaupt einen Termin in dem Institut bekomme. Und dann ist die Frage, wie lange es dauert. Kann ich ja nicht absehen. Vielleicht rede ich mit mehreren Leuten. Ich würde Lea einen oder zwei Tage nicht in die Kita schicken, und wenn ich Gespräche habe, dann müsstest du halt so lange…«

»Natascha.« Jennifer setzte einen gespielt beleidigten Blick auf.

»Na ja, ich möchte dich halt ungern einfach einspannen.«

»Kein Wunder, dass du immer gestresst bist.« Jennifer zwinkerte. »Hör zu, ich kümmere mich gerne um unsere beiden Kinder, von mir aus den ganzen Tag, wenn es dir hilft. Aber unter einer Bedingung…«

Jennifer stellte Bedingungen? Ganz recht war ihr der Tagesmutter-Job wohl doch nicht… »Und die wäre?«, fragte Natascha zögerlich.

»Wir bringen Dich nicht zum Flughafen oder Bahnhof, um dann wieder zu Dir nach Hause zu fahren.«

»Nicht?« Natascha war nun irritiert.

»Nein! Wir fliegen oder fahren überall zusammen hin!« Jennifer grinste.

»Du bist verrückt. Das ist sicher keine gute Idee. Es ist besser –«

»Keine Widerrede!« Jennifer lachte. »So, oder gar nicht.«

♦

Natascha da Silva war offensichtlich noch immer nicht bereit, ihre Recherchen einzustellen, der Mann – Legion – musste daher schnell und effizient dafür sorgen, dass ihre Neugier endgültig abreißen würde, dabei hatte er freie Hand bezüglich seines Vorgehens. Hauptsache, das Problem war vom Tisch.

Es war nun spät in der Nacht, und er hatte sich bereits Zugang zum Treppenhaus des Mehrfamilienhauses verschafft, in dem da Silva wohnte. Er wusste, dass sich da Silva nicht mit ihrer Tochter allein in der Wohnung befand – seit gestern Vormittag hatte sie Besuch von ihrer Freundin aus Mallorca und deren Kind.

Fast den ganzen Tag hatte er die vier observiert. Jemand mit weniger Durchblick hätte sicher den Eindruck bekommen, da Silva hätte sich eingeschüchtert von ihrer Arbeit zurückgezogen und weitere Schritte wären nicht notwendig, aber wenn sein Auftraggeber richtiglag, dann täuschte dieser Eindruck.

Er selbst konnte dieser Einschätzung nur zustimmen. Ja, er musste da Silva offensichtlich doch mehr auf den Zahn fühlen. Ihr lediglich durch einen Einbruch Angst einzujagen und ihr klarzumachen, dass sie sich auf dem falschen Terrain bewegte, genügte nicht. Sie kuschte noch nicht. Aber er würde dafür sorgen, dass sie es noch in dieser Nacht tun würde! Für ihn war das Tagesgeschäft, kein Problem. Einzig, dass kleine Kinder darin verwickelt waren, machte ihm Sorgen. Er war abgebrüht, solange es der Sache, für die er angeheuert wurde, diente. Aber er war kein Ungeheuer. Den Kindern durfte nichts passieren, er wollte sie auch nicht traumatisieren. Sie konnten nichts für den Leichtsinn ihrer Mütter.

Bisher waren nur selten Kinder involviert gewesen, wenn er einen Auftrag zu erledigen hatte, und bisher hatte er das immer irgendwie regeln können. Noch hatte er keine Idee, wie er die Situation dieses Mal lösen sollte, falls die Kinder wach würden. So oder so, es war das erste Mal, dass er *so* weit gehen würde, sein Job hatte inzwischen ein anderes Level erreicht. Aber das hatte die Sache, für die er hier unterwegs war, ja auch. So war das eine die unabdingbare Folge des anderen.

Er hatte da Silva richtig eingeschätzt – die Polizei hatte sie nicht eingeschaltet. Nach mehreren Tagen würde sie es wohl auch nicht mehr tun. Und das war der Punkt. Ihr Verhalten zeigte, wie sie tickte. Sicher, sie hatte selbst schnell festgestellt, dass ihr ohnehin keiner glauben würde, ohne offensichtliche Anzeichen für einen Einbruch. Vor allem aber hatte sie es nicht getan, weil ihre Story, der große Enthüllungseffekt, den sie sich versprach, der mediale Skandal, den sie publik machen und der sie ins Rampenlicht rücken würde, ihre berufliche Chance schlechthin bedeutete. Da war er sich sicher. Diese Chance wäre dann in Gefahr. Sie musste also noch dran sein an der Sache, das war offensichtlich! Natürlich war es für ihn und seine Auftraggeber von Vorteil, dass die Polizei noch nicht im Spiel war. Gleichzeitig aber läuteten genau deswegen die Alarmglocken bei ihm, was da Silva anging. Klar also, dass er sich nochmal um sie kümmern musste, jetzt aber mit der nötigen Schärfe.

Das neue Schloss in da Silvas Wohnungstür war ein Klacks für ihn. Dass sie abgeschlossen hatte, änderte nichts. Der Schlüssel steckte allerdings nicht von innen in der Tür. Eine überumsichtige Mutter kleiner Kinder! Sie hatte den Schlüssel aus Vorsicht abgezogen, damit ein möglicherweise nachts umherlaufendes Kind nicht die Wohnung verlassen konnte. Aber selbst wenn der Schlüssel gesteckt hätte – es hätte ihn nicht aufhalten können. Es hätte ihn allenfalls etwas Zeit gekostet. Und die hatte er. Wer sollte ihn mitten in der Nacht überraschen. Selbst Frühschichtarbeiter schliefen noch. Und sollte ein Partylöwe nach Hause kommen, dann würde er improvisieren, das Treppenhaus war groß genug.

Binnen weniger Minuten hatte er sich Zutritt verschafft und stand im dunklen Wohnungsflur. Alles war still. Er zog sich die Sturmhaube über. Diesmal würde die Polizei ins Spiel kommen – und bei seinem Übergriff konnte auch etwas schieflaufen. Er hatte noch nie den Fehler begangen, sich für unfehlbar zu halten.

Vielleicht war es doch ein Fehler gewesen, keine Abhörgeräte und Kameras in der Wohnung zu positionieren. Aber weil die Leute im Hintergrund wussten, dass sie gute Kontakte zu technisch versierten Freunden hatte, und voraussahen, dass sie diese um Prüfung ihrer Wohnung bitten würde, hielt man es für besser, da Silva zweifeln zu lassen. Sie sollte ständig darüber grübeln, ob sie sich mit dem Notebook und der Festplatte nicht vertan hatte und die gestressten Sinne ihr nicht vielleicht doch nur einen Streich spielten – und im Zweifel darüber, ob sie wirklich im Schussfeld gefährlicher Leute stand oder nicht. Sie würde sich fragen, ob es überhaupt mit ihren derzeitigen Recherchen zu tun oder vielleicht völlig andere Gründe hatte. Nachteil dieses Psychospiels war allerdings, dass sie nur annehmen konnten, was da Silva in ihrer Wohnung tat. Sie wussten es nicht. Nicht einmal, wer in welchem Zimmer schlief.

Er überlegte, wo da Silvas Freundin wohl schlafen würde. Mit ihr würde er anfangen. Dann könnte er sich in Ruhe um da Silva kümmern.

Sein Auftraggeber hatte alles durchdacht. Das mochte er an dem Mann. Er war clever und sah die Züge der anderen voraus. Ein begnadeter Stratege.

Er holte erst die Schusswaffe und dann den Schalldämpfer aus seiner Jacke. Nachdem er den Schalldämpfer aufgeschraubt hatte, entsicherte er die Waffe. Dann schlich er geräuschlos durch den Flur. Er würde seinen Job erledigen – hier und jetzt.

♦

Mallorca, Habitat V

Mike Sauerländer wälzte sich unruhig im Bett hin und her. Der Traum war so real, und obwohl er wusste, dass er träumte, schaffte er es nicht, ihm bewusst ein Ende zu setzen und sich zum Aufwachen zu zwingen. Zusammenhanglos schossen ihm die Fetzen durch den Kopf.

Natascha!

Mehrere Personen – alle vermummt – bedrängen Natascha. Von allen Seiten schreiten sie zielstrebig auf sie zu. Nur von hinten nicht. Nach hinten zu gehen, ist für Natascha die einzige Option. Sie tut es. Gleich mehrere Waffen sind auf sie gerichtet. Die pure Angst spiegelt sich in ihrem Gesicht. Er sieht Nataschas Angst nicht nur – er spürt sie auch, empfindet sie selbst, als wäre er Natascha.

Was hinter ihr ist, kann er nicht sehen. Die Angreifer werden schneller. Eine Waffe nach der anderen klickt – sie entsichern sie! Weil die Leute vermummt sind, kann er ihre Mimik nicht sehen, aber er weiß, sie grinsen hämisch, sadistisch fast.

Natascha weicht zurück. Erst schnell. Dann panisch. Plötzlich dreht sie sich um – Mike sieht, was Natascha sieht. Als blicke er durch ihre Augen. Ein Abgrund, tief und dunkel, sein Ende ist nicht in Sicht. Entsetzt stemmt sich Natascha von diesem Abgrund weg und setzt einen Fuß wieder nach vorne. Doch sofort werden die Bedränger schneller, kommen noch näher. Natascha weicht erneut zurück. Weiter als zuvor. Plötzlich ein Knirschen, sie verliert fast den Halt.

Natascha! Mike schreit, doch sie kann ihn nicht hören. Ruckartig gleitet sein Blick von Natascha weg. Ist sie gefallen? Er kann es nicht sagen… Er will helfen, aber er kann es nicht. Sein Blick wandert von einer vermummten Person zur nächsten, bleibt an einer haften. Er geht auf sie zu. Er ist ihr nun ganz nah.

Er streckt seinen Arm aus, will nach der Kapuze greifen. Er ist irritiert, dass sich die Person ohne Gegenwehr das Ding vom Kopf ziehen lässt. Mike erstarrt, als er in das Gesicht dieser Person blickt: Er schaut in sein eigenes Gesicht! Ent-

setzt und verwirrt zugleich taumelt er zurück, er fällt hin. Nun richtet sein bewaffnetes Ich die Pistole nach unten auf ihn. Dann hebt es den Arm und richtet die Waffe auf einen Punkt irgendwo seitlich hinter ihm. Natascha!

Er rappelt sich auf. Die vermummten Gestalten kreisen ihn mehr und mehr ein, bedrängen nun auch ihn. Mike dreht sich dorthin, wo er Natascha vermutet. Sie ist noch da!

Wohin nun? Zu Natascha! In ihre Richtung ist die einzige Lücke, der einzige Ausweg.

Sie steht noch immer am Abgrund. Sie lebt! Doch jeder Fluchtweg ist ihr versperrt, so wie ihm selbst auch. Plötzlich rennt er auf Natascha zu. Sie reißt die Augen auf und streckt die Hand nach ihm aus. Will sie ihn ergreifen oder will sie Distanz schaffen, sich schützen? Sie schreit. Laut. Mike! Mike! Mike!

Schweißgebadet schreckt Mike hoch, schnappt nach Luft. Sein Herz rast. Sein Puls hämmert. Er lässt sich zurück ins Kopfkissen fallen – es war nur ein Traum.

Nur ein Traum! Und doch so real… Er knipst das Licht an und schaut auf die Uhr.

Es war noch Zeit. Er könnte noch schlafen, bevor Frank ihn abholen würde. Was für ein seltsamer und beängstigender Traum! Niemals zuvor hatte er so etwas Seltsames geträumt. Was war nur los mit ihm?

♦

Leise öffnete der Mann – Legion – die Tür zu dem Zimmer, in dem er Stebes Frau vermutete. Doch er hatte sich getäuscht. Keine Matratze, kein Zustellbett, keine Jennifer Stebe. Im Kinderzimmer würden sicher die beiden Kinder schlafen, lautlos schlich er daran vorbei. Offensichtlich teilten sich die beiden Freundinnen da Silvas Schlafzimmer, darauf hätte er gleich kommen können. Er würde den Ablauf ändern müssen und sich innerhalb von

Sekunden um beide Frauen kümmern. Auch kein Problem. Mit der Waffe im Anschlag öffnete er die Tür.

Plötzlich hielt er inne. Er schloss die Tür wieder. Vorsichtig bewegte er sich zurück zur Kinderzimmertür. Zuvor hatte er gesehen, dass dort im Schloss der Schlüssel steckte. Das spielte ihm in die Hände. Er würde das Risiko eingehen, dass er zu hören war, und abschließen. Besser, die Kinder waren eingeschlossen, so kamen sie ihm nicht in die Quere.

Er bewegte sich wieder Richtung Schlafzimmer. Die Waffe bereit. Noch immer war alles ruhig. Erneut öffnete er die Tür. Seine Augen hatten sich längst an die Dunkelheit gewöhnt. Dennoch wollte er mit dem stark abgedämpften Lichtstrahl seiner Taschenlampe für etwas Orientierung sorgen.

Das Rollo musste unten sein, das Fenster geschlossen. Das Zimmer lag völlig im Dunkeln. So konnte man nur schlafen, wenn Frischluft bei Nacht nicht wichtig war. Er senkte den schwachen Schein seiner Lampe und ließ ihn langsam über den Zimmerboden wandern, bis der schummrige Lichtkegel an die Bettkante stieß. Der Mann näherte sich dem Bett, die Waffe in Position.

Die ärgerliche Gewissheit erreichte ihn verzögert, doch eine Sekunde später war klar – das Bett war leer.

Die nächsten Minuten durchsuchte er die Wohnung nach Hinweisen. Die beiden Frauen waren mitsamt ihren Kindern sicherlich nicht auf einer nächtlichen Party. Nur, wo waren sie dann? Was er nicht fand, war da Silvas Notebook. Und er fand auch nicht das Gepäck ihrer Freundin oder ihre Zahnbüsten. Was er stattdessen entdeckte, war eine auffällig ordentlich hinterlassene Wohnung. Kein Zweifel – die vier würden so schnell nicht wiederkommen. Zumindest nicht in dieser Nacht. Alles sah nach einer kleinen Reise aus. Die Frage war nur, wohin.

♦

Hamburg

Wie so oft saß Medienmogul Carl Ruppenhauer noch spät in der Nacht in seinem Büro. Und wie so oft ergötzte er sich an den Quoten von *Ashes Real* und den Verkaufszahlen seiner Computerspiele. Die Dinge entwickelten sich, wie er es sich nie hätte träumen lassen.

Ohne anzuklopfen, öffnete jemand die Tür zu seinem Büro. Ruppenhauer blickte vom Bildschirm auf, direkt auf den unbekannten Eindringling. »Was fällt Ihnen ein?«, schnauzte er wütend. »Wer sind Sie? Was wollen Sie?« So schnell es Ruppenhauers füllige Statur zuließ, erhob er sich aus seinem Stuhl.

In aller Ruhe schloss der Mann die Tür, ohne sich von Ruppenhauers Wut beeindrucken zu lassen.

Ruppenhauer stand nun wie angewurzelt hinter seinem Schreibtisch. Er spürte den Impuls, sich auf den Mann zu stürzen und ihm für seinen unbefugten Zutritt einen Denkzettel zu verpassen. Mit der Faust. Tatsächlich aber paralysierte ihn die übertriebene Gelassenheit des Unbekannten, und seine Verwunderung darüber, mit welch dreister Selbstverständlichkeit der Mann ohne Erklärung oder Entschuldigung die Tür hinter sich geschlossen hatte, ließ ihn kurz erstarren. Erst als der Mann eine Waffe zog und auf Ruppenhauer richtete, ließ die Lähmung schlagartig von ihm ab.

Hektisch wich Ruppenhauer nach hinten, als könnte er sich dort in Sekundenschnelle von einem bestimmten Punkt aus dem Raum beamen. Tatsächlich jedoch war da nur die Wand, gegen die er jetzt stieß, und an der stand er nun, wie ein Lump kurz vor seiner Exekution.

Ruppenhauer spürte die Hitze, spürte seinen Schweiß, der ihm aus allen Poren drang. Das war kein simpler Raubüberfall. Instinktiv wusste er, dass dieser Mann nicht hier war, um sich unter Gewaltandrohung Wertsachen zu verschaffen.

Warum auch, hier gab es nichts zu holen. Nein, dieser Mann war offensichtlich hier, um tatsächlich Gewalt zu vollstrecken, das konnte er erkennen. Im besten Fall würde der Fremde ihm nur drohen. Ruppenhauer hoffte, dass sich der Mann mit der Waffe nur Gehör verschaffen und ihn nicht wirklich umbringen wollte. Nur, warum? Was wollte er? Andererseits... Feinde hatte Ruppenhauer sich genug gemacht, vor allem in letzter Zeit – sollte man ihm vielleicht auf die Schliche gekommen sein und herausgefunden haben, dass er klammheimlich gehandelt und eigenmächtig die Dosis der subliminalen Reize in den Serienfolgen und Computerspielen extrem erhöht hatte?

»Wer schickt Sie?«, fragte Ruppenhauer. Sein Hemd klebte bereits am Oberkörper.

»Niemand.«

»Was wollen Sie?«

»Namen und Anschriften aller Mitarbeiter, die involviert sind.

»Involviert in was?«, fragte Ruppenhauer hochmütig.

Der Fremde trat einen Schritt auf Ruppenhauer zu.

Der wechselte seine Strategie und sagte nunmehr unterwürfig: »Hören Sie, ich weiß wirklich nicht, wovon Sie reden...«

Der Mann griff mit seiner linken Hand in seine Manteltasche. Er holte einen Schalldämpfer heraus und schraubte ihn andächtig auf den Lauf der Waffe.

Ruppenhauer glitt an der Wand zur Seite Richtung Fenster. Das Büro lag im obersten Stockwerk des Gebäudes, im zehnten... Wo sollte er hin...? »Wovon reden Sie, Mann!?« Er war jetzt panisch.

Wieder kam der Mann einen Schritt auf ihn zu. Dabei entsicherte er die Waffe.

»Okay okay.« Ruppenhauer hob abwehrend die Arme nach vorne. »Moment.« Er stolperte zu einem Aktenschrank. Zitternd öffnete er ihn. Kurz darauf zog er eine dicke Mappe heraus. »Hier.« Er reichte dem Unbekannten die Mappe mit den Dokumenten.

»Auf Papier? Wollen Sie mich verarschen?«, sagte der Mann.

»Denken Sie, ich speichere diese Dinge irgendwo ab?!« Ruppenhauer wunderte sich selbst über seinen hochmütigen Tonfall und war gleichzeitig froh, den Mann offensichtlich damit nicht provoziert zu haben.

»Auf den Tisch damit!«, befahl der Fremde knapp.

Er tat, wie ihm geheißen, und trat dann, ohne dass es einer Aufforderung bedurft hätte, wieder vom Tisch zurück.

Der Mann näherte sich dem Stapel Unterlagen, dabei ließ er Ruppenhauer nicht aus den Augen. Mit einer Hand blätterte er durch die Unterlagen, die andere hielt die auf den Medienmogul gerichtete Waffe. Immer wieder blickte er zu Ruppenhauer herüber, der es ohnehin nicht gewagt hätte, sich von der Stelle zu rühren.

Ruppenhauer bildete sich ein, den Ansatz eines Lächelns wahrzunehmen – offenbar war der Mann zufrieden mit dem, was er ihm ausgehändigt hatte.

»Zum Fenster!«, befahl der Fremde.

Ruppenhauer taumelte unsicher ein paar Schritte dorthin. Der Kerl hatte doch, was er wollte! Was wollte er noch? Zum Fenster?

»Öffnen!«

Irritiert sah Ruppenhauer den Mann an. Der machte mit einer Bewegung der Waffe wortlos, aber unmissverständlich klar, dass er es nicht zweimal sagen würde.

Ruppenhauer öffnete das Fenster. Feuchtkalte Luft schlug ihm entgegen. Fragend sah er den Mann an und wischte sich mit der Hand über das schweißnasse Gesicht.

»Springen!« Die Anweisung kam mit stoischer Ruhe. Unwirklich und kompromisslos kalt – kalt wie dieser späte Winterabend. »Wer sehr hoch fliegt, der fällt sehr tief. Zeit für Reue – so wird es aussehen.«

♦

Hannover

Nataschas Termin mit Professor Gideon Frøseth war bereits für acht Uhr morgens angesetzt. Sie hatte allein gefrühstückt – Jennifer und die Kinder würden wahrscheinlich noch immer in ihren Hotelbetten liegen und sich für das Langschläfer-Frühstück entscheiden.

Natascha stieg aus dem Mietwagen und schaute zum Eingang der Forschungseinrichtung. *Mulhern Institut* prangte großflächig auf einer Edelstahlsäule, die zum modernen Stil des Gebäudes passte. Bis Natascha darauf gestoßen war, hatte sie nicht gewusst, dass es diese wissenschaftliche Einrichtung überhaupt gab. Dass das Institut in Forschungskreisen kein Leichtgewicht war, lag aber auf der Hand, wenn Koryphäen wie Frøseth dort tätig waren und das Ganze mit Universitäten verbandelt war. Die Größe des Gebäudekomplexes war vergleichbar mit der einer international gut vernetzten und repräsentativen Behörde. Architektonisch war der Komplex zwar modern, dennoch aber schlicht genug, um nicht protzig zu wirken, sondern einladend.

Zehn Minuten später empfing Professor Frøseth sie in seinem Büro. Er begrüßte Natascha freundlich, bot ihr einen Stuhl und etwas zu trinken an und wartete, bis sie Platz genommen hatte.

»Das ging ja wirklich schnell«, eröffnete er das Gespräch. Seine Stimme klang warm. Er blickte Natascha fragend an.

»Ja, vielen Dank, dass Sie mir so schnell einen Termin gegeben haben! Ich weiß das sehr zu schätzen. Sie haben was gut bei mir.« Natascha lachte.

»So war das nicht gemeint.« Er winkte beschwichtigend ab. »Ich habe Sie nicht so früh erwartet, meine ich.«

»Ich verstehe nicht ganz. Sie haben gewusst, dass ich mich melden würde?«

Jetzt schien er irritiert. »Ah, ich verstehe.« Er runzelte die Stirn und zögerte einen Moment. Dann fuhr er freundlich fort: »Sie wissen gar nicht, dass mich Professor

Stenzel kontaktiert und mir im Vorfeld angekündigt hat, dass Sie auf mich zukommen werden?«

»Professor Stenzel? Er wusste doch gar nicht, dass ich mich bei Ihnen melden würde. Wie kann er das im Vorfeld geahnt haben? Das hat sich ja erst viel später ergeben.« Natascha stutzte. »Na ja, wahrscheinlich liegt es bei der Thematik auf der Hand. Trotzdem. Überraschend…« Natascha runzelte die Stirn.

»Seltsam, ja.« Frøseth neigte nachdenklich den Kopf. »Er bat mich auch eindringlich, mich spätestens nach zwei Wochen auf jeden Fall bei Ihnen zu melden – für den Fall, dass Sie sich wider Erwarten nicht bei mir melden würden.«

Wider Erwarten? Was rätselte Stenzel über ihr weiteres Vorgehen?

»Kennen Sie und Stenzel sich denn so gut?«, fragte Natascha.

Eine Sekunde lang verdunkelte sich Frøseths Blick. Dann senkte er die Stirn, er wirkte erstaunt, als habe Natascha etwas Merkwürdiges geäußert. Er sagte: »Nein, im Gegenteil. Tatsächlich kannten wir uns nur flüchtig.«

»Kannten? Warum *kannten*?«

Frøseth schüttelte geistesabwesend den Kopf. Es schien, als wären Nataschas letzte Worte gar nicht zu ihm durchgedrungen. Dann wurde sein Kopfschütteln energischer, fast vehement, als hätte ihn das Nachdenken zu irgendeiner Erkenntnis geführt, die ihn fassungslos, ja fast entsetzt zurückließ. Er blinzelte. »Entschuldigen Sie bitte! Was meinten Sie gerade?« Er hatte wirklich nicht zugehört.

»Nicht so wichtig. Es ist nur – egal. Sie sagten, Sie hätten sich *gekannt*. Wie meinen Sie das?« Es ging sie eigentlich nichts an, aber wenn diese zwei Menschen zerstritten waren, gab es womöglich etwas Interessantes zu erfahren. Ein wissenschaftlicher Disput? Andererseits passte Frøseths friedsames Verhalten überhaupt nicht zu Nataschas Vermutung. »Mir selbst ist nämlich nicht bekannt, warum er gerade Sie wegen mir kontaktiert hat…« Sie bemerkte sofort, dass sie den Satz unglücklich formuliert hatte. »So hatte ich das nicht gemeint, Herr Professor, mir ist sehr wohl bewusst, dass Sie eine Koryphäe sind, einer der wenigen führenden Fachleute auf einem wissenschaftlichen Grenzgebiet, zu dem ich auch Herrn Professor Stenzel befragt habe. Natürlich ist es ein Glücksfall, dass Sie sich meines Anliegens überhaupt annehmen – ohne ihn als Mittelsmann säße ich sicher nicht hier.« Sie lächelte entschuldigend. Warum sie wirklich auf Frøseth gestoßen war, tat nichts zur Sache. »Mich wundert einfach nur, dass sich Ihr Kollege so für mich eingesetzt hat. Darum auch meine Frage. Es geht mich aber eigentlich auch gar nichts an. Entschuldigen Sie bitte meine Neugier.«

»Ob wir uns gut kannten, meinen Sie? Na ja, wie man sich unter Fachkollegen eben kennt, die letztlich nur ihr Forschungsgebiet verbindet, die aber nicht eng zusammenarbeiten, geschweige denn sich persönlich näherstehen. Darum wunderte es mich ehrlich gesagt auch, dass er mich kontaktiert und gebeten hat, Ihnen zur Seite zu stehen, wenn wir uns dann treffen. Ich dachte mir, er wolle halt einer ihm bekannten Journalistin behilflich sein, und er war deshalb so frei, mich um den Gefallen zu bitten. Warum auch nicht?« Wieder schüttelte Frøseth den Kopf. »Die Sache mit Stenzel ist wirklich tragisch… Ein herber Verlust für die Wissenschaft!«

»Verlust?« Natascha verstand nicht.

»Ja, natürlich. Er war einer der wenigen Experten auf unserem Gebiet, kaum einer war im Thema so drin wie er.« Frøseth hielt kurz inne.

Offensichtlich war er alles andere als Stenzels Gegner. Was aber meinte er mit *tragisch*?

»Manchmal spielt das Leben schon seltsam, nicht wahr?«, fuhr Frøseth fort. »Gerade noch kontaktiert er mich, nach Jahren höre ich plötzlich von ihm – ich weiß gar nicht, wann wir uns das letzte Mal begegnet sind – gerade noch bittet er mich um diesen Gefallen...« Frøseth zeigte erst auf Natascha und dann auf sich. »Und kurz darauf erfahre ich von seinem Tod. Es ist irgendwie makaber – als erfülle ich ihm heute einen kleinen letzten Willen. Klingt zwar blöd, aber –«

Natascha wäre fast vom Stuhl aufgesprungen. »Stenzel ist tot?! Wann – wie – das wusste ich nicht! Wir haben uns gerade erst gesehen – ich meine –« Natascha sank wieder matt zurück.

»Sie wussten noch gar nicht von seinem Tod?« Frøseth sah Natascha mit großen Augen an. »Hat man in München nicht davon berichtet? Sie sind doch aus München und sogar von der Presse. Ich hätte nicht gedacht, dass Sie noch nichts davon gehört haben. Entschuldigen Sie – jetzt empfinde ich es fast als pietätslos, dass ich zu Beginn unseres Gesprächs den Todesfall eines renommierten Kollegen so sang- und klanglos übergangen habe. Ich dachte...« Frøseth biss sich auf die Lippen und zog die Augenbrauen hoch.

Natascha sagte nichts. Die Nachricht hatte sie vor den Kopf gestoßen. Ja, Leute starben. Und nicht selten plötzlich und unerwartet. Stenzel war auch nicht mehr der Jüngste, aber alt war er auch nicht. Und vor ein paar Tagen hatten sie sich noch getroffen...

»Ich war die letzten vier Tage nicht in der Redaktion und hatte mich zum Arbeiten zurückgezogen. Wie auch immer, Stenzel war offensichtlich nicht prominent genug, um in den großen Schlagzeilen erwähnt zu werden, und nur die habe ich überflogen. Wann ist das denn passiert? Und *was* ist passiert? Ein Unfall? Ich hatte nicht den Eindruck, dass er schwer krank war. Aber man kann ja in niemanden hineinschauen...«

»Vor vier Tagen. In einem Hotelzimmer in München. Warum er überhaupt dort übernachtet hatte, weiß ich nicht, er wohnt ja in München und –«

»Im *Diamond Garden*?«, schoss es aus Natascha heraus.

»Ja. Stimmt. Woher wissen Sie das? Hatte er Ihnen

gegenüber erwähnt, dass er dort sein würde? Kannten *Sie* ihn etwa näher?«

Sie überging die Frage, wie sie darauf gekommen war. »Nein, gar nicht. Ich habe ihn erst kürzlich kennengelernt und nur zweimal interviewt und darüber hinaus einmal mit ihm telefoniert.« Sie konnte kaum glauben, dass sie eine der letzten Personen war, die Stenzel lebend gesehen hatte. »Woran ist er denn gestorben?«

»Keine Ahnung. Wenn es stimmt, was ich gehört habe, dann an einem unheilvollen Mix aus Alkohol und Tabletten. Aber ich weiß da auch nichts Genaues. Auf jeden Fall tragisch. Und so… eigenartig.«

Eigenartig? Das kann man wohl sagen, dachte Natascha.

»Tabletten? Wie konnte das denn passieren? War bei ihm eine Medikamenteneinnahme unglücklich mit einem Zuviel an Alkohol kollidiert? Da passt man doch auf! War er so betrunken gewesen? Oder hat er sich womöglich das Leben genommen?« Natascha erinnerte sich an sein ambivalentes Auftreten an jenem Abend.

»Wie gesagt, ich weiß es auch nicht genau. Würden sich Todesfälle versierter Kollegen in unseren Kreisen nicht herumsprechen, dann wüsste ich nicht mal etwas davon. In unserer Zeitung hier wurde sein Tod nicht erwähnt, er war kein Promi. Gerade mal bekannt genug, um in süddeutschen Zeitungen und natürlich in der Fachpresse erwähnt zu werden…« Perplex schüttelte Frøseth den Kopf. »Ja, es ist schrecklich. Alkohol und Tabletten!« Er atmete hörbar ein und aus, straffte sich dann und sagte: »Nun, Frau da Silva, was kann ich denn genau für Sie tun?«

Nun berichtete sie, um was es in ihrer Reportage ging und was sie bisher in Erfahrung gebracht hatte – nur ihre gewagten Vermutungen und brisanten Ergebnisse verschwieg sie. Über eine Stunde lang interviewte sie Frøseth und machte sich dabei Notizen.

Als sie glaubte, dass das Gespräch nahezu beendet war, sagte Frøseth plötzlich: »Kollege Stenzel hatte übrigens ausdrücklich darum gebeten, dass ich Ihnen noch sage, welche weiteren Fachleute und Einrichtungen weiterhelfen könnten. Es war ihm sehr wichtig, dass ich Ihnen die wichtigsten Namen nenne, da hat er sich richtig für Sie ins Zeug gelegt. Wie mir scheint, haben Sie einen Riesenstein bei ihm im Brett gehabt.«

Natascha war baff. *Ich? Bei Stenzel?* Sie sagte nichts.

»Schauen wir mal, was mir dazu noch einfällt.« Frøseth schien zu überlegen. Natascha betrachtete den Professor, während er konzentriert nachsann. Dabei fuhr er sich gedankenverloren mit der Hand durch das dunkelblond gelockte Haar, durch das sich ein paar graue Strähnen zogen, so gleichmäßig verteilt, dass es gerade darum besonders auffällig war, fast wie gewollt. Ansonsten war er eine eher unauffällige Erscheinung, sehr schlank, fast schlaksig, doch er strahlte eine sportliche Energie aus, sodass Natascha ihn doch eher als drahtig beschrieben hätte. Sie schätzte ihn auf Ende fünfzig. Er sah zwar jünger aus, strahlte aber eine Reife aus, die auf sein wahres Alter schließen ließ. Er legte keinerlei Professorengehabe an den Tag, das gefiel Natascha an Frøseth besonders. Ihr kam es vor, als säßen zwei Gleichgesinnte auf Augenhöhe beieinander. So etwas mochte sie – wenn Menschen sich trotz ihrer gehobenen Stellung nicht aufblähten. Und er strahlte Warmherzigkeit aus. Die weichen Gesichtszüge unterstrichen seine Stimmfarbe, seine Bewegungen waren ruhig und bedacht. Besonders prägnant an ihm war aber eine Aura von Wissen und Weisheit, mit der er sein Gegenüber unweigerlich ins Vertrauen zog. Er war ohne Zweifel ein Mann, von dem man Ratschläge einholen und dann auch wirklich annehmen würde. Zumindest empfand Natascha es so. Als säße sie einem großen Bruder gegenüber – einem Bruder, den sie nie gehabt, nach dem sie sich als Kind aber oft gesehnt hatte. Kurzum: er war ein sehr angenehmer Gesprächspartner und das Interview ein Genuss, informativ, inspirativ und dabei locker und leger.

Er hatte ihr in der einen Stunde auch einiges an neuen Einblicken vermittelt, hatte viele ihrer Thesen bestätigt, einige ergänzt und erweitert, darüber hinaus ihre Beobachtungen in einen geistesgeschichtlichen Rahmen gestellt und kulturelle Aspekte ausgeleuchtet. Am liebsten hätte Natascha noch weitere Fragen gestellt. Doch ihr gemeinsames Zeitfenster würde sich bald schließen, wie sie mit einem seufzenden Blick auf die Uhr erkannte. Sie holte den zusammengefalteten Zettel, den sie vorbereitet hatte, hervor und reichte ihn Frøseth. »Hier habe ich notiert, welche Experten meine Kollegen und ich kontaktiert haben. Könnten Sie bitte mal schauen, ob Ihnen noch jemand einfällt, der von Interesse sein könnte? Jemand, der möglicherweise nicht sehr bekannt ist, aber dennoch wichtig?«

Frøseth nahm den Zettel entgegen und schmunzelte: »So ähnlich hat es auch Kollege Stenzel formuliert. Ich solle Ihnen unbedingt auch Namen nennen, auf die Sie nicht auf Anhieb stoßen. Das sei besonders wichtig, um Sie in Ihren Erkenntnissen voranzubringen, so seine Worte.«

Frøseth überflog den Zettel und schaute Natascha ernst an. »In den letzten Stunden vor seinem Tod hat er mir eine Mail geschrieben. Das verursacht mir Gänsehaut…« Frøseth schüttelte erneut den Kopf, als könne er es immer noch nicht fassen.

»In den letzten Stunden vor seinem Tod?« Natascha glaubte, sich verhört zu haben. Mit großen Augen starrte sie ihn an. »Beschäftigt sich jemand kurz vor dem Selbstmord mit den Anliegen einer Reporterin? Wohl kaum! Dann war es also ganz sicher ein tragisches Unglück, Medikamente in Kombination mit viel Alkohol – nie gut. Wie konnte er so leichtsinnig sein? Na ja, vielleicht hatte er ja auch gar nicht so viel getrunken, wie wir annehmen.« Natascha nahm sich ein bisschen zurück. Sie wusste natürlich, dass die Information bezüglich des Alkohols nicht aus der Luft gegriffen war. »Vielleicht hatte er ein schwaches Herz oder andere Probleme.« Jetzt erschien

Natascha der Gedanke, Stenzel könnte vielleicht Selbstmord begangen haben, absurd. Er war ihr auch gar nicht erschienen wie jemand, der mit dem Leben haderte oder eine schwere Depression hatte. Andererseits – wem sah man das schon an?

»Ja, da haben Sie wohl recht. Trotzdem ist es seltsam. Wenn ich die Mail lese – ich kann sie Ihnen gerne zeigen, wenn Sie möchten –, dann habe ich nicht den Eindruck, als wäre er nicht Herr seiner Sinne gewesen. Eine berauschte Person schreibt nicht so präzise und fehlerfrei.«

Und wenn man täglich berauscht ist?, fragte sich Natascha.

»Andererseits«, fuhr Frøseth fort, »kann man sich in nur wenigen Stunden ausreichend benebeln. Ich kenne nicht die genaue Todeszeit. Es ist nur so, dass die Ereignisse irgendwie eigenartig zusammenspielen. Das meinte ich vorhin, als ich sagte, es sei, als erfülle ich einen letzten Willen des Verstorbenen. Sie verstehen? Es schien ihm wirklich enorm wichtig, dass ich Ihnen weiterhelfe und Sie sogar kontaktiere, falls Sie nicht selbst auf mich zukommen würden. Und wie sehr er darauf pochte, dass ich auch an Kollegen denke, die nicht so im Rampenlicht stehen, aber dennoch eine große Bedeutung haben.«

»Ganz ehrlich, für mich passt sein plötzliches Interesse an meiner Recherche überhaupt nicht zum Verlauf meines letzten Treffens mit ihm. Unter uns gesagt: Stenzel war abweisend, er hat mir geradezu davon abgeraten, diese Story weiter zu verfolgen. Dass er Sie zu meinen Gunsten kontaktiert, obwohl Sie einander nicht sehr nahestehen, steht dem völlig entgegen.«

»Oh. Wirklich?« Frøseth war sichtlich irritiert.

»Sollte ich wirklich bei Stenzel einen Stein im Brett gehabt haben?«, fuhr Natascha fort. »So kann man sich täuschen. Ich muss wohl an meiner Menschenkenntnis arbeiten. Stenzels Sinneswandel kann ich nicht nachvollziehen.«

Hatte er die Mail vielleicht schon früher geschrieben? Nach ihrem ersten Treffen, als er ihr gegenüber noch wohlgesonnen aufgetreten war? Bevor sie ihn im *Diamond Garden* mit ihren waghalsigen Andeutungen überrumpelt hatte? Aber warum hatte er die Mail dann trotzdem noch verschickt? Es machte keinen Sinn…

♦

Ostsee

Frank Stebe saß *Sub Search* CEO Seth Grothe an einem Konferenztisch gegenüber. Draußen peitschte der Ostseewind über die Reling des Schiffes, von dem aus die Bergungsmaßnahmen stattfanden. Frank konnte sich nur schlecht auf das Gespräch konzentrieren, seine Gedanken schweiften ständig zu Mike. Was war mit ihm los? Er war auf der Reise wie ein Schatten seiner selbst, still, in sich gekehrt, fast apathisch, wie ausgewechselt. Frank machte sich Sorgen um seinen Freund. Irgendetwas schien in den wenigen Wochen, die er unter Wasser verbracht hatte, mit ihm passiert zu sein. Nur was?

Bis zu seinem Probandenjob war er ganz der alte Mike gewesen. Aber jetzt? Kaum wiederzuerkennen. Wo war seine Energie, seine Lebenslust, seine Begeisterung fürs Tauchen und für Abenteuer geblieben? Frank hatte geglaubt, ihm einen Gefallen zu tun mit dem Angebot, zusammen an die Ostsee zu fahren – doch nun war er sich nicht mehr sicher. Und auch die Probandenstelle schien kein wirklicher Glücksgriff gewesen zu sein, denn wie es aussah, tat ihm die Abgeschiedenheit dort unten nicht gut. Und hatte er wirklich seinem Freund einen Gefallen erwiesen oder nicht vielmehr sich selbst, weil es letztlich nur darum gegangen war, Mike auf Mallorca zu halten? *Seinen* Mike.

Vielleicht war es egoistisch. Vielleicht interpretiere ich aber auch einfach nur zu viel hinein. Wer weiß, was mit ihm los ist…

»Und? Glauben Sie, dass Sie das schaffen, Dr. Stebe?«, fragte Grothe soeben mit Nachdruck. »Sie würden der Wissenschaft einen großen Dienst erweisen. Meine Leute haben bisher nichts gefunden, und wir suchen seit drei Jahren. Besteht überhaupt noch Hoffnung?«

Frank blinzelte. Grothe hatte ihn aus seinen Gedanken gerissen. *Der Wissenschaft einen großen Dienst erweisen…* Das Teil schien wahrlich wichtig, der Aufwand der Expedition dafür allerdings verhältnismäßig klein. Es sei denn, man wollte die Suche nicht an die große Glocke hängen, warum auch immer…

»Das Gebiet ist nicht das Problem. Dass das Objekt klein ist, das ist die Schwierigkeit. Und je tiefer es inzwischen im Schlick versunken ist, desto aussichtsloser ist es. Alles in allem gleicht es also der sprichwörtlichen Suche nach der Nadel im Heuhaufen.«

»Sie sind der Beste auf Ihrem Gebiet! Sie sind unsere einzige Hoffnung, dass wir die verlorenen Daten wiederfinden.«

Honig ums Maul schmieren konnte der Mann, das war ihm schon beim ersten Treffen gelungen. Es machte ihn aber auch nicht wirklich sympathischer. War er ihm am Anfang noch durchaus vertrauenswürdig und kumpelhaft erschienen, so spürte er inzwischen, was Grothe anging, einen seltsamen Widerwillen.

»Ich verstehe es nicht. Wie können Daten so wichtig sein, dass Sie so einen Aufwand betreiben, über so lange Zeit? Kommen Sie, da steckt doch mehr dahinter! So langsam werde ich sauer! Ist es nicht vielmehr so, dass diese Nebensächlichkeit eher der Hauptgrund ist, warum Sie mich überhaupt an Bord geholt haben? Und Ihre Suche nach einem vermissten Objekt ist nicht das einzig Seltsame hier, Herr Grothe. Warum ist seit so langer Zeit *Habitat Zero* außer Betrieb? Es macht doch gar keinen Sinn, dass Sie ein neues Habitat in der Nähe errichten, wenn es bereits eines gibt, das genutzt werden könnte! Was verschweigen Sie mir? Entweder, Sie reden jetzt Klartext mit mir, oder ich bin so schnell weg, wie ich gekommen bin.« Frank fixierte Grothe. »Zack, raus damit!«

Grothe stand auf, lief eine Zeitlang unruhig hin und her und fuhr sich mehrmals nervös mit der Hand durchs Gesicht. Seine Zerrissenheit wirkte echt, nicht gespielt, oder aber er war ein begnadeter Schauspieler. Dann schaute er konzentriert zum Fenster hinaus. Offensichtlich dachte Grothe angestrengt nach. Dann drehte er sich um, schritt zum Tisch und setzte sich wieder. »Ich darf Sie an Ihre Verschwiegenheitsklausel erinnern?!«

Zum wievielten Mal denn noch? Doch Frank sagte nichts. Sein Blick haftete unbeirrt an Grothe.

»Sie wollen es verstehen. Sind Sie aber dazu bereit? Bereit, es zu verstehen? Ist Ihr Verstand eingerichtet für etwas, das eigentlich über ihn hinausgeht, Dr. Stebe?« Grothe erwiderte Franks durchdringenden Blick, in seinen Augen blitzte es kurz auf. Für einen Moment schien es, als lege er seine Maske ab und zeige sein anderes, vielleicht sein wahres Ich, das Ich eines überheblichen Blenders, der sich um eine direkte Antwort drückte. »Wissen kann belasten. Und glauben Sie mir, sollten Sie versuchen, dieses Wissen abzuladen, wo auch immer, dann kann ich nichts mehr für Sie tun. Sie müssen ohnehin aufpassen, auf welche Weise Sie sich von der Last des Wissens befreien, denn es sind mehr Leute darin verstrickt, als Sie sich vorstellen können. Womöglich aber werden Sie die immensen Möglichkeiten erkennen, die Zukunft des Menschen zum Leuchten zu bringen, Sie werden vielleicht dann die Perspektive wechseln. In dem Fall wäre das, was ich Ihnen erzähle, keine Last, sondern eine Befreiung, ja fast eine Gnade.«

♦

Natascha ließ Frøseth in Ruhe die Liste lesen. Da standen sowohl die Namen jener Wissenschaftler, auf die Natascha bei ihren Nachforschungen ohnehin gestoßen war, als auch jene, die von Rhein ihr genannt hatte.

»Hm.« Mehr sagte Frøseth nicht, während er sich der Liste widmete. Sein wiederholt bedächtiges Kopfnicken allerdings bestätigte Natascha, dass die Namen sehr wohl seine Zustimmung fanden. Zweimal kräuselte er die Stirn – was auch immer das zu bedeuten hatte. Kurz darauf war er mit Lesen durch.

»Wenn Sie mich fragen, haben Sie an alle gedacht, die in Frage kommen. *Eigentlich* würde mir niemand mehr einfallen…«

»Schade, Professor Frøseth. Ich hatte gehofft, es würde ein paar Wissenschaftler mehr geben, die sich auf dem Gebiet tummeln.«

»Dieses Wissenschaftsgebiet ist eher ein Randbereich. Allzu viel Forschung findet da nicht statt. Zumindest weiß ich nichts davon. *So* viele Wissenschaftler sind nicht *so* intensiv damit zu Gange. Die Anzahl der Experten war und ist also stets überschaubar. Dazu hat die Fachwelt in relativ kurzer Zeit auch noch zwei der führenden Köpfe auf dem Gebiet verloren – meiner Meinung nach die führenden Köpfe überhaupt!« Plötzlich wurde Frøseth ernst. »Wenn ich jetzt so darüber nachdenke…« Er stockte. »Diese Parallelen… Da schaudert es mich gerade noch mehr. Da werden alte Erinnerungen wach, müssen Sie wissen.« Frøseth blickte nachdenklich auf die Tischplatte.

Natascha widerstand dem Impuls nachzuhaken.

»Auf Augenhöhe mit Kollege Stenzel würde eigentlich nur ein Kollege stehen. Der findet sich nicht auf Ihrer Liste. Auf ihn sind Sie also noch nicht gestoßen. Wie auch. Außerdem war seinerzeit sein Name ohnehin kaum jemandem ein Begriff. Und wenn ich ihm nicht persönlich besonders nahegestanden hätte und nicht um seine teils nie veröffentlichten, aber spektakulären Erkenntnisse wüsste, dann würden Sie vielleicht nie von ihm hören, es sei denn, Sie stochern bei Ihren Recherchen sehr, sehr tief. Er und ich, wir haben früher genau hier zusammengearbeitet, müssen Sie wissen. Ich *soll* ja gerade über den Tellerrand hinausschauen und nicht nur an die Fachleute denken, an die ohnehin alle denken. Stenzels Zeilen… Warum also nicht? Sie könnten also versuchen, jemanden dort zu erwischen, wo dieser frühere Kollege zuletzt tätig war. Vielleicht hat man dort Interessantes zur gegenwärtigen Forschung zu erzählen… Auch ich weiß ja nicht alles – zumal ich mich in den letzten Jahren zunehmend um andere Bereiche gekümmert habe, wie Sie vielleicht wissen. Und es gibt eben auch ein paar weniger bekannte Forschungseinrichtungen, deren Erkenntnisse kaum auf ein breites Echo stoßen. Manches bleibt Randnotiz und nahezu unbeachtet.«

Natascha hielt den Stift im Anschlag, gespannt, den Namen zu notieren, den ihr Frøseth nun sicher gleich nennen würde.

»Tatsächlich müsste sein Name ganz oben auf Ihrer Liste stehen, Frau da Silva« Frøseth lächelte. »Sein Name ist Muth, Dr. Leon Muth. Eine stille Koryphäe auf diesem Grenzgebiet.« Er machte eine kurze Pause und faltete die Hände vor sich auf dem Tisch. »Muth war Teil eines Forschungsbündnisses, dem ich allerdings nicht angehörte.« Er dachte nach. »Dem müsste übrigens damals auch Stenzel angehört haben. Bestimmt sogar. Wenn ich mir das so überlege… Die beiden haben sich sogar gekannt, sicher besser als Stenzel und ich, das weiß ich aber nicht.« Wieder hielt er kurz inne und schien über irgendetwas zu grübeln.

»Und wer ist Dr. Muth? Was genau zeichnet ihn aus? Und warum bin ich bisher nicht auf ihn gestoßen?« Natascha wunderte sich, dass auch von Rhein ihn nicht genannt hatte. Das irritierte sie. War von Rhein doch nicht so gut im Bilde, wie er vorgab? »Stehen Sie ihm nah genug, um mir einen Termin bei ihm zu verschaffen?«

Frøseth blickte Natascha aus plötzlich traurigen Augen

an. »Das hätte ich bestimmt gekonnt, Frau da Silva. Und hätte es auch gerne getan. Doch leider ist das nicht möglich. Nicht mehr.«

Natascha ahnte, was nun folgen würde, die soeben aufkeimende Hoffnung erstarb augenblicklich. »Er ist verstorben?«, frage sie. Was sonst, wenn ein Treffen unmöglich war.

»Davon geht man aus. Genaugenommen ist er verschollen.«

»Verschollen? Sie meinen, er ist verschwunden, und keiner weiß wohin?«

»Ganz so ist es nicht. Man kennt seinen letzten Aufenthaltsort, dort aber verlor sich seine Spur. Daher deutet alles darauf hin, dass er tödlich verunglückt ist. Vermutlich hat man ihn inzwischen für tot erklärt. Seither sind inzwischen viele Jahre vergangen.«

»Wenn man weiß, wo er sich zuletzt aufgehalten hat, hätte man dann nicht früher oder später zumindest eine Spur von ihm finden müssen?«

»Nicht wirklich. Es ist nicht wie bei ungelösten Kriminalfällen. Leon war unter Wasser, beim Tauchen – und tauchte im wahrsten Sinn des Wortes nie wieder auf.« Frøseths Wortspiel war frei von schwarzer Ironie. Im Gegenteil, in seinem Gesicht spiegelten sich Fassungslosigkeit und Schmerz. War es die ahnungsvolle Verbindung von Ereignissen und Erinnerungen, die ihn so aufwühlte? Klar, dass all das Gänsehaut bereitete.

»Sie kannten ihn sehr gut?«

»Das kann man sagen. Wir waren Freunde.«

»Das tut mir sehr leid.« Natascha schwieg kurz. Frøseth war sichtlich betroffen, es fiel ihm offenbar schwer, darüber zu reden. Andererseits: Warum hatte er den Namen Muth überhaupt ins Spiel gebracht, wo der doch eh nicht mehr zur Verfügung stand? Auf irgendetwas wollte er doch hinaus! Auch wenn sie nicht in der Wunde stochern wollte – als Taucherin war sie nun neugierig geworden.

»Ein Tauchunfall? Ohne Leiche?«

»Er war nicht so beim Tauchen, wie Sie es sich jetzt vielleicht vorstellen. Leon war damals für ein Institut tätig, das auch Forschungsarbeiten unter Wasser durchführte, unter den Bedingungen eines längeren Aufenthaltes in Unterwasser-Habitaten.«

Zum zweiten Mal wäre Natascha fast vom Stuhl gesprungen.

Hatte Jennifer nicht von Unterwasser-Habitaten erzählt? War Frank nicht neuerdings für ein solches Institut als Berater tätig? Absurd! So klein konnte die Welt doch nicht sein, auch nicht die Welt der Wissenschaftler. Sicher würde Frøseth ihr gleich eines der Institute nennen, die auf ihrer Liste standen, von dem sie bisher nur noch nicht gewusst hatte, dass es auch unter Wasser forschte. »Wie heißt das Institut für das er tätig war? Ist es auf der Liste?«, fragte sie ihn.

»Es steht genau so wenig auf Ihrer Liste wie der Name Muth.«

Natascha spürte Hitze in sich aufkommen. »Es heißt nicht zufällig *Sub Search* oder so ähnlich?«

Perplex starrte Frøseth sie an. »Wie kommen Sie darauf?«

»Lange Geschichte. Und?«

»Nein. Es hieß *Kampa Transneuro,* ein hochspezialisiertes Unternehmen, das Ihnen sicher kein Begriff sein wird. Meines Wissens nach existiert es in der Form auch nicht mehr. Ich weiß es aber nicht genau.«

Kampa Transneuro? Schade. Wäre es *Sub Search* gewesen, das hätte gepasst. Über Frank wäre sie an relevante Informationen gekommen, sie hätte ihm vertraut.

»Wer weiß«, fügte Frøseth hinzu, »vielleicht haben diese Unternehmen miteinander zu tun. Das müssten Sie selbst klären. Deswegen habe ich Dr. Muth ja überhaupt nur erwähnt. Nicht, weil er selbst Ihnen weiterhelfen könnte – das geht ja nicht mehr –, sondern weil Sie dort, wo er tätig war, möglicherweise weiterkommen...« Wieder schüttelte er fassungslos den Kopf. »Es ist ja so, dass mich Kollege Stenzel darum gebeten hat. Ja, es gibt tatsächlich Kollegen, die nicht so im Rampenlicht stehen, in Wirklichkeit aber mehr im Thema drin sind als irgendwer sonst – oder eben drin waren.« Frøseth seufzte. »Ja, Leon war so jemand. Der war drin im Thema wie nur wenige Kollegen. Hochintelligent und hochbegabt, das war er, schon als Kind. Ein Ausnahmetalent auf seinem Gebiet, und trotzdem immer bescheiden. In seinen Zielsetzungen und Visionen, da wollte er hoch hinaus. Aber er wollte dabei lieber immer im Hintergrund bleiben. Aufmerksamkeit mied er, Ruhm und Ehre waren ihm immer egal.« Wieder entwich Frøseth ein melancholischer Seufzer, diesmal begleitet von einem erneuten Kopfschütteln. »Ach, was haben wir diskutiert, nächtelang. Bei uns prallten vom ersten Tag an zwei Lebenseinstellungen aufeinander, müssen Sie wissen. Welcher Wissenschaftler ist je neutral? Jeder geht von seiner eigenen fundamentalen Einstellung aus und bewertet alles in diesem Kontext, oder nicht? Aber wir haben immer diskutiert, ohne dabei zu streiten. Das geht auch!« Er unterstrich die Aussage, indem er beide Hände anhob. »Ach, was haben wir philosophiert, über Gott und die Welt. Leon träumte davon, die Menschen zu verbessern und somit auch die Welt. Ich wollte das natürlich auch. Aber wir hatten beide völlig unterschiedliche Ansichten, wie das gelingen könnte.«

»Wie meinen Sie das?«

»Nun, Leon war vom Transhumanismus überzeugt, er setzte seine ganze Hoffnung darauf, dass Wissenschaften alle Grenzen sprengen würden, ob geistig oder leiblich, ob durch den Einsatz neurowissenschaftlicher, technischer, biotechnischer, biochemischer oder sonstiger wissenschaftlicher Verfahren – ganz egal! Er dachte stets quer und bewegte sich wie selbstverständlich auch auf Gebieten der Wissenschaft, die mit unserer Forschung hier nichts mehr oder zumindest nur wenig zu tun hatten. Genomik, Robotik, Nanotechnologie, künstliche Intelligenz… Leon war ein Visionär, er glaubte fest daran, dass man schon in Kürze Wege finden würde, um gezielt einen bestimmten geistigen Zustand zu erzeugen – Glück und Frieden auf Knopfdruck sozusagen. Das war auch einer der Streitpunkte zwischen uns… Was auch nur irgendwie dazu dienen könnte, eine Art neuen, besseren Menschen zu erschaffen, übte eine starke Faszination auf ihn aus. Das ging dann bis hin zur höchsten Vision des Transhumanismus, der Verschmelzung von Mensch und Technologie.« Frøseth stoppte seinen Redefluss und nahm einen Schluck Wasser zu sich.

Natascha griff ebenfalls nach ihrem Glas. »Klingt nach Science-Fiction.«

»Diese Gedanken des Transhumanismus muten zwar abenteuerlich an, folgen aber einer langen Tradition. Immer mit dem großen Ziel, dem Menschen durch einen Eingriff – sei es genetisch oder biotechnisch – Unsterblichkeit zu verschaffen, intelligenter, gesünder, stärker und immer glücklich, das Paradies auf Erden. Mit allen nur verfügbaren Mitteln soll der Mensch optimiert und der Tod besiegt werden.«

»Transhumanismus… *Trans* wie *jenseits* oder *über* oder *hinaus*, und *humanus* für menschlich, richtig?« Natascha hatte mal etwas darüber gelesen. »Das klingt ja erst mal nicht wirklich falsch… Würden Sie nicht nach jedem Strohhalm greifen, um lange oder sogar ewig zu leben? Ich würde es tun, denke ich. Wer nicht? Das Streben nach biotechnischen Errungenschaften brachte ja auch einst Prothesen und Implantate aller Art in unseren Alltag. Die würde ja auch niemand missen wollen. Was ist so falsch daran, die biologischen Grenzen immer mehr auszuweiten, ja schlussendlich vielleicht sogar zu sprengen?« Die Frage war eher rhetorisch gemeint, und anstatt Frøseths Antwort abzuwarten, sagte Natascha: »Ich nehme an, dass Sie nicht von den medizinisch-technischen Errungenschaften sprechen, die uns wie selbstverständlich und alltäglich umgeben? Sie meinen wohl die fast schon religiös anmutende Vision von Science-Fiction-Körpern, das Streben nach einer Art posthumanen Menschheit. Cyborg-Zukunft, Einfrieren lassen und solche Sachen… Bis hin zur Idee, das menschliche Gehirn einzuscannen, auf einen Computer hochzuladen und zu simulieren. Der menschliche Geist würde dann ja quasi als Software weiterleben, von jeglichem biologischen Verfall befreit.« Natascha stockte. Was hatte sie gerade gesagt? *So* weit war die Unterhaltung gar nicht abgeschweift, immerhin waren sie wieder beim Thema Gehirn angelangt… »Wie weit hergeholt ist das? Ich habe von der These gelesen, unsere Intelligenz sei lediglich das Produkt eines neuronalen Netzwerkes. Ist es tatsächlich nicht viel komplexer, als es solche Theorien uns erklären könnten – oder erklären wollen?«

Stenzel, Dannowitz und andere der befragten Experten hatten ebenfalls von neuronalen Verknüpfungen gesprochen. Dabei ging es nicht um den Intellekt, sondern um *Programmierung,* wie Dannowitz es lax genannt hatte: Programmierung unserer Denk- und Verhaltensmuster, der positiven wie der negativen. Als es um die Emotionen gegangen war, um Empathie, Sozialverhalten und die Spiegelneuronen, die mitverantwortlich für die Steuerung der Reaktionen waren, hatte Natascha zunächst nicht gedacht, dass sie die Untersuchung von Verrohung und Gewalt in der Gesellschaft so tief in die Neurowissenschaften führen würde.

Was von all dem war wirklich relevant? Sie durfte sich nicht verzetteln…

Aber ihr Bauchgefühl! Irgendwie schien das alles wichtig zu sein. Als wären es Puzzleteile, die ein Gesamtgefüge ergaben, sie konnte die Fragmente nur noch nicht richtig einordnen und zusammensetzen. Auf jeden Fall würde sie Muths Institut *Kampa Transneuro* kontaktieren – vielleicht würde es dort neue Informationen geben?

♦

Ostsee

»Sie wollen mir also nicht erzählen, um was es *wirklich* bei all dem geht? Und nicht einmal, was das für ein Objekt ist, das ich finden soll? Gut, dann bin ich für die Aufgabe nicht zu haben!« Frank sagte es so gleichgültig wie nur möglich. In Wahrheit platzte er vor Neugier, jetzt mehr denn je. »Es ist ja auch nicht die Aufgabe, zu der ich mich vertraglich verpflichtet habe – vielmehr wäre es ein Job außer der Reihe, besser gesagt ein Gefallen, den ich Ihnen erweisen würde.« Er winkte lässig ab, als wäre es ihm total egal. Aber dem war nicht so. Vielmehr erinnerte ihn das Ganze an früher, an die Suche nach alten Wracks und Schätzen. Schade. Aber aus Prinzip sagte er nein. Solange er nicht wusste, was er suchen sollte, wollte er hartnäckig bleiben. Beim Bergen von Objekten aus dem Meer, trug er auch Verantwortung dafür, nichts Illegales zu tun.

Zwar hatte Grothe zu Beginn gesagt, sie würden etwas Wichtiges vermissen, ohne das sie in ihrer Arbeit um Jahre zurückfallen würden. Das konnte man glauben oder nicht. Warum war es denn verloren gegangen? Hatte ein Forscher es auf dem Grund vergessen? War es ein Messgerät, das Daten sammelte? Wenn ja, dann müsste man doch das Gebiet genauer eingrenzen können, oder nicht?

Wenn sie ihn also nicht einweihen wollten, war's das. Prinzipientreue. »Ich mache die nächsten drei Tage hier meinen Job, und Sie können sich so lange überlegen, ob Sie mir sagen wollen, was genau Sie suchen. Das überlasse ich Ihnen. Je nachdem, wie Sie entscheiden, werde ich bleiben und mitmachen, oder ich reise nach Erledigung meines eigentlichen Jobs hier wieder ab.«

»Sie verstehen nicht, Herr Dr. Stebe. Ich *kann* es Ihnen nicht sagen. Es unterliegt strikter Geheimhaltung.« Grothe sprach jetzt wieder besonnen.

Frank betrachtete ihn skeptisch. Grothe log, das war sicher. Frank hatte genug Menschenkenntnis, um zu wissen, dass es dummes Geschwätz war. Dagegen hätte er gerne den wahren Grund für die Heimlichtuerei erfahren. »Verstehe. Dann viel Glück bei der Suche. Ich mache mich an die Arbeit. Wenn Sie Ihre Meinung ändern, wissen Sie, wo Sie mich finden. Ich bin sehr gespannt auf Ihre Unterwasser-Station. Übrigens möchte ich mir das stillgelegte *Habitat Zero* anschauen. Und Unterlagen zu den Tauchern, die dort tätig waren.«

»Das geht nicht. Tut mir leid. Es unterliegt –«

»Höchster Geheimhaltungsstufe, ich weiß.« Frank sah Grothe fest an. »Denken Sie nochmals darüber nach!«

♦

Hoffentlich bilden sich bei mir bald ein paar Verknüpfungen im Hirn, damit ich endlich weiterkomme, dachte Natascha. Irgendetwas in ihr blockte ab. So interessant die neuronalen Welten auch waren – sie konnte nicht so recht akzeptieren, dass einzig irgendwelche biochemischen Prozesse dahinterstecken sollten, wenn es um das Denken und Fühlen von Menschen ging. Griff das nicht viel zu kurz? War der Mensch nur so etwas wie ein Automat? Natascha legte den Kopf zur Seite wie so oft, wenn sie intensiv nachdachte. *Ist das alles? Sind wir nur das Ergebnis neuronaler Prozesse? Was macht uns als Mensch wirklich aus? Wer sind wir? Und warum?*

»Was mir Bauchschmerzen bereiten *könnte*«, sagte Natascha, »wenn ich transhumanistische Ideen kritisch hinterfrage und mich intensiver damit auseinandersetze: Für mich persönlich bietet diese Sichtweise auf die Zukunft der Menschheit eine viel zu abstrakte Hoffnung. Auf technisch verbesserte Menschen zu bauen, ein besseres Ich einzig durch technische Errungenschaften, eine bessere Welt einzig durch wissenschaftliche Eingriffe? Müsste der Mensch sich nicht vielmehr auch vom Herzen her erneuern? Wir sind ja doch mehr als nur Denkvermögen in einem Körper, wir sind ein viel komplexeres Wesen, ja ein Wesen, in dem Körper, Geist und Seele zusammenwirken.« Natascha sah den Professor prüfend an. Seine Meinung hätte sie gerne gehört, neugierig wie sie war. Der sagte nichts – nur ein zustimmendes Lächeln umspielte seine Lippen und machte jedes Wort überflüssig. Offensichtlich waren sie beide diesbezüglich auf einer Wellenlänge. Natascha überlegte laut weiter: »Ich würde mich jetzt nicht als besonders spirituellen Menschen bezeichnen. Das nicht. Ich denke aber, dass es eine höhere Instanz gibt. Etwas, das über uns steht und über unseren begrenzten menschlichen Verstand hinausgeht. Dass es Gott *gibt*. Und frage mich daher unweigerlich: Birgt es nicht die Gefahr – wenn ich der Hoffnung auf wissenschaftlicher Basis mehr Raum geben will, dass ich als Mensch am Ende doch in völlige Hoffnungslosigkeit falle?« Natascha griff nach ihrem Glas.

»Warum?«

Natascha starrte in das Glas, als würde die Antwort in ihrem Wasser schwimmen. »Ich habe das Gefühl, dass es vom Transhumanismus letztlich gar nicht mehr so weit ist dahin, dass alles beliebig wird, finden Sie nicht?« Natascha nahm einen Schluck und stellte das Glas langsam auf den Tisch zurück. Wieder schaute Natascha Frøseth fest an. Sie machte kein Geheimnis daraus, dass sie seinen Standpunkt ausloten wollte. Er aber schwieg weiter. »Jetzt sind wir beide ins Philosophieren geraten. Aber Sie haben angefangen!« Sie lächelte verschmitzt. »Na ja, auf was ich hinaus möchte, um zurück zum Thema zu kommen«, fuhr Natascha fort. »Wenn alles beliebig ist, dann unterwirft man alles allein den Trieben und Neigungen. Alles ist erlaubt. Normen und Werte sind dann völlig individuell, Moral folglich bedeutungslos und höchstens eine Sache des Gefühls. Es gibt dann keine Verpflichtung, keinerlei Bindung mehr…« Natascha zögerte eine Sekunde.

Frøseth lächelte. »Sie sind eine interessante Gesprächspartnerin, Frau da Silva. Und eine Philosophin, stelle ich fest.« Er nickte freundlich. »Leon hätte Sie gemocht, denke ich. Er mochte Menschen, die nachdenken und ihren Standpunkt vertreten – dann konnte er ja vehement mit seinem aufwarten.« Ein Grinsen huschte kurz durch sein Gesicht. »Er liebte solche Gespräche. So wie ich auch. Kommen wir aber zurück auf unser Thema – wobei sich hier gerade auch Kreise schließen, ganz weg vom Thema waren wir nämlich nicht, wenn man die Sache umfassender betrachtet. Ich möchte aber keinesfalls noch weiter ausholen, als wir es ohnehin gerade getan haben. Nur so viel zu Ihren Gedanken – weil sich damit auch der Kreis zu Leon und seinen Ideen schließt: Dem grundsätzlichen Streben nach Verbesserung stimme ich natürlich zu, da möchte ich nicht falsch verstanden werden. Würde ich nicht für Fortschritt stehen, wäre mein berufliches Tun sinnlos, dann wäre ich besser kein Forscher. Natürlich ist es richtig, wissenschaftliche Lösungen für bestehende Probleme zu suchen, schließlich haben wir Menschen auch dafür unseren Verstand! Nicht wenige Menschen allerdings meinen, die Grenzen der Biologie einzureißen und einen besseren Menschen zu erschaffen, sei vielleicht eine der gefährlichsten Ideen überhaupt. Manche sprechen nicht einmal mehr von einer *Idee*, sondern von einer *Ideologie*. Leon dagegen war der Meinung, dass der Transhumanismus zum kühnsten, mutigsten, visionärsten und idealistischsten Bestreben des Menschen zu zählen ist, womit er tatsächlich nur einen Slogan der Szene wiedergab. Ob er wirklich so sehr davon überzeugt war? Schwierig zu sagen. Ich fragte ihn immer: Ist es nicht ein schmaler Grat, auf dem wir uns bewegen?« Frøseth blickte Natascha eindringlich an. »Letztlich ist es ein Streben nach der Entwicklung zum Übermenschen Nietzsches. In dieser Szene wird viel darüber diskutiert, ob Nietzsche als Ahnherr des Transhumanismus' angesehen werden kann. Leon zitierte gerne den Biologen und Eugeniker Julian Huxley, der meinte: *Mensch, der Mensch bleibt, aber durch Verwirklichung neuer Möglichkeiten seine menschliche Natur überwindet.* Auf den ersten Blick erscheint all das ja auch gut. Wenn wir aber in der Geschichte zurückschauen, finden wir genug katastrophale Beispiele dafür, wie es ausgehen kann, wenn ethische Aspekte dem Fortschritt völlig untergeordnet werden. Wer hat die Macht? Wer kontrolliert, was okay ist und was nicht? Wie werden die Errungenschaften unter den Menschen verteilt? Wer entscheidet, was lebenswert ist und was nicht? Wer darf wann welche Grenzen setzen und warum? Und was, wenn wir keine außermenschlichen Maßstäbe mehr haben, nur noch das, was ›menschlich‹ ist? Transhumanismus, der ›Neue Mensch‹, all das ist also, auch wenn es scheinbar Gutes zum Inhalt hat, eine letztlich nihilistische Form, den Menschen zu entwurzeln. Es ist die Wiege des ›homo deus‹, des zum Gott ausgerufenen Menschen. Doch wer ist dann der Sieger? Natürlich immer nur die Alphatiere! Dann besteht immer auch das unkontrollierbare Risiko, dass der Mensch an der Macht uns totalitär im Griff hat. Er lenkt und spielt Gott. Wo fängt es an, wo hört es auf? Wie weit gehen wir?«

Frøseth hatte Natascha, ohne es zu wissen, den Ball zugespielt. Sie nahm ihn auf: »Denken Sie an die Eugenik-Idee der Nationalsozialisten, an den Herrenrasse-Wahn damals, an das ›Züchten‹ der arischen Rasse und heute an die ausufernde Genmanipulation?« Jetzt blickte sie den Professor eindringlich an. »Oder gar an irgendwelche unbemerkt stattfindenden fragwürdigen Experimente? Verbotene Eingriffe in unser Leben, im großen Stil vielleicht?«

Doch wie weit sollte sie Frøseth hier und jetzt an ihren Gedanken und Recherche-Ergebnissen teilhaben lassen? Sie dachte an Stenzel, daran, wie negativ sich das Gespräch ab dem Moment entwickelt hatte, als sie ihn nach der Möglichkeit einer Massenmanipulation gefragt hatte. Als hätte sie ihm persönlich etwas unterstellt. Als fühlte er sich angegriffen oder gar ertappt. Als hätte sie alle Wissenschaftler, die an solchen Themen arbeiteten, unter Generalverdacht gestellt. Sie hatte ja nur herausfinden wollen, ob Stenzel eine derartige Anpassung der technischen Möglichkeiten für möglich hielt.

Einmal mehr fragte sie sich, wie es gekommen war, dass Stenzel ihr gegenüber anschließend doch wieder wohlgesonnen war. Und wie wohlgesonnen... Seltsam. Er war doch im *Diamond Garden* ablehnend gewesen. Keinesfalls wollte sie es sich also hier und jetzt auch mit Frøseth verscherzen.

»Was konkret meinen Sie? Worüber genau waren Sie und Dr. Muth gegensätzlicher Meinung?«

♦

Süddeutschland

»Gibt es endlich eine Spur von dieser Journalistin?«

»Nein.« Der Mann – Legion – schluckte seine Wut herunter. »Ich werde sie aufspüren, sehr bald, machen Sie sich keine Sorgen!«

»Vielleicht hätten wir von Anfang an härter vorgehen sollen.«

»Dafür ist es ja noch nicht zu spät. Wenn Sie das wollen...«

»Wenn ich das will? Ich will Ergebnisse – und keine Behörden im Spiel – außer denen, die auf *unserer* Seite mitspielen. Und noch was: Wenn Sie die Dinge so regeln, wie Sie es vorhaben, auf die harte Tour, dann ist es nur eine Frage der Zeit, bis die Polizei ermittelt. Achten Sie also darauf, dass die Fakten *uns* in die Hände spielen und *wir* an den Strippen ziehen und nicht die anderen. Ich brauche Ihnen nicht zu sagen, dass inzwischen nicht nur wir hinter dieser neugierigen Pressetante her sind. Also aufpassen! Sie wissen, wie viel für uns auf dem Spiel steht, wir sind in der Bringschuld, uns läuft die Zeit davon. Ich kann nicht ausschließen, dass man, ohne mit der Wimper zu zucken, auf uns verzichtet. Was das bedeutet, brauche ich Ihnen nicht zu sagen. Sie und ich sind Ponyhof verglichen mit denen. Die Gelder, die dann niemals auf unseren Konten landen, wären womöglich noch unser kleinstes Problem.«

»Momentan prüfe ich, wo da Silva steckt, und gehe einer vielversprechenden Fährte nach. Vielleicht liefern auch Erkundigungen, die ich über ihre Freundin einhole, Hinweise, wo die beiden sich aufhalten. Zwei Frauen mit kleinen Kindern – weit können sie nicht gekommen sein…«

»Da diese Volltrottel in der Ostsee noch immer nicht gefunden haben, was wir alle suchen, sollten wir vorerst nicht die Notbremse ziehen – da Silva auszuschalten, sollte die letzte Option sein. Wir müssen kühlen Kopf bewahren. Da Silva nützt uns mehr, wenn sie am Leben ist und weiter recherchiert, aber dabei nur das in die Hände bekommt, was wir ihr zuspielen. Wenn wir voreilig agieren, zerstören wir vielleicht die Möglichkeit, dass sie uns noch rechtzeitig zum Schlüssel führt. Lassen wir sie lieber von allein ins offene Messer laufen. Ihre Einschätzung?«

♦

»Warum Leon und ich mit unseren Ansichten aufeinanderprallten? Ach, er hing eben dieser Idee sehr an und glaubte, sie eines Tages verwirklichen zu können, ja zu müssen. Später nahm er den Standpunkt ein, wir wären nicht visionär genug, und ging eigene Wege. Wege, auf denen man ihn weniger eingrenzte. So sagte er damals.

Er machte seinem Namen alle Ehre, mutig war er! Einmal erzählte er mir, er würde an sich selbst ein Psychopharmakon testen, noch bevor die Tests mit Probanden zugelassen, ja noch bevor formell alles soweit war... Irgendein innovatives Produkt zur chemischen Stimmungskontrolle, offenbar geradezu revolutionär. Man dürfe keine Zeit mit Bürokratie verschleudern, sagte er, die Menschen hätten viele Nöte, es sei fünf vor zwölf. Manchmal müsse man auch Risiken eingehen, sonst gehe nichts vorwärts, man müsse vielversprechende Technologien oder wie in diesem Fall Substanzen auch dann anwenden, wenn sich die Folgen noch nicht abschätzen ließen.

Ja, er wollte Fortschritt, und zwar rasch, er war ein ungeduldiger Mann. Er räumte allerdings ein und betonte sogar, dass man die Entscheidung *immer* dem einzelnen Menschen überlassen müsse. So war er. Ein Querdenker. Später mehr denn je. Er umgab sich mit den falschen Leuten, denke ich. Es kam mir manchmal vor, als wäre er irgendwo einer Gehirnwäsche unterzogen worden. Und er wurde zunehmend fanatisch. Verstehen Sie mich bitte nicht falsch, mir geht es nicht um Transhumanismus oder seine Anhänger. Nach Verbesserung zu streben, ist natürlich anerkennenswert. Wenn wir Menschen aber Gottes Ordnung außer Kraft setzen, dann ist das in meinen Augen problematisch. Ich bin der Meinung, wir sollten den Geist und die Kreativität, die er uns Menschen geschenkt hat, dazu nutzen, unser Dasein und die Welt zu heilen und zu verschönern, aber uns dabei nicht selbst zu Göttern erheben. Ich respektiere bestimmte Grenzen der Natur, denn ich habe vor Gott Respekt.«

Als habe Frøseth Nataschas verwunderten Blick wahrgenommen, fügte er hinzu: »Ja, ich bin gläubig und zugleich Wissenschaftler.« Er lächelte. Dann wurde er wieder ernst. »Es ist fast schon ein Klischee anzunehmen, ein Wissenschaftler müsste Atheist sein. Ja, vielleicht sind viele gerade deswegen gläubig, weil ihnen ihr Wissen offenlegt, wie wenig wir Menschen eigentlich wissen können. Um nochmals auf die von Leon Muth gern zitierte Aussage Huxleys zurückzukommen: Ich persönlich habe ihm gegenüber immer die Meinung vertreten, dass der Mensch seine unvollkommene Natur nur überwinden kann, indem er sein menschliches Ich Gott schenkt. Nichts in diesem Kosmos ist ewig, das erkennen wir Wissenschaftler heute. Ewig und real ist nur Gott. Der heute herrschende Nihilismus aber leugnet die absolute Wahrheit, für ihn existiert alles gleichberechtigt und beliebig nebeneinander her! Und es ist natürlich unser Ego, aus dem dieser Nihilismus sich ernährt und das alles, was existiert, seiner begrenzten und oftmals sogar defekten Erkenntnis unterwerfen will. Leon Muth und ich, wir haben viel über diese Dinge gesprochen, gerungen, gestritten, oft im Zusammenhang auch mit den Themenfeldern unserer Arbeit.«

»Tiefgreifende Themen. Mit Ihnen würde ich gerne mal ein Gläschen Wein trinken«, sagte Natascha und schenkte ihm ein Lächeln. »Klingt interessant. Und abendfüllend. Um auf Muth zurückzukommen: Wissen Sie, an was er vor seinem Tod gearbeitet hat?«

Frøseth rang sich ein schwaches Lächeln ab. »Leon hat in dieser letzten Phase ein großes Geheimnis aus seiner Forschung gemacht. Damals war er bereits seit Längerem nicht mehr hier tätig gewesen. Wir trafen uns regelmäßig privat, konnten aber nicht mehr miteinander wie früher. Er war irgendwie anders. Irgendwie seltsam, undurchsichtig. Manchmal kam es mir vor, als wäre er nicht mehr er selbst, als verstecke er sich hinter einer Maske.« Frøseth legte eine kurze Pause ein. Dann fuhr er fort: »Manchmal wirkte er verloren. Etwas trieb ihn um, beschäftigte ihn, so mein Eindruck. Aber er rückte nicht raus damit. Unser Kontakt flachte immer mehr ab, bis er dann ganz versiegte. Es hat mich lange beschäftigt, das Unglück meine ich, nicht Leons Geheimniskrämerei, denn so war er halt, schon immer. Nein, ich meine die Ungewissheit um seinen Tod. Irgendwie war das alles merkwürdig, und merkwürdig war er auch in den letzten Jahren vor seinem Tod.« Frøseth stieß hörbar die Luft aus und rieb sich dann die Stirn. »Genauer gesagt beschäftigte mich nicht das Unglück selbst. Wenn Forscher stundenlang allein tauchen, dann kann auch ein Unglück passieren, klar! Vielleicht ist er abgetrieben. Und das Meer ist riesig, da kann alles Mögliche passiert sein. Aber er war schon in den Jahren davor merkwürdig, wie ausgewechselt. Mit jedem Tag, den er nicht mehr hier gearbeitet hatte, war er merkwürdiger geworden. Er wurde mir fremd, mehr und mehr. Ich habe mir lange Vorwürfe gemacht und mich gefragt, ob ich irgendetwas übersehen hatte. Etwas, das, hätte ich es erkannt, ihn vielleicht gerettet hätte. Na ja, man dreht sich gedanklich im Kreis, wenn jemand, der einem nahesteht, verunglückt, man konstruiert im Geiste die wildesten Szenarien… Aber jetzt bin ich abgeschweift, entschuldigen Sie, die Sache mit Leon, Sie verstehen…« Erst ein Achselzucken, dann winkte er ab.

»Sie befürchten, er habe Selbstmord begangen?«

»Nein, eigentlich nicht. Man schließt es nicht aus, ich auch nicht. Es ist aber wahrscheinlicher, dass es ein Unfall war. Doch es gibt keinerlei Hinweise.«

Eine Stille entstand, die keiner von ihnen brechen wollte. Eine Weile saßen sie schweigend beieinander. Sie konnte eine Uhr ticken hören, die sie aber nirgendwo sah. Draußen hatte es zu regnen begonnen.

Irgendwann sagte Frøseth: »Kurz vor dem Unglück hat er mir eine Ansichtskarte geschrieben. Unser Kontakt war immer sporadischer geworden und dann eine Zeitlang komplett abgebrochen. Dann plötzlich die Karte, keine Ahnung warum. Ach, was erzähle ich Ihnen das alles. Es tut nichts zur Sache…«

»Doch, doch. Es interessiert mich. Ist es das, was Ihnen Gänsehaut bereitet. Sind es diese Parallelen? Dass beide Kollegen Sie so unerwartet kontaktiert haben, kurz bevor sie starben?«

Frøseth zog eine Augenbraue hoch. Wieder dieses Lächeln, das seine Mundwinkel umspielte. »Sie sind eine aufmerksame Zuhörerin, Frau da Silva. Ja, für einen Moment war das wie ein Déjà-vu. Das Leben kann schon seltsame Zufälle bereithalten. Es stimmt, zum zweiten Mal erhalte ich unerwartet Post von einem gescheiten Kollegen, der kurz darauf unerwartet stirbt – und das jeweils auf tragische Weise.«

»Irgendwie unheimlich. Ich verstehe, was Sie meinen. Mir ging es im Rahmen meiner Recherchen auch so. Zusammenhänge zu sehen, wo rational betrachtet keine sein können, das sind Gänsehautmomente.«

Plötzlich stand Frøseth auf und drehte sich um. Die Schrankwand hinter seinem Tisch war voller Bücher, links und rechts davon befand sich je ein Aktenschrank. Er öffnete einen der Schränke, suchte etwas heraus und schloss den Schrank wieder. Dann wandte er sich wieder ihr zu und setzte sich. In seiner Hand hielt er einen Briefumschlag. Er öffnete ihn und zog eine Postkarte heraus.

»Hier, das ist sie, das ist die Karte, die mir Leon nach langer Funkstille geschickt hatte.« Frøseth streckte die Ansichtskarte Natascha entgegen.

»Das meine ich mit: *Leon war seltsam geworden.*«

♦

Alpen

Ludwig Potz stieg in seinen Sportwagen. Die paar Tage in seiner Berghütte hatten dem Politiker gutgetan, von diesem Rückzugsort wusste niemand, hier kam er zur Ruhe. Und das war auch notwendig, um an den Plänen zu arbeiten, seine Ziele und die der Partei auszuformulieren und Pakte zu schmieden. Nicht nur politische und wirtschaftliche, sondern auch solche, die seiner Partei und ihm helfen würden, mithilfe neuester wissenschaftlicher Errungenschaften die Bevölkerung mehr und mehr auf ihre Seite zu ziehen. Was in Unterhaltungsmedien funktionierte, musste auch in der Politik funktionieren – so zumindest hatte man es ihm schmackhaft gemacht. Der Preis, den seine Partei im Gegenzug leisten würde, war nicht zu hoch. Die Lobby der Sicherheits- und Überwachungstechnologie unterstützen. Zunehmende Kontrolle und Überwachung durch den Staat. Das spielte ihnen doch in die Hände. Nein, es spielte ihnen nicht nur in die Hände – das *war* ihr Plan! Ganz nach dem Motto: *Wenn die Unsicherheit im Lande wächst, vergrößert das die Macht derer, die Sicherheit bieten*. Mit Ängsten spielen, das war schon immer eine gute Strategie gewesen! Paradox in einem Land, in dem es im Vergleich zu vielen anderen Ländern der Welt kaum Grund für Ängste gab. Die Wahrnehmung der Menschen war manchmal verzerrt. Manchmal eben auch nicht.

Die neuesten wissenschaftlichen Möglichkeiten würden ihnen zur Verfügung stehen, um die Wahrnehmung der Bürger weiter zu verzerren, und nicht nur das! Sie würden ihre Ängste auf ein neues Level heben!

Der Markt für Sicherheits- und Überwachungstechnologie wuchs ständig, es war ein Milliardengeschäft. Die Waffenindustrie war ihm und dem Bündnis *Einer für Sechs* wohlgesonnen. Noch ein paar Jahre, dann hätten sie Verhältnisse wie in den USA, was den Besitz von Waffen anging. Die Zunahme der Gewalt würde es für viele Menschen unvermeidlich machen, sich selbst zu schützen, ebenfalls mit Waffengewalt. Selbst in den Schulen würden die Lehrkräfte dann Waffen tragen. Und als wäre das alles nicht genug, sollte es bald auch keine Diskussion mehr über Rüstung geben. Ein Bürger, der sich seinen Nachbarn gegenüber nur noch ausgeliefert fühlte, würde sich auch dem Nachbarstaat gegenüber ausgeliefert fühlen. Ja, er würde in einer sich global ausbreitenden Paranoia der Bedrohung leben, die eine neue Politik auf den Plan rufen würde, eine aus der Asche auferstandene Politik, die es sich auf die Fahnen geschrieben hatte, für Sicherheit zu sorgen. Auch seine

Kontakte zur Rüstungsindustrie waren vom Feinsten – wie passend!

Den Aufbau eines eigenen Medienzentrums würden sie als nächstes in Angriff nehmen. Und die Vernichtung des bisher als Handlanger dienenden Medienunternehmens war der erste Schritt dazu. Niemand würde auf ihre Sendungen und die darin enthaltenen Botschaften achten, wenn sich alles um den Skandal in der Unterhaltungsindustrie drehte, der bald auffliegen würden. Man würde ja nicht alle Medien kontrollieren oder gar abschaffen können. Ohnehin würden keinerlei Spuren zur Politik, geschweige denn zur Partei führen, zum Think-tank, von dem die Öffentlichkeit nichts wusste und dem er angehörte. Die zuletzt angestoßene Welle der Gewalt, die schlicht nicht mehr zu stoppen war, würde immer mehr anwachsen und sich auftürmen, bis sie wie ein Tsunami das Vertrauen und Sicherheitsgefühl jedes Einzelnen fortgerissen hatte.

Der Think-tank hatte die Zukunft exakt geplant, alles war daraufhin eingeleitet worden. Immer mehr Menschen würden auf sich allein gestellt sein, sich zunehmend isolieren, zwangsläufig immer mehr in den Medienkonsum flüchten, die Medien wiederum würden genau diese Menschen immer mehr steuern, während das Land zu einem totalitären Staat mutierte – das war längst überfällig. Milliarden würden in die Sicherheits- und Überwachungstechnologie fließen, in den Wirtschaftszweig, mit dem sie in einer Symbiose lebten. Ein goldenes Zeitalter des friedlichen Miteinanders würde anbrechen, durch Isolation der Menschen voneinander. Gemeinsamkeit durch Vereinsamung und ihre Fixierung auf das Gefühl, auf deren Grundlage sich nur noch virtuelle Blasen von vorüberhuschenden Menschen bilden würden, die aber nichts mehr aneinanderband. Gesellschaft durch Vernichtung der Gesellschaft, dieses Paradoxon war der einzige Weg. Und der Richtige, alle Opfer wert.

Potz startete den Motor. Mehrmals trat er das Gaspedal

ein Stück weit nach unten. Dominant brüllte der Motor auf. Potz öffnete das Verdeck. Die Serpentinenstraße war stets der krönende Abschluss seiner Wochenenden hier oben in den Bergen. Wie immer würde er viel zu schnell fahren, und wie immer würde ihm dabei fast einer abgehen... Er lachte dreckig. Vielleicht sollte er nicht mehr allein zur Hütte reisen, sondern eine Frau mitnehmen. Am Abreisetag nach einem lustvollen Wochenende würde die gemeinsame halsbrecherische Autofahrt über die Serpentinenstraße ihn zusätzlich high machen, bis er abschießen würde. Wieder lachte er, wieder dreckig. Wie gut etwas auch war – es ging immer *noch* besser. So war er halt. Irgendwann wäre der Kick der Raserei dann auch wieder langweilig ohne zusätzliche Stimulierung. Gut, dass er gerade die Lösung dafür gefunden hatte, den geilen Weiberarsch, der sich zukünftig in den edlen Ledersitz seines Wagens schmiegen würde. Dann könnte sie ihm in Momenten wie diesem ebenfalls zu Diensten sein. Er grinste. Nochmals ließ er den Motor aufbrüllen – der Sound hallte von dem gegenüberliegenden Bergmassiv wider.

Dann gab er Gas. Sein Wagen gewann an Geschwindigkeit, da spürte er plötzlich in seinem Kopf eine Welle der Hitze, kurz war ihm schummrig, doch dann war plötzlich alles wieder klar.

Er raste die Bergstraße hinunter und blickte immer wieder auf den Tacho. Heute nahm er die Kurven noch schneller als sonst – zur Feier des Tages. Plötzlich aber traute er seinen Augen nicht. Sein Blick auf den Tacho war nur kurz. Anders ging es nicht, er musste sich auf die gefährliche Fahrt konzentrieren. Blinkte da gerade auf der digitalen Cockpitanzeige ein Text auf? Er schaute nochmals hin.

Da! Tatsächlich! Das gibt es doch nicht! Fast hätte Potz die Kurve versemmelt. Er nahm das Gas zurück, der Wagen wurde kurz langsamer, dann wieder schneller. Wieder blickte er auf die Anzeige.

... A B G R U N D...

Stand dort etwas mit Abgrund? Was für einen Streich spielten ihm seine Sinne?! Ein seltsamer Gedanke schoss ihm durch den Kopf. Was, wenn auch er medial beeinflusst wurde? Was, wenn sie nun ein Spielchen mit *ihm* spielten? Widerwillig fuhr er langsamer, um sich besser auf die Anzeige konzentrieren zu können. Da! Wieder! Nun verschwand das Wort *Abgrund* nach und nach, Buchstabe für Buchstabe lief das Wort wie auf einem laufenden Anzeigeband ins Leere, bis es ganz weg war.

Ständig hob Potz den Blick, um sich auf die Strecke zu konzentrieren. Auch wenn er jetzt langsamer fuhr, war er noch immer unverantwortlich schnell, der Kick hebelte jede Vernunft aus. Entgegenkommen durfte keiner, aber das passierte hier auch selten...

Da war es wieder, eine Hitzewelle, mitten in seinem Kopf, sie wogte gegen seine Schädelwand, dann ergoss sich die Hitze in seinen ganzen Körper, in den Wagen, über die Straße, in das ganze Tal. Dann war es plötzlich wieder still, ganz schnell, nur ein leises Summen war zu hören. Er richtete seinen Blick wieder auf die Anzeige. Da! Es tauchte wieder auf. Doch nun lief ein kompletter Satz über das Display.

DU STEUERST DIE MENSCHEN IN DEN ABGRUND...

Was zum Henker...!

Potz musste den Blick wieder auf die Straße richten. Anscheinend widmete er seine Aufmerksamkeit gerade im richtigen Moment wieder der Anzeige, denn in dieser Sekunde ging der Satz an genau der Stelle weiter, wo er aufgehört hatte – oder war er so lange eingefroren gewesen, die Anzeige in einer Art Pausenmodus? Was zum Geier war hier los?!

...LOCKST DIE TIEFSTEN ABGRÜNDE AUS IHNEN HERVOR...

Vor Schreck verriss Potz das Lenkrad, der Wagen schlitterte gefährlich, dann bekam er ihn wieder unter Kontrolle.

Potz konnte nun einen langen Teil der Strecke überblicken. Es kam gerade kein anderes Auto die Bergstraße herauf. Er musste sich einzig auf das Steuern des Wagens konzentrieren, darauf, die Strecke mit ihren Kurven zu beherrschen. Er wagte einen längeren Blick auf die Anzeige. Immer noch zweifelte er an seinem Verstand.

...FÄHRST DU NOCH ODER STIRBST DU SCHON?

Das konnte nicht sein! »Was...!«, schrie Potz lauthals gegen das nun bedrohlich wirkende Bergmassiv, als ein ohrenbetäubender Knall ihn aufschreckte. In derselben Sekunde las er:

...A B G R U N D !

Er verlor die Kontrolle über den Wagen. Das Auto wirbelte einmal um die eigene Achse, was die Geschwindigkeit seltsamerweise nur minimal drosselte. Es ging alles furchtbar schnell. Wie ein Pfeil schoss der Sportwagen auf den Rand der Straße zu. Dahinter der Abgrund. Er würde nicht seitlich entlangschrammen, sondern frontal gegen die Leitplanke prallen.

In unbeschreiblicher Todesangst schrie Potz. Das Letzte, das ihm in Sekundenbruchteilen durchs Bewusstsein schoss, war die Furcht, die Leitplanke könnte bersten. Dann setzte die brachiale Wucht des frontalen Aufpralls seinen Gedankenfetzen ein jähes Ende.

♦

Natascha zögerte einen Moment, überrascht von dem Vertrauen, das Professor Frøseth ihr entgegenbrachte. Etwas eingeschüchtert von der unerwarteten Wendung des Gesprächs griff sie nach der Karte. Einen Augenblick betrachtete sie die beschriebene Seite. Die Handschrift Muths war fein, ästhetisch, kraftvoll. Sie las. Dann runzelte sie die Stirn. Nun las sie den Text laut vor – als wüsste Frøseth nicht, was auf der Karte stand:

Wer das Große nicht mehr in Gott findet, findet es überhaupt nicht (...) und muss es entweder leugnen oder selbst schaffen. (KSA 10,32) Erkenne den Willen zur Macht! Suche und finde!

Natascha blickte Frøseth fragend an.

»Das Kürzel *KSA?*«, sagte er. »Die Schriften Nietzsches.« Er zuckte mit den Achseln, presste die Lippen aufeinander und erwiderte Nataschas Blick, als wolle er sich für Muth entschuldigen. »Fragen Sie mich nicht...«

Grüße an einen Freund stellte man sich anders vor – das persönlichste an den Zeilen war Muths Unterschrift. Verwundert drehte Natascha die Karte um.

»Er hat Ihnen eine Ansichtskarte des archäologischen Museums in Kalkriese geschickt? Stammte er aus der Gegend dort? Oder war es ein Urlaubsgruß aus dem Teutoburger Wald?«

»Leon stammte ursprünglich aus Kiel. Er liebte die See und fuhr in seiner freien Zeit auch immer ans Meer. Er sagte, er kenne von unserem schönen Land eigentlich nur die Ost- und die Nordsee. Ich hatte mich noch darüber gewundert, dass es ihn diesmal in den Teutoburger Wald verschlagen hatte, vor allem aber darüber, dass er mir überhaupt geschrieben hatte. Das hatte er nämlich nie zuvor getan, schon gar nicht von einer Reise. Dafür war er gar nicht der Typ. Er war eher nüchtern, nicht der, der andere an seinen Erlebnissen teilhaben lässt oder sie eben wissen lässt, dass er an sie denkt. Sie kennen das Museum bei Osnabrück? Sie kennen die berühmte römische Maske, die auf der Karte abgebildet ist? Leon hatte wohl ein Faible, von dem ich nichts wusste. Dass er sich für archäologische Ausgrabungen interessierte, war mir neu.«

Wie versteinert starrte Natascha auf die Karte in ihrer Hand. Darauf die Abbildung des Artefakts vor neutralem Hintergrund und einem kleinen Zeichen, vermutlich dem des Museums, des Kartenherstellers oder der Druckerei, das Natascha nicht weiter beachtete, denn zeitverzögert und gerade in dieser Sekunde traf sie wie ein Blitzschlag die Erkenntnis – Kalkriese! Plötzlich erschauderte sie.

Das war jetzt langsam wirklich gespenstisch! Es konnte doch nicht sein...

Aufgeregt sagte sie: »Das auf dem Foto ist...« Natascha betrachtete nochmals das Foto, das die komplette Vorderseite der Karte einnahm. Aus hohlen Augen starrte sie die abgebildete Maske an, als wolle sie in ihr Gehirn eindringen. Wie viele Zufälle gab es denn noch? Nein, sie täuschte sich nicht.

Bei Jennifer und Frank zu Hause hatte sie auf einem eingerahmten Poster eine Abbildung gesehen mit einer solchen Maske. Die Maske aber, die auf der Ansichtskarte Muths abgebildet war, war nicht die Varus-Maske, nein, sie war dieser nur sehr ähnlich. Es handelte sich um eine andere, seit geraumer Zeit aber nicht weniger berühmte Maske, ein erst vor fünf Jahren geborgenes Artefakt, die römische Arminius-Maske. Das Foto war aufgrund der spektakulären Ereignisse rund um die Bergung des Objekts lange durch die Medien gegangen. Es war jene antike Maske, die kein geringerer als Frank Stebe, der Archäologe und ihr guter Freund, vor fünf Jahren mit seinem Team geborgen hatte. Das antike Objekt, nach dem der Anführer einer fanatischen Organisation wie besessen gejagt hatte, weil er geglaubt hatte, die Maske und das dazugehörige Schwert wären sagenumwobene germanische Artefakte römischen Ursprungs, Träger mystischer Kräfte, die ihm unendliche Macht verleihen würden. Jener Mann, der damals aus dem Verborgenen die Partei *Deutscher Phönix* finanziert und gelenkt hatte. Der Mann, der mit seinen skrupellosen Machenschaften die Gesellschaft und viele ihre Institutionen tief durchdrungen hatte. Ein Fanatiker, dem letztlich der Garaus gemacht worden war. Daraufhin war die Partei vom Verfassungsschutz auseinandergenommen und verboten worden, gerade noch rechtzeitig vor den Bundestagswahlen.

Dass man überhaupt diesen Erfolg verbuchen konnte, war nicht zuletzt Frank Stebe und seinen Freunden zu verdanken. Zuvor aber hatte sich die Lage für Frank und

Jennifer lebensbedrohlich zugespitzt – und das alles wegen ein paar germanischer Artefakte!

Jetzt war es Natascha, die Gänsehaut bekam, so wie vorhin Frøseth. Der *Deutsche Phönix!* Die Partei, der von Rhein einst angehört hatte. Die Partei, die mit Frank Stebes Hilfe zerschlagen worden war. Und Muth schickte seinem Freund eine Karte mit dem Schlüsselobjekt der damaligen Ereignisse? Muth, der vielleicht für die Leute tätig gewesen war, für die jetzt Frank arbeitete? Nein, das konnte alles kein Zufall sein!

Und trotzdem. Aufgrund einer Postkarte Muths solche Zusammenhänge herzustellen, war äußerst gewagt. Es war alles zu wirr, es *musste* ein Zufall sein! Doch instinktiv ahnte Natascha, dass das alles irgendwie zusammenhing. Die Frage war nur, wie? Wo war die Verbindung? Und zu welchem Zweck? Der Kreis schien sich in oder an der Ostsee zu schließen, und Frank war mittendrin! Wieder mal! Unterwasser-Forschungsarbeiten – Muth – von Rheins Verschwörungstheorien – der *Deutsche Phönix* – Fanatiker – Macht hinter einer Maske – Kontrolle hinter den Kulissen der Gesellschaft – Heimliche Manipulation. Was, wenn an ihrer Vermutung bezüglich der Verhaltensmuster von *Ashes Real*-Konsumenten etwas dran war? Was, wenn von Rhein richtiglag und dort draußen völlig unbemerkt mächtige Leute die Kontrolle an sich rissen und dabei etwas ins Rollen gebracht hatten, das sie selbst nicht mehr kontrollieren oder gar stoppen konnten? Und was, wenn von Rhein richtiglag und einige von ihnen dieses Chaos zu ihrem eigenen Vorteil nutzen wollten und gar kein Interesse daran hatten, es in den Griff zu bekommen?

Plötzlich bekam sie den nächsten Gänsehautschub. Konnte es sein, dass sie hier und heute genau das herausfinden *sollte*? Langsam wurde ihr die Sache unheimlich. Ein Gefühl stieg in ihr auf, das sie bisher erfolgreich verdrängt hatte. Angst.

♦

Dr. Paula Dannowitz drehte Natascha da Silvas Visitenkarte zwischen den Fingern hin und her und überlegte, ob sie die Journalistin anrufen sollte oder nicht. Noch vor ein paar Minuten war ihr das als die perfekte Lösung erschienen. Nun aber zweifelte sie. Doch eine andere Lösung fiel ihr nicht ein.

Die letzten Tage hatte Dannowitz kaum etwas anderes getan, als Berge von Patientenakten durchzuarbeiten und darin nach Hinweisen zu suchen, die ihre Befürchtung untermauerten.

An ihr nagte die Sorge, die damaligen Versuche könnten wieder oder noch immer laufen, nun allerdings im großen Stil. Wie sehr hatte sie gehofft, das alles würde sich als Sackgasse erweisen. Weit gefehlt, das Gegenteil war der Fall. Sie war sich nun sicher, dass sie auf der richtigen Spur war. Und intuitiv wusste sie auch, dass ihre Schwester irgendwie mit drinsteckte.

Aus drei Gründen wollte sie nicht zur Polizei.

Sie wäre aufgrund ihres Wissens um die früheren Versuche in Erklärungsnot und könnte im Nachhinein womöglich noch in Schwierigkeiten geraten und sogar ihre ärztliche Zulassung riskieren. Wenngleich sie es für nahezu ausgeschlossen hielt, nach so langer Zeit. Außerdem waren die Versuche damals Spielereien gewesen verglichen mit dem, was heute offensichtlich ablief. Ohnehin war ihr schleierhaft, wie es möglich war, eine so starke Wirkung zu erzielen.

Zugegeben, dieser erste Beweggrund, nicht zur Polizei zu gehen, war egoistisch. Und doch, sie war auf ihrem Gebiet eine Koryphäe und liebte, was sie tat. Sie wollte sich das nicht kaputtmachen lassen, bloß weil sie die falsche Schwester hatte. Und sie war seit vielen Jahren geläutert, was das Herumexperimentieren mit subliminalen Botschaften anging – was man von ihrer Schwester wohl nicht sagen konnte. War es ihr also zu verdenken, dass sie sich schützte?

Zweitens: Charlotte hatte eine neunjährige Tochter! Es könnte das Kind ein Leben lang aus der Bahn werfen, wenn man ihm die Mutter nahm. Leider hatte Paula die ersten Lebensjahre ihrer Nichte komplett verpasst – und so, wie ihr Verhältnis zu Charlotte war, nahm sie nicht an, dass es möglich war, heute wieder eine familiäre Bindung aufzubauen. Eines aber wollte sie als Tante auf keinen Fall: Diejenige sein, die ihre Schwester ans Messer lieferte.

Drittens: Charlotte! Dieser dritte Punkt zermürbte Paula mehr, als sie erwartet hatte. Charlotte war trotz allem ihre Schwester. Irgendwo tief im Innern brachte es Paula nicht übers Herz, Charlotte ins Verderben rennen zu lassen.

Wenn ihre Vermutungen stimmten, dann würde das, was Charlotte tat, sie ins Gefängnis bringen. Wollte sie das? Dem stand die Tatsache entgegen, dass das, was dort draußen offenbar abgezogen wurde, sofort beendet werden musste. Sofort! Nur wie? Ohne die Behörden einzuschalten und ohne Namen zu nennen? Bei allem, was sie beachten musste, ein Dilemma!

Dann war ihr da Silvas Recherche eingefallen. Vielleicht war es möglich, die Bevölkerung für eine Gefahr zu sensibilisieren und die Frage, ob subliminale Beeinflussung möglich und real war, durch *Blueball News* zum Gesprächsthema zu machen? Das würde sich wie ein Lauffeuer verbreiten. Die Beteiligten an den Versuchen – wer auch immer mit drinsteckte – würden aufgescheucht und über kurz oder lang an den Punkt kommen, an dem auch Charlotte sich zurückzuziehen und möglicherweise alles stoppen und ihre Spuren verwischen würde. Nicht nur ihrer Tochter wegen, sondern auch um sie, Dr. Paula Dannowitz und den Rest der Familie zu schützen, die sich nichts hatten zuschulden kommen lassen, aber ganz sicher unter Beschuss geraten würden.

Da Silva müsste ihr aber die Zusage geben, keine Namen zu nennen und nur von »zuverlässigen Quellen« zu berichten, die das Experiment durchführten und die Bevölkerung zum Probanden gemacht hatten, ohne dass diese es wusste. Ob es das Phänomen einer Veränderung dort draußen auch in das andere Extrem gab? Das konnte sie nicht beurteilen. Sie behandelte ja nur Fälle, die in psychischen Problemen und Gewalt ausarteten, Menschen dagegen, deren Leben plötzlich überproportional ins Positive umschwang, würden sie aus freien Stück nicht aufsuchen und auch nicht von den Ämtern zu ihr geschickt werden. Gab es das aber auch? Und betrafen die Auffälligkeiten nur eine bestimmte Altersgruppe, der sie sich beruflich vorrangig widmete, Jugendliche und junge Erwachsene? Oder war es ein generationsübergreifendes Phänomen?

Was ihr auch auffiel: Ein Großteil der Patienten, die sie auch medikamentös behandelte, war in den letzten zwölf Monaten auf ein neues Medikament umgestiegen. Vielleicht lag es daran? Konnte es sein, dass sich Nebenwirkungen einstellten, die in der Zulassungsphase nicht aufgetreten waren und sich erst nach längerer Zeit herauskristallisierten?

Noch quälender war der Gedanke, ob die Nebenwirkungen – *wenn* es sie gab – vielleicht sogar bekannt waren, man sie aber einfach unter den Tisch gekehrt hatte? Dann würde man die Steigerung des Aggressions- und Suchtverhaltens, das Absinken der Hemmschwelle und alles, was sie sonst noch verstärkt an den Patienten beobachtete, bewusst in Kauf nehmen. Ein Gedanke, der sie erschaudern ließ.

Vielleicht war an dem Ganzen nichts dran, und sie schätzte die Gemeinsamkeiten unter Patienten falsch ein? Womöglich interpretierte sie etwas hinein, das es gar nicht gab? Hatte sie eine Neigung entwickelt, Muster aufzuspüren, bei denen es sich aber nur um natürliche Abweichungen von der Norm handelte? Und was war hier überhaupt die Norm? Wie viele Jahre musste man beobachten, messen und bewerten, um etwas als repräsentativ einstufen zu können? Immer mehr kam sie zu dem Schluss, dass sie sich in etwas verrannt hatte und mit ihren Behauptungen nur eine Welle der Entrüstung auslösen würde. Nur weil vielleicht – *vielleicht* – irgendein Medienkanal unlautere Methoden anwandte. Und wie sollte es überhaupt möglich sein, diese gravierenden Effekte zu erzielen? Sie hatten damals lange geforscht. Das Ergebnis? Die Möglichkeiten waren mehr als begrenzt, die Wirkung kaum vorhanden. Gut, seither waren viele Jahre vergangen.

Und dennoch, es war schlicht unmöglich, die Reize so zu senden, dass sie derart stark wirkten, allein technisch… Unmöglich, Reize derart perfektioniert auszusenden.

Das bedeutete, dass man in nur wenigen Jahren einen wissenschaftlichen Quantensprung getan und Grenzen der Wahrnehmung, ja Grenzen der Natur durchbrochen hatte. Utopisch…

Was sollte sie tun?

Keine voreiligen Schlüsse! Wenn nichts dran war, dann könnte auch auf diese Art ihr Ruf Schaden nehmen. Dann hätte sie nichts gewonnen, aber eine Menge verloren. Und manche Leser des Artikels, den da Silva auf ihren Anstoß hin vielleicht schreiben würde, würden völlig das Vertrauen in die Medien verlieren. Und in die psychologische Forschung. Das wäre nicht gut. Wenn Wissenschaftler, die sich mit dem Unterbewusstsein des Menschen beschäftigten, unter Generalverdacht gestellt wurden, nur weil vielleicht – *vielleicht* – irgendwo Grenzen überschritten worden waren. Und es wäre nicht gut, wenn plötzlich in jeder Sendung irgendwelche subliminalen Signale vermutet würden, nur weil die Konsumenten plötzlich Angst hätten, unbemerkt mit Reizen überflutet zu werden, die irgendetwas mit ihnen anstellten.

Nein, es war *eine* Sache, klipp und klar dafür einzustehen, dass intensiver und permanenter Konsum unguter Medieninhalte welcher Art auch immer zu realen Veränderungen im menschlichen Gehirn führte; es war *eine* Sache, Menschen für diese Gefahr, die von der Nutzung medialer Inhalte ausging, zu sensibilisieren. Aber es war eine völlig *andere* Sache, Panik zu verbreiten, so dass die Zuschauer befürchteten, in jeder noch so harmlosen Sendung könnten manipulierende Reize versteckt sein, die den Menschen grundlegend veränderten.

Sie musste vorsichtig sein. Lieber suchte sie nochmal das Gespräch mit ihrer Schwester und versuchte, die Wahrheit herauszufinden. Aktiv werden konnte sie immer noch.

Dannowitz legte da Silvas Visitenkarte zurück in die Schublade.

♦

Mist! Weder Frank noch Jennifer waren erreichbar. Mikes Handynummer hatte Natascha nicht, sonst hätte sie ihn angerufen. Die Unruhe zehrte an ihr. Dass Ereignisse der Vergangenheit und der Gegenwart sich berührten und die Fäden plötzlich bei Frank zusammenliefen, wühlte sie auf. Hier und jetzt, während des Treffens mit Professor Frøseth, offenbarten sich ihr die Verstrickungen auf überwältigende Weise, als wären sie alle Marionetten in einem Theaterstück, dessen Handlungsverlauf von Anfang an festgestanden hatte. Marionetten, deren Strippen sich miteinander verknotet hatten.

Wer aber zog an ihren Strippen, und mit welchem Ziel? Wer wusste Bescheid, wer nicht? Natascha spürte, sie war nicht ohne Grund bei Frøseth gelandet. Als habe jemand oder etwas sie hierhergesteuert, um ihr die Augen zu öffnen – nur wer? Und für was genau? Auf welcher Seite stand er? War das alles doch nur blanker Zufall?

Natascha ließ ihr Telefon eingeschaltet, als sie wieder

Frøseths Büro betrat. Es war nicht ihre Art, und sie fand es eigentlich unmöglich, wenn das Klingeln eines Telefons ein persönliches Gespräch unterbrach. Doch sie wollte erreichbar sein, sobald sich Jennifer oder Frank auf ihre Anrufversuche hin meldeten. Sie musste mit ihnen reden. Jetzt.

»Bitte entschuldigen Sie, Herr Professor, aber es war dringend.«

»Kein Problem.« Frøseth blickte auf die Uhr an der Wand. »Ich sehe gerade, dass ich ohnehin nicht mehr viel Zeit habe, Frau da Silva. Wir können unsere Unterhaltung aber gerne bei einem anderen Termin fortsetzen – wobei ich ehrlich gesagt nicht weiß, wie ich Ihnen noch helfen könnte. Aber wenn Ihnen etwas einfällt... Scheuen Sie sich nicht, mich zu kontaktieren.« Er lächelte.

»Dürfte ich die Karte nochmals kurz sehen?« Natascha wusste selbst nicht, warum. Es war mehr eine Eingebung oder die Sorge, etwas übersehen zu haben.

Frøseth reichte ihr Muths Ansichtskarte.

Natascha starrte darauf, als erwarte sie, die Karte könnte jeden Augenblick zu reden anfangen und ihr offenbaren, was das Ganze sollte. Ihr Blick fiel auf den Stempel. Er war schwer leserlich. Natascha führte die Karte dichter an ihre Augen. Angestrengt versuchte sie, den Stempel zu entziffern. Sie sah irritiert auf.

»Die Karte ist gar nicht aus Bramsche oder Osnabrück abgeschickt worden. Sehen Sie selbst!« Wieder ein Schauer.

Sie reichte Frøseth die Karte. Der zückte seine Brille und nahm den Stempel näher in Augenschein.

»Sie haben Recht«, sagte er nach eingehender Prüfung des Poststempels, »die Karte kam aus Berlin.« Frøseth lehnte sich mit fragendem Blick zurück.

»Muth hat Ihnen die Karte nicht aus der Gegend des Museums geschickt, sondern aus Berlin?! Seltsam, finden Sie nicht?!«

»Ich sagte vorhin, dass er aus Kiel stammt. Aber er lebte

ja längst nicht mehr dort.« Frøseth kaute nachdenklich auf seiner Unterlippe.

»Er lebte in Berlin?« Eine Karte aus Berlin war vermutlich unauffällig, eine Erklärung einfach. Muth hatte dort gelebt oder war dort tätig gewesen, was auch immer. Enttäuschung machte sich in Natascha breit – offensichtlich war ihr Gedankengang, eine Verbindung zum *Deutschen Phönix* in Berlin und zu von Rheins Verschwörungstheorie herzustellen, doch zu gewagt gewesen. Und dennoch – es blieben viele Zufälle auf einmal. So oder so – eine äußerst seltsame Wahl, einem Freund ausgerechnet mit dieser Karte ein Lebenszeichen zu schicken. Einfach mal hallo sagen mit einer Karte, deren Motiv und Text für Frøseth offensichtlich keine Bedeutung hatten? »Klar, warum soll er nicht dorthin reisen?!«, sagte sie leise.

»Doch es ist auch komisch, dass er sich in Berlin aufhielt.«

»Warum denn das?« Da war etwas in Frøseths Stimme, das Natascha aufhorchen ließ. »Ich habe gerade vermutet, dass er dort gelebt hatte.«

»Hat er auch. Aber zum Schluss nicht mehr. Die letzten Jahre mied er Berlin wie die Pest.« Frøseth zögerte. »Nach dem, was passiert war. Mit seiner Frau, meine ich. Damals in Berlin.« Frøseth blickte wieder auf die Uhr. Vielleicht fragte er sich, ob er Natascha mehr aus Muths Privatleben erzählen sollte. Oder aber er rang mit der Frage, ob er sich in solche Nebensächlichkeiten verrennen sollte, er war offensichtlich wirklich in Zeitnot.

Doch dann lehnte sich Frøseth zurück, seufzte leise und sagte: »Vor einigen Jahren wurde seine Frau Opfer des Amoklaufs in einem Kino. Ein junger Mann hatte an jenem Nachmittag wahllos um sich geschossen. Siebzehn Menschen starben, auch Kinder. Es war schrecklich, eine Tragödie sondergleichen. Zum Schluss erschoss sich der Amokläufer selbst. Ein Jugendlicher, gerade mal siebzehn. Vielleicht erinnern Sie sich an das Ereignis, das ganze

Land war damals fassungslos.« Frøseth sah Natascha traurig an.

»Natürlich. Wer erinnert sich nicht daran. Inzwischen ist so etwas leider kein Einzelfall mehr. In den letzten Jahren gab es wiederholt ähnliches in Deutschland. Ereignisse, wie wir sie bisher eher aus den Vereinigen Staaten kannten.« Natascha wiegte traurig den Kopf hin und her. »Muth war selbst von so etwas betroffen?! Harter Tobak!« War die tödliche Gewalt, die ihn und sein Leben direkt betraf, Muths Motiv zu seiner Weltverbesserungsmission gewesen? Diesem Gedanken musste sie nachgehen. Sie machte sich eine kurze Notiz und wandte sich dann wieder Frøseth zu.

»Er mied Berlin und die Erinnerungen an sein Leben dort, sowohl die Erinnerung an die schöne Zeit, die er mit seiner Familie dort verbrachte, als auch jene an den Tag, der alles für ihn veränderte.«

»Familie? Er hatte Kinder?«, fragte Natascha.

»Einen Sohn.« Wieder hielt Frøseth inne. Wieder der Blick auf die Uhr. Wieder Zögern.

Inzwischen war sich Natascha sicher, dass der Termindruck nicht das Problem, sondern nur hilfloses Ausweichen war. Vielmehr machte Frøseth den Eindruck, als hätte das Gespräch über Muth bei ihm emotional etwas ins Rollen gebracht, das er lieber rückgängig machen wollte. Er und Muth hatten sich nahegestanden – kein Zweifel.

»Ist Muths Sohn bereits erwachsen? Wer hat sich nach Muths Tod um ihn gekümmert?« Natascha konnte nicht vom Thema Muth lassen – die Forschung des verschollenen Wissenschaftlers war für ihre Recherchen irgendwie von Bedeutung, das spürte sie. Vielleicht kam sie in seinem privaten Umfeld weiter – auch wenn sie zuerst Muths Forschungsstelle aufsuchen würde. »Wissen Sie, wo ich Muths Sohn finde?«

Frøseth sah Natascha überrascht an. »Was wollen Sie von ihm?«

»Mit ihm über die Arbeit seines Vaters reden.«

»Da werden Sie keinen Erfolg haben.« Wieder dieser traurige Blick, und wieder zögerte Frøseth, bevor er weitersprach. »Leons Sohn ist von Geburt an geistig behindert und rund um die Uhr pflegebedürftig.«

Natascha musste schlucken. Muth hatte wahrlich seine Päckchen zu tragen gehabt. Dass diese persönlichen Lebensumstände Muths Antrieb für seine Forschung gewesen waren, schien immer wahrscheinlicher. »Wer kümmert sich um ihn?«

»Als Leon plötzlich allein dastand, ohne die Unterstützung seiner Frau, und seine Arbeit mit der Betreuung seines Sohnes zu Hause nicht mehr unter einen Hut zu bringen war, brachte er ihn in einer Pflegeeinrichtung unter. Es hat ihm damals das Herz gebrochen. Leon konnte und wollte aber seine Forschung nicht aufgeben und sagte, er würde den Menschen dienen und im Endeffekt auch um seiner toten Frau und seines behinderten Sohnes willen nach Möglichkeiten suchen, die aus dem Lot geratenen Dinge in der Welt geradezurücken. Geraderücken – so war er! Er träumte davon, mit Hilfe der Wissenschaft Lösungen für all das Leid zu finden, das wir Menschen nicht verstehen und letztlich nur schwer oder meist auch gar nicht hinnehmen wollen.« Frøseths Augen wurden feucht. »Ich habe Andreas – so heißt Leons Sohn – regelmäßig besucht und versucht, eine Bindung zu ihm aufzubauen.« Ein Ausdruck des Schmerzes umspielte Frøseths Mundwinkel. »Ich war einer der wenigen, die hin und wieder zu ihm durchdringen konnten – so sagten es zumindest die Ärzte. Leon hatte keine Familienangehörigen – zumindest keine nahen oder eben keine, zu denen er eine Beziehung pflegte. Dachte ich zumindest. Bis sich nämlich eines Tages herausstellte, dass Andreas in eine andere Einrichtung gekommen war. Man konnte mir aus rechtlichen Gründen nicht viel sagen. Den Andeutungen konnte ich nur entnehmen, dass wohl ein entfernter Verwandter für die Verlegung gesorgt hatte. Erst zu dem

Zeitpunkt habe ich überhaupt darüber nachgedacht, dass ja irgendwer sich seit Leons Tod um die Formalitäten kümmern musste. Und auch um die Kosten. Es sei denn, es läuft alles ausschließlich über die Behörden. Ich kann das nicht sagen, damit kenne ich mich nicht aus. Aber vielleicht gibt es da doch jemanden, von dem ich nichts weiß. Wie auch immer. Jetzt ist Andreas irgendwo anders untergebracht, und ich habe keine Ahnung, wo. Das ist für mich sehr traurig. Ich hatte den Jungen – na ja, jetzt ist er schon ein junger Erwachsener – ins Herz geschlossen und hätte ihn auch weiterhin ab und an besucht.« Frøseth zuckte resigniert mit den Schultern.

Ein Moment der Stille. Natascha überlegte und traf einen Entschluss. »Ich kenne ein paar Leute, die uns helfen könnten.«

»Uns?« Frøseth sah Natascha mit gerunzelter Stirn an.

»Ich denke, ich könnte herausfinden, wo Andreas Muth untergebracht ist. Wenn ich das schaffe, würden Sie mich dann zu ihm begleiten?«

»Was versprechen Sie sich davon?«

»Das weiß ich ehrlich gesagt selbst noch nicht. Ich weiß nur, dass ich den Drang verspüre, mich mit Leon Muth zu befassen. Und wo könnte ich besser anfangen als bei seinem Sohn?« Natascha wusste, dass sie Frøseth eine Erklärung schuldig war. Sie hatte das Gefühl, dass sie ihm vertrauen konnte, und sie würde ihn brauchen.

»Ich bin in den letzten Wochen auf einige Ungereimtheiten gestoßen.«

Jetzt sah Frøseth sie noch skeptischer an, als er es ohnehin schon tat.

»Es führt jetzt zu weit – Sie haben ja auch noch einen Termin«, wich Natascha Frøseths unausgesprochener Frage aus. Sie wollte selbst lieber erst mal zurück zu Jennifer. Und ein paar Dinge klären. »Aber ich melde mich wieder bei Ihnen, so schnell es geht!«

♦

»Was willst du?«, meldete sich Charlotte Rinkenburger genervt. Sie kannte die Nummer und wusste, wer dran war: Ihr abspenstiger Bruder Ragner!

»Hallo Charlotte. Du freust dich, mich zu hören – wie immer.«

»Lass die blöden Sprüche. Was gibt's? Plagt dich das schlechte Gewissen, dass du unserer ketzerischen Schwester meine private Nummer zugesteckt hast? Was sollte der Mist?«

»Ich dachte, ich könnte zusammenführen, was zusammengehört.«

»Keine Ahnung, was du damit meinst. Was willst du? Ich habe zu tun!«

Ragner von Rhein überging die Frage. Stattdessen sagte er: »Zusammenführen, was zusammen Möglichkeiten sondergleichen eröffnet. Eure wissenschaftlichen Fähigkeiten und Kenntnisse, gekoppelt mit meinen wirtschaftlichen und politischen.«

»Hör zu, Ragner, ich habe keine Zeit fürs Rätselraten. Weder weiß ich, auf was du aus bist, noch will ich es wissen. Abgesehen davon hast du dich doch aus der Politik zurückgezogen – geläutert«, sagte Rinkenburger spitz. »Wie solltest du mir und meinem Unternehmen also irgendwie nützen?«, ergänzte sie mit abfälligem Ton. »Und warum sollte ich überhaupt Hilfe brauchen? Vor allem von dir?«

Erst hatte sich nach all den Jahren ihre verhasste Schwester bei ihr gemeldet, und jetzt Ragner.

Damals hatte sie gedacht, Ragner würde eines Tages Türöffner und Weichensteller beim *Deutschen Phönix* und damit in der gesamten politischen Landschaft sein. Ragner von Rhein, der Berater im Hintergrund und vielversprechende politische Stratege – jeder in der Partei wusste, dass die Parteierfolge auch ihm zuzuschreiben waren. Jetzt, wo all diese Möglichkeiten zerstört waren, brauchte sie ihn nicht. Schon gar nicht als parteilosen Lebemann, dem es nie um die wirklich wichtigen Themen gegangen war und der, wenn es dem Renommee diente, sogar seine eigene Herkunft verkaufte. Als er Bernadette von Rhein geheiratet hatte, die gutbetuchte Tochter eines Privatbankiers adliger Herkunft, war er sogar bereit gewesen, ihren Namen anzunehmen. Ein Schlag in Vaters Gesicht! Inzwischen war er nach einer nur kurz währenden Ehe getrennt, den Namen aber hatte er behalten.

Wie anders war Charlotte! Nach ihrer Scheidung konnte sie nicht schnell genug wieder ihren Mädchennamen annehmen, den Namen ihres Vaters. Sie war immer loyal gewesen – im Gegensatz zu Ragner und im Gegensatz zu Paula. Die hatte nach dem Zerwürfnis den Mädchennamen ihrer Mutter angenommen.

War es also nicht folgerichtig, dass Vater sie, seine treue Charlotte, erblich viel bessergestellt hatte als ihre abtrünnigen Geschwister?!

Ragner hatte den Eifer Charlottes und ihres Vaters für ihre Forschung nie geteilt. Warum, das war völlig klar. Er hatte einfach nicht die Gene ihres Vaters, eher die ihrer Mutter. Vielleicht, so munkelte man in der Familie, war es nicht einmal Vaters Blut, das in seinen Adern floss. Es hatte Gerüchte gegeben, er wäre nicht sein Sohn. Vielleicht war Ragner also nur ihr Halbbruder, das würde manches erklären…

Leider hatte sie für die Wesensart ihrer frevlerischen Zwillingsschwester keine so schöne Erklärung parat. Warum sie so verschieden waren, blieb ihr ein Rätsel. Eineiig… ha! An der Theorie bezüglich Ragner hatte sie sich festgebissen – sie half, die Ehre ihres Vaters aufrechtzuerhalten. Sie wusste natürlich nicht, mit wem sich ihre nach außen ach so geradlinige Mutter einst eingelassen hatte – wenn es überhaupt stimmte. Sie wusste nur, dass es auch ihr Vater nicht gewusst hatte. Warum hatte er nie einen Vaterschaftstest machen lassen? Oder hatte er? Und hatte er deshalb Ragners Erbe auf das Pflichtteil beschränkt? Das hatte Ragner ihrem Vater nie verziehen. Oder war es doch einfach nur Ragners Illoyalität, die Vater so enttäuscht hatte? Dass sich Ragner der Erschaffung des neuen Menschen nicht mit Haut und Haaren verschrieben hatte? Aber mit der plötzlichen Zerschlagung der Partei hatte niemand rechnen können – auch Ragner nicht. Damals hatte sie kurzfristig so etwas wie Mitleid mit ihm. Obwohl auch sie versucht hatte, Ragner von der Wichtigkeit ihrer Forschung zu überzeugen, ohne Erfolg. Sie konnte aber trotz der Enttäuschung, dass sie Ragner nicht hatte überzeugen können, nicht verstehen, dass ihr Vater so vorgegangen war. Wäre sie an Ragners Stelle gewesen, auch sie hätte auf ein gleichmäßiges Aufteilen des Erbes bestanden. Egal ob an den Kuckuckskind-Gerüchten etwas dran war oder nicht, Ragner hatte sich immer wie ein Sohn verhalten. Und zwischen ihr und Ragner war Zwietracht erst aufgekommen, als er begonnen hatte, das Erbe anzufechten – was zu Lasten ihres eigenen Erbteils gegangen wäre. Eigentlich hatte sie Ragner ja zu der Zeit noch verstehen können, auch wenn es dabei plötzlich um ihr eigenes Vermögen gegangen war. Als dann aber herauskam, dass Ragner ein beträchtliches Vermögen besaß, in einem für ihn angelegten Treuhandfond, da hatte ihre Barmherzigkeit ein jähes Ende gefunden. Dieser Heuchler! Mysteriös war damals allerdings, dass sie kurz nach dem ganzen Trara aus verlässlicher Quelle erfahren hatte, dass Ragners Vermögen nicht von Vater stammte. Wo auch immer er es herhatte, wer auch immer sein Gönner oder Erblasser war – oder Gönnerin oder Erblasserin, was zu ihrem Gigolo-Bruder gepasst hätte – Ragner war steinreich. In diesem Moment war das familiäre Band gerissen. Wer hätte es ihr verdenken können?!

Und Paula? Die hatte sowohl ihren Bruder oder eben Halbbruder aus ihrem Leben verbannt wie auch ihre Zwillingsschwester. Sie seien beide gierige Schlangen, jeder auf seine Art. Charlotte war besessen von Vaters wissenschaftlicher Ideologie, seinem Fanatismus und dem Drang, gottgleich die Welt aus den Angeln zu heben – Ragner dagegen war besessen von Habgier und dem Streben nach wirtschaftlicher und politischer Macht. Das hatte Paula ihnen vorgeworfen und die Brücken zur Familie abgerissen. Wobei sie auf Ragner offensichtlich weniger zornig war als auf sie. Zu ihm hatte Paula sporadisch Kontakt, anfangs zumindest, das hatte ihren Hass auf Paula zusätzlich angeheizt.

Ragner. Was wollte er jetzt von ihr? Er hatte ihr nie verziehen, dass sie fast alles, was Vater einst aufgebaut hatte, übernommen hatte. Was gar nicht so wenig gewesen war, ein Grundstock, um *Kampa New Human* aufzubauen. Aber es war nur ein Startkapital, mehr nicht. Letztlich hatte sie es mit eigener Kraft geschafft. Und die Ziele ihrer Arbeit gingen konform mit dem, was Vater gewollt hätte. Ragner aber wollte nur Geld, und das war schon immer so gewesen. Nie hätte er den Kampf geführt, den ihr Vater geführt hatte und den sie nun weiterführen musste, so wie es ihr bestimmt war.

»Charlotte?« Ragner riss sie aus ihren Gedanken.

»Ich wüsste nicht, was du für mich tun könntest, Ragner. Aus welchem Grund sollten wir zusammengeführt werden?«

»Ludwig Potz ist tot«, sagte von Rhein emotionslos.

Rinkenburger wäre fast der Hörer aus der Hand gefallen. Potz war tot? Sie hatte nichts davon gehört. Noch mehr aber schockierte sie die Tatsache, dass ihr Halbbruder offenbar Bescheid wusste, dass sie und Potz in Kontakt standen. Warum sonst erwähnte er ihn? Die große Frage war, was er noch wusste. Sie zwang sich, ruhig zu antworten.

»Es ist tragisch, dass ein so ausgezeichneter Staatsmann verstorben ist« So zu tun, als wüsste sie nicht, wer Ludwig Potz war, machte keinen Sinn. Alles andere behielt sie für sich. Offiziell war er nie im *Deutschen Phönix* gewesen und man konnte ihm auch keine Verbindungen dorthin nachsagen. Er war immer schon ein Trojaner gewesen, ein einflussreicher Player der politischen Landschaft, der insgeheim jedoch dem *Phönix* in die Hände spielte. Von solchen Trojanern, wie die Medien sie damals genannt hatten, gab es einige. Potz aber war nie aufgeflogen und hatte seither weiter getan, was er als seine Aufgabe ansah. Dazu gehörte auch, ihr die eine oder andere bürokratische Hürde aus dem Weg zu räumen. »Aber warum erzählst du mir das?«, sagte sie, bemüht, ihre Erregung zu kaschieren. »Was beschäftigt dich sein Tod? Du bist doch raus.«

»Bin ich das wirklich?«, fragte er mit überzogener Betonung des Fragezeichens am Ende des Satzes. Er legte eine rhetorische Pause ein, um die Bedeutung seiner Worte zu unterstreichen.

»Was willst du damit andeuten?« Rinkenburger ahnte nichts Gutes.

»Wer wird Euch zukünftig freie Bahn verschaffen, Schwesterlein?«

♦

Kiel

Nachdem Natascha über einen Kontaktmann die eigentlich vertrauliche Information erhalten hatte, in welcher Pflegeeinrichtung Andreas Muth untergebracht war, kontaktierte sie sofort Frøseth. Der erklärte sich tatsächlich bereit, mit Natascha, Jennifer und deren Kindern die Reise nach Kiel anzutreten. Kiel! Andreas Muth war tatsächlich in Kiel, Leon Muths Geburtsstadt. Dass sich Natascha und Jennifer dadurch immer mehr auf Franks derzeitigem Aufenthaltsort zubewegten, kam ihnen nur entgegen. Ein persönliches Treffen mit Frank wäre das Beste – am Telefon hatten sich Natascha und Jennifer ihm gegenüber nur vage geäußert, was sie aktuell wirklich umtrieb und warum sie in diffuser Sorge waren. Eine Sorge, die auf Hirngespinsten beruhte. Oder auch nicht.

Die Fahrt zu fünft in dem kleinen Mietwagen war nicht unbedingt bequem – umso öfter machten sie Rast, vor allem der Kinder wegen.

Gegen ein Uhr mittags fuhren sie auf den Parkplatz des Pflegeheims. Am Eingang erkundigten sie sich nach Andreas Muth, kurz darauf betraten sie die Station.

Natascha und Jennifer ließen Frøseth zunächst allein mit den beiden Pflegerinnen und zogen sich mit den Kindern zurück. Es war besser, wenn Frøseth, der eine gewisse Beziehung zu Andreas Muth und dessen verstorbenen Eltern hatte, sich allein vortastete.

Kurz darauf kam Frøseth zurück und setzte sich auf die Bank neben Natascha. »Wir können zu ihm. Zunächst ich allein, aber unter Begleitung des Pflegepersonals. Mit fremden Besuchern sei das die übliche Vorgehensweise. Ist ja auch verständlich. Andreas ist außerdem keinen Besuch gewöhnt. Außer irgendeinem Onkel, der immerhin seit Jahren regelmäßig vorbeischaut und mit Andreas manchmal in den Park geht. Ansonsten kommt niemand.«

»Onkel? Dann gibt es doch jemanden, der die Pflege von Muths Sohn in die Hand genommen hat«, sagte Natascha.

»Vielleicht kannte ich Leon doch nicht so gut, wie ich dachte. Nähere Auskünfte habe ich nicht erhalten, aber das ist ja auch alles zweitrangig. Ich freue mich, dass ich Andreas wiedersehen kann – und auch darf. Ich hoffe, er reagiert nicht wie auf einen Fremden... Immerhin ist es schon eine Weile her! Und wer weiß schon, wie es in ihm aussieht.«

»Ich kann auch mit ihm reden, wenn Sie nicht an ihn herankommen. Ich habe keine Berührungsängste.« Gleichzeitig fragte Natascha sich, was es überhaupt bringen sollte, Muths Sohn aufzusuchen. Was versprach sie sich davon? Überschritt sie nicht auch eine Grenze? Wäre die Zeit mit einem Besuch von Muths letzter Forschungseinrichtung *Kampa Transneuro* nicht besser investiert gewesen? Natascha folgte einem Instinkt, sie hatte nichts

Greifbares. Aber jetzt war sie nun einmal hier. »Gehen Sie ruhig rein zu ihm, wir warten im Park. Es ist heute ja mild, und die frische Luft tut uns gut. Lassen Sie sich Zeit!« Natascha nickte Frøseth aufmunternd zu.

Eine knappe Stunde später schlenderten Natascha und Jennifer mit Lea und Eric an den Händen Richtung Gebäudeeingang. Inzwischen war es kühler geworden. Frøseth kam ihnen entgegen. Er wirkte verstört.

»Was ist los?«, fragte Natascha, als er vor ihnen stand. »Lief es nicht gut? Konnten Sie nicht bei ihm bleiben?«

Wie beiläufig zeigte Jennifer den beiden Kindern einen besonders knorrigen Baum und setzte sich mit ihnen in seine Richtung in Bewegung.

Natascha blickte ihnen kurz nach, dann drehte sie sich zu Frøseth. »Ist er in keinem guten Zustand? Sie wirken von der Rolle. Was ist passiert?«

»Ganz im Gegenteil. Er strahlte, als er mich sah, er muss mich sofort wiedererkannt haben. Die Pflegerin war perplex, sie meinte, diese Reaktion zeige Andreas sonst nur, wenn er Besuch von seinem Onkel habe. Andreas sei für gewöhnlich sehr verschlossen und lebe in seiner eigenen Welt.«

»Aber das ist doch schön! Ich verstehe nicht…«

»Da es für die Pflegerin offenkundig war, dass mein Besuch Andreas nicht verstörte, sondern er sich im Gegenteil richtig freute, mich zu sehen, hat sie für einen Moment Andreas' Zimmer verlassen, denn sie war über den Pieper gerufen worden. Kaum war sie raus, wurde Andreas total unruhig. Aber nicht negativ, das meine ich nicht. Nein, er wollte mir irgendetwas mitteilen. Er deutete immer wieder zu seinem Nachttisch. Zumindest sah es für mich so aus. Er beruhigte sich erst wieder, als ich zur Schublade griff und ihn ansah. Ich bin mir sicher, dass er lächelte. Ich habe es zumindest als Ermutigung aufgefasst, dass ich richtiglag, und zog die Schublade auf. Es dauerte nur Sekunden, bis ich es zwischen seinen wenigen Habseligkeiten entdeckte.«

Er stockte. »Andreas wurde ganz entspannt, als ich sie herausholte, und ich bin mir sicher, dass es das war, was er mir zeigen wollte. Ich kann es selbst nicht fassen, es ist zu verrückt – ich... keine Ahnung, das ist...«, stotterte Frøseth und schüttelte fassungslos den Kopf. Dann blickte er sich nervös um. »Ich hätte sie sicher nicht einfach aus dem Zimmer mitnehmen dürfen, aber das müssen Sie sehen!« Er langte in seine Manteltasche. »Keine Ahnung, was Leon mit diesem perfiden Spiel bezwecken wollte. So langsam frage ich mich, ob er noch alle Tassen im Schrank hatte.«

Natascha blickte Frøseth ratlos an. »Spiel? Ich verstehe nicht...«

Als Frøseth die Hand aus der Manteltasche zog, hielt er eine Ansichtskarte in der Hand – die gleiche, die er selbst erhalten hatte.

»Muth hat seinem Sohn die gleiche Ansichtskarte wie Ihnen geschickt? Was soll sein Sohn denn damit anfangen? Ich meine... Sie wissen schon... Ihm einen so seltsamen Gruß zu senden, ist ja noch bescheuerter als in Ihrem Fall. Was bezweckte er damit?«

»*Senden* trifft es nicht ganz. Aber sehen Sie am besten selbst.« Er streckte Natascha die Karte hin.

Natascha wusste sofort, was Frøseth meinte. Die Karte trug keinen Poststempel und auch keine Briefmarke. Dort, wo eigentlich der Poststempel hätte sein müssen, war das Logo aufgestempelt, das Natascha sofort wiedererkannte. Sie hob ihren Blick von der Karte und starrte Frøseth mit aufgerissenen Augen an. »Das ist der Stempel Ihres Instituts?!« Dann fiel es Natascha wie Schuppen von den Augen. »Er hat damit gerechnet, dass Sie eines Tages hier aufkreuzen. Diese Karte ist nicht für seinen Sohn gedacht – sie ist für Sie! Ich denke nicht, dass Ihr Freund eine aberwitzige Schnitzeljagd mit Ihnen veranstalten wollte – ich denke, er wollte Ihnen mit all dem etwas mitteilen. *Das* muss es sein!«

Natascha und Frøseth sahen sich schweigend an. Aus

einiger Entfernung drangen Leas und Erics Stimmen an Nataschas Ohr. Die Situation war eigenartig – bizarr fast. Was taten sie hier? Was ging wirklich vor sich?

Plötzlich schüttelte Frøseth aufgeregt den Kopf.

»Sie sagten, er sei zuletzt ein schräger Vogel gewesen, ein Geheimniskrämer. Aber vielleicht war das seine Art, Ihnen etwas mitzuteilen, das nur für Sie bestimmt war. Wenn er paranoid war, passt das.« Natascha stieß die Luft aus. Sie wusste selbst, dass sich das schwachsinnig anhörte, aber was sonst sollte das ganze Theater mit diesen mysteriösen Karten und Sprüchen? Sie drehte die Karte um, um nachzulesen, ob die Nachricht dieselbe war wie die auf der Karte in Frøseths Büro.

»Nein, es kann nicht sein.« Frøseth machte eine Handbewegung als wolle er den Gedanken vehement wegwischen. »Dass mir das nicht gleich aufgefallen ist. Geben Sie mit bitte nochmal die Karte!« Frøseth streckte Natascha ungeduldig die Hand entgegen. Dann griff er nach der Karte, als würde sie sich gleich in Luft auflösen und die Chance, sie nochmals anzuschauen, gleich mit.

Verdutzt blickte Natascha Frøseth an. Der starrte wie hypnotisiert auf die Karte. Kurz danach gab er sie ihr zurück. Die darauf abgebildete römische Reitermaske zog Natascha einmal mehr in ihren Bann. Das Kartenmotiv – es konnte kein Zufall sein…

»Der Stempel unseres Instituts!«, sagte Frøseth und lenkte Nataschas Aufmerksamkeit von der Karte weg auf sich. »Wir haben vor einer Weile unser Logo verändert. Wir hatten zuvor ein völlig anderes.«

»Und?« Natascha wollte ihren Blick wieder auf die Karte richten.

»Den Stempel, den Sie da sehen«, Frøseth drehte die Karte in Nataschas Hand um und tippte energisch mit dem Zeigefinger darauf, »haben wir erst eingeführt, nachdem Leon verunglückt war. Die Karte *kann* nicht von ihm sein, Frau da Silva. Meine aus Berlin schon.«

♦

Charlotte Rinkenburger griff zum Telefon, um Seth Grothe anzurufen. Beim letzten Telefonat hatte der CEO von *Sub Search* ihr stolz davon erzählt, Stebe angeheuert zu haben. Sie hatte nicht näher nachgehakt, wie es dazu gekommen war, und war sich sicher, dass es auf Ludwig Potz' Mist gewachsen sein musste.

Ihre enge Verbindung zu Potz wollte sie nicht thematisieren, sie wusste, dass Seth Grothe, wenn es darauf ankam, Schwachstellen ihrer Vita als Angriffsfläche gegen sie verwenden würde. Sie war sicher, von ihren Beziehungen zum *Deutschen Phönix* wusste er bisher nichts. Deshalb wusste er auch nicht, was durch Stebes Mitarbeit noch alles angestoßen worden war. An Seths Rücksichtslosigkeit zweifelte sie indes nicht und wollte auf keinen Fall offenlegen, dass sie zu dem einen oder anderen Politiker besonders engen Kontakt pflegte, von dem man nie wissen konnte, ob er nicht eines Tages doch auffliegen würde.

Inzwischen aber zweifelte sie an ihrer bisherigen Annahme, dass ein externer Experte auf Potz' Anraten hinzugezogen worden war. Sie hatte nun einen ganz anderen Verdacht, und bis sie Gewissheit hatte, würde er an ihr nagen. Sie musste Seth fragen, wie die Sache mit Stebe zustande gekommen war.

Sie hatte Glück – Seth war erreichbar. Nachdem sie das Gespräch mit ein paar Nebensächlichkeiten in die richtige Bahn gelenkt hatte, fragte sie wie beiläufig: »Wer hatte eigentlich die *großartige* Idee, Stebe an Bord zu nehmen? Ich dachte, wir wollen so wenig Aufmerksamkeit wie möglich erregen?«

Seths nervöses Räuspern verriet ihr, dass er sich fragte, ob sie es sarkastisch meinte oder doch ernst. Es verriet ihr auch, dass ihm die Frage unangenehm war. Klar – Seth wollte immer den Eindruck erwecken, alles sei seinen genialen Einfällen zu verdanken – es sei denn, es lief etwas schief, dann drehte er die Dinge schnell um, so wie beim letzten Telefonat, als sie ihn dafür kritisiert hatte, dass das Missgeschick in der Ostsee zu viel Zeit kostete, und er sie daraufhin daran erinnerte, wer ihm Leon Muth eingebrockt hatte.

Ja, darin war Seth ein Meister. Dinge einfädeln, die Lorbeeren kassieren und Dinge sofort ausfädeln, wenn es brenzlig wurde, und den schwarzen Peter geschickt den anderen zuschieben. All die Investments in das Experiment würde es ohne ihn aber gar nicht geben, das musste sie sich ein- und ihm zugestehen.

»Stebe? Warum fragst du?« Er klang zögerlich.

»Ich nehme externe Mitarbeiter genau unter die Lupe, und am liebsten engagiere ich gar keine Freien, das weißt du. Deine Wahl verunsichert mich. War deine Entscheidung gut überlegt?« Rinkenburger legte eine rhetorische Pause ein. »Muss ich dein Rumdrucksen als Unsicherheit deuten? Bist du selbst nicht ganz sicher, ob du richtig gehandelt hast, so eigenmächtig? Das hast du doch, oder? Eigenmächtig gehandelt, meine ich? Du bist doch ganz allein auf die Idee gekommen, diesen Experten zu Hilfe zu holen? Wenn er ein Sicherheitsrisiko wird – ist das allein dein Problem, das ist klar!« Nun provozierte sie ihn.

»Er war ein sicherer Tipp«, druckste Grothe herum.

»Von wem?«

»Von Gönnern…«

»Das drückst du aber fein aus«, stichelte Rinkenburger. »Und? Von wem genau?« Sie gab sich einen Ruck. Sicher würden sie nicht im Detail über Potz und Konsorten reden, aber bevor sie ihm stundenlang alles aus der Nase ziehen musste… »Wer ist involviert? Ludwig Potz?«

»Treffer! Ja, Potz. Sozusagen. Nicht wirklich. Doch – schon.«

»Was soll das Rumgeeiere?« Was verschwieg Seth?

»Es war jemand aus seinem Team?«
»Nicht Potz selbst? Wer?!«
»Seinen Namen wollte er nicht nennen.«
»Seinen Namen wollte er nicht nennen?! Du machst Witze!«
»Beruhige dich! Er wusste über alles Bescheid – über manches sogar mehr als Potz, glaub mir! Wenn du mich fragst, steht der noch über Potz. Deswegen wollte er sicher auch anonym bleiben.«

♦

Natascha betrachtete grübelnd die Textseite der Ansichtskarte. Der Spruch – es war ein anderer als auf Frøseths Karte, doch nicht weniger seltsam: *Perfektion Nichts Vollkommenheit Leben*. Und dann die Maske. Dasselbe Foto des Artefakts. Dasselbe Logo wie auf Frøseths Karte, sie hatte sich damit dann nicht mehr beschäftigt, weil der Erkenntnisblitz sie getroffen und sie daraufhin versucht hatte, Frank anzurufen. Gedankenverloren kratzte Natascha mit einem Fingernagel über eine kleine schwarze Stelle auf dem Fotomotiv, die sie vorher nicht bemerkt hatte. Ein Schmutzfleck. Warum störte er sie? Dann bemerkte sie, dass da überhaupt keine Unebenheit auf der glatten Hochglanz-Fläche der Ansichtskarte war. Die schwarze Stelle war im Foto integriert. Natascha schaute ganz genau hin. Erst jetzt erkannte sie, was es war: Ein kleines x, ein Kreuzchen auf dem Maskenfoto.
Sie zeigte es Frøseth: »Halten Sie mich jetzt nicht für komplett übergeschnappt, aber könnte es sein, dass diese Markierung gewollt auf das Foto gesetzt wurde, um die Bedeutung der Maske zu unterstreichen? Ein Hinweis, auf was auch immer? Keine Ahnung…«
»Weit hergeholt, finden Sie nicht? Zeigen Sie bitte mal…« Frøseth nahm die Karte. »Sieht nicht wie aufgemalt aus,

eher als sei es schon so im Druck integriert. Aber dann müssten ja alle Karten, die dort im Shop verkauft werden, so aussehen... Meine hat das Kreuzchen ja nicht drauf. Oder haben Sie eines gesehen? Es ist also wahrscheinlich doch nur draufgemalt. Erkennt man ja nur schwer.«

»Es sei denn, die Karten sind gar nicht aus dem Museumsshop. Was, wenn Muth die Karten selber gestaltet und gedruckt hat? Vielleicht hat ja auch das Logo auf der Karte eine Bedeutung, vielleicht ist es auf den echten im Museumsshop erhältlichen Karten gar nicht drauf...« Was machte Natascha sich eigentlich Gedanken über ein paar Grußkarten? War sie komplett verrückt geworden? War das ihr Recherchethema? Ungereimtheiten in der Postkartenherstellung? Und doch, irgendetwas hielt sie in seinem Bann.

»Selbst, wenn. Von wem ist die zweite Karte, wenn nicht von Muth? Und warum gibt es diese Karten überhaupt? Und wer wusste, dass Leon mir eine geschrieben hat? Und warum? Was soll das Ganze?« Frøseth hob hilferingend die Hände in die Höhe. »Das ist doch alles absurd. Was soll dieses Detektivspiel? Jetzt mal ehrlich. Ich sage es nicht gerne, denn Leon war mein Freund. Aber ich denke, er hatte zum Schluss ein psychisches Problem. Ganz offensichtlich!« Prompt schien Frøseth seine Worte zu bereuen, betreten blickte er zu Boden.

»Dann muss er aber noch einen Weggefährten gehabt haben, denn irgendjemand muss die zweite Karte doch geschrieben haben...«

»Aber das macht ja noch weniger Sinn. Wer sollte außer Leon von seiner Art, Grüße zu verschicken, wissen? Und selbst wenn jemand davon wusste, warum hat er Andreas eine ähnliche Karte geschickt? Um Leon nachzuahmen? Und warum die Verbindung zu mir?«

»Sie vergessen, dass diese Karte nicht mit der Post kam. Sie wurde anders zugestellt, von wem auch immer und warum auch immer.« Natascha neigte nachdenklich den Kopf zur Seite. »Auf jeden Fall sieht es danach aus, dass

Muth Ihnen etwas mitteilen wollte. Sind Sie sicher, dass das Instituts-Logo auf der Karte hier«, Natascha zeigte auf Andreas Muths Karte, »nicht aus Muths Zeit stammen kann?«

»Da Leon nicht in die Zukunft schauen konnte – ja!«

»Könnten Sie sich im Zeitraum täuschen?«

»Eher nicht. Ich schaue nach, sobald ich wieder im Büro bin.« Frøseth schürzte die Lippen. »Meinen Sie das ernst? Mit dem Hinweis…«, fragte Frøseth dann. »Wie bei einer Schatzkarte!«

»Warum nicht?! So wie Sie Leon Muth geschildert haben…«

»Ich hatte gar nicht mehr dran gedacht, bis jetzt, aber damals kam ein Päckchen bei mir an, einige Zeit nach der Ansichtskarte. Ohne Absender. Und es kam zu mir nach Hause, an meine Privatadresse, anders als die Karte, die zu meinen Händen ins Institut kam. Aber aufgrund der Karte war mir sofort klar, dass das Päckchen von Leon war. Ich fand das Teil so… sonderbar. Optisch, meine ich. Es war nicht mein Ding. Ich habe es einfach originalverpackt aufgehoben, statt es irgendwo hinzustellen. Vielleicht sollten wir es mal genauer unter die Lupe nehmen – nur für den Fall, dass an Ihrer Detektivstory was dran ist?«

Natascha schwante etwas. Vielleicht war es doch nicht verrückt, dieser Spur zu folgen, vielleicht… »Sagen Sie nicht, Muth hat Ihnen eine Replik der römischen Reitermaske geschickt!«

»Replik wäre übertrieben. Eine Maske in verkleinertem Maßstab, also nicht in Originalgröße, sondern viel kleiner und auf einem Sockel, so eine Art Deko-Teil fürs Regal.« Das konnte jetzt nicht wahr sein – und das fiel Frøseth jetzt erst ein?!

»Wir müssen sofort zurück nach Hannover!«

♦

Dass *Marano Global Watch* alle Umsatzsteigerungen bei Sicherheits- und Überwachungstechnologie, die für die nahe Zukunft prognostiziert worden waren, auch bewältigen konnte, lag in Henrik Gabors Verantwortung als CEO. Genau darum ging es bei dem Telefonat, das er nun mit Ragner von Rhein führte.

»Wie es aussieht, bleibt jeden Tag ein Stück mehr vom Kuchen für uns übrig«, sagte Gabor und spielte damit auf die Todesfälle innerhalb ihres Bündnisses *Einer für Sechs* an. Damit wagte er sich auch nicht zu weit vor, schätzte vielmehr seinen Gesprächspartner ab und versuchte herauszufinden, was der wusste.

»Ja. Jetzt haben wir es quasi allein in der Hand. Was für Zufälle aber auch, finden Sie nicht?« Sein Gegenüber verfolgte dieselbe Aushorchstrategie, keiner traute dem anderen über den Weg. Das war nichts Neues. Am Telefon würde nicht zur Sprache kommen, wie und durch wen es zu den Vorfällen gekommen war. Dass es keine Zufälle waren, wussten sie beide.

»Was ist mit der Journalistin?«, fragte Gabor.

»Ich hatte Ihrem Mann schon beim letzten Mal gesagt, mit solchen Methoden sollten Sie alle vorsichtig sein. Zumal sich in diesem Fall die Sache ganz anders darstellt.«

»Welcher Mann?« Gabor gab sich arglos.

Ragner von Rhein lachte auf. »Kommen Sie!« Dann wurde er wieder ernst. »Man hätte die beiden Frauen samt Kindern umgebracht, das wissen Sie selbst. Man ist übermotiviert. Oder Sie sind es.«

Gabor kochte, ließ es sich aber nicht anmerken. Wer war von Rhein, dass er sich herausnahm, ihn zu maßregeln. Wenigstens telefonierten sie über die sichere Leitung – das wusste von Rhein, sonst hätte er sich den Patzer nicht erlaubt, die Dinge beim Namen zu nennen. Außerdem ärgerte sich Gabor noch immer, dass Legion – wie er diese Garde nannte – die Spur der Journalistin verloren hatte.

»Wer geht denn hier über Leichen?!«

»Was soll das heißen?«, fragte von Rhein, als wisse er von nichts.

»Kommen wir aufs Thema zurück«, lenkte Gabor ein. Es führte zu nichts. »Die Frau kann uns gefährlich werden. Sie hat eine gute Spürnase und offensichtlich schon einige Zusammenhänge erkannt.«

»Das will ich auch hoffen.«

»Wie bitte? Das ist alles andere als Spaß!«

»Ich spaße nicht. Ich meine es so, wie ich es sage. Sie *soll* einige Dinge ans Tageslicht bringen – das war mein Plan, als ich ihr das eine oder andere Detail zugespielt habe, was im Hintergrund so abläuft«, entgegnete von Rhein.

Gabor konnte von Rheins Grinsen förmlich hören. Was sollte das?!

»Sie schulden mir eine Erklärung«, fauchte er durchs Telefon.

»Immer mit der Ruhe! Was unsere gemeinsamen Ziele angeht, ahnt sie nichts. Sie ist wie eine Marionette, die für uns tanzt, und das nach der Musik, die wir für sie spielen. Sie auszuschalten, wäre der falsche Weg – ihr Vertrauen zu gewinnen und für unsere Zwecke zu nutzen dagegen der richtige. Wenn sie endlich merkt, in welchen Strudel sie da hineingeraten ist, weiß sie schon nicht mehr, was sie glauben soll und was nicht und auf welcher Seite sie stehen soll und auf welcher nicht. Wir können sie gebrauchen. Eigentlich kommt sie wie gerufen…« Von Rhein lachte.

»Das meinen Sie doch nicht im Ernst!« Gabors Kiefer knirschte vor Wut.

»Sie hatte ohnehin bereits einiges herausgefunden. Zu viel. Und ich vertraue darauf, dass sie ihr Wissen für sich behält, denn sie *will* diese Story, sie ist im Rausch ihrer Recherche, steht unter Druck, kurz vor der Kündigung. Sie weiß, dass *diese* Story ihr den Karriereschub ermöglicht. Wenn wir ihr zusätzliche Anreize bieten – und das werden wir – wird sie der Versuchung nicht widerstehen können. Zumal sie denkt, sie täte das Richtige. Und um auf Ihre Angst zurückzukommen: nie und nimmer wird sie die Behörden informieren. Ganz im Gegenteil! Wir halten also an ihr fest, bis wir haben, was wir wollen. Durch sie kommen wir womöglich an den Schlüssel – ohne dass jemand auf uns aufmerksam wird. Wir können schön im Hintergrund bleiben, jeder von uns, und setzen uns keinem unnötigen Risiko aus – bis wir da Silva haben, wo wir sie haben wollen, und sie uns dorthin führt, wo wir hinwollen und wo wir ohne sie wahrscheinlich nicht hingelangen.«

Nachdem Gabor das Telefonat mit von Rhein beendet hatte, wählte er sofort die Nummer des Mannes, der sich um da Silva kümmern sollte. Von Rheins Weg war nicht seiner, er hatte andere Pläne.

♦

Natascha stoppte den Mietwagen vor Frøseths Haus. Drinnen bot Frøseth ihnen etwas zu trinken an. Es war bereits Abend.

Sie hatten spät am Nachmittag in einem Hotel eingecheckt, sich frischgemacht und rasch etwas gegessen, dann waren sie mit dem Auto zu ihm weitergefahren. Die Frauen machten es sich in der Sofaecke bequem, und Frøseth ging los, um Muths sonderbares Geschenk zu holen. Die Kinder saßen auf dem Boden und spielten ein Brettspiel.

Natascha ließ den Blick durch sein Wohnzimmer schweifen. Schick, aber nicht protzig. Edel, aber nicht dekadent. Klassisch, aber nicht altbacken. Sie war sich sicher, dass Frøseth bei der Gestaltung des Instituts ein Wörtchen mitgeredet hatte. Es war, als trüge Frøseths Arbeitsplatz dieselbe Handschrift wie dieses Haus. Ohne Zweifel war er in dem Institut von großer Bedeutung, auch wenn er sich bescheiden gab.

Nataschas neugierige Blicke blieben auf einem eingerahmten Foto haften – es zeigte eine warmherzig lächelnde Frau mittleren Alters –, da trat Frøseth mit einem kleinen Karton in der Hand wieder ins Wohnzimmer. Er reichte ihn Natascha.

Als befände sich eine hochexplosive Ladung Dynamit darin, öffnete sie vorsichtig die Verpackung. In was hatte sie sich nur verrannt… *Lächerlich! Du machst Dich hier zum Affen!*

Im Gegensatz zum Professor gefiel Natascha das metallene Stück. Von der kleinen, etwa zehn Zentimeter großen Maske ging etwas Geheimnisvolles aus. Natascha fand das Deko-Teil ausgesprochen interessant und dekorativ.

Frøseth warf einen prüfenden Blick darauf und hob in der ihm eigenen Art die Augenbrauen. »Was ist daran hübsch?« Als hätte er ihre Gedanken gelesen. »Schaut eher gruselig aus. Na ja, Geschmäcker sind bekanntlich verschieden.« Er schmunzelte. »Und jetzt? Was hat das Ding mit den Karten zu tun? Wir wissen ja auch gar nicht, ob das Kreuzchen auf Andreas' Karte auf *diese* Maske verweisen soll. Klingt sowieso alles ziemlich abenteuerlich, finden Sie nicht? Andererseits…« Frøseth drehte den Sockel mit der Maske darauf in den Händen. »Wer weiß?! Es sieht nicht so aus, als ließe sich der Sockel irgendwie öffnen, und er wirkt auch nicht hohl, eher schwer, es sei denn, das Gesamtgewicht rührt von der Maske her.« Er klopfte gegen den Sockel. Der sah aus, als wäre er aus Granit. In edlem Schwarz. »Der Sockel ist das Schönste an dem Ding«, scherzte Frøseth.

»Zeigt mal her!« Jennifer erhob sich von dem Sofa und trat an Natascha und Frøseth heran. Sie betrachtete die Maske. »Diese Maske hier ist zu, sie hat eine Rückwand. Also, ich kann mich zwar täuschen, aber ich bin mir sicher, dass die Masken auf Sockeln, die sie im Museum verkaufen, *keine* Rückwand haben. Man kann quasi von hinten durch die Maskenaugen schauen.«

»Bist du sicher?« Natascha konnte nicht verbergen, dass sie unter Strom stand.

»Ja, ich bin mir deswegen sicher, weil Frank nahezu *alle* Ausführungen dieser Souvenir-Artikel zu Hause hat und beim Aufstellen noch überlegte, vor welchen Hintergrund er sie stellt, weil der Hintergrund durch die Augenhöhlen und den Mund zu sehen ist. Er wollte die *Sogwirkung* der Maske – was auch immer er damit meinte – nicht abschwächen und durch die Öffnungen einen dunklen Hintergrund schimmern lassen.« Jennifer wendete sich Frøseth zu, verdrehte übertrieben die Augen und sagte: »Diese römischen Masken lassen meinen Mann einfach nicht los.«

»Warum haben Sie denn alle solch einen Bezug zu diesem archäologischen Artefakt?« Frøseth schaute fragend in die Runde.

Jennifer sah Natascha überrascht an.

Natascha warf Frøseth einen unschuldigen Blick zu. »Das ist, was ich bei unserem Gespräch in Ihrem Büro mit *Ist eine lange Geschichte* meinte. Und wie es scheint, hat es auch damit zu tun, was ich mit *Ich bin da auf einige Ungereimtheiten gestoßen* meinte. Ich erkläre Ihnen das später noch.« Sie lenkte vom Thema ab: »Du meinst also«, sie wendete sich nun Jennifer zu, »diese Rückwand ist bei diesen Dingern eher unüblich?«

»Würde ich sagen, ziemlich sicher sogar.«

Natascha beäugte die blecherne Rückwand. »Der Farbton passt auch nicht zur Maske, vom Material ganz zu schweigen.«

»Das hat nichts zu sagen«, sagte Frøseth, »genauso gut könnte man Pressspan als Material nehmen, von vorne sieht man das ja nicht. Aber ich weiß, auf was Sie hinauswollen. Sie denken, die Platte ist nachträglich angebracht worden und könnte etwas verbergen?« Er lachte nun: »Nur zu, Frau Detektivin, Sie haben meine Erlaubnis. Auch wenn es ein Geschenk von Leon ist – ich hänge nicht an dem Teil.« Er winkte ab. »Brauchen Sie was Scharfes? Ein Messer? Eine Nagelfeile?«

»Wäre nicht schlecht.« Natascha konnte es kaum abwarten, auch wenn sie immer wieder daran zweifelte, dass in der Maske irgendein Hinweis Muths versteckt war.

Plötzlich riss sie der Klingelton ihres Smartphones aus der Konzentration. Kurz war Natascha irritiert – hatte sie die vergangenen Tage doch ihr Telefon im Flugzeugmodus gelassen, sodass sie ihre Ruhe hatte. Nach ihrem letzten Versuch, Frank anzurufen, musste sie aber vergessen haben, die Funkverbindung zu kappen. Natascha und Jennifer hatten es immer wieder bei Frank probiert – ohne Erfolg. Sorgen mussten sie sich nicht wirklich machen, denn Frank hatte Jennifer gesagt, dass er so gut wie nie erreichbar sein würde. Wer konnte das jetzt sein, wenn nicht Frank? Jennifers Telefon war eingeschaltet, Frank würde sicher zuerst versuchen seine Frau zu erreichen. Er konnte es also nicht sein. Und um diese Uhrzeit würden die meisten Leute nicht anrufen.

Natascha schnappte sich das Telefon. Auf dem Display eine ihr unbekannte Münchner Nummer. Skeptisch drückte Natascha die Rufannahmetaste, während sie Jennifers fragenden Blick mit einem Achselzucken erwiderte.

»Da Silva.« Natascha sah zu Jennifer, die gespannt dreinschaute.

»Kriminalhauptkommissar Michael Immerz – Kriminalpolizei München«, meldete sich eine sonore Stimme am anderen Ende der Leitung. »Entschuldigen Sie bitte die späte Störung, doch wir probieren seit Tagen erfolglos, Sie zu erreichen. Wo sind Sie gerade?«

Was wollte die Kripo von ihr? Und warum die Frage, wo sie war? »Wo ich bin? Äh – nun – nicht zu Hause – ich meine – na ja, ich bin unterwegs«, stotterte Natascha verdutzt und zugleich unsicher ins Telefon.

»Unterwegs wo?«, fragte der Beamte ohne Umschweife. Es klang nicht unfreundlich, aber dennoch irgendwie beunruhigend.

»Wieso, ist irgendetwas passiert? Ich verstehe nicht.« Plötzlich schoss Natascha ein Gedanke in den Kopf. *Hat man in meine Wohnung eingebrochen?* Klar, das musste es sein. Sie hatte keine nahen Verwandten, die Polizei würde sie also nicht kontaktieren, um sie über den tragischen Unfall einer ihr nahestehenden Person zu informieren oder dergleichen, was erklären würde, dass man sie zu so später Stunde anrief.

Es sei denn… »Ist etwas mit Markus?« Plötzlich klopfte ihr Herz. Womöglich würde man sie, die Exfrau kontaktieren, wenn dem Vater ihres Kindes etwas zugestoßen war. Ihre Hände wurden feucht, und sie fühlte den Anflug einer Beklemmung.

»Markus?«, fragte der Polizist in einem Tonfall, der aber nicht wie eine Frage klang. Es war eher, als wüsste er schon alles und klopfte sie nur ab.

»Mein Ex«, Natascha atmete hörbar aus. Sie entspannte sich etwas und fragte: »Hat man dann etwa wieder bei mir eingebrochen?« Eine Sekunde später biss sie sich auf die Lippe. Mist! Das *wieder* hatte er hoffentlich überhört.

»Nein, nicht das ich wüsste.« Er hielt kurz inne. »Sie sagten wieder. Wurden Sie kürzlich Opfer eines Einbruchs? Ich habe keine von Ihnen erstattete Anzeige gesehen.« Klar hatte er es gehört. Mist!

»Wieder? Äh – nein. Ich meinte – hat man womöglich bei mir eingebrochen? Es gibt ja vermehrt Einbrüche, auch in unserer Gegend meine ich. Habe ich zumindest gehört. Ich meinte, ob man *wieder mal* eingebrochen hat«, windete Natascha sich heraus.

»Eigentlich nicht. Schon gar nicht dort, wo Sie wohnen.«

Ein paar Sekunden herrschte Stille, als warte Immerz auf ihre Reaktion. Die aber hörte in der Stille nur ihr Herz klopfen. Was wollte der Mann von ihr?

»Dann bin ich aber froh!«, sagte sie nun. »Ich dachte nur, also dann… Was möchten Sie denn von mir? Die Kripo, und das am späten Abend? Sie haben mir einen ganz schönen Schrecken eingejagt, Herr Immerz. Was ist denn los? Warum versuchen Sie seit Tagen, mich zu erreichen? Ich kann mich nicht erinnern, etwas ausgefressen zu haben.« Der Versuch, witzig zu klingen, scheiterte kläglich. Irgendwie spürte sie, dass Immerz sie nicht wegen Falschparkens befragen wollte.

»Ich untersuche den Tod Professor Stenzels«, rückte Immerz nun mit dem Grund seines Anrufs heraus.

Natascha plusterte die Wangen auf. Natürlich, warum war sie nicht gleich darauf gekommen! Wenn rund um Stenzels Tod ermittelt wurde, befragte man alle Personen, die zuletzt mit ihm Kontakt hatten. Dass sich die Polizei allerdings nach so vielen Tagen noch immer mit Stenzels Tod befasste, konnte nur bedeuten, dass man inzwischen davon ausging, dass er keines natürlichen Todes gestorben war. Aber das würde ja bedeuten, dass... War sie jetzt eine Verdächtige, weil sie ihn an jenem Abend dort getroffen hatte, wo er gestorben war? Ging man womöglich davon aus, sie und Stenzel hätten... Ach du Scheiße! *Jetzt mal langsam, Mädel, warte erst mal ab und denk nicht gleich an das Schlimmste! Warum solltest du unter Verdacht stehen?* Natascha hielt gedanklich Zwiesprache. Es musste eine Sekunde zu lange gedauert haben.

»Frau da Silva?« Da lag etwas Auslotendes in Immerz' Stimme.

»Das mit Professor Stenzel ist schrecklich.« Warum sollte sie leugnen, ihn gekannt und auch getroffen zu haben? Es wäre nicht nur sinnlos, sondern auch aussichtslos, sich dadurch unangenehme Fragen vom Hals zu halten. Die Polizei, dein Freund und Helfer. Der Mann machte nur seinen Job. *Warum nehme ich an, dass ich in einer unangenehmen Situation bin...? Der will nur Stenzels letzte Stunden rekonstruieren, mehr nicht.* »Ich hatte ihn kurz zuvor noch getroffen. Er hat mir für einen Artikel einige Fragen beantwortet. Wie kann ich Ihnen helfen?« Sie riss sich zusammen. »Darf ich Sie fragen, warum Sie überhaupt ermitteln, Herr Immerz? Nehmen Sie etwa an, dass Professor Stenzel...«, sie versuchte zu klingen, als würde sie von einem sie völlig überraschenden Gedankengang überrumpelt, »ich meine – Kriminalkommissar?«

»Kriminal*haupt*kommissar, Frau da Silva«, korrigierte Immerz.

»O, entschuldigen Sie bitte, da habe ich vorhin wohl nicht richtig zugehört. Die Überraschung, Sie verstehen… Nun, was kann ich für Sie tun?«

»Bitte verstehen Sie, dass ich zu den laufenden Ermittlungen nichts sagen kann. Wir haben nur ein paar Fragen an Sie. Wann können Sie sich in unserer Dienststelle einfinden? *Wo* sind Sie, sagten Sie?«

»Ich sagte gar nichts. *Unterwegs* bin ich.« Natascha überlegte einen Moment. Warum sollte sie sich vor einer Befragung drücken? Und warum sollte sie nicht sagen, wo sie gerade war? Dann würde Immerz wissen, dass er nicht gleich morgen früh mit ihr rechnen konnte. Sie wollte zwar nicht publikmachen, wo sie gerade unterwegs war, aber hier sprach sie ja mit der Polizei, nicht mit irgendwelchen fragwürdigen Personen, denen sie auf den Schlips getreten war und die nun Termine ignorieren und in der Zwischenzeit Dinge vertuschten. Außerdem konnte die Polizei – wenn sie es wollte – ohnehin ihren Spuren folgen. Mietwagen, das Tanken, alles mit Kreditkarte beglichen, Standortbestimmung übers Handy, was auch immer. *Wenn* sie eine Verdächtige wäre – was sie ja gar nicht war…

»Ich bin gerade in Hannover, Herr Immerz. Also nicht ums Eck. Reicht es, wenn ich Ende der Woche bei Ihnen vorbeikomme? Ein paar Tage habe ich hier oben noch zu tun, ich bin beruflich unterwegs. Ich kann auch hier in Hannover zur Polizei gehen und meine Aussage machen, wenn das hilft.« Besser Kooperation signalisieren.

»Beruflich? Ich hatte die vergangenen Tage den Eindruck, dass in Ihrer Redaktion niemand wusste, wo Sie sind. Verschollen, sagte jemand. Ist das bei Ihnen normal?«

»Ich bin in einer leitenden Funktion – ich muss mich nicht an- oder abmelden und mich rechtfertigen, wo ich recherchiere«, rutschte es ihr raus, ziemlich gereizt.

»Es ist nicht erforderlich, dass Sie extra Kollegen in

Hannover aufsuchen. Melden Sie sich bei mir, wenn Sie zurück sind. So lange es nicht länger dauert als bis Ende der Woche. Und bleiben Sie erreichbar!«

»Warum das denn?« Auch das klang gereizt.

»Ich gebe Ihnen meine Nummer.« Er nannte ihr eine Mobilfunknummer. »Sagen Sie mir bitte, wo Sie in Hannover abgestiegen sind! Und auch, wohin Sie als nächstes fahren und wo Sie sich dort aufhalten werden!«

»Warum das denn?« Dieselben Worte – nur noch genervter.

»Für alle Fälle.« Erneut blieb er ihr eine Erklärung schuldig.

»Wenn Sie meinen«, brummte Natascha. Sie gab ihm die Informationen, dann beendeten sie das Telefonat.

Natascha gestand sich ein, überreagiert zu haben. Der Mann war weder unfreundlich noch unhöflich gewesen. Er machte nur seinen Job.

♦

Der Mann – Legion – bog mit seinem Auto in gerade noch zulässigem Tempo an der Kreuzung ab – auffallen durfte er nicht, übermäßige Eile konnte das Gegenteil bewirken, er angehalten werden und zu spät in Hannover ankommen. Die Fahrt dauerte ohnehin lange – zu lange möglicherweise. Er hoffte, noch vor Morgengrauen an da Silvas Aufenthaltsort einzutreffen. Die Dunkelheit würde ihm in die Hände spielen – alles wäre ruhig und überschaubar.

»Ich bin's«, sagte er laut in die Freisprechanlage. »Nicht ganz einfach, ihre Spur wiederaufzunehmen, aber mit den richtigen Kontakten und im Zeitalter der Datenspuren…« Er lachte kurz auf. »Sie ist in Hannover. Ich bin unterwegs.« Er zögerte einen Augenblick, räusperte sich. »Wie soll ich vorgehen?«

»Seien Sie nicht so ernst, gönnen Sie sich etwas Spaß! Sie werden wissen, was zu tun ist«, antwortete Gabor.

♦

Professor Frøseth kam gleich mit einem ganzen Werkzeugkoffer wieder. Natascha und Jennifer wechselten einen kurzen Blick, und Natascha kam nicht umhin zu schmunzeln – irgendwie goldig war der Professor, so ihr Urteil, als er aufgeregt den Werkzeugkoffer abstellte.

Gerade noch war Natascha beunruhigt über den Anruf der Polizei gewesen, nun war sie wieder voll und ganz bei Muth und der Suche nach weiteren Hinweisen. Dass er eine Art Spur gelegt hatte, stand außer Frage – nur warum er es tat, das wusste sie noch nicht. Hoffentlich lag Jennifer mit ihrer Vermutung richtig, und diese Rückwand war nicht produkttypisch. »Wollen Sie selbst, Frau Detektivin?« Frøseth deutete auf den Koffer. »Wir sollten gut überlegen, was wir nehmen. Falls etwas drin ist, wollen wir es ja nicht beschädigen, oder?«

»Stimmt«. Natascha nickte. So weit hatte sie gar nicht gedacht.

»Mal sehen, was wir so haben.« Er kramte in der kleinen Kiste.

»Spitz und fein, um in diese Ritze zu kommen und die Rückwand vorsichtig wegzudrücken«, meinte Natascha.

Frøseth reichte ihr ein Taschenmesser.

Jetzt musste Natascha lachen. »Gut, dass Sie den ganzen Werkzeugkoffer gebracht haben. Taschenmesser hebt man am besten nicht in der Tasche auf, sondern da drin, dann helfen sie einem unterwegs…« Sie zwinkerte ihm zu.

»Hier!« Er reichte ihr das Messer. »Sie haben die Ehre. Bitte!«

Natascha schob vorsichtig die spitzeste Klinge des Messers unter die Rückwand. Dann versuchte sie, Zentimeter für Zentimeter und sachte, um nichts zu zerstören, die Wand abzulösen. Kurz darauf ließ sich das Stück Blech abnehmen. Zum Vorschein kam eine dünne Lage Schaumstoff, die Natascha entfernte.

Sie strahlte. Mit aufgerissenen Augen blickte sie erst zu Frøseth, dann zu Jennifer. »Bingo!« Sie hatte es doch gewusst!

»Wie? Ist wirklich etwas drin?«, fragte Frøseth.

»Logo!« Natascha kostete den Moment aus. »Moment. Nicht, dass ich mich zu früh freue.« Sie fingerte an dem Schaumstoff. »Sicher ist der Hohlraum mit dem weichen Zeug hier gepolstert, um irgendetwas zu schützen«, sagte Natascha. Sie stutzte eine Sekunde, dann blitzten ihre Augen auf. »Oder es sollte dafür sorgen«, sie legte eine Pause ein, um die Spannung zu erhöhen, »dass es nicht klimpert und klackert, wenn man das Teil bewegt…«

»Quatsch jetzt!« Jennifer stand auf, setzte sich schnell neben Natascha und rückte nah an sie heran. Frøseth hielt einen höflichen Abstand ein, reckte aber auch den Hals.

Ein kleines Pappschächtelchen – kleiner als eine Bankkarte. Natascha löste es vorsichtig und nahm es aus der Maske. »Voila!«

»Mach auf, schnell!« Jennifer war jetzt auch ganz aufgeregt.

Frøseth vergaß die Komfortzone, die er zuvor so gentlemanlike eingehalten hatte, und klebte jetzt fast an Natascha. Alle drei starrten auf das unscheinbare Schächtelchen.

Vorsichtig öffnete Natascha das Teil und staunte nicht schlecht – ein USB-Stick! Sehr klein, aber von der langlebigen und stabilen Sorte. »Ein Datenträger?!« Sie drehte sich zu Frøseth, der sie perplex anstarrte. »Jetzt wird's richtig interessant« Natascha strich mit einem Finger über den Stick, zärtlich fast. »Worauf warten wir?!«

♦

Schlaftrunken nahm Seth Grothe den Hörer ab. Konnte das denn wahr sein? Um diese Uhrzeit?

Er hatte sich auf eine Nacht gefreut, die er endlich einmal nicht an Bord war, eine Nacht in seinem großen Wasserbett statt in der Schiffskabine. Es war ihm nicht vergönnt.

»Was?!«, maulte er schlechtgelaunt in den Hörer. »Weißt Du, wie spät es ist?! Was ist los, Charlotte?«

Rinkenburger verzichtete auf eine Entschuldigung. »Wir haben ein Problem. Wir müssen uns etwas einfallen lassen, und zwar schnell. *Du* musst Dir etwas einfallen lassen, Seth!«

»Wovon redest du – was ist los?!«

»Gerade habe ich davon gehört. Irgend so eine gewiefte Reporterin hat zu viel herumgeschnüffelt – keine Ahnung, wie sie auf die Zusammenhänge gestoßen ist. Sie weiß von dem Experiment.«

Mit einem Ruck saß Grothe aufrecht im Bett.

»Bist du sicher?« Grothe kam es zu absurd vor, um wahr zu sein.

»Meine Quelle ist verlässlich.« Wie so oft ließ sie Grothe außen vor.

»Und jetzt?«

»Lass dir etwas einfallen!« Sie zögerte. Dann: »Vielleicht steckt ja doch ein Mann der Tat in dir.« Jetzt versuchte sie es auf dieser Schiene…

»Hör zu, Charlotte, es kann doch gar nicht sein, dass –«

»Doch!«, unterbrach sie ihn. »Aber es *darf* nicht sein! Ich lass mir das nicht kaputtmachen. Lass sie einfach verschwinden!«

»Dazu müsste ich die Aufzeichnungen erst mal haben! Befürchtest du wieder mal, ich *hätte* sie schon und würde sie dir *vorenthalten*?«

»Nicht die Aufzeichnungen, du Trottel! Die Reporterin!«

♦

Ungeduldig fingerte Natascha an dem Kugelschreiber herum. Keine Ahnung, wie Jennifer stundenlang so ruhig bleiben konnte. Sie selbst konnte es nicht erwarten, dass Frøseth sich endlich in irgendeiner Hinsicht zu Muths Aufzeichnungen äußerte. Zeitweise war Jennifer sogar eingenickt. Das war ihr unbegreiflich. Ihr eigener Körper stand unter Strom, vollgepumpt mit Adrenalin, wie von einem Fieber erfasst, allein durch Muths Geheimnisse. Zweimal hatte Jennifer ihr vorgeschlagen, doch besser ins Hotel zu fahren, so lange es sich noch lohnen würde, in ein Bett zu fallen, anstatt sich hier die Nacht um die Ohren zu schlagen.

Frøseth beschäftigte sich derweil mit Muths Datenträger, dessen Inhalt sich als Aufzeichnungen zu seinen Forschungen erwiesen hatte.

Natascha und Jennifer hätten ohne Frøseths eingehende Prüfung mit dem Material jetzt auf die Schnelle wenig anzufangen gewusst, daher hätten sie genauso gut ein paar Stunden schlafen können. Natascha überlegte, ob sie nicht wirklich besser ins Hotel fahren und Frøseth in Ruhe arbeiten lassen sollten. Andererseits, die Kinder schliefen inzwischen tief und fest auf einem flauschigen Teppich. Und sie selbst? An Schlaf war nicht zu denken… Vielleicht sollte sie aber doch auf Jennifer hören, der morgige Tag würde lang werden…

Allerlei spukte in Nataschas Kopf herum. Frank war immer noch nicht erreichbar. War das wirklich normal? Er würde in einem Unterwasser-Habitat sein. Nicht so lange, wie die Probanden, aber trotzdem ungewöhnlich lange von der Außenwelt abgeschnitten. Und auch auf dem Schiff, auf See, war es schwierig, ihn zu erreichen, je nachdem, wo sie waren. Jennifer machte sich keine Sorgen. Oder es war, wie sie schon öfters vermutet hatte, Jennifer hatte einfach nur den Dreh raus und konnte ihre Sorgen vor anderen verbergen und Gelassenheit ausstrahlen, auch wenn diese gar nicht vorhanden war. War sie vielleicht gar nicht so sorglos, wie sie vorgab?

Dann der Anruf der Kripo! Wo sie gewesen sei in der letzten Zeit?! Sie fühlte sich, als hätte sie etwas verbrochen. Gehörte sie zum Kreis der Verdächtigen, weil sie Stenzel im Hotel getroffen hatte? Oder war sie nur eine wichtige Zeugin, um seinen letzten Abend zu rekonstruieren? Hm. Sie hatte Stenzel wiederholt getroffen und angerufen. Klar, dass man sich für sie interessierte. Das war doch normal, oder nicht?

Natascha schüttelte die Grübeleien ab. Sie sollte auf Jennifer hören und zum Hotel fahren. Sie würde es Frøseth sagen und dann die Kinder holen. Ihr Blick wanderte durch den Raum zum Professor. Sicher arbeitete sein Hirn auf Hochtouren und sendete ihm ohne Unterlass Feststellungen. Nur welche?

Natascha beobachtete ihn aufmerksam. Nach ein paar Minuten verwarf sie die Idee, ins Hotel zu fahren. Allem Anschein nach tat sich bei Frøseth etwas. Ihr entging nicht, dass er immer unruhiger wurde, nahezu nervös, und diese Unruhe übertrug sich auf Natascha. Was immer Frøseth soeben in Muths Aufzeichnungen gelesen hatte – es war nichts Gutes, dessen war Natascha sicher, spätestens als Frøseths Haut die Farbe ihrer Badezimmerfliesen annahm. Innerhalb von Sekunden veränderte sich sein Gesichtsausdruck.

»Das kann nicht wahr sein… Sollte Leon das wirklich geschafft haben, dann… Das wäre… Das wäre dann ein Albtraum! Der Supergau!« Mit großen Augen starrte Frøseth erst Natascha, dann Jennifer an. Er sagte sonst nichts, als müssten sie beide wissen, wovon er redete.

»Was!?«

Natascha hielt es nicht mehr auf ihrem Stuhl, abrupt stand sie auf, trat neben Frøseth und reckte den Kopf zum Notebook, als könnte sie mit einem einzigen Blick erfassen, was ihn so in Unruhe versetzte. Die Aufzeichnungen, die er gerade betrachtete, bestanden aus einem für Natascha unverständlichen Diagramm und einigen Zeilen Text darunter. Natascha wollte gerade anfangen zu lesen, als Frøseth innerhalb der elektronischen Dokumente hin und her klickte und sich weitere Seiten öffneten, Formeln, Diagramme, Texte – innerhalb von Sekunden erschienen unzählige Inhalte der Dateien und verschwanden sofort wieder. Offensichtlich suchte Frøseth nach etwas, er scrollte und klickte, nur leider schwieg er dabei. Er trieb Natascha damit fast in den Wahnsinn, sie wollte endlich wissen, worum es in Muths Aufzeichnungen konkret ging!

Plötzlich führte Frøseth die linke Hand vor den Mund. »Die sind doch irre!«, raunte er in seine Handfläche, während er mit der rechten weiterscrollte und nervös weiterlas. Plötzlich schlug er sich mit der Hand so heftig an die Stirn, dass es klatschte, und schüttelte den Kopf in einer Geschwindigkeit, als wolle er die Erkenntnis, die ihn soeben erreicht hatte, prompt abschütteln. Dann sackte er regelrecht in sich zusammen, lehnte sich zurück und starrte auf den Bildschirm.

Und schwieg.

»Professor?!« Natascha berührte ihn sacht an der Schulter. »Was steht in Muths Aufzeichnungen?«, fragte sie mit eindringlicher Stimme.

Fassungslos schaute Frøseth sie an. Dann brach er sein Schweigen. »Forschungsarbeiten in unserem Bereich haben schon ganz am Anfang heftige Debatten und auch Protest ausgelöst, doch da reden wir von Versuchen, die im Gegensatz hierzu«, Frøseth deutete aufgeregt auf den Bildschirm, »nur harmlose Spielereien von neugierigen und experimentierfreudigen Studenten und ihren Professoren waren. Experimente mit der Beeinflussung durch unterschwellige Reize sind nichts Neues. Aber das…«

Noch eine Sekunde länger, und sie würde Frøseth das Notebook vom Schoß reißen und selbst nachlesen, was los war.

»Diskussionen um unterschwellige Botschaften sind vor allem aus dem Bereich der Werbung bekannt. Man spricht dabei auch von subliminaler Beeinflussung, zu Deutsch: unterschwellige Beeinflussung. Werbung in der Werbung sozusagen, kurze Botschaften, die mittels eines Tachistoskops oder anderer Verfahren eingeblendet und die auch bei hoher Aufmerksamkeit nicht bemerkt werden. Die alternative Bezeichnung ist ›hidden persuaders‹, also geheime Verführer.« In den Uniprofessorenmodus gerutscht, begann Frøseth zu erläutern, was Natascha ohnehin schon wusste. Gleich würde ihr der Geduldsfaden reißen.

Was zum Geier steht in Muths Aufzeichnungen?! Sie riss sich zusammen und ließ Frøseth reden.

»Die Wirksamkeit ist umstritten. Neueste Forschungserkenntnisse aber geben Anlass zu der Annahme, dass möglicherweise sehr wohl eine gewisse Wirksamkeit erzielt werden kann – zumindest wenn die Botschaften zu den momentanen Bedürfnissen der Rezipienten passen, sodass bereits vorhandene Einstellungen einer Person, dominierende Wesenszüge, akut vorhandene Wünsche und Ziele überproportional gestärkt, ja regelrecht beschleunigt werden. Die Reize werden typischerweise in einer extrem kurzen Darbietungszeit ausgesendet – die Einblendung der Inhalte geschieht also im Bereich von Millisekunden und wird bewusst nicht wahrgenommen.« Frøseth schüttelte wieder den Kopf, seine Mimik signalisierte mehr als nur Fassungslosigkeit, er war entrüstet, ja entsetzt. Und erstmalig spiegelte sich eine Emotion in Frøseth, die Natascha bei diesem so friedsamen Mann nicht ein einziges Mal wahrgenommen hatte: Wut. Was auch immer in Muths Dateien stand – es hatte Frøseth nicht nur aufgewühlt und zutiefst beunruhigt, sondern ihn extrem aufgebracht.

»Leon hat einen Weg gefunden, die subliminale Beeinflussung zu perfektionieren – wenn man hier überhaupt von ›perfektionieren‹ sprechen kann.« Nun lag ganz deutlich Zorn in Frøseths Worten. Seine sonst so gewohnt warme Stimmfarbe war gewichen. Trotzdem sprach er beherrscht und kontrolliert, doch es fiel ihm deutlich schwerer. »Leon und andere – allein kann er an all dem nicht gearbeitet haben, dafür ist das alles viel zu komplex und betrifft zu viele Forschungsbereiche – sie haben damit letztlich eine Degenerierung statt Höherentwicklung des Menschen ermöglicht. Das war ihm offensichtlich klargeworden.« Der Zorn war etwas aus seiner Stimme verschwunden. »Leon wollte den Prozess umkehren, stoppen – leider ohne Erfolg!« Jetzt sah Frøseth nicht mehr wütend, sondern bestürzt und traurig aus.

»Wovon reden Sie, Professor? Was steht da?«

»Würde ich es nicht mit eigenen Augen lesen – ich würde es für Hirngespinste halten, für Fiktion, die niemals Realität werden kann!« Frøseth stockte. Er zögerte, als hätte er Angst, das Unaussprechliche auszusprechen und einzugestehen, dass Leon und andere Wissenschaftler offensichtlich im Stande waren, Fiktion Realität werden zu lassen. »Ich komme mir vor, als erlebe ich soeben, wie die bedrohliche Story eines Science-Fiction-Romans plötzlich Wirklichkeit wird – und ich will es nicht wahrhaben. Nicht weil es nicht sein *kann*, sondern weil es einfach nicht sein *darf*. Die Fiktion, dass Möglichkeiten, Techniken und Vorgehensweisen durch geheime Experimente so perfektioniert und in ihrer Wirkungsweise derart verstärkt werden, dass sich ganze Bevölkerungsgruppen, ja ganze Gesellschaftssysteme manipulativ beeinflussen und zunehmend verändern lassen – und zwar so, wie es sich die im Hintergrund agierenden Sender der Botschaften aus ihren eigenen Motiven heraus, welche auch immer das sein mögen, zum Ziel gesetzt haben – diese Fiktion ist offensichtlich nun Realität geworden, Frau da Silva. In einem Roman wären die geheim laufenden Forschungen zum Glück nicht real – in Muths Aufzeichnungen allerdings werden sie von ihm als höchst real dargestellt.« Frøseth sah Natascha ernst an. »Und so schwer es mir fällt, das zu sagen: Was ich bisher gelesen habe, deutet nicht darauf hin, dass Leon das erfunden hätte oder einfach völlig durchgeknallt wäre. Nein, es scheint, als habe das alles wirklich stattgefunden. Schlimmer noch, als würde es noch immer stattfinden!« Wieder legte Frøseth entsetzt die Hand vor den Mund.

»Es geht also doch um Manipulation des menschlichen Denkens und Verhaltens!« Nataschas Stimme überschlug sich fast. Dabei drehte sie sich wie von der Tarantel gestochen um die eigene Achse. »Ich war die ganze Zeit auf dem richtigen Weg!?« Aufgeregt sah sie Frøseth an.

Der nickte. Fast unmerklich. Als könnte er es selbst noch nicht glauben und wollte sich nicht zu früh und zu weit aus dem Fenster lehnen und Dinge behaupten, die viel zu absurd schienen.

♦

»Drehst du jetzt völlig durch, oder was?« Grothe musste sich verhört haben. Warum sollte ihnen eine Journalistin gefährlich werden? Seit Jahren hatten sie es geschafft, sich die Behörden vom Hals zu halten, und dann sollte diese Pressetante hinter ihre Geheimnisse gekommen sein? So ein Unfug! »Sollen sich doch irgendwelche unserer Partner darum kümmern – wenn es denn etwas gibt, worum man sich kümmern muss…«

»Du bist ein Feigling, das warst du schon immer! Du kannst nur reden, aber selbst mal Taten walten lassen – nein, sollen doch die anderen… Was denkst du dir eigentlich? Dass sich von denen jemand die Finger schmutzig macht?! *Wir* müssen handeln!«

»Ach – da gibt es jetzt ein wir?! Sonst dein eigenes Süppchen kochen und mich an der kurzen Leine halten und im Dunkeln lassen, wo es eben geht, aber plötzlich bin ich dein Lieblingspartner des Bündnisses, wenn es darum geht, die Drecksarbeit zu machen?!« Grothe hatte die Schnauze voll – es reichte!

»Bündnis! Wenn ich das schon höre! Es geht bei Dir immer nur ums Geld! Du kannst ja auch nur so reden wie das Geld – selbst wenn es um eine Mission geht, die den Menschen verändert! Es geht um mehr als nur um Geld!«

»*Mission*?« Grothe schnaubte verächtlich. »Du und deine Fanatiker… Ohne unsere Partner aus der Wirtschaft wären wir nie so weit gekommen. Hättest du die Milliarden, die alles bisher verschlungen hat, etwa aufbringen können, wenn ich nicht verschiedene Interessen zusammengeführt und die Investments auch für dich eingestrichen hätte?« Sie würde ihn nicht länger herumkommandieren!

»Genau hier liegt das Problem! Sie reißen das Projekt an sich!«

»Wie soll das gehen?!« Grothe lachte abschätzig.

»Wenn sie erst mal haben, was sie brauchen, brauchen sie uns nicht mehr. Wir müssen die Reißleine ziehen und neu ansetzen.«

»Hast du sie nicht alle! Wir stehen kurz vor dem Durchbruch.«

»Es würde dann auch schneller gehen und wir nicht wieder Jahre brauchen – vorausgesetzt ihr würdet endlich Muths Daten finden. Dann – mit seinen letzten Formeln – hält uns nichts mehr auf. Wir bringen der Welt die Heilung, die sie so bitter nötig hat.«

»Warum bist du dir nach wie vor so sicher, dass Muth überhaupt Neues hatte? Vielleicht gab es ja gar nichts! Hätten wir nicht längst etwas finden müssen?« Grothe bemühte sich jetzt, ruhig zu sprechen. »Und wir wissen nicht, ob Muths Entwicklung wirklich so funktioniert, wie er es vorausgesagt hatte. Bisher sehen wir nur, dass es im Ansatz funktioniert. Okay, da gab es schon beachtliche Erfolge, das stimmt, aber –«

»Wir haben begonnen, uns gegenseitig zu zerfleischen. Das Verhalten des Bündnisses könnte sehr wohl ein Beleg dafür sein, dass es funktioniert. Aber…«

»Komm schon!«, Grothe lachte auf. »Die Tatsache, dass bei einigen Partnern die Gier jetzt so richtig entfesselt ist und die jüngsten Entwicklungen auch noch so richtig Sauerstoff in die Glut fächern, führst du darauf zurück, dass Muths ultimatives Experiment funktioniert? Das ist nicht dein Ernst! Eher ist es eine zwangsläufige Folge egoistischen Strebens. Ganz normal, würde ich sagen.«

»Würde ich auch so sehen – wäre da nicht die Tatsache, dass ganz bestimmte Menschen ganz bestimmte Aufgaben übernehmen und sich Kreise schließen, die sich überhaupt nie rein zufällig hätten öffnen können und auch nicht hätten öffnen dürfen. Und dass sich diese Menschen auch noch untereinander kennen – Zufall? Nein. Dass Muths ultimative Entdeckung funktioniert, sehen wir vor unseren eigenen Augen, alles trägt seine Handschrift! ›Projekt Muth‹ funktioniert, Seth! Nur nicht so, wie *wir* es wollen, sondern wie Muth es wollte, zum Schluss… Erkennst du die Muster nicht? Mach die Augen auf, Seth, es ist offensichtlich! Daran hat mein Vater immer geglaubt – und Recht behalten! Es ist möglich, Seth! Es ist möglich! Es geschieht! Da draußen! Muth…«

Grothe schwieg. Womöglich hatte sie Recht. Das wäre…

Sie fuhr fort: »Sie werden hinter das Geheimnis von *Habitat Zero* kommen – es ist nur eine Frage der Zeit. Meine Informationen sind verlässlich.«

»Und was gedenkst du zu tun?«, fragte Grothe. Seine Stimme zitterte.

»Nicht ich. Du!«

»Hör zu, Charlotte – ich schlage vor, wir –«

»Drück den roten Knopf!«

»Es sprengen?! Hast du sie noch alle?! Dann war alles –«
»Wir brauchen den Prototypen nicht mehr!« Sie sprach ganz ruhig.
»Aber –« Weiter kam Grothe nicht. Sie hatte aufgelegt.

♦

Adrenalin schoss durch Nataschas Blutbahnen, ihr Blick schwirrte aufgeregt zwischen Frøseth und Jennifer hin und her. Jennifer stand der Mund offen, sie sagte nichts, es hatte ihr den Atem verschlagen. Frøseth stand noch immer unter Schock. Ihm war deutlich anzusehen, dass das, was Leon und irgendwelche anderen Forscher erreicht hatten, mit seinem Verständnis von wissenschaftlichen Vorgehensweisen und seinem Ethos als Forscher unvereinbar war.
»Und? Wie haben die es geschafft, solche Erfolge zu erzielen?«, fragte Natascha dann. Frøseths Blick sprach Bände – das Wort »Erfolg« in den Mund zu nehmen, fand er offensichtlich mehr als unpassend. »Wie gelang dieser Durchbruch? Wie funktioniert es? Und was lief schief?«
»Letztlich spielen zwei umstrittene Herangehensweisen ineinander. Die subliminale Beeinflussung, die durch inzwischen hochentwickelte technische Möglichkeiten der Reizsteuerung«, Frøseth deutete wieder auf das Notebook, »stärker einwirkt, als wir es je für möglich gehalten haben, ist nur die eine Komponente des *Erfolgs.*« Das Wort »Erfolg« spie er so angewidert aus, dass Natascha fast ein schlechtes Gewissen bekam. Was sie in diesen Minuten in höchste Erregung versetzte und ihren journalistischen Ehrgeiz anstachelte, versetzte Frøseth schlicht in Sorge. Als hätten Muth und Konsorten sich mit der verführerischen Schlange eingelassen und durch ihren selbstsüchtigen Wunsch, wie Gott zu sein, nicht nur sich selbst aus dem Paradies der kosmischen Ordnung heraus-

geschleudert, sondern gleichzeitig die unwissenden Opfer mit ins Verderben gerissen, die wie Marionetten an den Fäden ihres Experiments hingen. Natascha schluckte. Frøseth hatte Recht. Das alles war nicht ohne – und ganz egal, wer diese Errungenschaft in die Hände bekam, es bestand immer das Risiko des Missbrauchs. Und der fand ja bereits statt – in der heimlichen Anwendung für »Forschungszwecke«! Was würde erst möglich werden, wenn sich der »Erfolg« langfristig bestätigte? Wer würde diese »Errungenschaft« dann nicht für sich nutzen wollen? Wo war die Grenze? Und wer durfte diese Grenze wann überschreiten und aus welchen Gründen?

»Da gibt es die zweite Komponente, die mit hineinspielt. Aber auch noch eine dritte – dazu komme ich noch«, fuhr Frøseth fort. »Es passt zu dem, auf was Sie gestoßen sind, Frau da Silva.« Sorgenfalten bildeten sich auf seiner Stirn. »Auch das hätte ich bis soeben für pure Fiktion gehalten, für das Narrativ paranoider Verschwörungstheoretiker. Aber auch hier scheint uns die Realität eingeholt zu haben.« Wieder zögerte Frøseth in der ihm eigenen Art und schien abzuwägen, ob er es wagen sollte, bestimmte Fakten zu offenbaren, Fakten, die er bis dato bestenfalls für gewagte Thesen gehalten hatte. »Eine völlig andere Thematik, etwas, das nur *mittelbar* mit subliminalen Reizen zu tun hat und heiß diskutiert wird, ist die Programmierung des Gehirns durch ständige Wiederholung von immer intensiver werdenden negativen Signalen, Botschaften, Inhalten. Das spielt bei Leons Experimenten eine *mittelbare* und doch zentrale Rolle.«

»*Centineo* und diese extrem brutalen Computerspiele!«, warf Natascha ein.

Frøseth schaute verdutzt. »Sie kennen sich offenbar auf dem Markt aus. Ich nicht.«

»Erklär ich Ihnen nachher.« Natascha wedelte hektisch mit ihren Händen. »Weiter!« Sie drehte sich zu Jennifer um. »Siehst du, ich wusste es! Da läuft was im Hintergrund. Ich fass es nicht!« Sie wandte sich wieder Frøseth zu. »Was ist die dritte Komponente, Professor? Was spielt noch mit rein? Was hat all das erst so richtig ins Rollen gebracht? Was schreibt Muth?«

Als habe Frøseth Nataschas Drängen, zum letzten Punkt zu kommen, gar nicht gehört, referierte er weiter zu Muths Erfolgskomponente Nummer zwei – der negativen Programmierung des Hirns, der Konditionierung auf Gewalt durch immer intensivere und immer härtere Kost, verabreicht im Suchtstadium des Game-Junkies. »Allerdings handelt es sich hierbei eben nicht um *unbewusste* Botschaften im Sinne der *subliminalen* Beeinflussung. Die Konsumenten extrem gewaltverherrlichender Computerspiele und Filme nehmen die Geschehnisse, an denen sie intensiv, oft stundenlang und über lange Zeiträume hinweg visuell und akustisch teilnehmen, sehr wohl *wahr.* Vielmehr geht man davon aus, dass das menschliche Gehirn diese beim Spielen und Fernsehen erlernten Verhaltensweisen mehr und mehr als normal verankert – als adäquate und im Extremfall sogar einzige Lösung für Probleme, als erstrebenswerten Zustand, als Erfolg. Mit –«

»Ja, das habe ich kürzlich bereits gehört«, warf Natascha ein. »Sorry, ich wollte Sie nicht unterbrechen. Bitte!«, Natascha deutete Frøseth an, mit seinen Ausführungen fortzufahren. Sie musste sich gedulden. Er konnte ja nicht wissen, was ihr schon die anderen Interview-Partner vorgetragen hatten. Erstens hatte sie ihm gar nicht erzählt, was genau sie entdeckt hatte oder zumindest vermutete. Und zweitens würde er vielleicht noch ein paar neue Aspekte ergänzen, die alle Geduld der Welt wert waren.

»Mit zunehmendem Konsum«, trug Frøseth weiter vor, »werden neue Netzwerke im Hirn gebildet, Strukturen verfestigt und bei Bedarf als richtige Lösung automatisch abgerufen. Da der Lerneffekt des auf beständiges Lernen getrimmten menschlichen Gehirns umso stärker ist, je jünger das Gehirn, wirken negative Programmierungen bei Kindern und Jugendlichen um ein Vielfaches stärker. In Fachkreisen wird kontrovers darüber diskutiert, ob die zunehmende Jugendgewalt und auch Amokläufe mitunter – oder sogar hauptsächlich – darauf zurückzuführen sind.«

Natascha biss sich auf die Lippen. Es drängte sie zu erfahren, was nun gleich noch ans Tageslicht kommen würde. Neues…

»Die Beeinflussung durch nicht wahrnehmbare Reize und die Konditionierung des Hirns durch Gewalt oder andere negative mediale Inhalte sind in Muths Forschung eine Symbiose eingegangen, wobei sich die Wirkung wohl überproportional verstärkt hat. Doch damit hat niemand gerechnet. Ich kenne nicht die Motive, die wirklich hinter dieser Forschung stehen, und ich weiß auch nicht, ob die Versuche, die Leon hier darstellt, wirklich derartige Veränderungen bewirken und ob seine Berechnungen stimmen – wir haben hier nicht die Protokolle vorliegen, sondern nur Informationen, wie es funktionieren soll und nach Leons Theorie auch tatsächlich funktioniert. Aber ob er und diese Leute wirklich Erfolg hatten? Ich hoffe, dass diese Daten nur Thesen sind, am besten nur Leons Fantastereien.«

»Ich befürchte, dass das alles sehr wohl wahr ist. Das passt zu den Ergebnissen meiner Recherchen. Dazu gleich.« Natascha machte wieder eine ungeduldige Handbewegung. »Und die dritte Herangehensweise? Was spielt als drittes mit rein?« Sie fuchtelte aufgeregt mit der Hand. »Weiter, bitte?!«

♦

Nichts konnte Seth Grothe noch im Bett halten. Nervös und gleichzeitig wie im Rausch der Euphorie lief er in seinem Schlafzimmer auf und ab. War es wirklich schon so weit? Nicht auszudenken, wenn… Plötzlich wurde ihm mulmig zumute. Die Euphorie wich, und Nervosität ergriff von ihm Besitz. Was, wenn das *Projekt Muth* wirklich nicht mehr zu kontrollieren war? Und noch ein erschreckender Gedanke durchdrang ihn – was, wenn sie gar nie die Kontrolle gehabt hatten, sondern nur die Illusion davon? Falls Charlotte richtiglag…

Es abzuschalten, kam dennoch nicht in Frage – und noch weniger, es zu zerstören. Charlottes Rückzug war zu einem finanziellen Risiko geworden – sie verlor vor lauter Angst den klaren Blick. Nicht *er* war es, der Angst hatte – auch wenn es sich einen Moment lang so angefühlt hatte. *Sie* war es! Seine Angst galt dem Verlust von *Habitat Zero*, die Angst darum hatte seine Finger zittern lassen, nicht wie bei ihr die Angst vor den Geschehnissen in *Habitat Zero*, nicht die Angst vor Muths Experiment.

Und wie könnte es denn ein Fluch sein, wenn es doch ein Segen war, eine Gnade für alle Menschen, die diese wissenschaftliche Entwicklung miterleben durften. Warum aber war Charlotte bereit, alles zu opfern? Was wusste sie, was er nicht wusste?

Grothes Gedanken drehten sich im Kreis. Was tun? Grothe traf einen raschen Entschluss. Er war sehr wohl ein Mann der Tat!

♦

Natascha platzte gleich vor Anspannung. »Was ist denn nun die dritte Komponente? Was spielt noch mit rein?«

Frøseth setzte betont langsam zum Reden an. »Ein neues, nie dagewesenes Medikament, ein Psychopharmakon mit hoher Wirksamkeit. Ein Mittel, das völlig anders als alles wirkt, das bisher auf dem Markt ist, und die Gehirnaktivität in wenig erforschten und kaum verstandenen Arealen des Gehirns auf eine Art und Weise beeinflusst, wie ich es nie für möglich gehalten hätte. Eine pharmazeutische Sensation! Es beeinflusst die Emotionen des Patienten mit einer bisher unerreichten Intensität, in welche Richtung auch immer…«

»Hat das mit den Spiegelneuronen zu tun?«

Frøseth sah Natascha überrascht an. »Ja, das hat es. Auch.«

»Für welches Pharmaunternehmen war Muth tätig?« Einmal mehr zückte sie ihren Notizblock.

»Moment.« Frøseth klickte ein paar Mal auf die Tastatur und scrollte hoch und runter. »Ah, hier ist es«, sagte er dann. »Nach diesen Aufzeichnungen war es *Kampa New Human.*«

»Sagt mir nichts.« Natascha notierte sich den Namen.

»Leon hat hier«, Frøseth tippte mit dem Zeigefinger auf den USB-Stick, der im Notebook steckte, »aber nicht nur die Ergebnisse seiner Versuche aufgeführt und wie diese angewendet werden können und bereits auch angewendet wurden. Er hat hier auch seine Vermutungen dargelegt, dass im Hintergrund dieses gesamten Experiments die Fäden bei Leuten zusammenlaufen, in deren Hände die Ergebnisse nie kommen dürfen. Leon befürchtete, dass diese neurologisch-psychologische Wirkungsweise gezielt angewendet werden könnte, um Macht zu erlangen und auszubauen. So eine Macht aber ist in den seltensten Fällen gut, auch nicht in den Händen von Menschen, die vordergründig gut erscheinen. Wir können ja nicht in Menschen hineinsehen. Es gibt so viele Schauspieler, die uns hervorragend blenden und über ihre wahren Motive hinwegtäuschen können«, sagte Frøseth.

»Das Experiment kann außer Kontrolle geraten und uns alle in den Abgrund führen«, warf Natascha ein. »Muth begann also, das alles zu hinterfragen? Darum seine Aufzeichnungen, seine Versteckspiele! Aber eines verstehe ich nicht, eine Sache passt nicht zusammen. Sind Muths Ergebnisse nicht bereits bekannt? Wie sonst würde man die Möglichkeiten schon nutzen? Und wenn er doch selbst

Gewissensbisse bekommen hat, warum hat er nicht alles einfach vernichtet? Warum ließ er das Risiko bestehen, dass seine Aufzeichnungen in falsche Hände fallen? Und warum überhaupt das Versteckspiel, wenn die Ergebnisse doch in gewissen Kreisen bereits angekommen waren und es eigentlich eh zu spät war?«

»Weil Leon ein ganz entscheidender Durchbruch gelungen war. Und *diese* Ergebnisse hatte nur er. Damals hatte er schon Zweifel, er wusste, wenn das in falsche Hände fällt, dann sind die Möglichkeiten noch viel größer, die Veränderungen am Menschen noch weitreichender, die Reizwirkung noch entfesselter!«

»Aber er hätte alles vernichten können! Das macht keinen Sinn…«

»Doch. Vielleicht. In Leons Augen zumindest. Er sah sicherlich das Potenzial einer Anwendung zum Guten, war sich aber unsicher, ob die Zeit überhaupt schon reif dafür war. Er wollte alles vorerst zurückhalten und abwarten, wie die Experimente auf niedrigem Niveau anschlagen würden.«

»Und? Wie sind sie angeschlagen? Wie brisant ist das Material, das er auf dem Stick hinterlassen hat.«

»Keine Ahnung.« Frøseth zuckte mit den Schultern.

»Wie meinen Sie das?« Natascha wurde unruhig. Sie waren dabei, eine der größten wissenschaftlichen Entdeckungen ans Licht zu befördern und einen der größten Wissenschaftsskandale offenzulegen, und nun fehlte das letzte Puzzleteil?

»Leon hat diese Daten woanders deponiert. Wenn die Zeit reif war, würden die richtigen Leute zur richtigen Zeit darauf stoßen und das Richtige damit tun – oder es lassen, je nachdem.«

»Sie scherzen!«

»Ein zusätzlicher Sicherheitsmechanismus, um etwas zu verbergen, von dem er selbst nicht sicher war, ob er es zugänglich machen sollte oder nicht. Vielleicht war er zwiegespalten. Schizophren? Ich werde einfach nicht schlau aus ihm. Vielleicht deponierte er erst mal die eine Hälfte und hatte die Absicht, sich später um den Rest der Aufzeichnungen zu kümmern.« Frøseth zuckte ratlos mit den Schultern. »Das könnte passen. Immerhin war er phasenweise in dem Habitat in der Ostsee. Vielleicht hatte er die Ergebnisse dort. Apropos Unterwasser-Stationen – die spielten bei den Versuchen eine entscheidende Rolle. Die Isolation der Probanden scheint im Hinblick auf die emotionalen Veränderungen überdurchschnittlich stark ins Gewicht zu fallen. Wie auch immer – Leon verbrachte zuletzt viel Zeit dort, unter Wasser. Die Aufzeichnungen könnten dort sein.«

»Nein, dort können sie nicht sein«, widersprach Natascha. »Sonst hätten seine Kollegen die doch damals bereits in die Hände bekommen.«

»Es sei denn«, schaltete sich Jennifer ein, »Muth hat die Ergebnisse nicht irgendwo *im* Labor versteckt, sondern außerhalb – irgendwo auf dem Meeresgrund.« Jennifer blickte Natascha eindringlich an. »Wenn unter Wasser an verschiedenen Stellen Kompressor-Stationen aufgebaut, also Atemgasvorräte deponiert sind, kann man Tauchgänge von einem Habitat ziemlich weit ausdehnen und bis zu neun Stunden oder mehr tauchen. Mit Unterwasser-Scootern kann man ordentliche Strecken zurücklegen. Das Gebiet, in dem Muth etwas deponiert haben könnte, wäre schwer einzugrenzen. Vielleicht hat er geglaubt, dass er eines Tages wieder zu dem Versteck kommt...«

Natascha sah Jennifer ungläubig an. »Aber wie sollen Daten, egal ob auf Papier oder digital, unter Wasser überdauern, und sei es auch nur für ein paar Tage?«

»Muth könnte einen wasser- und druckdichten Behälter verwendet haben. Eine wasserdruckfeste Zeitkapsel zum Beispiel, die gibt es. Könnte sein, dass sie dort unten eh solche Teile hatten, um was auch immer hineinzutun und anderen zu hinterlassen.«

»Jennifer, du bist genial!« Die Freude währte aber nur einen Augenblick. Der Kreis schloss sich auf beunruhigende Weise. Hatte sie sich soeben noch gewünscht, auf der richtigen Fährte zu sein, wünschte sie nun, sie und ihre Freunde wären nie in die Sache hineingeschlittert.

»*Sub Search*! Frank!«

»Wie bitte?« Frøseth verstand nicht – wie auch, noch war Natascha ihm mindestens eine Erklärung schuldig geblieben.

»Wir müssen sofort los! Wir erklären Ihnen das unterwegs! Sie kommen doch mit, oder?« Ohne seine Antwort abzuwarten, lief sie Richtung Gästezimmer. »Unsere Kleinen müssen im Auto weiterschlafen. Packen Sie ein paar Sachen ein, Professor, wir fahren an die Ostsee!«, rief Natascha über ihre Schulter.

»Jetzt mal langsam, das geht nicht! Ich muss morgen –«

Natascha hielt in ihrer Bewegung inne: »Ich glaube, ich weiß, wo der zweite Teil von Muths Forschungsaufzeichnungen ist. Wenn wir sie nicht in die Hände bekommen, dann die Leute, vor denen Muth Angst hatte. Und wie es aussieht, kann das schon bald der Fall sein. Wenn es nicht bereits zu spät ist…« Sie legte eine rhetorische Pause ein. »Also?«

»Wir sollten zur Polizei gehen. Immerhin geht es um nicht genehmigte Forschungsarbeiten. Man wird uns anhören!«

»Bis der Apparat anläuft – und wenn man uns nicht ohnehin für völlig übergeschnappt hält und wieder nach Hause schickt – ist es aber dann zu spät! Also?«

Frøseth zog den USB-Stick aus dem Notebook und gab ihn Natascha.

»Hier. Der Inhalt ist auch auf meinem Notebook. Wir haben wenigstens eine Sicherung. Nehmen Sie den Stick. Beide Datenträger getrennt aufzubewahren, ist sicherer. Ich hoffe, wir tun das Richtige.«

♦

Grothe hatte sich tatsächlich bereiterklärt, Frank Zugang zu *Habitat* Zero zu gewähren – der Unterwasserstation, die seit über sieben Jahren stillgelegt war. Er hatte allerdings darauf bestanden, Frank zu begleiten. Fast mehr noch als die unerwartete Erlaubnis, *Habitat Zero* aufsuchen zu dürfen, überraschte Frank der plötzliche Sinneswandel Grothes bezüglich der Suchexpedition nach dem ominösen Objekt, um das er bisher so ein Geheimnis gemacht hatte. Er hatte Frank zugesichert, ihn nun doch aufzuklären, was genau er bei der Bergungsexpedition eigentlich finden sollte und warum dieses Objekt derart wichtig war. Mit Grothes Geheimniskrämerei sollte es also ein Ende haben. Gut!

Frank war gespannt, was Grothe ihm auftischen würde. Warum der es plötzlich so eilig hatte, dass er noch vor Anbruch des Tages an seine Kabine klopfte? Es versprach spannend zu werden.

Frank spähte durch die zehn Zentimeter dicken, wasserdruckfesten Scheiben des U-Bootes, mit dem sie soeben durch die dunkle Ostsee glitten. Mit einem Male wandte er sich irritiert zu Grothe um. »Das Habitat wird mit Strom versorgt?« Das U-Boot hatte sich der Unterwasser-Station genähert – diese war keineswegs stockdunkel.

»Es ist nicht stillgelegt. Ganz im Gegenteil.«

»Was soll das heißen?«

»Es läuft auf Hochtouren. Es war nie außer Betrieb.«

»Sie schulden mir ein paar Erklärungen.«

»Dafür sind wir hier. Geduld.«

Frank starrte auf das Habitat. Einmal mehr dachte er, dass diese Konstrukte irgendwie aussahen wie im Meer versunkene Ufos.

Das U-Boot von *Sub Search* dockte am *Habitat Zero* an. Einige Minuten später hatten Frank und Grothe die Druckkammern passiert. Der Pilot blieb in dem kleinen U-Boot und wartete dort. Grothe deutete Frank mitzukommen. »Hier herrscht nahezu derselbe Druck wie an der Oberfläche oder im U-Boot auch. Wir brauchen nachher nicht zu dekomprimieren, denn wir sättigen uns nicht mit Stickstoff auf.«

»Dann haben Sie keine Leute hier unten?«

»Doch. Aber sie *tauchen* nicht. Sie verlassen das Habitat nicht. Sie sind vom ersten bis zum letzten Tag ihres Aufenthalts keinem höheren Umgebungsdruck als an Land ausgesetzt. Wenn sie hier unten sind, ist es nicht anders für ihren Körper, als wenn sie in einem Labor an Land wären. Kommen Sie!« Er schritt zügig vorwärts.

Habitat Zero war viel größer als jede Unterwasser-Station, die Frank je gesehen hatte, und trotzdem so klein, dass sie nicht allzu lange benötigen würden, um das Innere zu erkunden.

Frank staunte über die Sicherheitsmaßnahmen, die sie zu überwinden hatten, um eine Tür nach der anderen zu öffnen. »Erwarten Sie ungebetene Gäste?« Er versuchte erst gar nicht, seinen Argwohn zu verbergen. »Was geht hier unten vor?«

»Geduld.« Einmal mehr legte Grothe seine Hand auf einen Sensor, der offensichtlich Fingerabdrücke abglich. Dann hielt er sein linkes Auge vor eine Linse und gab schließlich einen Code ein.

»Was machen Sie, wenn Ihnen jemand die Hand abschneidet und gleichzeitig Ihr Auge herausreißt? Sie sollten mal über anständige Sicherheitsmaßnahmen nachdenken«, stichelte Frank. »Die Sache hier stinkt gewaltig! Was haben Sie zu verbergen?!«

»Sehen Sie selbst!« Grothe trat einen Schritt zurück. »Nach Ihnen…« In dem Moment öffnete sich der Zugang zum Zentrum des Habitats.

♦

»Ich bin endlich an da Silvas Hotel.« Groll lag in der Stimme des Mannes – Legion. Mitten in der Nacht war er wegen einer Vollsperrung in einem Stau steckengeblieben. Das hatte er noch nicht erlebt… »Sie ist gerade angekommen, wo auch immer sie die ganze Nacht gesteckt hat. Ihr Mietwagen fuhr eben in die Tiefgarage des Hotels.« Eine kurze Pause. Dann: »Es wird bald hell, das erschwert die Sache. Wie soll ich vorgehen?«

Legion ließ das Hotel nicht aus den Augen. Wenn er Glück hatte, würde in einem Zimmer zur Straßenseite gleich das Licht angehen, die Chance war groß, dass es eines der Zimmer war, das die beiden Frauen mit ihren Kindern genommen hatten. Das Zimmer dann letztlich zu finden ermöglichte ihm der Raumverteilungsplan auf den einzelnen Etagen.

Er hatte die Order, da Silva zu eliminieren. Das würde er auch tun. Allerdings nicht um jeden Preis. Außerdem war sie von ihren Begleitern umgeben und nicht allein. Er musste den richtigen Moment abpassen.

»Tun Sie es, ich gebe Ihnen freie Hand. Ich bin mir sicher, Sie erledigen das wie immer. Gehen Sie einen Gang runter, Sie haben genug für uns getan. Diese Sache können Sie als Vergnügen zwischendurch ansehen! Stellen Sie aber sicher, dass sie keine Informationen mit ins Grab nimmt, die für uns wichtig wären! Und stellen Sie vor allem sicher, dass nichts in falsche Hände gelangt! Und dann schalten Sie sie aus! Viel Vergnügen, Legion!«

»Ich warte auf den passenden Moment, Zeugen brauchen wir keine.«

»Dann hinterlassen Sie keine.« Gabor hatte aufgelegt.

♦

Natascha lenkte den Wagen in die untere Ebene der Tiefgarage des Hotels, in dem sie, Jennifer und die beiden

Kinder seit ihrer Ankunft am Nachmittag des Vortags in Hannover zu Gast waren. Unwillig war sie noch einmal hierher zurückgekehrt. Aufgedreht – von Müdigkeit keine Spur, trotz der schlaflosen Nacht.

Jetzt war es vier Uhr morgens und sie hatten es geschafft, die Kinder ins Auto zu tragen, ohne dass sie wach wurden. Viel lieber wäre sie direkt zur Ostsee durchgebrettert. Doch zum einen hatten sie noch Sachen hier, die sie holen wollten, zum anderen war es finanziell nicht vertretbar, das Hotelzimmer weiter zu bezahlen, ohne es zu nutzen. Wer weiß, wann sie von der Ostsee zurückkommen würden, besser sie checkten nach dieser ersten Nacht gleich jetzt am Morgen aus. Sie würde mit der Spesenabrechnung sowieso Ärger bekommen. Und sie hatte schon genug am Hals.

Die Redaktion! Natascha hatte ihre Freiheiten extrem ausgereizt. Sie musste sich unbedingt melden, am besten gleich oben vom Zimmer aus, nach einer Tasse Kaffee und einem kurzen Frühstück, für das sie zwar eigentlich keine Zeit hatte, das aber sein musste, besonders der Kinder wegen, die brauchten etwas Ordentliches im Magen, und den Erwachsenen würde es auch nicht schaden. Ab sechs Uhr dreißig würde es Frühstück geben, bis dahin mussten sie warten. Zumal Jennifer vor ein paar Minuten endlich eine E-Mail von Frank erhalten hatte. Er würde noch vor Sonnenaufgang unter Wasser sein. Wie lange er nicht erreichbar sein würde, wusste er nicht. Es gehe ihm gut und sie solle sich keine Sorgen machen, wenn er sich nur sporadisch melde, es sei den Abläufen vor Ort geschuldet. Frank war also auf See – oder besser gesagt in Kürze in der See. Bei *Sub Search* an Land würden sie ihn in den nächsten Stunden ohnehin nicht antreffen, es kam auf eine Stunde also auch nicht an. Jennifer hatte Frank ihren Besuch angekündigt – was sich hoffentlich nicht als Fehler erweisen würde. Doch sie hatte ja geschrieben, er solle es für sich behalten. Erreicht hatte ihn die Mail wohl nicht mehr, sonst hätte er noch geantwortet, so gut kannte sie Frank.

Wenn sie nach der ersten Erregung mit etwas Abstand auf die Vorgänge blickte, kam sie zu dem Schluss, dass es keinen Grund gab, sich zu verhalten, als käme es auf jede Sekunde an.... Es war Eile geboten – sicher. Und es gab Grund zur Sorge – ja. Aber Panik? Die war wohl eher nicht nötig, zumal sowieso unsicher war, ob sie im Hauptquartier von *Sub Search* überhaupt einen Termin bekommen würden und ob sie Frank treffen, geschweige denn irgendwo vor der Küste zu ihm auf das Schiff gebracht würden. Vielleicht Jennifer und Eric als seine Familie. Aber sie und Frøseth? Doch wenn Frank ständig offline und ohne Funk war, wie sollten sie ihn erreichen und von ihren Entdeckungen berichten? Alle Mutmaßungen und Verdächtigungen per Mail zu kommunizieren, das fanden weder Natascha noch Jennifer sinnvoll. Sollten sie doch die Behörden einschalten? Aber was hatten sie in der Hand? Und die Bomben-Story? Natascha überlegte, ob es vielleicht besser wäre, wenn Jennifer allein bei *Sub Search* auftauchen würde und sie selbst mit den Kindern und Frøseth zurückbliebe.

Die Kinder... Bisher fanden sie die ganze Rumreiserei besser als den Kindergarten und hatten Spaß. Für sie war es ein aufregendes Abenteuer, mit ihren Müttern ständig an neue Orte zu fahren, und dazwischen ließen sie sich mit Hörbüchern bei Laune halten. Aber war es okay, die Kinder überallhin mitzuschleppen? Wie lange würde das gutgehen? Früher oder später würden sie wieder mit ihren Freunden spielen wollen.

Der Kindergarten! Mist! Sie musste auch da anrufen, denn eigentlich erwartete man Lea inzwischen wieder zurück. Das Telefonat durfte sie nachher auf keinen Fall vergessen!

An all diese Dinge hatte sie zuletzt gar nicht gedacht. Sie war dabei, ihre elementaren Pflichten zu verletzen, ihre Verlässlichkeit bröckelte, sei es dem Arbeitgeber, dem Kindergarten oder anderen gegenüber. Und das nur, weil sie sich so in die Sache verrannte! Und warum? Der Karriere wegen!

Balder! Ihr Redaktionsleiter! Ihn hatte sie seit Tagen erfolgreich verdrängt – nun aber drängelte sich der Kerl wieder zwischen ihre Ohren. Sie durfte sich nicht noch mehr zuschulden kommen lassen, sie musste einen kurzen Zwischenbericht abliefern, ankündigen, dass sie in Kürze wieder da wäre, und erklären, warum sie sich so zurückgezogen hatte – ohne zu viel preiszugeben. Nicht dass diese Vivian die Story als ihre verkaufte oder Balder höchstpersönlich als seine und sie wieder leer ausging. Denen traute sie inzwischen alles zu!

Da war sie wieder – diese Wut! Die Wut, die sie hierhergebracht und sie überhaupt erst in Zugzwang gebracht hatte, diese Reportage zu schreiben, die ultimative Story zu liefern – koste es, was es wolle.

Sie hatte Angst, ihren Hintern retten zu müssen. Den Hintern, den sie sich für diese Redaktion seit so vielen Jahre aufgerissen und in den Balder als Dank getreten hatte – trotz der Loyalität, die sie oft genug bewiesen hatte, auch dadurch, dass sie lukrative Angebote ausgeschlagen hatte.

Was hatte sie jetzt davon? Existenzangst! Die Angst, ihren Job zu verlieren. Die Angst, dass ihr ganzes Leben um sie herum auseinanderbrechen würde und sie nach dem Verlust der Partnerschaft auch noch den ihres Jobs würde einstecken müssen, als Lohn dafür, dass sich in den letzten Jahren nahezu alles um ihren Job gedreht hatte. Ihren Job, wegen dem sie nicht zuletzt fast alle ihre sozialen Kontakte hatte schleifen lassen – so sehr, dass sie, würde ihr Leben nun vollends den Bach runtergehen, ziemlich allein dastehen würde – von Jennifer und Frank auf Mallorca mal abgesehen. Ihr Auffangnetz war klein – nicht nur, was mentale Stützen anging, sondern auch die finanziellen – und die würde sie brauchen, sollte sie auch nur einen Monat ohne Gehalt bleiben. Sie hatte sich abgerackert – und jetzt würde sie ausgemustert werden, womöglich sogar gegen dieses Junggemüse, das sich »hochgearbeitet« hatte. War es das alles wert?

Schon vor Leas Geburt hatte sich ständig alles um ihren Job gedreht. Vielleicht war sie an der Affäre ihres Ex-Mannes auch nicht ganz unschuldig. Alles hatte sich doch schon damals ständig um ihre Reportagen gedreht, und eigentlich drehte sie sich nur um sich selbst. Damals – und heute erst recht. Sie war keinen Deut besser als all die anderen, über die sie sich ständig so aufregte.

Natascha bekam ein schlechtes Gewissen – plötzlich fand sie ihr Verhalten egoistisch und außerdem noch riskant. Was, wenn hinter alledem gefährliche Leute steckten? Sie dachte an den Einbruch, bei dem zwar nichts gestohlen, aber eine unmissverständliche Botschaft hinterlassen worden war. Sie würde mit Jennifer beim Frühstück darüber reden…

Kurz darauf waren Natascha und Lea in dem einen und Jennifer und Eric in dem anderen Zimmer, sie machten sich frisch und packten zusammen. Frøseth wartete in einem ruhigen Eck im Hotel auf die vier. Während sie die wenigen Habseligkeiten in ihre Taschen räumte, sortierte Natascha ihre Gedanken oder versuchte es zumindest. Viele kleine Puzzleteile schwirrten durch ihren Kopf und wollten zu einem stimmigen Ganzen zusammengesetzt werden. Dann stoppte ihre Gedankenabfolge bei den Postkarten. Ihr kam das kleine, kaum lesbare Logo auf der Karte in Frøseths Büro in den Sinn, das hatte sie bis jetzt ganz vergessen.

»Ich bin gleich wieder da, Schatz«, Natascha strich Lea über den Kopf, die wieder einmal in ein Hörbuch vertieft war, während sie gleichzeitig ein Bilderbuch durchblätterte. *Multitasking,* dachte Natascha und musste schmunzeln. Sie überprüfte noch kurz die Fenster – sie waren von der nur auf Kipp stellbaren Sorte, wie so oft in Hotels, aus Sicherheitsgründen. »Ich hole nur kurz was bei Professor Frøseth ein Stock tiefer. Bin gleich wieder da.«

Lea nickte.

Natascha eilte zu Frøseth – vielmehr dorthin, wo sie ihn vermutete. Er war nicht da – nicht mehr. Sie eilte um die Ecke des Foyers und suchte überall nach ihm. Nichts. So lange wollte sie Lea gar nicht allein lassen – nicht, dass Lea nicht brav auf Mama warten würde. Das tat sie immer. Aber dennoch, Natascha fühlte sich einfach nicht wohl damit, ihr Kind unbeaufsichtigt, geschweige denn allein zu lassen. Natascha wollte gerade wieder zur Treppe – Aufzüge nahm sie selten, schon gar nicht für ein Stockwerk, Jeder-Schritt-hält-fit war ihr Motto. Da kam Frøseth um die Ecke.

»Wo waren Sie denn?« Natascha lief ihm entgegen.

»Nur auf der Toilette. Warum?« Verdutzt blickte er sie an.

Sie rang nach Worten und musste einen Augenblick innehalten, sie hatte zuvor gar nicht bemerkt, wie erschöpft sie war.

»Alles in Ordnung?« Frøseth legte die Hand auf ihren Oberarm.

Sie ließ die vertraute Geste zu. »Ja. Entschuldigen Sie bitte, wie es scheint, bin ich ein bisschen mit den Nerven durch. Gestresst hoch zehn…«

»Schon gut«, Frøseth lächelte. »Was gibt es denn?«

»Ich wollte mir nur mal kurz die Karte ansehen, jene, die Muth Ihnen gesendet hatte. Würden Sie mir die bitte kurz zeigen?«

Frøseth griff in sein Jackett. »Hier.«

»Danke.« Natascha griff sich die Karte. Sie schaute auf das kleine Logo, dabei kniff sie angestrengt die Augen zusammen. »Ich sollte mir endlich die verschriebene Lesebrille vom Optiker holen!« Sie hob die Brauen. »Würden Sie vielleicht mal.« Sie deutete auf das kleine Symbol am Rand der Kartenseite, auf der die Maske abgebildet war. »Mit Brille, meine ich. Ich habe ja keine. Können Sie das Logo erkennen?« Sie tippte auf die Stelle. »Das ist wohl die Beschriftung des Herstellers, oder? Oder eine Art Copyright-Symbol? Was genau ist da abgebildet? Es ist so unscharf.«

»So genau habe ich mir die Karte gar nicht angeschaut«, sagte Frøseth. Er nahm sie wieder an sich. Dann blickte er fokussiert auf die Stelle und drehte die Karte ein wenig hin und her, als suche er die bestmöglichen Lichtverhältnisse der Deckenstrahler »Ich werde verrückt…« Er ließ die Hand, die die Karte hielt, sinken. Perplex blickte er Natascha an. »Es ist das Logo des Transhumanismus. Na ja, nicht wirklich. Aber irgendwie schon. Muth hat das Logo der transhumanistischen Bewegung etwas verändert. Oder besser gesagt: Er hat es ganz entscheidend verändert. Zumindest wenn man berücksichtigt, welcher Fährte wir folgen. Normalerweise ist –«

»Professor!«, rief sie.

»Kommen Sie mit!«

»Wohin?« Sie starrte ihn ratlos an.

»Zur Rezeption. Ich brauche Stift und Papier.«

»Bei mir im Zimmer. Lea. Ich bin bereits zu lange weg.«

»Ach ja, sicher, verstehe. Kommen Sie!« Er ging zum Fahrstuhl.

»Zu Fuß. Mein Zimmer ist gleich im ersten Stock.«

Kurz darauf schloss Natascha das Zimmer auf. »Lea, mein Schatz, ich bin wieder da!« Sie ging hinein und deutete Frøseth, ihr zu folgen. Sie schloss die Tür hinter sich.

»Lea?«

Keine Antwort.

»Lea?«

Stille.

Natascha öffnete die Tür zum Bad – Lea war nicht da. Sie bückte sich, um unters Bett zu schauen. Nichts als ein paar Staubflusen.

»Lea!«

Natascha riss die Tür auf und stürmte in den Gang, Frøseth hinterher. Sie rannte aufgeregt von links nach rechts und schrie: »Wie konnte ich sie nur allein im Zimmer lassen! Das mache ich doch sonst nicht!« Ihre Unruhe steigerte sich, ihr wurde übel. Sie versuchte sich zu beruhigen, durchzuatmen, nicht gleich an das Schlimmste zu denken. Sie rannte den Quergang der Etage entlang. Auch hier nichts. Der Ausgang zu Feuerleiter! Sie wird doch nicht… Sie riss die Tür auf, schaute hinunter in den Hof – nichts.

»Lea!« Natascha schrie, so laut sie konnte. »Lea!« Aus Unruhe wurde Angst.

Frøseth versuchte, sie zu beruhigen. »Sie wird schon irgendwo sein. Kommen Sie, wir teilen uns auf, Sie nehmen die nächsten drei Stockwerke. Ich fahre mit dem Fahrstuhl nach ganz oben und gehe dann von oben nach unten ein Stockwerk nach dem anderen durch. In welcher Etage wohnt Ihre Freundin mit Eric?«

»In der sechsten.« Natascha schossen Tränen in die Augen. Sie konnte nicht anders. Sie hatte Lea niemals aus den Augen verloren, nicht einmal in einem überfüllten Kaufhaus – nie! Und jetzt das! Die Vorwürfe überfielen sie und erdrückten sie fast.

»Holen Sie sie! Wir brauchen sie zum Suchen!«

»Okay«, stammelte Natascha. »Ich schaue aber erst schnell die ersten Stockwerke durch. Ich lande dann in Kürze eh im sechsten.«

»Machen Sie das!« Frøseth legte Natascha beruhigend eine Hand auf die Schulter. »Sie wird nicht weit sein, wir finden sie gleich!«

»Vielleicht sollten Sie statt nach oben lieber runter ins Foyer. Nicht, dass sie uns durch die Lappen geht und unten herumrennt und womöglich irgendwann rausgeht.« Das Hotel lag an einer vielbefahrenen Straße. »Vielleicht hat sie schon unten herumgerufen, während ich Sie vorhin gesucht habe.« Die Idee kam Natascha erst jetzt.

Frøseth überlegte kurz. »Gut, ich gehe nach unten statt hoch. Es ist eh besser, wenn wir gleich die Rezeption informieren. Die können einerseits ein Auge offenhalten, andererseits vielleicht eine Handvoll Leute zum Suchen zur Verfügung stellen. Das Hotel ist groß.«

Natascha rannte los und nahm mit jedem Schritt zwei Stufen auf einmal nach oben. In jedem Stockwerk rannte sie die beiden Gänge entlang. Sie bog immer erst von der Treppe aus nach links ab, rannte dann zurück, um danach den Gang nach rechts abzulaufen, um noch um die Ecke zu schauen, da jeder Gang nochmals ums Eck verlief.

Lea war folgsam, sie wusste, dass sie nicht einfach loslaufen durfte. Der Gedanke – dass Lea das nicht tun würde, zumal sie so in ihr Buch vertieft gewesen war, sprach gegen ein eigenmächtiges Verlassen des Zimmers.

Mist! Wie habe ich so leichtsinnig sein können?!

Plötzlich schossen ihr erschreckende Bilder und Zeitungsberichte über entführte Kinder in den Kopf, sie konnte nichts dagegen tun. Was, wenn jemand geklopft und Lea vertrauensvoll geöffnet hatte?! Jetzt schossen Natascha die Tränen übers Gesicht. Sie rannte hoch in den fünften Stock.

»Lea! L-E-A!«

♦

Der Anblick überwältigte Frank. Wortlos verharrte er neben Grothe und ließ die Szenerie auf sich wirken. Der zentrale Bereich des Habitats war ein großer Raum, rund in der Form, etwa fünfzehn Meter im Durchmesser und hochmodern eingerichtet mit Rechnern, Schalttafeln und zahllosen Gerätschaften, die Frank auf den ersten Blick nicht einordnen konnte. Hochmoderne Maschinen wie aus einer anderen Welt. In der Mitte des Raumes angelangt, drehte Frank sich einmal um die eigene Achse. Die Technik nahm den gesamten Raum ein, alle paar Meter ein Arbeitsplatz, ein jeder davon besetzt mit Mitarbeitern in Arbeitskleidung.

»Was…?« Irritiert brach Frank seine Frage ab. Er drehte sich nochmals nach links und dann erneut nach rechts, um in einem zweiten Versuch, diesmal aber nur im Halbrundblick, alles einzufangen. »Das ist… was… Sie…?«

Eine Tür glitt auf. Ein Mann in weißem Kittel betrat den Raum.

»Darf ich Ihnen Professor Lucas Dwyer vorstellen. Er leitet *Habitat Zero*, seit es außer Betrieb ist.« Grothe lächelte.

»Guten Tag, Sie wurden mir bereits angekündigt.« Der Wissenschaftler streckte Frank die Hand entgegen. Er sprach fehlerloses Deutsch, aber mit amerikanischem Akzent.

Frank ergriff die Hand. »Ich bin gespannt, was Sie mir zu erzählen haben.« Langsam fand Frank wieder zu sich, konnte aber noch immer nicht fassen, was das für eine Einrichtung hier unter Wasser war, verborgen von der Welt, verborgen für die Welt. »Was auch immer hier unten gearbeitet wird – es muss Unsummen verschlingen. Auch auf die Erklärung bin ich gespannt.« Dabei sah er Grothe auffordernd an. »Allein den Strom für hochleistungsstarke Geräte bereitzustellen und bis hier unten zu verlegen, muss Millionen verschlungen haben – Millionen, von denen ich nichts gelesen habe, Herr Grothe.«

»Sie haben unsere Labors noch nicht gesehen«, warf Dwyer ein. Er klang stolz, als freue er sich, dass Frank das Ausmaß dessen, was er hier zu erfassen versuchte, nicht im Ansatz abzuschätzen vermochte.

Grothes Blick hingegen drückte eher etwas wie Unwohlsein aus. »Wir werden darüber reden.« Er zögerte kurz, dann sagte er: »Tatsächlich *verschlingt* das ganze Projekt – besser gesagt: die Projekte, die aber letztlich alle zusammenhängen und ein gemeinsames Ziel anstreben – nicht nur Millionen. Wir reden hier von Milliarden, Dr. Stebe! Aber unseren Investoren aber ist es das wert – und zu Recht, wie Sie heute sehen werden!« Der Gesichtsausdruck, des *Sub Search*-CEO, der mit jedem Tag zwiespältiger auf Frank wirkte, nahm nun wieder die selbstsichere Variante an.

Wie hatte er sich nur mit diesem Mann einlassen können? Wahrscheinlich war Grothe selbst nur Spielball von anderen, die viel mächtiger waren. Frank ließ den Blick ein drittes Mal ungläubig durch den Raum schweifen. »Ich komme mir vor, als stehe ich auf der Kommandobrücke von *Raumschiff Enterprise*. Ich kenne mich mit *Star Trek* wenig aus und bin kein Fan, also gewiss kein Trekkie – aber ein besserer Vergleich fällt mir gerade nicht ein. Was zum Geier machen Sie hier unten?! Und warum hier unten und nicht an Land?«

»Kommen Sie mit!« Grothe gab Dwyer ein Zeichen. Der nickte und ging los. Dann deutete Grothe Frank an vorauszugehen, also folgte Frank dem Amerikaner, etwas zögerlich zuerst, dann zielstrebiger. Ihm hinterher Grothe. Eine Tür schloss sich hinter ihnen, eine andere öffnete sich vor ihnen. Ein Dutzend Männer und Frauen saßen an ihren Arbeitsplätzen. Sie sahen nur kurz auf, grüßten mit einem flüchtigen Nicken und widmeten sich dann wieder ihren Aufgaben vor Computern und Unterlagen.

»Unsere Probanden«, stellte Grothe die Leute vor. »Ein Bruchteil davon, also nur die Teilnehmer, die sich aktuell unter Wasser befinden. Die meiste Zeit des Jahres verbringen sie natürlich in ihrem natürlichen Alltag an Land – so wie hunderte andere Ex-Probanden aus *Habitat Zero* in diesem Moment.«

»Hunderte?!« Frank glaubte, sich verhört zu haben.

»Selbstverständlich. Wir wollen ja repräsentativ vorgehen. Wir haben inzwischen mehrere hundert dort draußen, weltweit.« Wieder dieses nur angedeutete Lächeln Grothes, das Frank inzwischen mehr und mehr auf den Wecker ging.

»An was arbeiten Sie *wirklich*?« Frank war es leid, hingehalten zu werden.

»Ich darf Sie an Ihre Geheimhaltungserklärung erinnern. Und auch an Ihre Zusage, dass Sie uns helfen, das verschollene Objekt zu finden – als Gegenleistung dafür, dass ich Sie hiermit in eine andere Kompetenzstufe versetze.« Grothe machte eine ausladende Bewegung mit den Armen. »Sie gehören damit einem überschaubaren Kreis von Personen an. Sie sollten das zu schätzen wissen. Ohnehin werden Sie aber nicht auf die Idee kommen, irgendetwas hinauszuposaunen – nicht nachdem ich Ihnen gesagt habe, wie und wo die Fäden zusammenlaufen und um was es wirklich geht.«

»Ich höre?!« Frank blickte Grothe fest an.

»Kommen Sie, wir gehen ins Büro.«

Zwei Minuten später saßen Frank, Grothe und Dwyer am Tisch in dem Raum, den Grothe als Büro bezeichnete. Frank fand, dass es mehr eine Kommandozentrale in Miniaturausgabe war. Wie war es möglich gewesen, nicht nur wenige Meter vor der Küste, sondern weit draußen unterseeisch eine derart zuverlässige und hochleistungsstarke Strom- und Internetversorgung herzustellen? Wann und wie hatte man das verwirklicht, die Stromleitungen verlegt, die komplette Versorgungsinfrastruktur geschaffen? Und vor allem: wer finanzierte diesen Spaß? Und was wurde im Endeffekt mit alledem bezweckt? Und wie hatte man dafür gesorgt, dass aus dem Gebiet um das Habitat über- und unterseeisch eine Sperrgebietszone wurde?

Als habe Grothe Franks Gedanken gelesen, begann er zu erläutern: »Wir forschen seit Jahren in verschiedenen wissenschaftlichen Bereichen, die alle dasselbe Ziel haben: Die Optimierung der menschlichen Spezies. Entsprechend fließen Fördergelder von vielen unterschiedlichen Stellen.« Grothe hielt kurz inne. »Wollen Sie etwas trinken, Dr. Stebe?« Er zeigte auf die Gläser.

»Spezies«... Den Menschen so zu beschreiben, war Frank schon immer ein Dorn im Auge und das Wort ihm zuwider. Er glaubte auch nicht an die Evolutionstheorie oder dass der Mensch nur ein höher entwickeltes Tier wäre.

Schon als Schüler hatte es ihn geärgert, dass eine Theorie in Schulbüchern als erwiesene Tatsache verkauft wurde, ohne irgendeine Alternative zuzulassen. Mit welchem Recht ließ man jungen Menschen nicht erstmal die Wahl, selbst herauszufinden, was sie für überzeugender hielten, ob sie an einen Urknall, die Evolution oder die Thesen Darwins über die Selektion aufgrund der Durchsetzung des Stärkeren glaubten – oder aber an einen Schöpfungsakt, daran, dass hinter alldem ein unvorstellbarer Gestalter stand? Beweisen ließ sich weder das eine noch das andere. Schon als Kind hatte Frank über die Komplexität des Weltalls und des Lebens gestaunt, über die Präzision der Naturgesetze, die hinter allem steckten und in allem wirkten – er konnte nicht glauben, dass sich das alles zufällig aus einer Ursuppe heraus entwickelt haben sollte. »Spezies« aber implizierte eine evolutionsbiologische Annahme, die er persönlich nicht teilte. Aber das war seine ganz persönliche Meinung. Grothes Wortwahl, eine unter Naturwissenschaftlern gemeinhin übliche, war also nicht das, was ihn beschäftigte. Vielmehr erschien Grothe ihm wie ein gewiefter Rhetoriker, der ohne mit der Wimper zu zucken gutheißen würde, dass die Zukunft des Menschen den Alphatieren unter der »Spezies« Mensch gehörte. Und: Grothe hörte sich gerne selber reden. Ein Schwätzer und ein Blender.

»Mir wäre es lieber, Sie kämen auf den Punkt«, antwortete Frank unhöflich. »Sie reden um den heißen Brei. Wissenschaft möchte immer etwas zum Guten wenden, oder etwa nicht? Zumindest wenn die Beweggründe lauter sind. Was sie stets sein sollten. Wie steht es um Ihre? So viel Geheimniskrämerei weckt bei mir Skepsis, was die Motive betrifft. Also, um was genau geht es bei all diesen Forschungen?«

»Ich zähle Ihnen die wissenschaftlichen Bereiche grob auf, die wir bedienen. Und zum Schluss werden Sie sehen, wie alles in nie dagewesener Weise ineinander spielt, für uns als Forscher – und für die Menschheit, die davon profitieren wird.« Grothe schenkte erst Frank, dann Dwyer und danach sich selbst Wasser ein. Er trank einen hastigen Schluck und stellte dann ruckartig das Glas vor sich ab. »Also, lassen Sie mich erläutern, wie alles angefangen hat, und danach zuerst die weniger komplexen Forschungsfelder erklären. Dann erzähle ich Ihnen, an was wir dran sind. *Dran* stimmt nicht ganz. Nicht mehr. Wir haben den Durchbruch geschafft. Unsere Ergebnisse werden den Menschen, die Gesellschaft, die Welt für immer und radikal verändern.«

♦

Außer Atem erreichte Natascha gerade den sechsten Stock. Noch immer rief sie lauthals nach Lea – ein paar Zimmertüren waren deswegen aufgegangen, Hilfe bot aber niemand an außer einem jungem Mann, der einzige, der überhaupt nachfragte, was los sei, und sich dann sofort mit auf die Suche machte; er wollte vom obersten Stockwerk nach unten vorgehen. Mit dem Fahrstuhl fuhr er hinauf, und Natascha rannte weiter.

»Lea!«

Natascha entschied sich wieder zuerst für den linken Gang – dort am Ende des Flurs lag auch Jennifers Zimmer.

Nataschas Rufe waren auch in Jennifers Zimmer nicht ungehört geblieben – noch bevor sie überhaupt in den Gang hineingelaufen war, öffnete sich hinten die Tür von ihrem Zimmer. Jennifer trat hinaus, und wenige Sekunden später erreichte Natascha auch schon das Ende der Ganges und blieb abgehetzt, völlig aufgelöst und tränenverschmiert vor ihrer Freundin stehen.

»Es ist alles gut«, sagte Jennifer. »Wir wollten gerade los, um dich zu suchen und dir Bescheid zu sagen, damit du dir keine Sorgen machst. Komm her!«, Jennifer ging einen Schritt auf Natascha zu, um sie tröstend in den Arm zu nehmen. Doch Natascha stürmte an ihr vorbei ins Zimmer, direkt auf Lea zu, die vergnügt mit Eric spielte.

Sie riss Lea an sich und übersäte sie mit einem Schwall von Küssen, dabei drückte sie sie so fest an sich wie schon lange nicht mehr.

»Aua! Nicht so doll, Mami!«

Sofort lockerte Natascha ihre Umarmung. »Ich habe mir solche Sorgen gemacht, mein Schatz! Ich bin so froh, dass ich dich gefunden habe!«

Lea wischte sich Nataschas Tränen von der Wange, gab ihrer Mama einen dicken Kuss, löste sich vollends aus der Umarmung und drehte sich wieder zu Eric um. Sanft hielt Natascha sie zurück, drehte sie zu sich und sagte: »Tu das bitte nie, nie wieder. Hörst du?! Nie wieder. Mama hat sich schreckliche Sorgen gemacht. Du weißt doch, dass du nicht einfach das Zimmer verlassen sollst. Warum hast du das gemacht?«

Lea zuckte mit den Schultern.

»Mach das bitte nie, nie wieder!« Für einen Moment verstärkte sie den Griff. Nicht so sehr, dass es Lea wehgetan oder ihr Angst gemacht hätte, aber doch genug, um ihren Worten Nachdruck zu verleihen. Zumindest hoffte sie, dass es das bewirkte. Der Schock saß tief. »Versprichst du mir das, mein Schatz?!«

»Ist gut, Mami.« Dann widmete sich Lea wieder Eric.

Natascha wankte rückwärts zur Tür, Lea und Eric im Blick. Ihr Herz klopfte noch immer. Dann fand sie sich in Jennifers Armen wieder und ließ ihren Tränen freien Lauf, Tränen des Schocks, Tränen des Glücks, Tränen der Erleichterung.

»Wir waren gestern mit hier oben«, flüsterte Natascha tränenerstickt, »sie muss sich daran erinnert haben. Die Zahlen auf den Knöpfen kennt sie ja. Sie ist so ein schlaues Mädchen, zum Glück. Sie hätte sonst wo landen können. Das macht sie sonst nie – einfach abhauen, meine ich.«

»Lea sagte, jemand habe sie hergeschickt«, sagte Jennifer leise.

Natascha löste sich aus Jennifers Umarmung und starrte sie ungläubig an. »Hergeschickt? Was meinst Du damit?«

»Na, wie ich es sage. Jemand habe sie aufgefordert, hier zu uns zu kommen.«

»Das ist nicht dein Ernst!«

»Ach, du weißt doch, wie Kinder in dem Alter sind, mit ihrer Phantasie und ihren Geschichten. Natürlich hat sie niemand hergeschickt. Ich wollte nur sagen, sie redet sich das so ein.«

»Und wer soll sie hergeschickt haben?« Natascha ließ nicht locker.

»Jetzt hör doch auf. Sie macht das bestimmt nicht wieder. Es ist ja nochmal gutgegangen. Komm, wir packen zusammen, trinken Kaffee, essen eine Kleinigkeit und fahren los!«

»Okay.« Widerwillig ließ Natascha die Sache auf sich beruhen. »Machen wir.« Doch dann zögerte sie einen Moment. »Kann Lea noch kurz bei dir und Eric bleiben? Ich bin noch völlig von der Rolle. Schau!« Natascha streckte ihre Hände aus – sie zitterten wie Espenlaub. »Ich suche Frøseth und gebe bei der Rezeption Entwarnung. Wir treffen uns in einer halben Stunde im Speisesaal, okay?«

»Okay.«

♦

»Keine Frage, was wir erreicht haben, wird das Leben, wie wir es bisher kannten, *radikal* verändern, Dr. Stebe. Was wir –«

»Wollten Sie nicht loslegen?!« Grothes Geschwafel nervte langsam.

Mit säuerlicher Miene rückte Grothe endlich mit Details heraus: »Angefangen hat alles im Bereich der Neurologie, der Hirnforschung und der psychologischen Verhaltensforschung. Dies war ursprünglich mein Metier. Wir untersuchten die Möglichkeiten subliminaler Reize, also jene nicht bewusst wahrnehmbaren, unbewusst aber sehr wohl wahrgenommenen Botschaften, die technisch vom Sender zum Empfänger transportiert werden. Ich nehme an, Sie haben davon gehört?« Grothe sah Frank fragend an.

»Vage. Und weiter?« Auf was lief das hier hinaus?

»Irgendwann war die Wirkungsweise aufgrund neuer, spezieller, vorher nie dagewesener technischer Verfahren ungeheuer stark – was plötzlich sensationelle Möglichkeiten eröffnete.«

»Sicher nicht nur Möglichkeiten«, entgegnete Frank knapp. »*Wie* wirksam sind diese neuen Wirkungsweisen denn konkret?«

»Nun, natürlich existieren auch gewisse Risiken, keine Frage«, räumte Grothe ein und überging Franks Nachbohren. »Die Erfolge hatten zum einen mit der technisch verbesserten Reizübermittlung zu tun, zum anderen mit der stark erhöhten Empfänglichkeit beim Rezipienten, die wir – und da kommt das zweite Forschungsfeld ins Spiel – zusätzlich medikamentös beeinflussen konnten. Ein pharmazeutisches Unternehmen unterstützte das Experiment im Bereich der Wahrnehmungspsychologie und entwickelte einen neuartigen Wirkstoff, der gezielter und effektiver als je zuvor auf ganz bestimmte Hirnregionen einwirkt. Hirnareale, die bisher nicht einmal ansatzweise pharmazeutisch beeinflusst werden konnten. Diese steuern Denken und Verhalten oder vielmehr die grundlegenden Emotionen, die zusammen mit erlernten Verhaltensmustern die Basis unseres Verhaltens bilden. Letztlich folgen wir alle Mustern, einer Art ›Programm‹, das sich manifestiert. Dem Pharmaunternehmen ging es wie uns allen um den *guten* Zweck. Ja, unsere Forschung dient dem *guten* Zweck – gut durch die Beeinflussung von Emotionen, Fühlen, Denken und Verhalten durch nicht wahrnehmbare Botschaften, um perspektivisch Lösungen für negative Verhaltensmuster zu entwickeln.«

»Ich habe von solchen Versuchen mit subliminalen

Reizen gelesen, wenngleich in einem anderen Zusammenhang. Meist ging es um versteckte Botschaften in der Werbung oder in Filmen. Sogar Kinderfilme standen in dem Verdacht, fragwürdige Inhalte auf nicht wahrnehmbare Weise zu transportierten. Aber da war dann wohl doch nichts dran, wenn ich mich recht erinnere. Zum Glück. Ja, ich habe von diesen Forschungen gehört. Niemals aber davon, dass man dabei die Gehirnfunktion der Probanden zusätzlich medikamentös beeinflusst hätte. Ist dieser Kombi-Versuch überhaupt wissenschaftlich vertretbar? Und rechtlich? Das verzerrt doch alles und macht die Ergebnisse unbrauchbar! Repräsentativ ist dann nichts mehr, weil ja der Mensch außerhalb des Labors diese Medikamente nicht nimmt und auch nicht nehmen wird, zumindest ein psychisch Gesunder nicht. Welche Aussagekraft haben dann die gemessenen Effekte subliminaler Botschaften?«, warf Frank ein.

»Wenn aber jemand verhaltensauffällig und daher behandlungsbedürftig würde und dann das neue Medikament sowie eine technische Therapie verordnet bekäme?«, stellte Grothe trocken in den Raum. »Ist es nicht so, dass extreme Verhaltensänderungen in den vergangenen Jahren in unserer Gesellschaft zugenommen haben? Vielleicht wird man künftig schneller medikamentös eingreifen. Wer definiert denn, ab wann etwas behandlungsbedürftig ist? Da sehe ich für die Zukunft im Gesundheitswesen attraktive Spielräume. Aber um Ihren Einwand aufzugreifen: Es bleibt ja noch die Frage, ob auch gesunde Menschen von unserer Errungenschaft profitieren könnten? Egal wie gut das Psychopharmakon wirkt, nur ein Bruchteil der Menschen käme in den Genuss, sein Inneres mit besseren Programmen zu versorgen, es sei denn, man ließe eines Tages zu, dass auch gesunde Menschen mit dem Medikament ihre Hirnaktivitäten optimieren dürfen, um so ihre Lebensqualität erheblich zu steigern.« Grothe hob entschuldigend die Hände. »Aber all das ist ja nicht, worauf ich hinaus möchte. Nur, so fing hier eben alles an, müssen Sie wissen. Es bildet die Basis unserer Arbeit und hat all das, was inzwischen den Kern unserer Arbeiten ausmacht, überhaupt erst ermöglicht. Ohne diese Anfänge, wären wir wohl nie so weit gekommen. Sie sollen es ja nachher, wenn ich Ihnen offenlege, an was wir *wirklich* arbeiten, auch verstehen, Dr. Stebe. Nicht nur verstehen im rein intellektuellen Sinne, denn das traue ich Ihnen ohne Weiteres zu, Sie sind ein kluger Mann. Nein, verstehen im Sinne von: Es war zwangsläufig die richtige Entscheidung, den Weg so und nicht anders zu gehen. Sie werden uneingeschränkt anerkennen müssen, was wir tun.«

Grothe stand unvermittelt auf, ging zum großen Bullauge an der Wand und tippte energisch auf das dicke Spezialglas. »Hier unten ging es weiter, denn es hatten sich Synergien ergeben. Da draußen«, er tippte nun noch energischer auf das Glas, »in Flora und Fauna der Meere finden sich unendlich viele natürliche Wirkstoffe, größtenteils noch völlig unerforscht. Die fantastischen Möglichkeiten sind oftmals nicht einmal im Ansatz bekannt. Wir gingen daher Kooperationen mit Einrichtungen ein, die sich auf die Bekämpfung des Alterungsprozesses spezialisiert haben. Das Anti-Aging-Jungbrunnen-Geschäft ist heute ein vielversprechender Markt. Es geht dabei inzwischen aber weniger um Kosmetika und Hautpflegeprodukte«, Grothe lachte kurz laut auf, »nein, das alles sind Nebenschauplätze. Die Zukunft spielt in einem Bereich, der die biologische Lebensuhr der ›Spezies‹ Mensch im wahrsten Sinne des Wortes zurückdreht! Die Einschnitte und Eingriffe in die menschliche Natur sind dabei viel tiefgreifender. Wir konnten hier unten beobachten, wie extreme Bedingungen auf die Psyche vor allem jener Menschen wirken, die den inzwischen auf bahnbrechende Weise optimierten subliminalen Reizen und dem neuartigen Psychopharmakon ausgesetzt werden. Spannend dabei war natürlich zu erforschen, wie eine Programmierung und die sich bildenden

Muster auch von sozialen Kontakten und der eigenen Umgebung geformt werden, oder anders gesagt wie stark der Einfluss eines Senders auf den Empfänger ist, wenn dieser in einer Umwelt mit wenig Einflussfaktoren lebt. Oder aber, und das ist noch viel interessanter, nur mit seinesgleichen Zeit verbringt, noch dazu in monotonen Tagesabläufen, die das Verlangen nach Unterhaltung erhöhen. Unterhaltung, die wir dann wiederum mit Reizen präpariert haben. Ein optimaler Kreislauf. Quantensprünge haben wir dabei in unserer Forschung bezüglich der Auswirkung medialer Inhalte erreicht, wir haben das Hirn mit speziell ausgewählten Informationsinhalten gefüttert, bei Empfängern, die in äußerst monotonen Tagesabläufen feststeckten. Die Umgebung in Habitaten ist dafür optimal, und wir konnten diese Forschung finanzieren, weil die Probanden nebenbei Aufgaben für biopharmazeutische Unternehmen durchführen.« Plötzlich stoppte Grothe seinen Redefluss, als habe ihn sein Monolog zum Nachdenken angeregt.

Dann fuhr er fort: »Wir haben nebenbei meeresbiologische Forschung unterstützt. Proben entnehmen, Flora und Fauna beobachten und dergleichen. Dennoch: Die meiste Arbeit unter Wasser galt einem pharmazeutischen Zweck, da machen wir uns auch nichts vor. Wir wollen vorwärtskommen, wollen den Fortschritt! Und natürlich sind Gewinne inzwischen eine angenehme Bestätigung für unser Handeln. Diese Unternehmen lassen schon einiges springen, denn sie versprechen sich ihrerseits Milliarden. Analysten haben vorausgesagt, dass das Unternehmen, das eine Therapie zur Gewinnung von zwei Lebensjahren entwickelt, einen Marktwert von einhundert Milliarden Dollar erreichen kann. Nur damit Sie mal eine Vorstellung von den wirtschaftlichen Möglichkeiten eines Nebenschauplatzes unserer Forschung bekommen. Peanuts im Vergleich zu den Beträgen, um die es bei unserem Hauptprojekt geht, in das jährlich dreistellige Milliardenbeträge fließen!

Unsere Investoren wissen, dass sich ihr Aufwand nicht nur amortisieren wird, nein –«

»Sie reden wie ein Wirtschaftsmogul«, stellte Frank trocken fest.

»Tatsächlich bin ich selbst zwangsläufig vom Wissenschaftler zum Organisator und Geschäftsmann geworden, das stimmt. Ich führe die verschiedenen Investoren zusammen, halte sie im Gleichgewicht und mache die Gelder locker. Aus der Forschung selbst halte ich mich inzwischen heraus.«

Er blickte kurz zu Boden und zögerte, dann fuhr er fort: »Das mit dem Gleichgewicht ist inzwischen allerdings zum Problem geworden – seit unsere Erfolgsgeschichte zu ganz anderen Köpfen durchgesickert ist, Köpfe, die mächtiger sind, als Sie es sich vorstellen können – ich hatte das bereits angedeutet. Köpfe, die all das, an dem wir inzwischen arbeiten, aber erst ermöglichen. Selbstverständlich alles andere als uneigennützig. Es geht um viel, um sehr viel, und natürlich geht es auch ums Geld – wann tut es das nicht? Unsere Forschung mit subliminalen Reizen war erst der Anfang, Anti-Aging-Forschung nur ein Mittel zum Zweck, und der Alterung entgegenzutreten und auf biologische Programme des Körpers zumindest ansatzweise einzuwirken nur erste Schritte. Das Ziel ist eine Vision. Am Rande aber tun sich Abgründe auf. Es geht bei alledem um Macht. Es geht um die Zukunft der Spezies Mensch, Dr. Stebe. Es geht um die Frage, ob wir bereit sind, diesen Schritt vollends zu gehen und zu ergreifen, was möglich geworden ist – nach den Sternen zu greifen – die größten Träume des Menschen Realität werden lassen – Zugang zu nahezu unbegrenztem Wissen zu haben – zu unbegrenztem Können, unbegrenztem Tun – die Grenzen der Natur aufzuheben… Es geht um das Leben. Und um den Tod. Es geht darum, selbst zu einem unsterblichen Gott zu werden. *Wer braucht noch Götter, wenn der Tod gestorben ist?*«

♦

Frøseth atmete erleichtert auf, als er erfuhr, dass es Lea gut ging. »Haben Sie den Kopf frei, um auf die Sache von vorhin zurückzukommen?«, fragte Frøseth einfühlsam.

»Sie meinen das Mini-Logo auf der Karte?« Natascha nickte.

Sie holten sich von der Rezeption einen kleinen Notizblock des Hotels und einen Kugelschreiber. Dann setzten sie sich in der Lobby an einen der kleinen Tische.

»Hier«, Frøseth malte einen Kreis, der sich oben allerdings nicht schloss, sondern einen Spalt geöffnet blieb. In die linke Hälfte des Kreises zeichnete er ein kleines *h*, dessen vertikaler Strich direkt an der Öffnung des Kreises andockte, rechts neben das *h* ein kleines Plus, das nun in Höhe des *h* in der rechten Hälfte des Kreises stand.

»Kennen Sie dieses Symbol?«, fragte Frøseth.

»Kommt mir bekannt vor, aber ich könnte es nicht zuordnen. Hat es mit den Transhumanisten zu tun?«

»Ja. Es wird oft als *H+* oder *h+* abgekürzt. Der Unterschied zu dem Logo auf unserer Karte ist folgender.« Frøseth radierte nun das Plus weg und schrieb etwas neben das *h*. Dann drehte er das Blatt zu Natascha. »Hier! Sehen Sie!«

»Kein Pluszeichen… Stattdessen hat er aus *h* das Kürzel *lab* gemacht? Für Labor?« Natascha staunte. »Jeder, der die Karte unbedarft anschaut und das Logo näher betrachtet, denkt an ein Fotolabor, oder nicht? Die wenigstens Menschen werden bei dem geöffneten Kreis und der Art, wie das Kürzel *lab* darinsteht, an das Logo des Transhumanismus denken. Wir aber schon, weil wir drin sind im Thema Muths. Aber was wollte Muth uns sagen? Labors waren Teil seines Lebens. Transhumanismus auch.«

»Das ist nur die halbe Lösung des Rätsels. Geben Sie mir mal bitte die Karte!«

Natascha reichte Frøseth die Karte. Der hielt sie ihr vor die Augen. Dann kippte er die Karte ein wenig, sodass sich der Winkel veränderte.

»Ich habe es nur zufällig entdeckt, weil ich die Karte ein bisschen bewegt habe, um den Lichteinfall der Deckenbeleuchtung zu verändern.«

»Ich verstehe nicht. Tut mir leid – ich brauche eine Brille.«

»Die drei Buchstaben *lab* sind holografisch angelegt…«

Natascha ahnte, worauf Frøseth hinauswollte. »Sie meinen, je nachdem, wie ich die Karte halte, ändert sich das *lab*, und es steht etwas ganz anderes da? Was?«

»Nicht ganz. Das wäre vielleicht zu auffällig gewesen. Leon war offensichtlich vorsichtig. Oder aber er wollte die Bedeutung damit noch mehr herausstellen, und das macht auch Sinn. Wie auch immer, es ändert sich nur der erste Buchstabe, das *l*. Es wird zu einem *h*.«

»Dann steht da *hab* statt *lab*? Hab! Habitat! Genial!«

»Genial ist, dass er die Karte so gemacht hat, dass, wenn man die Karte noch ein bisschen anders ins Licht hält, die Buchstaben *a* und *b* komplett verschwinden und nur das *h* übrigbleibt. Das ist dann dazu noch in dicker schwarzer Schrift, also auffällig. Und als Tüpfelchen auf dem i erscheint in der rechten Seite des Kreises ein Plus. Das Beste kommt aber noch: Verändert man den Winkel noch mehr, dann wird aus *hab* das Kürzel *tat*. Aber mit großem *T* wie in *Tat*.«

»Sie veräppeln mich.« Aber Natascha wusste, dass Frøseth es nicht tat. »Das gibt's doch nicht. Verbindet man beide Begriffe, hat man das komplette Wort *Habitat*, und gleichzeitig gibt er uns den Hinweis, dass es um eine *Tat* in einem Labor oder den Labors, wahrscheinlich in den Habitaten selbst, geht und dass das Ganze wegen des Logos mit dem Transhumanismus und wegen der Maske mit dem *Deutschen Phönix* zu tun hat. Bleibt nur die Frage, was er uns mit den Sprüchen Nietzsches auf den Karten mitteilen wollte. Der Mann wollte etwas loswerden – bei

Ihnen! Er muss sich sicher gewesen sein, dass Sie irgendwann darauf stoßen. Und er muss sich sicher gewesen sein, dass Sie das Rätsel auch lösen werden. Und er muss sich sicher gewesen sein, dass Sie die richtige Person sind, also die Person, der er sein Geheimnis anvertrauen wollte. Er muss sich also sicher gewesen sein, dass es bei Ihnen, und zwar genau bei Ihnen, am besten aufgehoben ist. Ich gehe davon aus, dass all das, auf was ich bisher gestoßen bin, nur die Spitze des Eisbergs ist, keinesfalls das, um was es wirklich geht. Denn das scheint größer zu sein, sehr viel größer. Dabei ist, was ich entdeckt habe, schon gewaltig genug.« Natascha lehnte sich baff zurück. »Ich fass es nicht!«

»Kein Zweifel, dort ist der Schlüssel, Frau da Silva. Die Frage ist nur, zu was? Und warum hat er ein solches Geheimnis daraus gemacht?«

♦

Je mehr Frank von Grothes Monolog angehört hatte, desto weniger verstand er, warum dieser Professor Dwyer überhaupt im Raum war. Außer sich vorzustellen, hatte er noch immer nichts von sich gegeben. Während er im weißen Kittel stumm dasaß, erschien Grothe wie einer, dem der weiße Kittel, den er inzwischen abgelegt hatte, zu Kopfe gestiegen war.

»Haben denn andere Wissenschaftler Ihre Daten kritisch überprüft?«, fragte Frank, um von dem überzogenen Gelaber Grothes auf ein wissenschaftliches Niveau zurückzukommen und hoffentlich endlich zu erfahren, um was es hier wirklich ging. »Und sind ein paar hundert Probanden nicht eine viel zu kleine Versuchsgruppe, um sich so aus dem Fenster zu lehnen? Wie sieht es mit Kontrollgruppen aus?« Bisher hörte sich das Gelaber an wie das eines Hansels der Marketing-Abteilung, der einem

Investoren die Geschäftsidee eines Start-ups schmackhaft machen wollte, gespickt mit Größenwahn. Kein Wunder bei den Geldern, die hier flossen. Was aber war dran an den Erfolgen, von denen er sprach?

»Wenn Sie wüssten, wie groß die Probandengruppe tatsächlich ist…« Grothe legte eine kunstvolle Pause ein, als schätze er ab, ob Frank wie gewünscht auf diese seltsame Andeutung reagierte.

»Es liegt auf der Hand, dass ich nicht alle Informationen habe, was die Probanden angeht. Diese Leute hier in *Habitat Zero* beispielsweise tauchen in den Unterlagen nirgends auf. Auch die anderen nicht, die Sie erwähnten. Wie viele haben Sie denn, die nicht offiziell angegeben werden?«

Grothe setzte ein arrogantes Grinsen auf. »Wenn man etwas bewegen möchte, muss man zu ungewöhnlichen Mitteln greifen. Es sind viele, sehr viele. Massen, zigtausende!«

»Zigtausende?!« Was sollte das? Der Mann drehte ab.

Grothe überging Franks ungläubige Reaktion mit einem noch arroganteren Grinsen. »Sie haben ja keine Ahnung, Stebe. Aber um *diese* Probanden geht es mir gar nicht. Mir geht es vielmehr um eine Probandengruppe, zu der auch die gehören, die Sie gerade nebenan gesehen haben.« Grothe machte eine bedeutungsvolle Pause. »Um den erneuerten Menschen, so kann man sagen, um eine gänzlich neue *Spezies* Mensch.«

Eine neue Spezies Mensch? Hatte Grothe das gerade wirklich gesagt?

Noch bevor Frank dazu aber etwas loswerden konnte, sagte Grothe: »Wir haben inzwischen sogar Wege gefunden, die guten Eigenschaften, Neigungen und Wesenszüge des Menschen zu stärken, das Gute in ihnen zu potenzieren – allerdings nicht ohne den Preis, dass sich im Gegenzug das Böse, also negative Muster oder abartige Triebe ebenso verstärkt manifestieren, was, wenn ich ehrlich bin, ein gewisses Problem darstellt. Aber so ist das eben, kein Fortschritt ohne Opfer, nicht wahr? Ohnehin haben wir es hier mit einem Übergangsproblem zu tun auf dem Weg zur Perfektionierung des Ich.« Er grinste.

»Wenn Sie wirklich derart einschneidende Möglichkeiten von Eingriffen in das menschliche Leben entwickelt haben und sich dabei negative Folgen herauskristallisieren, dann muss man das sofort stoppen, und das nicht nur aus ethischen Gründen! Was mir viel mehr Sorgen bereitet ist das Risiko des Missbrauchs. Wem steht es denn zu, einen Menschen derart zu beeinflussen und damit zu kontrollieren? Wem steht diese Macht zu? Und wer entscheidet, was ein *guter* Zweck ist?«

Grothe nickte, als nehme er Franks Einwand ernst. »Diese plötzlich auf uns einstürmende Fragen stellen uns tatsächlich vor eine Zerreißprobe. Das gilt für alle Akteure in unserem Projekt. Die einen setzen ethische Grenzen hier, die anderen dort, Weltanschauungen prallen aufeinander, manche betrachten unsere Forschungen rein wissenschaftlich, andere haben ideologische Beweggründe, für sie ist das alles wie eine Religion, und sie sehen sich wie Krieger, die eine Mission erfüllen. Wieder anderen geht es um rein wirtschaftliche Aspekte, um den schnöden Mammon.«

»In welche Kategorie fallen Sie?« Frank sah Grothe fest an.

»Ich?« Grothe überlegte kurz. Zumindest tat er so, als überlege er, Frank aber war sich sicher, dass er die Antwort sehr genau kannte. »Ich würde sagen, ich bilde eine Mischung aus dem Ganzen. Von allem ein bisschen, nichts davon extrem«, sagte Grothe dann. »Auf jeden Fall kamen plötzlich ethische Fragen auf, die beantwortet werden mussten. Einigen Akteuren waren diese Fragen egal – damals schon, heute erst recht.« Grothe winkte mit einer Geste ab, die deutlich machte, dass all das, was er bisher berichtet hatte, letztlich banal war.

Frank empfand die bisherigen Einblicke keinesfalls als banal. Nicht, wenn auch nur im Ansatz etwas dran war.

»Das alles war aber nur der Anfang«, fuhr Grothe fort. »Wohin uns die Forschungsaktivitäten und unsere Synergien mit den verschiedenen Partnern dann aber schließlich bringen würden, hätten wir damals nicht zu hoffen gewagt...« Grothe schaute nachdenklich durch die Scheibe hinaus in die Dunkelheit der Ostsee. »Eine Revolution hat begonnen, an deren Ende die Wissenschaft das ewige Gesetz von Leben und Sterben außer Kraft setzen und der Mensch imstande sein wird, sein Schicksal, die eigene Vergänglichkeit, zu überwinden.« Nun drehte er sich abrupt um und sagte: »Nicht aber etwa durch dubiose Anti-Aging-Produkte!« Grothe stieß einen verächtlichen Lacher aus. »Falls Sie das jetzt denken... Nein, es geht um viel mehr als das! Das war alles nur der Anfang von etwas unvorstellbar Großem. Die Spezies Mensch überlässt dem neuen Supermenschen, dem Über*menschen* die Bühne. Eine neue Ära hat bereits begonnen, Stebe, das posthumane Zeitalter! Sie wollen wissen, was wir hier *tatsächlich* machen? Professor Dwyer wird es Ihnen zeigen. Dann werden Sie wirklich erkennen.«

♦

Wie so oft in den vergangenen Nächten schreckte Mike Sauerländer schweißgebadet aus dem Schlaf. Ständig verfolgten ihn nachts wirre Träume, in denen Natascha bedroht, verfolgt oder an den Rand eines dunklen Abgrunds getrieben wurde. Langsam zweifelte er an seinem Verstand. Und nicht das erste Mal kam ihm der Gedanke, ob es möglicherweise eine Art Nebenwirkung dieser Pillen war, die er als Proband schluckte. Aber da war trotzdem etwas, dass sich solchen simplen Erklärungen und aller Vernunft entzog. Etwas, das nicht mit pharmazeutischen Nebenwirkungen oder einem stressbedingt überforderten Verstand zu tun haben konnte.

Was auch immer als Erklärung für die wiederkehrenden Albträume herhalten konnte, es war etwas, das Mike nicht greifen konnte, das sich seinem Verstand entzog und ihm Angst machte. Es war fast mystisch und verursachte ihm Gänsehaut. Nie zuvor hatte er etwas Derartiges erlebt. Die Träume lösten extrem starke Gefühle in ihm aus, die Bedrohung war ständig spürbar. Es fühlte sich an, als wollten die Träume ihm etwas sagen. Ihn warnen.

Natascha war in Gefahr – dessen war er sich nun endgültig sicher.

Er sprang aus dem Bett, schlüpfte hastig in seine Kleidung, schmiss in Windeseile seine paar Habseligkeiten in die Tasche und rannte aus der Kabine. Er nahm sich nicht einmal die Zeit, die Türe hinter sich zu schließen. Er musste von Bord. Jetzt. Sofort. Und zu Natascha. Ohne Umwege! Frank konnte er später eine Erklärung nachliefern. Und dem Institut auch. Die Konsequenzen waren ihm ohnehin egal. Was zählte, war Natascha. Sie brauchte Hilfe – er wusste es, auch wenn es eigentlich nicht sein konnte. Woher sollte er es wissen? Und warum sollte Natascha überhaupt in irgendeiner Gefahr schweben? Sie war in Hannover. Wo genau, das würde er in Erfahrung bringen, sobald er unterwegs war. Und sollte sie sich bereits auf den Weg zur Ostsee gemacht haben, dann würden sie irgendwo auf der Strecke zusammentreffen.

Sobald er an Land war, würde er versuchen, Frank zu erreichen. Der hatte Nataschas Nummer, und wenn nicht die, dann die seiner Frau. Frank jetzt zu kontaktieren und ihm zu erklären, warum er von Bord wollte, würde zu nichts führen – außer vielleicht zu einem Konflikt mit Frank, und der würde dann in einen Zwiespalt geraten und ihn aufhalten müssen.

Jetzt aber galt es, von Bord zu kommen, sofort. Ohne Erklärungen. Notfalls würde er sich ungefragt ein Boot schnappen. Seine nautischen Kenntnisse waren gut. Und am Hafen stand sein Auto. Er war ja gefahren, nicht Frank, mit seinem eigenen Auto. Es war, als *sollte* es so sein…

♦

Professor Dwyer war ein stämmiger Typ mit wachen Augen, die Frank durch eine nachtblaue Designerbrille hindurch abschätzten, als wäre er sich nicht sicher, wie er Frank einordnen sollte. »Überall auf der Welt arbeiten Forscher daran, entweder Signale aus dem Gehirn aufzufangen und zu entschlüsseln oder aber umgekehrt Signale in das Gehirn einzugeben, um dort ganz bestimmte Reaktionen hervorzurufen.« Mit diesen Worten griff der Amerikaner nach anfänglichem Zögern die Aufforderung Grothes auf, nun die Redner-Rolle zu übernehmen.

»Der Markt der Gedankensteuerung boomt, längst hat man Möglichkeiten entwickelt, um allein mit der Kraft von Gedanken Roboter zu steuern. Hier in Deutschland ist das sogar ziemlich früh gelungen, nicht immer hat die USA die Nase vorn.« Dwyer grinste. »Good old ›Made in Germany‹. Die weltweit führenden Internet-Giganten haben die Thematik ja bereits seit Jahren auf der Agenda, nämlich die Gedanken der User in Text zu verwandeln. Das soll für jeden PC-Nutzer schon bald möglich sein. Sie haben sicher davon gehört. Die Befehle kommen dann direkt aus dem Gehirn – über auf der Kopfhaut angebrachte Sensoren. Invasive Methoden wie eingepflanzte Chips, also Eingriffe an Gesunden, finden offiziell nicht statt und sind noch verboten, nur bei kranken Menschen darf zu Forschungszwecken invasiv ins Gehirn eingegriffen werden, schließlich sind Operationen am Gehirn schwierige und riskante Eingriffe.«

Dwyer warf Grothe einen kurzen Blick zu. Frank sah aus dem Augenwinkel, dass der zustimmend nickte. Offensichtlich war sich Dwyer nicht ganz sicher, ob sein Vortrag Grothes Vorstellungen entsprach.

»Das ist mir alles nicht neu«, sagte Frank. »Die Forschung an Schnittstellen zwischen Gehirn und Maschine steckt zwar noch in den Kinderschuhen, ist aber rasant auf dem Vormarsch. ›BCI‹ nennt man es, wenn ich richtigliege, ›Brain-Computer-Interfaces‹.«

»Korrekt.« Dwyer nickte anerkennend. »Hierfür existieren die üblichen nicht-invasiven Methoden, die Stimulation von außen – oder aber auch die invasiven Methoden, das Einpflanzen von Elektroden ins Gehirn beispielsweise. Das geschieht andauernd, es sind inzwischen gängige medizinische Eingriffe. Diverse Implantate sind seit Jahren im Einsatz, etwa bei Patienten mit Parkinson oder Epilepsie. Ein solches Implantat blockiert eine bestimmte Gehirnaktivität, es sendet Signale an den Hippocampus, eine Region im Gehirn, die auch für Lern- und Gedächtnisprozesse zuständig ist. Neurowissenschaftler konnten schon seit längerer Zeit Daten zur Hirnaktivität sammeln und dabei charakteristische Aktivitätsmuster identifizieren. Seither arbeitet man daran, diese Muster gezielt zu stimulieren, mit dem Ziel, eines Tages in kognitive Prozesse eingreifen zu können. Die Intelligenz zu steigern ist stets nur eine von vielen Perspektiven dieser Forschungsaktivitäten. Bei uns in den Staaten werden diese Forschungen sehr großzügig finanziert. Anders als –«

»In den Staaten«, unterbrach ihn Grothe, »fließen die Gelder von verschiedenen Seiten, allen voran vom amerikanischen Verteidigungsministerium, das diesen Forschungszweig mit mehr als siebzig Millionen Dollar finanziert. So zumindest die offizielle Summe.« Er lächelte vielsagend. »Eines der Ziele ist es, Behandlungen für Soldaten zu entwickeln, die im Krieg Traumata erlitten haben. Versuche zeigen, dass gezielte Stimulierung über Elektroden im Gehirn das Gedächtnis beeinflusst. Aber auch die Gehirnleistung selbst lässt sich steigern. Und natürlich geht es auch um ganz andere Einsatzmöglichkeiten, die man sich verspricht – dazu dringt nur nichts nach außen. Aber ich möchte nicht zu sehr vorgreifen, also der Reihe nach.« Grothe deutete Dwyer weiterzureden.

»Eigentlich geht es beim Beispiel Gedächtnis um die Behandlung von Demenz. Schon bei den ersten Versuchen waren Testpersonen in der Lage, ihre Gehirnleistung um erstaunliche fünfzehn Prozent zu steigern – das entspricht in etwa dem durchschnittlichen Gedächtnisverlust eines Demenzkranken in einem Zeitraum von zweieinhalb Jahren. Das Ganze funktioniert wie eine Art Gehirnschrittmacher. Übrigens: Studien an Testpersonen, die an Parkinson oder Epilepsie leiden, gibt es bereits seit Langem.«

»Ich verstehe noch immer nicht, worauf unser Treffen heute hinauslaufen soll. Bisher habe ich nur folgendes begriffen: Sie bedienen mit Ihrer Forschung jeden Bereich, der vielversprechend für Sie ist. Keinesfalls möchte ich Ihnen unterstellen, es ginge nur ums Geld. Nach welchen Kriterien gehen Sie aber tatsächlich vor? Das wäre interessant zu wissen. Es ist ein Unterschied, ob man einem Gelähmten seine Beweglichkeit wiedergibt oder ob milliardenschwere Konzerne ihren Profit maximieren und vom Kuchen des digitalen Zeitalters etwas abkriegen wollen.«

»Uns geht es weder um das eine, noch um das andere, sondern um etwas, dass durch Symbiose unsere Forschung auf ein anderes Niveau hebt…«

»Könnten Sie einfach mal Klartext reden?«, unterbrach ihn Frank. Mit dem Wichtigtuer-Satz eben hatte sich Grothe endgültig in die Top-Ten der größten Schwätzer katapultiert, denen Frank je begegnet war. »Worum geht es konkret? Momentan wirkt das alles mehr als suspekt auf mich. Warum so viele Geheimnisse?« Frank trank einen Schluck Wasser aus dem Glas, das Grothe ihm hingestellt hatte. »Ich hoffe, dass Ihre Forschung keine Grenzen überschreitet, Grenzen, die ich respektiere. Momentan bewegt sich Ihr Vortrag in eine Richtung, die mir Bauchschmerzen bereitet.«

»Bauchschmerzen? Wegen programmierbaren Computermenschen?«, fragte Dwyer unvermittelt. »Diese Frage ist rein hypothetisch, denn wir sprechen ja gerade über Beeinflussung des Hirns und BCI.«

»Ist Ihre Frage denn ernst gemeint?«, erwiderte Frank. »Das ist doch bloß Zukunftsmusik…«

Dwyer fixierte ihn mit einem kühlen, undurchdringlichen Blick. »Der Grundstein ist längst gelegt. Im Jahr 2019 trugen bereits mehr als 80 000 Menschen auf dieser Welt eine Elektrode im Hirn. Auch hier in Deutschland führen bereits einige Kliniken diesen Eingriff durch. Die Lebensqualität von Parkinson-Patienten kann man durch elektrische Reizung mit den am Hirn eingesetzten Sonden verbessern, mit dem Ziel, das motorische Zittern zu reduzieren und Ausfällen entgegenzuwirken. Biotechnische Eingriffe am Hirn direkt oder zumindest nah am Hirn im Schädel sind heutzutage Usus. In Kiel, Köln, Berlin und fast dreißig anderen Orten stecken Neurochirurgen Patienten durch kleine Löcher in der Schädeldecke Metallnadeln in den Kopf, bei rund 400 Patienten im Jahr, mit dem Ziel der tiefen Hirnstimulation.«

»Das ist aber etwas völlig anderes!«, erwiderte Frank. »Dabei geht es doch um medizinische Hilfe, die über jeden Zweifel erhaben ist, und nicht um ›Cyborg-Transformation‹. Davon, dass wir an eine Datenquelle andocken könnten, um auf die Schnelle Chinesisch sprechen oder ein Instrument spielen zu lernen, sind wir noch weit entfernt, und bis zum programmierbaren Computermenschen sind es bei unseren heutigen Möglichkeiten Lichtjahre!«

Dwyer schnaubte kaum hörbar, sein Gesichtsausdruck aber verriet keine Regung. »Ich sagte: Grundstein. Die Anfänge gehören längst zum Alltag. Dass bahnbrechende Eingriffe in den nächsten Jahren nicht standardmäßig möglich sein werden, ist klar.« Er legte ein selbstsicheres Lächeln auf. »Die Betonung liegt auf *standardmäßig,* nicht auf *möglich,* Dr. Stebe.«

♦

Natascha setzte sich an den Tisch ihres Hotelzimmers. Bis zum Frühstück würde Lea bei Jennifer und Eric bleiben, und Frøseth würde sich um seine E-Mails kümmern. Ein guter Zeitpunkt, um sich endlich bei der Redaktion zu melden. Natürlich war es noch zu früh am Morgen. Selbst wenn jemand dort wäre – die Telefone würden ins Leere klingeln. Natascha wollte sich sowieso erst mal auf den neuesten Stand bringen, Ihr elektronisches Postfach checken und auf die Schnelle einen Zwischenbericht einreichen – besser vor dem Telefonat als danach, falls man inzwischen vor Ärger kochte, weil sie sich mehr als rargemacht hatte.

Sie gab ihre Zugangsdaten ein.

Auf dem Bildschirm erschien: *Nicht autorisiert*. Wahrscheinlich hatte sich die Plattform aufgehängt, die Technik zickte ständig rum, das war nichts Neues. Wenngleich diese Fehlermeldung bisher nie erschienen war.

Natascha versuchte es erneut. Dieselbe Anzeige. Mist! Gerade jetzt, wo ihr eh die Zeit davonlief und sie sich beeilen musste, sie wollten bald zur Ostsee aufbrechen.

Sie blickte auf ihre Armbanduhr, versuchte es ein letztes Mal. Erfolglos. Jetzt war der Account für Stunden gesperrt.

Natascha entschloss sich, zumindest eine kurze Mail an Balder zu schreiben, der sich wie ein schlecht erzogener Pitbull an jedem einzelnen ihrer Versäumnisse festbeißen würde. Sie tippte ein paar Zeilen zum neuesten Stand ihrer Recherchen – nur so viel, um Balder bei Laune zu halten, keinesfalls genug, als dass sich jemand ihre Story unter den Nagel reißen könnte – und wies am Rande auf den gesperrten Account hin. Ihre eigene Mailadresse in der Redaktion setzte sie cc, dann hatte sie eine Kopie und konnte die Mail in ihrem privaten Postfach löschen – sie speicherte keine Geschäftsmails.

Das alles tat sie in Windeseile, überflog noch schnell ein paar Mails. Alles schien mehr oder weniger belanglos. Außer einer Mail, die sofort ihre Aufmerksamkeit erregte.

Der Absender: Ragner von Rhein. Wo zum Geier hatte der ihre private Mailadresse her?

Im Betreff: *Treffen – Ihre berufliche Zukunft*

Natascha wollte sie gerade anklicken, um ihren Inhalt zu lesen, da lenkte eine hereinflatternde Mail ihre Aufmerksamkeit von Ragner von Rhein ab.

»Was!?« Natascha hatte nie ein überfülltes Postfach, und so viel konnte in der kurzen Zeit nicht eingegangen sein. Warum konnte ihre cc-Mail den Empfänger, also in dem Fall ihr eigenes Postfach nicht erreichen? Sie klickte die Mail an.

Empfängeradresse existiert nicht. »Was? Das gibt's doch nicht!«

♦

Frank verzog missbilligend das Gesicht. »Mir ist bekannt, dass sich das Implantieren von Chips unter der Haut wachsender Beliebtheit erfreut, vielleicht nicht so sehr bei uns, aber ich habe gehört, dass es in manchen Ländern, beispielsweise in Schweden, eine regelrechte ›Chipper‹-Szene gibt, und das nicht erst seit gestern. Dort lässt man sich bereits auf Partys chippen. Man lädt quasi zu Implantier-Partys ein, das ist total hip in gewissen Kreisen. Einige Leute lassen sich Magnete in die Finger spritzen, mit denen sie elektromagnetische Felder wahrnehmen. Oder sie lassen sich Chips unter die Haut jagen, mit denen sie Türen öffnen. Oder sie lassen sich etwas in den Schädel implantieren, das ihre Sinne schärft, ohne dass eine medizinische Notwendigkeit vorläge, denn sie sind nicht gehörlos oder blind, haben keine motorischen Schwierigkeiten und sind auch nicht anderweitig krank. Sie wollen nur ›fortschrittlich‹ sein. Was hier bei uns noch als Spinnerei verschrien ist, ist anderswo der letzte Schrei, dort gelten Sie dann nicht als Nerd, sondern als

Vorreiter. In Stockholm läuft längst die Diskussion darüber, ob man dazu übergehen soll, mit einem Chip im Körper zu bezahlen, und beim öffentlichen Nahverkehr will man damit anfangen.«

»Sie sind ein Mann, der über den Tellerrand hinausschaut, Dr. Stebe, einer, der offensichtlich gut informiert ist.« Wieder machte Grothe einen auf Kumpel.

»Gibt es nicht in Schweden, mitten in Stockholm, sogar einen riesigen Bürokomplex, in dem die Mitarbeiter bereits Chips unter der Haut tragen? Sie bedienen damit Geräte, öffnen Türen und tauschen per Chip sogar Kontaktdaten untereinander aus. Implantate können Köperdaten messen und analysieren, Daten und Passwörter speichern und übertragen und was weiß ich. In der Szene sind all diese Innovationen Gang und Gebe, aber sind wir heutzutage auch so weit, mit Innovationen umsichtig umzugehen? Sicherheitsaspekte stehen ja nicht im Vordergrund, eher die Überzeugung, dass alle, die mitmachen, weit vorne sind und der Zweck ehrenwert. Ich sehe aber auch Risiken bei der ›Cyborgisierung‹ des Menschen, denken Sie an die Sicherheit von Daten, die Vermassung des Menschen und sein Ausgeliefertsein an jedwede Manipulation. Wo Software im Spiel ist, kann sich immer jemand einhacken. Dann reden wir aber nicht mehr davon, dass sich jemand unbefugt Zugang zu Ihrem PC verschafft, sondern zu Ihrem Gehirn! Setzen wir schlussendlich also nicht nur unsere Freiheit aufs Spiel, sondern auch unsere Intimsphäre?«

Nun mischte sich wieder Grothe ein: »Natürlich spielt das Thema Sicherheit eine ganz zentrale Rolle. Denn die Welt ist aus den Fugen geraten, Gewalt, Terror und Unsicherheit haben zugenommen – da schreit es nach innovativen Lösungen! Die Frage ist also, wer hierbei die führende Rolle einnimmt – egal, ob wissenschaftlich, wirtschaftlich oder politisch. Sobald wir die Kontrolle an die Technik abgeben, gehört dem, der Sicherheit gewährleistet, eine Menge Macht. Der neue Mensch ist auf adäquate Sicherheit angewiesen – und damit auf eine politische Führung, die diese gewährleistet. Aber das soll nicht unsere Sorge sein – unsere Aufgabe ist es, Möglichkeiten zu schaffen, mit denen wir das neue Zeitalter einläuten.« Grothe hatte seinem Gelaber freien Lauf gelassen.

Frank beachtete ihn nicht und richtete seine Frage an Dwyer: »Und dann leben wir in einem totalitären Überwachungsstaat? In einem Staat, der sich von ethischen Maßstäben verabschiedet oder diese zumindest grotesk verschoben hat? Wo wollen Sie bei einer ›technischen Modifikation‹ die Grenzen setzen? Einem Notleidenden helfen oder einen Menschen optimieren – die Grenze dazwischen ist für uns Menschen nicht leicht auszumachen. Und welche Folgen hätte die Perfektionierung des Menschen für unsere Gesellschaft? Ist alles wünschenswert, was machbar ist? Löst es wirklich die großen Probleme der Menschheit? Besteht nicht vielmehr die Gefahr, dass uns diese technischen Lösungen schlussendlich nur von den fundamentalen Fragen ablenken? Natürlich ist Fortschritt zu begrüßen, keine Frage. Was aber, wenn Technik eines Tages so weit ist, unsere Gedanken zu kontrollieren und unsere Entscheidungen zu bestimmen? Verlieren wir dann nicht, was uns eigentlich zum Menschen macht? Und wie schützen wir uns vor Missbrauch? Um auf *Star Trek* zurückzukommen: Die *Borgs* werden wie ein Insektenvolk von einer Königin, einer Art Superintelligenz gesteuert. Wer hält dann die Fäden in der Hand?«

Dwyer und Grothe wechselten rasche Blicke.

»Habe ich da einen Nerv getroffen?«, warf Frank ein. »Haben Sie sich überhaupt jemals über die Konsequenzen Gedanken gemacht? Müssen wir uns als Gesellschaft nicht erst darüber verständigen, wo wir die Grenzen ziehen wollen? Aber ich bin ja nicht hier unten, um mit Ihnen zu philosophieren.«

»Wir werden die Uhr nicht mehr zurückdrehen können, Dr. Stebe.«

»Stimmt. Ich wollte jetzt auch keine Grundsatzdiskussion auslösen. Und es ist ja auch nicht alles von vornherein schlecht. Ich finde nur, dass wir aufpassen müssen, das ist alles. Die hippe Chipping-Szene in Schweden ist ein gutes Beispiel, wohin die Reise offensichtlich geht, und darüber sollte man reden, finden Sie nicht?«

»Schon. Aber das habe ich nicht gemeint.« Dwyer rieb sich nachdenklich die Stirn. »Dr. Stebe, eine ganz persönliche Frage…« Er beugte sich etwas zu Frank vor. »Sie haben sicher noch nie davon geträumt, einen Chip im Kopf zu tragen, der Ihnen ungeahnte Möglichkeiten eröffnet? Ein Hirn-Booster quasi, ein Implantat, durch das Sie alle Sprachen der Welt beherrschen, den Duden hoch- und runterleiern und komplexe Rechenaufgaben lösen? Ein Upgrade für Ihr Gehirn, das Ihre intellektuellen und kognitiven Fähigkeiten in Bereiche hebt, die uns bisher verschlossen sind? Ein Upgrade, das Sie perfektioniert und Ihr Leben verlängert? Aber nicht nur das! Es würde Ihnen auch einen veränderten Zugang zu Emotionen, Denken, Fühlen, Verhalten und zu Ihrem ganzen Wesen gewähren. Sie könnten Ihr Gehirn auf nie geahnte Weise beeinflussen. Und was wäre, wenn das noch nicht alles ist und Sie obendrein noch die Fähigkeiten erlangen, das Gehirn eines anderen Menschen zu beeinflussen?« Er lächelte vielsagend. »Um es auf den Punkt zu bringen: was, wenn Ihre Möglichkeiten als Mensch nahezu grenzenlos sind?« Dwyer hatte offensichtlich dasselbe Rhetorik- und Marketing-Seminar wie Grothe besucht.

»Wieso? Ist Ihre Vision der Chip für alle? Standardisiertes Doping fürs Hirn 4.0? Und die nächsten hundert Jahre arbeiten Sie daran, uns alle zu einem Cyborg zu machen? Zum Glück stellt sich die Frage ja nicht wirklich. Zum einen, weil es Gott sei Dank verboten ist, gesunden Menschen ein Hirnimplantat zu verpassen, zum anderen, weil Hirnimplantate in dem Maß ohnehin Zukunftsmusik sind, Science-Fiction. Philosophieren wir also nicht weiter, lassen Sie uns lieber über das

Hier und Heute reden statt über Fantastereien. Ich habe verstanden, woran Sie arbeiten, oder ahne es zumindest, okay. ›Biomedical Engineering‹ nennt man das, richtig? ›Human Enhancement‹, Erweiterung und Steigerung der menschlichen Leistungsfähigkeit durch biotechnologische Mittel, zunehmende Verschmelzung von Mensch und Technik. Soweit so gut – oder auch nicht gut, je nachdem, was Ihr Ziel ist und wo Sie die Grenze ziehen. Aber warum die Geheimhaltung? Was ist so außergewöhnlich an diesen Arbeiten hier, dass Sie *Habitat Zero* komplett unter den Tisch kehren – von den Probanden ganz zu schweigen, die es ja offiziell gar nicht gibt. Und was suchen Sie hier unten auf dem Meeresgrund? Das will ich endlich wissen, denn ich habe Ihre Hinhaltetaktik satt. Und bei all dem Geld, das zur Verfügung steht, warum suchen Sie es mit so eingeschränkten Mitteln, fast so, als soll es niemand mitbekommen? Was – ist – hier – los?!«

»Es geht nicht um eine Vision, die *bald* Gestalt annehmen wird, nicht erst in hundert Jahren! Es geht überhaupt nicht um eine Vision – zumindest *nicht mehr*. Es geht um eine *Vision*, die inzwischen *Realität* geworden ist. Die Cyborg-Transformation, von der Sie sprachen – sie hat längst begonnen.«

♦

Eine Weile hatte Natascha wie versteinert auf die automatisierte Mail gestarrt, das IT-System von *Blueball News* schien gestört – da klopfte es an ihrer Hotelzimmertür. Sie schrak aus ihren Gedanken empor.

Irgendetwas an dem Klopfen sagte ihr, dass es nicht Jennifer war. Frøseth? Was sollte der wollen? Sie spürte, dass es jemand Fremdes war. Jemand vom Hotelpersonal? Um die Uhrzeit? Ach klar, sicher wegen ihres Aufstands vorhin. Vermutlich wollte man sich erkundigen, ob wieder alles in Ordnung war. »Ja, bitte?«

»Kriminalpolizei Hannover. Frau da Silva, bitte öffnen Sie, wir haben ein paar Fragen.«

Das zweite Mal in kurzer Zeit überschlug sich Nataschas Herz. Hatte dieser Immerz nicht gesagt, es habe Zeit, bis sie wieder in Bayern sei? Was war so wichtig, dass die Münchener Polizei extra Kollegen aus Hannover vorbeischickte – ihretwegen? Natascha wurde abwechselnd heiß und kalt. Das Ganze fühlte sich nicht gut an, überhaupt nicht gut.

»Einen Moment, bitte!«, rief sie.

Schnell schloss sie ihren Mailaccount und klappte das Notebook zu. Von Rheins Mail würde sie später lesen. Dann ging sie zur Tür und öffnete.

♦

»Welche spektakulären Ergebnisse wollen Sie mir hier auftischen?«, fragte Frank. »Was genau haben Sie denn entwickelt?«

»Die Forschung bezüglich der Schnittstelle zwischen Neuron und Computerchip kam anfangs einfach nicht weiter, das menschliche Hirn hat ein paar Milliarden Nervenzellen und ein paar Billionen Synapsen. Wo genau muss man den Chip anlöten, um in etwas so Hochkomplexes wie das Hirn einzugreifen? Und dann ist da noch die Frage, wie ein Implantat geformt sein muss. Normale Computerchips sind plan, das Hirn aber dreidimensional – das allein stellt die Wissenschaft schon vor enorme Schwierigkeiten. Darüber hinaus würde der Strom, den der Chip benötigt, das Hirn durch die produzierte Wärme regelrecht rösten. Weil diese Herausforderungen zunächst aussichtslos erschienen, beschäftigten wir uns nicht weiter damit und konzentrierten uns auf die nicht-invasiven Methoden sowie die Verbesserung der Elektroden, über die man Stimulation erzeugen kann. Eine Gruppe Wissenschaftler, der auch ich angehöre, hat aber immer daran geglaubt, dass wir Wege finden werden, um auf die hochkomplexe Datenverarbeitung im menschlichen Gehirn einzuwirken und auch Eingriffe in Denken, Fühlen und Verhalten vorzunehmen. Während man es also allgemein für völlig absurd hält, durch einen Chip tief in das menschliche Ich einzugreifen, haben wir daran geglaubt, dass es machbar ist, wenn wir die Forschung nur ehrgeizig genug vorantreiben. Ich schaue sogar noch weiter in die Zukunft, Dr. Stebe: Noch vor dem Jahre 2100 werden wir Neurowissenschaftler es zusammen mit Informatikern schaffen, die Persönlichkeit des Menschen in einen Computer zu laden. Der Mensch wird auf diese Weise in einer neuen, immateriellen Daseinsform unsterblich sein.«

Frank runzelte die Stirn. »Ich glaube nicht, dass so etwas möglich ist. Selbst wenn Sie das Wissen eines Menschen sichern könnten – den Geist des Menschen, das, was ihn ausmacht, ist meiner Meinung nach von Gott gegeben und geht über unseren begrenzten Verstand weit hinaus! Es würde ja letztlich bedeuten, den Menschen auf dieselbe Ebene wie die Materie zu stellen! Es würde bedeuten, *alles* herunterzureißen und zu einem Objekt zu machen, Wissen, Inhalt, Sinn... Ich kann und will mir das nicht als Realität ausmalen! Immerhin, wir wären unsere Horror-Sorge los, eines Tages durch künstliche Intelligenz ersetzt zu werden. Denn wir Menschen würden selbst zu Robotern. Und bis es soweit ist, sichern wir den Fortbestand unserer *Spezies*«, den Begriff betonte er grimmig, »mit Designer-Kindern«.

Frank war Sarkasmus eigentlich zuwider, doch nun konnte er es sich nicht verkneifen. »Sie glauben, wenn die posthumane Phase erreicht ist, wird der Mensch aufgrund seiner an unserem heutigen Standard gemessenen übermenschlichen Fähigkeiten nicht länger als Mensch definiert. Der Supermensch steht selbstverständlich in mentaler Verbindung zu anderen Supermenschen und Computern. Diesem Prachtstück, das sich am Höhepunkt der Evolution die Krone aufsetzt, erscheinen dann Normalsterbliche – sollte man sie bis dahin noch dulden – wie behindert. Bleibt zu hoffen, dass diese neue Riege der Supermenschen dem echten Menschen die Freiheit gewährt, auf ein Update zu verzichten und dadurch sogar sterblich zu bleiben. Oder greift man dann auf Massenvernichtung zu – wäre ja nicht das erste Mal in der Geschichte der Menschheit!?« Frank schnaubte, dann streckte er sich.

Er musste sich bemühen, angesichts des absurden Gesprächs ruhig zu bleiben. »Wäre es nicht trostlos, wenn *das* wirklich unsere Bestimmung wäre? Wenn sich die Menschen am Ende selbst zu Göttern erheben, weil sie nicht akzeptieren wollen, dass es bereits den einen wahren Gott gibt? In der trügerischen Hoffnung, sich selbst das Paradies zu erschaffen, rebellieren sie wie einst zu paradiesischen Zeiten der Widersacher und seine Heerscharen und wollen sich wie er auf den Thron Gottes setzen, weil sie meinen, ihre Gesetze wären besser als seine? Sie setzen die kosmische Ordnung Gottes außer Kraft, aber mit welchem Ergebnis? Die Welt zu einem lieblosen, kalten Ort zu machen, an dem letztlich nur noch das Recht des Stärkeren zählt?«

Frank erwartete weder von Grothe noch von Dwyer wirklich eine Antwort auf diese Fragen. Schnippisch sagte er: »Aber um von Ihrer ›Agenda 2100‹ auf das zurückzukommen, was Sie angeblich heute schon verwirklichen: Sie wollen mir also weißmachen, dass Sie erste Antworten und erste Ergebnisse gefunden haben – und das unter Ausschluss der wissenschaftlichen Community und der breiten Öffentlichkeit?«

»Nicht *erste* Antworten und auch nicht *erste* Ergebnisse, Dr. Stebe. Nahezu *alle* Antworten. Nahezu *alle* Ergebnisse.« Grothe hielt eine Sekunde inne.

Noch bevor Frank etwas erwidern konnte, fügte er an: »Und keinesfalls unter Ausschluss der Öffentlichkeit.

Ganz im Gegenteil, sehr viele Köpfe sind Teil davon. Natürlich ist das Projekt nicht öffentlich bekannt – so gesehen haben Sie recht, Dr. Stebe.«

♦

»Ich hoffe, du hast einen triftigen Grund, mich so früh aus dem Bett zu schmeißen, Michel?!« Kommissarin Kathrin Geyer drückte Hauptkommissar Michael Immerz einen Coffee-to-go-Becher in die Hand. So müde wie ihre Augen aussahen, so wach war ihr Mundwerk. Sie wusste, dass Immerz es hasste, wenn man ihn Michel nannte.

»Autsch!«, Immerz stellte schnell den knallheißen Becher auf den Tisch und pustete kurz auf die schmerzenden Fingerkuppen.

»Warst du die ganze Nacht hier?« Geyer begutachtete ihn von oben bis unten und verzog das Gesicht. »Sieht so aus…! Und?« Geyer ließ sich in einen Stuhl fallen und nippte vorsichtig am Kaffee. »Hätte das nicht bis nachher warten können?!«

»Dir auch einen schönen guten Morgen, Honey, und danke für den Kaffee! Nun schau dir das mal an!« Immerz drückte seiner Kollegin eine Aktenmappe in die Hand. »Der vorläufige Autopsie-Bericht zum Fall Stenzel.«

»Wurde auch Zeit! Warum geht das nicht vorwärts? Und warum ›vorläufig‹? Spinnen die in der Pathologie?« Geyer stellte den Kaffee ab und blätterte durch die Akte. »*…keine klar erkennbare Todesursache…? weder eine natürliche noch eine unnatürliche…*? Vielleicht ein schnell abbaubares und schwer nachweisbares Toxin?« Geyer hob die Augenbrauen und wischte sich die frech-fransigen Haarsträhnen aus dem Gesicht.

Immerz hatte sich noch immer nicht an den neuen Haarschnitt seiner Kollegin gewöhnt, irgendwie erinnerte er ihn an die Plastikfrisur einer Playmobilfigur. »Das meine ich nicht. Lies weiter, nächste Seite!« Immerz rieb sich die müden Augen.

Keine Minute später starrte ihn seine Partnerin an. »Ein Chip am Hirn? War er Epileptiker?« Das hatte Immerz anfangs auch gedacht, er hatte schon von solchen medizinischen Maßnahmen gehört.

»Nein, er war kerngesund, zumindest ist nichts Gegenteiliges bekannt, das ist ja das Kuriose.« Immerz atmete tief durch. Dann griff er auf den Seitentisch und schnappte sich einen weiteren Stapel Unterlagen. »Wie es aussieht, wird uns der Fall Stenzel ganz schön auf Trab halten – und damit meine ich nicht nur die Tatsache, dass wir nun definitiv in einem Mordfall ermitteln, sondern –«

»Moment, Michael, das ist noch gar nicht klar!«, fiel ihm Geyer ins Wort. »Er könnte sich auch selbst vergiftet haben. Dieses Toxin ist –«

»Lies das!« Jetzt würgte Immerz seine Partnerin ab. »Könnte, ja – hat er aber nicht! Es sei denn, wir ermitteln in einem Gruppensuizid.« Immerz knallte weitere Akten neben Geyer auf den Tisch.

Sie sagte nichts und griff so zögerlich zu, als befürchte sie, nach dem Öffnen dieser Akten ihre für die kommende Woche geplanten freien Tage ad acta legen zu müssen.

Immerz nahm einen Schluck Kaffee, so vorsichtig, als koste er zum ersten Mal ein fremdes Gebräu. Nicht dass er sich nach den Fingern nun auch noch den Mund verbrannte... Er beobachtete Geyer, die ohne vom Lesen abzulassen, nach ihrem Kaffee griff und trank. Sein Blick fiel auf ihre Hände, die den Kaffeebecher hielten. Da schau an, ihr Kaffeebecher war von einem zweiten ummantelt, anders als seiner, den sie clever am oberen Trinkrand gehalten hatte, als sie ihm den reichte. Was für ein Biest!

Immerz musste schmunzeln, obwohl ihm nicht danach zumute war. Dieser Tag würde ihm viel abverlangen. Gut, dass er den kleinen Giftzwerg an seiner Seite hatte. An

Geyers Blick konnte er sehen, welche Zeilen sie gerade überflog – in wenigen Sekunden würde sie wissen, auf was er hinauswollte.

Noch entgeisterter als zuvor blickte sie ihn an. Sie schwieg, doch ihr Mund stand offen. Es kam nicht oft vor, dass seine Lieblingskollegin perplex war. Hastig schlug sie die nächste Akte auf und blätterte sie durch. »Was zum…«, sie griff sich schnell die dritte Akte, blätterte noch schneller und zielstrebig – sie wusste, wonach sie suchte. Völlig baff legte sie die Akte zurück auf den Tisch.

»Stenzel ist nicht der einzige?! Aber…«. Sie schüttelte den Kopf, unfähig anzuerkennen, was eigentlich nicht sein konnte. »Wann…«, sie fuhr sich mit der Hand über den Mund, »wann hast du das reinbekommen?«

»Ziemlich schnell, nachdem ich die Abfrage gestartet hatte. Wie du siehst, gibt es übers ganze Bundesgebiet verteilt ein paar Kollegen, die ähnliche Fälle auf dem Tisch haben – die Todesursache: immer eine andere und immer unklar, ob durch Einwirkung Dritter. Und immer gibt es eine Gemeinsamkeit, nämlich dass alle einen Chip im Kopf hatten.«

»Und keiner von denen war Epileptiker oder Parkinson-Patient?«

»Jep!«

»Wächst diese Chipper-Szene jetzt auch bei uns im Land?«

»War auch mein erster Gedanke. Ein paar Freaks, die so blöd waren, sich freiwillig so ein Ding in den Schädel implantieren zu lassen und es dann nicht vertrugen…«

»Aber seit wann chippen sich diese Leute tief im Kopf statt nur unter der Haut, an der Hand beispielsweise. Und vor allem: wo unterziehen sie sich solchen Eingriffen? Nein, Michael, das macht alles keinen Sinn, bei allen dreien muss das Ding einen medizinischen Grund haben!«

»Hat es aber nicht! Oder irgendwer wollte es unter den

Tisch kehren. Aber warum? Wie kann es sein, dass in keiner Akte etwas zu solchen gesundheitlichen Problemen steht?«

»Wenn es allesamt Männer aus der Chipping-Szene waren – nur mal rein hypothetisch – dann könnten sie sich diesem bei uns verbotenen Eingriff irgendwo im Ausland unterzogen haben?«

»Möglich wäre es. Bleibt aber trotzdem die Frage, was sie sich von dem Ding in ihrem Kopf versprochen haben? Für was war das gut?«

»Und abgesehen von diesem Chip im Kopf – was verbindet die Opfer miteinander? Welche Verbindung gibt es zwischen ihnen?«

»Nichts – außer einer. Und darauf stößt man nicht so schnell.«

»Was denn?« Von Geyers Morgenmuffel-Mimik keine Spur mehr.

»Unsere reiselustige Journalistin.«

»Natascha da Silva?«

»Jep!«

»Jetzt hör doch mal mit diesem bescheuerten Jep auf!«

Immerz müde Augen blitzten für eine Sekunde triumphierend auf.

»Jetzt kann ich mir den Rest des Jahres anhören, dass du ja gleich gesagt hast, dass wir sie im Auge behalten sollten«, stöhnte Geyer.

»Instinkt! Lernt man nicht auf der Schulbank … liegt in den Genen.« Die Retourkutsche zum ›Michel‹ tat gut. Kathrin brüstete sich immer gerne mit ihren Auszeichnungen, aber auch wenn manch anderer Kollege es ihr vom ersten Tag an nicht gerade leichtgemacht hatte – er nahm ihr das nicht übel, vielmehr spielte er damit. Er wusste, sie hasste es, wenn er darauf herumritt.

»Okay, okay. Was hast du rausgefunden, Lockenkopf?«

»Stenzel hat sie mehrmals getroffen, innerhalb kurzer Zeit. Zuletzt im *Diamond Garden* an dem Abend, als er starb. Zwar gibt es einige Leute, die in Stenzels letzten

Stunden in irgendeiner Weise mit ihm Kontakt hatten, ihn trafen, sprachen… Die Liste ist lang. Aber nur eine Person hatte auch Kontakt zu diesem Ruppenhauer.«

Geyer blickte ihn fragend an.

»Der Kerl, der ohne Fallschirm aus dem zehnten Stock seines Medienimperiums gesprungen ist, du weißt schon!« Immerz deutete auf die Akten neben Geyer. »Und diese eine Person, das war da Silva! Es gab keine Verbindung zwischen den Toten, es sei denn, sie wäre gut getarnt oder die Spuren verwischt. Aber da Silva hinterlässt eine Spur zu jedem der Toten. Sie hatte zu allen Kontakt.«

»Sie kannte Ruppenhauer auch?« Geyer schürzte die Lippen. »Kein so kleiner Zufall, wenn man bedenkt, dass es verhältnismäßig wenig kranke Menschen mit Chip im Schädel gibt und zwei davon in kurzen Abständen auf mysteriöse Weise sterben.«

»Ich sagte doch, die Toten waren keine Patienten…«

»Du hast die Krankenakten nicht richtig gesichtet, sie *müssen* Epileptiker oder so gewesen sein, es *muss* OP-Berichte geben!«

»Gibt es nicht.«

»Dann haben sie es im Ausland machen lassen. Geld hatten sie sicher genug, wenn ich mir deren Standing so anschaue. Oder willst du mir erzählen, dass die einfach so Metall im Kopf hatten? Komm schon! Egal, wir klären das noch. Dass die Todesfälle irgendwie zusammenhängen, klingt schlüssig. Drei Tote, und alle mit so einem Teil im Kopf… Zufall kann das nicht sein. Entweder gibt es mit den Teilen einen technischen Fehler, der zu Problemen führt, oder die Männer haben einen gemeinsamen Feind. Dann hat ihr Tod nichts mit dem Chip zu tun, sondern alle kennen sich irgendwie oder sind verbandelt, in irgendetwas verstrickt, das noch nicht offenkundig vor uns liegt.«

»Technischer Defekt – freigesetztes Gift – aus dem Fenster gestoßen? Zu wenig Parallelen, findest du nicht?«

»Vielleicht war Stenzel nicht mehr richtig im Kopf, warum auch immer, und hat sich umgebracht. Und warum *gestoßen*? «

»Instinkt…«

Geyer rollte genervt mit den Augen. »Bisher folgst du Indizien – wenn überhaupt… Beweisen jedenfalls nicht. Was hatte da Silva denn mit den beiden zu tun? Du sagtest, sie kannte auch diesen Ruppenhauer? Vielleicht hat sie an einer Reportage mit einem medizinischen Thema geschrieben? Oder – klar, das würde passen – über illegale Prothetik, über zumindest in unserem Lande verbotene OPs. Eine Reportage, die mal etwas brisanter wäre als der übliche Zahnersatz-Tourismus. Wäre möglich… Wenn sich nun aber die Gesunden chippen lassen, wäre das *noch* brisanter, als über Kranke zu berichten, die sich im Ausland irgendwelchen Maßnahmen unterziehen, weil sie hier entweder nicht möglich sind, ihnen nicht genehmigt werden oder aber schlicht zu teuer sind.«

»Wenn es aber medizinisch notwendig ist, fällt der letzte Punkt ja weg, oder nicht? Es macht einfach keinen Sinn. Es sei denn, sie wollten ein Implantat, dass hier bei uns nicht verwendet wird. Trotzdem wäre es doch aktenkundig, wenn die Toten krank gewesen wären. Die Kollegen in Hamburg – da wohnte und arbeitete Ruppenhauer – rätseln übrigens genauso, warum der so ein Implantat hatte. Fazit: Die Typen waren erstens nicht krank, hatten demnach auch keine medizinisch notwendigen neurologischen Eingriffe, und der Eingriff hatte zweitens ein anderes Ziel.« Immerz nahm einen großen Schluck des inzwischen nicht mehr brühend heißen Kaffees.

»Sagt wer?«

»Niemand. *Blueball News* schweigt sich aus, die wollen nichts zur geplanten Story sagen. Da Silva ist ja auch keine Verdächtige – bisher zumindest nicht. Inzwischen sehe ich das vielleicht anders. Eine Behinderung der polizeilichen Ermittlungen kann man der

Redaktion also schlecht unterstellen. Aber es liegt auf der Hand.«

»Was?«

»Na, dass es nicht um Krankheiten geht.«

»Wie kommst du darauf?«

»Würde sich eine Journalistin dann nur in gut betuchten Kreisen bewegen? Stenzel – ein renommierter Wissenschaftler. Ruppenhauer – ein Medienmogul. Potz, der dritte Tote mit Chip-Implantat – ein renommierter Politiker.« Immerz deutete wieder auf die Akten, diesmal aber drängender. »Alles hochkarätige Leute. Zufall?«

»Hm. Nicht, wenn es in ihrer Reportage darum geht, dass sich gewisse Leute im Ausland mit Methoden behandeln lassen, die sich der nicht so gut Situierte nicht leisten kann. Wäre ja auch ein brisantes Thema für ihre Rubrik, oder nicht? Aber stimmt schon, es macht keinen Sinn, dass die Toten medizinische Hilfe gebraucht haben, denn dann wären ihre Krankheiten irgendwo dokumentiert worden, und die Autopsie hätte auch Hinweise geliefert. Okay, du hast gewonnen. Die ganze Sache ist mehr als suspekt. Jetzt sag schon – woher kennt sie Ruppenhauer?«

»Sie kennt ihn gar nicht, wollte ihn aber interviewen. Na ja, nicht ihn. Oder vielleicht doch, das kann ich nicht sagen. Aber sie hatte Kontakt zu seinem Medienunternehmen aufgenommen, sie war an ihm dran.«

»Das sagt dir dein Instinkt?« Geyer sah Immerz herausfordernd an.

Er lachte. »Nein. Meine guten Kontakte zu ihrem Telefonanbieter.«

»Du bewegst dich auf dünnem Eis«, tadelte ihn Geyer. »Und wie steht sie zu diesem Potz?«

»Keine Ahnung. Aber das finden wir noch heraus. Zwei tote Chip-Typen, von ein und derselben Reporterin kontaktiert, ist einer zu viel, um nur Zufall zu sein. Es ist fast ein mathematisches Gesetz, dass der dritte Tote mit Chip im Hirn zu dem Ganzen auch in irgendeiner

Verbindung stehen muss. Und wenn zwischen den anderen beiden Typen die einzige Verbindung außer ihrem Implantat da Silva ist, dann verwette ich meine füllige Lockenpracht, dass sie auch zu dem Politiker in Verbindung steht. Die Frage ist nur, warum?«

»Vielleicht ist sie in irgendetwas reingerutscht, von dem sie selbst gar keine Ahnung hat, oder sie hängt mit drin?«

»Wir sollten sie im Auge behalten.« Immerz trank den Kaffee leer.

»Instinkt?«

»Nein. Kriminalistische Ausbildung.« Immerz grinste.

»Dürftig, findest du nicht?«

»Stimmt. Aber unser einziger Anhaltpunkt. Wir stehen ab jetzt in enger Abstimmung mit den Kollegen in Hamburg und Berlin.«

»Berlin?«

»Potz.«

»Ach so, stimmt! Ein Politiker. Er lebte auch dort?«

Immerz nickte.

»Was hast du noch?« Ihre Augen – schmale Schlitze, die kämpferisch aufblitzten. »Komm schon, ich kenne dich lange genug!«

»Lust auf Kino?«

»Hä?«

»Jetzt, wo es im Fall Stenzel möglicherweise um Mord geht, ist es mit dem Datenschutz nicht mehr so kompliziert.« Immerz grinste wieder. »Komm!« Er ging zum PC und tippte auf der Tastatur. »Sieh dir das an!« Er rückte zur Seite und machte Geyer Platz.

»Was ist das?« Geyer legte den Kopf schief. »Ist es das, was ich denke?«

»Jep!«

Geyers Ellenbogen deutete den Stoß in Immerz Rippen nur an.

»Autsch!« Schmunzelnd tippte er ein paar Befehle ein. Im Schnelldurchlauf suchte er offenbar eine bestimmte

Stelle im Video. »Schau, was eine der Kameras überaus nett eingefangen hat!«

»Ist das…?«

»Da Silva.«

»Was macht sie da?«

»Keine Ahnung. Leider können wir Stenzel nicht mehr fragen, ob es ihm gefiel, dass sie an ihm rumfummelte…«

»Du glaubst doch nicht…?«, fragte Geyer erstaunt.

»Keine Ahnung, was ich glauben soll. Die Kamera hat keine gute Perspektive, da Silva ist nur von hinten drauf und Stenzel meist nur verdeckt, und es ist nur ein Bruchteil des Moments drauf. Wir kennen weder den Anfang noch das Ende dieser Fummelei. Diese Systeme filmen von unterschiedlichen Stellen jeweils nur kurze Sequenzen, dann widmen sie sich einem anderen Platz im Foyer. Auf jeden Fall hatten sie Körperkontakt, aus welchem Grund auch immer. Sieht ziemlich intim aus, wenn du mich fragst…«

»Jetzt hör aber auf! Mitten im Foyer , Schwachsinn!«

»So meinte ich das ja nicht. Komisch, an was du gleich denkst – sagt man das nicht immer uns Männern nach?« Dann wurde er wieder ernst. Scherze waren seine Art, um mit seiner Arbeit und den menschlichen Schicksalen, mit denen er tagein tagaus zu tun hatte, umzugehen und dem Horror die Stirn zu bieten. Er und Geyer kannten sich lange genug, sie wusste, dass er ernst und mit dem gebührendem Respekt bei der Sache war, immer. Vielleicht nagten die Fälle aber umso mehr an ihm, je lockerer er nach außen wirkte. »Es muss ja auch nicht auf diese Art geschehen sein. Er hätte einen Einstich bemerkt, und sie hätte Kontakt zu einer freien Hautfläche haben müssen. Vielleicht hat sich da Silva ja auch nur auf ganz spezielle Art um seine Drinks gekümmert? Da schau, die Gläser! Da hätte der Ausdruck ›tödlicher Cocktailmix‹ nochmal eine ganz andere Bedeutung, findest du nicht?« Immerz schaute jetzt ernst.

»Aber das Motiv?«

»Keine Ahnung. Noch nicht.«

»Und warum verrennst du dich so in Richtung da Silva?«, fragte Geyer nun noch eine Stufe eindringlicher. »Sie ist bisher nie aufgefallen. Wir brauchen ein Motiv, und ich denke nicht, dass die Frau Dreck am Stecken hat. Und vor allem: was hat es mit diesen implantierten Chips auf sich, und wie könnte da Silvas Verbindung dazu aussehen?«

»Vielleicht finden wir in Hannover Anhaltspunkte?«

»In Hannover? Gibt es dort auch einen Fall wie unseren?«

»Noch nicht, und ich hoffe, das bleibt auch so. Da Silva ist dort. Vergessen? Ich möchte mich mal intensiv mit dieser Journalistin unterhalten. Die Kollegen in Hannover kümmern sich drum. Die Frau weiß irgendetwas, das spüre ich. Sie ist eine Spur, ganz sicher.«

»Eine Spur zu Morden, von denen bisher nicht mal sicher ist, dass es überhaupt welche sind?« Geyer schüttelte missmutig den Kopf. »Und was machen wir jetzt? Den Sonnenaufgang begrüßen? Oder kann ich erst mal was frühstücken, bevor wir starten?«, fragte sie genervt.

»Wir düsen da hoch. Wollte schon seit Langem mal wieder in den schönen Norden. Wir schauen dann auch gleich mal den Kollegen in Hamburg und Berlin über die Schulter.« Immerz zwinkerte Geyer verschwörerisch zu.

»Wir? He, halt! Und meine freien Tage? Ich habe –«

Immerz legte den mitleidigsten Blick auf, den er zustande brachte.

»Toll!« Sie seufzte. »Na gut, auf geht's, Michel von Lüneburg!«

♦

»Was Sie tun, ist nicht richtig!« Die Rundführung durch das Habitat, die kurzen Begegnungen mit Probanden und die Aufklärung über die Forschung waren wie ein Tornado auf Frank eingestürmt und ließen seinen

Kopf wirr und wütend zurück. »Sie haben Chipping am Gehirn *völlig gesunder* Menschen praktiziert?! Bei wie vielen? Und das mit immer neuen Prototypen, die noch gar nicht getestet worden sind?!« Es war wie in einem bizarren Albtraum, aus dem es offensichtlich kein Erwachen gab, denn Frank befand sich in der Realität. »Und wer finanziert das alles? Wo kommen die Milliarden her, die Ihre Frankenstein-Forschung hier erst möglich machen?« Frank kochte.

»Lobbyarbeit. Die eingangs erwähnten Sparring-Partner aus der Anti-Aging-Branche finanzieren letztlich nur einen kleinen Teil. Einen noch kleineren Teil tragen die Investoren aus der transhumanistischen Szene bei, jene, die es als eine Ehre oder Berufung ansehen, unsere Forschung zu unterstützen, sei es als Probanden, wenn die eigenen finanziellen Mittel bescheiden sind, sei es als bezahlender Kunde, dem ein Chip mit seinen zugegeben bis dato noch sehr begrenzten Möglichkeiten eine immense Stange Geld wert ist.«

»Da brauchen Sie nur in meine Heimat zu fliegen, nach California«, warf Dwyer mit seinem breiten amerikanischen Akzent ein, »dort gibt es eine nimmermüde Transhumanisten- und Anti-Aging-Szene. Und überall sonst finden Sie genügend Leute, nicht nur in Schweden. Auch in Deutschland, in der Schweiz, Italien, Spanien, Irland, England, Russland, Nahost… Leute, die viel Geld bezahlen, unermessliche Ressourcen einbringen und sich der Cyborg-Zukunft voll und ganz verschrieben haben…«

»Und solche Kunden sind nicht nur Transhumanisten«, übernahm Grothe wieder das Wort. »Nein, da gibt es auch Leute, die ganz und gar nicht transhumanistisch angehaucht sind. Ihr Ziel ist nicht der posthumane Cyborg-Mensch, und sie interessieren sich auch nicht für diese Thematik, sondern wollen Doping für ihr Leben. Dafür sind sie bereit, nicht nur eine Riesensumme Geld hinzulegen, sondern auch gewisse Risiken einzugehen. Natürlich sind das alles penibel ausgewählte Personen, wie Sie sich denken können, unsere Arbeit muss ja geheim bleiben. Über ein spezielles Auswahlverfahren, von dem diese Leute selbst nichts wissen, wird sichergestellt, wer grundsätzlich in Frage kommt und mit einer Wahrscheinlichkeit von 99 Prozent hinter unserer Sache steht. Mit unseren Verbindungen, mit der Unmenge von in unserer gläsernen Gesellschaft ohnehin vorhandenen Daten und mit einem speziell dafür entwickelten Computer-Programm werden entsprechende Treffer ausgewiesen. Vorsichtig nehmen wir dann Kontakt auf, es folgt ein Vorfühlen, im besten Fall findet man zueinander. Manche kommen aber auch aktiv auf uns zu, durch Empfehlung unter Gleichgesinnten sozusagen…«

Frank konnte es nicht fassen, er schüttelte angewidert den Kopf. Klar, dass er keinesfalls andeuten durfte, welche Folgen es haben würde, dass Grothe so blöd war, ihn da mit reinzuziehen. Er glaubte doch nicht im Ernst, dass er damit nicht an die Öffentlichkeit gehen würde? Sobald er einen Fuß an Land gesetzt hatte, würde das alles auffliegen!

Dass Frank nicht die Hälfte all dessen für möglich hielt, was sie ihm weismachen wollten, stand auf einem anderen Blatt. Allein dass man dieses Experiment überhaupt durchführte, war unverantwortlich! Aber bei den Summen, die flossen, und bei der kriminellen Energie, die hier mitwirkte, täte er gut daran so zu tun, als würde er sich zögerlich für diese Sache öffnen. Dafür musste er nur runterkommen und beginnen, das Spiel mitzuspielen. So lange, bis er unbehelligt an Land war! Alles andere konnte in die Hose gehen, denen war alles zuzutrauen…

Frank stand auf und lief minutenlang nachdenklich auf und ab – es sollte so aussehen, als denke er nach, hin und her gerissen, wie er mit alledem nun umgehen solle… Grothe und Dwyer saßen schweigend da und ließen ihn gewähren. Er rieb sich das Kinn, schüttelte ab und an den Kopf, äußerte dazwischen Sätze wie: »Wenn es möglich wäre, positives Verhalten zu stärken und unsere Welt damit zu einem besseren Ort zu machen…«, oder: »Ja, wenn es Wege gibt, dass nicht nur die Reichen dieser Welt in den Genuss dieser Technologie kämen…«, oder: »Sie vertrauen darauf, dass das Experiment uns das Paradies auf Erden und nicht die Apokalypse bringt?«

Frank sprang über seinen Schatten und benutzte Begriffe, die er eigentlich nicht benutzte, die aber in diesem Augenblick den Eindruck erwecken sollten, er sehe nunmehr ein, dass diese Leute der Menschheit das Heil bringen würden. Doch es war ein scheinbares Heil, das nur ablenkte vom echten Heil, das der Mensch so bitter nötig hatte. Frank musste dieses Spiel spielen, in der Hoffnung, dass sie ihm die Show abnehmen würden, er sei nunmehr doch zögerlich zum Transhumanismus bekehrt.

»Wenn Sie möchten, dass ich dieser großartigen Sache diene, dann möchte ich wissen, wer den Löwenanteil an der Finanzierung trägt.« *Großartige* Sache? Es kostete ihn einiges an Überwindung, das zu sagen. »Und um was geht es bei dem Objekt, das ich finden soll? Was ist so ungeheuer wichtig daran? Sie haben doch den Stein der Weisen für die Wissenschaft schon gefunden!«

Dwyer sah zu Grothe hinüber und schwieg. Grothe antwortete: »Den Löwenanteil trägt ein in den USA ansässiger Investment-Gigant.« Frank drehte sich unwillkürlich zu Dwyer. Jetzt wurde auch das klar.

»Aber inzwischen, sind Konflikte entstanden«, erläuterte Grothe weiter. »Sie müssen wissen, dass die Investments oftmals aus Quellen stammen, mit denen man sich gut stellen muss, weil sie im Hintergrund alles beherrschen, die Politik, die Wirtschaft, die Kultur. Wie Sie an unserem Experiment ja sehen können, ist unsere Demokratie eine willkommene Fassade für die Verwirklichung von großartigen Vorhaben, eine Fassade, hinter der längst abgemacht ist, was die Zukunft unserer Gesellschaft als große Errungenschaft feiern wird.«

Vielleicht das Glaubwürdigste, das Grothe heute überhaupt gesagt hatte, dachte Frank. »Und unsere Regierung ist an dieser Sache hier beteiligt? Das kaufe ich Ihnen nicht ab…« Frank setzte das unauffälligste Lächeln auf, zu dem er fähig war.

»Nun, wir haben Verbindungen zu politischen Entscheidern, die zwar nicht an der Macht sind, die aber um jeden Preis Macht wollen, mit dem Ziel, für Gerechtigkeit und Ordnung zu sorgen.«

»Welche politischen Entscheider sind das?«, fragte Frank.

»Gleich. Erst sage ich Ihnen, warum sich alles um die verschollenen Daten dreht. Dann schließt sich der Kreis.«

»Ich bin ganz Ohr«, sagte Frank, betont ruhig.

Grothe taxierte ihn. »Vor einigen Jahren arbeitete einer der außerordentlichsten Wissenschaftler, der mir bekannt ist, für uns. Sein Name: Dr. Leon Muth. Er entwickelte ein Programm, das alles bisher erreichte in den Schatten stellt, und perfektionierte die Technik der subliminalen Übermittlung von Signalen. Damit ist es erstmals möglich, dass der Sender als Befehl seinen eigenen Willen eingibt. Verstehen Sie? Wir haben ein Instrument der ultimativen Kontrolle in der Hand – ja, es ist sogar die ultimative Waffe! Für einen einzelnen Menschen, für ein Unternehmen, für eine Regierung oder für das Militär. Es kann in ganz banalen Dingen angewendet werden, beispielsweise um zu erreichen, dass eine Frau sich für einen bestimmten Mann interessiert oder ein bestimmtes Produkt auswählt – oder aber bei der Verbreitung von Zustimmung zu bestimmten Ideen. In jedem Fall wird der Rezipient zum Vollstrecker der Pläne des Senders. Sie können sich vorstellen, was nun möglich ist? Denken Sie daran, was wir durch die Medien, das Internet, die sozialen Netzwerke erreichen können! Denken Sie daran, was das für den demokratischen Wahlkampf bedeutet! Unsere Debatten werden nun auf einem ganz anderen Level ausgetragen werden, denn wir sind in der Lage, den Menschen die richtigen Motive, die richtigen Fakten und die richtigen Informationen zuzuspielen. Sie brauchen nicht einmal mehr etwas dafür zu tun, ganz bequem gehen sie den täglichen Dingen ihres Lebens nach, während im Hintergrund der Bildungsprozess läuft, die Programmierung einer besseren Welt! Gerade unsere politischen Investoren sind finanziell ausgezeichnet aufgestellt, das Geld fließt unaufhörlich. Und wir wollen Resultate liefern. Was Leon Muth entdeckt hat, ist der Stein der Weisen, um es mit Ihren Worten zu sagen.«

Eher ist es die Büchse der Pandora, dachte Frank, beherrschte sich dann aber. Stattdessen sagte er: »Wenn so etwas möglich ist, dann ist das durchaus beeindruckend.« Es klang sogar anerkennend.

Und dennoch wohl nicht anerkennend genug, denn Grothe fragte: »Sie zweifeln noch, nach allem, was Sie gesehen und gehört haben?«

»Wer sind diese Politiker?«

»Die wenigsten dürften Ihnen ein Begriff sein, sie sind für die Öffentlichkeit unsichtbar. Und so genau weiß ich es auch nicht. Ist sicher besser so. Aber ich kann eins und eins zusammenzählen, ich bin ja nicht auf den Kopf gefallen. Mein wichtigster Sparring-Partner – die Dame ist extrem einflussreich und hoch gebildet, pflegt enge Verbindungen in dieses Milieu. Oder vielmehr *pflegte.* In der gegenwärtigen politischen Landschaft mischen auch diese Leute mit und haben einflussreiche Ämter inne, aber sie dienen anderen Interessen. Sie sind Schläfer, die nur darauf warten, die Ziele ihrer Partei zu verwirklichen, einer Partei, von der man zwar glaubt, sie sei vor Jahren zerschlagen worden, die aber im Untergrund schlummert. Tatsächlich deutet alles darauf hin, dass…«

Die katastrophale Antwort preschte Frank ins Hirn, noch bevor Grothe seinen Satz beenden konnte.

»…sie aufstehen wird, wie der Phönix aus der Asche.«

Frank sank in den Stuhl. »…der *Deutsche Phönix!*«

♦

»Wir möchten Sie bitten, uns zu begleiten, Frau da Silva. Wir haben ein paar Fragen an Sie bezüglich des Abends mit Professor Stenzel.«

So dringend? Also doch Mord. Entsetzlich! »Ich verstehe nicht, was Sie von mir wollen, meine Herren.« Natascha blickte von einem zum anderen. Sie konnte es nicht fassen – da standen tatsächlich zwei Beamte der Kripo in ihrem Zimmer – unangekündigt und in aller Früh – es war ja quasi noch Nacht! »Gestern Abend erst hat mich ein Münchener Kommissar angerufen, Immerz heißt er, glaube ich. Es war besprochen, dass ich meine Zeugenaussage mache, wenn ich wieder in München bin. Ich weiß nicht einmal, was ich groß bezeugen soll…«

Einer der beiden Beamten, die Natascha, nachdem sie sich ausgewiesen hatten, in ihr Zimmer gelassen hatte, sagte ruhig, aber bestimmt: »Dann hat sich die Sachlage offensichtlich geändert, Frau da Silva. Wir müssen Sie auffordern, uns zu begleiten!« Er ließ den Blick durch das Zimmer schweifen. »Bitte packen Sie Ihre Sachen zusammen. Mein Kollege gibt Ihrer Begleiterin Bescheid und holt Ihre Tochter.« Er sagte es freundlich, doch bei Natascha kam es anders an.

»Auffordern?! Sie können mich bitten – aber nicht auffordern! Und auch dann sage ich nein. Sie können mir hier und jetzt ein paar Fragen stellen, aber ich habe keine Zeit, Sie zu begleiten. Was soll das überhaupt! Ich bin eine Zeugin – wenngleich ich, wie bereits gesagt, gar nicht weiß, was ich bezeugen soll. Dass Professor Stenzel noch lebte, als er sich mit mir unterhielt? Ich kenne ihn kaum. Keine Ahnung, was Sie überhaupt wollen. Ich bin doch keine Verdächtige!«

»Da wäre ich mir nicht so sicher, Frau da Silva.« Die Antwort kam trocken und klang nicht nach Konter.

»Sind Sie noch ganz bei Trost?!« Natascha platzte der Kragen.

»Diesen einen Fehltritt lasse ich durchgehen, doch der nächste wird Ihnen ein Verfahren wegen Beamtenbeleidigung einbringen. Sie packen jetzt bitte Ihre Sachen zusammen, checken aus und kommen mit!«

Natascha musste runterkommen, sie würde nur den Kürzeren ziehen. »Bitte entschuldigen Sie meine Unbeherrschtheit, Sie machen ja sicherlich nur, was man Ihnen *von oben* aufträgt. Entschuldigen Sie…« Hoffentlich saß der Hieb auf die männliche Eitelkeit! »Ich komme mit. Aber seien Sie gewiss: Diese Willkür, die Ihre Behörde hier gerade gegenüber unbescholtenen Bürgern walten lässt, wird ein juristisches Nachspiel haben, meine Herren«, erwiderte Natascha bemüht selbstsicher und so besonnen, wie es ihr in dem Moment möglich war. »Das alles ist völlig überzogen. Ich bin mit meiner kleinen Tochter hier, wie Sie wissen. Wir haben nicht mal gefrühstückt. Davon abgesehen habe ich einen Tagesplan, den Sie mir nun einfach über den Haufen werfen. Finden Sie das okay?« Mit knirschenden Zähnen öffnete Natascha ihren Trolley, um die ersten Sachen einzupacken.

♦

»Wir haben es, wir haben es! Es ist bereits an Bord!« Erleichterung lag in den Worten des »Fangvogels«, wie Henrik Gabor den leitenden Mann der seit Jahren andauernden Expedition mit ihrem Spezial-U-Boot nannte. Sein Kommandant war Zivilist, aber für Gabor und die Leute vom *Deutschen Phönix* war es vom ersten Tag an mehr gewesen als nur die Suche nach einem wissenschaftlich wichtigen Objekt. Einem Objekt, das sie unbedingt vor *Sub Search* finden mussten. Es war ein Feldzug, eine Schlacht!

Zu groß war das Risiko, dass *Sub Search* diese Forschungsdaten an den Meistbietenden verkaufen würde und sie die Kontrolle verlieren würden. Gabor und von Rhein hatten früh erkannt, dass sie dieses Risiko nicht eingehen durften, weder Gabor, der mit seinem Unternehmen künftig in die Gesellschaft hineinwirtschaften oder besser gesagt hineinregieren würde, noch der verdeckt agierende von Rhein, der sich hinter der Fassade von Gleichheit und Demokratie die uneingeschränkte politische Macht sichern wollte, im »neuen Deutschland«, dem Land der »kontrollierten Demokratie«. Auch so Begriffe, die sie liebten.

Bevor andere die Ergebnisse in die Hände bekamen, hatten sie lieber selbst vor Jahren ein paar Milliarden für ein spezielles Unterseeboot in die Hand genommen und suchten auf eigene Faust. Wovon niemand etwas wusste, dank der innovativen Abschirmtechnik. Gabors Unternehmen *Marano Global Watch* trug einen verhältnismäßig kleinen Teil zur Finanzierung bei. Man würde ihn und sein weltweit agierendes Unternehmen brauchen, um in einer Welt der Kontrolle und Überwachung die notwendige Technik bereitzustellen. Man würde auch seine guten Kontakte in die USA und den Nahen Osten brauchen, denn es war nur eine Frage der Zeit, wann sie expandieren würden. Dummerweise war *Sub Search* derzeit der Knotenpunkt, bei dem die Investments zusammenliefen.

Henrik Gabor strich sich über das Haar an der Stelle der kleinen Narbe. Er trug einen Chip der allerersten Generation. Viele Möglichkeiten bot der nicht. Genaugenommen keine, die ihm wirklich etwas brachten. Einer aus den ersten Versuchsreihen, einer der einfachen Prototypen, weit davon entfernt, seinen Träger zum *Supermenschen* zu machen. Ohnehin hatte Gabors Mission keine ideologischen oder gar religiösen Züge wie die einiger anderer um ihn herum. Nein, seine war rein wirtschaftlich. Die Zukunft würde zwar nicht irgendein transhumanistisches Heil auf Erden bringen, wie es viele der Anhänger erhofften, doch es würde eine Zukunft der Möglichkeiten sein, und Möglichkeiten bedeuteten Geld! Wenn man in der Lage war, sich frühzeitig darauf vorzubereiten und die

Gunst der Stunde zu nutzen. Das ganze philosophische Trara juckte ihn nicht. Was aber hin und wieder juckte, war die Narbe der damaligen OP, sie war wie ein Mahnmal, das ihn an den Weg erinnerte, den er mitzugehen bereit war.

Es ging um Macht und Geld. Und es war nur eine Frage der Zeit, dann würden völlig neuartige Sicherheitslösungen benötigt, und das in allen Bereichen des Lebens. Vor allem würde man Lösungen brauchen, um zu verhindern, dass jeder jedem seinen Willen aufdrücken und die Gesellschaft in ein unkontrollierbares Chaos versinken würde. Macht sollte sich nur dort konzentrieren, wo es gewünscht war. Die Macht musste jenen vorbehalten bleiben, die an ihre Welt von Möglichkeiten glaubten! Menschen wie Gabor. Und wer wäre besser geeignet, die Monopolstellung im High-Tech-Zukunftsmarkt einzunehmen, als sein Unternehmen *Marano Global Watch.*

Sie hatten es geschafft, sie hatten das Ding an Bord! Er würde sofort von Rhein anrufen und ihm die sensationellen Neuigkeiten verkünden. Und mit ihm besprechen, wie es nun weitergehen sollte.

Von Rhein… Wie konnte dieser Mann sich mit plötzlich so viel Geld in eine Position mit so viel Einfluss katapultieren? Es blieb ihm ein Rätsel. Aber ohne von Rhein wären sie nie dort hingekommen, wo sie jetzt waren, und ohne von Rhein wäre man auch nicht auf sein Unternehmen derart angewiesen, im erneuerten Deutschland, das bald Wirklichkeit sein würde und bestimmt sein sollte durch die totale Kontrolle zum Wohl des Bürgers.

Eine Sache aber störte ihn. Was war es?

Sicher war er nicht. Es war vielmehr ein Bauchgefühl, eine Intuition. Kochte von Rhein nicht noch ein anderes, ganz eigenes Süppchen? Was sollte die Spielerei mit dieser Journalistin? Was bezweckte von Rhein damit? Er hatte doch Möglichkeiten, die Frau zu stoppen – dafür musste er sie nicht einmal beseitigen.

Doch was tat von Rhein? Ließ da Silva einfach weiter an

ihrer Reportage arbeiten und ungehindert weiter Nachforschungen anstellen. Aber Gabor hatte sich der Sache angenommen, auf die harte Tour, es sollte wohl so sein. Er hatte auf Spielchen keine Lust – seine Lust war anders gelagert. Überwachung, Sicherheit und Kontrolle beherrschten auch seinen Umgang mit Personen, deren Rolle nicht ganz klar war und die deshalb eine potentielle Gefahr darstellten.

Er wählte die Nummer seines Mannes vor Ort in Hannover, um zu hören, was es Neues gab. Ob er seinen Job erledigt hatte und – wenn nicht – wann er gedachte, es zu Ende zu bringen.

♦

Wütend stopfte Natascha ihre Sachen in den Trolley. Die Polizisten besprachen sich kurz, bevor einer von ihnen das Zimmer verlassen und Lea holen wollte. Da klopfte es an der Tür.

Die beiden Polizisten hielten es nicht für nötig, ihr irgendeine Anweisung zu geben, warum auch? Noch war sie keine Gefangene und somit war es *ihr* Hotelzimmer, *ihr* Besuch, wer auch immer es war. Jennifer? Frøseth?

»Ja bitte?«, rief Natascha durch die Tür.

»Tobias Wieland von der Rezeption. Entschuldigen Sie die frühe Störung, Frau da Silva, aber ich habe hier eine sehr wichtige Nachricht für Sie.«

Natascha schaute verdutzt. »Sicher vonmeiner Redaktion bei *Blueball News*«, sagte sie zu den beiden Polizisten. »Moment, ich mach auf.«

Natascha öffnete einen Spalt. Plötzlich flog die Tür weit auf, mit enormer Wucht, und ein Mann – mehr konnte sie so schnell nicht erkennen – stieß Natascha mit solcher Kraft in den Raum, dass sie stürzte. Im Fallen hörte sie in einem fast nicht wahrnehmbaren Abstand ein Ploppen, wie das Entkorken einer Sektflasche. Dann flog die Tür ins Schloss. Natascha schützte sich vor dem Aufprall und rollte sich geschickt ab, doch noch bevor sie den beim Taekwondo erlernten Bewegungsablauf beenden und aufstehen konnte, herrschte jemand hinter ihr sie bereits an: »Aufstehen!«

Natascha richtete den Blick auf die Stelle, wo Sekunden zuvor noch die beiden Polizisten gestanden hatten. Es dauerte eine Sekunde, bis ihr Gehirn das, was sie sah, zur Tatsache erklärte. Noch bevor sie schreien konnte, spürte sie etwas Hartes an ihrem Hinterkopf, der Mann sagte: »Keinen Laut, sonst bist du die Nächste. Aufstehen, ganz langsam!«

Natascha wagte nicht, sich umzudrehen, und tat, wie ihr geheißen. Sie konnte den Blick nicht von den beiden Polizisten am Boden lösen. Gerade hatten Sie noch geredet! Sie wollte schreien – aber es entwich ihr kein Laut. Entweder befolgte sie unwillkürlich die Befehle des Mörders, der ihr die Waffe an den Kopf drückte, was sicher vernünftig war, oder aber ihr versagte einfach nur die Kehle – dann sollte sie für den Ausfall ihrer Stimme dankbar sein. Wer auch immer der Kerl war – er würde sie töten, ohne mit der Wimper zu zucken. Das da drüben waren Polizisten! Alles war so schnell gegangen! Die Beamten hatten nicht damit gerechnet, dass ein Killer an die Tür klopfen würde. Warum auch? Es war offensichtlich: Die Behörden hatten keinen blassen Schimmer von der Tragweite dieses Falles. Und spätestens jetzt begriff Natascha, dass diese ganze Sache mit Stenzel etwas Großes war – etwas, das mit ihr zu tun hatte. Mit ihrer Reportage! Sie zwang sich, die aufkommende Panik abzuwehren.

»Was wollen Sie?« Ihre Stimme zitterte, doch zumindest kamen nun Worte aus ihrem Mund. »Hören Sie!« Es klang etwas fester, sie nahm all ihren Mut zusammen. »Ich habe Sie nicht gesehen, von mir geht also keine Gefahr für Sie aus, wenn Sie einfach verschwinden. Bitte! Ich habe eine kleine Tochter… Was wollen Sie denn?«

»Alles, was Sie in Erfahrung gebracht haben.« Die Stimme war kalt.

»Ich verstehe nicht…«

Der Mann verstärkte den Druck des Schalldämpfers an ihrem Kopf.

»Okay, okay. Ich tue alles, was Sie verlangen, aber Sie müssen mir sagen, was genau Sie wollen – ich habe keine Ahnung…«

Sie konnte seinen Atem hören, und sie nahm seinen Geruch wahr. Seltsam, dass sie in diesem Augenblick auf so etwas wie seinen Geruch achtete, ein Gemisch aus Pfefferminz, Moschus und Lilie… Sie hatte es schon immer mit Düften gehabt. Ihr Herz hämmerte, drohte zu explodieren.

»Du hast zwei Möglichkeiten, Natascha. Du sagst mir, was ich wissen möchte, und ich töte danach nur dich. Oder du nimmst dein Wissen mit ins Grab, aber Du wirst da nicht allein bleiben, denn deine kleine Tochter werden sie mit dir beerdigen. *Deine* Zukunft ist also festgelegt, und es liegt allein an dir, wie es mit der Zukunft deiner Tochter aussieht. Also?! Was hast du an Informationen gesammelt?«

»Informationen zu was?«

»Rüber zum Laptop, aber langsam! Anschalten! Hochfahren! Mail-Accounts öffnen, geschäftlich und privat! Und tipp alles langsam ein, damit ich mir alle Zugangsdaten notieren kann! Ich nehme den Laptop mit«, forderte der Mann Natascha auf.

Plötzlich spürte sie seine Hand erst an der Hosentasche auf ihrer linken Seite und dann, etwas umständlicher, weil er mit seiner linken Hand hinüberlangen musste, auf der anderen Seite. Natascha fühlte, dass seine Finger durch den Jeansstoff den USB-Stick ertastet hatten.

»Was ist das? Alles rausholen, was du in den Taschen hast! Aber langsam!« Der Druck am Hinterkopf nahm zu.

Was soll's?! Sie kam aus der Situation nicht heraus.

Außerdem hatte Frøseth auch alle Daten, sie wären nicht verloren. »Ein USB-Stick. Ich hol ihn raus.« Mit zittriger Hand kramte Natascha den Stick aus ihrer engen Hosentasche, was sie Mühe und Zeit kostete.

»Wird's bald?!« Der Kerl drückte mit der Waffe so fest an ihren Kopf, dass er ihr Gesicht ein Stück weit nach unten drückte.

»Hier.« Natascha streckte ihre Hand nach rechts aus.

»In die linke Hand! Los!«

Sie tat, wie ihr befohlen. Der Kerl schnappte sich den USB-Stick. »Jetzt zum Laptop!«

Nach ein paar Minuten waren der Laptop und Nataschas privater Postfachzugang ein offenes Buch für den Killer. Die ganze Zeit über war Natascha in Sorge, Jennifer könnte mit den Kindern kommen…

»Aufstehen!« Nun führte der Mann Natascha Richtung Tür. Wo wollte er mit ihr hin? Das Hotel erwachte langsam zum Leben. Wider Erwarten öffnete er die Tür aber nicht, sondern drehte sich mit Natascha Richtung Rauminneres. Natascha blieb der Anblick auf die beiden toten Polizisten nicht erspart. Sie konnte wahrnehmen, dass der Mann etwas aus seiner linken Jackentasche nahm. Sekunden später wusste Natascha, was es war. Zu dem harten Druck am Hinterkopf kam nun noch ein nicht weniger harter auf ihre linke Schläfe. Es klickte. Der Kerl hatte eine zweite Schussaffe, die er jetzt in seiner linken Hand hielt. Der Druck am Hinterkopf nahm plötzlich ab, ein Geräusch, als sichere er die Waffe, Natascha sah aus ihrem rechten Augenwinkel, wie er sie in ihr Blickfeld schob. Der Mann hielt die Waffe nun am Lauf statt am Griff.

»Nimm sie!«, befahl er. Der zunehmende Druck an der linken Schläfe unterstrich die Anweisung.

Natascha zögerte, ihr Verstand hakte.

»Mach schon!«

Natascha ergriff irritiert mit der rechten Hand, die wie Espenlaub zitterte, die Waffe. Ungelenk und zitternd wie nie zuvor in ihrem Leben nahm sie die Waffe. Dann traf sie die Erkenntnis wie in Zeitlupe, während der Mann seine Hand um die ihrige schloss, die Waffe mit ihr gemeinsam festhielt und sich der Zeigefinger seiner behandschuhten Hand bestimmt und fest auf den ihren legte. Langsam richtete er die Waffe in Nataschas Hand aus, in Richtung der Leichen. Er erhob sich und zog auch Sie empor und änderte so den Winkel, zu den toten Polizisten.

Plop. Plop.

Zu den bereits vorhandenen Einschusslöchern an den Köpfen waren nun zwei weitere hinzugekommen.

»Keine sauberen Treffer, aber für Schmauchspuren an deiner Hand reicht es. Die Waffe loslassen, in meine Hand! Nicht fallen lassen!« Wieder stieß der Mann mit der anderen Waffe gegen ihre Schläfe, wie um seinen Worte Nachdruck zu verleihen. Als ob das nötig wäre!

Natascha ließ die Waffe los. Mit weit aufgerissenen Augen starrte sie auf die Leichen. Plötzlich wurde ihr speiübel, sie konnte sich nicht dagegen wehren, ein Schwall Erbrochenes ergoss sich auf den Boden.

»Was soll die Sauerei, reiß dich zusammen!« Stille. »Wobei – dieses Zeugnis der Reue oder Verzweiflung kommt mir sogar entgegen.«

Der Typ lachte kurz. Dann hielt er ihr wieder die erste Waffe an den Kopf.

Noch immer entwich Nataschas Kehle nur ersticktes Entsetzen. Kein Schrei – was würde es auch bringen? Es würde das Unvermeidliche nur beschleunigen. Besser war es, Zeit zu gewinnen. Zeit, um vielleicht eine Lösung zu finden, eine kleine Chance zu ergreifen, falls sich eine auftun würde. Wieder bemerkte sie, dass der Mann an seiner Kleidung fingerte und etwas hervorholte, dabei hatte er die zweite Waffe weggesteckt.

Kurz darauf sagte er: »Ohrstöpsel. Ich brauche meine Ohren noch, und allzu weit kann ich meinen Kopf ja nicht von deinem wegbewegen, wenn wir so weit sind.« Wieder lachte er. »Wird eine Sauerei geben.« Dann Stille. Kurz darauf spürte Natascha wieder die zweite Waffe an ihrer linken Schläfe.

Plötzlich veränderte sich der Druck der ersten Waffe, und kurz darauf spürte sie sie an der rechten Schläfe. »Nimm sie! Am Kopf lassen!« Der Mann hielt die Waffe nun so, dass der Griff für Nataschas Finger greifbar war.

»Abdrücken!«, befahl der Typ. »Keine Sorge, ich helfe dir dabei!«

♦

Mike beachtete nur Ampeln, deren Missachtung er für wirklich verkehrsgefährdend oder gar lebensgefährlich hielt. Ansonsten pfiff er auf Verkehrsregeln und holte aus dem Fahrzeug raus, was möglich war.

Zuerst hatte er versucht Frank zu erreichen, dann Jennifer. Frank sollte wissen, warum er abgehauen war. Und Jennifer sollte ihm den Aufenthaltsort von Natascha angeben – wobei er davon ausging, dass Natascha um diese Uhrzeit an dem Ort war, wo sich auch Jennifer befand. Franks Handy war aus – oder ohne Empfang. Auch Jennifer war nicht zu erreichen. Wiederholt hatte er es bei beiden probiert. *Wenn es mal wichtig ist, erreicht man keinen! Typisch!* Frustriert legte Mike das Telefon wieder zur Seite. Er sollte sich eine Freisprechanlage kaufen! Normalerweise telefonierte er nicht beim Fahren – aber heute erforderten es die Umstände.

Warum nur hatte er Natascha an jenem Abend in Mallorca nicht nach ihrer Nummer gefragt? Moment! Hatte Jennifer nicht einmal versucht, ihn zu erreichen, und dabei Nataschas Telefon benutzt? Jennifer hatte ihr Telefon in der Basis liegen lassen und ihn schnell etwas Geschäftliches fragen wollen. Schwach erinnerte er sich nun daran, dass er sich noch über die unbekannte Nummer gewundert hatte. Er musste die Anruferliste durchgehen und so lange scrollen, bis er auf den Anruf stieß. Aber sich so intensiv mit dem Handy beschäftigen, würde ihn zu sehr ablenken – und er wollte weder die Geschwindigkeit drosseln, noch die Fahrt unterbrechen. Sobald er die kurvigen Nebenstraßen verlassen hatte und auf die Autobahn gefahren war, würde er das Ding nach der Nummer durchforsten und dann, sollte er Glück haben und die Nummer noch in der Liste sein, sofort anrufen. In einer Minute wäre er endlich runter von der Landstraße.

Vielleicht hätte er doch lieber noch schnell vorm Losfahren zum Telefon greifen sollen – jetzt aber war mehr Zeit vergangen, als er angenommen hatte. Doch eine innere Stimme hatte ihn gedrängt, Mike hoffte, dass sie es gut mit ihm meinte – er hatte lange nicht mehr auf sie gehört, vielleicht sprach er ja inzwischen nicht mehr ihre Sprache – oder schlimmer: vielleicht konnte er die Stimme nicht mehr von einer gegnerischen unterscheiden. Egal, er wollte keine Zeit verlieren, beim Auffahren auf die Autobahn trat er voll durch.

Um diese Uhrzeit war auf der Autobahn noch nicht viel los, er würde die Strecke nach Niedersachsen in Rekordzeit schaffen. Aber wohin dann in Hannover? In Kürze würde er es wissen.

Mike blickte nach unten auf das Telefon in seiner Hand und scrollte die Liste durch, so schnell es ging. Die letzten Wochen überscrollte er, die Anrufe aus der Zeit auf der Insel mussten weiter unten auftauchen. Immer wieder richtete er seinen Blick auf die Straße, er musste sich konzentrieren. Gerade wollte wieder ein LKW auf die linke Spur, um einen anderen zu überholen, fast hätte Mike eine Sekunde zu lang aufs Handy geschaut. Aber es war nochmal gut gegangen.

So schnell fand er die Nummer doch nicht – es gab mehr Anrufe, als er gedacht hatte, die keinem Namen im Adressbuch zugeordnet waren. Welcher Tag war es gewesen? Welche Uhrzeit? Er überflog die Liste weiter und warf zwischendurch immer wieder mal einen Blick auf die Straße.

Da!

Das musste sie sein, das konnte passen! Die Nummer würde er probieren. Er hatte noch immer ihre Nummer – und nie gewählt. Ein Fehler. Und jetzt, urplötzlich, würde er sie anrufen, am frühen Morgen, und ihr von einer Eingebung erzählen?! Sie würde ihn für völlig durchgeknallt halten. Egal! Schnell auf *Anruf* gehen.

Rufaufbau…

Eine Sekunde zu lang haftete sein Blick auf dem Handy. Er führte das Telefon zum Ohr und hob rasch seinen Blick wieder zur Windschutzscheibe. Zu spät!

Es ging alles rasend schnell. Ein LKW, der ausgeschert war, ohne dass Mike es bemerkt hatte, tauchte plötzlich zum Greifen nah vor ihm auf. Mike schrak zusammen, reagierte sofort. Auf die rechte Spur konnte er nicht ausweichen, der überholte LKW befand sich genau auf seiner Höhe. Links war die Leitplanke. Er trat das Bremspedal voll durch. Das Auto brach plötzlich aus. Instinktiv ließ Mike das Smartphone fallen. Mit beiden Händen krallte er sich ins Lenkrad, bekam das Fahrzeug aber nicht mehr unter Kontrolle. Er nahm nur noch den Schwebezustand wahr, dann war alles weg.

♦

Natascha spürte, der Mann machte ernst, er bluffte nicht. Sie würde in wenigen Sekunden sterben. Eine nie gekannte Angst ergriff Besitz von ihr – Todesangst. Während sie panisch nach einem Ausweg suchte, blieb ihr Körper unerwartet ruhig. Wäre ihr Körper der Panik gefolgt – sie hätte hysterisch um sich geschlagen. Die kleinste Bewegung aber konnte die Sache beschleunigen. In Blockbuster-Filmen würde die Heldin nun einen kühlen Kopf bewahren, ihr würde jetzt irgendetwas Schlaues einfallen, ein Trick, ein Bluff, eine Hinhaltetaktik, die den Killer am Ende tatsächlich aufhalten würde. Irgendein cleverer Schachzug.

Einen vermeintlich cleveren Schachzug hatte sie zehn Sekunden zuvor versucht und vorgetäuscht, sie hätte noch Material, an das der Killer ja nicht mehr käme, würde er sie hier und jetzt erledigen, Material, zu dem sie ihn hinführen würde, wenn er sie am Leben ließe.

Der Mann hatte nur kurz gelacht. »Da musst du dir schon was Besseres einfallen lassen…« Trotzdem hatte er den Abzug noch immer nicht gedrückt oder besser gesagt noch nicht dafür gesorgt, dass sie es tat. War er doch unsicher geworden? Hatte es etwas gebracht? Sollte sie weiterreden? Oder versuchen zu handeln und riskieren, dass es schiefgehen und sie nur ein paar Sekunden früher sterben würde?

Als sie noch Taekwondo betrieben und diverse Selbstverteidigungstechniken praktiziert hatte, hatte sie auch Abwehrtechniken für Messerangriffe gelernt, und natürlich hatte es auch gestellte Situationen gegeben, in denen der Angreifer aus nächster Nähe eine Schusswaffenattrappe auf sie richtete, aber plötzlich erinnerte sie sich an überhaupt gar nichts, was ihr jetzt hätte weiterhelfen können. Wie sollte man sich wehren, wenn einem jemand eine Pistole direkt an den Kopf hielt? Mit einer schnellen Bewegung die Waffe vom Kopf wegdrücken, so schnell, dass der Mann einen Bruchteil zu spät reagieren und der Schuss allenfalls ein Streifschuss werden würde oder gar ins Leere ging? War sie so schnell? Aber was hatte sie zu verlieren? Der Mann hatte vor, sie zu töten, kein Zweifel… Aber sie wollte sich nicht kampflos ihrem Schlächter ergeben. Sie musste sich entscheiden. Jetzt. Jede Sekunde konnte es so weit sein, jede Sekunde konnte er abdrücken. Wenn er es wirklich vorhatte. Wenn…

Aber er hatte es vor, das war sicher. Allenfalls zögerte er noch, um zu hören, was sie ihm vielleicht doch noch an Informationen auftischen würde. Sie musste es versuchen. Sie war lange aus dem Training und vielleicht nicht mehr schnell genug.

»Den anderen Teil der Daten habe ich –«

Wie eine Granate schlug der schrille Klingelton ihres Smartphones ein. Dann ging alles blitzschnell. Das Klingeln musste den Mann abgelenkt haben, einen kurzen Augenblick nur, der Druck des Waffenlaufs ließ nach. Ohne nachzudenken und mit einer kraftvollen und extrem schnellen Bewegung warf Natascha ihre Hand samt Waffe von ihrer Schläfe, drückte fast gleichzeitig den Lauf der Waffe nach unten, weg von sich selbst und hin zum Killer, drehte sich ruckartig weg und drückte ab.

Ein gellender Schrei, die Kugel hatte aus nächster Nähe seinen Oberschenkel durchschlagen. Er sackte in sich zusammen. In derselben Sekunde versetzte Natascha ihm einen *Ap Chagi*, den aus dieser Distanz sinnvollen Vorwärtstritt. Dabei stieß sie einen kurzen Schrei aus, in den sie all ihre Wut hineinpackte. Der Kick traf ihn von unten am Kinn und stieß seinen Kopf nach hinten. Wäre Natascha die Heldin in einem Actionfilm gewesen, hätte sie sich jetzt pfeilschnell um die eigene Achse gedreht und dem Gegner einen spektakulären Drehkick *Dollyo Chagi* vor den Latz geknallt. Natascha aber wusste es besser. Nicht, dass sie diese schwierige Technik nicht beherrschte, doch in der Realität machte es nur sehr selten Sinn, sie auch anzuwenden. Sie würde dem Gegner den Rücken zukehren und zudem unnötig Distanz aufbauen. Die beste Lösung war hier, die Nähe zum Gegner auszunutzen und kein Risiko einzugehen.

In Sekundenbruchteilen entschied sie sich für den weniger akrobatischen, dafür aber knallharten Spanntritt *Paldung Chagi*. Gekonnt, als hätte sie noch gestern einen Wettkampf bestritten, rammte sie ihm diesen genau in dem Moment, als er sich wie ein Dämon wieder sammelte, aus nächster Nähe seitlich in die Nieren, gefolgt von einem hammerharten *Jireugi*, einem Faustschlag in den Solarplexus. Dabei stieß sie erneut den typischen kurzen Kampfschrei aus. Um der brachialen Schlagabfolge noch einen draufzusetzen, schoss ihr Bein in die Höhe, um nur Sekundenbruchteile später wie ein Fallbeil von oben nach unten zu schnellen. Der Abwärtskick *Naeryeo Chagi* gab dem Kerl den Rest, er sackte zusammen und verlor das Bewusstsein. Nataschas letzter Kick hatte vielleicht nicht so ganz dem Notwehrparagraphen entsprochen und wäre auch nicht mehr nötig gewesen, doch wer konnte es ihr verdenken, es war wie im Automatikbetrieb geschehen, so schnell konnte sie gar nicht denken. Die Gewalt hatte sich ihrer Kontrolle entzogen und einfach entladen, so wie sie es jahrelang trainiert hatte.

Natascha überlegte eine Sekunde, was tun. Sie löste ihren Gürtel aus den Schlaufen und fesselte damit dem Mann die Hände auf dem Rücken zusammen. Ihre ganze Todesangst und ihre Wut legte sie beim Festziehen in den Gürtel. Wäre der Kerl bei Bewusstsein gewesen, er hätte vor Schmerz geschrien. Dann holte sie den anderen Gürtel, den sie dabeihatte, aus ihrem Trolley. Nun folgte eine ähnlich rabiate Fesselung an den Beinen. Reflexartig schnappte sich Natascha die Waffe und stürmte zur Tür. Bevor sie die aufriss, blieb sie abrupt stehen.

»Mist!« Den Türknauf in der einen, die Waffe in der anderen, stand sie da.

Sie starrte entgeistert auf die Waffe in ihrer Hand.

»Auch egal!«, schnauzte sie vor sich hin. Ohnehin waren ihre Fingerabdrücke auf dem Teil. Wohin aber jetzt mit dem Ding?! Sie zögerte. In die Kleidung stecken? Nein – nicht, dass sich noch ein Schuss löste! Irgendwo hinlegen? Nein – womöglich nahm die noch jemand, und es passierte etwas…

Ihre Handtasche oder eine Tragetüte zu nehmen, kam ihr nicht in den Sinn…

»Was soll's?!« Sie rannte mit der Waffe in der Hand die Treppe hinunter ins Foyer und Richtung Rezeption. Noch während sie auf den Tresen zustürmte, schrie sie: »Rufen Sie die Polizei, sofort!«

Der blutjunge Rezeptionist sprang einen Schritt zurück und stieß fast gegen die Wand hinter sich. Seine Kollegin schmiss sich auf den Boden. Eine Handvoll Personen, die sich zu der frühen Stunde bereits im Eingangsbereich aufhielten, suchten panisch Deckung.

»Nein! Nein!«, brüllte Natascha. »Die ist von *ihm*. Er ist noch oben!« Sie bückte sich und legte vorsichtig die Waffe auf den Boden, so behutsam, als würde sich sonst sofort ein Schuss lösen. »Hier!«, sie deutete auf die Waffe und ging zwei Schritte zurück. »Rufen Sie jetzt bitte die Polizei! Schnell! Da Silva, Zimmer 128.« Natascha wartete, bis sich der Rezeptionist aus seiner Schockstarre gelöst hatte und den Telefonhörer nahm. Er blickte nach unten, offenbar zu seiner Kollegin, die gar nicht wieder aufstehen wollte. Auch die Gäste, die sich verschanzt hatten, blieben in Deckung, offensichtlich traute keiner so recht der Situation oder ihr, der Irren mit der Waffe. Sie konnte es niemandem verübeln. Die Zeit streckte sich, es kam Natascha endlos vor.

Endlich tätigte der Rezeptionist den Notruf bei der Polizei und erzählte etwas von einem Überfall und einer Waffe. Oder sagte er Frau mit Waffe? Dann legte er auf.

»Die Polizei ist gleich da«, sagte er mit brüchiger Stimme. Er war noch immer kreidebleich.

»Ich muss zurück, den Kerl in Schach halten…«

Natascha rannte los, stoppte aber nach ein paar Metern und lief zurück zur Waffe. Sie hob sie auf. In dem Moment duckte sich der Rezeptionist vorsichtshalber auch nach unten. Seine Kollegin war noch gar nicht wieder aufgestanden.

»Und rufen Sie bitte sofort in Zimmer 620 an!«, rief Natascha Richtung Tresen. »Jennifer Stebe. Sagen Sie ihr, dass sie auf keinen Fall – auf gar keinen Fall – jetzt mit den Kindern zu mir kommen soll! Sagen Sie ihr, ich wurde überfallen!« Sie wollte gerade wieder losrennen, stoppte dann. »Aber hören Sie erst richtig hin, nicht gleich losreden, falls eines der Kinder dran ist!«

Natascha eilte die Treppe nach oben zurück zum Zimmer. Zum Glück kam ihr niemand entgegen – mit der Waffe in der Hand musste sie aussehen wie eine Bankräuberin auf der Flucht.

Als sie vor dem Zimmer ankam, stutzte sie. Außer Atem blieb sie stehen und lauschte. Alles still.

Sie hatte die Tür ganz sicher hinter sich zugemacht, sodass niemand beim Vorbeilaufen einen blutenden, gefesselten Mann im Zimmer liegen sah. Jetzt stand die Tür halb offen.

Mit zittrigen Händen streckte sie die Waffe vor. Dann verpasste sie der Tür einen Tritt, damit diese vollends aufflog, und zog sich im selben Moment schnell vom Eingang des Zimmers zurück. Nichts passierte. Sie lugte vorsichtig ums Eck, die Waffe im Anschlag, zitternd. Sie würde im Ernstfall alles treffen, nur nicht das, was sie treffen wollte. Sie schluckte. Ihr Mund war trocken, ihr Haar inzwischen schweißnass. Zögernd setzte sie einen Fuß vor den anderen und trat über die Türschwelle. Als sie es sah, gefror ihr das Blut in den Adern. Die Leichen der Polizisten lagen am Boden. Der Killer war verschwunden.

Hektisch drehte sie sich mit der Waffe um die eigene Achse, erwartete jeden Moment den Angriff aus dem Hinterhalt. Doch der kam nicht.

Der Mann war weg. Wie war das möglich? Sie wollte gerade das Zimmer wieder verlassen, da realisierte sie plötzlich etwas Blut, eine Spur vom Zimmer hinaus in den Gang. Sie hatte es auf dem dunklen Teppich nicht auf Anhieb wahrgenommen. Kein Zweifel, er war geflohen – was auch sonst, in Luft konnte er sich ja nicht aufgelöst haben.

Trotzdem – das konnte nicht sein! Wie lange war sie weg gewesen? Fünf Minuten? Wenn überhaupt. Ihr Kopf schwirrte. War er so schnell wieder wachgeworden? Und dann? Ein Messer? Nein!

Die Erkenntnis traf Natascha wie ein Vorschlaghammer. Die zweite Pistole! Er flüchtet nicht.

»Lea!« Natascha rannte zur Treppe.

♦

Der Sattelschlepper, den Mike gerammt hatte, war ein paar hundert Meter weiter zum Stehen gekommen. Sogleich war der Fahrer zur Unfallstelle gerannt. Jetzt sprang er völlig aufgelöst um die Unfallstelle herum, zusammen mit einem Dutzend anderer Personen, allesamt Fahrer von PKWs, die ebenfalls auf den Standstreifen gefahren waren, um zu helfen. Der Rettungsdienst war sofort alarmiert worden und schon unterwegs.

»Wir ziehen ihn vorsichtig von der Beifahrerseite aus raus!«, rief jemand. »Die hier ist so eingedellt, da geht nichts mehr«, er schaute durch das zersplitterte Scheibenglas zu Mike. »Sieht übel aus!« Etwas bleich im Gesicht drehte er sich um. »Hoffentlich lebt er!«

»Die hier geht auch nicht auf, was jetzt?« Eine Frau zerrte am Griff der anderen Tür. »Wir holen ihn einfach durch das Fenster raus!«

»Sollen wir ihn überhaupt rausholen? Ich meine – nicht, dass wir alles noch schlimmer machen…«, warf eine ältere Dame sorgenvoll ein.

»Aber wir müssen etwas tun! Wir wissen ja nicht einmal, ob er noch atmet! Wenn er drinbleibt, können wir keine Erste Hilfe leisten.«

»Puls hat er, aber schwach! Kann es aber nicht so genau sagen, ich komme nicht richtig hin, ohne mich an den Glassplittern zu schneiden.«

»Hauen Sie das Zeug weg!«, sagte ein junger Mann.

»Spinnst du! Dann kriegt er doch Splitter ins Gesicht!«

»Das ist Autoscheibenglas, das schneidet nicht!«, rief jemand.

»Wir müssen die Glasreste eh entfernen – so können wir ihn nicht rausziehen, dann gibt's nicht nur im Gesicht Schnitte.«

»Hast Recht! Okay!« Der Mann wickelte sich seine Jacke um die Hand und entfernte kleine, noch am Rahmen hängenden Bruchstücke.

»Das kann doch wohl nicht wahr sein!«, brüllte jemand wütend. »Machen Sie Platz!« Er drückte den Mann unsanft zur Seite und beugte sich weit ins Auto hinein. »Oh Mann, jetzt klemmt auch noch der Gurt!«

Die anderen sahen zu, jeder wollte helfen, aber keiner wusste wie.

»Jetzt! Kommen Sie, helfen Sie mir mal, ihn rauszuziehen!« Zu zweit waren sie mit Mike zugange, der mit seinem athletischen Körper kein Leichtgeweicht war. »Ja, jetzt geht's! Kommen Sie! Ziehen! Fest!«

»Sind Sie sicher, dass Sie das Richtige tun?«, fragte die ältere Dame wieder, diesmal noch ängstlicher. »Sind Sie denn dafür ausgebildet? Was ist, wenn er Wirbelverletzungen hat?« Entsetzt hielt sie die Hand vor den Mund. »Schrecklich! Sollen wir nicht lieber warten, bis gleich der Rettungswagen eintrifft? Ich weiß nicht…«

»Falls er *jetzt* Beatmung braucht, ist es *gleich* vielleicht zu spät!«

»Das viele Blut – ich kann das gar nicht sehen!« Sie war käseweiß.

»Drehen Sie sich bitte um. Ein Notfall reicht. Legen wir ihn hin!«

♦

Die Blutspur führte zum Aufzug. Die Wunde war also nicht ohne, wenn der Kerl, statt die Treppe zu nehmen, das Risiko einging, mit Hotelgästen im Aufzug zu stehen.

Natascha schaute auf die Anzeige, wo der Aufzug gerade steckte. Achter Stock. Der andere Aufzug? Im siebten. Irgendwie ging nichts vorwärts. Kurzerhand entschloss sie sich, die Treppe zu nehmen und begann, die Stockwerke bis zur sechsten Etage hochzusprinten.

Sie erreichte soeben die letzte Biegung vor der sechsten Etage, da zischte plötzlich eine Kugel knapp an ihrem Kopf vorbei und schlug in der Treppenhauswand ein.

Wandputzpartikel pfiffen ihr um die Ohren. Sie schmiss sich auf den Boden. Ein weiterer Schuss verfehlte sie erneut nur knapp. Der Schütze feuerte ohne wirklichen Sichtkontakt zu ihr quer durch den offenen Bereich des Treppenvorsprungs. Er musste also irgendwo oben auf der zweiten Treppenhälfte stehen, auf den Stufen, die Natascha um ein Haar hochgerannt wäre. Warum hatte er sie nicht vollends ums Eck kommen lassen? Sie wäre völlig unvorbereitet gewesen...

Die einzige Erklärung war, dass der schwer angeschlagene Kerl selbst kein Risiko eingehen wollte, er wusste, sie hatte nun auch eine Waffe. Und er wusste, sie konnte sich körperlich wehren. Also versprach er sich das größere Überraschungsmoment, als sie noch nicht ums Eck gekommen war. Der beste Schütze schien er trotzdem nicht zu sein, oder er war zu angeschlagen.

Natascha rannte zum fünften Stock hinunter, sprang aus dem Treppenhaus in den Gang und dort zur Aufzugtür. Sie drückte den Knopf, die Waffe Richtung Treppenhaus gerichtet.

Der Aufzug kam schnell, sie sprang zur Seite. Nicht, dass der Kerl drin war!

Der Aufzug war leer.

Sie drückte den Knopf für die siebte Etage und trat wieder einen Schritt zurück. Die Tür schloss sich, aber Natascha blieb draußen. Der Aufzug setzte sich ohne sie in Bewegung. Sie spähte um die Ecke zur Treppe, die nur wenige Meter vom Aufzug entfernt war. Dann rannte sie die Treppe hinauf und hoffte, dass ihr Plan aufging. Vor der Biegung der Treppe atmete sie nochmals tief durch und schmiss sich dann so auf den Boden, dass sie im Fallen das letzte Treppenstück zu sehen bekam, die Waffe dorthin gerichtet.

Die Treppe war leer!

Sie eilte die letzten Stufen hinauf und spähte vorsichtig ums Eck. Er war darauf reingefallen! Bluttropfen auf den ersten Stufen zum siebten Stock. *Er denkt, ich komme jetzt von oben! Zack!* Natascha huschte in den Gang des sechsten Stocks. Direkt neben dem Ausgang zum Flur kauerte sie sich an die Wand. Ihr Atem schien die Stille auf der Etage zu durchbrechen, so laut kam er ihr vor. Sie hockte nun mit dem Rücken zur Wand, links neben ihr der Durchgang zum Treppenhaus. Die beiden Türen der Aufzüge waren in Reichweite.

Rückwärts, die Waffe zum Treppenhauseingang gerichtet, setzte sie sich in Bewegung. Nun drückte sie den Knopf des anderen Aufzugs. Ein paar schnelle Schritte, die Waffe vor sich ausgestreckt, und sie stand wieder an der Ecke zum Durchgang. Langsam ließ sie sich an der Wand entlang nach unten sinken. Nun befand sie sich in der Hocke und drehte sich leicht Richtung Durchgang.

Kurz darauf geschah, was sie sich erhofft, aber dennoch nicht erwartet hatte. Erst lugte der Schalldämpfer, dann der Rest des Laufs der Waffe ums Eck. Eine Hand, ein Unterarm erst. Noch bevor mehr von ihm zu sehen war, schnellte Natascha aus der Hocke nach oben, griff die Hand des Killers samt seiner Waffe und drückte sie ruckartig zur Seite weg. Sie spürte seinen Widerstand, spürte die Kraft, die er besaß, die Präzision, mit der er sich bewegte, trotz seiner Verletzung. Verzweiflung kam in ihr auf, dann Wut. Sie presste seinen Arm von sich weg, mit aller Kraft, die sie hatte, sie schrie auf… Ein Schuss löste sich, der irgendwo in die Flurdecke schnellte, dann noch einer. Sie spürte einen gellenden Schmerz, fühlte sich kurz zur Seite katapultiert, doch sie klammerte sich an ihm fest, brüllte auf in unbändigem Zorn und hämmerte ihm quasi in derselben Sekunde wie im Automatikbetrieb ihre rechte Hand mitsamt der Waffe in die Weichteile, mit voller Wucht.

Ein gellender Schrei. Der Kerl krümmte sich, im selben Moment donnerte Natascha die Hand mit der Waffe des Angreifers gegen die Kante der Wand. Noch ein Schrei – weniger schrill als zuvor, doch der Schmerz reichte, die Waffe entglitt dem Angreifer und fiel zu Boden. In

Windeseile erhob sich Natascha und gab dem Mann mit einem *Ap Chagi* in die Weichteile den Rest.

Es gelang ihr, ihn auf den Boden zu schmettern. Er landete auf dem Rücken. Sein Glück, dass der Boden mit Teppich ausgelegt war.

Voller Zorn, Anspannung und unbändiger Angst drückte sie ihm die Waffe auf die Stirn.

♦

An Mikes Unfallstelle waren inzwischen die Rettungssanitäter eingetroffen, gerade hoben sie die Krankenbahre in den Wagen.

»Wie steht es um ihn?«, fragte einer der Ersthelfer.

»Er ist schwer verletzt, aber nicht lebensgefährlich. Er wird wieder.« Der Rettungssanitäter lächelte den Ersthelfer an. »Gut gemacht!« Er nickte aufmunternd und stieg ein.

Die Krankenwagentür schlug zu. Sekunden später brauste der Rettungswagen mit Blaulicht und Martinshorn davon.

♦

Der Angreifer hatte das Bewusstsein verloren – sicher auch wegen des Blutverlusts. Ihr schlug das Herz bis zum Hals, und sie fühlte sich seltsam leicht, fast schwerelos. Sie spürte keinen Schmerz, keine Anspannung, nur ein seltsames Gefühl von Leichtigkeit.

Egal was für ein Dreckskerl der Typ auch war – sie würde umgehend den Rettungsdienst alarmieren. Nur für den Fall, dass der nicht ohnehin schon mit der Polizei unterwegs war. Der Typ brauchte Hilfe. Sie wollte niemanden umbringen, auch ihn nicht, ganz egal, wer er war und was er wollte. Ihr Handy war in der Handtasche im Zimmer – dort, wo es vorhin geklingelt hatte. Keine Ahnung, wer sie um diese Uhrzeit hatte erreichen wollen, aber diese Person hatte ihr das Leben gerettet!

Noch immer kam niemand ums Eck. Wie konnte dieses Hotel nur so ausgestorben sein? Auch wenn der Frühstückssaal erst in zwanzig Minuten öffnete, müsste doch mal jemand auftauchen. Hatte der Rezeptionist einen Rundruf gestartet und nach ihrem Auftritt alle Gäste angewiesen, auf dem Zimmer zu bleiben?

Vielleicht hatte die Menschenleere an diesem frühen Morgen aber auch Schlimmeres verhindert, wer wusste schon, wie alles ausgegangen wäre, wenn in dem einen oder anderen Augenblick irgendwelche Leute ihren Weg gekreuzt hätten? Doch jetzt brauchte sie jemanden, und zwar schnell! Ein Telefon, sofort! Aber allein lassen wollte sie den Kerl nicht ein zweites Mal – auch wenn es nicht so aussah, als könnte er auch nur einen Zentimeter weiterkriechen, geschweige denn flüchten. Die Polizei würde sicher auch gleich da sein.

Natascha drehte sich hilflos um die eigene Achse. Was tun? Ihr wurde heiß, plötzlich spürte sie die Erschöpfung, auch Schmerz, ein wütendes Stechen, sie konnte nur nicht deuten wo… Als würde sie irgendwie außerhalb ihres Körpers stehen…

Plötzlich kündigte ein Bimmeln die Ankunft eines der beiden Aufzüge an. Natascha starrte wie versteinert dorthin. Geräuschvoll glitt die Tür auf, eine Gestalt tauchte auf.

Der Professor!

Natascha atmete erleichtert durch. »Sie schickt der Himmel!« Dann stockte sie. »Was machen Sie überhaupt hier?« Es klang barsch, fast wütend.

Frøseth schlug entsetzt beide Hände vors Gesicht, er brachte zunächst kein Wort heraus, dann stammelte er: »Frau Stebe hatte mich angerufen, sie war ganz aufgelöst.«

Jetzt hielt er sich die Hände an die Wangen und starrte fassungslos auf den Mann am Boden. »Der Rezeptionist sagte etwas von einem Überfall und davon, dass sie und die Kinder keinesfalls das Zimmer verlassen sollten. Sie war so durcheinander, weil sie doch selbst nicht wusste, was überhaupt los ist. Ich wollte einfach nachsehen. Was ist denn passiert? Und wo haben Sie die Waffe her?«

Sein Blick wanderte entgeistert zwischen Natascha, der Schusswaffe und dem Fremden hin und her. »Sie bluten ja!«

Natascha verstand seinen letzten Satz gar nicht und deutete mit einer Kopfbewegung auf den Mann unter ihr. Die Zeit rannte davon, der Mann brauchte Hilfe, und sie musste vor Eintreffen der Polizei den USB-Stick sichern.

»Rufen Sie schnell einen Krankenwagen! Jetzt gleich! Ich suche den Kerl nach unserem USB-Stick ab. Den müssen Sie an sich nehmen, Professor!«

»Unseren USB-Stick? Warum –«

»Den Rettungsdienst! Schnell!«

»Ja… klar…« Frøseth erwachte aus seiner Schockstarre und fischte hektisch sein Telefon aus der Hosentasche.

Nach dem Anruf ließ er das Handy sinken und stand regungslos da. Ohne sich zu bewegen hauchte er leise: »Das alles wegen – wegen uns? Ich meine, wegen Leons Daten?«

Sie fand den USB-Stick in der Jackentasche des Mannes.

Die Polizei, sie musste jeden Moment hier sein…

Natascha verzichtete auf Erklärungen. »Hören Sie, Professor, die ganze Sache könnte kompliziert werden! In meinem Zimmer liegen zwei tote Polizisten –«

»O nein! Haben Sie…?« Er raufte sich verzweifelt die Haare.

»Nein, natürlich nicht! Jetzt hören Sie mir doch mal zu!«

Wieder hielt sich Frøseth vor Entsetzen die Hand vor den Mund.

»Es könnte sein, dass ich in Erklärungsnot komme, wie das alles passiert ist.« Jetzt war es Natascha, die sich mit der freien Hand schockiert den Mund zuhielt. Ein kurzes Schluchzen entwich ihr, das aber in ihrer Handinnenfläche erstickte. Plötzlich kam auch die Übelkeit von vorhin zurück, sie konnte den Reiz aber unterdrücken. Der Schmerz war nun auch wieder da, viel deutlicher, ein wütendes Stechen, es war, als würde sie aus einem schwerelosen Zustand wieder zurück in ihren Körper gezogen…

Den Tränen nah blickte sie Frøseth an. Seine Gestalt wirkte kurz verschwommen, durch die aufkommende Feuchtigkeit in ihren Augen. »Je nachdem, welches Bild das alles für die Polizei abgeben wird, könnte mich unsere Entdeckung von Muths Forschungen entweder in ein noch schlechteres Licht rücken oder aber entlasten. Im ersten Fall wäre es besser, wenn ich die Daten nicht bei mir habe. Im letzteren Fall kann ich sie der Polizei ja immer noch übergeben. Ich warte erst mal ab, wie die Vernehmungen laufen, und entscheide dann. Nehmen Sie den Stick! Sie sind jetzt der einzige, der die Daten hat – Ihre Version und meine Kopie. Passen Sie gut darauf auf! Hier!« Sie streckte Frøseth den Stick hin. Der bewegte sich keinen Zentimeter. »Wir haben keine Zeit, Professor! Kommen Sie, es geht nicht anders… Sie gehen frühstücken und –«

»Ich soll was? Frühstücken gehen? Das ist nicht Ihr Ernst!«

Wenigstens hörte er ihr zu. »Doch! Sie kennen Jennifer und mich gar nicht, zwischen uns gibt es keinerlei Verbindung. Jennifer checkt nachher in Ruhe aus, Sie fahren heim. Aus unserer Fahrt zur Ostsee wird ganz sicher nichts mehr. Und ich melde mich, sobald ich die Lage im Griff und die Gespräche mit der Polizei hinter mir habe. Wahrscheinlich geht's für mich erst mal nach München. Oder auch nicht. Keine Ahnung. Ich hoffe, die Polizei lässt Jennifer unbehelligt, dann kann sie zur Ostsee und Frank informieren.«

Zögerlich setzte Frøseth einen Fuß vor den anderen.

Unsicher, was er tun sollte. Dann ergriff ihn ein Energieschub, er schritt auf Natascha zu und schnappte sich den USB-Stick.

Plötzlich aber schien der magnetisch zu sein, ihre Hand wie aus Eisen. Sie musste sich überwinden loszulassen. Ihre Story, ihre Karriere, ihre Zukunft, ihr Leben, ihre Freiheit... Alles hing an diesem Stick! Ihre Entscheidung – zentnerschwer.

Frøseth nickte ihr zu, mit einem Gesichtsausdruck voller Sorge, Aufmunterung und Trost. Dann machte er auf dem Absatz kehrt und schritt eilig davon. Dann aber blieb er abrupt stehen und drehte sich nochmal um.

»Frau da Silva, tun Sie das Richtige!«

♦

Frank und Grothe waren inzwischen wieder an Bord des Expeditionsschiffes. Sie würden hier noch eine Weile vor Anker liegen – Zeit genug, um in Ruhe die nächsten Schritte zu überlegen. Wobei sich »Ruhe« nicht auf sein Inneres bezog, sondern nur auf das Zeitfenster, das er hatte, bis weitere Schritte nötig waren. Seine Gemütsverfassung war ein einziges Chaos.

Würde er hier und heute alles abbrechen und damit die einzige Chance vertun, irgendwie an diese verschollenen Daten zu kommen, dann wäre ungewiss, in wessen Hände sie kämen. Wenn er zu Hause die Behörden einschalten würde, flöge das Ganze zwar schneller auf, doch dann wären diese Forschungsergebnisse außer Reichweite für ihn.

Und er hatte bereits eine Entscheidung getroffen, was er mit den Ergebnissen tun würde, sollte er sie finden. Wenn es sie gab und wenn sie die Brisanz hatten, die Grothe und Dwyer annahmen, dann musste die Menschheit vor ihnen geschützt werden. Nicht jede Errungenschaft war es wert, gesichert zu werden. Nicht solange es auch nur einen Menschen gab, der damit das Falsche anstellte! Die Entdeckung der Kernspaltung war nur ein Beispiel…

Es war also nur eine Frage der Zeit, bis irgendjemand damit Ungutes anstellen würde. Sicher, niemand konnte den Lauf der Welt aufhalten. Aber man konnte sich Zeit verschaffen. Man würde weiterforschen, neue Muths würden an Techniken wie dieser arbeiten. Irgendwann würde es wieder so weit sein. Aber nicht hier, nicht heute! Nicht solange er es verhindern konnte! Er wusste noch nicht, wie – denn wenn er das Teil finden würde, wäre die große Frage noch immer, wie er es an sich nehmen konnte, um es zu vernichten. Würde er es aber nicht suchen, so würde sich die Chance dazu gar nicht erst auftun.

Egal wie er sich entscheiden würde, ohnehin würde er nicht wieder an Land kommen. Das Schiff lag nach ihrem Ausflug zu *Habitat Zero* bereits viel zu lange und ohne Grund vor Ort. Grothe und Konsorten hatten gar nicht vor, ihn zurückzubringen, er wusste zu viel. Grothe hatte nur die Möglichkeit ergriffen, ihn einer Gehirnwäsche zu unterziehen, in der Hoffnung, dass er sich aus Überzeugung für die Sache öffnen und Grothe dadurch weiterhelfen würde. Keinesfalls hatte Grothe vor, ihm eine Option zu lassen – dessen war er sich sicher. Was also würde er gewinnen, wenn er sich weigerte? Möglicherweise würde man ihn aus dem Weg räumen, zuzutrauen war es ihnen. Gleichzeitig aber würde er die Chance verlieren, das verschollene Objekt an sich zu bringen und zu zerstören. Finden würden es dann andere, irgendwann, es war nur eine Frage der Zeit.

Zeit. Die würde Frank in die Hände spielen. Irgendwann würde sich Jennifer Sorgen machen und Fragen stellen. Irgendwann musste Grothe das Schiff zurück an Land steuern – mit oder ohne Frank.

Er entschloss sich mitzuspielen. Seine einzige Chance.

Und warum hatte Mike plötzlich das Schiff verlassen,

wie er vor ein paar Minuten erfahren hatte? Was war mit ihm los? Ohnehin war er die letzten Tage seltsam. Ob es mit den Versuchen zu tun hatte? Erneut machte sich Frank Vorwürfe, dass er Mike dazu gebracht hatte, diesen Probandenjob zu übernehmen. Aber wenigstens war er runter vom Schiff, warum auch immer. Inständig hoffte Frank, dass Mike nicht wieder zurückkommen würde.

Er schaute nochmals auf das Smartphone, ging damit in jede Ecke seiner Kabine und an verschiedene Stellen außerhalb. Nichts, kein einziger Balken, wie das an manchen Stellen auf dem Meer eben so war, selbst wenn ein Schiff nicht weit von der Küste entfernt lag. Grothe wusste ganz genau, dass es an dieser Stelle keinen Empfang gab. Seltsam nur, dass Frank Mobilfunkempfang hatte, als das Schiff nahe bei *Habitat I* lag. Und warum ließ sich plötzlich auch keine Satellitenverbindung herstellen? Warum exakt hier nicht?

Kein Internet, kein Telefonieren, kein Skypen. Abgeschnitten von der Welt an Land, nur unweit von der Küste. Und keine Aussicht darauf, in Kürze anzulanden. Funkstille auch im übertragenen Sinn. Keine Besprechung des weiteren Vorgehens, nichts.

Frank kam das aber in dem Moment sogar gelegen. So konnte er planen. Und er brauchte einen Plan. Diese Typen hatten die Situation unter Kontrolle, keine Frage. Wie hatte er sich nur auf diesen von Beginn an dubios erscheinenden Beraterjob einlassen können? Sein bescheuerter Hang zu Abenteuern und seine nicht weniger bescheuerte Eitelkeit!

Er war dumm gewesen, auf seine eigene Art bestechlich…

♦

»Wir haben ein Problem!«

Der Fangvogel druckste herum. »…ich weiß nicht, wie ich es erklären soll…«

»Tun Sie es einfach!« Gabor verlor die Geduld.

»An der Stelle, wo wir die Zeitkapsel gefunden haben, haben wir noch acht weitere gefunden, jeweils ein Stück voneinander entfernt, aber alle im selben Gebiet«, rückte der Fangvogel nun heraus. Er ahnte, dass Gabor gleich an die Decke gehen würde. Sicher würde der annehmen, was ihm selbst längst klar war. Es war auch offensichtlich. »Wäre nicht eine zweite Kapsel so nah an der ersten, dann hätten wir sie gar nicht entdeckt. Wir wollten gerade abbrechen, weil wir hatten, was wir suchten – zumindest dachten wir das. Es war also purer Zufall… Das Objekt muss durch die Gezeitenbewegungen näher an das andere heranbewegt worden sein, ehe es im Schlick versinken konnte. Und auch dann wandern Objekte ja noch und können…«

»Keinen nautischen Vortrag!«, unterbrach Gabor ihn unwirsch.

»Die ersten Kapseln haben wir bereits gereinigt und geöffnet.« Der Fangvogel zögerte einen Moment, bevor er weitersprach. »Sie enthalten alle nur *einen* Datenträger. Alle funktionieren, aber –«

»Was ist drauf?«, zischte Gabor durchs Telefon. Ja, er ahnte es…

»Überall dasselbe…«

»Dieser Mistkerl hat Scheinfundstellen angelegt?!«

»Sieht so aus. Nur – warum hat er sich die Mühe gemacht?«

»Muth hat uns auflaufen lassen!«, brüllte Gabor wutentbrannt. »Er hat nicht dem Zufall überlassen, dass wir irgendwann auf etwas stoßen. Wahrscheinlich hat er die Dinger in einem großen Radius verteilt, um die Chance zu erhöhen, dass wir eins davon finden. Dass die Gezeitenbewegung aber einige in einen bestimmten Bereich befördert hat, hat dafür gesorgt, dass alle in demselben Quadranten lagen. Wie auch immer – es können nicht die

Daten sein, die wir suchen – die hätte er nicht dupliziert. Dass Muth an diversen Stellen irrelevante Behälter versteckt hat, beweist letztlich einmal mehr, dass es unseren Gral irgendwo geben muss. Warum aber hat er dafür gesorgt, dass wir gefälschte Behälter finden? Und was versprach er sich davon? Ging er davon aus, dass mehrere Leute suchen würden? Und wenn ja, wie konnte er wissen, wer welche Objekte finden würde? Wir müssen nah dran sein! Suchen Sie weiter! Vergessen Sie diesen Abschnitt, nehmen Sie sich andere vor. Den hier wollte Muth uns als echt verkaufen, er hat uns zu täuschen versucht.«

♦

Jennifer versuchte, sich Lea gegenüber nichts anmerken zu lassen. Die Polizei war einverstanden, dass sie sich statt einer von der Polizei eingesetzten Betreuerin um Nataschas Tochter kümmerte. Jennifer hatte den Mietwagen genommen und war mit den beiden Kindern dem Polizeiauto nach Hannover gefolgt. Noch bevor die Polizei im Hotel eingetroffen war, hatte Frøseth stürmisch an ihre Zimmertüre geklopft und sie gebeten, kurz ohne die Kinder auf den Flur zu kommen. Völlig aufgelöst hatte er etwas von einem außer Gefecht gesetzten Verfolger gestammelt, der hinter den Daten her sei. Und von zwei toten Polizisten. Und davon, dass Natascha irgendwie darin verwickelt sei.

Jennifer hatte ihn nur entsetzt angestarrt.

Natascha hatte nichts verbrochen, das wusste Jennifer.

Nun hatte der Professor den Stick. Die Polizei sollte erst einmal nichts von ihrem Fund in der Maske wissen, weil es sein konnte, dass das alles Natascha noch mehr belasten würde. Der Professor hatte Jennifer angewiesen, keinen Ton zu sagen über ihren Fund und am besten auch grundsätzlich so wenig wie möglich über Nataschas Reisegrund.

Jennifer hatte versucht, die Schilderungen in ein sinnvolles Ganzes zu rücken. Die frühmorgendliche Anweisung der Rezeption, im Zimmer zu bleiben, hatte durch Frøseth einen erschreckenden Sinn ergeben. Natascha hatte sogar eine Schussverletzung! Das hätte übel ausgehen können. Wenn Jennifer daran dachte, wurde ihr speiübel.

Zum Glück nichts Lebensbedrohliches, die Wunde war noch vor Ort versorgt worden. Viele Leute waren in Gefahr geraten, weil sie etwas aufgedeckt hatten, was sie nicht hatten aufdecken sollen. Und jetzt sollte sie das der Polizei gegenüber verschweigen und alles nur noch schlimmer machen? Die ganze Fahrt über zerbrach sie sich den Kopf, wie sie sich verhalten sollte.

Keinesfalls wollte sie Natascha hintergehen – sie würde schon wissen, warum sie den USB-Stick zunächst nicht erwähnte. Jennifer kam zu dem Schluss, stillzuhalten und abzuwarten, ob man sie als Begleiterin der Journalistin überhaupt befragen würde, und wenn ja, wie.

Frank war noch immer nicht erreichbar. Wie lange würde das denn noch so gehen? Sie waren in irgendetwas hineingeraten, und er war ständig offline! Jennifer vertraute darauf, dass Natascha abgesehen von Muths Datenstick sehr wohl alles der Polizei erzählen würde. Warum auch nicht? Es handelte sich um Recherchenergebnisse, damit musste Natascha rausrücken – und würde es auch tun, ganz sicher.

Einzig was die Sache mit Muth anging – das würde sie zurückhalten. Während Nataschas Befragung würde schnell der Name *Sub Search* fallen, die Polizei würde dort auftauchen, und dann wäre auch Frank nicht mehr in Gefahr – wenn er überhaupt in Gefahr schwebte. Jennifer aber spürte, dass etwas nicht stimmte, sie wusste nur nicht, was es war und wie sie nun weiter vorgehen sollte. Es war verzwickt.

Vor ihr fuhr das Polizeiauto mit ihrer Freundin. Nach Hannover. Irgendwo auf diesen Straßen fuhr auch Frøseth, der offiziell gar nicht mit ihnen unterwegs gewesen war, im Gepäck irgendwelche wissenschaftlichen Erkenntnisse, für die irgendwelche Leute offensichtlich bereit waren zu töten. Und die Fäden eines gewissen Leon Muth liefen in einem Institut zusammen, für das Frank zurzeit tätig war. Frank, der gerade jetzt nonstop nicht erreichbar war…

Jennifer bekam Gänsehaut.

Sie versuchte sich damit zu beruhigen, dass Frank angekündigt hatte, für längere Zeit nicht erreichbar zu sein – und damit, dass es ihm bei ihrem letzten Gespräch noch gut ging – und damit, dass er immerhin nicht allein unterwegs war, sondern mit Mike.

Auf der Dienststelle der Kriminalpolizei Hannover angekommen, stellte man Jennifer ein paar Fragen, die weit weniger in die Tiefe gingen, als sie befürchtet hatte. Sie berichtete von ihrem Besuch bei ihrer Freundin und davon, dass sie sie spontan auf eine Recherche-Reise begleitet habe, wobei sie als Babysitter fungiert habe, damit Natascha die Reise überhaupt habe machen können. Von den Vorfällen im Hotel habe sie nichts mitbekommen. Das war ja auch nicht gelogen.

Dann musste Jennifer noch ein paar Formulare unterschreiben. Eines davon bezog sich auf die Aufsichtspflicht für Lea, die sie übernommen hatte. Nataschas Unterschrift war bereits darauf. Das andere war ihre Aussage. Die Kinder waren die ganze Zeit in einem separaten Raum, ein junger blonder Polizist spielte ein Brettspiel mit ihnen.

Die Situation war grotesk; es hieß, die Befragung von Frau da Silva würde noch eine Weile dauern, daher machte sich Jennifer mit den beiden Kindern auf den Weg zurück ins Hotel. Anders als Natascha hatte Jennifer nicht direkt ausgecheckt. Die tiefere Bedeutung dessen, dass die Polizeibeamten von Natascha verlangt hatten, vorsorglich auszuchecken, wurde Jennifer erst im Nachhinein bewusst. Sie hatten Natascha auf dem Kieker, das war offensichtlich!

Je näher sie dem Hotel kam, desto unbehaglicher wurde ihr nun zumute. Es würde dort von Polizei wimmeln und die Spurensicherung bei der Arbeit sein. Die Hotelmitarbeiter würden sich an sie und die Kinder erinnern, die diese Frau mit der Waffe begleitet hatten. Alles andere als einladend, dieser Gedanke. Auf halber Strecke entschied Jennifer sich daher, mit den Kindern in den Zoo zu fahren – etwas Besseres fiel ihr nicht ein. Wenigstens wäre sie dort ständig erreichbar – anders als beispielsweise im Kino, wo es eher unangebracht war, die Kinder allein zu lassen, um zu telefonieren.

Die Gedanken kreisten in Jennifers Kopf und wollten sortiert werden, doch es gelang ihr nicht. Das alles war so surreal! Und noch immer fragte sie sich, ob sie das Richtige tat, indem sie nichts tat.

Plötzlich riss das Smartphone sie aus ihren Gedanken. Hektisch fingerte sie nach dem Telefon und bekam es zu greifen. Als sie auf das Display schaute, musste sie enttäuscht feststellen, dass es nicht Franks Nummer war, sondern eine ihr unbekannte Festnetznummer. Auf den zweiten Blick wurde ihr aber klar, dass die Vorwahl aus der Ostseeregion stammte. Hoffnung breitete sich in ihrem Inneren aus, schnell drückte sie die Annahmetaste.

♦

Mehrere Stunden waren vergangen, Natascha saß körperlich erschöpft, aber mental völlig aufgekratzt in der Polizeidienststelle. Der Mann hatte sich wie ein Pitbull-Terrier an ihr festgebissen und schien zu spüren, dass sie mehr wusste, als sie gesagt hatte – wobei das schon genug hätte sein müssen, um ihn ausreichend zu beschäftigen.

Gegen den war Balder ja ein verschmustes Schoßhündchen! Warum ließ er sie nicht endlich gehen? Stattdessen ging er nach Naschas ausführlichem Bericht über die Recherchen der letzten Wochen aus dem Raum und ließ sie für eine geschlagene Stunde – immerhin mit einem verspäteten, dürftig ausfallenden Frühstück und grausigem Kaffee – allein zurück.

Allein traf es nicht ganz – ein Beamter saß bei ihr, rückte ihr zwar nicht auf die Pelle, war aber nah genug, um ihr das bedrückende Gefühl zu vermitteln, dass sie eine Verdächtige war und keine Zeugin.

Vielleicht alles Teil eines Psychospiels, um sie mürbe zu machen? Ein Spiel, das Immerz mit ihr abzog, um ihr Angst zu machen? Oder auch nicht, vielleicht stand sie wirklich unter Verdacht.

Keine Frage, seit sie von Mallorca zurückgekommen und an ihre neue Story gegangen war, war viel passiert, vor allem an diesem Morgen. Natürlich war sie den Behörden einige Erklärungen schuldig! Aber diese hatte sie doch alle geliefert – bis auf die Tatsache, dass sie an brisante wissenschaftliche Daten gelangt war. Sie hatte von allen ihren Vermutungen erzählt, Institute, Unternehmen, Personen genannt, Fakten auf den Tisch gelegt und ihre gewagten Vermutungen gleich mit. Vielleicht sollte sie klein beigeben und den Rest rausrücken?

Warum sollte sie es auch zurückhalten, warum sollte sie die Sache mit den Daten nicht preisgeben? Ihre Sorge, sie könnte mit ihrer eigenmächtigen Detektivspielerei in noch größere Schwierigkeiten geraten, war sicher unbegründet.

Wenn sie ehrlich war, dann war doch der Grund ein völlig anderer. Es war die große Frage, die sie seit dieser Nacht umtrieb. Die Frage, ob diese Daten überhaupt jemals in die Hände von irgendjemandem kommen durften. Inzwischen war sie sich sicher, dass sie keinesfalls nur Angst um ihre Story und ihre Karriere hatte, nein, vielmehr hatte sie Angst um die Gesellschaft, in der sie lebte. Angst um die Zukunft. Angst um die Menschen. Wenn an alledem etwas dran war – und Frøseth als Fachmann hatte bisher nichts Gegenteiliges gesagt – dann hätten sie die Daten vielleicht sofort vernichten müssen. Würde eines Tages die von Muth versteckte andere Hälfte der Forschungsergebnisse auftauchen und zusammen mit den Daten, die sie schon hatte, in die falschen Hände gelangen, dann wusste niemand, was damit geschehen würde. Schon jetzt, mit den bisherigen

Möglichkeiten subliminaler Manipulation, von der die Bevölkerung nichts wusste, war Fatales angestellt worden. Nicht nur, dass die Menschen da draußen nichts davon wussten – viele Millionen Menschen waren Teil des Ganzen, ahnungslos konsumierten sie ihre Lieblingsserie, ihr Spiel, und wurden darüber beeinflusst, ohne es zu wissen. Vielleicht wurden sogar Kinder beeinflusst, wer konnte das schon sagen. Die bisherigen Möglichkeiten wurden bereits angewendet, dessen war Natascha sich sicher.

Die Statistiken hatte sie richtig gedeutet, sie bildete sich das alles nicht ein. Es war *real*! Welch Ironie des Wortes… Natascha stieß einen gequälten Laut aus.

Ob Immerz ihr überhaupt glaubte? Erstmalig kam ihr der Gedanke, dass er womöglich dachte, sie könnte ihm eine völlig abstruse Story auftischen, die Verschwörungsstory einer Psychopathin, die ihre schizophrenen Wahnvorstellungen real werden ließ…

Spätestens dann *müsste* sie mit dem Stick aufwarten…

In dem Augenblick betrat Immerz wieder den Raum. Er setzte sich Natascha gegenüber, sagte zuerst nichts, blickte Natascha nur durchdringend an. Dann: »Warum haben Sie verschwiegen, dass Sie gar nicht mehr für *Blueball News* arbeiten?« Sein Blick durchbohrte sie.

»Wie meinen Sie das?«, stotterte Natascha verwirrt. Dann traf sie die Erkenntnis – zwar zeitverzögert, aber dafür umso heftiger. Der gesperrte Account! Dieser Schlag ins Gesicht war die erste von zwei erschreckenden Erkenntnissen. Die zweite versetzte ihr den Rest. Von Rheins Mail, die sie noch nicht gelesen hatte. *Treffen – Ihre berufliche Zukunft*. Er hatte es bereits gewusst!

Noch bevor Sie Immerz etwas erwidern konnte, sagte er: »Sie wurden fristlos gekündigt und verschweigen uns das? Auf Recherchereise in Hannover? Fragt sich, für wen Sie recherchieren und worüber… Was wollen Sie wirklich hier, Frau da Silva?«

Hitze schoss ihr durch den Körper. Ihr Kopf drohte zu explodieren, ihr Gesicht glühte.

»Was um alles –«

Ein Klopfen an der Tür unterbrach sie mitten im Satz.

Immerz drehte sich um. Eine Beamtin kam herein und schloss die Tür hinter sich. Sie wirkte verärgert oder besorgt oder beides, Natascha konnte es nicht deuten.

Ohnehin war sie selbst völlig von der Rolle. Gekündigt? Warum? Balder hatte ihr doch Zeit gegeben, die Story zu schreiben. Und mit welchem Grund fristlos? So einfach ging das nicht! Und warum wusste von Rhein bereits davon? Etwas anderes konnte die Betreffzeile in seiner Mail nicht bedeuten. Leider konnte sie nun ihre Mails nicht lesen. Ihr ganzes Leben fiel soeben wie ein Kartenhaus in sich zusammen, der Polizei musste sie nun völlig unglaubwürdig erscheinen – vielleicht behielt sie die Sache mit Muth, seiner rätselhaften Schnitzeljagd, dem Stick und den Daten besser doch für sich.

Sie spürte, wie ihr die Tränen in die Augen schossen. Auch das noch!

Die Polizistin, die soeben zur Tür hereingekommen war, bat Immerz zur Seite. Was auch immer sie ihm sagte – Natascha sollte es nicht hören. Mit feuchten Augen starrte sie die beiden an. Sie zitterte am ganzen Leib. Wenige Sekunden später wich das anfängliche Zittern einem Beben, das alle ihre Muskeln zu erfassen schien. Dann wurde ihr schwindelig, Schweiß schoss ihr aus den Poren. Kündigte sich so ein Nervenzusammenbruch an? Sie zwang sich tief und langsam durchzuatmen. Ihr Blick traf den von Immerz. Wenn Blicke töten könnten! Sie wäre tot umgefallen.

♦

Jennifer war rechts rangefahren. Der erste Schock saß so tief, dass sie die Anruferin um Geduld bat, bis sie ihr Auto zum Stehen gebracht hatte. Dann ließ sie die

Anruferin nochmal wiederholen, was sie zuvor gesagt hatte – als müsste sie sich vergewissern, dass der Anruf wirklich stattfand.

Die Anruferin, Stationsleiterin der Intensivstation, auf die Mike gebracht worden war, schilderte geduldig, was geschehen war. Was sie Jennifer mitteilte, genügte – ihr flossen die Tränen hinunter.

Ihr und Franks Name und ihre Kontaktdaten waren als Ansprechpartner für den Notfall in Mikes Geldbörse hinterlegt – und jetzt war Mike ein Notfall. Jennifer bemühte sich, ihre Gefühle in den Griff zu bekommen – der Kinder wegen, die bereits ängstlich von der Rückbank aus nachfragten, was mit ihr los sei.

Jennifer wischte sich die Tränen aus dem Gesicht. »Wir kommen vorbei, so schnell wir können, wir sind gerade in Hannover. In ein paar Stunden können wir da sein!«

Jennifer wechselte noch ein paar Worte mit der Krankenschwester und legte auf. Sie atmete ein paar Mal tief durch. Mit jedem Atemzug schienen Verzweiflung, Schmerz und Sorge um Mike etwas weniger wuchtig, nun kämpfte der Verstand um einen kleinen Platz in ihrem von den dramatischen Ereignissen des frühen Morgens ohnehin schon aufgewühlten Innern. Rationales Denken war plötzlich möglich – trotz des immensen Schocks. Ihr Kopf stellte prompt zwei entscheidende Fragen. Fragen, auf die Jennifer so schnell aber keine Antwort parat hatte. Was machte Mike vor Morgengrauen auf einer Autobahn, statt mit Frank auf dem Schiff oder wo auch immer an der Küste zu sein? Und – wo war Frank?!

»Onkel Mike hatte einen Autounfall. Er liegt im Krankenhaus. Richtung Meer. Da wollten wir ja hin, an die Ostsee, wisst ihr noch? Vom Krankenhaus ist es nicht mehr weit. Wir fahren vorbei und besuchen Mike, okay? Das mit dem Zoo verschieben wir um ein paar Tage, versprochen!«

»Geht es Onkel Mike gut?«, fragten Lea und Eric im Chor.

»Doch, doch«, beruhigte Jennifer. Eine Notlüge…

»Und wann kommt Mami?«, fragte Lea.
»Die kommt nach, so schnell sie kann, mein Schatz.«
Das war hoffentlich keine Notlüge.

♦

Immerz löste seinen anklagenden Blick von Natascha da Silva und trat mit seiner Kollegin aus dem Raum.

»Wie – Frau da Silvas Anwalt macht Ärger?«, hakte Immerz nach. Er war auf hundertachtzig. »Sie hat doch gar nicht von ihrem Recht Gebrauch gemacht, einen anzurufen.« Seine Wut wich nun einer Mischung aus Verwunderung und Skepsis. »Sag schon!«

»Der kam von allein.«

»Wie – von allein?«

»Da ist nicht nur irgendwer richtig gut informiert, was da Silva angeht. Da ist auch mächtig Kohle im Spiel. Da Silva kann den Typen jedenfalls nicht angeheuert haben. Ich habe gecheckt, was das für einer ist, weil er mir nichts sagte und eben weil da Silva von ihrem Recht auf einen Anwalt bisher gar nicht Gebrauch gemacht hatte.«

»Und?«

»Ein richtig teurer Typ. Extrem gut, extrem erfolgreich, extrem schick. Für eine bisher scheinbar unbescholtene Journalistin hat da Silva richtig gute Connections, würde ich sagen. Das fette Geld hat sie ja sicher nicht. Wer es auch immer hat und so spendabel ist – da Silva muss irgendwem extrem wichtig sein. Möglich, dass sie tatsächlich nicht sauber ist und du recht hast, Michel.« Immerz' Kollegin betrachtete da Silva durch die Scheibe. »Hast du sie schon mit den Namen der anderen beiden Toten mit Chip konfrontiert?«

»Nein«, antwortete Immerz.

»Sollten wir vielleicht jetzt. Vielleicht öffnet sie sich. Es eilt.«

»Oder sie macht noch mehr dicht…«

»Wie hat sie darauf reagiert, dass Stenzel gechippt war?«

»Sie weiß es nicht.«

»Du hast es ihr nicht gesagt? Hm. Okay. Was jetzt?«

»Sie ist fast so weit. Ich brauche noch ein bisschen.«

»Wir haben nichts in der Hand und nicht mal ausreichend Anhaltspunkte, um sie noch länger hier festzuhalten. Wir müssen sie gehen lassen, Michael. Wir können es noch ein bisschen hinauszögern, vielleicht zwei Stunden, mehr nicht. Eher eine. Und auch das könnte schon richtig Ärger geben. Du spielst mit dem Feuer, Michael, ganz abgesehen davon, dass wir hier bei den Kollegen in Hannover sind, nicht bei uns.« Die Kommissarin blickte ihn frustriert an.

»Was noch?« Immerz erwiderte ihren Blick. Das war sicher noch nicht alles.

»Der Typ vom BKA ist da. Dieser Paulsen. Er will übernehmen.«

»Na super, auch das noch.«

♦

Ragner von Rhein hätte sich in seiner Eitelkeit gesonnt und wäre zufrieden mit sich und den Spielchen, die er mit da Silva spielte, wäre – ja, wäre da nicht die unnötige Einmischung Henrik Gabors gewesen, die alles in Gefahr gebracht und da Silva fast getötet hatte. Gabor, dieser Dummkopf! Wo er, Ragner von Rhein, da Silva doch lebendig haben wollte – aus guten Gründen.

Mit ihrer Hilfe konnten sie an Muths letztes Geheimnis kommen. Vielleicht war es sogar schon in ihren Händen? Er würde es bald wissen. Er hatte ihr nicht ohne Grund zahlreiche Anlaufstellen genannt, sein Plan war erfolgsversprechend, er hatte die richtigen Köder ausgeworfen. Dafür hatte er ihr den Geläuterten vorgespielt, der den

Deutschen Phönix hinter sich gelassen hatte. Und sie hatte angebissen und zappelte nun an seiner Leine. Sie suchte die richtigen Stellen und Leute auf, all jene, die über Muth Bescheid wussten. Wenn jemand wie da Silva aus ihnen nicht die entscheidenden Informationen herauslocken konnte, wer dann? Ihr öffneten sich Menschenherzen und Türen, die man ihm und seinen Mitstreitern aus Vorsicht verschließen würde. Sie war integer, hatte den Instinkt einer gewieften Journalistin und war klug genug, um die Dinge zu durchschauen. Und sie hatte das Herz am rechten Fleck, um auf andere so lauter zu wirken, dass sie Geheimnisse offenbarten, sofern es welche gab.

Was er und seine Mitstreiter all die Jahre nicht hatten über Muth in Erfahrung bringen können, sie würde es in Erfahrung bringen. Wenn es irgendetwas gab, was irgendwer über Muth loszuwerden hatte, dann würde da Silva dahinterkommen und letztlich dann auch er. In seiner Hand würde sie schmelzen wie Butter in der Sonne. Nur er konnte sie aus der prekären Lage befreien, in der sie sich befand, und ihr obendrein eine goldene Zukunft versprechen.

Nicht nur, dass da Silva die Richtige war, um Muths unsichtbare Spuren aufzudecken. Sie war auch die Richtige, um als Propaganda-Ministerin seines dann neu aufgestellten Bündnisses die Bevölkerung in seinem Sinne zu beeinflussen. Wenige Journalisten packten heiße Eisen so an wie da Silva, packend und zugleich überzeugend. Sie war ein Naturtalent, verkümmerte aber in der Redaktion eines Online-Portals, noch dazu mit einem peinlich niedrigen Gehalt. Sie verkaufte sich weit unter Wert.

Das würde er ihr klarmachen, er würde ihr die Wertschätzung entgegenbringen, die sie verdiente. Wie passend, dass all das gleichzeitig auch seinen eigenen Zielen diente! Lobeshymnen würde er ihr singen, sie einlullen mit dem, was sie schon immer hatte hören wollen, aber nie genug gehört hatte. Er würde ihr die Augen öffnen, *Augenöffner*, der Name ihrer Rubrik, würde ihr dann wie Hohn vorkommen.

Von Rhein grinste in sich hinein. Er würde ihr ein Angebot machen, das sie nicht würde ablehnen können – weder beruflich noch privat.

Ihm war schnell klar, dass er sie für seine Zwecke einspannen konnte. Und ganz nebenbei begehrte er sie, von dem Tag an, als er sie zum ersten Mal in der Hotellobby beobachtet hatte. Sie würden das perfekte Paar abgeben.

Gabor aber, dieser Hitzkopf, wollte da Silva kaltstellen. Idiot! Niemand anderes als Gabor konnte dahinterstecken! Aber es würde ein Nachspiel haben. Noch liefen die Fäden bei ihm zusammen, nicht bei Gabor. Zumindest nicht die Fäden, an denen da Silva hing.

Die Abweichung von seinem ausgeklügelten Plan hatte glücklicherweise keine schwerwiegenden Konsequenzen. Im Gegenteil – trotz seiner Wut auf Gabor musste er dem Mann eigentlich dankbar sein, da Silva befand sich jetzt in einer noch auswegloseren Situation als ohnehin schon ohne die Polizei. Die fristlose Kündigung ihrer Arbeitsstelle, das Leben als alleinerziehende Mutter, die Geldsorgen und chronische Dispoüberziehung. Und nun polizeiliche Ermittlungen in einer Sache, die Todesopfer gefordert hatte.

Dieser Chefredakteur Klaus Balder war leicht zu bestechen gewesen. Genügend Geld und ein paar Insiderinformationen für brisante Artikel reichten aus. Ein paar explosive kleine Anekdoten aus der Politik, ein paar frivole Geschichten aus der Welt der Reichen und Schönen, ein paar Wahrheiten über fragwürdige Unternehmensstrategien, Plaudereien aus dem Nähkästchen – banale Informationen eigentlich, die keine große Relevanz hatte, die aber medial ausgeschlachtet werden konnten. Balders Augen hatten geleuchtet wie die von Dagobert Duck beim Anblick seines Geldspeichers.

Ein wenig Glück gehörte natürlich auch dazu. Hätte Balder nicht in personeller Hinsicht freie Hand, dann wäre es schwer geworden, da Silva beruflich dahin zu befördern, wo er sie haben wollte. Nun aber, nachdem ihr auch noch ihre Integrität entrissen worden war, ihre weiße Weste, würde sie nach jedem Strohhalm greifen. Er konnte sich nun als ihr Retter präsentieren und mit ihr in den kommenden Jahren den Weg einschlagen, den sie gehen mussten, um in der Bevölkerung die Zustimmung zu erzeugen, die ihn an sein Ziel führen würde.

♦

Frøseth saß auf dem Sofa seines Wohnzimmers und grübelte. Was sollte er jetzt mit Leons Forschungsergebnissen tun? Und wo war der Rest der Ergebnisse? Unter Wasser, wie von Jennifer Stebe vermutet? Wer würde schließlich an diese versteckten Informationen kommen? Würde man früher oder später auch auf ihn stoßen?

Inzwischen beunruhigte ihn bereits das kleinste Geräusch, das er vor oder im Haus wahrnahm, jeder Windhauch versetzte ihn in Habachtstellung. Vielleicht sollte er die Daten schnell vernichten. Unwiederbringlich. Die auf seiner Festplatte und die auf dem Stick. Er kannte sich nicht gut mit IT aus, aber so viel wusste er: Löschen würde nicht reichen, für Profis wären die Daten wiederherstellbar. Er musste vielmehr die Festplatte seines Notebooks und den USB-Stick vernichten, total zerstören, am besten im Bestattungsinstitut seines Cousins in den Brennofen werfen, etwas Besseres fiel ihm nicht ein.

Die Idee, diese gefährlichen Informationen in einem Krematorium zu vernichten, war fast schon symbolisch. Diese Forschungserkenntnisse mussten sterben, sie waren eine Gefahr, für den Menschen, der dafür geschaffen war, frei zu leben, mit einem freien Willen, nicht aber dafür, von anderen Menschen gesteuert zu werden. Egal ob man damit auch Gutes tun konnte – es war nicht richtig.

Aber wenn er alles zerstörte, bliebe noch immer der zweite Teil der Aufzeichnungen übrig, wo auch immer der steckte. Was ihn aber am meisten davon abhielt, die Daten zu zerstören, war die Sorge um da Silva. Was, wenn sie Beweise brauchen würde? Beweise, die einerseits juristisch entlastendes Material waren und andererseits der Welt offenlegen würden, dass sie nicht etwa einem Hirngespinst nachjagte. Beweise, die in den falschen Händen aber eben auch Schaden anrichten würden. Wem war da draußen noch zu trauen, wenn diese Sache schon so weite Kreise zog?

Frøseth fühlte sich, als hätte sich eine zentnerschwere Last auf seine Schultern gesenkt. Was war die richtige Entscheidung?

Und er hatte Angst. Zum ersten Mal in seinem Leben hatte er wirklich Angst. Um sich. Um da Silva. Um ihre Freundin Jennifer. Angst um die Menschen, die immer größeren Gefahren ausgesetzt waren, Gefahren, die nicht offensichtlich, aber dafür umso realer waren.

Immer wieder musste er an da Silva denken. Er machte sich Sorgen. Sie wirkte auf ihn angeknackst, verletzlich. Und doch so stark. Unübersehbar jedoch auch voller Frust und Enttäuschung, aus welchen Gründen auch immer. Er kannte sie zu wenig, um einschätzen zu können, was genau ihr im Leben übel mitgespielt hatte. Ohne Zweifel versuchte sie sich und allen anderen etwas zu beweisen und einen Platz in dieser Gesellschaft einzunehmen, der ihr bisher nicht vergönnt war. Sie kämpfte. Für ihre Tochter, für sich, für ihre Karriere und ihre Zukunft. Verständlich. Und auch nicht verwerflich. Nicht solange sie dabei nicht die Wahrheit aus den Augen verlor, sich selbst nicht verlor, ihr Seelenheil.

Nun war sie in diese Sache hineingeschlittert. Sie befand sich in einer menschlichen Ausnahmesituation und in großen Schwierigkeiten – ein Zustand, in dem sie leichte Beute war für Verlockungen, falsche Versprechungen und schließlich falsche Lebensentscheidungen. Andererseits konnte so eine Ausnahmesituation das Herz eines Menschen auch besonders weit öffnen. Welchen Mächten würde sie sich nun zuwenden? Einmal mehr hoffte er, dass sie das Richtige tun würde, was auch immer das sein mochte...

♦

Zustimmung erzeugen. Propaganda. Gehirnwäsche...

Ragner von Rheins Überlegungen landeten nun beim schwierigeren Teil seiner Gedankenkette. Und bei seiner Halbschwester Charlotte. Gehirnwäsche war das Stichwort, und sie war mittelbar Teil dieses Themas. Wie würde es mit der Forschung weitergehen? Mit den Eingriffen in menschliche Denk- und Verhaltensmuster und den Möglichkeiten der Programmierung?

Die Symbiose mit dem Unternehmen seiner Halbschwester war von Vorteil, in der Pharmazie schlummerte ein Vermögen, besonders in den Bereichen, die Charlotte im Griff hatte. Diagnose und Therapie waren auch politisch zu bestimmende Faktoren. Um sein Ziel zu erreichen, musste das System radikal umgestaltet werden, nicht von heute auf morgen, aber nachhaltig und schon bald.

Um die schon jetzt eskalierende Gewalt im Land einzudämmen, würde man alles tun. Man würde es auch nicht dabei bewenden lassen, nur Abermilliarden für Sicherheit und Überwachung auszugeben, nein: über kurz oder lang wäre man auch bereit, auf das Verhalten des Menschen einzuwirken. Kontrolle aus der Hand des Bioingenieurs, gepaart mit den entsprechenden subliminalen Botschaften in einer Reihe gesteuerter Sendungen in Fernsehen und Internet. Perfekt!

Wie doch ein Rädchen in das andere Griff und sie alle voneinander profitieren konnten! Wer zweifelte noch daran, dass es Fügung war, wie sich die richtigen Player zusammengefunden hatten und die Macht sich letztlich in den Händen einiger weniger konzentrierte – auch in seinen Händen.

Aber er musste aufpassen. Vieles war ohne sein Wissen geschehen. Einiges ging auf sein Konto, anderes auf Gabors. Manches allerdings hatte weder er noch Gabor angeleiert, es geschah im Hintergrund, verborgen – schwer, den Überblick zu behalten.

Vieles griff komplex ineinander und war dadurch noch schwerer zu durchschauen, selbst für ihn. Einige Leute um ihn hatten ihren Posten verloren, einige waren von der wirtschaftlichen oder politischen Bühne abgetreten oder sogar jäh von der Bühne des Lebens. Eine ganze Liste an Namen lag ihm vor, alles Leute, die er gut kannte. Wer steckte dahinter? Einige dieser Fälle der letzten Zeit waren wirklich mysteriös. Er konnte es nicht leiden, wenn er nicht die Kontrolle hatte. Aber solange er Aufwind hatte, sollte es ihm recht sein. Solange ihm alles in die Hände spielte. So wie im Fall da Silva. Er sollte nachsichtig mit Gabor sein…

Das Telefonat mit einem seiner Anwälte, die er stets für alle Fälle in den Startlöchern hatte, war befriedigend verlaufen. Es war nur eine Frage der Zeit. Da Silva würde bald von der Polizei nicht mehr behelligt werden. Doch sie würde immer noch voll Furcht sein vor einer Anklage, die wie ein Damoklesschwert über ihr schwebte.

Natürlich konnte man ihr so schnell nichts nachweisen. Die Polizei bluffte und versuchte, sie einzuschüchtern, um mehr zu erfahren. Da Silva machte sich sicher schon in die Hose und würde aus allen Wolken fallen vor Dankbarkeit für seinen Support. Ja, sie schuldete ihm Dank – und er würde diesen Dank einfordern.

»Support« – er liebte dieses Wort. Er supportete eine Menge Projekte und Menschen. Genauso wie einst sein leiblicher Vater, von dem er erst spät erfahren hatte, erst nach seinem Tod. Ein überaus mächtiger Strippenzieher. Sein milliardenschweres Erbe auf dem Treuhandkonto hatte er seither voll und ganz im Sinn des Testaments verwendet. Im Sinn der Zukunft, für die sein Vater zu Lebzeiten mit Haut und Haaren gestanden hatte.

Von Rhein lehnte sich nachdenklich zurück. Wie weit würde er da Silva einweihen? Das meiste durfte sie nicht wissen, und es wäre auch nicht nötig für ihre Aufgabe. Dennoch – da sie einem großen Pressestab vorstehen würde, wäre es gut, wenn sie ein wenig auf den Geschmack kam. Macht. Kontrolle. Und die Erotik, die damit einherging. Es wäre gut, wenn sie auch ein bisschen gierig würde. Gier war sexy, gerade bei einer Frau wie ihr. Er liebte es, die Augen einer Frau zu betrachten, wenn die Gier sie von innen her weitete. Es würde auch seine Machtposition ihr gegenüber untermauern, wenn sie zumindest im Ansatz wüsste, wozu er im Stande war, heute schon, zukünftig aber noch so viel mehr. Er musste sich gut überlegen, was sie wissen durfte und was nicht. Sie war die geeignete Kandidatin, er konnte das Risiko kalkulieren und eingehen und ein paar Dinge offenbaren, nicht zu viel, aber auch nicht zu wenig. Nicht so, dass sie Angst bekäme, aber genug, dass sie verstand, dass sie für mächtige Leute arbeiten und die Zukunft der Gesellschaft, ja des Menschen mitgestalten würde.

Da Silva war enttäuscht vom System. Frustriert. Wütend. Wurde gemobbt. Ausgebotet. Hintergangen. Zog immer und überall den Kürzeren. Vereinsamte seit Jahren, ohne es zu merken. Erkaltete innerlich mehr und mehr, wie es eben war, wenn man im Leben ständig gegen Windmühlen kämpfte. War voller Groll. Ein Kind der heutigen Zeit eben. Wie so viele haderte sie mit der zunehmenden Ungerechtigkeit – der ganz persönlichen in ihrem eigenen Leben und der ganz allgemeinen in der Welt da draußen. Im Dauerstress, im Hamsterrad des Alltags, der sie mehr und mehr überforderte. Eine Sklavin der Lasten, die die heutige Gesellschaft mit ihrem ständigen Wettbewerb dem Menschen in allen Bereichen auferlegte. Und nun stand da Silva vor dem Scherbenhaufen ihres Lebens und blickte mit dem

Gefühl, alles falsch gemacht und versagt zu haben, auf die Trümmer. Die perfekte Beute für die Versuchungen der Welt – Verlockungen, die Heil versprachen wie die Aussicht auf eine goldene Karriere, die er ihr bot.

So viel verstand er von der labilen menschlichen Psyche, um zu wissen, dass er sie an genau diesem Punkt abholen konnte. Sie würde nicht widerstehen. Nicht, wenn er ihr seine Macht und seine Möglichkeiten ein Stück weit offenlegen, seine Dominanz zumindest andeuten und ihr anbieten würde, dass sie davon profitieren konnte – wenn sie an seiner Sache mitwirkte.

Ja, sie würde endlich etwas in ihrem Leben zum Guten wenden. Raus aus der verzweifelten Kampfzone, hinein in den Kontrollraum dieser Welt.

♦

Zwei Tage später

Natascha betrat das schicke Münchener Nobelrestaurant. Nur alle paar Jahre war es ihr vergönnt, ein Etablissement dieses Kalibers aufzusuchen. Selten hatte sich ihr in all den Jahren als Journalistin die Chance dazu geboten, und privat erst recht nicht.

Die luxuriöse Atmosphäre hätte sie unter anderen Umständen aufgesaugt wie ein trockener Schwamm die Nässe – heute aber war sie viel zu aufgewühlt. Ihre Knie schlotterten, sie waren weich wie Pudding. Sie hatte stilvolle hochhackige Schuhe an und fürchtete, jeden Moment zu stolpern, als wäre sie ein Teenager, der zum ersten Mal solches Schuhwerk trug.

Unter ihren Achseln spürte sie aufkommende Feuchtigkeit. Zum Glück hatte sie ein dunkles Kleid gewählt, der Schweiß würde sich nicht darauf abzeichnen und nicht verraten, *wie* angespannt sie war.

Du schaffst das!

Sie registrierte sehr wohl, dass der eine oder andere männliche Blick eine Sekunde zu lang an ihr haften blieb – sie hatte sich mächtig in Schale geworfen und optisch alles aus sich herausgeholt. Doch es war nicht die geeignete Situation, um sich an anerkennenden Blicken zu erfreuen – vielmehr verstärkte die Aufmerksamkeit, die sie auf sich zog, noch ihre Nervosität.

Vielleicht hätte ich auf die Sache mit den Waffen der Frauen verzichten sollen... Durchatmen!

Ragner von Rhein hatte einen abgeschiedenen Tisch im hinteren Bereich des Restaurants gewählt, er saß bereits dort. Als sie auf ihn zuging, erhob er sich. Natascha wich dem erwartungsvollen Blick von Rheins aus, indem Sie ihren Blick schweifen ließ. Im Vorbeilaufen registrierte sie, dass auf den Tischen rundum Reservierungsschilder standen, doch sie waren leer. Entweder kamen die Gäste erst noch, oder er hatte kostspielig dafür gesorgt, dass sie ungestört blieben. Natascha tippte auf die zweite Möglichkeit.

»Ich freue mich, Sie zu sehen, Frau da Silva. Bitte!« Er rückte ihren Stuhl für sie zurecht, wartete, bis sie Platz genommen hatte, und setzte sich ihr gegenüber. »Wein?« Er deutete auf die Flasche Rotwein auf dem Tisch. »Ein edler Tropfen, Sie würden etwas versäumen.«

»Aber nur einen kleinen Schluck«, antwortete Natascha unsicher. Ihr Herz klopfte. Die Achselnässe war rekordverdächtig. *Du schaffst das!*

»Ich bin mit dem Auto hier«, log sie. Tatsächlich hatte sie Angst, mit ihren zittrigen Händen nach dem Glas zu greifen, und hoffte, dass sich die Aufregung nach den ersten Minuten ein wenig legen würde. Auf jeden Fall musste sie einen klaren Kopf behalten!

»Haben Sie mein großzügiges Angebot überdacht?«

Oh ja, das habe ich...! Noch am selben Nachmittag, als sein Anwalt es ihr übergeben und sie es sich erstaunt reingezogen hatte.

»Vielen Dank für Ihre Hilfe!«, wich Natascha aus.

»Ich sehe die anwaltlichen Kosten als erste Investition in Ihre Zukunft. Und in meine.« Er grinste siegessicher.

Ein gefährlicher Wesenszug dieses Mannes schien darin zu bestehen, dass er in Momenten der Überheblichkeit eher noch charismatischer wirkte als ohnehin schon, statt abstoßend zu erscheinen, wirkte er umso anziehender. Sie durfte nicht auf sein selbstsicheres Gehabe anspringen. Obwohl – vielleicht sollte sie es tun, um ihn aus der Reserve zu locken.

»Sie lassen es sich eine Menge kosten, dass ich für Sie arbeite.«

»Das ist nichts im Vergleich zu dem, was Sie mir auf Dauer einbringen werden.« Er blickte Natascha intensiv an. »Sie sind eine außergewöhnliche Frau. Ein seltener Diamant, den Ihre bisherigen Arbeitgeber ganz offensichtlich bloß für einen Mondstein gehalten haben. Ich aber glaube an Sie, an Ihre Fähigkeiten, Ihre Intelligenz, Ihre Weitsicht.« Er legte eine kurze Pause ein. »Und natürlich auch daran, dass Sie nicht vergessen, dass Sie in meiner Schuld stehen.« Er lachte, als wäre es ein Scherz.

Für einen Moment schimmerte sein wahres Ich durch. Sie würde das Spiel mitspielen, sich einlullen lassen, dann würde er sich vielleicht öffnen und ihr mehr verraten als dieser arrogante Anwalt und der Stapel Papiere, den man ihr in seinem Auftrag zur Durchsicht und Unterschrift ausgehändigt hatte. Noch besser, wenn *sie* stattdessen *ihn* einlullen würde. Sie musste von Rhein zum Reden bringen – wenigstens so weit, dass sie einen Blick hinter die Kulissen werfen und ihn im besten Fall mit diesen Machenschaften in Verbindung bringen konnte.

Mit ihren noch immer zittrigen Fingern fuhr sie sich durchs Haar. Langsam, als würde sie nachdenken. Dabei blickte sie von Rhein an. Es könnte auch verträumt wirken, vielleicht sogar etwas verführerisch. Sie bezweifelte aber, dass ihre Täuschung die gewünschte Wirkung erreichte, so etwas war nicht ihr Ding. Nur, heute musste es sein, ihre beste Chance, vielleicht die einzige. »Vielleicht schenken Sie mir das Glas doch etwas voller ein. Ich denke, wir haben einiges zu besprechen. Es gibt ja Taxis.« Natascha setzte das bezauberndste Lächeln auf, das sie in dieser Situation zustande brachte. Tatsächlich bebten ihre Mundwinkel. Sie hoffte, dass sie es mehr spürte als er es sah. Und wenn, dann deutete er ihre Aufregung hoffentlich anders – als erwartungsvolle Erregtheit, die er sich in seinem Narzissmus gerne einreden durfte.

»Wenn Sie es zulassen, Frau da Silva, werden Sie künftig keine Taxis mehr benötigen. Ihnen wird bei Bedarf eine Limousine mit Chauffeur zur Verfügung stehen.« Von Rhein nahm die Flasche. Er schenkte ihr von dem teuren Rotwein ein, das makellose Gesicht voller Selbstgefälligkeit.

Gut möglich, dass er mir heute Abend noch reinen Wein einschenken und sich dabei um Kopf und Kragen reden wird, dachte Natascha. *Nur zu! Hochmut kommt bekanntlich vor dem Fall.*

♦

Die letzten beiden Tage hatte Jennifer mit Eric und Lea in der Nähe der Klinik verbracht, in der Mike lag. Seither stürmten die unterschiedlichsten Gefühle auf sie ein. Da war die latent brodelnde Sorge um Frank. Befand er sich unter Kriminellen, von denen niemand wusste, wozu sie fähig waren, wenn ihnen jemand in die Quere kam? Und wenn diese Leute tatsächlich Dreck am Stecken hatten und er es rausfinden würde, dann würde Frank ihnen in die Quere kommen, das wusste sie.

Dann war da die Sorge um Natascha. Sie wurde zwar nicht von der Polizei festgehalten, hielt sich aber ungewöhnlich bedeckt und druckste rum, wenn Jennifer sie fragte. Mehr noch, sie redete von ein paar Tagen, die sie brauche, um ihre Reportage unter Dach und Fach und beruflich alles ins Lot zu bringen. Was auch immer sie damit meinte – sie hatte es Jennifer nicht näher erläutert, was ungewöhnlich war. Natürlich war sie Nataschas Bitte nachgekommen und kümmerte sich ein paar weitere Tage um Lea. Und doch: Natascha hatte ihr Kind noch nie mehr als einige Stunden allein gelassen, das wusste sie. Natascha wich sogar Leas Fragen aus und beendete Telefonate auffällig schnell. Irgendetwas war faul – und das beunruhigte Jennifer.

Was sie allerdings erleichterte, war der Zustand Mikes. Der war schnell stabil geworden, ihm ging es von Tag zu Tag besser. Alles würde wieder gut werden. Er brauche aber Ruhe und wenig Aufregung, hieß es von Seiten der Ärzte. Daher hielt sich Jennifer bedeckt, was die Ereignisse rund um Natascha und sie selbst in den vergangenen Tagen anging, und erst recht, nachdem Mike davon anfing, dass er sich extreme Sorgen um Natascha mache, aber selbst nicht wisse, warum – es sei so ein sonderbares Gefühl, eine Art Vorahnung, er könne es selbst nicht greifen. Sicher wäre er aus dem Bett gesprungen, wenn er erfahren hätte, auf welche Spuren Natascha gestoßen war und was es für sie bedeutete, wäre auch nur die Hälfte all ihrer Vermutungen wahr.

Gut, dass Jennifer Mike zur Situation bei diesem Meeresinstitut und zu seinem Aufenthalt mit Frank an Bord befragen konnte. Doch sie musste es vorsichtig tun. Gleich bei ihrer ersten Frage hatte Mike gestutzt. Ob dort irgendetwas ungewöhnlich gewesen sei?

»Nein, wieso, was meinst du?«

»Ach, einfach so«, hatte sie ausweichend geantwortet, »Frank macht sich so rar.«

Blöd nur, dass Mike sie kein bisschen beruhigen konnte. Dafür hatten sich Natascha und sie schon zu weit in irgendwelche Verschwörungsszenarien verrannt, in die das Institut, für das Frank arbeitete, verwickelt sein könnte.

Frank hatte sich immer noch nicht gemeldet. Sie würde mit den Kindern zur Küste fahren und vor Ort nach dem Rechten sehen. Sie hatte die Warterei satt. Sie lebten doch nicht auf dem Mond, kein Mensch musste so lange offline sein, auch nicht auf dem Meer. Und dass er so lange unter Wasser in irgendeinem der Habitate war, machte doch auch keinen Sinn.

Sie würde hinfahren. Vielleicht würde sie auch Dinge in Erfahrung bringen, die Natascha halfen.

Was allerdings dagegen sprach, eigenmächtig Detektivin zu spielen und zur Höhle des Löwen aufzubrechen, war die Tatsache, dass sie die beiden Kinder bei sich hatte.

Frustriert sackte Jennifer auf dem kleinen Sofa in ihrem Hotelzimmer zusammen. Sie würde noch einen Tag abwarten und dann die Polizei einschalten – Nataschas Story war es nicht wert, dafür im Ungewissen zu bleiben und in Kauf zu nehmen, dass irgendjemand von ihnen womöglich in Gefahr schwebte.

Sie drückte zum zigsten Mal auf die Wahlwiederholung ihres Handys. Nichts! Frank war nicht erreichbar.

Wütend pfefferte sie das Telefon auf das Sofa und war im nächsten Moment froh, dass die Kinder ihren Mini-Ausraster nicht bemerkt hatten, sie schliefen bereits. Dann checkte sie einmal mehr die Mails. Nichts. Sie klappte das Notebook zu. Mist!

♦

Natascha hatte Gänsehaut. Vor zwei Stunden hatte sie in dem edlen Restaurant an dem blitzblanken Tisch die Papiere unterschrieben, mit zittrigen Fingern. Zum Schein war sie den Pakt eingegangen. Es diente der Sache und wäre in Kürze ohnehin null und nichtig. Und doch hatte es sich für einen Moment angefühlt, als hätte sie ihre Seele verkauft – obwohl sie wusste, dass sie es nicht getan hatte und alles nur Show war. Was ihr nun Gänsehaut verursachte, war die Erkenntnis, dass es ein schmaler Grat hätte werden können, auf den ihr Ehrgeiz sie getrieben hatte. Wenige Tage zuvor hatte sie beinahe noch geglaubt, dieser Mann stünde auf der richtigen Seite – wer weiß, auf was alles sie sich eingelassen hätte, wäre da nicht dieser Paulsen vom BKA gewesen.

Von Rheins Siegesgewissheit und dem Zuviel an Rotwein war es geschuldet, dass er mehr und mehr offenbart hatte, wie er wirklich dachte, was er wirklich wollte und zu welchen Taten er wirklich bereit war – vor allem aber, was er dafür bereits getan hatte.

Gewiss hatte er Natascha bei Weitem nicht alles erzählt, sondern gerade mal das, was sie für ihre Propagandatätigkeit wissen musste. Aber es war mehr als genug. Er hatte von nicht genehmigten Versuchen mit subliminaler Beeinflussung erzählt und rechtfertigte es damit, dass man manchmal außerhalb der Legalität arbeiten müsse, um etwas zum Guten zu wenden. Er berichtete von einer gerade entstehenden TV-Produktionsfirma, mit der man künftig Formate produzieren würde, die ihre politische Botschaft mittels versteckter Signale übermitteln und Zustimmung erzeugen sollten. Das alles sollte vor dem nächsten Wahlkampf passieren. Ein Wahlkampf, dessen Kommunikationsstrategie er Natascha in die Hand geben wollte, mit neurowissenschaftlichem Back-up.

Er faselte von seiner visionären Agenda, von totalitärer Kontrolle, dem Überwachungsstaat voller Sicherheit und Glück, in dem sich dann der neue Mensch entfalte würde, er prahlte mit der Überarbeitung der Gesetze auf das Ziel hin, die Forschung zu befreien. Sogar von futuristisch anmutenden Eingriffen am Hirn gesunder Menschen sprach er, die Natascha allerdings für weit hergeholt hielt und somit nicht für bare Münze nahm.

Was erzählte er nicht alles…

Vieles blieb vage. Aber das eine oder andere Mal war er unvorsichtig gewesen. Wahrscheinlich war er gar nicht unvorsichtig, sondern wollte sich ihr gegenüber nur aufspielen. Wie auch immer – sie hatte mitgespielt.

Natürlich hatte sie auch das eine oder andere aus dem Nähkästchen geplaudert, über die Recherchen zu ihrer Story, sie musste schließlich sein Vertrauen gewinnen. Auch Muth hatte sie erwähnt, nicht aber die Spuren zu der Maske und was sie darin gefunden hatten.

Beim Namen Muth war von Rheins Blick prompt wieder scharf geworden, der Name hatte die von Natascha erwartete Wirkung. Außerdem hakte von Rhein einmal zu viel nach, was Muths früherer Kollege Frøseth wusste, wo der doch nur ein Name von vielen auf seiner Liste war. Ja, es war, wie sie befürchtet hatte. Sie war sein Spielball gewesen – hätte es zumindest sein sollen. Doch nun hatte sie den Spieß umgedreht. *Hochmut kommt vor dem Fall…* Seltsam, dass ihr dieser Satz nun wiederholt durch den Kopf ging. Mit Hochmut hatte von Rhein an diesem Abend nicht gegeizt, zum Glück. Und der Fall folgte hoffentlich schon bald.

Jetzt wollte Natascha nur noch, dass die Sache ein Ende hatte. Sie musste an Frøseth denken. »Tun Sie das Richtige«, hatte er gesagt. Das hatte sie getan. Natascha führte das Glas zum Mund – es war inzwischen zum fünften Mal mit Wein aufgefüllt, von Rheins Blick nun unverhohlen lüstern, er begehrte sie, daraus machte er keinen Hehl. Reichte es denn noch nicht, was sie hatte in Erfahrung bringen können? Wann wurde sie aus diesem Albtraum erlöst?

Plötzlich entstand Unruhe im Restaurant. Nicht laut, aber spürbar. Natascha schloss die Augen, atmete tief durch. Endlich! Es war vorbei.

Sie öffnete die Augen und blickte von Rhein über ihr Glas hinweg an. Sie genoss, wie sich sein Blick veränderte. Lüstern – überrascht – verwirrt – entsetzt. Sie konnte es sehen: Die Erkenntnis überrollte ihn wie eine Dampfwalze.

Natascha drehte sich um, folgte seinem Blick. Ein

erleichtertes Lächeln umspielte ihre Lippen. Ja, er hatte ihr viel erzählt. Mehr, als sie erwartet hatte. Nicht genug, um ihn irgendwelcher schweren Verbrechen zu bezichtigen, noch nicht, aber allemal ausreichend, damit sich der Verfassungsschutz, das Bundeskriminalamt und diverse Aufsichtsbehörden aus Wirtschaft und Forschung intensiv mit ihm und seinen Mittätern beschäftigen würden. Die Männer, die nun auf ihren Tisch zuliefen, sahen alles andere als freundlich aus. Sie aber freute sich über ihren Anblick.

Von Rhein gegenüber spielte sie die Ahnungslose. Unmerklich strich sie über den Stoff des eleganten Abendkleides, ertastete sanft die Verkabelung. Sie hatte es überstanden und ihre Sache hoffentlich gut gemacht. Von Rhein nicht.

♦

Frank stand an der Reling, schaute auf die nächtliche Ostsee und dachte nach. Plötzlich wurde es hektisch an Bord. Stimmengewirr, erst leise, dann immer lauter. Ein paar Leute liefen aufgeregt an ihm vorbei. Dann ertönte ein schriller Alarm. Einige Männer der Crew begannen damit, Rettungsboote ins Wasser zu lassen.

Verwirrt schaute Frank sich um. Was war jetzt los? Da! Das kleine U-Boot, sie ließen es ebenfalls zu Wasser! Plötzlich entdeckte Frank blinkende kleine Lichter auf der Wasseroberfläche. Erst nur zwei, dann vier dann immer mehr. Was hatte das zu bedeuten? Angestrengt starrte er in die Dunkelheit. Da waren Leute im Wasser! Jetzt wurde es ihm klar. Menschen, die an der Wasseroberfläche mit Blinklichtern auf sich aufmerksam machten. Nur, woher kamen sie? Doch nicht etwa…

»Dr. Stebe!« Es war die Stimme Grothes, die seinen Namen brüllte.

Frank drehte sich um. »Was ist los?!«

»*Habitat Zero*. Keine Zeit für Erklärungen. Das Mini-U-Boot ist startklar. Es bringt mich runter. Jetzt! Kommen Sie!« Grothes Stimme überschlug sich. Er schien völlig von der Rolle, seine Mimik – panisch fast. Der Gesichtsausdruck voller Entsetzen. Er lief einfach los.

»Stopp!«, schrie Frank gegen das Getöse um sie herum an.

Grothe stoppte in seiner Bewegung und drehte sich um. Er eilte die paar Schritte wieder zurück, auf Frank zu.

Plötzlich zog Grothe eine Schusswaffe. Reflexartig wich Frank einen Schritt zurück und stieß mit dem Rücken unsanft gegen das Geländer der Reling. »Was soll das, Grothe, was soll die Waffe?«

»Mitkommen! Schnell!« Grothe deutete mit dem Kopf Richtung U-Boot. An Bord war so ein Tumult, dass niemand mitbekam, was Grothe mit Frank abzog. Oder es interessierte keinen.

Kurz darauf saßen Frank und Grothe in dem Tauchboot. Grothe gab dem Mann, der das U-Boot steuerte, Anweisung, abzutauchen und Kurs auf *Habitat Zero* zu nehmen. Der wirkte verstört, schaute ungläubig auf die Waffe Grothes, tat aber, wie ihm befohlen. Das Schiff lag ganz in der Nähe von *Habitat Zero* vor Anker – in kürzester Zeit würden sie also ihr Ziel erreicht haben.

Durch die Scheiben sah Frank unter Wasser Menschen, im Lichtkegel des Scheinwerfers waren sie einigermaßen deutlich zu erkennen – sie hatten allesamt auf die Schnelle die Tauchausrüstung einfach über ihre Kleidung gestülpt, so viel konnte Frank im Licht der Scheinwerfer erkennen. Die Kälte würde ihnen bald in den Knochen sitzen. Doch in Anbetracht der Lage war das wohl ihr kleinstes Problem. Was auch immer passiert war – es musste sich um einen Notfall handeln. Evakuierung!

Grothe musste Franks Blick bemerkt haben. Die Waffe auf ihn gerichtet, sagte er gequält: »Es befindet sich immer ausreichend Ausrüstung im Habitat, sodass alle, die sich darin aufhalten, im Notfall schnell das Habitat verlassen können. Ich sagte ja bereits, dass in diesem Habitat atmosphärische Druckverhältnisse herrschen, da die Leute eh nie tauchen. Wenn sie jetzt ins Wasser kommen, ist es für sie quasi die erste Minute unter Wasserdruck, und ihr Körper beginnt erst jetzt, sich mit Stickstoff aufzusättigen. Jeder, der es schafft rauszukommen, bleibt gesund.« Grothe sah auf eine Anzeige. »Alle sind raus«, sagte er, »gerade hat die letzte Person *Habitat Zero* verlassen.«

Frank atmete tief durch. Das war eine gute Nachricht. »Was ist überhaupt los? Und was soll das!« Frank starrte ungläubig auf die Waffe. Grothe wirkte, als habe er so ein Ding das erste Mal in der Hand, ungelenk und nervös. Vielleicht war das aber auch nur seiner Panik geschuldet. Dennoch, es schien, als wäre er mit einer Schusswaffe nicht vertraut. Das machte die Lage aber nicht besser. Wenn es blöd lief und Frank zu leichtfertig vorging, würde sich womöglich noch versehentlich ein Schuss lösen.

»Sie glauben doch nicht, dass ich Sie in dem Chaos, das jetzt auf dem Schiff herrscht, alleinlasse!«

»Unbeaufsichtigt trifft es wohl eher. Sie halten mich hier fest, und das nicht erst seit gestern. Glauben Sie, ich hätte das nicht bemerkt?«

Grothe überging Franks berechtigten Vorwurf und antwortete stattdessen auf die Frage zuvor. »*Habitat Zero* spielt komplett verrückt. Irgendein Virus wütet in der IT und an allen elektronischen Systemen. Es legt nicht nur alles lahm, nein, schlimmer noch – es zerstört alles! Gleichzeitig überhitzen die Systeme. Und als würde das nicht reichen, hat es auch noch das Notfallprogramm ausgelöst! Grothe wischte sich mit der freien Hand den Schweiß von der Stirn.

»Was für ein Notfallprogramm?«

»Eigentlich benötigt es die Freigabe von mindestens drei Entscheidungsträgern. Einige Personen – es sind nicht viele, aber ich gehöre dazu – haben die erforderlichen Codes für den Fall, dass es nötig wäre, *Habitat Zero* zu zerstören, und zwar so, dass nichts davon übrigbleibt.« Grothe sah Frank nun wütend an. Dann fuhr er sich entsetzt über den Mund. »Aber das ist nur eine Notlösung. Wenn ich es nun aber nicht stoppe, wird *Habitat Zero* unwiederbringlich verloren gehen.«

»Wie das?«

Grothe fuchtelte aufgeregt mit der Waffe herum. »Es wird gesprengt!«

»Sind wirklich alle raus?«, hakte Frank nach. Grothe wirkte nicht, als würde er ihm nur ein haarsträubendes Märchen auftischen.

»Ja! Aber *wir* gehen rein! Ich muss es stoppen! Das geht nur drin!«

»Sind Sie lebensmüde? Wegen des bescheuerten Habitats wollen Sie unser Leben aufs Spiel setzen? Sie können Ihre Zentrale oder als was auch immer Sie das Teil da unten ansehen was weiß ich wo aufbauen. Es ist nur ein Habitat, nur eine Unterwasser-Station, mehr nicht!«

»Hier hat alles angefangen, es ist das Epizentrum unserer Mission, ein Tempel des Wissens!« Grothe schäumte, er drehte nun völlig durch. Wutentbrannt schrie er: »Es ist *mein* Kontrollzentrum! *Ich* habe das alles aufgebaut! *Ich* bin vom ersten Tag des Experiments der Dreh- und Angelpunkt des Ganzen! *Ich* sammle die Gelder ein! *Ich* entscheide, was wann und wo passiert, nicht andere! Wenn ich heute Nacht *Habitat Zero* verliere, ist alles, wofür ich je gearbeitet habe, null und nichtig, weil *ich* dann null und nichtig bin! Die übergehen mich, als bräuchten sie mich nicht mehr, als bräuchten sie das Zentralorgan unseres Experiments nicht mehr! Verstehen Sie das denn nicht?!« Frank konnte Grothes Panik nahezu greifen.

Er verliert völlig die Kontrolle über sich – weil er die Kontrolle über das Projekt – seine Machtposition – verliert… Frank war für einen Moment wie erstarrt, die Situation surreal.

Grothe starrte ihn an. In dieser Sekunde war ein ohrenbetäubender Knall zu hören, und kurz darauf erfasste eine gigantische Druckwelle das U-Boot.

♦

Es waren inzwischen drei Stunden vergangen, seit Natascha zusammen mit Ragner von Rhein in dem Edelrestaurant festgenommen und unter neugierigen Blicken abgeführt worden war. Zwar war ihre Festnahme nur Teil des Theaterstücks, das sie von Rhein hatte vorspielen müssen, sie hatte von Anfang an gewusst, dass es ihr schwerfallen würde, vom BKA verkabelt eine Show abzuziehen, doch dass es sie so viel kosten würde, hatte sie nicht erwartet.

Jetzt fühlte sie sich kraftlos und ausgelaugt, ja leer und verbraucht, irgendwie auch missbraucht, benutzt und beschmutzt. Und doch wusste sie, dass das, was sie getan hatte, das Richtige war. Ob ihr Leben – und was für sie noch viel wichtiger war: Leas Leben – allerdings jemals wieder so sein würde, wie es einmal gewesen war, bezweifelte sie. Womöglich würde sie nun in ständiger Angst um ihre Tochter und um sich selbst leben, denn das Netz, von dem von Rhein ja nur ein Teil war, war weit gespannt und einflussreich. Ob sie sich eines Tages wieder darin verfangen würde und dann womöglich noch viel gefährlicher, als es in den vergangenen Wochen durch ihren Ehrgeiz ohnehin schon geschehen war? Gut möglich…

Die Polizei konnte ihr nichts garantieren, nicht einmal, ob die Täuschung aufrechtgehalten werden konnte und von Rheins Geistesverwandte auf Dauer glauben würden, dass sie ebenfalls festgenommen worden war und angeklagt wurde. Zumal sie, die an diesem Abend den Lockvogel gegeben hatte, als wichtige Zeugin würde aussagen müssen.

Sie könne in ein Zeugenschutzprogramm kommen,

sagte Paulsen ihr. Sie hatte ihn nur groß angeschaut und ihn gefragt, ob er selber an ihrer Stelle bereit sei, mit seinem Kind ein Leben lang versteckt zu bleiben und kein normales, sondern ein auf Lügen aufgebautes Leben zu führen. Er hatte daraufhin nur verständnisvoll genickt.

♦

Das kleine U-Boot war ein instabiler Spielball der durch die Explosion ausgelösten Druckwelle. Unkontrolliert wirbelte es durchs Wasser. Die Detonation musste schwere Schäden verursacht haben – überall blinkten Anzeigen, der akustische Alarm gellte durch die Tauchkapsel. Wären sie einige Sekunden zuvor auch nur ein paar Meter näher am Habitat gewesen – es hätte wahrscheinlich ihren Tod bedeutet.

Aber sie lebten, und noch strömte kein Wasser ins Boot!

Es war allerdings zu früh, um durchzuatmen, und die Situation war keinesfalls überstanden. Sie hatten komplett die Kontrolle verloren und schlugen mit dem Bug voraus auf dem Meeresgrund auf. Es grenzte an ein Wunder, dass der Rumpf des Tauchboots offensichtlich auch das überstand. Zumindest für den Augenblick.

Hatten all die Aquanauten des Habitats zum Zeitpunkt der Explosion bereits die Oberfläche erreicht oder waren wenigstens weit genug entfernt, um durch den kleinen Unterwasser-Tsunami nicht wild herumkatapultiert worden zu sein? Wenn es sie in extremer Geschwindigkeit nach oben geschleudert hätte, dann könnten sie in eine lebensbedrohliche Lage gekommen sein, und dasselbe wenn es sie hart nach unten gedrückt hätte und sie aufgeschlagen wären. Hoffentlich waren alle wohlauf – es ging um Menschenleben! Frank befürwortete das Tun dieser Leute nicht – aber deswegen waren sie ihm keinesfalls egal. Er konnte nur hoffen, dass niemandem etwas passiert war.

Selbst an der Oberfläche mussten die Auswirkungen der Druckwelle zu spüren gewesen sein.

»Wir müssen sofort hier raus!«, rief Frank. Er riss sich selbst damit aus der kurzen Schockstarre.

Grothe lag in einem Eck, er blutete aus einer Wunde an der Stirn. Die Waffe war weg.

»Haben Sie Atemgasflaschen an Bord?« Frank schüttelte den Piloten des Tauchbootes an den Schultern. Auch er stand unter Schock. »Oder schaffen Sie das ohne?« Für Frank waren gut dreißig Meter mit einem Atemzug kein Problem, aber er wusste nicht, wie es diesbezüglich um den Steuermann und Grothe stand, zumal sie möglicherweise beim Aussteigen Zeit verlieren würden. Sollte Wasser eingedrungen sein, die Pumpen würden sicher nicht mehr funktionieren. Frank bezweifelte, ob überhaupt noch irgendetwas an Bord funktionierte. Was, wenn sie den Ausstieg nicht aufbekämen? Wann würde Hilfe kommen und wie lange die Luft an Bord reichen? Wie lange würde der Rumpf halten?

»Ja, ja… haben wir…«, stammelte der Tauchboot-Pilot und öffnete nur Sekunden später eine Box.

Aus dem Augenwinkel heraus sah Frank, dass Grothe sich endlich hochrappelte und benommen, aber zielstrebig zur anderen Seite des Tauchboots taumelte. Klar, was er vorhatte.

Reflexartig sprang Frank dorthin und kam Grothe zuvor. Er griff sich die Waffe und richtete sie auf Grothe. »Lassen Sie es gut sein. Wir müssen raus hier. Das ist jetzt alles, was zählt!« Mit beschwichtigenden Handbewegungen appellierte Frank an Grothes Vernunft. Doch von der war offensichtlich nichts mehr übrig, mit einem Mal stürzte er sich auf Frank und wollte ihm die Waffe aus der Hand reißen.

Während Frank den Angreifer abwehrte, ließ er die Waffe fallen, auch um voll zupacken zu können. Grothe war Frank körperlich weit unterlegen, doch er war angetrieben von einer Verzweiflung, die ihn wie aus einem dunklen Abgrund immer wieder mit Wogen überraschender Kraft ausstattete. Immer wieder rang er sich nach oben, immer wieder fürchtete Frank, er könnte doch wieder an die Waffe gelangen. Doch schließlich gelang es ihm, Grothe zu überwältigen, und er hatte ihn fest im Schwitzkasten. Noch immer versuchte Grothe sich vergeblich aus Franks eisernem Griff herauszuwinden, doch der hielt ihn fest und überlegte den nächsten Schritt. Dann sah er den U-Boot-Piloten vor sich stehen – mit drei Tauchmasken, drei Paar Flossen und drei Mini-Pressluftflaschen mit Atemmundstück daran in der Hand. Der Mann hätte sich die Waffe greifen können, tat es aber nicht.

Frank lockerte seinen Griff, ließ Grothe unvermittelt los und verpasste ihm einen kräftigen Stoß. Grothe stolperte nach hinten und fiel wieder zu Boden. Frank griff sich die Waffe vom Boden. Er nickte dem Bootsführer kurz zu.

Dann wandte sich Frank Grothe zu. »Seien Sie doch vernünftig!«, schrie er ihn jetzt lauthals an, und dann etwas gedämpfter: »Bitte, geben Sie auf, es ist ohnehin zu spät. Wir müssen hier raus! Wir haben keine Zeit! Oder wollen Sie sterben?«

Grothe stürzte erneut auf Frank zu – obwohl der die Waffe bereits wieder auf ihn gerichtet hatte.

»Jetzt reicht's!«, schnauzte Frank. Er verpasste Grothe mit der linken Faust einen derart harten Schlag mitten ins Gesicht, dass dieser mit einem Schmerzensschrei zu Boden sackte. Jammernd hielt er die Hände vors Gesicht. Etwas Blut rann zwischen seinen Fingern hindurch.

Grothe stand wieder auf, griff in die Box mit den Notfallausrüstungen und schnappte sich eine Mini-Pressluftflasche. Die schwang er wie ein Kampfbeil vor sich her.

Das gibt`s doch nicht! Der gibt einfach keine Ruhe…

Schnell wich Frank aus. Die Flasche donnerte gegen die Wand. Ein Glück, dass sie noch heil war, immerhin stand sie unter gewaltigem Druck, nicht auszudenken, wenn…

Es half nichts, Frank musste härter vorgehen, auch wenn

er das hatte vermeiden wollen. Er nahm die Waffe in die linke Hand und hämmerte Grothe mit seiner stärkeren rechten Faust seitlich ins Gesicht. Ein Frontalschlag hätte zu gefährlich werden können, ganz nebenbei brauchte man ihn noch, damit er über das ganze Treiben auspacken konnte. Aber etwas Härte musste sein, und als Grothe zurücktaumelte, setzte Frank nach. Er ließ einen zweiten Faustschlag auf dieselbe Stelle folgen. Grothe sackte zusammen.

»Haben Sie irgendein Auftriebsmittel? Ein Tarierjacket für Taucher? Oder einen Hebesack? Eine aufblasbare Boje? Irgendwas?«, wandte sich Frank an den Bootsführer.

Der schaute Frank fragend an. »Nein. Ich denke nicht.«

»Dann müssen wir es irgendwie so schaffen, ihn nach oben zu bringen. Wir lassen ihn auf keinen Fall hier. Los, beeilen wir uns!«

♦

Drei Wochen später

Blechern prasselte der Regen auf die Karosserie des Autos, die Scheibenwischer schnellten nahezu vergeblich von einer Seite der Frontscheibe zur anderen, quietschend kämpften sie gegen die Wassermasse an – wie hypnotisierende Pendel, die geölt werden mussten. Die laut aufplatzenden Tropfen zerbarsten auf der Scheibe. Was für ein Wolkenbruch!

Wie in Trance saß Frøseth hinter dem Lenkrad, lange Zeit, und starrte wie versteinert durch die inzwischen vollständig beschlagene Scheibe, deren Oberfläche so undurchsichtig war, dass sie sich kaum mehr vom Grau dort draußen unterschied – und im übertragenen Sinne auch nicht von den undurchsichtigen Ereignissen der letzten Wochen.

Ab und an pfiff heulend ein eisiger Wind um Frøseths Wagen, jaulend umhüllte er ihn wie ein Rudel furchteinflößender Wölfe. Manchmal schaffte es der Vollmond, die dunklen Wolken beiseite zu schieben, sich Platz zu machen, um zu zeigen, wem die Nacht gehörte. Trotzig kämpfte er sich immer wieder durch das Dunkel der Nacht – erfolgreicher zumindest als die Frontscheinwerfer von Frøseths Auto. Die Lichtkegel, die sie in die Nacht warfen, prallten an den Millionen von Tropfen ab wie an einer eisernen Wand. *Ich kann da draußen nicht einmal die Hand vor Augen sehen! Was um alles in der Welt mache ich hier?!*

In den letzten Tagen hatte Frøseth einen unerklärlichen inneren Drang verspürt – den Drang, genau hierher zu kommen, an einen Ort, den er nur aus diesen seltsamen Träumen der vergangenen Nächte kannte. Eigenartig, in der letzten Woche hatte er jede Nacht von diesem alten halbverfallenen Leuchtturm geträumt. Und als er heute Morgen erwacht war, wusste er plötzlich, wo er ihn gesehen hatte, flüchtig nur, vor vielen Jahren. Es war ein Foto gewesen, das Leon Muth ihm gezeigt hatte! Muth hatte ihm von diesem verlassenen Ort erzählt und davon, dass er regelmäßig herkomme, um allein zu sein; der Ort habe für ihn eine ganz besondere Bedeutung.

Jetzt, nach all den Jahren, hatte Frøseths Unterbewusstsein diesen Leuchtturm plötzlich aus seinem Hirn gekramt und ihm einen Platz in seinen nächtlichen Träumen eingeräumt. Nach den ersten Nächten hatte Frøseth sich morgens beim Aufstehen noch gegen den Sog gewehrt, diesen rätselhaften Ort aus seinen Träumen ausfindig zu machen und aufzusuchen. Es war ihm absurd und gleichzeitig aussichtslos vorgekommen, und er war sich sicher, dass es den Ort ohnehin nur in seiner Fantasie gab.

Bis heute Morgen, als ihm schlagartig klarwurde, dass dieser Leuchtturm sehr wohl existierte. Er musste sich damals so stark in sein Unterbewusstsein eingebrannt haben, das seine nächtliche Fantasie nun daraus schöpfte. Die Frage war nur, warum sein Hirn dies jede Nacht tat?

An diesem Morgen war der Drang, diesen magnetischen Ort aufzusuchen, besonders stark geworden. Und als ihm endlich, nach mehreren Nächten, eingefallen war, woher er den Ort kannte, hatte er nicht widerstehen können. Als hinge sein Leben davon ab, hatte er alles stehen und liegen gelassen und war losgefahren.

Was versprach er sich eigentlich davon? Nun saß er hier und grübelte einmal mehr über das, was geschehen war.

Die vergangenen Wochen waren turbulent gewesen. Von da Silva hatte er seither nichts gehört, von den Behörden auch nicht. Ein gutes Zeichen. Es bedeutete, dass da Silva Stillschweigen gewahrt und ihren Fund aus dem Spiel gelassen hatte.

Da Silva und dieser Frank Stebe hatten den Behörden reichlich Beweismaterial geliefert. All das, auf was da Silva gestoßen war und was sie und Stebe erlebt hatten, lieferte den Behörden derzeit so viel Stoff, dass die Presse gar nicht hinterherkam, es auszuschlachten. Frøseth verfolgte die Berichte, und so hatte er auch von den Ereignissen an der Ostsee erfahren, die da Silvas Freund Frank betrafen. Sicher erfuhr er aber nicht alles, sondern nur das, was der Öffentlichkeit an gefilterten Informationen hingeschmissen wurde.

Muths Geheimnis aber – *ihr* Geheimnis – hatte offensichtlich niemand offengelegt. Frøseth selbst glaubte mit jedem Tag, der verstrich, immer mehr daran, dass es richtig war, die Existenz dieser Daten nicht preiszugeben. In seinen Händen würde kein Missbrauch damit getrieben werden. Er hatte ohnehin vor, alles zu vernichten, einzig und allein wollte er nicht zu früh Beweismaterial zerstören. Aber die Daten waren eine Last, er wollte sie möglichst bald abwerfen – am besten zusammen mit dem Rest der Daten – wenn sie den eines Tages doch noch finden würden. Das alles musste dauerhaft vernichtet werden!

Sobald etwas Gras über die Sache gewachsen war, würde da Silva sich vermutlich bei ihm melden, und wenn das Gebiet in der Ostsee keine Sperrzone mehr war, konnte ihr Freund Frank Stebe die Suche dort aufnehmen.

Doch lagen die Daten überhaupt dort? Vielleicht waren da Silva und er und auch die Leute, die Stebe engagiert hatten, einem Hirngespinst nachgejagt? Aber wenn es sie gab, würde er sie vernichten. Zusammen mit denen, die er schon in seiner Obhut hatte. Er wusste, dass es leichtsinnig war, dass er sie aufgehoben hatte, anstatt sie gleich zu zerstören. Er konnte sich bislang aber nicht dazu aufraffen. War es, weil er sich verpflichtet fühlte, da Silva in die Entscheidung miteinzubeziehen? Oder war es vielleicht so, dass er selbst doch im Kern daran zweifelte, ob man der Welt diese Erkenntnisse überhaupt vorenthalten durfte?

Obwohl, er war sicher, dass der Mensch nicht dazu geeignet war, eine solche Bürde zu tragen, und es letztlich nicht schaffen würde, überhaupt irgendetwas Gutes damit zu bewirken. Zumindest der Mensch von heute nicht, der getrieben war von Gier. Die falschen Leute würden mit den falschen Motiven das Falsche damit tun. War er ein Pessimist? Nein, ein Blick in die Geschichtsbücher reichte ihm, um zu wissen, dass es so war. Und ein zweiter Blick in die Luxusvillen der Mächtigen und in die Bordelle, die Waisenhäuser und Armenviertel bestätigte es. Und ein dritter Blick in die Dynamik der Macht und des sozialen Lebens, die gerne alles ausschloss, was dem Konsens zuwider war, ließ ihn ganz sicher sein: es war nicht die Wahrheit, nach der die Menschen strebten, es war Macht. Und wenn er an die moralischen Apelle seiner Zeit dachte, aus dem Mund von Leuten, die er gut kannte und von denen er wusste, wie sie wirklich tickten, dann wusste er, die moralisch glatte Fassade war bedeutungslos, das scheinbar Gute oftmals gar nicht gut. Wenn überhaupt, dann geschah das Gute im Verborgenen…

Was die Medien nun zu berichten hatten über den Skandal, den Natascha und Stebe aufgedeckt hatten, überraschte ihn nicht. Aber es war überraschend, was alles *nicht* berichtet wurde! Hinter der Fassade steckten offenbar genügend Leute unter einer Decke, oder sie versuchten zumindest, ihre eigenen Interessen zu schützen, um dafür zu sorgen, dass nicht alles publik wurde, was publik hätte werden können und sicherlich auch publik hätte werden müssen. Und einmal mehr bestätigte es ihm: Das Risiko des Missbrauchs dieser Forschungsergebnisse war einfach zu groß!

War es vielleicht sogar gut, dass nicht über alles im Detail berichtet wurde? Wenn künftig der Mensch nur noch mit Verschwörungstheorien und Paranoia behaftet wäre und alles und jeden in Zweifel ziehen würde – was wäre das für ein Leben?! War es hier also die bessere Option, nicht alles zu wissen?

Frøseth löste sich aus seinen Grübeleien und gab sich einen Ruck. Er schlug die Kapuze seiner Regenjacke über den Kopf und stieg endlich aus dem Auto.

Kaum hatte er die Autotür zugeschlagen, donnerte es, als durchflögen zehn Kampfjets gleichzeitig die Schallmauer, ein gigantischer Blitz durchzuckte glühend hell das Dunkel der Nacht und lud seine Energie irgendwo ganz in der Nähe auf dem Meer ab, dessen tosende Wellen durch den Lärm des Gewitters nicht zu hören, aber regelrecht zu spüren waren. Die Abfolge von Blitz und Donner war so kurz, das Gewitter konnte nicht weit sein. Frøseth wünschte sich, er wäre nicht gerade heute Nacht hergekommen. *Was will ich bloß hier?*

Just in dieser Sekunde erhellte wieder ein gewaltiger Blitz die Nacht. Frøseth blieb fast das Herz stehen, aber nicht wegen des ohrenbetäubenden Lärms, der ihm durch Mark und Bein ging, nein – dort drüben! Er hatte es ganz deutlich sehen können, da war etwas, der schemenhafte Umriss einer Gestalt… Gespenstisch zuckende Lichtfetzen setzten sie wie auf einem Podest in Szene.

Stand da wirklich jemand auf der Anhöhe? Hatte er etwa gerade dort drüben eine Person gesehen? Oder täuschte er sich? Frøseths Nackenhaare stellten sich auf.

Als wolle die tosende Nacht auf seine Ungläubigkeit antworten, ließ ein erneuter Blitzschlag die Anhöhe und den Leuchtturm in surrealem Licht erscheinen, um Frøseth nur eine Sekunde später wieder in beklemmender Dunkelheit zurückzulassen. Aber nicht nur ihn, nein, er hatte es wieder gesehen. Da war wirklich eine Gestalt am Leuchtturm!

Er war in dieser Nacht nicht allein. Obwohl sein Verstand ihm zuflüsterte, er solle zurück ins Auto und verschwinden, zog ihn der Ort magisch an. Vielleicht sollte er den Leuchtturm als das verstehen, was er für die Seefahrer immer bedeutet hatte: Als Warnung! Ein Hinweis, dass sein Weg *nicht* hierherführen sollte, weil hier Gefahr lauerte! Oder war es die Gestalt, die ihn lockte, ohne ein Wort zu sagen? Ohne dass Frøseth es anerkennen wollte, wusste etwas in ihm bereits, dass dort die Antwort auf all seine Fragen auf ihn wartete. Doch er sträubte sich. Er spürte es – was ihn auf der Anhöhe erwartete, würde alles in Frage stellen – und doch alles beantworten. Es konnte nicht sein – aber es musste sein. Es war die einzig schlüssige Erklärung für das, was unerklärlich war.

Frøseth stellte sich dem peitschenden Regen entgegen und schritt los. Jede Stelle seines Körpers, die das Regencape nicht verdeckte, war sofort durchnässt. Kurz darauf erreichte er den Leuchtturm. Da stand sie, die dunkle Gestalt. Schwarz wie ein Schatten, der dunkler war, als die Dunkelheit selbst.

Wie paralysiert blieb Frøseth stehen. Dann setzte er langsam wieder einen Fuß vor den anderen. Wie in Zeitlupe bewegte er sich voran. Als dränge ihn zurück, was er nicht wahrhaben wollte, um den Moment des Erkennens zu verhindern oder zumindest hinauszuzögern.

Frøseth schaltete die kleine Taschenlampe an, die er zuvor noch aus dem Handschuhfach gekramt hatte. Wenn der Mond verdeckt war, sah man kaum die Hand vor Augen.

Als Frøseth die Person fast erreicht hatte, drehte diese sich um. Natürlich, die Scheinwerfer seines Autos hatten ihn längst angekündigt. Frøseth richtete den Strahl der Taschenlampe auf die Gestalt. Auch sie trug einen Regenmantel, hob nun mit den Händen die Kapuze ein Stück weit an und zog die obere Kante ein wenig aus dem Gesicht.

Frøseth trat vorsichtig einen Schritt nach vorne. Er fror in der Bewegung ein. Fassungslos starrte er die dunkle Gestalt im Regen an.

»Leon?«, hauchte er. »Leon…!«

In dem Getöse verloren sich seine Worte. Frøseth setzte weiter einen Fuß vor den anderen und erreichte den Mann. Er stand nun direkt vor ihm, Auge in Auge. »Du bist es wirklich… Du lebst… Was, warum…?« Frøseth hätte ihn fast mit der Hand berührt, um zu sehen, ob die Erscheinung echt war, zog seine Hand dann aber zurück. »Wie kann es sein, dass du…«

»Hallo Gideon, schön, dich wiederzusehen.« Kraftvoll schallte Muths Stimme durch die Nacht und trotzte dem Getöse des Unwetters. Vom Tod war er offensichtlich weit entfernt.

Frøseth starrte in Muths Augen, die ihn ruhig anblickten. Durch die Dunkelheit bahnten sie sich ihren Weg, als leuchteten sie und nicht Frøseths Stablampe. Kein Zweifel – es war Muth, es waren unverkennbar Muths Augen. Diese Sogwirkung, dieser Blick…

»Komm mit!«, sagte Muth.

Frøseth folgte ihm ins Innere des Leuchtturms. Er fing gar nicht erst an, sich zu fragen, wie Muth sich hier überhaupt Zutritt verschafft hatte – es wäre ohnehin die nebensächlichste aller Fragen. Muth zündete eine kleine Leuchte an, die das Innere des Raumes erhellte wie kurz zuvor die Erkenntnis Frøseths das Dunkel seiner Ungewissheit. Muth zog den nassen Regenmantel aus und hängte ihn an einen Haken, so selbstverständlich, als wohne er in diesem Leuchtturm und komme vom Angeln nach Hause. Ein absurder Gedanke, denn das Gebäude war karg möbliert, muffig und staubig, nicht gerade einladend. Und doch schien es voller Leben, als hallten die Jahrhunderte der

Seefahrer von den bröckelnden Wänden wider und erzählten Geschichten längst vergangener Tage, Geschichten von verloren geglaubten Reisenden, von Verschollenen, denen dieser Leuchtturm den Weg gewiesen hatte und die am Ende heimgekehrt waren.

»Ich bin selten hier«, sagte Muth, als lese er Frøseths Gedanken. Im hellen Schein der Lampe stand er quicklebendig da – der verschollene, totgeglaubte Leon. Ein Seefahrer? Ein Pirat? Oder der Leuchtturmwärter?

Schweigend blickte Muth ihn an, als wolle er ihm die ersten Worte überlassen – Worte für eine Situation, die doch sprachlos machte. Ohne etwas zu sagen, zog er Frøseth einen alten Holzstuhl heran und rückte diesen für ihn zurecht. Er selbst setzte sich auf eine knarrende Holzbank.

Muth hatte sich verändert, er sah älter und reifer aus. Sein Haar war inzwischen vollends ergraut und an manchen Stellen weiß. Ein paar Strähnen waren klitschnass und hoben sich vom Rest ab. Er hatte sein Haar wachsen lassen und zu einem Zopf zusammengebunden. Früher war es immer kurz gewesen.

Früher, in einem anderen Leben. Die Situation hatte etwas Unwirkliches, als träume Frøseth noch immer vom Leuchtturm, nur intensiver, länger, realer – und Leon kam darin vor. Leon! Es war kein Traum, es war Realität, er lebte! Aus hellwachen dunkelbraunen Augen blickte Muth ihn an.

Wenn er je das fleischgewordene Klischee des weisen Indianerhäuptlings hätte beschreiben müssen, sicher hätte es ausgesehen wie Leon. Nur das mit der Weisheit war für Frøseth nicht so ganz klar.

Leon Muth hätte diese Forschungen nie so weit vorantreiben dürfen. Er hatte mit dem Feuer gespielt, und jetzt verzehrte dieses Feuer alles, womit es in Berührung kam. Leon strahlte noch immer Überlegenheit aus, diesen leichtfüßigen Stolz, wie ein Guru, der vorgab, mehr zu wissen als die anderen Menschen um ihn herum. Dieser

Blick! Und doch wirkte er dabei nicht arrogant. Er trug die Nase zwar hoch, aber ohne auf sein Gegenüber herabzuschauen. Er war irritierend, das war er immer schon gewesen. Wer ihn kannte, kam damit klar. Wer nicht, fühlte sich unweigerlich unwohl. Im besten Fall schaute man zu ihm auf. Im schlimmsten Fall fühlte man sich minderwertig. So oder so – er wirkte stärker und vereinnahmender als früher. Als habe er jede Situation im Griff, selbst eine so bizarre wie die, in der sie sich nun befanden, nach allem, was geschehen war. Ungläubig schüttelte Frøseth den Kopf.

Er sagte kein Wort. Muth dagegen schien kein bisschen verunsichert. Als hätte er die Begegnung vorausgesehen. Mehr noch – als hätte er sie geplant.

Frøseth beschlich ein erschreckender Gedanke. Doch bevor sich diese unheimliche Eingebung breitmachen konnte, erhob sich Muth von der Holzbank. Langsam kam er auf Frøseth zu und legte behutsam die Hand auf seinen Arm.

»Ich schulde dir eine Erklärung. Es ist kompliziert. Du wirst es aber verstehen.«

Frøseth saß nur reglos da und sagte nichts.

Muth ging langsam rückwärts zur Bank und setzte sich wieder. Eine Weile saßen sie so da, dann brach Muth das Schweigen. Mit einem Satz, der völlig grotesk wirkte in dieser Situation. »Möchtest du etwas trinken. Ich habe Wasser dabei.« Ohne eine Antwort abzuwarten, griff er in einen Rucksack und zog zwei kleine Wasserflaschen heraus. Er stand auf, ging zu Frøseth, stellte ihm eine Flasche hin und setzte sich dann wieder.

Eine Seite in ihm hätte Muth am liebsten vor Freude umarmt. Doch er hielt sich zurück, denn anderseits war er zu perplex, völlig vor den Kopf gestoßen. Und er war voller Zorn. Was sollte das ganze Theater all die Jahre? Vier Jahre! Außerdem war er unsicher, ob Muth diese vertraute Geste überhaupt zulassen würde.

Reflexartig griff er nach der Flasche, öffnete sie, setzte an und trank einen kräftigen Schluck. Es tat gut. Sein Hals und sein Mund waren so trocken, wie es draußen nass war.

»Wie...«, Frøseth räusperte sich, versuchte den Klos loszuwerden, »wie bist du aus dem Meer gekommen?« Langsam fand er seine Sprache wieder. Seltsamerweise war das seine erste Frage, obwohl ihn das Warum des ganzen Versteckspiels viel mehr interessierte... »Du warst doch angeblich zuvor tagelang unter Wasser und somit voller Stickstoff. Keine Möglichkeit, heil aufzutauchen ohne langandauernde Dekomprimierung in der Druckkammer. Darum ging ja nach deinem Verschwinden in jener Nacht auch jeder davon aus, dass du tot sein musstest, zumal Suchmaßnahmen erfolglos waren.«

Muth schaute Frøseth ernst an. »Ich bin in jener Nacht getaucht und auch die Tage zuvor, ich war Nonstop unter Druck in der Tiefe, ob innerhalb oder außerhalb des Habitats. Du hast recht, ich hätte das Habitat nie einfach so verlassen und nie einfach so auftauchen können, ohne dabei mit großer Wahrscheinlichkeit hops zu gehen. Darum habe ich einen Teil meiner Aufzeichnungen versteckt, nachdem mir klargeworden war, dass mit den Daten eine Flucht nicht möglich war und die Leute, für die ich arbeitete, meine Erkenntnisse missbrauchen würden – mehr noch, dass die Menschheit wahrscheinlich noch gar nicht bereit war, verantwortungsvoll damit umzugehen.«

»Es handelt sich um die Daten, die ich noch nicht habe?«, folgerte Frøseth. »Sie sind also wirklich unter Wasser?«

Muth ignorierte die Frage und redete weiter: »Unerwartet tauchte weit vom Habitat entfernt ein U-Boot auf, wie aus dem Nichts. Es war einfach plötzlich da. Taucher kamen heraus und teilten mir auf Schreibtafeln mit, sie seien nicht von *Sub Search* und könnten mir helfen zu flüchten. Sie hatten die dafür notwendige Technik an Bord, denn es war ein U-Boot mit Taucherschleuse und Druckkammer.« Muth ließ seinen Blick in die Ferne schweifen und hielt kurz inne. Er atmete tief ein – als falle es ihm schwer weiterzureden.

Dann sah er wieder Frøseth an. »Ich bin einfach rein in der Hoffnung, das Richtige zu tun. Ich hatte keine Ahnung, wer die waren. Was aber hatte ich zu verlieren? Es war nur eine Frage der Zeit, bis ich meine Forschungsergebnisse nicht mehr vor meinen Leuten hätte verbergen und mein eigenes Leben dann auch nicht mehr hätte schützen können. Es war natürlich naiv von mir anzunehmen, diese vermeintlichen Retter wären mir wohlgesonnen…«

»Warum hast du die Daten zuvor nicht gleich vernichtet?«

»Warum vernichtest du den Teil, den du hast, nicht?« Muth hielt ihm den Spiegel vor.

Als Frøseth nichts erwiderte, sagte Muth: »Da ist in uns Forschern dieser Hang, Erkenntnisse zu bewahren, weil es ein Teilerfolg oder sogar *der* Durchbruch sein könnte, um das Leiden zu lindern. Oft aber geschieht das Gegenteil.«

Keiner sagte etwas. Dann brach Muth das beklemmende Schweigen: »Hätte ich gewusst, wer hinter dieser ›Rettungsaktion‹ steckt«, Muth spie das Wort regelrecht aus, »ich wäre lieber wieder zurück ins Habitat gelangt. Ich war vom Regen in die Traufe gekommen. Diese Leute waren letztlich doch mit *Sub Search* verstrickt – nur wollten sie ihr eigenes Süppchen kochen. Und nun erfuhr ich, wer noch alles dahintersteckte. Lauter Menschen, die wie Söldner für die Seite aktiv werden, die am meisten zahlt.« Muth winkte ab. »Wahrscheinlich steckten die alle von Anfang an mit drin. Und nun fand ich mich in der Höhle des Löwen wieder, weit weg von der Front und dem Fußvolk, aber näher an der Kommandozentrale.« Muth stieß hörbar den Atem aus. »Meine Arbeit hatte nun eine soziale Auswirkung, die ich niemals befürwortet hätte. Und du weißt, wissenschaftliche Herausforderungen scheue ich nicht, und auch keine neuen Ideen oder gar Visionen… Ich hatte es mit mächtigen Leuten zu tun, ich stand in ihrer Schuld. Tolle Rettung…«

»Allesamt waren sie also scharf auf deine Ergebnisse, wie ein Rudel hungriger Wölfe, die sich um die Beute reißen.«

»Das kann man so sagen, und sie sind es noch immer. Mehr denn je.«

»Aber… wie?« Frøseth zeigte verständnislos auf Muth.

»Wie es kommt, dass ich frei herumlaufe? Glück. Ja, wahnsinniges Glück. Ich kam eines Tages davon. *Fliehen* trifft es eher, denn letztlich war ich ein Gefangener. Wie – das ist jetzt nicht wichtig, es war eine Verkettung glücklicher Umstände. Seither lebe ich im Untergrund, in einem Schattenreich unserer Welt. Ich lebe wie ein Schattenmann, der nicht ins Licht treten kann, weil er sonst ergriffen wird. Ich habe nur beobachtet, bis ich eines Tages beschloss, nicht mehr tatenlos zuzusehen.«

Frøseth fröstelte. »Wie meinst du das, Leon? Was hast du getan?« Doch er ahnte die Antwort bereits.

»Ich habe mein Programm angewendet, Gideon. Und es funktioniert, besser als ich je erwartet hätte.«

Frøseth lief ein kalter Schauer den Rücken herunter. »Dein Programm?«

»Die ultimative subliminale Beeinflussung, die Vollendung meiner Arbeit. Der Sender programmiert das Ergebnis, das Programm verwirklicht seinen Willen. Und dann schwingen sich Menschen auf das Ergebnis hin ein und tun, was man von ihnen verlangt – manchmal grob, manchmal auch exakt, manchmal im Kleinen, manchmal im Großen. Der Erfolg ist von verschiedenen Parametern und auch ein paar nicht vom Sender kontrollierbaren Einflüssen abhängig – und vor allem vom Empfänger, seinem sozialen Umfeld, seiner Bildung, Herkunft, Volkszugehörigkeit und Kultur, vom Alter, Geschlecht und insbesondere von seinem Wesen. Ganz entscheidend sind Einstellungen, tiefliegende Wertvorstellungen, Prinzipien und Ideale, die persönliche Vorbelastung, Gene und Konsumgewohnheiten, aber auch die Intensität der Reize und ihre Art sowie die Ausprägung der eigenen Bedürfnisse und Motive und vieles mehr. Entscheidend ist also das Programm, das sich in ihrem Leben konkret manifestiert. Dir brauche ich die Funktionsweise des menschlichen Hirns ja nicht zu erklären.«

»Davon ist wenig nach außen gedrungen…«

»Es wird nur rausgelassen, was gewisse Köpfe zulassen. Nichts Neues…«

»Aber was ist dann passiert? Du hast dein Programm im Alleingang gestartet? Aus dem Untergrund heraus? Meinst du das?«

Muth nickte. »Ihre eigenen Antriebe und Neigungen, ihre stärksten Wesenszüge haben sich mehr und mehr gesteigert und sich gegen sie selbst gewendet. Sie sind kraft ihrer eigenen Essenz ins Verderben gerannt, ein Teil von ihnen zumindest. Alle Schlangen kannst du nicht auf einmal zertreten, es dauert seine Zeit. Und es gibt Variablen, die ich vorher nicht bedacht habe, besser gesagt nicht wissen konnte. Manches lief nicht rund und läuft noch immer nicht rund. Aber es funktioniert. Und wie…«

»Du hast dich als Racheengel aufgespielt! Was denkst du, wer du bist? Steht es dir zu, das Weltgeschehen zu lenken und Menschen zu richten? Du wirfst anderen vor, Gott zu spielen, tust es aber selber, und das auf eine schlimmere Weise, als sie es je getan haben. Für wen hältst du dich!«

»Sie haben sich da selbst reingeritten, durch das Programm, das sie zu ihrem eigenen Nutzen einsetzen wollten. Es wäre ohnehin passiert! Glaubst du, sie wären nicht sowieso Opfer ihres eigenen Wesens geworden? Früher oder später, nur nicht so schnell, nur nicht so präzise. Ich habe den Startschuss gegeben, sonst nichts. Ihr Hirn folgte dem sich immer mehr manifestierenden Programm, das sie selber schreiben, durch ihr eigenes Denken, Fühlen und Tun.« Zum ersten Mal wich die Selbstsicherheit, das konnte Frøseth sehen. Leon Muth wankte, in seinen Augen flackerte etwas auf. Beklemmung? Leon wusste, er hatte Schuld auf sich geladen. Oder hatte er nicht? Frøseth wusste selbst nicht mehr, was genau er Leon vorwerfen sollte und was nicht.

Nein! Es war nicht richtig. Punkt.

Muth riss Frøseth aus seinen Gedanken. »Ich wollte nie jemanden umbringen – habe ich auch nicht. Nein, das lasse ich mir von dir auch nicht einreden! Ich wollte die Sache nur lenken, so geschickt, dass sie einander ausboten, hintergehen, sich gegenseitig auffressen und fertigmachen. Ich habe eine Situation hergestellt, in der das Böse sich gegenseitig erledigt. Ich nahm mir ihr Motto zum Anlass und sagte mir: *Der Zweck heiligt die Mittel!* Verstehst du nicht?«

Bei den letzten Sätzen hatte Muth die Stimme angehoben, doch die Beklemmung in seinen Augen war nun deutlich zu sehen – er machte sich Vorwürfe. Verbrecher hatten die Möglichkeiten seiner hochentwickelten subliminalen Steuerung missbraucht, das Experiment war außer Kontrolle. Und um es aufzuhalten oder im besten Fall sogar rückgängig zu machen, hatte Muth sein Programm selbst angewendet. Er hatte das Richtige tun wollen, aber mit den falschen Mitteln – Mittel, die den Zweck nicht heiligen konnten, solange der Zweck in sich schon falsch war. Es war nie richtig, dem Menschen die Freiheit zu rauben, weder körperlich noch geistig. Kein Mensch hatte das Recht dazu.

»Doch, Leon, ich verstehe, sehr gut sogar. Aber niemand hat das Recht, so etwas zu tun.«

»Wie weit sie bereit waren zu gehen, war mir nicht klar. Dass sie sich sogar gegenseitig umbringen würden oder am eigenen Irrsinn sterben... Aber nicht alles lief außer Kontrolle! Wenn einer sich in seinem Hochmut verlor und um Kopf und Kragen redete – wenn sich einer vor lauter Gier ins Aus katapultierte – wenn einer seinen eigenen Absprachen nicht mehr traute und hinter jedem Baum einen Räuber sah... alle erlagen sie sich selbst! Manches konnte ich nicht so lenken, wie es nötig gewesen wäre, das gebe ich zu. Ich wollte, dass sie sich wie Aasgeier aufeinander stürzen – aber doch nicht so!« Dann folgten der Reue wieder Worte der Rechtfertigung: »Sie sind durch ihre eigene Ideologie gefallen, durch ihre Gier vor allem. Gier frisst Hirn, war schon immer so, und Machthunger verblendet. Allesamt waren sie daher mit den hochleistungsstarken subliminalen Reizen so stark zu beeinflussen, wie ich es selbst nie für möglich gehalten hätte. Ich konnte es aber nicht mehr stoppen, und ich wollte es auch gar nicht mehr. Die Lawine ist angeschoben. Die Reize sind draußen. Es ist geschehen.«

»Du bist größenwahnsinnig, Leon… Das ist nicht richtig!« Frøseth knirschte mit den Zähnen. Diesen ganzen Albtraum hatte Muth ausgelöst! »Und welche Rolle kommt mir zu, Leon?«, wollte er nun wissen. »Und Natascha da Silva? Jennifer und Frank Stebe? Gib es zu, wir waren alle Teil deines perfiden Spiels!«

»Perfides Spiel? Was unterstellst du mir! Nein. Meine Berechnungen haben euch und einige andere als perfekte Kandidaten ausgespuckt, die richtige Helden-Kombination sozusagen.« Er lächelte gequält. »Die Dynamik aber war nicht *mein* Werk. Ich konnte nicht einmal richtig beeinflussen, dass sich für jeden einzelnen dieser Köpfe die perfekte Gegenspieler-Aufstellung findet. Ich konnte es nur hoffen. Ich wusste ja anfangs nicht einmal, ob mein Plan aufgeht. Nur weil ich es für möglich hielt und versuchte, heißt das noch lange nicht, dass ich wusste, dass es helfen würde.«

Frøseth schrie entsetzt auf: »Helfen! Findest du diesen Begriff nicht deplatziert?«

»Alles fügt sich, ich kann es selbst nur im Ansatz erklären – es geht über meinen Verstand.«

»Ach, das ist möglich? Bei dir?« Frøseth konnte sich nicht mehr halten.

»Erspar mir deinen selbstgefälligen Sarkasmus! Meine Beweggründe waren redlich, das ist, was zählt. Opfer gab es leider, wie immer, wie in jedem Krieg.«

»*Kandidaten*? Dein *Werk*? *Opfer*? *Krieg*? Du spielst mit Menschen!«

»Sieh es doch auch mal von meiner Seite. Nehmen wir da Silva. Es war wie eine Art persönlicher Test. Es ist oft so, dass man andere Menschen braucht, um zu einem bestimmten Ergebnis zu kommen. Man muss etwas durchspielen, ausprobieren, als Team agieren. Ich brauchte jemanden wie Natascha da Silva, ich brauchte

Leute, die am Ende des Tages reinen Herzens an die Sache gehen.« Muth schaute Frøseth tief an. »Ich brauchte da Silva, ich brauchte ihr Handeln mit all seinen Konsequenzen, ich brauchte sie an meiner Seite, im übertragenen Sinne. Ich würde sie gerne eines Tages aufsuchen, wenn auch nur kurz. Aber das ist unmöglich, sie steht unter Beobachtung. Aber später, wenn etwas Zeit verstrichen ist. Ich möchte ihr in die Augen sehen und ihr danken.«

Plötzlich wurden Muths Augen feucht. Er schien sichtlich gerührt, es wirkte auch nicht gespielt. »Sie hat mir irgendwie den Glauben an uns Menschen überhaupt erst wiedergegeben und mir geholfen, eine Entscheidung zu treffen. Ich brauchte sie also am Ende auch, um selbst zu dem Ergebnis zu kommen, dass ich meine Entdeckung vernichten muss. Der Mensch ist auch ohne technische Hilfsmittel dazu fähig, Gutes zu tun und positive Programme für sein Leben zu schreiben. Es ist möglich, den guten Kampf zu führen, Gideon! Es ist, wie du es immer gesagt hast. Du hattest Recht, und ich hatte Unrecht. Und wenn die Motive, die hinter dem Experiment gestanden haben, am Anfang auch gut waren – wir haben gesehen, wohin es führt. Die Destruktivität scheint sich stärker zu potenzieren als das Konstruktive – und solange ich diese Nebenwirkung nicht in den Griff bekomme, ist meine Erfindung nichts wert. Dass mir da Silva das zeigen würde, konnte ich im Vorfeld ebenso wenig ahnen wie vieles andere auch.«

»Wir müssen das Experiment für immer vernichten und am besten auch aus unseren Köpfen löschen, aber das ist nicht möglich, auch wenn ich mir noch so sehr wünschte, davon nichts zu wissen. Wo außer in deinem Kopf sind deine Ergebnisse dokumentiert? Gibt es mehr Sicherungen als die mir bekannten?«

»Ich habe die Vernichtung meiner Erfindung doch quasi schon ins Programm selbst eingebaut. Durch da Silva, die zur rechten Zeit wissen wird, was zu tun richtig ist, und die auch versteht, es zu tun. Ihr wisst beide, was zu tun ist. Ich habe es in eure Hände gelegt, denn ich habe mich nicht als würdig erwiesen, das gebe ich zu. Ich hoffe, eines Tages meinen Frieden damit zu finden. Ich wollte tun, was richtig ist, aber ich habe die falschen Mittel gewählt. Auch ich war verblendet, selbst als ich schon glaubte zu sehen.«

»Aber was sollte diese ganze Schnitzeljagd? Und warum hast du deinen Sohn mit reingezogen?«

»Früher konnte ich biologische Abweichungen nicht hinnehmen. Darum habe ich mich gesträubt zu sehen, dass ich ein Kind habe, das anders ist. Wie du weißt, jagte ich immer der Idee des perfekten Menschen nach. Mein wissenschaftlicher Kampf galt ja auch meinem Sohn und Menschen wie ihm. Heute sehe ich das anders. Nicht, dass ich mir nicht wünschen würde, dass er gesund wäre und dass es keine solchen Anomalien gäbe. Doch mein Verhältnis dazu ist ein anderes geworden. Paradoxerweise stellte sich die zwanghafte Verleugnung meines Sohnes, für die ich mich heute zutiefst schäme, nach meiner Flucht als absolutes Glück heraus. Hätten diese Leute mehr gewusst, sie hätten mich erpresst und meinen Sohn als Druckmittel benutzt. Natürlich wussten sie von seiner Existenz und dem Heim. Keine Chance, so etwas lange vor denen zu verbergen. Aber sie haben meinem Sohn keine Beachtung geschenkt. Schon allein ihre Ablehnung und dieses Zurückweisen von allem, was nicht ins Bild des perfekten Menschen passt, machte sie nun in meinen Augen zu völlig unwürdigen Nutznießern meiner Forschung. Verstehst du?«

»Ich denke schon.«

»Nur ein solcher Mensch würde sich also als würdig erweisen, das Wissen um meine Forschung in die Hände zu bekommen, der auch Interesse an meinem Sohn zeigt und einen Zugang zu ihm findet. Eine Person also, die sich von Liebe leiten lässt, von den richtigen Motiven, vom Schauen auf den anderen und dem Herausheben aus dem Allgemeinen.«

»Ich weiß nicht, ob ich verstehe.«

»Es war der einzige Weg. Auf diese Weise konnte ich herausfinden, ob das Programm funktioniert – mehr noch: ich konnte herausfinden, ob es *besser* funktioniert als sein Vorläufer, den diese Wölfe im Schafspelz ja bereits großflächig anwenden. Ich wollte auf eine wesentlich höher entwickelte Weise in den Griff bekommen, was bereits stattfand, und es bekämpfen und neutralisieren. Ich habe versucht, die Büchse der Pandora wieder zu schließen. Nebenbei habe ich auch versucht herauszufinden, wovon sich der Mensch *wirklich* lenken lässt und wozu er im Kern fähig ist. Gleichzeitig –«

»Gleichzeitig hast du Racheengel gespielt, du hast gerichtet!«

»Gleichzeitig ist die Lawine ins Rollen gekommen, die Wölfe haben sich gegenseitig aufgefressen, und wenn das nicht der Fall war, so haben sie sich selbst zugrunde gerichtet. Ihre eigenen Antriebe, ihre schlimmsten Wesenszüge, ihre Zwänge sind ihnen zum Fallstrick geworden, jedem von ihnen auf die ihm eigene Art. Und all das geschah, noch ehe der Mensch unter ihrer Kontrolle vollends zur Marionette werden konnte. Doch die wahren Helden der Geschichte seid ihr: du, Natascha da Silva, Mike Sauerländer, Jennifer und Frank Stebe und viele mehr. Von den meisten wirst du vielleicht auch noch nie etwas gehört haben. Ihr habt Dinge aufgedeckt, Schlimmeres verhindert und gegen das Experiment angekämpft. Das Programm hat angezeigt, dass ihr das Ruder herumwerfen würdet, doch das Interessanteste ist, dass ich euch nicht beeinflusst habe. Ihr habt eure Muster selbst gefestigt. Wer das Herz am rechten Fleck hat und es dort bewahrt, der trägt eine Art Schutzpanzer, Gideon, er öffnet sich den negativen Einflüssen nicht weit genug, sodass negative Reize keine echte Chance haben, schadhafte Inhalte im Hirn zu verwurzeln. Das hat mir eine ganz neue Sichtweise eröffnet. Es gibt Mächte die größer sind.«

»Was redest du?! Es rechtfertigt nichts – nichts!« Frøseth hatte keine Kraft mehr. Leon zu begegnen, den er tot geglaubt hatte, all die Jahre, und die Zerrissenheit seines Tuns – es war zu viel. Er war müde. Leer. Ratlos. »Wie soll es jetzt weitergehen?«

Muth schwieg.

»Kannst du es stoppen?«, fragte Frøseth.

»Ich habe es bereits gestoppt. *Ich* beeinflusse niemanden mehr. Ich habe ihren Tempel der Verblendung zerstört, sie haben ihr Kontrollzentrum verloren, ihre Kommandozentrale, an der alle Nervenstrippen zusammenliefen. Aber selbst das wird sie weder aufhalten, noch wird es ihnen die Augen öffnen. Sie sind blind, verblendet, sie erkennen nicht, wohin es geführt hat und wohin es noch führen wird. Sie können auch kein Symbol wie das von mir gesetzte deuten.«

Frøseth blickte Muth fragend an – er hatte keine Ahnung, was das heißen sollte. Oder doch? Ihm dämmerte plötzlich, auf was Muth anspielen könnte. »Du hast Menschenleben aufs Spiel gesetzt, Leon!«, entgegnete er wütend.

»Ich habe peinlichst genau drauf geachtet, dass alle raus waren, bevor –«

»Aber das U-Boot hattest du nicht einkalkuliert! Was, wenn –«

Muth blickte zerschlagen zu Boden. »Ich wollte das alles nicht. Nicht so!«

In etwas versöhnlicherem Ton sagte Frøseth: »Aber ist damit alles erledigt, Leon? Ist die Sache nicht viel größer? Wer oder was steckt wirklich dahinter? Ist es überhaupt vorbei? *Wirklich* vorbei?«

»Wir – ihr – habt eine Schlacht gewonnen – nicht aber den Krieg.«

»Wie darf ich das verstehen?«

»Die Gegner sind übermächtig, und sie werden sich neu formieren.«

»Wer sind die?«

»Es ist besser, wenn du das im Detail nicht weißt. Es läuft viel hinter der Fassade dieser aufgeputzten, prahlerischen Welt. So ist es doch immer schon gewesen. Menschen wie da Silva, die Stebes, du und Millionen andere werden immer wieder den Kampf führen müssen. Es endet nicht.«

»Wer! Kannst du nicht mal konkret werden?«

Muth schwieg.

»Vor wem müssen wir auf der Hut sein?«, drängte Frøseth.

»Bist du der Christ von uns beiden, oder ich?« Ein Lächeln umspielte Muths Mundwinkel. »Letztlich ist es doch ein ganz anderer Kampf, der gekämpft wird. Der große alte Kampf, Gut gegen Böse. Hat das Böse auf dieser Welt nicht schon immer seine Wege gefunden, die Menschen für sich zu gewinnen, in jeder Epoche, zu jeder Zeit, immer maßgeschneidert für den Menschen, den es für seine Zwecke einspannen will, beständig, beharrlich, in so vielfältiger Weise – ja, das Böse spricht auch die Sprache der Freundlichkeit, der Vielfalt, des Fortschritts und des Wohlbehagens. Es findet immer seine Ansatzpunkte, seine Hebel und Griffe und Einstiegsluken, und so vieles bringt uns, oft ohne dass wir es überhaupt bemerken, auf die falsche Bahn. Du weißt das.«

Frøseth nickte. »*Damit* zumindest liegst du richtig. Es werden andere Menschen mit anderen Instrumenten andere böse Ding tun. Wir werden immer wieder in neuer Form in den menschlichen Abgrund blicken, tagein, tagaus, überall. War es nicht schon immer so? Wir können nur die Augen aufhalten, wir können nur achtsam sein.«

»Uns guten Kräften zuwenden. Der richtigen Seite anschließen.«

»Dem Quell des Guten, dem Quell der Ordnung in dieser Welt… Solange wir Menschen uns aber den bösen Mächten öffnen, weil wir auf uns selbst schauen, auf unseren eigenen, begrenzten Verstand, unsere brüchigen Motive, auf unsere meist doch vom Ego durchtränkten Ziele, solange sind wir Spielball destruktiver Kräfte.«

♦

Sechs Monate später
Europäische Sicherheitskonferenz in Helsinki

Natascha griff zum Hörer, um zu Hause anzurufen. Der Flugplan hatte sich plötzlich geändert, ihre Ankunftszeit am morgigen Tag war verschoben, und Mike und Lea würden sie erst zwei Stunden später am Münchener Flughafen abholen können.

An Tagen wie diesen konnte Natascha noch immer nicht wirklich fassen, dass Mike sein Aussteigerleben für sie hatte sausen lassen. Ohne groß zu überlegen, war er nach Deutschland zurückgekehrt und bei ihr und Lea eingezogen. Hätte Lea mehr Zeit gebraucht, hätte Natascha ihr die gegeben. Doch das Gegenteil war der Fall, sie hatte es kaum erwarten können, Mike um sich zu haben. Natascha hatte bei all dem Kreisen um sich selbst und ihre Story gar nicht wahrgenommen, wie sehr Lea Mike auf Mallorca ins Herz geschlossen hatte. Erst im Nachhinein fielen ihr die vielen kleinen Momente ein, erst im Rückblick war es offensichtlich.

Es lief nun alles so perfekt, dass sie sich manchmal sogar Sorgen machte. Was, wenn die Seifenblase platzte? Wann immer jedoch Zweifel ihr die gute Stimmung madigmachen wollten, wischte sie sie weg. Sie hatte das Recht zu leben, auch einmal glücklich zu sein, zu genießen, zu lachen, zufrieden zu sein, zu strahlen und zu lieben – und sie nahm sich dieses Recht! Mike war ein wunderbarer Mann. Und sie war glücklich.

Ohne Mikes flexible Arbeitszeiten als Handelsvertreter für einen angesagten Tauchartikelhersteller wäre es für sie gar nicht möglich gewesen, nach Helsinki zu reisen. Und das wäre schade gewesen – nicht mehr allzu oft würde sie die Chance bekommen, auf Kongressen wie diesem dabei zu sein. Nach und nach würde sich der Hype rund um die Skandale, die sie aufgedeckt hatte, legen, Kongresse, Podiumsdiskussionen und Interviews rund um neue Gesetze und Präventionsarbeit würden weniger werden, die Einladungen in Talkshows nachlassen. Neue

Themen würden die Schlagzeilen erobern, andere Personen ins Rampenlicht gezogen werden.

Durch Mikes Unterstützung ließen sich die Reisen perfekt mit ihrer Aufgabe als Mutter und ihrer Funktion als neue Chefredakteurin von *Blueball News* verbinden. Sie war froh, die Angebote anderer Medien abgelehnt und das Angebot von *Blueball News* angenommen zu haben. Vor vier Monaten hatte sie Klaus Balder beerbt – man hatte ihm gekündigt. Der Vorwurf: Bestechlichkeit.

Viel glücklicher noch als ihre neuen beruflichen Möglichkeiten machte sie aber ihr Privatleben. Nachdem Mike und sie zusammengefunden, den Schritt gewagt und sich mit Haut und Haaren aufeinander eingelassen hatten, hüpfte ihr Herz vor Freude. Lea und Mike verstanden sich prächtig, es hätte nicht besser laufen können. Ohnehin hatte Natascha das Gefühl, ihr inneres Gleichgewicht wiedergefunden zu haben. Und Frieden.

Das Fundament dafür war die erste Entscheidung gewesen, die sie als neue Chefredakteurin zu treffen hatte. Der Geschäftsführer hatte sie um eine Empfehlung gebeten für ihren alten Posten. Natascha hatte sich tagelang mit den Leistungen ihrer Kollegen auseinandergesetzt. Das Ergebnis war so niederschmetternd wie eindeutig: Wenn sie davon absah, wie frivol und berechnend sich jene Kollegin männlichen Kollegen und vor allem Klaus Balder gegenüber verhalten hatte, und nur die Qualität ihrer journalistischen Arbeit bewertete, dann musste sie dem Geschäftsführer Vivians Namen nennen, den Namen der Frau, die ihrerseits Natascha sofort entlassen hätte, wenn sie nur gekonnt hätte. Anstatt also vorzuschlagen, Vivian doch am besten zu feuern, sprach sie schweren Herzens eine Empfehlung für sie aus.

Es war befreiend, sich nicht von Hass leiten zu lassen. Mit der Antwort des Geschäftsführers hatte sie allerdings nicht gerechnet. Der lachte und sagte, er freue sich über die Professionalität seiner neuen Chefredakteurin, aber er habe Vivians Kündigung bereits vorbereitet. Es zähle für das Team schließlich einiges mehr als nur journalistisch perfekte Texte! Dabei hatte er Natascha zugezwinkert.

Sie war baff und erleichtert zugleich. Ein Schlüsselmoment, in dem sie feststellte, dass sie mit weniger Groll und Frust viel gelöster durchs Leben kam. Loslassen! Geben! Leben! Immer wieder machte sie sich bewusst, dass jedes negative Denkmuster, jedes Gefühl von Ärger, das sich permanent wiederholte, Muster in ihrem Hirn programmierte – dafür brauchte es keine subliminalen Reize.

Natürlich hatte sie es seither nicht geschafft, ihren eigenen neuen Ansprüchen von Loslassen immer gerecht zu werden. Aber doch oft genug. In ihr immer starreres und bitter gewordenes Herz war mit jedem Tag mehr Licht eingekehrt, mehr Wärme. In der Sache mit Vivian auf jeden Fall, da hatte sich alles perfekt gelöst, in jeder Hinsicht.

Natascha musste schmunzeln, wenn sie an jenen Tag zurückdachte. Ganz zu schweigen davon, dass Balder nicht mehr ihr Chef war. Sicherlich wusste er bereits, wer seinen Posten übernommen hatte. Und ein wenig Schadenfreude durfte auch sein, oder nicht? Mit dem Streben nach Perfektion war es ja ohnehin so eine Sache, auch das würde sie nun lockerer angehen.

Bevor sie Mikes Nummer tippen konnte, klopfte es an der Hoteltür.

Natascha öffnete.

Der Zimmerservice. Vor ihr stand ein Kellner des Hotels, seine Uniform saß wie maßgeschneidert, seine Haltung war aufrecht, elegant. Er blickte sie an auf eine Weise, die sie kurz verunsicherte – als wüsste er etwas sehr Persönliches über sie, etwas, das nicht zur Sprache kommen, auf das er aber dennoch unausgesprochen hinweisen wollte. Als wüsste er um ihr Geheimnis und verzichtete nun respektvoll darauf, sein Wissen kundzutun. Ein wenig zu lange ruhte dieser eigenartige Blick auf ihr – aber es war kein anzüglicher Blick, und er erschien ihr nicht unangemessen für einen Bediensteten des Hotels. Er war auch nicht unangenehm, nur seltsam. Die wenigen Sekunden kamen ihr vor, als würden sie eine lange Zeitspanne umfangen.

Der Mann lächelte sie an und sagte: »Entschuldigen Sie die Störung, Frau da Silva. Bitte sehr, für Sie!« Er streckte ihr ein silbernes Tablett hin. »Ein Zeichen tiefster Dankbarkeit.«

Als habe er gemerkt, dass er ihr zu nahegekommen war, trat er einen halben Schritt zurück, streckte dafür das Tablett aber umso weiter nach vorne.

Natascha wunderte sich über die übertriebene Wortwahl, sie war einfach nur ein Gast. Sie nahm das Willkommensgeschenk entgegen. Neben einer Flasche Piccolo und einem Sektglas lag eine kleine Geschenkschatulle darauf. Natascha bedankte sich mit einem überraschten Lächeln. »Das ist aber sehr nett, herzlichen Dank!« Sie wollte dem Kellner ein Trinkgeld zustecken.

Der aber winkte ab und sagte betont langsam: »Mein Dank gilt Ihnen, Frau da Silva.« Dann verabschiedete er sich mit einem höflichen Kopfnicken, auch das in übertriebener Manier, und schritt ohne ein weiteres Wort von dannen.

Verwundert über diesen etwas seltsamen Kellner blickte Natascha ihm kurz hinterher und schloss dann die Tür.

Neugierig wie sie war, verschob sie das Telefonat ein paar Minuten nach hinten und machte sich daran, das Begrüßungsgeschenk des Hotels auszupacken. Als sie den kleinen Deckel anhob, stockte ihr für einen Moment der Atem. In der Schatulle lag auf schwarzem Samt ein silberfarbener Schlüsselanhänger – aber nicht irgendeiner, nein! Es war die Arminius-Maske im Miniformat, an einem Schlüsselring.

Mit dem Zeigefinger berührte sie das Teil, sachte und so vorsichtig, als könnte sie sich daran verbrennen. Nur Mike, Frank, Jennifer und Professor Frøseth wussten von der Symbolik der Maske und ihrer Verbindung zu den Recherchen, die Nataschas Leben auf den Kopf gestellt hatten.

Ob Frøseth dahintersteckte? Wollte er ihr zeigen, dass er an sie dachte und ihr Geheimnis wahrte, bis sie sich wiedersehen und gemeinsam eine Entscheidung über ihr weiteres Vorgehen treffen würden? Ein Geschenk von ihm war die beste Erklärung.

Wie schön der Schlüsselanhänger war, womöglich aus echtem Silber, die Maske sah so edel aus! Vor allem hatte das Geschenk Symbolik, keine Frage.

Mit zittrigen Fingern nahm Natascha das silberfarbene Stück heraus. Ihr Puls beschleunigte sich.

Was dieses kleine Stück doch so alles auslöste…

Nachdenklich drehte sie den Schlüsselanhänger zwischen den Fingern. Wie konnte es sein, dass das Hotel mitspielte und ein Kellner sich für eine Überraschungsidee einspannen ließ, der das dann auch noch so gut spielte?

Natascha musste lachen. Jetzt war auch klar, warum der Kellner sich so seltsam verhalten hatte. Vielleicht dachte er, in der Schachtel wäre ein Ring und er selbst Teil einer netten Antragsidee. Da musste man sich die Braut und deren Reaktion schon mal genauer anschauen…

Breit grinsend schüttelte Natascha den Kopf. Das musste sie Jennifer und Frank erzählen, nächste Woche, wenn sie mit Mike und Lea nach Mallorca in den Urlaub fliegen würde.

Natascha betrachtete die Mini-Maske. Da war eine kleine Gravur auf der Rückseite. Aha, doch Silber!

Der Stempel? Hatte Frøseth diese Maske extra für sie anfertigen lassen? Natascha konnte sich nicht vorstellen, dass der Museumsshop diese Artikel auch in Edelmetall anbot. Das schöne Geschenk Frøseths berührte sie, ihr wurde ganz warm ums Herz. Ja, der Professor und sie – sie hatten eine verrückte Zeit hinter sich, das würde sie immer verbinden. »Danke!«, flüsterte Natascha, als könnte Frøseth sie hören.

Dann schaute sie sich die Gravur genauer an. Auf den zweiten Blick schien sie ihr für den üblichen Silbergehaltstempel doch etwas lang. Sie ging näher ans Licht. Jetzt sah sie die Gravur besser.

Sofort spürte sie den heftigen Adrenalinstoß. »Das gibt's doch nicht!«, rief sie aus.

Schnell klappte sie ihr Notebook auf und öffnete das Internet. Sie tippte die Zahlen ein. *Wenn das keine GPS-Koordinaten sind, werde ich verrückt! Und wenn es welche sind, auch! Und wenn die in die Ostsee führen, dreh ich erst recht durch!*

Sekunden später lehnte sich Natascha mit großen Augen zurück. Sie hielt sich die Hand vor den Mund, als müsste sie einem gleich aus ihrer Kehle entweichenden Schrei im Vorfeld Einhalt gebieten.

Dann löste sie sich aus ihrer Starre, sprang ruckartig vom Stuhl auf und eilte aus dem Zimmer hinunter zur Rezeption.

Dort angekommen, sagte sie auf Englisch: »Entschuldigen Sie bitte, ich würde gerne mit einem Ihrer Kellner sprechen. Vom Zimmerservice. Er ist im Dienst.« Natascha beschrieb schnell den Mann und erklärte, dass er bei einer Überraschung mitgespielt habe und sie ihm dafür kurz danken und ihn etwas fragen wolle.

Sie schaute sich suchend um, sah den Mann aber nirgends.

»Sorry?« Irritiert starrte der Rezeptionist sie an.

Natascha erklärte nochmals in Ruhe, was sie wollte. Nun völlig konzentriert und ohne ständig dabei umherzuschauen.

Der Rezeptionist beteuerte, er wisse nichts von einem individuellen Begrüßungsgeschenk.

»Kann ich bitte trotzdem den Kellner sprechen? Denjenigen, der mir das Tablett mit dem Willkommensgruß aufs Zimmer gebracht hat?« Natascha beschrieb erneut den Mann. Das war einfach, er sah ja nicht aus wie ein Durchschnittskellner.

»Tut mir leid«, antwortete der Rezeptionist, »aber Ihre Beschreibung trifft auf niemanden zu, Frau da Silva. Sorry.«

»Es ist nur ein paar Minuten her. Wie könnte ich da etwas verwechseln? Sind Sie sicher, dass das keiner Ihrer Angestellten war?«

»Ganz sicher. Wir haben keinen Kellner bei uns, wie Sie ihn beschreiben. Mehr noch – wir haben überhaupt keine männlichen Mitarbeiter mit grauem Haar und Zopf. Das wüsste ich, glauben Sie mir.«

Der Rezeptionist entschuldigte sich, um ankommende Gäste, die einchecken wollten, zu begrüßen.

Sprachlos stand Natascha im Foyer. Wer würde sich so ein Kostüm besorgen, so einen Aufwand betreiben, als Kellner getarnt bei ihr im Hotel aufkreuzen, nur um sie mit dieser besonderen Geste zu beglücken? Als sie genauer darüber nachdachte, stellte sie fest, dass das zu Frøseth überhaupt nicht passte.

Dann kam ihr ein abstruser Gedanke, unwillkürlich verursachte er Gänsehaut. Warum hatte sie das bisher noch nie in Erwägung gezogen? Nach allem, was passiert war, gab es ohnehin kaum noch etwas, das sie nicht für möglich hielt. *Wer, wenn nicht ich, weiß, dass ich letztlich so gut wie nichts weiß?*

Natascha rief sich nochmals das prägnante Gesicht des Kellners vor das geistige Auge, diesen Blick, der sie tief im Inneren berührt hatte, ohne dass ihr klar war warum. Jetzt ahnte sie es, nein – *wusste* es. Ja, er kannte sie. Und sie ihn jetzt auch.

Sanft strich sie über die kleine Maske. Die Maske! Nicht nur Symbol der Täuschung. Auch das der Tarnung. Und der Geheimnisse. Der Schlüsselanhänger! Als trüge dieser den Schlüssel zu einem großen Geheimnis. Und zu dessen Hüter selbst. Natascha lächelte – wissend.

»Danke«, flüsterte sie, als könnte er sie hören.

ENDE

?

Danksagungen

Ich danke Gott, dass er mir in meinem Leben weiterhin die Möglichkeiten eröffnet hat, ein Buch zu schreiben und mir damit einen Traum zu erfüllen.

Ich danke meiner Frau für ihre fortwährende Unterstützung und unermüdliche Geduld, das offene Ohr für meine Ideen und ihr kritisches Testlesen des Manuskripts.

Ich danke meinen Kindern, dafür, dass sie sich so sehr für meine Buchprojekte interessieren und sich von Herzen mit mir darüber freuen. Meiner Tochter fürs kurzfristige Testlesen. Meinem Sohn für seine stete Begeisterung, Lesezeichen zu verteilen – ein paar Jahre noch, dann darf auch er meine Bücher lesen – ich freue mich schon jetzt auf sein Feedback.

Meine Familie ist ein Segen.

Ich danke meiner Verlegerin Kaarina Kyröläinen und ihrem Team. Stets mit Herzblut am Projekt. Einfühlsam und debattenstark. Kompetent. Engagiert. Inspirierend.

Ich danke Martina und Frank Brand von Image Event, die mich mit Kompetenz, Begeisterung und voller Tatendrang bei allen Fragen rund um die Promotion unterstützen.

Ich danke meinen früheren Studienleitern für Kreatives und Literarisches Schreiben für ihre wertvollen Tipps.

Ich danke allen, die mich in irgendeiner Weise bei der Verwirklichung meines Buchprojektes unterstützt haben.

Ich danke meinen hochmotivierten und kritischen Testlesern für ihre konstruktiven Feedbacks vor Veröffentlichung des Buches: Andrea Böttcher, Anita K., Annika N., Silvia K., Tine, Harald K. und Jörg Scheying. Und Sandra, für ihren »last-minute«-Hinweis.

Ich danke allen, die mich nach Veröffentlichung meines Debüts »Der Bornholm-Code« bisher auf meinem Autorenweg begleitet und mir viele tolle Möglichkeiten eröffnet haben, meinen ersten Roman der Öffentlichkeit vorzustellen. Alle Namen hier zu nennen, würde den Rahmen sprengen. Jene, die gemeint sind, wissen, wie sie mich unterstützt und damit auf ihre Weise meinem Buch zu größerer Aufmerksamkeit verholfen haben. Ohne sie alle wäre mein Debüt-Roman nicht bekannt geworden.

Ich danke allen Buchhändlerinnen und Buchhändlern, die mein Buch in ihr Sortiment genommen haben und ihren Kunden empfehlen.

Last but not least bedanke ich mich bei Ihnen, liebe Leserinnen und Leser, dafür, dass Sie mein Buch gelesen haben – hoffentlich mit Gewinn. Was wäre das alles ohne Sie, liebe Leserinnen und Leser…!

Informationen zum Autor und seinem Buch unter
www.thorstenoliverrehm.de

